A LENDA de RUFF GHANOR

LEONEL CALDELA

A LENDA de RUFF GHANOR

VOLUME III

O MELHOR AMIGO DO HOMEM

ILUSTRAÇÃO DE CAPA: Marco Teixeira
MAPAS: Vilmar Rossi Jr
PROJETO GRÁFICO, DIAGRAMAÇÃO E CAPA: André Carvalho
EDIÇÃO: Alexandre Ottoni e Deive Pazos
REVISÃO: Jair Barbosa
PRODUÇÃO EDITORIAL: Victória Cernicchiaro
EDITORA-CHEFE: Karen Soarele
DIRETOR-GERAL: Guilherme Dei Svaldi

A lenda de Ruff Ghanor, Vol. 3: O melhor amigo do homem

PRODUÇÃO EDITORIAL

Rua Coronel Genuíno, 209 • Porto Alegre, RS
contato@jamboeditora.com.br
www.jamboeditora.com.br
@jamboeditora

2ª edição: dezembro de 2024 | ISBN 978658863492-9

C146l Caldela, Leonel
A lenda de Ruff Ghanor: O melhor amigo do homem, v.3/ Leonel Caldela. — Porto Alegre: Jambô Editora, 2024.
608 p.

1. Literatura brasileira — Ficção. I. Caldela, Leonel. II. Título.

CDU 794:681.31

Para Emília, por ser minha casa em qualquer lugar do mundo,
e para a equipe do Hospital de Pronto Socorro de Porto Alegre,
por cuidar bem de um escritor com uma bala no peito.

PREFÁCIO

DETESTO CLÉRIGOS. Nunca gostei deles.

Clérigos são personagens artificiais. Eles nasceram na década de 70, a partir de uma ideia de Gary Gygax, um dos criadores de Dungeons & Dragons. Conforme relata o jornalista David M. Ewalt, em seu livro Dados e Homens, um dos jogadores queria fazer um vampiro e outro resolveu montar um caçador de vampiros. Para equilibrar os dois, Gygax deu poderes curativos ao caçador, e este se tornou a base para os futuros clérigos.

Fatos são fatos. O conceito de um guerreiro com armadura pesada, capaz de conjurar raios, ressuscitar pessoas e invocar seres de outros planos não encontra paralelo com nada que já tenha aparecido na história, na mitologia ou na literatura.

Talvez eu estivesse sendo um tanto radical porque, no fundo, sentia falta de uma obra, isto é, de alguém que me fizesse acreditar nos clérigos, então surgiu o Leonel.

Mais do que um criador de mundos, Leonel Caldela é um recriador de universos, tarefa, eu diria, ainda mais complicada. Desde o magnífico trabalho que ele fez ao reinterpretar o planeta de Arton (cenário-base do RPG *Tormenta*), passando pela *urbes cyberpunk* de *Ozob*, até o cenário de fantasia épica que o leitor tem em mãos, Leonel sempre cumpre a missão, sob quaisquer circunstâncias.

Do mesmo modo que ele, Ruff Ghanor também tem, agora, sua própria demanda a cumprir. Ruff, conforme retratado por Leonel, não é apenas um "guerreiro capaz de conjurar raios", é um personagem repleto de vida, com seus conflitos, suas dúvidas, seus medos, seus defeitos e suas qualidades. Conhecer a trajetória de Ruff desde a infância, acompanhar seu treinamento e suas primeiras batalhas, me fez, enfim, acreditar que os clérigos existiam, ou melhor, que podiam existir em um ambiente fantástico.

Leonel reconfigurou minha mente, porque é isso o que ele faz. Ruff Ghanor é um clérigo de verdade. Porque ele foi imaginado por um escritor de verdade.

Eduardo Spohr – agosto de 2018

SUMÁRIO

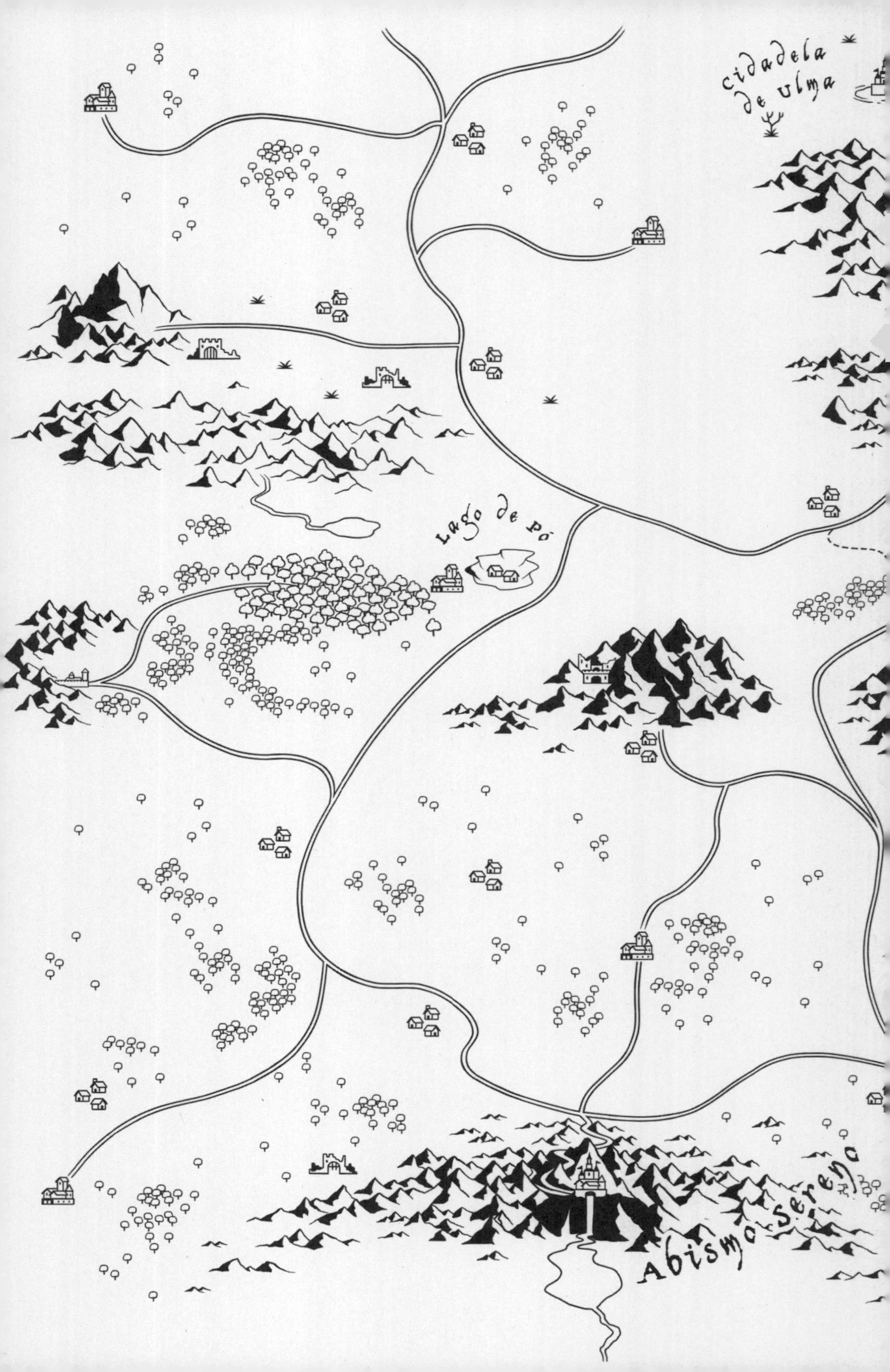

Cidadela de Ulma
Lago de Pó
Abismo Sereno

ntanos
cinzentos
elo do
no Eterno
Ghanor
N
O
L
S
cha
este
Rocha Negra
Floresta Alta

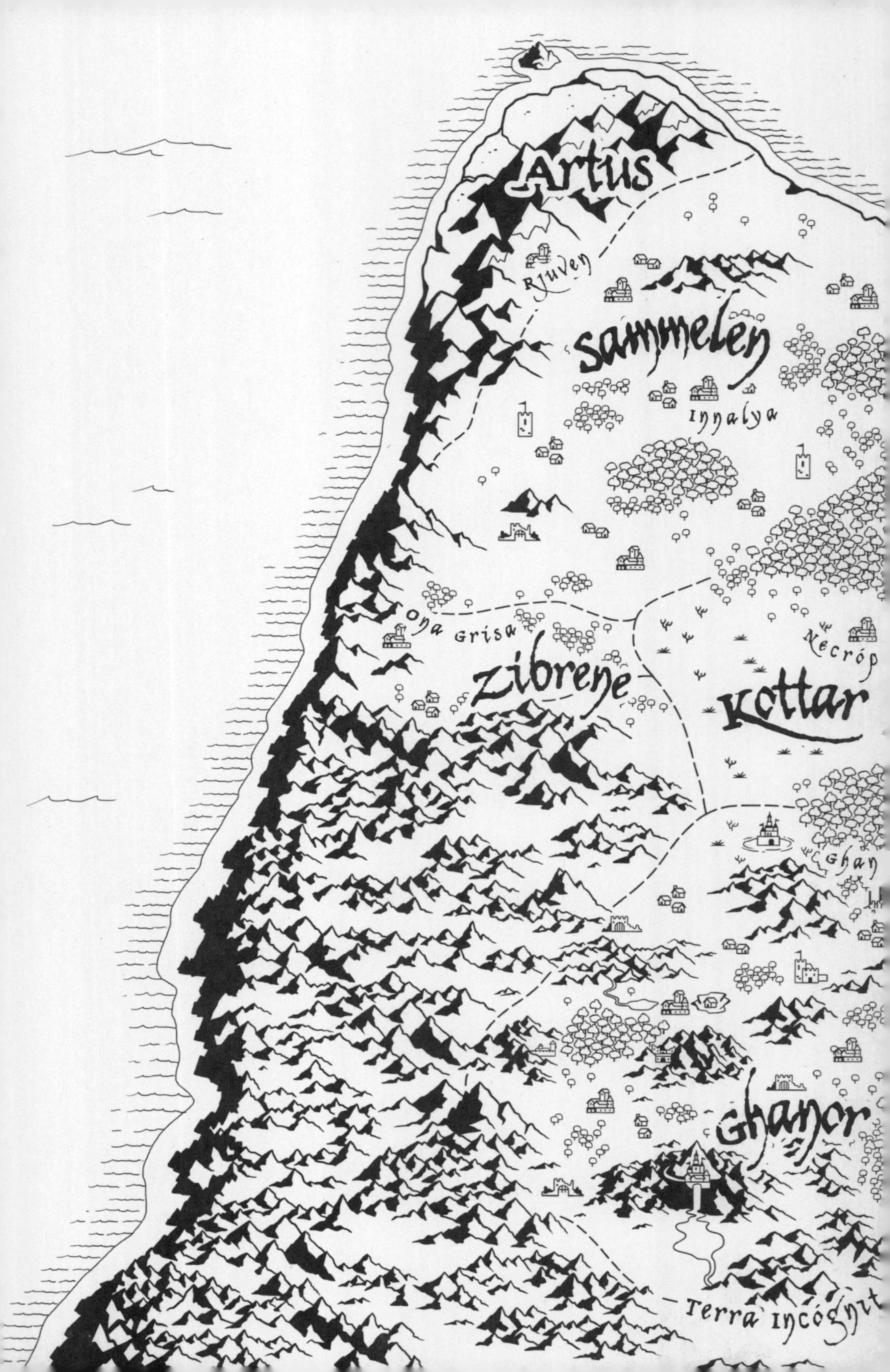
Artus
Rjuven
Sammelen
Innalya
Ona Grisa
Zibrene
Necróp
Kottar
Ghan
Ghanor
Terra Incógnit

N
O
L
S
castelo
ncestral
mmira
Vila do
sortilégio
iéria
ttora
Júnior
confederação dos
Mercadores

o rei solitário

O MUNDO CONDENADO recebeu uma segunda chance.

Há incontáveis eras, a confraria ancestral dos deuses moldara uma Criação. Céus, terra, mares, montanhas e todas as coisas vivas que lá habitavam. Tudo era verde e bom, e os deuses estavam satisfeitos com sua obra. Os anjos cantavam seus louvores e os demônios eram poucos e fracos, escondidos nas sombras do inferno, passando fome e medo.

Mas os mortais tinham livre-arbítrio. E bastou que os demônios aguardassem para que houvesse um banquete.

Aos poucos, ganância, traição e loucura tomaram as terras. As raças mortais guerrearam umas contra as outras; mataram, saquearam e escravizaram seus semelhantes. O mundo verde e bom foi tomado por fogo e aço. Os deuses observavam aquilo com nojo. Arrependeram-se de ter criado o mundo e decidiram que ele precisava ser destruído.

Foi assim que nasceu o primeiro Devorador de Mundos. Uma imensa fera irracional que avançava sem hesitar e sem que nada pudesse detê-la. Ele devastou o que encontrou em seu caminho — as nações foram dilaceradas ante seu apetite horrendo, nenhum exército podia fazer frente a sua fúria. Os mortais gritaram aos céus pela misericórdia de seus Criadores, mas os deuses deram de ombros. A punição do mundo era justa e eles não conheciam nenhuma das minúsculas criaturas que estavam sendo massacradas por seu monstro devorador.

Os deuses não queriam ajudar os mortais.

Mas os demônios, sim.

A depravação dos mortais significava fartura para os demônios. Eles, que se alimentavam da maldade, do ódio e do pecado, morreriam à míngua se o Devorador não fosse detido. Assim, os demônios invocaram uma horda de dragões para combater o monstro. Batalhas titânicas sacudiram aquela terra, causando ainda mais devastação. Por fim, o Devorador de Mundos tombou no deserto. Os mortais gritaram de alegria por sobreviver e os demônios gargalharam, já saboreando as iguarias que estavam por vir.

E os deuses planejaram sua próxima investida.

Inúmeras gerações se passaram e surgiu um segundo Devorador. Em vez de um monstro irracional, agora um humano. Uma criança destinada a ser rei, amada por todos a seu redor. Um mortal com o poder de fazer a terra tremer e se despedaçar, que era alimentado pela destruição. Incentivado pelos truques dos deuses, por um anjo protetor, o garoto derrotou o último dos dragões e ascendeu ao poder entre os mortais. Assim como o primeiro Devorador de Mundos, parecia que nada podia detê-lo.

Mas, ao saber de seu destino, o segundo Devorador entrou em desespero. Ele foi até um local sagrado, onde podia falar com os deuses e ouvir sua resposta. Suplicou para que não fosse obrigado a destruir o mundo, implorou pelas vidas de todos os mortais. O Devorador propôs um pacto: se pudesse tornar o mundo, mais uma vez, verde e bom, a Criação seria poupada. Se pudesse redimir os pecados de seus semelhantes e impedi-los de pecar de novo, eles poderiam sobreviver.

Os deuses escutaram.

E aceitaram.

Assim começou a estranha jornada do segundo Devorador, destinado a destruir o mundo, determinado a salvá-lo. O mundo condenado recebeu uma segunda chance, na forma da barganha de seu algoz.

O Devorador acreditava na bondade dos mortais e tentou reuni-los numa confraria de heróis, para que os poderosos protegessem os mais fracos. Sua ingenuidade foi exposta quando o pacto se transformou numa disputa de poder e então num massacre. Atacado por uma antiga inimiga, o Devorador foi acusado pelos mortais de traição. Foi desprezado e aprisionado por anos numa masmorra.

Mas seus seguidores, que o amavam, acreditavam nele e erguiam alto seu estandarte, resgataram o algoz-salvador de sua prisão. Libertado, o Devorador deixou fluir sua fúria, destruiu toda uma cidade. Percebeu que não podia contar apenas com a boa índole dos mortais.

Era preciso controlá-los.

O Devorador de Mundos abraçou sua linhagem nobre e começou a jornada rumo à realeza. No caminho, foi desafiado pelos demônios, que não desejavam que seu banquete acabasse. Lutou contra Baal, o avatar do inferno, que continha em si o poder reunido de milhares de abissais.

O Devorador tornou-se amante do anjo que o guiava e protegia desde o início. Levado por sua alma mortal, cheia de falhas, traiu esse amor. Em sua sede de poder mundano, afastou todos que estavam a sua volta ou os viu morrer para realizar seu objetivo. Por fim, ele se ergueu vitorioso, mas sozinho. Derrotou Baal, ascendeu ao trono de seu reino, ouviu seu nome nas gargantas de milhares e milhares de súditos fiéis.

Estava pronto para forçar os mortais a serem bons.

O mundo condenado ganhou uma segunda chance quando começou o reinado soturno e amargo do Devorador de Mundos, Rei Ruff Ghanor I.

1 | Natividade infernal

O VENTO GELADO entrou dolorido por suas narinas, trazendo o fedor de demônios. Ruff Ghanor soube que estava no caminho certo.

Ele avançou pelo caminho pedregoso, sempre subindo, em meio aos vales eternamente envoltos em sombra, entre paredões escarpados e cheios de gelo antigo. Não havia um metro de chão regular naquela região, tudo era colinas íngremes, montanhas inclementes e montes de rochas instáveis, resultado de desabamentos ancestrais. Ruff seguia o cheiro da maldade dos abissais, cada vez mais para cima, transpondo colina após colina, montanha após montanha.

Anoitecia cedo no inverno — era o início da tarde e o sol já estava começando a se pôr. Por um truque topográfico, o sol quase não tocava aquele caminho. As montanhas se inclinavam e se juntavam, nunca deixando que seus raios tocassem aquelas pedras. Assim o gelo quase não derretia. As superfícies eram todas escorregadias, cheias de um frio antigo, arraigado. Ruff tinha a impressão de que aquelas rochas, por passar tanto tempo no escuro, já tinham perdido a cor. Ele conseguia captar um pouco de luz pálida e fugidia atrás de si, escapando por alguns minutos no espaço entre os paredões, mas não era suficiente para iluminar o caminho. Na mão esquerda, levava uma tocha, a chama sempre sob risco pelo vento que encanava nos corredores estreitos que a rocha formava. O fogo oferecia iluminação parca, poucos metros à frente, suficiente apenas para avisar dos perigos mais próximos. Não era sua visão que revelava o caminho, ele não tinha mapa. Seguia seu faro, o fedor dos demônios e a certeza no fundo de seu estômago de que o ritual estava prestes a acontecer.

Era difícil seguir de armadura. Embora o Arcanium fosse um metal leve, o corpo reclamava por precisar carregá-lo em cada passo daquela perseguição. As placas largas limitavam os movimentos, o elmo restringia a visão. As grevas metálicas que ele trazia nos pés não eram apropriadas para andar sobre terreno traiçoeiro, pedras soltas e gelo escorregadio. A armadura também pouco protegia contra o frio e Ruff Ghanor vestia uma pele de urso negro, algo que o acompanhava há anos. Mas ele não ousava descartar aquela proteção. Seus inimigos estavam perto, muito perto. À noite, quando se entregava a poucas horas de sono, seus sonhos eram acossados por demônios. Ele não conseguia descansar direito, seu espírito de clérigo de São Arnaldo era atormentado pela proximidade dos abissais.

Mas não era dos demônios que Ruff tinha medo.

Ele sabia que podia vencer demônios. E, por mais cheios de artimanhas que eles fossem, Ruff sabia não se deixar enredar por seus truques. Ruff Ghanor trajava armadura para se proteger de um inimigo muito pior e rezava para que sua mente não estivesse vulnerável.

O cansaço fazia seu coração bater forte, retumbando nos ouvidos, dentro do elmo abafado. E cada batida trazia o nome que ele mais temia:

Áxia.

Sozinho no escuro, Ruff era acompanhado apenas pela lembrança de seu antigo amor. Áxia, que crescera com ele. Áxia, que o traíra, que traíra todos ao redor dos dois, aliando-se ao dragão Zamir. Áxia, que se transformara na Dama de Ferro, uma bruxa profana e assassina. Áxia, com quem ele se entregara a um arroubo de desejo, mesmo depois de tudo que ela fizera, traindo o amor de um anjo.

Áxia, que agora carregava seus filhos. E, segundo os cálculos de Ruff, devia estar prestes a dar à luz.

O sol se escondeu de vez, aumentando ainda mais as trevas, e ele se embrenhou num caminho estreito entre dois paredões que se uniam em um só. O vento parou de soprar e o cheiro dos abissais de repente se tornou muito mais forte. Aquele corredor iria desembocar numa caverna, num túnel por dentro da rocha. Ele já tinha se metido em subterrâneos suficientes durante suas aventuras para perceber isso. Sua cabeça começou a latejar. Os olhos lacrimejaram com o fedor acre do inferno. Estava perto dos demônios e isso significava que estava perto de Áxia.

Ruff não fazia ideia de onde Áxia iria parir. Ele sabia que o acontecimento não seria simples. Nada com Áxia era simples — mesmo o ato mais mundano, quando dois antigos amantes cediam e deitavam juntos de novo, com ela tinha implicações sinistras. Ela havia estado com ele para conceber as crianças, Ruff tinha certeza. Avisara-o da gravidez para torturá-lo, por algum resquício de amor distorcido, ou para atraí-lo para uma armadilha. Não importava. Ruff não dexaria que seus filhos ficassem nas mãos de Áxia e seu mestre, seu amante, o dragão caído, Zamir.

Por isso sentir o cheiro dos demônios era repugnante, mas era necessário. Ruff pesquisara um antigo ritual divino que tornava um clérigo tão sensível à presença demoníaca quanto um anjo. Ele então foi guiado por seu faro, por pesadelos, por um instinto de cão de caça que lhe mostrava onde estava a maior concentração dos abissais. A jornada levara-o a alguns caminhos falsos. Chegou a exorcizar 23 demônios do corpo de uma jovem que vivia isolada com sua família numa fazenda, mas procurou evitar distrações. Precisava chegar a Áxia antes que o ritual acontecesse.

O túnel escuro foi tomado por uma lufada de ar quente com cheiro de enxofre. O coração de Ruff Ghanor bateu mais rápido.

Apressou o passo. Deixou a tocha cair — o escuro ainda era total, mas ele não precisava mais enxergar. O cheiro era tão forte que revelava texturas, sutilezas, formas. Um sexto sentido que penetrava fundo em sua alma completava uma percepção muito mais sensível que a mera visão mortal. Os demônios estavam perto, Áxia estava perto.

Ruff começou a correr pela passagem estreita e serpenteante, sua armadura fazendo barulho metálico que reverberava na pedra. Puxou o martelo e o escudo. O calor se intensificou, fazendo-o suar. Sentiu a boca seca, então tomada pelo gosto amargo do medo.

— Áxia… — disse para si mesmo, sem perceber que falara em voz alta.

Uma gargalhada demoníaca abafou o clangor da armadura, então o rugido de chamas engolfou tudo. Um brilho alaranjado devolveu a Ruff a visão. O barulho de correntes e uma cantoria lúgubre se uniram àquilo, numa cacofonia macabra. Ruff correu e um novo cheiro tomou seus sentidos.

Não era cheiro de demônio, mas era tão maligno que podia ser captado pelo faro aguçado por magia. Era uma maldade muito específica, que ele conhecia como um aperto na garganta, como um arrependimento que o acompanhava a cada minuto. Era um fedor horrendo e atraente, algo que o ofendia até o fundo, mas o convidava a chegar perto.

Era o cheiro de Áxia.

— *Áxia!* — ele gritou e então irrompeu no salão subterrâneo.

Cachoeiras de lava corriam de buracos na rocha. Correntes vindas das sombras atravessavam o aposento inteiro. Estacas de ferro negro com pessoas empaladas ainda vivas faziam um perímetro junto às paredes. As vítimas faziam uma sinfonia de gemidos e nisso eram regidas por pequenos demônios que tocavam sua dor como instrumentos musicais, usando anzóis, navalhas, espinhos. Zamir, na forma do velho feiticeiro humano, conduzia um cântico com outros demônios. Havia um lago de lava no meio de tudo. Suspensa sobre o lago em correntes negras, estava uma plataforma de pedra e metal.

Sobre a plataforma, estava Áxia, a Dama de Ferro, deitada, com os joelhos para cima e as pernas abertas. Seu ventre estava retesado, a pele pálida cheia de veias roxas misturada com ferro que, de alguma forma, tornara-se flexível. Áxia suava, grunhia. Um terceiro grupo de abissais enxameava ao redor dela com ferramentas metálicas sinistras, como parteiras sádicas.

— Ruff... — ela ofegou, sorrindo. — Eu sabia que você viria.

Áxia urrou com mais uma contração. Ao mesmo tempo, a lava jorrou mais forte, as vítimas gritaram mais alto e toda a caverna se encheu de uma nova lufada de calor. Ruff emitiu um grito de guerra e atacou.

Ele correu em direção ao lago de lava, martelo em punho e escudo na frente do corpo. Os demônios se jogaram contra ele, tentando deter sua passagem, mas eram criaturas enfraquecidas, esfomeadas. Os demônios passavam fome desde que Ruff tinha conquistado o reino de Ghanor. O clérigo bateu nos corpos esquálidos com o escudo, enviando os abissais para todas as direções. Um deles caiu a sua frente, todo ossos sobre pele vermelha retesada. Ruff pisou em seu crânio para tomar impulso, ouvindo o guincho de dor da coisa, e saltou.

As botas da armadura de Arcanium impulsionaram seu pulo. No ar, ele ergueu o martelo acima da cabeça e se preparou para descê-lo sobre a plataforma de pedra.

— *Áxia!* — gritou Ruff, em fúria.

Então seu corpo foi envolvido por eletricidade. Ele foi jogado para trás por um impacto imaterial, um relâmpago azulado penetrando no metal da armadura, fazendo-o tremer de cima a baixo e ardendo como se estivesse em chamas. Ruff caiu pesado no chão da caverna, ainda convulsionando, sentindo o cheiro de seus cabelos, sua barba e sua pele queimados, e ouviu a voz de Zamir:

— Não, maldito! Você roubou meu reino e meu corpo... Mas não roubará meus filhos!

Ruff se ergueu num movimento automático, ainda tremendo. Um demônio com cabeça de macaco e corpo cheio de escamas se jogou com garras e presas sobre ele, recebeu um golpe giratório de martelo no estômago e foi arremessado para longe. A mente do clérigo não estava mais no combate, nem mesmo na raiva por Áxia.

Ruff Ghanor pensava apenas que Zamir achava que os filhos eram dele.

— Você roubou meu tesouro! — Zamir fez com que chamas negras brotassem das pontas de seus dedos, em direção a Ruff. — Roubou minha força!

O fogo escuro rugiu. Ruff rolou pelo chão, evitando-o, sentindo o gelado da chama negra. Pôs-se de pé num salto, já perto de Zamir, chutou um demônio no peito, desceu o martelo para subi-lo de novo, na diagonal, contra o tirano.

— Você me roubou tudo! — gritou Zamir, conjurando uma bolha de energia cinzenta a seu redor. A cabeça do martelo bateu na proteção, que repeliu Ruff e o forçou a recuar.

O clérigo deteve o próprio movimento, firmando as solas dos pés no chão, e viu que uma multidão de demônios caía sobre ele, como uma torrente de lodo multicolorido. Protegeu-se com o escudo, os joelhos dobraram um centímetro sob o impacto e o peso das criaturas. Elas se agarraram em seus braços, suas pernas, sua nuca. Ruff sentiu-os roendo a armadura de Arcanium, metendo os dedos compridos pelas brechas nas placas, tentando arrancar seu elmo. Ouviu outro urro de Áxia, pensou como um estúpido na traição que ela fazia também com Zamir. O tirano achava que os filhos eram dele. Áxia surgira no quarto de Ruff para lhe contar sobre a gravidez. Não fazia sentido — mesmo que ela o estivesse atraindo para uma armadilha, não fazia sentido arriscar que Ruff contasse a verdade para Zamir e colocasse a perder sua mentira.

A não ser que Áxia tivesse mentido para ele. A não ser que Zamir fosse o verdadeiro pai e Ruff estivesse sendo enganado.

O pensamento gerou mais uma onda de fúria confusa. Ruff berrou, descreveu um arco imenso com o martelo, apesar dos demônios agarrados em seu braço, e bateu com ele no chão. A terra tremeu, rachaduras se espalharam pelo piso da caverna na direção de Zamir. O velho feiticeiro pulou desajeitado, enquanto o chão de pedra explodia onde ele estivera. Zamir caiu de mau jeito a poucos metros, banhado por fragmentos, sangrando. Fez outro gesto arcano e Ruff sentiu um milhão de picadas de agulha por seu corpo todo, enquanto o sangue era puxado de dentro dele.

Ele gritou mais uma vez, em uníssono com o grito de dor de Áxia, e de novo bateu com o martelo no chão. Um pedaço enorme do teto se desprendeu e despencou, esmagando uma multidão de demônios. Várias das infelizes vítimas humanas que agonizavam nas estacas morreram, uma misericórdia final. Os demônios conseguiram puxar o elmo de Ruff, revelando seu rosto barbudo e suado. No mesmo instante ele mordeu o pescoço de uma das criaturas e sentiu sua boca se inundar com o gosto amargo e repugnante do sangue abissal.

— *Áxia!* — Ruff Ghanor gritou mais uma vez, com o queixo lavado de sangue de demônio. — *Áxia, isso terá fim agora! Sintam o ódio de São Arnaldo, vermes do abismo!*

Em sua ira, Ruff invocou a magia divina, que brilhou nele como uma aura dourada sublime, cegante. Os demônios guincharam de dor, protegendo os olhos, sua carne fumegando, então se desgrudaram do clérigo. O elmo caiu no chão, rolando com um clangor. Ele sentiu a conexão milagrosa, mas, apesar de invocar o nome do santo, não parecia com a bênção de São Arnaldo. São Arnaldo não conhecia a fúria, vencia pela mansidão e pela humildade. Aquela era a fúria dos próprios deuses e Ruff sentiu-se muito perto de seus Criadores; por um instante, foi um canal perfeito para sua sanha destrutiva.

O sangue continuava brotando dele em direção às mãos de Zamir e a dor lancinante e onipresente como milhares de agulhas formigava em seu corpo.

— *Basta!* — gritou Ruff, e a caverna caiu sobre Zamir, soterrando-o com mais um punhado de vítimas em agonia.

— Eles estão chegando, Ruff! — grunhiu Áxia, entre suas parteiras do inferno. — Eles serão maravilhosos, Ruff, e estão quase aqui!

Ele correu para o lago de lava mais uma vez. Não sabia o que fazer — matar Áxia, matar bebês recém-nascidos, tomá-los para si? E se os filhos não fossem dele? E se fossem de Zamir?

— Você me roubou tudo... — Ruff ouviu a voz abafada do feiticeiro, por baixo das pedras.

Ele se virou para onde havia soterrado o antigo inimigo.

— *Mas não vai roubar minha prole!* — Zamir urrou com fúria e, por um instante, Ruff temeu-o de novo.

As rochas explodiram para revelar o velho machucado, mas de pé e desafiador. Sem deixar Ruff pensar, Zamir conjurou um relâmpago com uma mão e uma torrente de fogo com a outra. Ruff foi de novo paralisado pela eletricidade, então envolvido pelas chamas. Caiu no chão, gritando sem controle, sentindo-se ser consumido, tremendo e chacoalhando.

— Não irá roubar meu futuro! — Zamir proferiu de novo. — Maldito seja, usurpador, não irá tomar de mim mais nada!

A agonia que tomava conta do corpo de Ruff Ghanor não preenchia sua mente. No meio do breu de dor, ele pensava em outra coisa. Era uma sensação estranha, uma dúvida que instantes atrás começara a corroê-lo por dentro. Era...

Ciúme.

Os filhos talvez não fossem dele. Talvez Áxia tivesse mentido. Talvez aquela fosse mais uma traição, sua recompensa por ter traído Bellitz. Ele próprio era um traidor, não era melhor que Áxia. Não amava mais a bruxa, nem queria nenhuma ligação com ela.

Mas e se os filhos fossem de Zamir?

A simples percepção de que talvez tivesse sido enganado era enlouquecedora, por alguma razão. Ele queria certeza. Assim poderia saber o que fazer.

Matar bebês recém-nascidos, seus próprios filhos?

Tomar para si a cria demoníaca de um dragão e uma bruxa?

Deixar Zamir e Áxia em paz, para colocar em prática quaisquer planos que estivessem arquitetando?

Ele se ergueu mais uma vez, com dificuldade, ferido demais para continuar lutando. Sentiu a pedra a seu redor, tocou-a com os dedos de sua percepção sobrenatural de Devorador de Mundos. A montanha começou a tremer e ele saboreou a energia entrando por seus poros, curando as feridas, remendando a carne queimada, aliviando as dores. Zamir bombardeou-o com uma torrente de magia esverdeada, mas o fluxo do alimento que o mundo devorado proporcionava mal o deixou sentir o ataque.

O que ele sentia era a dúvida:

De quem eram os filhos?

Ouviu a gargalhada de Áxia e achou que ela pudesse ler seus pensamentos, que ela soubesse a dúvida idiota que o estava comendo por dentro.

Mas não: era só um riso de felicidade. Porque logo veio um choro de criança.

— Ele é lindo! — disse Áxia, chorando, rindo. — Meu primogênito é perfeito!

Sob o choro do primeiro bebê, Ruff Ghanor de novo tentou avançar para o lago de lava. Um demônio de pele de cristal e espinhos nas costas, que se agarrava ao teto, tomou a criança nos braços. Cortou o cordão umbilical com seus dentes que refratavam a luz.

— Seus filhos estão nascendo — disse Áxia, e os dois homens se viraram.

A multidão de demônios voltou a enxamear sobre Ruff, segurando seu corpo, puxando-o para trás. Ele deu um passo pesado, depois outro, ignorando as criaturas. Pisou na mão de um demônio que pegou seu elmo, abaixou-se com dificuldade e agarrou o objeto. Vestiu-o de novo sobre o rosto ensanguentado, deu mais um passo rumo ao lago de lava.

Zamir postou-se a sua frente.

— Saia de meu caminho — rosnou o clérigo, em voz sinistra.

Zamir arregalou os olhos, de pura raiva. Estremeceu pela audácia daquele humano, que mais uma vez desafiava seu poder, seu direito, sua majestade. Ele perdera tudo. Não era mais Zamir, o Vermelho; era Zamir, o Tirano Caído. Na face do velho, Ruff enxergou a obstinação de quem se agarrava ao último fio de dignidade, de quem não tinha mais quase nada a perder. Só lhe restavam os filhos.

— Se este for nosso último confronto... — sibilou o dragão derrotado. — Não me arrependerei.

Zamir gritou palavras arcanas, sua garganta de humano envelhecido ganhando um pouco do antigo vigor de dragão. Seu corpo se iluminou com energia verde, ele fez um gesto largo com as duas mãos e bombardeou Ruff com aquela força, como um maremoto, como uma muralha quase sólida de magia.

Ruff ergueu o escudo e recebeu o impacto. Viu o aço começar a se desfazer, mas a armadura e o elmo de Arcanium resistiam. Seus ouvidos foram tomados por um zumbido altíssimo, o som da magia. A energia queimava, era um jorro contínuo que o desintegrava aos poucos. O gosto metálico de sangue invadiu a boca do clérigo, misturando-se com o sangue de demônio. Ele sentiu seus dentes ficando frouxos, sangue escorrendo por seus ouvidos, suas narinas, seus olhos. Escorrendo por debaixo das unhas, empapando por dentro as manoplas.

E, contra a torrente, agarrado por demônios, Ruff deu mais um passo.

E mais um.

A caverna continuava tremendo, o poder do Devorador alimentando-o, curando-o e instigando seu apetite enquanto ele avançava. Com a visão tomada de verde, ele só enxergava Zamir à frente, bloqueando seu caminho. Com a audição abafada pelo zumbido, ele só conseguiu distinguir um segundo choro.

— Meu filho! — berrou o feiticeiro, em meio às palavras mágicas. — Meu segundo filho!

Zamir abriu a boca e uma imensa labareda negra se desprendeu de sua garganta, banhando Ruff mais uma vez com o fogo gelado. O clérigo não conteve o grito de dor, sentiu os joelhos fraquejarem. Os demônios fizeram força, puxando-o para baixo, atacando suas pernas, embolando-se em seus ombros para derrubá-lo.

Ruff deu mais um passo.

E mais um.

Ele fechou os olhos e a luminosidade verde invadiu-o por detrás das pálpebras. Não conseguia enxergar o que estava acontecendo, não podia ver onde estavam as crianças ou se Áxia fazia algo. Ele não podia ver, mas a pedra podia.

Expandindo sua consciência através da montanha, Ruff Ghanor sentiu o que a pedra sentia. Dobrou a rocha a sua vontade, destruindo-a, enfraquecendo-a, projetando seu toque. E soube que um demônio em forma de aranha, que pendia do teto, segurava o segundo bebê numa teia pegajosa. A coisa cortou o cordão umbilical com suas quelíceras e segurou-o alto. Do lado, o demônio de cristal apresentava a primeira criança, que chorava e se debatia. Era mais uma parte do ritual.

— Eles não são seus filhos, Zamir — ele disse, mas o tirano estava surdo a suas palavras, enquanto berrava a morte mágica contra ele. — Eles não são seus filhos! São minha responsabilidade.

E, mesmo enquanto falava isso, Ruff sentiu o medo ridículo de estar sendo enganado. O pavor primordial que não fazia sentido, mas que era conhecido da humanidade desde os tempos mais primitivos. Mesmo odiando Áxia, mesmo vendo como o parto era um ritual profano e sabendo que aqueles bebês seriam peões em algum jogo demoníaco, ele teve medo de que os filhos não fossem seus.

Seria certo matar a cria do dragão?

Seria certo matar sua própria prole?

Ele achou que ouvia a voz doce e melíflua de Áxia, mas eram só seus ouvidos cheios de sangue, tomados pelo som da magia, pregando-lhe peças. Era só uma ilusão ouvir Áxia sussurrando para ele, dizendo que agora finalmente eram uma família.

Ruff deu mais um passo e então estava muito perto de Zamir.

O escudo se desfez em frangalhos moles e ele sacudiu o braço, descartando-os. Usou a mão livre para segurar a garganta de Zamir. O mago gesticulou e a energia verde banhou os dois, emanando dele, ferindo ambos. Ruff chegou com o rosto mais perto do inimigo, viu ele também sangrar ante a torrente arcana. Viu suas lágrimas vermelhas, sua pele fina se quebrando sob o próprio ataque. Os demônios tentavam segurar Ruff Ghanor, mas eram só um peso a mais, eram coisas desprezíveis que não mereciam atenção. O mundo era ele mesmo, Zamir, Áxia e os bebês que pertenciam aos três e não pertenciam a ninguém.

— Você não passará — tossiu Zamir, sob o aperto forte da manopla.

— Eu não preciso passar.

E então o Devorador de Mundos parou de se controlar.

Ruff tinha medo da própria fome, tinha medo da própria delícia com a destruição. O terremoto era uma sensação boa demais e ele sabia que seu instinto era devastar até que não restasse mais nada. Seu apetite nunca seria saciado e, por isso, ele mantinha as rédeas firmes — não usava o poder se pudesse evitar, canalizava-o através do martelo, não se deixava levar pela vontade.

Com um sorriso voraz, ele abandonou o autocontrole.

A caverna foi tomada por um estrondo monumental, quando a plataforma onde Áxia estava deitada foi destruída sem que Ruff precisasse tocar nela. O teto acima explodiu, deixando jorrar lava sobre a Dama de Ferro e seus demônios. O calor era suficiente para matar qualquer ser humano, fazer a pele se descolar da carne e derreter os olhos, mas Ruff era alimentado pela ruína e só sentiu mais fome. Zamir caiu, finalmente deixando de conjurar o maremoto verde. O lago de lava se expandiu, a cratera se alargando. O feiticeiro por um instante ficou solto no ar, desabando para trás, mas então foi seguro por um bando de demônios.

Ruff olhou para cima, a visão turva de sangue, de ondas de calor, de lágrimas que brotavam com o vapor fervente. Viu Áxia.

Banhada pela lava, ela estava incólume. Não mais deitada na plataforma, mas suspensa no ar por correntes que surgiam da escuridão. Os demônios e os bebês também recebiam o batismo de fogo. As crianças não se feriam, mas pareciam sentir toda a dor que aquilo provocaria num humano normal.

Áxia olhou bem nos olhos de Ruff e sorriu.

— Eu também fui batizada na dor. Eu também fui batizada no ódio. Eu sabia que meus filhos seriam tratados como monstros desde sempre. Isso só os deixa mais fortes.

Então ela grunhiu e, suspensa como estava, deu à luz o terceiro.

A criança veio ao mundo sob as cachoeiras de lava, berrando de agonia. Foi apanhada por correntes cheias de espinhos, anzóis e arame farpado, que se projetaram do fogo e da treva. O bebê foi envolto naquela manta macabra, sua pele foi perfurada. Seu sangue era negro. As navalhas cortaram o cordão umbilical.

Áxia, suspensa pelo metal, cercada por seus três filhos, seguros pelo demônio de cristal, pelo demônio-aranha, pelo demônio de correntes, banhada pela lava, parecia uma santa inversa. Uma bruxa cuja profanidade era tão perfeita que se tornava uma espécie de pureza. O nascimento foi anunciado pelo terremoto do Devorador e três demônios vieram dar aos bebês presentes de agonia. Os dois pais assistiam àquilo, momentos após estar engalfinhados em combate feroz. Áxia, a Dama de Ferro, abriu os braços e recebeu dos abissais seus três milagres do inferno.

— Eles são perfeitos — sorriu a mãe.

Ruff bateu com o martelo no chão e a montanha rachou por dentro. Um rochedo emergiu do lago de lava e o clérigo pulou para lá. Caiu pesado sobre a pedra, que no mesmo instante começou a se esfacelar a seus pés. Equilibrou-se enquanto ela boiava na lava, derretendo devagar, e ficou a poucos metros de Áxia.

— Entregue-os a mim! — exigiu. — Em nome de São Arnaldo, entregue as crianças a mim!

— O nome de nenhum santo vai sujar este local — ela respondeu, sem se alterar. — O amor falso de seus deuses e santos não vai macular meus filhos. Este lugar é de dor e de ódio, mas não de mentiras.

— Então responda... Eles são meus?

Áxia apenas sorriu com seus lábios negros.

Ruff pulou às cegas, sem ter uma plataforma onde cair, apenas para atingi-la com o martelo. Naquele momento, não se importava em morrer, desde que fizesse *algo*. O demônio de cristal se interpôs na frente de Áxia e foi atingido pelo impacto do Arcanium. Ele se estilhaçou em um milhão de fragmentos que refletiram a luz do fogo e da lava, colorindo a caverna. O demônio-aranha num instante envolveu os três bebês em sua teia e os tirou dos braços da mãe, puxando-os para cima. Ruff, em queda livre, se agarrou no demônio de correntes para não despencar na lava. O metal se enrolou em seu braço, os anzóis e os espinhos fincando-se em sua carne.

— *Entregue-os a mim!* — ele urrou de novo.

Áxia ascendeu, puxada para cima pelas correntes. Ela foi envolta na cachoeira de lava, sua imagem ficando turva, uma mera mancha negra em meio ao laranja e vermelho. Buracos se abriram na parede de pedra e deles emergiu o cheiro forte de enxofre. Lá de dentro também surgiram gargalhadas, o riso esganiçado dos demônios. Os bebês foram puxados pelas teias para dentro da pedra.

Ruff olhou para baixo e lá estava Zamir, de olhos arregalados.

— Meus filhos! — gritou o tirano. — Meus filhos!

O chão se abriu sob os pés do feiticeiro e centenas de braços e mãos surgiram numa nuvem de fumaça, puxando-o para baixo.

Pendurado no demônio, Ruff gritou de frustração. Eles estavam fugindo.

— *Não!*

Uma rachadura cortou as paredes e o teto.

— *Não!*

Sua fúria partiu a caverna ao meio. A lava jorrou, errando-o por pouco. Um pedregulho do tamanho de dez homens foi arremessado horizontalmente contra o demônio de correntes, quebrando-o. Com as lâminas perfurando sua armadura e sua pele, Ruff caiu de novo. Uma nova plataforma de pedra emergiu da lava, a destruição moldando-se à vontade do Devorador. Ele desabou de costas na superfície dura, perdendo o fôlego. Os demônios tentavam fugir de volta ao inferno. Muitos foram pegos no desabamento e na lava. Ruff viu uma criaturinha pequena se arrastar na plataforma onde ele estava, desesperada de medo, e esmagou-a para descontar sua raiva.

Os três bebês estavam sumindo dentro da parede, sendo levados pelos buracos.

— *Devolvam-nos! Devolvam...*

Ele ia dizer "meus filhos", mas as palavras se prenderam em sua garganta e ele arremessou o martelo contra a parede, acertando entre os túneis. Mas não eram passagens para dentro da montanha — eram portais para o inferno. Onde, um instante atrás, havia um túnel pelo qual as crianças estavam sendo levadas, agora era só rocha sólida e rios de lava. O martelo atingiu a rocha com uma explosão e a montanha veio abaixo.

O teto acima da cabeça de Ruff explodiu aos céus, revelando o negrume da noite. Lava iluminou as trevas, a montanha foi arremessada para todos os lados, castigando os vales, destruindo colinas, causando mais desabamentos. A montanha ruiu a seu redor, os vales da região foram banhados por lava e soterrados por avalanches. Ruff ajoelhou-se sobre a plataforma, sem o martelo, e ergueu as mãos retesadas aos céus, implorando aos deuses e aos demônios que fizessem algo. Gritou e o mundo respondeu, urrando um terremoto, abrindo fossos no solo, fazendo um paredão vertical despencar sobre outro.

O martelo emergiu em meio à pedra, enquanto o Devorador de Mundos gritava sua derrota.

A lava esfriou, as rochas se acomodaram. E aquela ruína se tornou, aos poucos, apenas parte da paisagem. Da mesma forma, a fúria de Ruff Ghanor esfriou, dando lugar a um vazio enjoativo. Ele ficou por muito tempo ali, de joelhos.

O rei sem corte. O conquistador sem triunfo.

O pai sem filhos.

2 | o alvorecer do santo

— ESTA É A história do Rei Ruff Ghanor I, o matador do dragão, o Santo de Pés Descalços, o escolhido de São Arnaldo, aquele que tirou as Terras Livres da tirania de Zamir e devolveu a elas o nome de Ghanor. Esta é a história do homem que fundou um reino, que alimentou os famintos e deu alento aos desabrigados. Ouçam-na, pois ele é nosso libertador!

O povo gritou:

— *Ghanor! Ghanor! Ghanor!*

Ruff ergueu a mão em bênção, vendo a multidão em êxtase e súplica lá embaixo. O gesto fez o povo calar, exceto os murmúrios de beatitude e o choro dos mais fanáticos. Muitas daquelas pessoas estavam enxergando o rei pela primeira vez, naquela sacada alta. O arauto, erguido num palanque no meio da praça, era cercado por membros da guarda de honra. Ruff sabia o que viria a seguir: o homem, um menestrel de voz poderosa e dom para a dramaticidade, iria contar a versão embelezada de sua infância no mosteiro, sua luta contra Zamir, a peregrinação até Lago de Pó, a forja da armadura de Arcanium, o triunfo contra o dragão. Iria enredar o povo com o relato da luta contra a Ordem de São Theodric, quando Ruff realizara o milagre de estar em dois lugares ao mesmo tempo. Contaria então sobre a tomada da cidade de Ghanor, a fundação da Cidadela de São Arnaldo, a defesa da capital e a derrota do demônio Baal, quando enfim ele se coroara rei, sob os olhos de um anjo.

Não entraria na história Korin, o general que salvou Ruff tantas vezes e manteve o exército unido quando ele estava preso. Não entraria na história Áxia, responsável pela destruição do mosteiro. Não entraria na história a própria traição de Ruff, que escolhera se deitar com a inimiga e com isso gerara maldade suficiente para alimentar o maior dos demônios. Nada disso fazia parte da narrativa. Era importante unir o povo em torno dele mesmo, não diluir seu heroísmo com a verdade.

Lembrando de Korin, Ruff pensou em quanto tempo fazia desde que vira o amigo pela última vez.

Lembrando de Áxia, pensou que seus filhos já estariam com 5 anos.

Ele ficou visível na sacada, estoico sob o sol, enquanto o arauto começava a história. O povo se dividia entre olhar para ele e para o menestrel. A voz do homem já estava quase abafada pelos murmúrios dos plebeus. De vez em quando, havia um grito:

— Majestade, cure meu filho doente!

— Majestade, abençoe meu casamento!

— Majestade, faça com que a chuva caia em minha fazenda este ano!

Aquela gente viera de todos os cantos de Ghanor para o festival. Muitos deles teriam só aquela chance na vida toda para enxergar o rei, suplicar que ele resolvesse seus problemas mundanos, assim como resolvera os problemas monumentais do reino todo. Ruff tinha ao mesmo tempo vontade de abraçar cada uma daquelas pessoas e ajudá-las no que pudesse e sacudi-las e dizer que era inútil esperar por um messias para fazer a peste ir embora, para tornar uma esposa feliz, para forçar a chuva a cair. Mas agora ele era um rei: não fazia nada disso, apenas aparecia na sacada.

Na verdade, se fossem só pessoas de Ghanor, seria fácil. Pessoas de todo o mundo conhecido estavam na cidade para o festival. Ruff nunca vira tanta gente junta, tanta gente diferente, tantas raças, roupas coloridas e bandeiras com brasões nobres. Mas já não ficava mais impressionado — há anos ele deixara o assombro do monge que arregalara os olhos para a multidão em Abismo Sereno. Aquilo era só uma versão maior do que ele enxergava todos os dias, o burburinho da cidade de Ghanor, a capital.

Ruff virou os olhos do povo abaixo para o lado mais distante da praça. Não era possível enxergar um metro de chão. Cada espaço estava atopetado de visitantes, bardos se apresentando, vendedores de doces e frituras, artistas mambembes, punguistas furtivos, mascates fanfarrões, bêbados felizes. Entre aquele formigueiro, destacava-se a estátua. Ela ainda estava coberta, seria revelada naquela noite, na abertura oficial do festival. Ruff não podia pensar muito na grande obra de arte ou ficaria com tanta vergonha de si mesmo que se encolheria de constrangimento. A estátua retratava ele mesmo em sua armadura, brandindo seu martelo, com um pé sobre a cabeça de um dragão. Fora esculpida pela melhor artista de Ghanor, uma mulher surda e muda, com olhos e mãos tão apurados que falava sem sons, apenas por suas imagens. A estátua tinha dez metros de altura e exigira anos para ser completada. Ela comemorava a mesma coisa que o festival: os dez anos da queda de Zamir. Uma década do fim da tirania.

Na praça, o arauto estava chegando à parte da história em que Ruff salvava a vida de um gato e assim descobria seus poderes clericais. Aquele relato preservara o filhote de gato, mas não deixara espaço para Korin. Era melhor assim, o rei repetiu para si mesmo, em silêncio. Era necessário. As pessoas precisavam se unir em torno dele, para que o mundo pudesse ser salvo. Um herói desaparecido, que fizera boa parte do trabalho verdadeiro, só iria complicar as coisas.

Mas era injusto. Era mais uma traição.

Lá embaixo, ao longe, ele viu uma comitiva de cavaleiros abrindo caminho entre o povo. Eles erguiam seus estandartes com orgulho, mostravam um brasão que ele não conhecia: o unicórnio rampante. Devia ser alguma ordem estrangeira. A convocação para o festival dera certo: Ghanor estava cheia de estrangeiros. Ruff teria que consultar os bardos e monges especialistas em heráldica para saber qual era aquele estandarte, e vários outros que adornavam a cidade. Nem a convocação para o malfadado Pacto do Abismo, na cidade de Abismo Sereno, tantos anos atrás, tinha atraído tamanha variedade de pessoas. As raças não humanas tinham se tornado tão comuns na capital nas últimas semanas que nem provocavam mais estranhamento. Era mais fácil ver um plebeu bebendo na taverna com um anão e um homem com cabeça de lobo do que vê-lo apontando para os dois com assombro. Todos comemoravam a derrocada de Zamir. Todos, mesmo nos reinos mais distantes, tinham sentido o alívio de não mais ter um gigantesco dragão vermelho governando um reino. Embora as relações diplomáticas fossem ainda tênues e ele não tivesse conhecido pessoalmente nenhum outro rei, Ruff sabia que seu nome era assunto nos salões de todas as terras. Homens e mulheres poderosos admiravam seus feitos, pensavam em se aliar a ele ou em como manipulá-lo.

O devaneio de Ruff foi interrompido por um servo, enquanto o arauto na praça contava sobre o primeiro ataque de Zamir ao mosteiro.

— Perdão, Majestade — disse o homem, muito curvado, num gesto cerimonial. — Há alguém que pede por vossa presença.

Ruff deu uma última bênção ao povo lá embaixo e se virou.

— Alguém...?

— Faz parte da lista de nomes que Vossa Majestade designou como familiares.

Ruff deixou um meio sorriso se formar no rosto.

— O Prior Niccolas, da Cidadela de São Arnaldo, Majestade.

O rosto do rei se iluminou. Como se voltasse a ser um garoto, Ruff agradeceu rápido ao servo e partiu, controlando-se para não correr. O homem lhe deu passagem, sempre curvado, sem nunca lhe virar as costas.

Ruff se apressou pelos corredores, sendo saudado por uma profusão de mesuras por onde passava, até encontrar Niccolas numa sala de guerra vazia, vestido com o hábito marrom e simples dos monges de São Arnaldo, servindo duas canecas com cerveja de uma ânfora.

— Niccolas!

Ao entrar na sala, Ruff parou de se conter. Deu uma risada de felicidade e, em dois passos, estava sobre o amigo. Tomou Niccolas nos braços, apertou-o forte contra a armadura, ergueu-o do chão.

— Niccolas!

— Olá, Irmão Ruff — disse o monge, com um sorriso de afeto.

Então abraçou Ruff mais uma vez, com um carinho fraternal ou paterno.

Ruff segurou Niccolas pelos ombros, à distância dos braços, e olhou-o com atenção, notando as diferenças desde sua última visita. A Cidadela de São Arnaldo ficava no meio dos Pântanos Cinzentos; viajar para lá era muito difícil. A vida monástica na Cidadela era de isolamento, trabalho e contemplação. Assim Niccolas, como prior, só tinha visitado a capital uma vez nos cinco anos desde que assumira a liderança da ordem. E desde então o tempo tinha cobrado seu preço. O monge já tinha vários cabelos brancos. Há muito perdera a graça desajeitada da juventude, mas agora se movia um pouco mais devagar do que Ruff lembrava. Tinha rugas nos cantos dos olhos e ao redor da boca. Sua voz estava mais rouca, suas palavras eram mais lentas. Assim como o rei, o monge tinha sofrido perdas, e cada uma delas o deixara mais abatido, mais cansado, com alguma cicatriz invisível. O sorriso de Niccolas nunca mais fora tão aberto depois da morte do Irmão Dunnius, na batalha contra as forças infernais de Baal, na própria cidade de Ghanor. Decerto ele não gostava de pisar em Ghanor também para não passar pela catedral reconstruída e lembrar do desabamento do prédio sagrado que matara seu melhor amigo.

Niccolas colocou a mão no rosto de Ruff, uma expressão de carinho que só existia entre uma família.

— Você parece mesmo um rei.

— Preciso parecer.

— Você *é* um rei, Ruff! Meu orgulho não cabe dentro de mim. Mas venha, sente-se aqui comigo, há muito não conversamos com uma caneca de cerveja.

Ruff desabou na cadeira e, antes que pudesse notar, já tinha removido algumas partes da armadura. Debruçou-se na mesa como um garoto. Secou a primeira caneca e Niccolas lhe serviu outra sem pensar.

Nenhum dos dois notou quando escureceu lá fora; só perceberam que um servo pediu licença, entrou na sala e acendeu algumas velas. Havia um comando permanente de nunca interromper o rei quando ele estivesse com seus familiares, a não ser no caso das maiores emergências. Ruff sabia que tinha deveres lhe esperando: muitos emissários de reinos distantes ou nobres de suas próprias terras queriam sua atenção. Mas, por enquanto, ele só tinha ouvidos para o Irmão Niccolas, que o tirara do Túnel Proibido quando ele era apenas uma criança.

Eles falaram sobre a vida na Cidadela, sobre a prosperidade do reino. Ghanor era agora uma terra de fartura e paz. As ocasionais escaramuças entre lordes vizinhos eram rapidamente abafadas pelas tropas do rei. E o próprio Ruff visitava os feudos sempre que podia, ouvindo as reclamações de senhores e plebeus, esforçando-se ao máximo para resolver tudo de forma justa. Nos cinco anos de seu reinado, Ruff não vira nenhuma grande revolta, nenhum ataque externo. O povo amava-o por isso. Finalmente podia fazer planos para o futuro, sabendo que o futuro existiria. Finalmente podia acumular algum ouro e deixá-lo para os filhos, sem que acabasse nos tesouros de um dragão ou de um nobre ganancioso.

Já a Cidadela de São Arnaldo era um lugar onde a sabedoria imperava. Ruff tinha dado total autonomia a Niccolas para liderar a ordem e governar aquela terra exígua como achasse melhor. No meio do pântano, surgia uma nova geração de filósofos e pesquisadores. Os jovens monges copiavam textos antigos e os mais velhos produziam conhecimento novo. E criavam porcos.

— Porcos? — perguntou Ruff, risonho.

— Porcos — o outro deu de ombros. — Como alimento.

— Vocês conseguem criar porcos no pântano?

— Não muito bem, mas também não se cria nada com facilidade no pântano, a não ser que o cardápio seja sanguessuga no café, almoço e jantar.

Os dois riram.

— E... — começou Niccolas, sem ter coragem de terminar a pergunta.

— Korin?

O monge fez que sim com a cabeça.

Ruff desfez o riso, mas não por estar irritado com o amigo. Apenas não conseguia disfarçar a tristeza.

— Nunca mais vi rastro dele — disse o rei, tentando se servir de mais cerveja. Viu que mais uma ânfora tinha acabado. — Eu pensei em mandar procurá-lo, mas...

— Ruff, não me diga que você não vai atrás de Korin por orgulho.

— Não é orgulho! — ele protestou, um pouco mais alto do que pretendia. Então pigarreou e baixou a voz: — Não é orgulho. Não só isso, pelo menos. Ele foi embora, Niccolas. Ele não queria estar aqui. Forçá-lo a voltar é injusto.

— Essa atitude de Korin não faz sentido.

— Faz — Ruff soltou um suspiro fundo. — É mais fácil pensar que não, mas faz todo o sentido do mundo. Eu abandonei a bandeira da cabeça de cabra.

— Ninguém é tão apegado a uma bandeira!

— A bandeira é só um símbolo. Korin não queria viver no meio da política palaciana. Não queria estar sob o estandarte do leão. Acima de tudo, não concordava com o que eu estou fazendo.

— Ele sabe que você faz o que é necessário para o mundo. Ele tem que saber. Você nunca foi ambicioso, Ruff.

— E ele viu o que minha traição causou. Quando estive com Áxia.

Niccolas ficou quieto. Aquele era um tópico muito sensível. Um formigamento estranho tomou conta do corpo do monge, sua boca ficou seca. Ele teve vergonha, embora o culpado fosse Ruff. Não queria confrontá-lo, já tinha ouvido seu pedido de perdão, mas não conseguia olhá-lo no rosto. Ao trair o amor de um anjo, Ruff tinha alimentado o demônio Baal, que assim pôde liderar um exército contra a capital. Não fosse a traição, Dunnius estaria vivo. Muita gente estaria viva.

— Eu queria Korin aqui mais do que tudo — admitiu Ruff. — Mas ele tem direito de não concordar comigo. Ele foi leal desde que éramos crianças. Mas ele é uma pessoa tão importante quanto eu. Mais! Ele foi o general, ele uniu os guerreiros e os manteve lutando quando eu não pude. Eu traí Korin tanto quanto Bellitz ao deitar com Áxia. Ele não pode viver em minha sombra, tem direito a sua própria vida. Não posso exigir que fique aqui.

Niccolas não discordou.

Ficaram em silêncio.

— Existe algo… — Ruff começou, mas balançou a cabeça e desistiu.

— Fale.

— Não. É melhor não.

— Sei quando um acólito precisa se confessar, Irmão Ruff — Niccolas forçou-se a sorrir de novo, apesar de si mesmo. — Você tem algo pesando em seu peito. Coloque para fora.

— Por São Arnaldo, você deve ser um bom prior.

— O segundo melhor prior que estas terras já viram, Majestade — colocou a mão no ombro de Ruff.

O rei tomou fôlego e enfim disse:

— Não foi só isso que aconteceu daquela vez, Niccolas. Por mais mortes que tenha havido, houve outra coisa. Áxia ficou grávida. Tenho três filhos de cinco anos.

Ficaram bastante tempo falando sobre isso. Não beberam mais, e o assunto lúgubre trouxe sobriedade. Nenhum dos dois teve apetite, embora os servos tenham oferecido comida.

— Quem mais sabe? — disse Niccolas, por fim, passando a mão nos cabelos, num gesto exausto.

— Quase ninguém. Eu, você. Áxia, é claro. Eu espalhei um punhado de agentes de confiança pelo mundo, para tentar obter alguma notícia sobre as crianças. Alguns desapareceram, mas a maioria ainda manda relatórios. Ninguém sabe de nada.

— E você confia nesses homens?

— São veteranos da batalha contra Zamir. Eu os conheço e eles me conhecem. Se alguém vai me trair, não são eles.

— E Zamir sabe?

Ruff fechou os olhos.

— Zamir acha que os filhos são dele.

— E podem ser?

— Podem — ele confessou. — Podem ser filhos do dragão ou podem ser meus. E isso me mastiga por dentro, Niccolas. Isso não me deixa dormir direito desde quando presenciei aquele ritual. Eu tenho responsabilidade sobre essas crianças. Elas já têm quase a idade que eu tinha quando vocês me encontraram. Fico imaginando...

— Não é culpa sua.

— Sim, é.

— Irmão Ruff, olhe para mim.

Ruff abriu os olhos, sério.

— Você já pagou por seus erros — tocou de leve na testa do rei. — Eu o absolvo.

Ruff afundou o rosto nas mãos e caiu num choro convulsivo.

Niccolas deu um tapinha em seu ombro, sorriu com os lábios apertados, já preparando algumas palavras de conforto. Conhecia aquela enxurrada de sentimentos. Era a culpa que muitos carregavam, embora ninguém tivesse um fardo tão grande quanto Ruff Ghanor. No fim, ele era igual a todos.

— Você não entende *nada* — disse Ruff, emergindo dos soluços.

Niccolas foi pego de surpresa.

— Eu já disse, Irmão Ruff, você está absolvido...

— Você não tem poder para me absolver, Niccolas. *Ninguém tem.*

— Ruff, São Arnaldo vê o que está em seu coração...

— São Arnaldo nunca conheceu um dever como o meu! São Arnaldo não sabe nada!

Niccolas ficou calado, a boca entreaberta.

— Alimentar os famintos? Isso é piada! É uma brincadeira! Eu preciso controlar o comportamento de todas as pessoas do mundo! Está entendendo? Todas!

— O santo irá guiá-lo.

— Só os deuses podem me guiar, Niccolas! Só eles sabem o que preciso fazer! Por isso devo viver cada dia como *eles* ditam, por isso tudo deve ser como *eles* ordenam! Os deuses são tudo, não entende? Os deuses precisam ser obedecidos ou vão destruir este mundo!

— Ruff, tudo que você já fez...

— Tudo que fiz não é *nada!* Olhe a seu redor! *Um* reino prosperando? É insignificante! Eu preciso salvar o mundo! Tudo precisa ser verde! — Ruff bateu com o punho na mesa.

— Ruff...

— Verde! — bateu de novo, derrubando uma ânfora. — E bom! — outra pancada. — Verde e bom!

Bateu de novo, e Niccolas viu rachaduras se espalharem pelas paredes e pelo teto.

Ruff já tinha parado de chorar e agora olhava vidrado para ele.

— Todos precisam viver de acordo com a lei dos deuses, Niccolas. Eles são nossos juízes. E eles não nos compreendem. Eles nunca viveram um dia na terra. Eles nunca sentiram frio em meio à chuva ou passaram fome durante uma seca. Eles não conhecem a dor e a necessidade. Mas eles olham o mundo e veem traição e loucura ou tudo verde e bom. Não há meio termo! É o paraíso ou a destruição!

Silêncio. Ruff estava ofegando.

— Ninguém pode viver totalmente de acordo com os preceitos divinos, Irmão Ruff.

— Eu posso. Eu preciso.

Ruff se ergueu.

— E, para que o mundo tenha uma chance, todos irão.

Pela manhã, o rei atravessou as ruas de Ghanor, seguido por sua guarda de honra e seu cortejo, em direção à estátua. O povo se aglomerava para vê-lo. Soldados de capa vermelha postavam-se dos dois lados, formando um corredor para que Ruff passasse. Liderando a procissão havia dois clérigos sacudindo turíbulos por onde emanava incenso de cheiro doce. Depois deles, seguia o arcebispo de Ghanor, Dom Archillon, um religioso jovem e cheio de vigor, escolhido a dedo pelo rei.

Em seguida vinham alguns dos soldados veteranos mais leais. Eram aqueles que tinham lutado contra os hobgoblins de Zamir desde o início; muitos recrutados em Lago de Pó; alguns ainda provenientes da aldeia próxima ao mosteiro. Eram heróis quase tão lendários quanto o próprio Ruff, homens e mulheres que faziam parte de uma irmandade aclamada e gloriosa, que confiavam uns nos outros com suas vidas e eram os mais honrados a servir ao rei. Já havia canções também sobre eles — dez anos era muito tempo para construir uma reputação. Os heróis tinham até mesmo a permissão especial de trazer, bordado do lado de dentro de suas capas, o brasão da cabeça de cabra. Eles haviam seguido aquele estandarte e Ruff concedera-lhes o favor de continuar usando, pelo menos em segredo. Muitos cidadãos de Ghanor conheciam seus nomes e os favoritos da multidão eram saudados aos gritos:

— *Hector!*

— *Nylla!*

— *Tydwil!*

E então, do meio do burburinho, veio um grito:

— *Korin!*

— *O general! Onde está o general Korin?*

O nome de Korin foi gritado várias vezes. O povo lembrava de quem os havia conduzido durante muito tempo.

Mas então, logo após os veteranos, passava o rei. E, por onde ele passava, a celebração de qualquer outro nome era abafada pelo retumbar uníssono de uma só palavra:

— *Ghanor! Ghanor! Ghanor!*

A cada passo, Ruff ouvia o próprio nome, explodindo em meio ao povo como um trovão. Seu peito se remexia de um jeito estranho ante aquela aclamação, não importava quantas vezes ocorresse.

— *Ghanor! Ghanor! Ghanor!*

Depois do rei, caminhava o gigante Johrgrund, tentando tapar os ouvidos com a única mão e fazendo caretas para os homenzinhos que nunca paravam de gritar. Ele já era uma figura conhecida na cidade; famoso por devorar rebanhos inteiros, secar adegas, massacrar inimigos com uma ferocidade que era rivalizada apenas pelo próprio rei. Johrgrund coçou o traseiro e deixou arrastar no chão o imenso mangual de três cabeças, a arma que Ruff tinha forjado para ele e que fazia as vezes de mão direita.

O elfo Edyriell, ex-guarda do Palácio do Expurgo na Floresta Alta, liderava um pequeno destacamento de arqueiros élficos na procissão, logo após Johrgrund. Os elfos marchavam leves e altivos, tentando ignorar o mau cheiro que vinha do gigante. Edyriell viu alguns de seus compatriotas desgarrados na multidão e fez um aceno de cabeça. Para um elfo, a queda da Floresta Alta era ainda muito recente; sua longevidade significava que o passado parecia muito próximo.

Por último vinha o velho espadachim Lurius Minimus, conduzindo os mais experientes capas vermelhas da capital. Lurius andava curvado, seu rosto era apenas rugas, mas ele ainda era ágil com a espada de esgrima. Era o responsável pela guarda da cidade e mostrara-se um líder exemplar, digno do posto de honra no círculo interno do rei. Lurius ainda reclamava de seu filho, um homem empolado para quem ser nobre era mais importante do que fazer o bem, mas ele nunca dera as caras na capital e estava isolado no castelo que a família Minimus tinha recebido como recompensa por sua lealdade.

Os guerreiros e clérigos reunidos ali podiam fazer frente a quase qualquer coisa, mas Ruff se mantinha vigilante. Áxia atacara no passado durante uma festa daquele tipo; podia atacar de novo. Os capas vermelhas estavam atentos pela capital, havia sentinelas em cada torre alta, em cada esquina movimentada. Os guardas que estavam fazendo a contenção do povo tinham a oportunidade de cruzar o olhar com o próprio rei e não havia um que não estufasse o peito. Ruff aproveitava para passar as tropas em revista e dar rápidas palavras de incentivo a cada um.

Súbito, o rei se deteve em uma miliciana. A procissão parou de repente, ninguém sabia o que fazer. Ruff examinou o rosto daquela garota. Era muito jovem, com certeza aquele era seu primeiro ano na guarda. Era alta, mas magra, braços e pernas compridos. Seu rosto oval era muito, muito familiar. Ele se aproximou, num gesto nada aristocrático.

— Você… — ele disse. — Você não é…

E a miliciana interrompeu o rei, com um sorriso meio satisfeito, meio constrangido. Ela não tinha medo de Ruff Ghanor, pois seu pai só falara maravilhas sobre ele.

— Sou Dianna, Majestade. Filha do Irmão Dunnius, que viveu com Vossa Majestade no mosteiro. Eu... Eu ainda tenho memórias de Vossa Majestade antes de ser rei.

Naquele momento, Ruff não se preocupava nem um pouco com o protocolo. O resto da procissão e o povo reunido ficaram esperando, enquanto ele olhou aquela miliciana com olhos de irmão mais velho. Teve vontade de abraçá-la, mas sabia o orgulho que os capas vermelhas tinham com sua disciplina e disposição ao serviço. Não iria forçá-la a uma intimidade que não combinava com o uniforme honrado.

— Você decidiu ser guarda?

— Meu pai queria que eu fosse clériga, Majestade. Mas, durante as missas, eu sempre acabava me envolvendo em brigas com os garotos.

Ela tinha o jeito de falar de Dunnius, apenas não tão desajeitada. Pelo contrário, parecia segura de si e confiante.

— Seu pai está orgulhoso de você, Dianna. Eu devo tudo a ele.

Então, num gesto que já estava ficando automático, abençoou a garota. Sorriu de novo para ela e continuou em frente.

A família do Irmão Dunnius recebia ouro da coroa de Ghanor. A lealdade do monge não podia ficar ser recompensa, nem sua viúva ficar desamparada. Ruff até mesmo fizera planos concretos de ir visitá-la logo depois da morte do amigo. Mas os deveres do trono se avolumavam rápido e aquele tipo de compromisso era sempre adiado. Ruff não sabia quando a intenção de fazer aquela visita simplesmente desaparecera de sua mente. Algumas pessoas sempre acabavam caindo por entre as frestas dos compromissos.

Enfim ele chegou até seu destino, a enorme estátua. Ainda estava coberta, embora quase todo cidadão de Ghanor já a houvesse visto em variados estágios de completude. Havia outra comitiva o esperando lá. A artista, uma mulher alta de cabelo raspado e olhos púrpuras, posava orgulhosa como uma caçadora ao lado da presa. Perto dela, um círculo de capas vermelhas, um punhado de veteranos e, é claro, os embaixadores estrangeiros.

Ruff convidara os regentes de cada um dos Sete Reinos, além de Jaffba, o governante da cidade de Rocha Negra e líder informal da Confederação dos Mercadores. Dentre estes, apenas Jaffba já demonstrara algum interesse em relações amigáveis com Ruff, bem antes de ele ser rei. Ruff imaginava que o príncipe mercador gostava de apostar em vários poderes em ascensão — alguma das apostas daria bons resultados. Ele tinha contato com os demais reinos apenas por emissários ocasionais e interesse quase unilateral de parte do próprio Ruff. Ele lera muito, trocara muitas missivas, mas o contato diplomático era reduzido. Ruff suspeitava de que as outras nações não quisessem ser vistas como próximas a Ghanor, percebido ainda como instável. Aquele festival era uma data histórica importante em que relações próximas seriam firmadas — preferencialmente, relações de amizade. Nenhum dos reis comparecera, mas os embaixadores tinham recebido um tratamento real no castelo. Agora estavam ali, com suas roupas de luxo, seus estandartes e talvez até mesmo alguns presentes.

Todos se curvaram ao rei. Ruff fez um gesto de bênção sobre eles. Então se virou, ficando de costas para a estátua. O povo silenciou, sabendo que logo ouviria a voz do Santo de Pés Descalços.

— Meus súditos, meus amigos — Ruff Ghanor disse, em tom calmo e poderoso. — Há dez anos estamos livres. Hoje comemoramos dez anos da morte de Zamir. Durante uma semana, vamos celebrar! Porque somos fortes! Somos unidos! Somos livres!

— *Ghanor! Ghanor! Ghanor!* — urraram súditos e estrangeiros, pela cidade toda, como se tivessem ensaiado.

Então um servo puxou uma corda e os panos brancos caíram de cima da estátua. A figura monumental de Ruff Ghanor empunhando o martelo e pisando no dragão revelou-se em todo o seu esplendor, banhada pelo sol forte.

Ruff olhou seu próprio rosto de pedra, escondido pelo elmo de pedra, e pensou em quantas mentiras havia ali. Zamir não estava morto. E, se alguém fosse medir o heroísmo, dentro daquela armadura bem poderia estar Korin.

Depois de mais discursos, da cerimônia em que o arcebispo abençoou a estátua, do laureamento da artista com uma insígnia de honra do reino, os embaixadores vieram ter com Ruff. Aquilo também fazia parte do protocolo, a ideia era mostrar a todos as amizades que começavam ali, mas boa parte da população já estava desinteressada. Depois das palavras do rei e da revelação da estátua, ursos dançarinos, prostitutas convidativas e barris cheios de vinho pareciam mais interessantes. A festa continuou pela cidade, como continuaria por mais seis dias.

O primeiro na fila de embaixadores deferentes era uma figura conhecida, embora bizarra. Twi'zzek, um homem de pele rosa, dentes pontiagudos e dois tentáculos brotando da cabeça, era o enviado da Confederação dos Mercadores. Ele já estivera com Ruff em Abismo Sereno, anos atrás. Se Jaffba apostava, Twi'zzek colocava as fichas. Ele fez uma mesura.

Dois homens vestidos em roupas extravagantes, com olhos totalmente negros, depositaram um baú aos pés de Ruff.

— Majestade — cumprimentou a criatura rosada. — Já tive a honra de estar em vossa presença. Não espero que lembre de mim.

— Lembro de você, Twi'zzek. Jaffba foi um dos raros amigos que tive antes de possuir uma coroa.

— Jaffba, o Horrendo, preza por vossa amizade. E é por isso que venho aqui com um presente — indicou o baú. — Rogo a Vossa Majestade que só o abra em particular. E tenha em mente que a beleza não é tudo numa oferenda.

Ruff abençoou Twi'zzek, embora duvidasse de que aquilo tivesse muito significado para o homem.

A embaixadora do reino de Zibrene veio em seguida. A primeira impressão que Ruff teve da mulher foi seu perfume: ela cheirava a frutas, a canela e a algo mais exótico que ele não conseguia discernir. Usava um vestido vermelho, enorme, cheio de bordados, que revelava bastante de seus seios. Os cabelos muito negros e crespos eram grandes, quase redondos ao redor da cabeça, e ela se abanava com um leque. Sua pele era escura, reluzente, e o rei ficou impressionado com sua beleza. Por cima de seus lábios muito vermelhos havia uma pinta e ela sorria com uma espécie de provocação. Seu andar era quase uma dança, mas carregava uma espada de esgrima na cintura.

— Majestade — ela fez uma mesura. — Sou Yolanda de la Vega e venho em nome de Sua Impetuosa Graça, o Rei Etxaberri Alderón II, de Zibrene. Rogo para que tenhamos uma relação frutífera.

Yolanda de la Vega falava com um sotaque carregado e pontuava cada palavra com um risinho. Ela disse mais algumas amenidades, estendeu a amizade do rei, mas não falaria nada de concreto perto de ouvidos curiosos.

O embaixador do reino de Artus era um homem barbudo, vestido numa túnica de peles e um elmo que recobria metade de seu rosto. O estandarte do reino, um texugo ao lado de um machado, era carregado por uma guerreira também trajada em peles e um elmo. O embaixador era grandão e tinha porte de guerreiro, mas, além de um machado, carregava uma gaita de foles. A título de prestação de respeito, tocou uma rápida música marcial para Ruff, que até conseguiu ver alguma beleza no som do instrumento.

— O Alto Chefe Gunnar Nariz de Lobo, de Artus, saúda Vossa Majestade — disse o embaixador, em tom rude, mas respeitoso.

— Diga ao Alto Chefe que ele é bem-vindo para beber em meu salão ou conversar em minha corte, como achar melhor.

— O Alto Chefe Gunnar também deseja tratar com Vossa Majestade quanto saque será tolerado em suas terras e convidá-lo aos jogos de pilhagem do povo de Artus. Não mataremos muitos dos seus.

Ruff desvencilhou-se rapidamente do embaixador.

Em rápida sucessão, vieram os embaixadores de Mattora, Utteria e Vammira. Eram três reinos pequenos, em eternas disputas de fronteira entre si, conhecidos como os Três Irmãos. Os embaixadores eram quase iguais: homens com jeito de guerreiros, trajados em cota de malha e mantas elaboradas que se enrolavam no corpo, com grandes espadas de duas mãos. Eram pálidos e tinham vastos bigodes e barbas, mas não pareciam tão selvagens quanto os homens de Artus. Ruff sabia que os três reis eram fracos, meros peões nas mãos dos senhores feudais dos respectivos reinos. Não tardou para que cada um dos enviados pedisse favores contra os outros dois reinos e sugerisse que seus dois colegas estavam tramando contra Ruff. Com um pouco de esforço, os três foram dispensados.

Então veio um homem todo trajado de preto. Suas roupas eram tecidos caídos, como se estivessem úmidos e pesados demais no corpo. Seus cabelos também eram negros e seu rosto era pálido. Ele carregava uma foice e, na outra mão, o estandarte negro com uma caveira branca. Era o brasão do reino de Kottar.

— Que a morte demore ainda bastante para Vossa Majestade — cumprimentou o embaixador. — E que seja rápida quando vier. A morte de um rei deve ser rápida, é o que dizemos em Kottar. Nada pior que um rei agonizando na cama.

Ruff aceitou o cumprimento bizarro. Sabia que o reino de Kottar tinha estranhas tradições funerárias e era obcecado com a morte. Obra de alguma antiga praga de mortos-vivos. Começou a fazer o gesto para abençoar aquele embaixador, mas o homem o deteve.

— Oh, não, Majestade, por favor, não desperdiçai vossas bênçãos em mim. Em Kottar, não acreditamos nos deuses, porque os deuses não acreditam em nós. Acreditamos na morte. Ela também duvidou de nós, séculos atrás, mas desde então sempre lembramos a ela de que estamos aqui e ela nunca mais esqueceu! Os deuses não nos veem, mas a morte vê tudo quando não está distraída.

Disfarçando um sorriso, Ruff lembrou que, entre todos os reinos, Kottar não compartilhava da crença nos deuses. Ou até acreditava neles, mas não lhes dava atenção. Poderia ser um problema, e ele sentiu um repuxão no peito, ao pensar que aquela gente não conhecia os desígnios divinos.

— Como é o seu nome, embaixador?

— Na minha lápide será gravado o nome Fester de Salúria, se agrada a Vossa Majestade. Aliás, minto; o nome não será gravado, já foi. É útil deixar esse tipo de arranjo já preparado. Minha lápide é linda, Vossa Majestade devia vê-la. Toda decorada com bom gosto. Foi escolha de minha mãe, ela me deu de presente quando fiz dez anos. Boníssima mulher, minha mãe, tão boa que a morte quis levá-la logo. E, para não perder a viagem, levou também toda nossa aldeia, chamada Salúria. A morte é prática, assim como uma mãe que dá uma lápide ao filho. É um presente que com certeza ele vai usar.

Fester de Salúria parecia amigável; estendeu-lhe um pequeno embrulho como presente. Era envolto em pano negro e estava úmido.

Ruff abriu-o e viu que era um fêmur de criança e alguns saquinhos com uma substância de cheiro forte.

— É um dos ossos de meu filho — explicou o embaixador. — Por favor, fique com ele, traz sorte. Não trouxe para meu filho, mas deve trazer para alguém. Os saquinhos são um veneno poderoso. Mata com facilidade e rapidez, atrai a atenção da morte sem falta. Vossa Majestade pode confiar, meu filho brincou com isso e agora é um punhado de ossos para ser distribuído a reis.

Ruff se livrou do presente e do embaixador. Faltava apenas um. O enviado da terra mais rica do mundo conhecido, o reino de Sammelen.

Para a surpresa de Ruff, quem surgiu não foi um guerreiro ou um nobre. Era um clérigo.

O homem trajava roupa sacerdotal de gala, com uma estola púrpura e um báculo alto. Ele olhou Ruff de cima a baixo e não o chamou de Vossa Majestade.

— Você não é um rei — disse o homem. — É um monge que nunca foi pedir a bênção do Santo Vivo, um usurpador que coroou a si mesmo. O reino de Sammelen e a Igreja dos Criadores Invisíveis não reconhecem sua autoridade.

O embaixador de Sammelen então cuspiu na estátua de Ruff Ghanor, com uma expressão de nojo. Virou as costas ao rei, como se ele não fosse ninguém.

O povo explodiu em pragas e xingamentos. Os capas vermelhas fizeram força para contê-los. Os outros embaixadores começaram um burburinho, Yolanda de la Vega escondendo a conversa com Twi'zzek por trás de seu leque. Atônito, Ruff ouviu a voz de Fester de Salúria:

— A morte definitivamente está prestando atenção nisso.

3 sangue e areia

O RUGIDO DA multidão já era um barulho de fundo que Ruff mal percebia. Era até engraçado, mas nem o grito de seu nome, repetido inúmeras vezes, o sacudia mais por dentro. Ele só pensava na cusparada do embaixador em sua estátua e no espectro da guerra que podia estar se avolumando sobre Ghanor.

Sentado na tribuna real da Arena de São Theodric, ele sentiu toda a construção tremer quando o povo, lotando as arquibancadas, saudou os primeiros competidores e bateu os pés no chão. Era quase um terremoto.

A cadeira na qual ele sentava era um trono. O trono menor, a sua direita, estava vazio. Seria reservado a sua rainha, mas o rei ainda estava solteiro. Durante o festival, não faltaram pretendentes: nobres de todos os cantos de Ghanor e dos Sete Reinos vieram desfilar suas filhas na frente dele, esperando que alguma o encantasse. Ruff poderia escolher quem quisesse entre duquesas, marquesas e condessas. A maioria era bonita, várias que pareciam inteligentes e cultas e algumas que até podiam ser pessoas interessantes. Altas clérigas e aventureiras também se aproximavam dele e era fácil notar as que estavam buscando uma coroa. Mas Ruff não queria casar. Ao menos não ainda, enquanto não se livrasse de algumas esperanças vãs sobre gente em seu passado. Então o trono da rainha permanecia vazio.

Os embaixadores também tinham sido convidados para a tribuna e sentavam-se dos dois lados de Ruff, mais afastados. Johrgrund ficava de pé, meio encolhido naquele camarote. O gigante e alguns membros da guarda de honra eram toda a segurança de que o rei precisava. Ruff também tinha convidado Niccolas para sentar bem a seu lado. Embora o monge não fosse muito afeito a lutas, os dois conversavam. Ruff procurava conselhos no amigo. Era bom estar em família.

Arautos de pé na areia anunciaram com trombetas os primeiros competidores. A Arena de São Theodric era uma construção ovalada, com arquibancadas sobrepostas, que acomodava milhares de pessoas. Raramente estava cheia — esportes de combate não eram o forte em Ghanor e Ruff proibira lutas até a morte ou punição de criminosos na arena. Contudo, torneios como aquele eram bons para marcar grandes eventos, como o festival. E, por mais paradoxal que fosse, eram bons para unir as pessoas. Competição entre facções tornava a população sectária, mas lutadores tinham uma espécie de companheirismo entre si, mesmo sendo rivais. Era bom para o povo ver aqueles homens e mulheres se abraçando antes e depois da luta, cumprimentando-se, respeitando-se mutuamente. Era um lembrete de que havia honra entre adversários.

Os dois primeiros competidores entraram por lados opostos da arena. Um era soldado do exército de Ghanor e trajava o equipamento tradicional: cota de malha, escudo e espada. A multidão gritou seu apoio a um dos representantes do reino e o guerreiro bateu com a espada no escudo, agradecendo os aplausos. O outro era um esgrimista de Zibrene, um homem negro, alto e esguio, trajado em armadura de couro, deixando à mostra seus braços musculosos e tatuados com tinta dourada. Ele carregava um florete e tinha uma rosa nos lábios. Um pequeno contingente de Zibrene nas arquibancadas fez barulho, uivando em louvor ao espadachim, tocando instrumentos de corda típicos do reino, dançando no lugar. Ele examinou a plateia rapidamente e jogou a rosa para uma garota de Ghanor sentada nas primeiras arquibancadas.

Os dois lutadores saudaram o rei, ambos se curvando.

Ruff ficou de pé e proferiu:

— Que comece o Torneio dos Reinos!

As trombetas soaram de novo, os lutadores viraram-se um para o outro, o público berrou seu incentivo e a luta começou.

— O que você vai fazer sobre o reino de Sammelen? — perguntou Niccolas, com os olhos na arena, mas sem prestar atenção.

— Ainda não sei — disse Ruff. — Até onde sabemos, é poderoso demais para ser desafiado. E ainda há a Igreja dos Criadores Invisíveis. A estrutura da igreja é muito labiríntica e sua relação com o reino é mais confusa ainda.

— Não entendo tudo isso — confessou o monge. — Nunca achei que precisaria me preocupar com alta politicagem.

— Nunca achei que a igreja estaria tão envolvida na política.

Ruff sentia-se ingênuo. Tolo até. Ele nunca presumira amizade eterna ou mesmo honestidade dos outros reinos. Nunca presumira nada além de contato peremptório naqueles primeiros anos de seu governo. Por isso o festival: um convite oficial servia para estreitar laços e criar verdadeiras relações. Mesmo assim, sempre achara que seu direito seria automaticamente reconhecido. A igreja em Ghanor reconhecia-o, em parte porque ele era o maior líder religioso da terra. E seus súditos o reconheciam. Mas o monarca do mais rico reino, além de uma estrutura eclesiástica que ele não entendia, chamava-o de usurpador. O embaixador de Sammelen cuspira na estátua, algo que era um insulto, talvez uma ameaça à soberania de Ghanor, quase uma declaração de guerra. Após entregar a mensagem do rei e do Santo Vivo, o líder da igreja, ele partira com sua comitiva. E Ruff sabia que os outros embaixadores estavam falando sobre isso. Sabia que a notícia já tinha se espalhado a seus próprios nobres. A última coisa de que ele precisava agora era instabilidade política.

— Nós nunca estivemos submetidos a uma autoridade eclesiástica suprema — disse Niccolas. — Sempre pensamos que as ordens eram quase independentes. A Ordem de São Arnaldo, a Ordem de São Theodric... Aliás, por que batizar esta arena com o nome de São Theodric se os cavaleiros do santo foram seus inimigos?

— São Theodric estava se misturando com Baal no imaginário do povo. Era preciso lembrar que ele era um santo e não um demônio. Mas volte ao assunto. Então esse Santo Vivo julga ter autoridade sobre nós?

— Isso não vai ser problema. Eles podem ter poder político, mas nós somos capazes de milagres. Você sabe como o povo reage a isso. Os embaixadores e visitantes de outros reinos vão espalhar histórias de seus poderes, assim como aconteceu em Lago de Pó. Entre alguém que tem um título bonito e alguém que salva sua vida, um aldeão sempre vai seguir o segundo.

Na arena, o soldado avançava implacável contra o espadachim, protegendo-se com seu escudo e forçando o outro a recuar. O esgrimista dançou para um lado e para outro, mas não conseguia achar uma brecha de ataque. O soldado bateu com o escudo no ombro do adversário, conseguiu desequilibrá-lo e aproveitou para dar um corte fundo em sua coxa.

Lurius Minimus se curvou de onde estava, sentado atrás do rei:

— Aposto qualquer quantia no garoto de Zibrene.

— Nosso soldado está levando a melhor — disse Ruff.

— Os guerreiros adoram essas barras de aço pesadas e desajeitadas. Uma verdadeira arma é esperta, ágil e elegante — deu um tapinha carinhoso no cabo de sua espada. — Assim como um verdadeiro homem. O esgrimista vai ganhar.

— O reino de Sammelen é governado pela igreja? — Niccolas interrompeu a discussão esportiva. — Por que um representante do Santo Vivo veio como embaixador?

— Até onde eu sei, reino e igreja são duas coisas diferentes — respondeu Ruff. — Mas Sammelen é rico e tem laços com essa estrutura. Em Ghanor, antes que tomássemos o poder, a igreja também se alinhava com quem tinha mais ouro.

O esgrimista mancou e deixou a perna ferida se dobrar. O soldado viu a abertura e caiu sobre ele com um golpe amplo e forte. Era um truque: o homem de Zibrene rolou para o lado e deu uma estocada certeira, perfurando a axila do adversário e forçando-o a largar a espada. O soldado caiu e o esgrimista encostou a ponta do florete em sua garganta.

Os espectadores de Zibrene explodiram em vivas. Os de Ghanor aplaudiram com relutância. A vitória era de Zibrene na primeira luta do torneio.

— Eu disse — sorriu o velho Lurius Minimus, por detrás do bigode branco.

Ruff resmungou qualquer coisa. Ficou contrariado por ter errado em mais isso, sentiu um mau humor borbulhando.

As lutas eram até a rendição. Isso significava que vários lutadores se feriam e precisavam lutar de novo com esses ferimentos se progredissem para as finais. Mas era mais emocionante do que lutas até o primeiro sangue ou sem armas. Sempre era possível que acontecesse um acidente e alguém morresse, mas havia clérigos de prontidão para minimizar esse risco.

A segunda luta colocou um guerreiro de Kottar, todo vestido de preto, contra um orgulhoso lutador de Vammira, de peito nu. O homem de Vammira levou a melhor. Na terceira luta, enfrentaram-se uma pugilista de Ghanor e um bárbaro de Artus. Ghanor venceu e a plateia saudou a mulher como se fosse a responsável por acabar com as doenças no mundo. Eram lutas curtas, em rápida sucessão, e era difícil não se deixar contagiar. Quando começou a quarta luta, até mesmo Niccolas estava torcendo, e Johrgrund berrava conselhos e impropérios para os competidores lá embaixo.

Quando a primeira fase de lutas já estava acabando, surgiu uma guerreira de Artus. Era forte, mas muito jovem, ainda não saíra da adolescência. Tinha longos cabelos ruivos, divididos em duas tranças grossas, usava cota de malha e uma pele de javali. Numa mão, carregava um machado pequeno e um escudo circular na outra. Seu adversário era um cavaleiro de Ghanor. Lutava a pé, mas de armadura completa, com um penacho sobre o elmo. Usava um mangual e um escudo triangular. Quando os dois competidores entraram na arena, imediatamente o público de Artus se manifestou, berrando o nome do reino, batendo pedaços de pau em escudos (já que não podiam entrar armados nas arquibancadas) e emitindo uma cacofonia de seus berrantes e suas gaitas de foles. Em resposta, os cidadãos de Ghanor gritaram em uníssono o nome do reino e do rei.

— Isso sim é uma arma de verdade! — entusiasmou-se Johrgrund, ao ver o mangual do cavaleiro. — Veja, Lurius, a cabeça da menina vai virar papa! Vai ser lindo! — deu um tapinha nas costas do velho espadachim que tirou seu fôlego e por pouco não quebrou alguns ossos.

— Ninguém vai morrer nessas lutas, Johrgrund — lembrou Ruff.

— Ah, é verdade — disse o gigante, desapontado. — A vida é dura por aqui.

A luta começou e a garota gritou e investiu contra o cavaleiro, sem hesitar. As gaitas de foles aumentaram de volume. O homem ergueu o escudo, mas ela enganchou a lâmina de seu machado na borda da proteção, puxou-a para baixo e então bateu com o próprio escudo no elmo do adversário. Ele ficou tonto por um instante, a garota golpeou seu cotovelo direito, acertando numa fresta das placas. Ruff ouviu o grito do homem. A menina se abaixou, usou a lâmina do machado para puxar os joelhos do cavaleiro para a frente, então deu um pulo e o empurrou com o escudo para trás. Ele tombou, ela montou sobre ele e abriu seu elmo. Súbito, abaixou a cabeça num bote e ergueu-a, os dentes cheios de sangue. Tinha mordido o cavaleiro, ele estava berrando e se debatendo, e rapidamente os arautos soaram as trombetas e anunciaram o fim da luta. Ela não parecia satisfeita e guardas tiveram de arrastá-la para longe. O público de Artus explodiu em comemorações.

— Isso foi quase melhor do que uma cabeça virando papa! — entusiasmou-se Johrgrund.

A tarde seguiu, as lutas progrediram. Aqueles não eram os maiores campeões de cada reino. Pelo contrário: Ruff tomara cuidado para estipular que o torneio não reunisse símbolos de orgulho nacional ou heróis reverenciados, mas lutadores comuns. O público podia respeitar adversários que vencessem seus conterrâneos, mas uma disputa entre os maiores de cada nação seria um convite para inimizades. Além disso, os guerreiros, soldados e aventureiros comuns que estavam competindo realmente se beneficiariam do prêmio: um elmo de ouro gravado com o leão de Ghanor.

Durante um intervalo, o Irmão Niccolas se ausentou. A segunda fase das lutas colocou os vencedores uns contra os outros. O esgrimista de Zibrene, que vencera a primeira disputa, foi derrotado por um lutador de Mattora, que usava uma maça e carregava um grande odre cheio de bebida forte. A pugilista de Ghanor venceu mais uma vez, agora contra um conterrâneo, um aventureiro de Ghanor que usava duas adagas. O guerreiro de peito nu, representante de Vammira, venceu uma elfa que usava uma lança comprida. A segunda fase seguiu sem muitos incidentes. Na última luta, a garota ruiva de Artus provou-se vitoriosa mais uma vez, fazendo um vistoso gladiador da Confederação dos Mercadores render-se e pedir socorro ante sua ferocidade.

No intervalo entre a segunda e a terceira fase, Niccolas voltou, trazendo alguns pergaminhos.

— Onde você estava? — quis saber Ruff.

— Bem, não podemos conversar muito com os embaixadores e principalmente não podemos revelar a eles o quanto somos ignorantes. Mas os embaixadores têm comitivas.

— Você foi falar com as comitivas dos embaixadores?

— Tentei Zibrene, mas acho que são ardilosos demais para mim. Além disso, não entendo direito seu sotaque. Consegui uma boa conversa com as pessoas de Kottar. Uma disposição realmente cintilante, descobri cinco doenças que podem me matar de forma horrível antes de chegar ao assunto que queria e ainda ouvi que, se eu morresse de verdade e não voltasse como um morto-vivo, teria sorte. Enfim, eles não tinham a informação de que eu precisava. Por fim, falei com o grupo de Mattora. São gente irritada, mas sabem das coisas.

O rei se forçou a sorrir. O prior da Cidadela de São Arnaldo procurava saber da política dos reinos, da estrutura da igreja que desafiara Ruff. Procurava ser um conselheiro melhor. Mesmo que estivesse longe e passasse anos ausente, Niccolas sempre seria um de seus familiares mais próximos. Talvez o mais próximo ainda vivo.

— As pessoas têm opiniões fortes a respeito de Ellius Tyberax — disse Niccolas. — É o nome do Santo Vivo.

— Eu sei — Ruff suspirou, cansado.

A situação grave pesava no fundo de sua mente, mas não era razão para perder a paciência com Niccolas. Ele se desculpou imediatamente.

— E agora eu também sei — Niccolas não deu atenção ao pedido de desculpas do amigo. — E sei um pouco sobre como ele influencia os Sete Reinos.

Ellius Tyberax era o líder da igreja em todo o mundo conhecido, exceto em Ghanor. Os reinos de Sammelen, Zibrene, Artus, Mattora, Utteria e Vammira obedeciam às ordens da igreja. Embora cada um tivesse um governo independente, a crença era que o poder secular emanava dos deuses. Assim, Ellius Tyberax podia coroar um rei ou declará-lo ilegítimo. Podia sancionar as decisões de um monarca ou decidir que eram ilegais. Dizia-se que um rei coroado pelo Santo Vivo tinha uma espécie de ligação mística com a terra, algum poder mágico real, mas ninguém jamais vira aquilo se manifestando. Havia um acordo tácito entre aqueles reinos: nenhum deles atacava o outro abertamente, pois uma guerra precisaria ter o aval da igreja ou todos os demais se uniriam contra o agressor. Talvez nem Sammelen, o maior e mais rico, pudesse enfrentar os outros cinco unidos. Os assim chamados Três Irmãos, Mattora, Utteria e Vammira, viviam em escaramuças e disputas de fronteira, mas as mantinham escondidas e em pequena escala. Se um dos três se sentisse realmente ameaçado, também poderia contar com o apoio dos demais.

— A maior incógnita é a Confederação dos Mercadores — disse Ruff. — Jaffba, o Horrendo, diz ser meu amigo, mas não sei o que esperar dele.

— Eles não têm rei, então o poder do Santo Vivo e da igreja é mais limitado por lá. Mas você sabe que Jaffba não gosta de criar inimizades inúteis. Os mercadores querem vender para os reinos alinhados com a igreja. Não é vantagem desafiá-la.

Ruff ergueu uma sobrancelha.

Kottar era o único reino que não cultuava os deuses. Só veneravam a morte. A igreja não tinha poder lá, o que os tornava vulneráveis. Mas o esforço de uma invasão não compensaria os parcos ganhos que ela poderia trazer. Kottar era pobre, a maior parte da terra eternamente envenenada por causa da praga de desmortos que traumatizara sua população. O reino sobrevivia vendendo produtos alquímicos caros, como o veneno que Ruff ganhara de presente. Além disso, Kottar tinha a fama de possuir assassinos habilidosos. Poucos reis arriscariam morte por adaga ou veneno em troca das terras amaldiçoadas de uma nação lúgubre.

Ruff juntou as mãos enquanto Niccolas falava sobre o que discutira com as comitivas e fazia perguntas sobre as explicações do próprio rei. Ele olhou a luta lá embaixo: a pugilista de Ghanor contra o guerreiro de peito nu, mas não estava enxergando de verdade.

— Será que vamos entrar em guerra, Niccolas? — Ruff interrompeu o amigo.

O monge ficou calado.

— Estamos fora desse pacto. Não somos pobres como Kottar. Estamos em ascensão. E o embaixador de Sammelen cuspiu na estátua na frente de todos.

Os reinos eram bastante unidos entre si. E o que os unia era a Igreja dos Criadores Invisíveis, na pessoa de Ellius Tyberax.

Ruff grunhiu de preocupação. Ele sabia as razões para que, naqueles cinco primeiros anos, ninguém tivesse convidado Ghanor para o seio da igreja. Isso deixava o reino desprotegido. Sammelen liderava o pacto e se beneficiava que o rei de Ghanor fosse distante e estivesse no escuro sobre a política. Ghanor sempre fora isolado do resto do mundo, por causa do tirano Zamir. Para o povo de Ghanor e até mesmo para Ruff, isso sempre fora natural. Mas o resto do mundo não era assim.

E ele não esperara um insulto no início do grande festival.

— Talvez não haja guerra — disse Niccolas.

— São Arnaldo me ensinou a ter esperança, mas o prior me ensinou a nunca sair de casa sem armadura.

— Sammelen não é a igreja — recitou Niccolas. — O centro do poder da igreja fica na capital do reino, mas é uma cidadela soberana, como um reino independente. A Catedral do Santo Vivo.

As relações dos países estrangeiros se enredavam em nós cegos. Sammelen abrigava a Catedral do Santo Vivo, mas ambos eram separados. O embaixador do reino era um clérigo e falava em nome do rei. De forma independente, falava em nome do Santo Vivo. O pacto unia todos os reinos sob a igreja e mesmo Sammelen era subordinado a ela perante esse tratado. Se Sammelen fizesse uma guerra ilegal, a igreja ordenaria que os outros se unissem contra ele, mesmo estando dentro de suas terras. A cabeça do rei começou a doer.

Ruff olhou os embaixadores dos dois lados com o canto dos olhos. O clérigo que viera representando Sammelen talvez tivesse sido o mais honesto. Se as relações entre os reinos eram tão próximas e Ghanor estava excluído de propósito, talvez os embaixadores estivessem conspirando entre si.

— Você está fazendo a mesma cara que faz logo antes de me pedir para matar alguém, Ruff — disse Johrgrund, meio preocupado, meio entusiasmado.

— Acha que estão tramando contra nós? — perguntou Niccolas.

— Não — o rei murmurou. — Acho que o mundo é verde e bom. Precisa ser verde e bom. Assim como os deuses determinaram.

O sol estava se pondo e a última luta estava prestes a começar. A arena estava cercada por grandes tochas, que garantiam iluminação depois que a sombra tomasse as areias. De um lado veio um orgulhoso miliciano de Ghanor, um soldado de capa vermelha que era adorado pelo público. Ele tinha um antebraço enfaixado, cortado numa semifinal por um golpe de adaga, e um lado de seu rosto estava roxo e inchado, um olho quase fechado, tendo sido atingido por um golpe de escudo. O público veio abaixo, mesmo estrangeiros admirados pela tenacidade do capa vermelha. Ele ergueu os braços, exibindo a espada, banhando-se na glória. Então gritou:

— Ghanor!

E ofereceu a espada ao rei, como se declarasse sua lealdade.

Do outro lado da arena veio a garota de Artus, com suas tranças e sua ferocidade. O contingente do reino fez barulho, tocou suas gaitas de foles. O público de Mattora também a tinha escolhido como favorita e os espectadores soturnos de Kottar tocaram tambores em seu nome, mas o restante dos reinos torcia o nariz para Artus. Os guerreiros de Artus eram saqueadores, invadiam as terras vizinhas e roubavam, fugindo às gargalhadas logo depois. A garota mancava de uma perna, que tinha sofrido um golpe violento de maça, e protegia bastante o tronco — sinal que tinha alguma ferida oculta pela cota de malha e pelas peles. Ela bateu com o machado no escudo e gritou, um urro animalesco.

Ruff se ergueu de seu trono.

— Desta luta virá o campeão do Torneio dos Reinos — disse, com simplicidade. Ninguém mais tinha ânimo para discursos longos e todos estavam ansiosos para o espetáculo. — Todos que lutaram aqui hoje são bravos. E todos são irmãos! Não há inimizade entre os reinos. Que todos estejamos juntos no futuro como estivemos hoje!

O público gritou e aplaudiu, mas talvez fosse em agradecimento pelas palavras curtas. O rei sentou de novo, para assistir como todos.

O miliciano e a bárbara se aproximaram e se cumprimentaram. Então, antes mesmo que as trombetas tivessem acabado de soar, a garota de Artus berrou, correu e atacou.

Por instinto, Ruff inclinou-se para a frente em sua cadeira, tentando enxergar melhor. Niccolas estava calado, fixado no combate. Johrgrund imitava alguns movimentos, enquanto o embaixador de Artus, num dos extremos da tribuna real, perdera o decoro e tocava sua gaita de foles para incentivar a menina.

A guerreira de Artus saltou, seu escudo na frente do corpo, o machado erguido, e caiu com precisão, a lâmina descrevendo um arco diretamente para o pescoço do adversário. O miliciano esquivou-se, girou o tronco e encaixou um golpe lateral com o escudo nas costelas da outra. A guerreira caiu no chão, dobrando o corpo, sem conseguir respirar. Ruff calculou que tivesse rachado uma costela. Cota de malha não protegia contra aquele tipo de contusão.

O miliciano aproveitou o momento de dor da outra e a atacou com um golpe com o cabo da espada, de cima para baixo. Acertou a nuca, fez a guerreira deitar na areia. Ruff fez uma careta por instinto: um golpe como aquele podia muito bem quebrar um pescoço. O miliciano moveu-se com graça e rapidez, ficando com as duas pernas dos lados do tronco da outra. Iria montar, prendê-la no chão e rendê-la com a lâmina. Então a guerreira rugiu, moveu a cabeça como um lobo e mordeu atrás do joelho do adversário.

O miliciano gritou de dor e o público fez um uivo coletivo. A guerreira de Artus puxou a cabeça, arrancando tecido, carne e talvez um pedaço de tendão. O outro caiu e a situação se reverteu: a guerreira montou sobre ele, bateu em seu rosto com a borda do escudo, fazendo seu nariz estourar em sangue. Ergueu o machado e o desceu contra a cabeça do miliciano, mas ele bloqueou o golpe com o escudo. Um novo golpe rachou a proteção e um terceiro encontrou o braço vulnerável. A lâmina quebrou osso com um barulho nauseabundo, cravou-se na carne, e o miliciano ainda teve força para movimentar o braço com a lâmina presa, tirando o machado das mãos dela. Golpeou com a outra mão, um corte circular com a espada contra a cabeça da guerreira, que ela bloqueou com o escudo. Mas tamanha foi a força do golpe que a madeira da proteção se rachou, deixando só um pedaço preso no antebraço da garota de Artus.

Um pedaço pontudo, o canto de um círculo cheio de farpas.

A guerreira de Artus segurou aquele naco de madeira com as duas mãos, berrou e o desceu contra o pescoço do adversário. Ruff se ergueu no trono por instinto, gritando:

— *Não!*

A arma improvisada se cravou e sangue esguichou farto contra o rosto da menina. Ela puxou o que restava do escudo, deixando um rastro de sangue, e gritou de vitória. Ficou de pé, ensanguentada e brandindo a ferramenta da morte.

A única morte naquele torneio.

O público de Artus ainda tocava suas gaitas de foles, mas logo silenciou. Todo o resto da arena estava em silêncio. Apenas os espectadores de Kottar continuavam tocando seus tambores, como um réquiem lento e retumbante. Eles saudavam tanto a campeã quanto a morte.

Ruff estava de pé. Fora ignorado pela guerreira, assim como tinha sido desprezado pelo embaixador. Seu leal miliciano estava morto, uma morte inútil e sádica. O público olhava para ele, ansioso para saber se ele anunciaria a bárbara como vencedora. Ele pensou por um instante, mas foi interrompido pela própria garota:

— Eu sou a campeã! — ela gritou, batendo no peito. — Eu sou a maior guerreira, a saqueadora mais temida, a fera que caça entre os homens!

Ruff fez um gesto com a mão, para que ela se calasse. Normalmente, era suficiente para deixar qualquer um em silêncio, mas a menina continuou:

— Não temo ninguém nesta cidade, neste reino ou neste mundo! Quem me desafiou está rastejando de volta aos deuses, encontrando seus antepassados cheio de vergonha!

— Cale-se — disse Ruff.

— Ninguém aqui pode me vencer! — a garota interrompeu. — Lutarei com todos! — ela andou pela arena como um animal enjaulado. — Não tenho medo de nenhum de seus guerreiros! — apontou diretamente para Ruff.

Lurius Minimus interveio:

— Você fala com um rei, menina! Mostrará o devido respeito! Guardas!

— Tragam seus guardas, matarei todos, como já matei um! Sou a campeã do torneio, sou a maior lutadora! Esconda-se atrás de seus capas vermelhas, rei covarde, e peça para que lhe emprestem uma calça limpa!

Os guardas entraram na arena, mas Ruff os deteve com um gesto. Todos os olhos estavam no rei e na guerreira. O público de Artus sorria com aprovação para a menina, mas suas gaitas de foles estavam caladas.

— Venha me enfrentar, se é corajoso! Venha me enfrentar e irei derrotá-lo também, beberei hidromel em seu elmo e mijarei em sua coroa!

Johrgrund urrou e fez menção de pular para baixo, já brandindo o mangual. Ruff segurou seu braço e olhou a menina nos olhos.

— Tem medo de mim, rei imóvel?

Ele esticou o braço para trás, num movimento contínuo, puxou o martelo e o arremessou. A cabeça de Arcanium atingiu a garota no peito. Ela voou para trás e caiu, desacordada.

Então o rei respondeu:

— Não.

O público explodiu em gargalhadas e louvores a Ghanor. Todos os espectadores de Artus riram da jovem guerreira, tocaram as gaitas de foles em melodias cômicas. Alguns jogaram vegetais podres em seu corpo desfalecido. Só o contingente de Kottar ficou quieto.

— Já estou cansado dessa bufonaria — Ruff disse para Niccolas. — Chega de torneio, chega de festival.

Ele só conseguiu se livrar dos nobres, diplomatas, pretendentes e aduladores no meio da noite, após um banquete. Teve de ouvir um menestrel contratado por um conde tocar mais uma canção contando seus feitos, esta ainda mais mentirosa do que as outras. Sempre sem mencionar Korin, é claro. Enfim, quando só as tavernas estavam iluminadas na capital, Ruff Ghanor pôde se retirar a seus aposentos. Ela já estava lá, discreta como sempre. Ninguém a vira entrar. Tomaram vinho, embora Ruff já estivesse meio cheio de bebida, e então deitaram na cama real. Depois ficaram conversando.

— Você realmente não gosta da pompa — falou a mulher.

— Não — Ruff balançou a cabeça, sentado na cama. — Não, é insuportável.

— Por isso você é um bom rei.

Ruff sabia que Zentara não bajulava. Ela não queria uma coroa, nem o favor do rei. Por isso conseguiam ser amigos e por isso tinham alguma intimidade. Zentara era uma aventureira mercenária, parte de um bando que vagava por Ghanor, caçando hobgoblins renegados, aceitando missões para nobres em apuros, salvando aldeias de monstros errantes. Não tinha residência fixa e em geral não sabia aonde sua vida andarilha poderia levá-la a seguir, mas voltava à capital do reino algumas vezes por ano. Era uma infiltradora experiente, capaz de desarmar armadilhas, entrar em castelos guarnecidos e até mesmo roubar qualquer coisa que desejasse. Tinha mais ou menos a mesma idade de Ruff e algumas cicatrizes para contar as histórias de seus feitos.

O número de mulheres com quem Ruff havia estado desde que deitara com Áxia podia ser contado em uma mão e ainda sobrariam dedos. Pelo menos ele finalmente seguira os conselhos de Korin, depois de ter se afastado do amigo. Envolvera-se com mulheres sem esperar um grande amor, sem que elas fossem madres superioras, anjos, bruxas ou outras pessoas de importância para o reino. Só pessoas, simples e complexas em suas vidas quase normais. Zentara era a que mais fazia com que ele se sentisse confortável, com quem melhor podia conversar. Ruff olhou-a enquanto se vestia e pensou se não poderia haver algo mais profundo ali.

— O que é esse baú? — disse a aventureira, apontando para a grande caixa que estava jogada ao pé da cama.

— Um presente de Jaffba, da Confederação dos Mercadores. Ainda não sei o que é.

— Bem, o que está esperando? Vamos abrir.

Ela sentou a seu lado, passou a mão displicentemente por suas costas musculosas, tocando a marca de nascença em forma de espiral e dragão. Ruff se abaixou, destravou as trancas do baú e abriu a tampa.

O interior era forrado de veludo vermelho, decorado com ouro e joias. Realmente o presente de um rei. Lá dentro havia uma cabeça humana decepada, preservada em uma espécie de óleo negro pegajoso que recobria cada centímetro. Quem quer que fosse, havia sido um homem. Talvez um homem velho, a julgar por seus traços. Sua boca estava aberta e seus olhos estavam fechados. O óleo sujava o forro de veludo. Ao lado da cabeça havia um pergaminho.

Ruff chutou a caixa para longe por instinto. Zentara se ergueu de um salto, quase levando a mão a uma adaga escondida. Então começou a rir.

— Jaffba tem um bom senso de humor — disse Zentara, fazendo uma careta. Ela já vira coisa bem pior em suas missões, mas uma cabeça humana logo depois do sexo não era algo agradável.

— Você o conhece? — perguntou Ruff, franzindo o cenho para o presente bizarro e puxando a caixa de novo para perto de si.

— Nunca vi pessoalmente, mas já estive em Rocha Negra — era a capital não oficial da Confederação dos Mercadores. — As histórias sobre Jaffba são abundantes. Ele pune e presenteia pensando no que vai ser mais divertido.

— O que significa isso? Que tipo de presente é esse?

— Esse óleo é muito valorizado por eles, dizem que tem propriedades mágicas. Mas não fique parado que nem uma cabeça decepada, abra o pergaminho!

Ele o desenrolou e leu. Estava escrito numa caligrafia cuidadosa, exótica em alguns trechos, quase ininteligível. Dizia:

"Este é o grande sábio Urbaun ab-Allahim, andarilho, geógrafo, historiador, naturalista e poeta. Conheceu este mundo mais do que qualquer outra pessoa, andou por todos os recônditos de todos os reinos, desenhou mapas, aprendeu a história de cada povo. Viveu entre raças que ninguém jamais conheceu, viu plantas e animais tidos como lendários. Entrou nas terras de Zamir e saiu com vida, desceu aos subterrâneos dos anões e achou o caminho de volta, descobriu passagens ao Paraíso e ao inferno, mas não foi tentado pelo jardim de delícias nem caiu no fogo inclemente, pois sua missão era continuar vagando e escrevendo.

Urbaun ab-Allahim, abençoado pelos deuses com a genialidade e a loucura dos gênios, não conhecia o medo. Compilou o maior compêndio já feito sobre a forma, os perigos e os caminhos das terras do mundo. Então o presenteou ao grande e misericordioso Jaffba, o Horrendo, que se deita sobre um trono de riquezas eternas e possui o poder do óleo e da rocha. Jaffba, o único que ultrapassava Urbaun ab-Allahim em sabedoria, soube que deveria retribuir a dádiva maravilhosa.

O sábio andarilho teve a honra de ser morto pelo grande Jaffba. Tão valiosa era sua sapiência, ela não podia ser de mais ninguém. Urbaun ab-Allahim era o maior dos tesouros e, como tesouro que era, foi guardado no cofre de maior segurança — a morte.

Sua cabeça foi preservada no óleo negro, que pertence de todo a Jaffba, e por muito tempo esteve em exposição no palácio do senhor de Rocha Negra. Pois Urbaun ab-Allahim estava morto, mas sob o óleo negro os mortos também contam histórias.

O grande Jaffba, em sua generosidade sem limites, presenteia seu amigo, o Rei Ruff Ghanor I, com a cabeça de Urbaun ab-Allahim. Apenas mais uma pergunta pode ser feita antes que a morte enfim cobre seu preço do sábio e ele seja destruído pela eternidade.

Jaffba, o Horrendo, roga que Vossa Majestade use a cabeça de Urbaun ab-Allahim em seu momento de maior necessidade. Faça-lhe uma pergunta que ninguém mais pode responder e talvez o sábio possa. Pois ninguém conhece mais deste mundo do que Urbaun ab-Allahim e ninguém é mais gracioso e misericordioso que seu senhor, Jaffba, o Horrendo.

Que os deuses abençoem Vossa Majestade, assim como abençoaram Urbaun ab-Allahim."

Ruff releu a história algumas vezes. Cutucou a cabeça, sentindo o óleo grosso e grudento.

— E então, o que você vai perguntar? — quis saber Zentara.

— Este não é meu momento de maior necessidade.

— Não tem nada que você queira desesperadamente saber? Imagine os segredos que esse homem pode desvendar!

Ruff conseguia pensar em algumas coisas. Como se fosse uma criança, a primeira pergunta que lhe ocorreu foi sobre Korin, onde estava o amigo, o que estava fazendo. Além de ser um pensamento idiota, era claro que o sábio não conheceria aquela informação. Ruff pensou em perguntar sobre o Devorador, sobre como se livrar daquele poder. Mas era pouco provável que houvesse uma resposta. Mais uma vez, ele pensou em contar a Zentara sobre seu fardo. Ela sabia que o rei tinha poderes milagrosos, assim como todos sabiam, mas já vira coisas esquisitas suficientes em sua carreira para não questionar o que era o terremoto. Talvez ela pudesse saber daquilo. Com certeza era confiável.

Fechou a tampa do baú.

— Pergunte sobre Sammelen — sugeriu Zentara. — Se você está em risco de guerra, precisa conhecer o inimigo.

— Você nunca pensou em viver na capital?

Aquilo pegou a mulher de surpresa. Por reflexo, sem notar o que fazia, ela se levantou e vestiu uma peça de roupa.

— O que você está falando, Ruff?

— Nós somos bons juntos. Ambos aguardamos suas visitas. E eu poderia usar alguém com sua astúcia por aqui.

— Quer que eu roube algo para encher seus cofres?

Era uma piada, mas também uma alusão a algo que Ruff lhe confidenciara. O tesouro de Ghanor não era infinito e já estava começando a ficar escasso. Todos aqueles anos tinham sido financiados pelo ouro de Zamir, aumentado por impostos. Mas, para que o povo não sofresse muito, as taxas eram leves. Entre devolver o dinheiro às famílias roubadas pelo tirano e reformar o reino, não restava muita coisa.

— Estou falando sério.

— É claro que está. Você sempre está. E, como não é um aldeão, não acho que esteja sugerindo simplesmente ficarmos mais perto. Nada é simples para alguém em sua posição.

— Eu sei que nada é simples. Mas poderíamos estar juntos. Somos amigos. Já sabemos do que cada um de nós gosta.

— Isso é perigosamente parecido com um pedido de casamento.

— Isso seria tão ruim?

Ela deu um sorriso meio triste, meio constrangido.

— Por que está falando isso? Você não me ama.

Ruff gaguejou por alguns instantes.

— Você não me ama e eu não o amo. Conheço o olhar de alguém que está apaixonado por mim e não é esse. Você realmente quer amarrar sua vida a um sentimento morno?

— Casar por amor é território de plebeus. Reis casam-se sem amor o tempo todo.

— Claro, você tem razão. Mas digamos que eu aceitasse. Você ficaria feliz?

Ele ficou um longo tempo calado.

— Não — admitiu, por fim.

— Não sou eu quem você quer, Ruff.

Era verdade. Mas quem ele queria estava muito longe.

Era quase manhã. Ele não conseguira dormir, nem conseguiria. Sua cabeça fervilhava com o insulto de Sammelen e da igreja, a figura enigmática de Ellius Tyberax, o Santo Vivo. Ele pensava em Korin e em seus filhos, em todas as pessoas que ele perdera pelo caminho. Lembrava da cena grotesca na arena, do desafio da garota. Imaginava as consequências da gratidão de Jaffba, o Horrendo. Tentava se planejar para uma guerra que podia chegar de repente, contra um inimigo poderoso demais. E queimava de vergonha pelo papel de tolo que fizera com Zentara. Eram coisas demais dançando em sua cabeça e Ruff não sabia o que fazer.

Nenhuma diversão iria lhe dar algum alívio, é claro. Nenhum trabalho também. As preocupações eram tantas que impediam que ele resolvesse qualquer uma. Pensou em treinar, mas estava tomado por uma morosidade pesada.

Então, num canto do quarto real, viu seu velho hábito de monge.

Ruff Ghanor nunca se desfizera daquela peça de roupa. Não era mais o mesmo, é claro: ele estava mais musculoso, maior e o antigo manto ficaria pequeno. Além disso, o último hábito que usara fora destruído durante o ataque de Áxia a Abismo Sereno. Mas mandara fazer um novo e pensava nele como antigo. O hábito lhe trazia conforto, remetia a uma época mais simples, em que a vida era se preparar, rezar e obedecer ao prior. Era uma época de potencial, quando ele ainda não tinha cometido todos os erros. Ruff pegou-se desejando estar de volta àqueles tempos, mesmo com todas as implicações disso. Vestiu o hábito e se sentiu muito bem. Não tinha mais sandálias, mas muitos monges andavam de pés descalços. Não o chamavam, afinal, de Santo de Pés Descalços? A sensação era boa, ele se sentia humilde, sem tanto peso sobre seus ombros.

O castelo ainda não estava acordado. Embora sempre houvesse servos de prontidão, ele conseguiu abrir a porta em silêncio e passar por eles despercebido. Chegou até um corredor isolado, abriu uma janela de vitrais e escalou para fora. Caiu ágil na colina ao redor do castelo e, súbito, estava livre. Livre de si mesmo. Era só um monge andando de pés descalços nas ruas da cidade de Ghanor. O mundo lhe pareceu arejado, fresco, pleno de possibilidades.

Sentiu a textura lisa e gelada dos paralelepípedos nas ruas calçadas. Desviou dos montes de bosta de cavalo, sujou os pés nas ruas de terra, que eram bem mais numerosas. As tavernas ainda estavam funcionando, entretendo beberrões que haviam ficado a noite inteira festejando e ficariam o dia inteiro de novo, participando do festival. Um cheiro bom já saía das chaminés dos padeiros e das casas que acordavam mais cedo. Ruff passou pela própria estátua e nem se reconheceu naquele guerreiro orgulhoso. Era bom ser um monge. Na praça, alguns vendedores já montavam suas tendas. Ele passou bem perto de alguns e ninguém o reconheceu. Um mascate que bocejava com uma boca enorme falou com ele, mas de forma simples:

— A bênção, irmão.

Ruff abençoou-o, o homem se sentiu satisfeito e voltou a seu trabalho sonolento.

As ruas estreitas de Ghanor em pouco tempo estariam de novo cheias e ele teria mais uma centena de compromissos. Mas, por enquanto, havia um frio bom, uma quietude vagarosa. Tudo era preparação, tudo era potencial, e isso parecia muito com sua juventude. Seria ótimo se todos os seus deveres se resumissem a correr em volta do mosteiro e da aldeia, treinar com armas e estudar.

Enquanto pensava em sua juventude, ele virou uma esquina numa rua lamacenta. Havia uma taverna ali, assim como havia em incontáveis pontos da cidade. Um estábulo ao lado abrigava os cavalos dos clientes, mas o que chamou a atenção de Ruff foi uma figura estirada no chão, o rosto na lama, com os cavalos. Uma janela se abriu no segundo andar de uma casa, uma matrona jogou o conteúdo de um penico no chão. Ruff evitou a chuva nojenta, mas um pouco acertou quem quer que estivesse deitado.

Ele chegou mais perto e viu algo estranho: um elmo de ouro. Piscou, prestou atenção e viu que era aquilo mesmo — o elmo de ouro com o leão gravado, o prêmio para a campeã do torneio. Notou então a pele de javali, a cota de malha, os cabelos ruivos. Mas não havia mais tranças: elas tinham sido cortadas, aparentemente, por uma faca ou um machado. Ruff viu que a menina que o desafiara na arena, a campeã do torneio, estava jogada na lama, tremendo de raiva ou choro, machucada e humilhada.

— Você está bem? — ele disse.

— Vá se foder.

Ruff endureceu a voz:

— Perguntei se está bem, garota insuportável.

Abaixou-se e virou o corpo dela, vendo seu rosto. Tinha um olho roxo e o lábio ferido, sangrando. Estava imunda. Não trazia o machado, muito menos qualquer tipo de escudo. Seu hálito era de álcool, mas ela não parecia estar bêbada. Por fim, alguém tinha pintado uma larga faixa amarela sobre seu rosto. O elmo também tinha sido pintado com uma faixa amarela.

— Você é a campeã da arena.

— Já mandei ir se foder. Não ensinam isso na igreja? É simples, vou lhe mostrar.

— Garota, *cale a boca.*

Ele a olhou nos olhos, então ficou de boca aberta. Seu rosto foi tomado de espanto quando ela o reconheceu.

— Você é...

— Sou um monge — interrompeu Ruff. — E você?

— Sou Hild — ela falou, com voz pequena. — Sou uma guerreira de Artus.

Então engoliu em seco:

— Ou pelo menos era.

Ruff ficou agachado na lama, sem se preocupar com sujar a barra de seus robes.

— Por que não seria mais uma guerreira?

— Eu... Eu envergonhei meu clã. Quando o desafiei e você me derrubou sem nem tentar. Eles me marcaram com a cor dos covardes, cortaram meu cabelo e me deixaram aqui. Acho que já foram embora.

— Que filhos da puta.

A sinceridade simples e direta foi inesperada para Hild, a jovem guerreira humilhada por seu próprio clã. Ruff achou que ela pudesse chorar, mas a garota deu um riso fraco.

— Onde aprendeu a lutar assim, Hild?

Ela o olhou nos olhos e Ruff enxergou em seu rosto a mesma selvageria que vira na arena. Achou que ela pudesse atacá-lo ali mesmo, como um animal acuado. Mas, em vez disso, Hild respondeu:

— Não sei lutar. Só sei matar.

E o rei em hábito de monge foi jogado de volta a sua infância. Quando ele também era cheio de potencial, quando ele também era quase um bicho. Lembrou de Korin sentando-se à mesa com ele, forçando uma amizade que se tornou a coisa mais importante em sua vida. De Dunnius e Niccolas insistindo para o prior que salvá-lo tinha sido a coisa certa a fazer, quando eles tinham saído do mosteiro para recuperar uma cabra perdida. Do próprio prior, tirando-o de seus modos animalescos, mostrando seu dever e obrigando-o a ser melhor.

Ruff também falara aquelas palavras certa vez e em seu caso também era verdade.

Ele se ergueu.

Então estendeu a mão para a garota:

— Venha comigo, Hild de Artus. Chega de preguiça, não pode mais ficar deitada. O sol já está quase nascendo e temos muito trabalho a fazer.

Ela aceitou a mão dele e se pôs de pé.

— O que vamos fazer?

Ruff deu um sorriso lupino.

— Treinar.

4 | O general dos cães

LÁ FORA ESTAVA chovendo forte, e pingos grossos entravam pelo teto de sapé da taverna, caindo no chão de terra. O sapé estava podre, mas não era possível sentir o cheiro. Os cachorros do taverneiro estavam lá dentro, além de dois porcos e uma vaca. O fedor de animais dominava tudo, meio disfarçado pela fumaça que não conseguia sair — a chaminé improvisada fora tapada, para que a fogueira não se apagasse. Mesmo com aquelas condições deploráveis, a taverna *Pombo e Galhada* estava cheia. A placa desbotada do lado de fora não tinha nada escrito, já que pouca gente sabia ler. Só mostrava uma imagem tacanha entalhada, de um pombo pousado sobre a galhada de um cervo.

Os clientes do *Pombo e Galhada* se amontoavam nas mesas comunais, onde o taverneiro e sua família serviam o único prato: um cozido de vegetais engrossado com pão velho, dentro de tigelas de madeira e cerâmica rude. Também havia linguiças fritas e restos de carne passada demais, que os clientes comiam com gosto. Na verdade, não era ruim, e não só porque a cerveja forte fazia tudo descer mais suavemente. Era comida quente, salgada e gordurosa, e aquilo era tudo que mercenários poderiam querer numa noite trovejante de Mattora.

Os cães corriam por entre as mesas, pedindo restos, disputando uns com os outros, latindo de medo da tempestade. Além das duas mesas comunais compridas, havia um punhado de mesas redondas menores que comportavam talvez quatro clientes. Detectando uma oportunidade de lucro extra em meio à chuva, o taverneiro tinha decretado que qualquer grupo que desejasse uma mesa só para si pagaria mais. Afinal, era normal que, em tavernas de beira de estrada, os viajantes sentassem onde houvesse espaço, formando aí amizades, ódios, parcerias longas e curtas.

Um dos cães, um amarelo magriço que mancava pesado, se aproximou, temeroso, de uma mesa no canto, onde se sentava só um homem. Ele tinha pago a mais para estar ali sozinho e mesmo assim alguns bêbados intrometidos já haviam tentado se juntar a ele. O cachorro chegou hesitante, mas foi mais bem recebido do que as pessoas. Korin estalou os dedos, chamando-o, e o bicho se apressou para perto dele. Recebeu um afago na cabeça e logo em seguida um pedaço de carne.

— Podem acreditar! — disse um homem em uma das mesas comunais. — Ouvi de fontes fidedignas! Ghanor é o reino mais rico hoje em dia, há trabalho para todos! Eu mesmo, se não estivesse envolvido em uma missão valorosa, estaria lá para o festival. Pessoas do mundo todo, comida e bebida à vontade e de graça! Há uma estátua do Rei Ruff Ghanor tão alta que sua cabeça toca as nuvens! E um torneio com os melhores guerreiros do mundo. O vencedor vai ser coberto de ouro e joias!

— Você está bêbado — repreendeu alguém.

— Claro, mas isso não vem ao caso. As melhores oportunidades hoje em dia estão em Ghanor. Se quiserem ficar aqui, nesta terra chuvosa e carrancuda, continuem pobres e encharcados! Eu vou para Ghanor, onde cada soldado ganha terras, uma casa e uma mulher linda!

— Nunca ouvi bobagem maior — falou outro mercenário, no meio de um arroto.

— Certo, talvez as mulheres não sejam tão lindas, mas eu me contentaria com uma feia entusiasmada! Sabe há quanto tempo não encontro uma bainha para minha espada? Numa noite fria, até aquela vaca parece atraente!

— Deixe minha vaca fora disso — cortou o taverneiro, servindo mais uma rodada.

O *Pombo e Galhada* era uma taverna de mercenários. Não porque o taverneiro tivesse planejado isso ou porque tivesse algum atrativo para guerreiros de aluguel, mas porque ficava numa estrada e pouca gente viajava em Mattora, exceto soldados de algum tipo. O reino estava eternamente fervilhando de escaramuças — entre senhores feudais, entre bandidos, contra os reinos de Utteria e Vammira. O rei era fraco e um rei fraco em geral significava mercenários ricos. Korin já estava em Mattora há dois anos e não tinha enriquecido. Na verdade, estava tão pobre que quase se arrependia do ouro que tinha gasto para ter uma mesa só para si. Pelo menos, no canto, só tinha de sofrer com o cheiro de seu novo amigo canino, que não parava de pedir comida. Na mesa comunal, o cheiro viria dos mercenários e todo mercenário, na experiência de Korin, tinha um certo orgulho do próprio fedor. Korin não fedia de propósito, mas era um mercenário e isso significava que não devia cheirar tão bem. Ele chegara a Mattora com a ideia de voltar a ser um líder de guerreiros, mas as coisas nunca funcionavam como se esperava. Não conseguira mais do que um bando pequeno, que havia se dispersado e tentado matá-lo durante o sono. Mesmo que tivesse ouro, ele precisava de algo mais para conquistar a lealdade dos homens. Talvez a promessa de ainda mais ouro do que eles pudessem conseguir cortando sua garganta. Ou talvez só fosse possível juntar guerreiros com a ajuda de...

— Ruff Ghanor! — o bêbado voltou a discursar, agora de pé sobre a mesa. — É o rei de Ghanor, um santo que come rochas e bebe lava! Ele é capaz de estar em vários lugares ao mesmo tempo. Quando a cidade de Rocha Celeste o desafiou, Ruff Ghanor atacou-a com um exército formado só por ele, multiplicado milhares de vezes!

— Só por ele? — perguntou o taverneiro, servindo um caneco para si mesmo. — Não acredito.

— Certo, não era só ele. Havia os cavalos e um gigante. Mas o resto dos soldados era só Ruff Ghanor, Ruff Ghanor, Ruff Ghanor por toda parte! Ele derrotou Rocha Celeste sozinho, então ordenou que a terra engolisse a cidade.

— Posso até acreditar que todos os soldados eram ele — disse alguém. — Mas fazer com que a terra devore uma cidade inteira é bobagem.

— O tesouro de Ghanor é infinito! — o bêbado chutou uma tigela de cozido sem notar. Os cachorros atacaram a comida derramada no mesmo instante. — Ele recebe todos os guerreiros! E mesmo os plebeus lá são ricos!

— Então não há mendigos em Ghanor?

O homem pensou um pouco.

— Há, mas por opção. Eles sabem que toda cidade precisa de mendigos, então se dispõem a cumprir o papel, por lealdade ao rei.

Um grandalhão de pele negra, um homem de Zibrene com tranças grossas se derramando dos lados da cabeça, brandiu seu caneco e protestou:

— Mesmo que essas suas histórias sejam verdade, você está errado. Ghanor não precisa de guerreiros. Ouvi dizer que o rei resolveu todos os problemas daquela terra, agora todos vivem em paz! Um mercenário iria morrer de fome lá! Prefiro Mattora. Nada nunca fica em paz em Mattora, todos sempre têm motivo para guerrear.

— Um brinde ao rei molenga de Mattora! — gritou outro homem, no canto.

Todos os clientes, mesmo os das mesas menores, ergueram seus canecos. Korin ficou parado, dando tapinhas na cabeça do cachorro.

— Ei, estranho calado, não vai beber a nosso rei borra-botas?

Korin ergueu os olhos devagar. Tentou parecer sinistro, como achava que era o papel de um guerreiro numa mesa no canto, mas deu um soluço por causa da bebida e seu olhar já estava desfocado. Quando o único entretenimento estava dentro de uma ânfora, era fácil passar do limite.

— Quem bebe a um rei é idiota — disse Korin, sem notar que estava enrolando a língua. — O que os reis fazem? Nada! Nada sem guerreiros. Mas quem recebe estátuas são os reis! Não os pobres diabos que morrem na parede de escudos.

— Reclamação típica de soldados jovens e pobres — riu o grandalhão. — Daqui a alguns anos você se acostuma.

— E deixe eu contar uma coisinha ou duas sobre o Rei Ruff Ghanor, que é tão maravilhoso — Korin continuou. — Não pense que Ghanor é tão pacífico e rico, porque não é! E o rei mal consegue colocar as calças sem ajuda. Ele depende de muita gente, não come pedras e está sempre se metendo em problemas. Nunca vai faltar trabalho para mercenários em Ghanor, porque o rei não para de fazer besteiras!

— Como você sabe disso?

— Eu era o principal general de Ruff Ghanor.

A taverna toda explodiu em risos. O taverneiro encheu o caneco de Korin, enxugando os olhos, dando-lhe tapinhas nas costas.

Um homem que até então estava calado e de costas se virou para Korin. Tomou um gole e disse:

— Tem razão, estranho. Reis não valem nada; nem o nosso rei fraco, nem o famoso rei de Ghanor. Ruff Ghanor? — cuspiu no chão. — Um bosta!

Korin se ergueu:

— *O que você disse do meu amigo?*

Korin se abaixou, esquivando-se de um soco, e pensou que já devia estar velho demais para aquilo. Mas, de alguma forma, sentia que continuava o mesmo garoto de sempre.

Notou com a visão periférica alguém se movendo atrás dele; virou-se rápido e viu que o grandalhão de cabelo trançado pegara uma cadeira e estava prestes a bater com ela em suas costas. Korin continuou abaixado, projetou-se para a frente, com a cabeça na boca do estômago do outro. Então agarrou seus joelhos por trás, puxou e fez com que ele desabasse por cima de uma mesa, a cadeira caindo sobre outro brigão. Alguém foi arremessado para o outro lado do balcão, enquanto o taverneiro gritava, pedindo que parassem. Um bêbado irado surgiu de trás da mesa onde Korin derrubara o homem, fez o gesto de arremessar contra ele uma caneca. Korin virou a mesa com o grandalhão por cima, derrubou-o sobre o outro e os dois caíram embolados.

O *Pombo e Galhada* tinha virado uma única briga caótica depois que ele, talvez de forma um pouco intempestiva, resolvera dar um soco no sujeito que ousara concordar com o que ele falava sobre Ruff Ghanor. A lealdade de um bêbado era maior do que tudo. Em tavernas de mercenários, sempre havia quem tivesse contas a acertar, algum rancor antigo a ser descontado ou apenas uma rivalidade que precisava ser posta à prova. Assim, depois do primeiro soco, alguém aproveitou para quebrar uma tigela de argila na cabeça do vizinho. O bêbado que estava discursando sobre a mesa começou a gritar, incentivando a luta, e logo foi derrubado lá de cima por um cliente que estava farto de suas arengas. Mesmo que fosse irritante, o bêbado tinha irmãos em armas na taverna, que decidiram tomar as dores do amigo. Nisso, alguém tentou sair sem pagar e o taverneiro atingiu-o com uma ânfora vazia. Em menos de um minuto todos lutavam contra todos e ninguém mais lembrava quem começara a briga.

Dois homens tatuados seguraram os braços de Korin, enquanto um terceiro veio pela frente, já preparando um soco. Korin ergueu as pernas, apoiando-se nos dois que o agarravam, e chutou o rosto do terceiro, que cambaleou para trás. Por instinto, os dois o soltaram, e Korin atingiu o da direita com uma cotovelada certeira, girando o tronco para ganhar mais força. O da esquerda reagiu, tentou agarrá-lo de novo; Korin saltou para cima de uma cadeira, equilibrou-se no espaldar e chutou-o na têmpora. O homem não desistiu, mas Korin lhe deu mais dois pontapés até que ele desabou.

— Engula isso! — gritou um desconhecido barbudo. Ele e mais dois tinham erguido nos braços um porco apavorado e estavam prestes a jogá-lo contra algum desafeto.

— Solte os bichos! — Korin só teve tempo de se jogar sobre os três, e todos caíram no chão, quebrando uma cadeira. O porco, mais esperto que todos ali, correu para se esconder em algum lugar.

Korin estava no chão, tentando se erguer, quando um gordo furioso surgiu babando sobre ele. Pulou para prendê-lo e esmagá-lo; Korin só conseguiu rolar para a segurança.

O balofo fez um barulho surdo quando atingiu o chão, Korin rastejou para baixo de uma das grandes mesas comunais. Ouviu pelo menos dois homens sapateando sobre a mesa, certamente lutando. Então ouviu o barulho de uma espada sendo desembainhada.

Ele ficou de pé num salto, abaixando a cabeça, erguendo as mãos e empurrando o tampo da mesa para cima com as costas. Fez o móvel virar, derrubando os dois brigões, e realmente viu o aço de uma espada reluzir com o brilho do fogo, a lâmina girando para longe.

— Estão sacando armas! — gritou alguém do outro lado, e então puxou sua própria espada.

Korin pulou por cima da mesa que tinha derrubado, empurrou dois bêbados se digladiando, passou por baixo da vaca nervosa e surgiu a centímetros do homem que puxara aço. Ele estava no meio de um golpe de cima para baixo, Korin deteve o movimento batendo antebraço com antebraço. Então, com a mão esquerda, agarrou o pulso do adversário, torceu-o e fez com que ele deixasse cair a espada.

Um outro estava com um machado na mão e já tinha acertado o ombro de um inimigo. A briga tinha seu primeiro ferimento sério e mais um golpe era preparado. Korin agarrou uma caneca e arremessou contra a cabeça do homem do machado. Ele ficou tonto e, em dois saltos, Korin chegou até ele e retirou-lhe a arma. Um terceiro, muito perto, tinha uma adaga e Korin viu que a arma ia direto para seu bucho, numa estocada rápida. Bloqueou o golpe com um giro do braço, batendo na mão por dentro e desviando-a, então acertou uma cabeçada no nariz do agressor.

— Sem armas! — ele berrou. — Estão loucos? Esta é uma briga de taverna! *Sem armas!*

Então olhou em volta e viu que havia poucos de pé. A maioria bastante ferida. Todos os olhos nele, inclusive os dos cães, dos porcos e da vaca.

O grandalhão de tranças apalpava-se, tentando verificar se todos os ossos estavam no lugar. Com os lábios inchados por alguma pancada, disse:

— Onde... Onde aprendeu a lutar assim?

Korin notou que estava quase sóbrio. Seu coração batia forte na garganta. Mantinha os olhos nas quatro armas que haviam sido sacadas, nos quatro homens que tiveram instinto assassino.

— Eu tive um mestre bom — ele desconversou. — E fui soldado.

— Olhe o garoto empolado se gabando de ter tido um mestre! — debochou um velho cheio de cicatrizes. — O verdadeiro mestre é a parede de escudos, pirralho, e...

— *Sshhh!* — um dos tatuados silenciou a arenga. — Ele deu uma surra na taverna inteira! Ouça o que o homem tem a dizer, pelo menos.

Todos estavam prestando atenção nele, mas Korin não tinha nada a dizer. Só algumas dores a mais, uma bebedeira arruinada e a perspectiva de uma ressaca dolorida pela manhã. Além de um resto de noite bem ruim: por causa da chuva, provavelmente todos ali dormiriam no salão comunal da taverna, o que significava dividir espaço com o fedor dos bêbados e dos bichos e talvez ficar com um olho aberto, atento a roubos ou tentativas de assassinato. De qualquer forma, não sabia o que esperavam que ele dissesse.

— É isso — deu de ombros. — Não há história. Tive um mestre, mas ele já está morto.

O bêbado irritante que estivera discursando no começo achou uma ânfora que não estava quebrada. Desistiu de procurar um caneco e bebeu direto do gargalo.

— Não sei o que você está fazendo num pardieiro como este — disse o bêbado. O taverneiro se ofendeu, mas ele continuou. — Sabendo fazer tudo isso, você deveria estar ensinando outros a lutar. Ou pelo menos num exército! Ouvi dizer que em Ghanor...

— Cale a boca com essa história de Ghanor! — interrompeu alguém.

— Sim — Korin desvirou uma cadeira e sentou. — Pare de falar em Ghanor. Ninguém mais aguenta ouvir esse nome.

Os clientes começaram a arrumar o salão comunal, enquanto o taverneiro calculava o prejuízo e tentava convencer alguns deles a pagar pelos estragos.

— O chato tem razão — disse o grandão de tranças. — Você deveria ensinar isso. Quase todos os guerreiros só aprendem o básico sobre lutar com espada. Não sabem se mover dessa maneira, muito menos usar essas manobras. Dependem de força bruta e de coragem em forma de hidromel.

Uma fagulha despontou na mente de Korin.

Ele não tinha ouro para pagar homens em um bando. Não tinha um sobrenome lendário ou algum título nobre que criasse lealdade. Mas havia algo que ele poderia oferecer em troca de ser seguido como um líder. Algo que faria valer a pena não matá-lo no meio da noite.

O nome do grandalhão era Urko. Ele vinha de Zibrene, mas não gostava de lutar com espadas de esgrima, como outros de seu povo. Depois do segundo contrato que eles conseguiram, a pequena companhia comprou um cavalo capaz de carregá-lo, uma enorme égua malhada e peluda. Urko era um dos que mais se dedicavam aos exercícios diários. Mesmo que aqueles homens estivessem velhos demais para adquirir a mesma agilidade e memória muscular de Korin, todos estavam melhorando. Os dois tatuados, os irmãos Trentor e Tarik, mantinham-se numa competição constante para decidir quem era o melhor e ambos haviam tomado gosto pelo combate desarmado. Era impossível achar uma montaria para o balofo que tentara esmagar Korin, chamado Drullo Catapulta, mas ele se mostrara muito apto com o enorme escudo de corpo, uma arma que nenhum deles jamais sequer vira.

A Companhia do Cão, assim batizada por Korin em homenagem ao vira-lata manco que lhe pedira comida naquela noite, começara com apenas oito mercenários, todos recrutados na taverna *Pombo e Galhada*, todos desejosos de aprender as técnicas de combate do Capitão Korin. Ele achava graça em ser chamado de capitão. Já fora General Korin. Ruff quisera que ele fosse Lorde Korin, ou barão ou qualquer porcaria do gênero, mas ele achava que capitão lhe servia melhor. Tinham sido oito no início, mas em pouco tempo já eram 40 chamando-o de capitão, obedecendo a suas ordens, tentando aprender com ele em treinos exaustivos.

O primeiro trabalho fora uma simples missão de expulsar bandidos de uma fazenda. Nada glorioso, nada que decidiria o destino de um reino. Mas, para a família cujo celeiro tinha sido tomado por um bando e cujos animais estavam sendo devorados, era questão de vida ou morte. Era muito arriscado contratar mercenários para aquilo, mas o senhor feudal local não tomava providências. Uma companhia mercenária podia muito bem expulsar os bandidos e tomar o celeiro para si — além de tomar os próprios fazendeiros como escravos ou coisa pior. Um dos membros da Companhia do Cão teve essa brilhante ideia, mas Korin o disciplinou com alguns tabefes. Eles expulsaram os bandidos e, para a surpresa de todos, Korin ordenou que os invasores não fossem massacrados. No fim, um punhado dos criminosos pediu para se juntar à companhia. O filho do fazendeiro ficou fascinado e fugiu para ser mercenário sob comando de Korin. Acabou se tornando grande amigo do bandido mais jovem e os dois se mostraram alunos ávidos e talentosos. Era impressionante a bondade que existia nas pessoas quando não estavam morrendo de fome e alguém procurava conversar com elas antes de tentar matá-las.

O segundo trabalho foi mais perigoso: um pequeno senhor de terras estava sob cerco de um rival. Ambos eram pobres, os números eram reduzidos. Menos de 100 guerreiros de cada lado, todos com espadas enferrujadas e lanças velhas. Korin lembrava das grandes batalhas que já travara, do cerco a Rocha Celeste, e enxergava aquela escaramuça como uma reles miniatura. Era capaz de ver todos os ângulos, pensar em todas as contingências, manter todos os lados em mente ao mesmo tempo. Achou uma brecha no cerco e, à noite, seus mercenários se infiltraram no acampamento inimigo. Eles roubaram escudos e uniformes. Então Korin os espalhou para que parecessem muitos mais do que eram. Incendiou um aríete e deu o comando para que seus guerreiros, vestidos como os inimigos, fugissem. Os sitiantes viram fogo e o que pareciam ser seus colegas fugindo em desespero. Logo o terror tomou conta do acampamento e todos estavam em debandada. Korin soou um ataque e a Companhia do Cão se uniu de novo, caçando os fugitivos. O lorde inimigo foi capturado em meio ao pandemônio. O senhor que havia contratado a companhia ficou tão feliz com o dinheiro que conseguiria de resgate que triplicou o pagamento aos mercenários.

Antes que percebesse, Korin contava com 150 homens fiéis. Urko, Trentor, Tarik e Drullo foram promovidos a sargentos, pois era preciso dividir a companhia em unidades menores para manter a disciplina. Todos faziam exercícios, todos treinavam, todos desaprendiam os vícios de luta que haviam adquirido ao longo dos anos, para enfim aprender a lutar direito. Korin lembrava dos ensinamentos do prior e transmitia-os tão bem quanto podia.

Eles passaram por uma cidade grande e Korin mandou que comprassem pergaminhos, pena e tinta. Começou a escrever o que ensinava, preservando o conhecimento e remoendo a birra que tivera em aprender as letras quando criança. Em pouco tempo eles atraíram um escriba. O homem também sabia desenhar e tomou para si a tarefa de ilustrar o manual de Korin. Também por iniciativa do escriba, eles pintaram seus escudos com cabeças de cão. Korin mandou fazer um estandarte e Urko erguia orgulhoso a bandeira da cabeça de cão por onde eles passavam. Então seus números incharam ainda mais, eles criaram mais postos hierárquicos e, antes que notasse, Korin era mais uma vez general.

Eram uma verdadeira companhia. Sóbrios na batalha, pois o general não acreditava em coragem líquida. A valentia dos cães vinha da disciplina, da certeza do papel de cada um no combate e da precisão de cada movimento. Eles latiam para o inimigo, latiam quando formavam a parede de escudos e erguiam alto a cabeça de cão. Passaram por uma igreja de Santa Amélia e Korin pagou para que seus pergaminhos fossem copiados. Monges transcreveram suas palavras e fizeram desenhos dos golpes que ele ensinava, registrados nos pergaminhos originais. Assim, houve várias cópias. Um dos monges perguntou qual era o título, mas Korin não sabia. O homem tomou para si a liberdade de batizar a obra:

Filosofia de Combate

Um tratado completo das técnicas de guerra e luta corporal, assim como ensinado pelo General da Companhia do Cão a seus guerreiros e transcrito pelos monges de Santa Amélia

Tinham encadernado os pergaminhos, encapado e transformado em livros. Custou uma fortuna, mas Korin achou que, de alguma forma, valeria a pena. Ficou com uma cópia para si, que guardou com os pergaminhos originais. Outras duas deviam circular entre seus homens, para que sempre tivessem onde consultar e não adquirissem vícios — três mercenários da Companhia do Cão sabiam ler e ajudavam os colegas. A última cópia ele deixou na própria igreja.

— Quem sabe vocês aprendem uma coisa ou duas aqui — ele disse, dando um tapinha no ombro de um monge. — De onde eu vim, vários monges sabiam lutar.

As semanas passaram. A Companhia do Cão marchou por sobre uma colina. Seus escudos e seu estandarte exibiam o orgulhoso brasão da cabeça de cão. Korin e Urko, cavalgando à frente de todos, avistaram o castelo que era seu próximo destino.

— Há algo que sempre me deixou em dúvida, general — disse Urko. — Desde a noite no *Pombo e Galhada*.

— Fale, homem.

— É verdade que conheceu o Rei Ruff Ghanor?

Korin puxou o cantil e deu um gole.

— Nah — secou os lábios nas costas da mão. — Conversa de bêbado.

5 | o herege

— VOCÊ ESTÁ DANDO poder demais a esse desgraçado — disse Lurius Minimus.

Ruff fechou a cara, enquanto os escudeiros terminavam de puxar as tiras de sua armadura, fechando as fivelas e fixando as placas de Arcanium no lugar. Lá fora, os cavalos já estavam prontos e a cidade aguardava ansiosa para ver a partida do monarca e sua comitiva.

— Eu sou o rei, Lurius — disse Ruff. — Você irá se dirigir a mim de forma apropriada e respeitará minha decisão.

— Certo — o velho espadachim franziu o cenho, desgostoso. — Vossa Majestade está cometendo um erro ao dar todo esse poder a um rei bárbaro, um filho da puta que nem conhecemos.

Ele se desvencilhou dos escudeiros, terminou de ajustar a armadura sozinho e agarrou o martelo, só para ter algo a fazer. Um outro garoto já estava pronto com a capa negra ladeada por pele de arminho que Ruff usava sobre a armadura em ocasiões cerimoniais.

Os aposentos reais estavam lotados. Em geral, Ruff torcia o nariz para tanta gente se movimentando no único lugar onde ele tinha alguma privacidade. Era uma mania nova, adquirida depois de sua ascensão — crescendo no mosteiro, estar sozinho era algo que só ocorria quando ele estava no meio de um treino e, quando vivera com os refugiados em Lago de Pó ou nos acampamentos, privacidade fora uma piada. Mas ele descobrira que agora podia exigir um pouco de solidão para pensar, então tomara o hábito de passar algum tempo em seu próprio quarto, com apenas memórias e conjecturas como companhia. Naquele momento, no entanto, quase toda a comitiva que iria acompanhá-lo na jornada estava presente, com exceção de Johrgrund, que era grande demais para caber. Isso significava Hild, o próprio Lurius e Edyriell, o elfo, comandante do contingente élfico do exército de Ghanor e administrador do reino quando Ruff estava ausente. Havia escribas para anotar as últimas ordens que o rei deixava para seu período de ausência. A velha elfa Thenyssa, a Memória da Floresta Alta, registrava o momento, que tinha tudo para ter importância histórica nos séculos que viriam. Ela era talvez a conselheira mais valiosa que o rei possuía — lembrando de tudo que ocorrera com os elfos, podia aconselhar em decisões da corte e da política. Quando Edyriell cuidava do trono vazio, os conselhos da anciã eram ainda mais importantes. E, ultimamente, Thenyssa contava as poucas histórias que os elfos conheciam sobre Sammelen e a igreja.

O castelão estava relatando a Ruff detalhes sobre os estoques e o estado geral do castelo, enquanto clérigos rezavam pelo sucesso da empreitada. Um ourives estava lá para entregar o cetro que seria dado de presente e vários escudeiros e servos atendiam às necessidades mundanas de todos esses convidados.

No meio de tanto burburinho e pessoas se acotovelando, o Irmão Niccolas quase desaparecia, sentado num canto, olhando Ruff com um sorriso de admiração.

— Todos para fora! — ordenou Ruff, irritado. — Permaneçam apenas Niccolas e Hild.

Sem hesitar um instante, o batalhão que ocupava os aposentos se retirou, levando consigo seu barulho, suas roupas coloridas e o cheiro de metal, tinta e incenso. Vários membros da corte, em especial o castelão, olharam para Hild com desconfiança. A garota selvagem era nova ali, ninguém a conhecia direito. Mas o rei insistia em mantê-la por perto, então assim faziam.

Quando a porta se fechou, o quarto ficou em silêncio e só então Ruff notou que sua cabeça doía de leve.

O único som era Hild mastigando carne seca.

— Tem certeza de que não pode nos acompanhar, Niccolas?

O monge se levantou e foi até seu amigo. Serviu cálices de vinho para os dois e disse, com simplicidade:

— Você ordena?

Ruff relaxou, deixando a cabeça pender e os ombros caírem, parecendo instantaneamente menor.

— Eu estou sendo um cretino tão grande?

— Você está fazendo o que é necessário, Ruff. E, se realmente precisar de mim, é claro que vou com você. Mas já me ausentei demais dos pântanos.

O festival já acabara há quase um mês. Ruff passara aquele tempo em preparação para a viagem diplomática que estavam prestes a empreender — visitar a Catedral do Santo Vivo, na capital do poderoso reino de Sammelen, e exigir de Ellius Tyberax, a maior autoridade eclesiástica do mundo conhecido, que reconhecesse seu reinado e seu status como clérigo. Exigir do rei de Sammelen reparações pelo insulto de seu embaixador. Niccolas ficara aquelas semanas a mais na capital porque notara que seu velho amigo realmente precisava dele. E porque era bom estar com alguém dos tempos do mosteiro, já que restavam tão poucos. Mas Niccolas agora era o prior, não podia abandonar suas responsabilidades para embarcar numa aventura.

— Você acha que Lurius Minimus tem razão? — perguntou o rei. — Estou dando importância demais ao insulto de um desconhecido num reino tão longe daqui? Deveria estar apenas me preparando para uma guerra?

Lurius Minimus não tinha paciência para os jogos da nobreza e da política, embora ficasse firme ao lado de Ruff como líder da guarda. Para ele, ir até Sammelen e falar com o tal Santo Vivo era deferir a autoridade dele, reconhecer que ele tinha poder sobre a coroa de Ghanor. Mais de uma vez Ruff pensou que talvez realmente fosse melhor ignorar o insulto, apenas treinar homens e fabricar armas, sem dar importância a Ellius Tyberax. Em sua juventude, não era preciso pensar em política, o inimigo estava ali e bastava treinar o suficiente para conseguir vencê-lo.

— Você precisa pensar em sua missão maior... — disse Niccolas, dançando em volta das palavras, olhando para Hild com o canto do olho.

A garota continuou mastigando, olhando para os dois como se fossem aldeões comuns. Hild não conhecia a verdade sobre o Devorador de Mundos. Era só uma aprendiz, chegada há pouco mais de um mês e selvagem como um javali.

— Hild sabe que vai me acompanhar numa missão sagrada — disse Ruff. — Sabe que vamos purificar este mundo. Ela sabe tudo de que precisa saber. Você pode falar sobre a missão.

Ela chegou mais perto dos dois, serviu um cálice de vinho para si mesma e o secou num gole.

— Muito bem — Niccolas suspirou, sem entender ainda direito por que aquela jovem guerreira selvagem tinha de repente entrado no círculo interno de Ghanor e passara a fazer parte das vidas deles. — Você precisa convencer o mundo todo a seguir seu caminho, assim como fez com o reino. Não há como evitar a diplomacia com um dos homens mais poderosos que existem. Lurius Minimus está sendo ingênuo.

— Talvez a guerra venha antes disso — disse Ruff, sombrio. — Talvez seja melhor simplesmente atacar.

Ele suspeitava de que nada, no fim, fosse resolvido com diplomacia. Talvez fosse preciso guerrear para fazer a vontade dos deuses, assim como acontecera em Ghanor.

— Todos se juntariam contra você — disse Hild, pontuando o comentário com um arroto. — Não entendo nada dessa ladainha que os nobres vivem despejando, mas conheço os guerreiros de Artus e eles estão sempre salivando por uma boa briga. Se você atacasse um dos reinos que a igreja protege, Artus veria isso como uma permissão de saque e massacres. E, se Sammelen resolver atacá-lo, vai ter todos os reinos como aliados.

— Ghanor é mais forte... — começou Niccolas.

— Não mesmo, padre — a garota interrompeu. — Em Artus, existem guerreiros lendários. Sua fúria em combate é tão grande que eles crescem, adquirem garras e presas. Alguns até viram animais. Você estaria enfrentando hordas de furiosos desesperados para enriquecer com o ouro que seu povo reuniu, encher a pança com os animais que seus aldeões criaram e com as lavouras que seus fazendeiros plantaram.

— Estamos vulneráveis — admitiu Ruff. — Todos se uniriam contra nós. Uma guerra com causa justificada e reconhecida pela igreja é uma guerra legítima. Sammelen é gigantesco por si só, poderia nos atacar, e ainda há os outros seis.

— Até os frouxos de Zibrene podem dar algum trabalho — disse Hild. — Ou pelo menos matar todos eles iria demorar muito.

— A guerra não é a resposta — disse Niccolas. — Se eles atacarem, você deverá se defender. Mas pode ser que o Santo Vivo reconheça sua natureza milagrosa, como outros sacerdotes já reconheceram.

Ruff ficou alisando a própria barba. O que o prior faria?

— O que você acha que devemos fazer, menina-javali?

Hild olhou para ele contrariada. Ruff começara com aquele apelido, lembrando o jeito como o prior costumava chamá-lo. Hild era feroz como um javali e usava a pele de javali nas costas. Nada parecia mais natural. E ela não gostava, o que era um atrativo a mais — agora que estava mais velho, Ruff descobrira que irritar os muito jovens era uma grande diversão.

— Acho que você deve ir falar com o tal santo — ela disse. — Pedir uma audiência com ele. E então matá-lo.

Niccolas balançou a cabeça, meio decepcionado, meio entretido.

— Mate-o e corte sua cabeça como troféu! Então fuja, vá até Artus e fale com nosso Alto Chefe, Gunnar Nariz de Lobo! Ele vai respeitá-lo pela coragem e se unir a você. Então poderá fazer toda a guerra que quiser.

O prior não faria nada do que Ruff estava fazendo. O prior ouviria uma sugestão idiota e bateria em seu discípulo com o cajado. Mas Ruff não era como o prior. Ele apenas ouviu os absurdos saindo da boca da garota e notou quão absurdo ele próprio deveria soar ao falar em guerra aberta. Ele era um adulto agora, movia-se no mundo complicado da política, com gente que estudara a vida inteira para aquilo. Falar em atacar Sammelen sem diplomacia era tão ridículo quanto o delírio de Hild, sobre trair um líder religioso e com isso adquirir o apoio de um reino estrangeiro numa guerra suicida.

— Você é muito, muito idiota — disse Ruff, para Hild, com afeto no olhar. — Vá embora.

— Mas...

— Fora, menina-javali.

Hild foi embora bufando. Bateu a porta ao sair.

Niccolas ficou um longo tempo olhando para Ruff. Enfim falou:

— Quem é essa garota?

— Você sabe — o rei tomou um gole de vinho. — É a campeã do torneio. Uma guerreira de Artus. Hild.

— Não seja engraçadinho, Irmão Ruff. Ela é a campeã que matou um miliciano. É uma guerreira de um reino que, aparentemente, será nosso inimigo. É uma selvagem. O que ela está fazendo em seus aposentos reais, discutindo estratégia, quando nem mesmo Edyriell teve permissão de permanecer?

— Ela está aprendendo.

— E é seu dever ensiná-la? A que custo?

— O prior por acaso pensou no custo de criar um garoto selvagem quando vocês o trouxeram?

Os dois ficaram em silêncio.

— Você está solitário — disse Niccolas.

— Sozinho é tudo que não consigo ficar.

— Não falei que estava sozinho. Falei que estava solitário. Uma discípula vai preencher o vazio deixado por Korin, Bellitz e Dunnius?

Ruff fechou os olhos. Até mesmo ouvir aqueles nomes era difícil. Era como tomar três golpes em rápida sucessão.

— Ela não é uma amiga, muito menos um amor ou uma mentora — disse o rei. — Ela é o que você descreveu, uma discípula.

— Ruff...

— Ela sou eu.

Niccolas foi até ele, tocou seu rosto com carinho.

— Todos dizem que ser adulto é difícil, Niccolas, mas ninguém fala nos arrependimentos. Ninguém fala em como os erros se acumulam. São tantos erros que não posso corrigir! Então encontrei a mim mesmo na forma de uma garota, jogada na sarjeta e humilhada, e decidi lhe dar a mesma chance que o prior me deu, porque talvez ela não cometa os erros que cometi.

— Isso não significa que ela deva estar presente aqui.

— Sim, significa. O prior me criou para vencer Zamir. Eu também posso criá-la para algo importante.

— Mande-a para a Cidadela de São Arnaldo. Faça-a ser monja. Ela encontrará a paz.

— Acho que não vai existir paz por um longo tempo, Niccolas.

O monge abraçou seu amigo, como se fosse um filho. Ruff se abaixou para ser confortado.

— Eu não gosto dela — disse Niccolas. — Mas acho que é meu dever desaprová-la. E é seu dever mostrar que eu estou errado. Acho que você está certo em viajar e fazer diplomacia com Sammelen e o Santo Vivo e está errado em levar junto uma garota desconhecida. Mas amo você pelas duas decisões.

A viagem até Sammelen foi longa, mas nem todo o tempo do mundo poderia prepará-los para o que viram. Ao entrar no reino, podiam sentir a prosperidade no ar, vê-la nas cores e no solo. As fazendas eram enormes, as estradas eram recobertas de paralelepípedos, com marcações informando a distância percorrida. A comitiva de Ghanor passou por diversas patrulhas de cavaleiros de Sammelen — eles usavam armaduras completas com enfeites nos elmos, ostentavam orgulhosos o estandarte azul com o urso dourado, símbolo daquela terra. Os cavalos usavam caparazões, tecidos ornamentados que cobriam todo o seu corpo, deixando buracos para os olhos. Eram de um xadrez branco e azul e deixavam os animais com aparência garbosa. Os cavaleiros vinham seguidos por soldados a pé, protegidos por placas peitorais de aço, carregando alabardas e espadas longas. Eles passaram ao largo de vários castelos, cada um mais imponente que o anterior, os maiores facilmente rivalizando com o castelo de Ghanor.

Alguns nobres de Sammelen tiveram a honra de hospedar o rei de Ghanor e seu séquito. Uma visita de surpresa como aquela não fazia parte do protocolo, mas, depois do primeiro nobre pego desprevenido, os outros no caminho até a capital já estavam avisados. As mensagens eram transmitidas de fortaleza em fortaleza por pombos brancos, vistosos e gordos. Ruff e os outros comeram e beberam bem nos salões de condes, barões e até mesmo de um duque. Os veteranos da guarda de honra que compunham a segurança daquela comitiva dormiram em alojamentos aquecidos e bem equipados, puderam ver como os guerreiros daquela terra eram bem treinados. A riqueza era impressionante.

No castelo do Duque Ambrosius, um homem muito mais abastado do que o próprio Ruff, o rei jantou num salão largo, escuro, mas acolhedor, onde cães de raça descansavam perto da lareira e uma corte polida comia sem fazer barulho. O chão era todo um gigantesco mosaico, mostrando uma árvore frondosa com estrelas no lugar de frutos.

— O que é esse brasão? — perguntou Ruff, para o duque, bebendo um gole de vinho.

O nobre deu um risinho. Era um homem grande, um aristocrata guerreiro, como era o dever de quase todos os nobres daqueles reinos. Seu maneirismo afetado e dissimulado fez Ruff erguer uma sobrancelha.

— É o antigo brasão de Sammelen, Majestade.

— Antigo?

Ruff conhecia o nome e o brasão do atual rei de Sammelen. Conhecia sua fama e as histórias exageradas de seus feitos. Sabia que era o primeiro de uma dinastia nova, no poder há algumas décadas. Mas relatos do antigo rei, ou o que houvera com ele, eram quase desconhecidos. De qualquer forma, Ruff imaginava que teria sido uma guerra civil como tantas que havia por todas as terras.

— Eu ainda lembro do último rei que ostentava a árvore e as estrelas, quando meu pai era vivo e eu era apenas um garoto — disse o Duque Ambrosius. — Não era um monarca ruim, mas era um tolo.

— E o que houve com o antigo rei?

— Um desentendimento.

Ruff trocou um olhar rápido com Edyriell, que estava numa mesa vizinha. Somente o rei, o duque, sua esposa e suas filhas compartilhavam da mesa de honra, mas toda a comitiva de Ghanor estava lá — com exceção de Johrgrund, que dormia numa adega, nos porões, depois de devorar dois bois assados, e Hild, que estava com os soldados.

— Vossa Graça quer dizer que o rei antigo foi assassinado — disse Ruff. Ele há algum tempo aprendera a se referir aos nobres pelos honoríficos certos. — Sei que houve guerra. Por que Sammelen não fala do antigo rei?

— Perdoe-me, Majestade. Sim, nosso antigo rei está morto. E rogo que não me peça para entrar em mais detalhes. Nosso rei não gosta que falemos dele pelas costas.

Ruff observou o rosto das outras pessoas sentadas à mesa. A duquesa e suas filhas estavam pálidas e quietas. Ele pigarreou.

— Não tem filhos homens, Vossa Graça? — tentou mudar de assunto.

— Ah, sim, meu primogênito é um rapaz forte, campeão da justa.

— E onde ele está?

— Na capital. Com o rei.

Naquela noite, Ruff Ghanor teve sonhos intranquilos.

No dia seguinte, eles seguiram pela estrada de paralelepípedos, passaram por aquedutos que irrigavam áreas não abastecidas por rios. Atravessaram uma ponte larga, de pedras, utilizada por centenas de mercadores e cavaleiros. Avistaram a enorme estátua de um urso, ao redor da qual se espalhava uma pequena cidade. E igrejas. Passaram por um sem-fim de igrejas. São Theodric era popular no reino e a comitiva passou uma noite num convento-fortaleza. Ruff descobriu que os devotos do santo em Sammelen não tinham nenhuma ligação com a Ordem de São Theodric, em Ghanor, ou com a Madre Heléne. Santo Otto era definitivamente o mais cultuado e seus devotos tinham noção de que havia sacerdotes do santo em Ghanor, mas, de novo, não existia nenhuma ligação entre os dois grupos.

À medida que se aproximavam da capital, o estômago de Ruff ficava mais e mais embrulhado. Ele sentia gosto de bile no fundo da garganta e seu coração batia forte. Não receberam nenhuma ameaça, as patrulhas da estrada não haviam sido brutas ou mesmo arrogantes. Ele estava sendo tratado como um rei. Mas o ar limpo cheirava a algo sinistro.

— Tantos homenzinhos gordos! Isso não é certo, Ruff! — protestou Johrgrund. — É por isso que você está com diarreia. Sabe que todos esses homenzinhos estão prontos para o abate! E ninguém faz nada!

— Ele não está errado — disse Hild.

De forma pouco surpreendente, a guerreira e o gigante tinham formado uma amizade rápida. Na verdade, Johrgrund era o único, além de Ruff, que parecia tolerá-la.

— Não fale em devorar pessoas na frente de estranhos, Johrgrund — repreendeu Ruff. — E você, Hild, desça daí e caminhe com suas próprias pernas.

Hild viajava montada nos ombros de Johrgrund durante boa parte do tempo. Mas obedeceu a Ruff sem questionar e marchou com eles.

De noite eles foram obrigados a acampar, pois não havia quem pudesse acolhê-los. Calculavam que no dia seguinte chegariam à capital. Ruff levou Hild para fora do acampamento, entregou-lhe um machado com lâmina falsa, de madeira, e mandou que ficasse em guarda.

Ruff tinha um martelo de treinamento. Mal assumiu a posição, Hild atacou-o, correndo e gritando. O clérigo bloqueou seu ataque com facilidade, golpeando o machado de cima para baixo, tirando-o da frente do corpo da guerreira. Então bateu nela com o escudo, fazendo com que ela caísse sentada.

— Qual foi seu erro? — perguntou Ruff, oferecendo a mão para que ela se erguesse.

— Fui fraca e lenta. Da próxima vez, vou correr mais rápido e gritar mais alto.

— Tente isso, então.

Hild se preparou de novo. Lançou-se contra Ruff de boca aberta, berrando tanto que assustou todos os animais da redondeza. Pulou, levantando e em seguida descendo o machado contra o pescoço do clérigo. Ruff golpeou com seu martelo de cima para baixo, desviando a arma da discípula. Por um pedaço de instante, o peito dela ficou aberto e Ruff bateu com o escudo. Ela estava no ar e voou para trás, caindo de costas contra uma raiz bolbosa. Exatamente os mesmos movimentos de antes. Só foi mais dolorido, porque ela tinha se jogado com mais força.

Hild gemeu e se contorceu por um momento, em seguida saltou de pé, ignorando a mão que Ruff lhe ofereceu.

— Qual foi seu erro?

— Você é mais forte. Mas eu consigo derrubá-lo se colocar ainda mais força.

— Vamos lá, tente de novo.

Ela tentou mais duas vezes. Ruff não variou sua tática de defesa, fez a mesma coisa, cada vez lançando Hild mais longe com o golpe de escudo. Na quarta vez, ela bateu a cabeça e descontou sua raiva na árvore, chutando-a.

— Qual foi seu erro?

— Por que você não me fala qual foi a porcaria de meu erro?

— Você tenta a mesma coisa de novo e de novo, Hild, esperando resultados diferentes. Isso é loucura e vai levá-la à morte na parede de escudos.

— Deu certo até agora.

— Porque você nunca enfrentou nenhum inimigo poderoso de verdade — ele retrucou, seco. Viu as narinas da guerreira se expandirem de raiva, mas ela continuou escutando. — Fúria não resolve tudo, mesmo que você seja tão forte quanto Johrgrund. Eu e Korin derrotamos Johrgrund quando o conhecemos; ele era pura fúria e força.

— Então meu erro é não ser uma bosta de pessoa equilibrada e espiritual como você? Uso sua espiritualidade para limpar meu sovaco!

— Se acha que é a espiritualidade que está me fazendo lhe dar uma surra, você é mesmo uma criança ingênua. Qual foi seu erro?

Ela atacou de novo. Ruff golpeou com o martelo, abriu uma brecha, bateu com o escudo. Hild caiu de costas no chão.

— Não tenho medo de você! — ela gritou, erguendo-se e ficando em guarda.

— Porque é tola. Eu sou muito mais experiente. Só um idiota não teme um guerreiro mais bem treinado. Ache o medo e vou parar de derrubá-la.

O processo se repetiu mais três vezes. Hild já estava mancando, com as costas arqueadas por causa dos vários impactos.

Começou a correr de novo, mas sentiu a perna e se deteve. Olhou nos olhos de Ruff e avançou com um passo de cada vez, sólida, o escudo protegendo o tronco que, por baixo da cota de malha, já devia estar coberto de hematomas roxos. Ela deu o último passo e atacou. Ruff golpeou o machado, abriu sua guarda, mas o escudo estava lá para protegê-la. Bateu com seu próprio escudo e encontrou resistência. A garota era mais leve, então sentiu a força do golpe, mas arqueou os joelhos e só foi arrastada alguns centímetros para trás, manteve o equilíbrio. Ela atacou de novo e Ruff ergueu o escudo para bloquear, então eles lutaram por alguns minutos, até que o clérigo achou uma abertura, bateu no braço do escudo e empurrou-a, conseguindo derrubá-la.

— Notou seu acerto? — ele disse, oferecendo a mão.

Ela aceitou, ofegando e suando.

— Basta caminhar? É isso? Que idiotice, tira toda a emoção do combate!

— Você estava correndo para me atacar, colocando todo o seu peso para a frente e já preparando o golpe de antemão. Eu tive muito tempo para ver o que faria e firmar minha base contra sua investida. Isso funcionará contra inimigos que se assustarem com seu berro e forem inexperientes o bastante para não enxergar as falhas de sua postura. Você irá intimidá-los e eles não terão tempo de se preparar. Então cairão e você fará o que sabe fazer tão bem. Mas, contra todos os outros, você será previsível e cairá uma vez após a outra.

— Eu já estava machucada quando consegui acertar.

— Você estava sentindo dor e por isso foi cautelosa. Deve ser cautelosa sempre, este é o método dos guerreiros que sobrevivem! Você encontrará a emoção do combate não em poucos momentos de gritaria, mas no jogo de estratégia do golpe contra golpe, da defesa e do ataque.

Ela limpou a testa, tomou um gole de água do cantil.

— Chega por hoje — decretou Ruff. — Agora vamos...

— Jogar-se contra o inimigo sem pensar não é o que você está fazendo agora?

Ele se deteve.

— Você disse que sou idiota, antes de sairmos de Ghanor. E não entendo nada de diplomacia e essas baboseiras todas. Mas pelo menos meu plano era surpreendente! Boa ou má ideia, ninguém esperaria que você cortasse a cabeça de um santo e a oferecesse a um rei. O que você está fazendo agora é o mesmo que eu fiz. Você está correndo em direção a um inimigo que não conhece e avisando todos de sua intenção. Quando chegarmos, o tal Tyberax e o rei sobre o qual ninguém quer falar já vão conhecê-lo como a palma de suas mãos! Você vai se jogar contra eles e eles estarão preparados.

Ruff ficou estudando o rosto da discípula.

— Você não sabe nada sobre diplomacia — disse, com voz menos decidida do que gostaria.

— Eles são seus inimigos! Mandaram um embaixador até Ghanor só para cuspir na sua estátua! Aquele velhote que usa uma espada ridícula de Zibrene está certo, você está dando muito poder a esse filho da puta. E está fazendo o jogo de todos os filhos da puta de Sammelen. E olhe que são muitos! Não faltam filhos da puta...

— Quieta.

Ela obedeceu.

— Eu tenho que acreditar que eles podem ser nossos aliados. Você concordou em fazer parte de minha missão. Tenho que tentar fazer a paz.

— Por que você quer trazer a paz ao mundo, afinal? Todos só gostam de guerra e a maioria merece morrer!

Ruff não podia responder àquilo sem contar a verdade sobre sua missão, então mandou que ela fizesse algumas dezenas de flexões e exercícios para o abdome. Depois todos foram dormir.

O rei estava se recolhendo a sua grande tenda quando foi abordado por dois soldados veteranos que escoltavam a comitiva.

— Pedimos o perdão de Vossa Majestade, mas gostaríamos de falar algo.

Ruff sentou numa pedra, do lado de fora, e mandou que os dois também se acomodassem. Era preciso manter a aparência da realeza, mas aqueles dois estavam com ele desde o começo, tinham cabeças de cabra bordadas no interior de suas capas. Eram mais colegas do que súditos.

— Fale, homem — disse Ruff. — Somos irmãos em armas.

— É sobre isso que queremos falar, Majestade — o soldado pigarreou. — Somos mesmo vossos irmãos em armas?

— Combatemos juntos desde o ataque a Zamir!

— Então por que Vossa Majestade treina pessoalmente a garota estrangeira?

Ruff ficou quieto. Rilhou os dentes, mas sabia que não devia deixar o mau humor transparecer. Ser questionado por simples guerreiros podia ser indigno, mas não saber responder a isso seria ridículo.

— Vossa Majestade sabe que somos leais — o homem continuou. — Então por que alguém que apareceu de repente recebe tamanha honra?

— Já ouvimos ela falando com Vossa Majestade sem respeito nenhum — o segundo completou. — Ela é recompensada por sua insolência.

— Hild é minha discípula — disse Ruff, sabendo que aquilo não era uma resposta. — Ela se mostrou valiosa e precisa de nossa ajuda. Minha e de meus soldados.

O primeiro homem murmurou algo.

— O que disse? — perguntou Ruff, ainda tranquilo.

— O General Korin nos treinava pessoalmente — repetiu o soldado.

Ruff ficou de pé num impulso, os punhos cerrados. Os dois guerreiros também se puseram em sentido num instante, rígidos, só esperando a punição por desacato.

O rei respirou fundo algumas vezes.

— Também sinto falta de Korin — ele falou. Então os tocou nos ombros: — Vocês devem ser para Hild o que Korin foi para vocês. Ela também precisa de liderança.

Isso pareceu desarmá-los. Os dois sorriram.

Ruff pensou que, mesmo depois de tantos anos, Korin continuava mantendo o exército unido.

Nem toda a riqueza que tinham visto nas estradas de Sammelen, nem a cidade de Ghanor, nem os salões dos nobres dos dois reinos podiam prepará-los para o que viram em Innalya, a capital de Sammelen. Hild ficou calada. Edyriell falou algo em voz baixa, louvando aquela beleza. Lurius Minimus mastigou seu bigode comprido e Johrgrund apenas quis tocar em tudo, fascinado como uma criança.

Ruff engoliu em seco e tentou não parecer intimidado.

Nos portões, eles foram saudados com toda a pompa que um rei merecia. Já estavam sendo esperados. Até mesmo o gigante recebeu honrarias de arautos que os aguardavam com os cavaleiros e guardas empolados que guarneciam o portão. A cidade era quase toda feita de mármore. As ruas eram largas e calçadas — a sensação de claustrofobia que dominava as cidades que Ruff conhecia não se fazia presente ali; havia espaço para tudo e todos. Igrejas, teatros e prédios públicos eram imensos, as entradas altas como quatro homens, os tetos impressionantes sustentados por colunas gigantescas. O estandarte azul do urso tremulava por toda parte. Havia fontes, em forma de estátuas elaboradas, que jorravam água límpida. A estátua de Ruff Ghanor em sua capital agora parecia uma piada, pois havia estátuas tão grandes ou maiores em cada uma das várias praças da cidade — retratando deuses, anjos, heróis do passado. Nobres trajados em roupas elaboradíssimas, cheias de rendas, com saltos altos e cores berrantes, passeavam em carruagens ou apenas a pé, protegidos por guarda-costas bem equipados, com elmos cheios de plumagens. Não havia só as tavernas que pontuavam Ghanor, mas salões de chá, clubes de cavalheiros e outros lugares exclusivos onde uma clientela seleta podia se entreter. Lojas de perfumes convidavam burgueses de bom gosto a experimentar suas fragrâncias. Menestréis habilidosos tocavam alaúdes em coretos delicados, também feitos de mármore, ostentando chapéus fofos e calças colantes. Uma universidade imensa, seus prédios interligados exibindo bustos de sábios do passado, reunia jovens ricos, cheios de livros e pergaminhos. O palácio real ficava no centro da cidade, protegido por muros concêntricos que formavam um labirinto — mas mesmo os muros eram fascinantes, trabalhados com altos-relevos e milhares de cenas interligadas de beleza e arte. As espiras cintilantes, decoradas com metais preciosos, rebrilhavam ao sol.

Mesmo recebendo as honras de um monarca, mesmo com o gigante a seu lado, Ruff não podia evitar de se sentir pequeno.

Mas o destino da comitiva não era o palácio, nem nenhum dos lugares de diversão ou cultura.

Eles seguiram por Innalya, guiados por uma escolta de cavaleiros orgulhosos, até uma cidadela dentro da cidade. A construção mais impressionante que qualquer um deles já vira: uma catedral que era maior que qualquer aldeia em Ghanor, toda feita de mármore. Era elevada sobre uma colina, mas mesmo a colina era toda coberta de pedra branca. Havia escadarias monumentais levando ao pórtico e cada centímetro do labirinto sagrado ostentava mosaicos, afrescos ou altos-relevos. Os cavaleiros saudaram-nos no pé das escadas e clérigos militantes assumiram a tarefa de guiá-los.

Era a Catedral do Santo Vivo, o centro do poder religioso no mundo todo. Era uma unidade política independente, um reino por si só, totalmente construído dentro do reino de Sammelen.

Era impossível achar o caminho lá dentro sem ajuda. Corredores, passarelas, rampas semicirculares, escadarias e torres pareciam infinitos. A Catedral do Santo Vivo tinha partes abertas e outras fechadas, tinha belíssimos jardins internos cheios de flores, tinha domos e abóbadas, mas era toda artificial. Não era necessária luz de tochas, pois mesmo as áreas fechadas eram iluminadas pelo sol, através de vitrais coloridos que produziam uma luz caleidoscópica estonteante. Centenas de pessoas circulavam em seus corredores, falando em voz baixa, respeitando a magnitude santa. Dezenas de missas e rituais eram celebrados ao mesmo tempo.

Por fim, após mais de uma hora caminhando, eles foram levados a um prédio interno, uma espécie de castelo dentro da Catedral, com portões de ouro e decorações de prata e cristal. Apenas a guarda de honra ficou de fora; Hild, Lurius e Edyriell foram admitidos com o rei. De novo, a passagem era tão alta e os corredores eram tão largos que até mesmo Johrgrund pôde entrar. O gigante estava intimidado, não ousava fazer barulho.

O rei e sua comitiva foram então deixados num salão de audiências encimado por uma abóbada de cristal, um ambiente amplo, claro, branco, contornado por estátuas de todos os santos que Ruff conhecia e de alguns de quem ele jamais ouvira falar. Até mesmo o velho São Arnaldo estava ali, retratado no mármore. Não havia lugares onde eles pudessem sentar, mas sim genuflexórios onde podiam se ajoelhar e um trono opulento para o Santo Vivo, mas o salão ainda estava vazio.

Súbito, uma porta atrás do trono se abriu. Clérigos espalharam incenso e água benta em um caminho até o trono. O coração de Ruff disparou. Outros sacerdotes tocaram trombetas de anunciação. Um deles estufou o peito e disse:

— Fechem os olhos, pois Ellius Tyberax, o Santo Vivo, está prestes a surgir em sua presença. Aqueles que não quiserem ser cegados pelo poder dos deuses só devem olhar quando o santo permitir!

Ruff fechou os olhos e soube que cada um de seus companheiros também havia fechado.

Ele ouviu passos suaves, mas firmes. O som de um cajado batendo no chão, acompanhando o caminhar. Cada barulho ecoava no salão enorme. O som de alguém sentando, mantos chiando uns contra os outros. Então escutou passos pesados, brutos, e uma respiração pesada, quase um resfolegar. Era como ouvir Johrgrund respirando.

Ruff sentiu a boca seca, a pulsação forte dentro de seus ouvidos.

— Permito que me contemplem — disse uma voz límpida, mas envelhecida.

Então um dos clérigos arautos anunciou:

— Ajoelhem-se, pois estão na presença de Ellius Tyberax, o Santo Vivo, e Sua Majestade, Mubruk Filho de Urso!

Sentado no trono estava um homem mais velho que o mundo.

Ellius Tyberax, o Santo Vivo, era magro e amargo. Seu rosto comprido e cheio de vincos fundos parecia jamais ter aberto um sorriso. Ele vestia mantos muito elaborados, de cor branca com fios de ouro, decorados com joias. Uma estola púrpura derramava-se sobre seus ombros, exibindo bordados de motivos religiosos. Tinha um chapéu alto na cabeça e um cajado de pastor na mão — mas mesmo o cajado era de ouro. Não havia, entretando, referência a qualquer santo em seus trajes.

Ele mesmo era o santo.

De pé, à frente do trono, estava o rei de Sammelen.

Mubruk Filho de Urso — Ruff ouviu dos lábios do arauto o nome que conhecia de infinitos tratados sobre história e geografia, de cartas trocadas ao longo daqueles cinco anos, de boatos sussurrados sobre o monarca bárbaro da nação mais poderosa do mundo. Ele sempre achara que os relatos eram exagerados. Agora via que eles subestimavam o rei.

A respiração de Mubruk era a de um touro. Ele era uma cabeça mais alto que o próprio Ruff. Seus ombros imensos sustentavam um pescoço grosso, musculoso, cheio de veias espessas. O rei não trajava vestes cerimoniais; estava de peito nu, com apenas uma calça puída e pés descalços. Era todo músculos, cabelos compridos, barba emaranhada e olhos que fulguravam de ira contida. Era um selvagem, parecia um animal, e Ruff não entendeu como era o monarca de um reino tão próspero. Mas, em sua aparência, o mais impressionante era sua capa.

Assim como Ruff usava uma pele de urso no frio e Hild usava uma pele de javali como parte de seu equipamento de guerra, Mubruk usava uma pele de humano.

O escalpo e a pele do rosto, com cabelos e barba castanhos, equilibravam-se sobre sua cabeça, como uma coroa. A pele retirada dos braços estava sobre seus ombros e a pele do tronco e das pernas pendia por suas costas. O adorno de um carniceiro. O choque era tamanho que Edyriell deu um passo para trás, por instinto.

Perto dos dois homens, havia também uma terceira figura: alguém pequeno, magro, vestido em robes escuros, o rosto escondido na sombra. Ruff não ouvira seus passos. A figura oculta ficou perto do trono, atrás do rei.

— Quem de vocês é aquele que se intitula rei das terras de Zamir? — trovejou Mubruk. Sua voz era um rugido, mas não falava tão mal quanto se esperaria.

Ruff fechou os punhos e andou à frente, olhando nos olhos do outro monarca.

— Eu sou Ruff Ghanor I, descendente da linhagem dos Ghanor. E as terras de Zamir não existem mais, pois nosso reino também é Ghanor e eu sou seu protetor! Ouvi sobre Vossa Majestade e vim ter...

— Sou o rei, mas você não é nada — interrompeu o selvagem. — Ghanor não existe. Você veio até aqui para se submeter.

— Sou descendente da linhagem de reis dos Ghanor!

— Quer saber o que faço com reis incômodos? — ele abriu um sorriso de tubarão e tocou na pele humana que adornava seu corpo. — Eis aqui o antigo rei de Sammelen.

Era possível ver nos olhos de Mubruk o quanto ele adorava aquela parte. Lurius Minimus quase levou a mão ao cabo da espada, mas se conteve — no entanto, qualquer um notava que ele estava enjoado pela visão grotesca. Hild estava pálida e tremia, entre a violência e o pavor. Johrgrund olhava o rei com certa admiração.

— Silêncio — disse Ellius Tyberax, sem erguer a voz.

Mubruk Filho de Urso obedeceu, mas seguiu olhando Ruff com os olhos de uma fera. O rei de Ghanor passou por ele, sentindo um leve calafrio ao lhe dar as costas, como se estivesse ficando vulnerável a um animal feroz e instável. Foi até o pé do palco elevado onde ficava o trono, olhou o Santo Vivo nos olhos.

— Vossa Santidade, não conheço o protocolo da igreja neste reino — começou Ruff. Ele sabia que o tratamento para alguém naquela posição era "Santidade", mas nunca achara que precisaria usar aquele honorífico. — Venho aqui me apresentar como rei e líder eclesiástico em Ghanor. Sou Ruff Ghanor, a quem a plebe chama de "o Santo de Pés Descalços". Ordenado como monge de São Arnaldo e reconhecido como rei pela autoridade do anjo Bellitz, que desceu dos céus e atendeu minha coroação.

Pronunciar o nome de Bellitz provocou uma dor aguda em seu peito, mas ele não deixou a voz fraquejar. Abriu a boca para continuar, mas hesitou sob o olhar duro do santo, que não piscava e não movia o rosto.

— O embaixador de Sammelen trouxe apenas insultos e palavras ríspidas — disse Ruff, controlando um acesso momentâneo de gagueira. — Mas acredito que a amizade entre nós é possível. Sammelen é um reino soberano, assim como Ghanor. Somos devotos dos mesmos deuses, dos mesmos santos. Travei conversas produtivas com os diplomatas dos demais reinos.

O rosto de Tyberax continuava fechado e impassível.

— Vossa autoridade não está sob ataque — disse Ruff. — Minha única vontade é que possamos ser aliados. Quando falo que sou líder da igreja em meu reino, é porque São Arnaldo me agraciou com milagres. No mosteiro onde fui criado, os clérigos eram capazes de real magia concedida pelos deuses. Venho oferecer este poder a todos os reinos, a todos nossos amigos.

O Santo Vivo então abriu a boca.

— Milagres?

Ruff abaixou a cabeça, mas estava esperando por aquilo.

Com um gesto, chamou Hild para perto de si. A garota estendeu o braço e o descobriu, mostrando a pele branca. Puxou uma adaga da cintura — nenhum guarda fez nenhuma menção de reagir a isso ou ver o movimento como estranho. Hild fez um corte fundo no próprio antebraço. Sangue brotou farto, pingou no chão branco. Os olhos de Tyberax estavam na exibição.

— *São Arnaldo, atenda à súplica deste servo* — orou Ruff. — *Cure a guerreira que irá lhe servir também.*

As mãos de Ruff Ghanor brilharam com a luz azulada que era típica da magia divina. Uma sensação de frescor se espalhou pelo salão, assim como algo que era quase o cheiro de flores. Os olhos de Hild refletiram a luz azul e ela ficou maravilhada com o alívio instantâneo — sabia da existência de milagres em Ghanor, mas era a primeira vez que recebia aquela magia sobre si mesma.

Então Ruff mostrou ao Santo Vivo o braço curado de Hild, sem nem mesmo uma cicatriz.

— Milagres? — repetiu Ellius Tyberax.

Ruff não sabia como responder. O velho se ergueu, com certa dificuldade.

— *Os milagres pertencem aos deuses e a seu representante na terra!*

O Santo Vivo berrou e bateu com o cajado no chão. Súbito, uma coluna de fogo tomou o espaço à frente do trono. Ruff pulou para trás, empurrando Hild e tirando-a do caminho das chamas. O inferno rugiu por instante, desfez-se e logo Ellius Tyberax estava sobre ele. Ruff estava meio caído e o velho bateu com o cajado em seu rosto.

— Acha que vem ensinar a mim, o santo que caminha sobre o mundo, a respeito de milagres? Acha que pode decidir o que é um milagre, o que é um anjo?

O velho bateu de novo. Jchrgrund e Lurius Minimus fizeram menção de reagir, mas Ruff os deteve com um gesto.

— Quem o ordenou monge?

Ruff ficou de pé, com a mão espalmada erguida contra Tyberax.

— O prior do mosteiro de São Arnaldo, em Ghanor!

— Uma autoridade que não reconheço, um mosteiro rebelde e insolente, que seguia suas próprias regras! Eu o declaro *herege!*

Ellius Tyberax bateu de novo com o cajado em Ruff, desta vez acertando a armadura, e relâmpagos azulados, com a aparência e a sensação da magia divina, tomaram o corpo do rei de Ghanor. Ruff caiu de joelhos, mas ainda ordenou que ninguém reagisse.

— Como...? — Ruff começou.

— Acha que todos são ignorantes como você, rei herege? Acha que não ouvi da magia que existe nas terras de Zamir, dos clérigos sem ordenação que curam os feridos, como se tivessem a permissão dos deuses? Eu declaro esta prática como bruxaria e necromancia!

Ruff ainda não compreendia. Ghanor era o único reduto dos milagres divinos que existia no mundo. E, dentro de Ghanor, apenas o mosteiro conhecia aquela habilidade. Em qualquer lugar aonde iam, eles maravilhavam o povo com aquilo. Mas Ellius Tyberax também era milagroso e não seguia o caminho abnegado de São Arnaldo.

O Santo Vivo golpeou mais uma vez e Ruff começou a arder em chamas azuis. Mas ainda assim Ruff ordenava que ninguém interferisse.

— E tem a audácia de blasfemar contra os anjos? De dizer que um anjo em forma de mulher lhe deu autoridade divina? Eu nomeio seus aliados como demônios, filho da soberba! E digo que recebeu sua coroa de uma súcubo, uma prostituta-demônio dos bordéis do Abismo!

Isso fez Ruff rugir e erguer o martelo.

Então, num movimento de rapidez estonteante, Mubruk Filho de Urso ficou entre os dois. Ruff se deteve. Todos estavam com armas nas mãos. Mas o rei de Sammelen tinha um sorriso no rosto e a figura encapuzada atrás se mantinha impassível.

— Você sabe a verdade sobre os deuses, Ruff Ghanor — disse Mubruk, com sua voz de fúria contida. — O Santo Vivo fala com a voz dos deuses e é seu representante na terra, mas você sabe a verdade.

— Peço que fique fora disso — Ruff avisou ao rei gigantesco.

— Sabe que pedir cura e piedade aos deuses é uma piada — continuou Mubruk, como se não tivesse ouvido. — Sabe que apenas a ira de Ellius Tyberax é a verdadeira representação da vontade divina.

Aquele bárbaro que usava uma pele humana como adorno falava com as palavras de um nobre. A imagem e o som não se encaixavam, Ruff tinha dificuldade de entender ou aceitar o que estava acontecendo.

— Os deuses querem nos matar, Devorador de Mundos — disse Mubruk Filho de Urso. — Por que continuar pregando as mentiras deles?

Ruff ficou congelado, incapaz de se mover. Ouviu Hild exclamar alguma coisa, mas nada do que acontecia naquele salão tinha importância, exceto as palavras do rei de Sammelen.

Mubruk chamara-o de Devorador de Mundos.

Mubruk sabia da verdade.

— O verdadeiro santo é a ferramenta do julgamento divino — continuou o selvagem, fazendo um gesto para Ellius Tyberax. — Ele conhece a verdade, você conhece a verdade. Eu conheço a verdade. Pare de fingir. Pare de se arrastar aos pés dos Criadores.

— Vocês me insultaram em Ghanor! — Ruff protestou, como uma criança, sem saber o que fazer. — Questionaram minha autoridade e meu poder eclesiástico! E agora...

— Você não é rei — o outro interrompeu. — Como mortal, não é nada além de um lacaio de quem o odeia. Você não tem direito à coroa. Afinal, recebeu-a de uma puta angelical, outra serva maldita de nossos inimigos.

— *Cale-se!*

— Você sabe que é verdade, Devorador de Mundos. Sabe quem são os verdadeiros inimigos. Os deuses nos odeiam. Por que não odiá-los?

Ruff estava tonto. Olhava de Mubruk para Tyberax, tentando fazer sentido daquele quebra-cabeças insano.

E, no meio da confusão, algo era lógico.

Sim, os deuses eram o inimigo.

— Eles nos odeiam, Devorador. Eles o incumbiram com a missão de nos destruir. Não é?

Ellius Tyberax, o Santo Vivo, observava-o com desprezo. Mubruk Filho de Urso continuava sorrindo, por sob a pele humana pendurada sobre sua cabeça. A figura envolta em mantos permanecia oculta. Atordoado, Ruff gaguejou:

— Sim.

— Você não é clérigo porque o Santo Vivo não o reconhece. Porque nega a verdadeira natureza divina. E não é rei porque seu reino é ilegítimo. Mas é o Devorador. E pode fazer mais do que qualquer clérigo ou rei.

Mubruk Filho de Urso estendeu-lhe a mão e, por um instante enlouquecedor, Ruff imaginou o que ele falaria.

— Pode levar a luta até eles.

Ele não entendeu.

— Una-se a mim, Devorador de Mundos. Juntos criaremos o Devorador dos Céus.

Ruff recuou, apavorado e enojado. A imagem de si mesmo, consumindo o que era divino com a mesma voracidade com a qual consumia o mundo físico, o encheu de asco. Ao mesmo tempo...

— Você ama o mundo — insistiu Mubruk. — Sei que ama. Ama os mortais. Mas ama o Paraíso? Ama os deuses? Juntos podemos invadir o Reino Divino. Você poderá devorar o Paraíso. Os deuses acham que podem nos julgar? *Nós* iremos julgá-los!

Era verdade.

Da boca de um bruto assassino, vinha a maior verdade filosófica que Ruff já ouvira, em todos os anos lendo, aprendendo com o prior e seus outros mestres. Os deuses se colocavam em posição de julgamento, mas eles mesmos não deveriam ser imunes a ser julgados.

Devagar, Ruff começou a estender a mão.

— Bem-vindo, Devorador de Mundos. Você será o Devorador dos Céus.

Ruff Ghanor apertou a manzorra de Mubruk Filho de Urso, num pacto blasfemo que gelou sua espinha.

Então ouviu a voz de Ellius Tyberax:

— Será a derrocada do Paraíso! O fim dos santos e dos anjos!

Então ele pensou em São Arnaldo.

Em Bellitz.

E puxou a mão, já berrando de fúria.

Ele saltou, puxou o martelo no mesmo movimento e o ergueu. Hild tentou gritar algo, mas o salão já fora tomado também pelo urro de Johrgrund. A garota notou que Ruff cometia o mesmo erro que ela cometera no treino, estava cego pela raiva, e o Santo Vivo nem mesmo piscou ante a investida.

Ruff desceu o martelo contra a cabeça de Ellius Tyberax e Mubruk Filho de Urso mais uma vez se colocou entre o golpe e o santo.

O martelo de Arcanium bateu no peito rígido de músculos do rei e Mubruk não recuou um centímetro. Ruff foi jogado para trás e o rei de Sammelen avançou. Johrgrund deu um berro monstruoso e girou o mangual que era sua mão direita para acertar Mubruk pelas costas. Com agilidade inumana, o rei selvagem se virou, agarrou uma das correntes da arma de Johrgrund e continuou a girar o tronco, puxando os grilhões com as duas mãos. Johrgrund sentiu o que nunca sentira: o chão faltando sob seus pés e, com um estirão de força tremenda, o rei jogou-o contra os genuflexórios e as estátuas de santos.

Os clérigos da Catedral do Santo Vivo começaram a fugir, mas três atacaram Edyriell e Lurius com maças. O primeiro não chegou a dar dois passos antes que o elfo fincasse duas flechas em sua testa. O segundo foi trespassado pelo florete do velho espadachim e morreu com uma prece nos lábios.

Mubruk deu um pisão onde a cabeça de Ruff estava um instante atrás; o rei de Ghanor rolou para o lado, golpeou a perna do inimigo com o martelo, mas não conseguiu movê-la. Hild atacou Mubruk pelas costas, rolando e atingindo a parte de trás de seu joelho com o machado. A pele do rei não se cortou; Mubruk ergueu o pé e pisou na lâmina de Hild, quebrando-a. Ele se abaixou e segurou Ruff pelo pescoço; ergueu-o e rosnou para ele.

Johrgrund agarrou a estátua sobre a qual caíra; arrancou-a do pedestal e arremessou-a contra Mubruk. O mármore maciço se despedaçou; o rei se desequilibrou e soltou Ruff, que o atacou com o martelo de baixo para cima, atingindo o queixo em cheio. A cabeça de Mubruk Filho de Urso foi jogada para trás. Edyriell, o elfo, flechou seu pescoço três vezes em poucos instantes, mas apenas uma flecha entrou na pele; as pontas das outras duas se quebraram. Mubruk não sangrava. A flecha estava cravada em sua garganta, mas seca.

— Isso é loucura! — gritou Ruff, perdido no meio do caos do combate, da proposta blasfema, do poder imprevisível do inimigo. — Você não pode atacar os deuses! Este é o início de uma guerra!

— A guerra existe há muito tempo! — disse Mubruk, então acertou uma cabeçada em Ruff, jogando-o para trás. — São os deuses contra os mortais!

Ruff rolou por sobre o ombro, com agilidade de pantera apesar da armadura completa, e ficou sobre um joelho. Então segurou o martelo como um cetro e gritou uma prece:

— *São Arnaldo, queime meu inimigo com sua chama sagrada!*

Uma fogueira imensa se formou aos pés de Mubruk Filho de Urso.

— *Não!* — entoou Ellius Tyberax, e as chamas se apagaram.

O velho avançou para Ruff.

— Eu o declaro herege! — e um novo relâmpago azul atingiu o rei de Ghanor.

Lurius Minimus correu para atacar o clérigo:

— Lute com alguém de sua idade, covarde!

Ele deu um bote com a espada, um golpe perfeito, a mão esquerda atrás do corpo para fornecer equilíbrio e a direita segurando o florete com perfeição exata, contra o pescoço de Tyberax. Estendeu o braço e avançou com o tronco, já enxergando o acerto, quando a manzorra de Mubruk Filho de Urso interveio. Ela se fechou na lâmina delgada, sua pele mais resistente que o metal. Então o rei selvagem segurou o braço de Lurius com a outra mão e o quebrou sem esforço, fazendo um barulho nauseante. O velho espadachim gritou de dor e Mubruk atirou-o para trás, como se fosse um pedaço de lixo. Lurius caiu de mau jeito no meio de genuflexórios destruídos e estátuas quebradas. Imediatamente, soltou outro berro e segurou a coxa esquerda, tremendo e paralisado de dor. Hild arregalou os olhos, mas não teve tempo de fazer nada: Mubruk chutou seu peito, derrubando-a, enquanto Edyriell tentava circundar o rei, e Johrgrund segurou-o num abraço de urso.

Ellius Tyberax deu mais um passo em direção a Ruff.

— Eu o declaro apóstata! — e mais uma torrente de relâmpagos.

— *São Arnaldo, queime os infiéis!*

O salão foi tomado por chamas, mas o Santo Vivo andou por elas sem sofrer coisa nenhuma.

Então bateu com o cajado na testa de Ruff Ghanor:

— *Eu o declaro excomungado!*

Ruff sentiu uma dor lancinante penetrando seu cérebro, achou que o crânio fosse rachar. Caiu para trás, ainda orando a São Arnaldo, mas sentiu algo gelado dentro de si.

Sentiu-se sozinho.

A conexão com o santo desaparecera. As chamas que ele criara se apagaram.

— Não... — balbuciou. — De novo não!

Então a Catedral do Santo Vivo começou a tremer.

— Não! — Ruff se ergueu, sentindo o sabor da destruição. — Sintam o julgamento divino!

— Você não conhece a face divina, herege! — gritou o Santo Vivo.

As colunas racharam, o teto de cristal veio abaixo, sobre Mubruk e Johrgrund. Hild conseguiu saltar para longe, Edyriell correu para puxar Lurius Minimus, que ainda se contorcia e não conseguia andar. O rei de Sammelen girou o corpo, jogando Johrgrund por cima de si mesmo. Uma coluna caiu sobre ele e Mubruk ergueu-a, quebrando-a na cabeça do gigante. Ruff correu para ele em meio ao desabamento, sentindo-se cada vez mais forte e revigorado. Deu um golpe lateral com o martelo, preciso para acertar a têmpora do rei inimigo, mas Mubruk bloqueou com seu antebraço, deixou a guarda de Ruff aberta. Trançou um pé entre as pernas dele e lhe deu uma cotovelada, derrubando-o para trás. Então se abaixou com um soco certeiro, no meio do peito de Ruff; ele sentiu as costelas quebrando, o ar faltando. Apenas o terremoto salvou sua vida.

— Fora desta terra santa com suas mentiras! — gritou Tyberax, tentando ficar de pé em meio à destruição.

— Seja nosso Devorador dos Céus! — urrou Mubruk Filho de Urso, com riso insano no rosto. — Seja nosso Devorador ou seja mais uma pele para me adornar!

Segurou Ruff pelo pescoço e deu-lhe um soco no rosto. O nariz e os lábios explodiram em sangue, um olho começou a inchar de imediato. Outro soco e Ruff ergueu o martelo. Um terceiro soco, Ruff já não conseguia mais enxergar, sentia seus ossos remendando-se à medida que devorava o mundo. Deixou que aquela energia de devastação se concentrasse em seus braços e ressoasse com o Arcanium. Segundo as técnicas de forjaria do mestre anão Thondin, canalizou toda a capacidade de morte que os deuses haviam lhe dado na cabeça do martelo e desceu a arma com toda a força sobre a cabeça de Mubruk Filho de Urso.

O golpe causou um estrondo; fez as janelas de vitral em um raio de dezenas de metros explodirem, fez mais um pedaço do salão desabar.

Enfim surgiu o sangue de Mubruk Filho de Urso, brotando de sua cabeça, escorrendo por seu rosto.

Ele estava rindo.

Gargalhando.

Mubruk acertou um quarto soco em Ruff e então sentiu algo se pendurando nele.

— Ruff, fuja! — gritou Hild.

A guerreira pulou nas costas de Mubruk. Sabia que não podia feri-lo, fosse ele o que fosse, mas talvez pudesse incomodá-lo. Escalou seus ombros, debruçou-se sobre sua cabeça e, com a voracidade de um texugo raivoso, mordeu seu olho.

Ela fez toda a força que podia com os dentes e sentiu o globo ocular ceder, mas não conseguiu causar dano real. Mubruk gritou, soltou Ruff, bateu em Hild, quebrando vários ossos. Agarrou-a pela cota de malha e arremessou-a para longe.

Ruff viu a guerreira rolar, sangrando do nariz e da boca, e não desperdiçou a chance. Segurou o martelo e correu para ela, na tentativa de fuga que ela comprara talvez com a própria vida. Chegou a Hild em um salto, tocou-a por instinto, mas a luz azul de São Arnaldo não surgiu.

Ele tinha sido excomungado.

— Ruff, vamos fugir! — gritou Edyriell, atirando flechas contra o Santo Vivo, vendo-as desviar-se no ar.

O rei de Ghanor colocou Hild sobre o ombro e ordenou que Johrgrund fugisse com eles. Mubruk correu, a intenção assassina em seu olhar, e o gigante se interpôs, com mais um golpe de mangual. Mubruk acertou-lhe um soco, jogando-o para trás, e Ruff fez com que o chão saltasse, toneladas de pedra separando-os do rei.

— Vamos fugir! — berrou. — Por São Arnaldo, vamos fugir!

Até mesmo Johrgrund reconheceu o desespero nos olhos do clérigo. Ele ergueu Lurius Minimus com a mão esquerda e correu com Ruff e os outros. O velho espadachim ainda tentava brandir seu florete, sem força. A barreira de pedra que o Devorador de Mundos erguera se partiu, o rosto de Mubruk surgiu do outro lado.

— Essa voracidade pode destruir os céus! — ele berrou. — Sua fome será saciada pelo Paraíso!

Ruff correu, usando o terremoto para encobrir a fuga. Se pudesse ficar parado, talvez tivesse destruído a Catedral do Santo Vivo, mas nada podia deter Mubruk. E ele queria chegar até um clérigo o mais rápido possível para tentar salvar as vidas de Hild e Lurius. Os veteranos da guarda de honra estavam lutando e alguns até mesmo conseguiram fugir com eles.

Saíram pelas ruas de Innalya, prontos para lutar por suas vidas. Ruff já tocava a rocha sob a cidade com seus sentidos de Devorador, temendo a própria fome, sua cabeça ressoando com as palavras de Mubruk. Em cada cavaleiro ou nobre, em cada soldado ou civil, havia um inimigo e talvez ele tivesse de matar todos.

Mas, quando a comitiva real deixou a Catedral do Santo Vivo, ninguém os atacou.

Em vez disso, riram.

Ruff e os outros saíram humilhados, feridos, e poucos metros depois das escadarias foram atingidos pelo primeiro vegetal podre.

Hild, que quase não conseguia se mexer, fez menção de atacar, atacar qualquer um, mas Ruff a segurou. E foi atingido por uma pedra arremessada por uma criança.

Nobres, plebeus, soldados e cavaleiros apontaram para a comitiva patética e gargalharam. Mubruk Filho de Urso emergiu da Catedral e se juntou ao riso. Eles apontaram para Ruff e os outros, arremessando sujeira, gritando pragas, dançando ao redor deles.

Lurius Minimus gemia, estremecendo de maneira preocupante. Alguns guerreiros da guarda de honra precisavam ser carregados. Todos sangravam e até Johrgrund se encolhia.

Innalya gargalhou do rei herege, excomungado, não reconhecido. Do rei derrotado e pisoteado.

— Você nunca será rei! — Ruff ainda ouviu a voz ribombante de Mubruk. — Mas ainda pode guerrear contra o verdadeiro inimigo!

Ele olhou para trás e tropeçou. Caiu no chão, sentiu o impacto de mais uma fruta podre.

Hild tentou ajudá-lo a se levantar, mas ela mesma acabou gemendo de dor no chão.

Rindo, o reino de Sammelen permitiu que eles fugissem. Porque não representavam ameaça.

Já no território de Ghanor, Ruff tentou mais uma vez o poder da cura, mas não havia nada lá. Pela segunda vez perdia aquela capacidade, mas de alguma forma a excomunhão era mais dolorida. Não era um ritual que Áxia fizera para bloquear sua ligação com os deuses. Ele simplesmente sentia que o amor de São Arnaldo o havia abandonado.

Lurius teve de ser carregado a viagem inteira. Seu braço estava em péssimas condições. Ruff conseguiu fazer uma tala, mas não sabia se iria ajudar muito. A perna era ainda pior: o dano parecia ser extenso e era todo interno. Talvez o quadril também estivesse comprometido. Não tardou para o velho espadachim começar a arder em febre. Ele ficava consciente por menos de uma hora por dia e gemia constantemente.

Hild estava em mau estado, mas ainda tinha sua juventude. Respirava com dificuldade, mas conseguia andar e tinha aparência melhor.

Eles encontraram um convento com irmãos capazes de operar milagres e Ruff só podia olhar e rezar para que fosse suficiente, uma reza muda que não encontrava respaldo.

Continuaram viagem e chegaram à capital calados e soturnos. Assombrados pelo intransigente Santo Vivo, pelo rei selvagem com poder incompreensível e pelo estranho homem de robes escuros que não falara uma palavra e sumira no meio da destruição.

Entrando na capital, Ruff olhou para cima, para os céus.

E pensou se eles seriam também devorados.

6 | Demonstração vulgar de poder

ANOS ANTES, UM rei estava ajoelhado no escuro, no meio de um pentagrama desenhado com sangue.

— Tio, não, por favor.

O garoto era ainda magro e fraco, como eram quase todas as crianças de sua idade. O rei fingiu não ouvir os lamentos de seu sobrinho. Sabia que, para completar o ritual, precisaria de sangue real. Não queria matar sua filha, então o sobrinho era a única alternativa.

Na verdade, não a única alternativa. A única alternativa que não podia reagir.

— Tio, por quê? — perguntou a criança, já sem forças para chorar. — Por quê?

Um menino não entendia as necessidades do reino, assim como os bodes que tinham sido sacrificados também não entendiam. O sangue no chão era de bode, um animal considerado sujo pela linha mais antiga e estrita da religião, associado a demônios e a maldade profana. Havia três cabeças de bode pregadas nas paredes, à frente e aos lados do rei. Ele fizera um trabalho ruim, malfeito, pois nunca tivera de matar um bicho antes. Estava lavado em sangue pegajoso, os animais tinham sofrido muito e gritado horrivelmente durante o sacrifício, mas não importava. Só importava seu sangue.

Os livros proibidos diziam que nada importava mais do que desenhar o pentagrama, fazer o círculo sem interrupções e ficar no centro da estrela, sem deixar um centímetro do corpo ou mesmo das roupas para fora. Para isso o rei escolhera um aposento grande nos subterrâneos gelados do castelo. Desenhara o pentagrama com bastante espaço para que ele e o garoto ficassem lá dentro. A descrição do ritual dizia que, se ele fizesse tudo certo, uma maldade antiga e incontrolável seria invocada. A única coisa que iria protegê-lo eram aquelas linhas de sangue de bode — era vital que a barreira fosse contínua e que ele não saísse de dentro dela.

— Tio, estou com medo. Por favor, tio, fale alguma coisa.

O menino crescera na corte. O rei conhecia-o desde que era um bebê. Conhecia o amor que sua irmã e o marido dela tinham pelo filho. A mulher nunca mais se recuperaria, disso o rei tinha certeza. O castelo ficaria de luto por talvez um ano. Mas havia algo maior em jogo, algo maior do que o desespero de uma mãe ou a confiança traída nos olhos de uma criança: o reino. O reino era sempre mais importante.

Pelo menos o rei quase não enxergava a decepção e o horror no rosto do sobrinho. Somente uma tocha ardia naquela catacumba, só o suficiente para ver o pentagrama.

O rei tapou a boca do menino e puxou a adaga.

Ouviu batidas na porta.

Ainda segurando a mão espalmada sobre a boca do sobrinho, olhou fundo em seus olhos e dirigiu a ele a primeira palavra desde que tudo aquilo começara:

— *Quieto.*

Ele se ergueu, sentindo os joelhos reclamarem, atravessou o pentagrama tomando cuidado para não pisar em nenhuma das linhas. Foi até a pesada porta de madeira e ferro, destrancou-a e abriu uma fresta. Do outro lado havia só uma pessoa: Annyr, o fiel chefe de sua guarda.

— Meu senhor? — disse o soldado, com voz hesitante. — Meu senhor, ninguém sabia onde o senhor estava, o que está acontecendo. Vim procurá-lo.

— Entre, Annyr — o rei abriu a porta e fez um gesto. — Entre. Você, de todos na corte, entenderá o que preciso fazer.

O rei trancou a porta atrás de seu soldado. Olhou-o pelas costas e não precisou ver seu rosto para notar o choque em seu olhar.

— O que... Meu senhor, o que está acontecendo?

— O reino, Annyr. O reino é mais importante.

— Majestade, aquele é...

Mesmo naquelas circunstâncias, o menino não falou nada. O pânico o havia paralisado, a ordem do rei ainda ressoava alta em sua mente.

O rei andou até a frente de Annyr, tapou sua visão da criança. Então segurou seu rosto com as duas mãos.

— Sim, Annyr, aquele é meu sobrinho. Uma criança com sangue real.

— O que está acontecendo?

— O que deveria ter acontecido há muito tempo. O reino será protegido e se erguerá em triunfo. Eu sou o rei disposto a sujar as mãos de sangue, mas não precisaria fazer isso se meus antepassados tivessem tido a mesma coragem. Este menino não precisaria morrer se o sangue real tivesse sido derramado séculos atrás. Em vez disso, todos os reis antes de mim se acovardaram, se esconderam atrás de escrúpulos e sofremos humilhação seguida de humilhação por nossos inimigos! Mas não mais, Annyr. Nunca mais. Eu faço o que faço pelo reino. Tudo, tudo pelo reino.

O guarda ficou calado. Lentamente, levou a mão à espada.

— Você vai puxar aço contra o seu rei, Annyr? Irá me matar? Será um traidor?

A mão do guerreiro se deteve no meio do caminho.

— Você ama seu reino, Annyr? Está disposto a fazer qualquer coisa por nossa terra?

A voz do menino quebrou o momento:

— Annyr, me tire daqui — ele achou mais lágrimas para chorar. — Por favor, Annyr, me tire daqui.

— E então, meu soldado? Onde está sua lealdade? Com seu rei, com o reino onde nasceu, como dita o juramento que me fez anos atrás? Ou com as noções de bondade que nos trouxeram até esta ruína?

— Annyr, por favor. Chame minha mãe.

O guarda olhou do menino amarrado para seu rei, bem a sua frente.

Fechou os olhos.

— Eu sou leal a Vossa Majestade.

O rei deu dois tapas carinhosos, mas brutos, no rosto de seu soldado.

— Bom, bom. Você é um bom homem, Annyr. Você é um soldado fiel. Agora se poste junto à porta e garanta que ninguém mais nos interrompa. Você é parte disso.

O rei então caminhou até o centro do pentagrama, evitando as linhas. Ajoelhou-se mais uma vez frente ao menino. A criança só tremia, olhando nos olhos do tio. Não havia mais nada em seu rosto, nem medo, nem mesmo resignação. Ele viu o tio erguendo a adaga.

— O sangue real é derramado para que o reino viva para sempre! — entoou o rei. — Aos poderes infernais eu entrego esta criança, seu corpo e sua alma, em troca do futuro! Eu invoco os pactos antigos, as palavras proibidas. Eu invoco os ossos que adubaram nossa terra e o fogo que alimentou nossas forjas!

— Tio, não.

— Mattora triunfa!

E então fincou a adaga com as duas mãos na garganta do menino. Ele gorgolejou, o sangue escorreu farto no chão.

Súbito, a chama do único archote na parede virou uma enorme língua de fogo. Um cheiro de enxofre tomou a sala e uma fumaça esverdeada bloqueou a visão. O rei ouviu Annyr tossindo. Não conseguia mais enxergar o rosto morto do menino, mas sentia as mãos lisas de sangue fresco.

Escutou os passos pesados, duros, de botas metálicas contra o chão de pedra.

— O convite de um rei — disse a Dama de Ferro. — É claro que eu nunca recusaria.

A fumaça se abriu para revelar a mulher tétrica. Seu corpo era esguio, sinuoso, mas cheio de placas de metal negro rebitado à pele pálida, repleta de veias. Um capacete também de ferro fazia parte de sua cabeça, deixando os lábios negros de fora, dois chifres imensos se contorcendo a partir das têmporas. Ela caminhou, provocante, em direção ao rei. Ele sentiu as mãos moles e deixou cair a adaga.

— Você veio — gaguejou o monarca. — Realmente veio.

Em seu rosto havia uma surpresa que traía que ele nunca esperara que desse certo, não de verdade. Um riso baixo, agudo, enervante, tomou conta da catacumba, mas não vinha da bruxa. Vinha de algum lugar etéreo e de lugar nenhum.

— Majestade, vamos sair daqui! — disse Annyr.

— Não — respondeu o rei. — Não, era isso que eu desejava.

A Dama de Ferro riu:

— Saia, guarda. Vá embora.

Annyr correu para a porta, mas não havia mais nenhuma porta ali. A fumaça obscurecia sua visão, ele começou a tatear freneticamente, mas só sentia pedra lisa, contínua, onde deveria haver a saída. A fumaça ficou ainda mais densa e ele não conseguia enxergar nada. Tentou se orientar pelo tato, até que tocou em uma mão.

A pele era quente e escamosa.

Annyr ouviu uma gargalhada.

E deu um grito.

— Você fez tudo certo, Arthog Anselmus de Mattora — sussurrou a Dama de Ferro. — E agora terá sua recompensa.

A escuridão iluminada pelo fogo e tornada turva pela fumaça movia-se com o que pareciam ser dezenas, centenas de corpos. Annyr deu mais um berro, ouviu-se o som da espada sendo desembainhada, mas logo foi abafado por mais risos. Então o barulho de algo rasgando e mais um berro de agonia do guarda.

— Você está bem dentro do pentagrama — disse a bruxa. — Assim ninguém irá nos incomodar.

A Dama de Ferro esticou seu braço para baixo e pegou com força no meio das pernas do rei. O toque da manopla metálica era bruto, o cheiro dela era ácido. Mas a bruxa aproximou seus lábios negros dos dele, tomou sua boca num beijo forte, enfiou a língua entre seus dentes e, involuntariamente, o rei se sentiu ficar rijo como pedra.

Ela arrancou suas roupas e o jogou no chão, sobre o sangue de seu sobrinho. Arthog Anselmus, o rei de Mattora, viu dezenas de olhos observando-o, dezenas de bocas rindo. Mas nenhuma daquelas criaturas ousou trespassar a linha do pentagrama, apenas a bruxa que ele havia invocado.

Ela colocou a mão no meio de suas próprias pernas e, com um gesto, fez o metal abrir uma fenda, revelando a carne pálida por baixo. Então se agachou sobre o rei. Ele engasgou com a sensação gelada de entrar nela. A Dama de Ferro segurou seus cabelos, beijou-o de novo e então começou a se mover, numa espécie de êxtase violento. Ele deu um grito quando ejaculou sem prazer, ao mesmo tempo em que seu soldado, Annyr, terminava de morrer, dilacerado por demônios.

— *Está feito* — sussurrou a Dama de Ferro, então se ergueu.

A fumaça desapareceu, as criaturas risonhas sumiram pelas sombras e pelas frestas na pedra, levando os restos de Annyr. A porta ressurgiu, assim como as cabeças de bode.

Em instantes, o rei estava só, deitado, seminu e esgotado, ao lado do cadáver de seu sobrinho.

— Mattora triunfa — disse para si mesmo.

Nove meses depois, Arthog Anselmus acordou sobressaltado, respirando ofegante, de um sonho que era mais do que um sonho. Estava coberto de suor, mesmo sob o frio de Mattora, e descartou as cobertas, ficando sentado na cama.

— Você está bem? — perguntou a rainha, tocando de leve no braço de seu marido. — Está tremendo.

— Fique aqui — ordenou o rei e levantou-se.

Procurou seu manto no quarto real. O servo que dormia no cômodo adjacente, sempre pronto a servir água de uma jarra ou avivar o fogo durante a noite, também se levantou, mas Arthog mandou que deitasse de novo.

— O que está acontecendo? — disse a rainha. — Onde você vai?

— Já mandei que ficasse aqui — ele rosnou.

Ao longo do último ano, o rei se tornara ríspido e, em uma ocasião, até mesmo violento. A rainha se encolheu na cama, puxou as cobertas até o queixo por instinto. Não reconhecia mais seu marido de quase três décadas. Não via mais nele o homem que tirara seus medos na primeira noite ou que pedira seus conselhos nos assuntos da corte durante anos. O castelo real de Mattora agora era um lugar triste e amargo. O sobrinho do casal real morrera num acidente inexplicável, afundando todos num luto frio. Por pesar ou por algo misterioso dentro dele, o rei nunca mais a procurara à noite desde a morte do garoto. Era como se uma parte de seu marido tivesse morrido com o menino. O que era compreensível, mas ele nunca buscara alento ou algum tipo de carinho para superar a tragédia.

O castelo era frio e amargo, o rei era frio e amargo, e aqueles eram dias frios e amargos que não pareciam ter fim. A rainha soluçou, mas foi ignorada enquanto o rei ia embora.

Arthog Anselmus saiu dos aposentos reais carregando um lampião, seus passos ressoando nos corredores vazios e escuros do castelo. Além disso, o único som era o uivo do choro de sua irmã. Desde que perdera o filho, ela não dormia mais, as noites eram vigílias macabras de lamentação e expiação por uma culpa inexistente. Seu marido, o pai do menino morto, tinha se ausentado há meses, ido resolver mais uma disputa de fronteira e fugir do clima funéreo do castelo. Um covarde, pensou o rei. Mais um que não queria enfrentar a realidade. Ele estava sozinho no castelo real com soldados que não podiam defendê-lo, com duas mulheres que choravam sem cessar, com sua filha que observava tudo aquilo sem entender nada.

Desceu às catacumbas mais uma vez.

Abriu a porta e não precisou da luz que carregava para enxergar o que havia lá dentro.

A Dama de Ferro estava parada, de pé no meio da sala, com um embrulho nos braços.

Arthog Anselmus foi até ela em passos cambaleantes. Pousou o lampião no chão, o gesto mais mundano que podia imaginar, mal ousando olhar para a bruxa. Então, enfim, tomou coragem para erguer os olhos e, principalmente, para observar o que ela carregava.

— Este é Philip — disse a Dama de Ferro, estendendo o bebê recém-nascido para o rei. — Ele deve ser criado no castelo. Ele é seu filho e a resposta para o triunfo de Mattora.

O rei estendeu os braços e tomou seu novo filho.

— Eu não acredito que você vai mesmo fazer isso — disse a rainha.

— Você já deveria estar vestida — Arthog Anselmus respondeu. — É uma cerimônia oficial e ordeno que esteja presente.

A mulher deu um riso sem humor. Ergueu-se da cama e fechou mais o robe em volta do corpo, escondendo-se do marido. Ela ficava quase o tempo todo na cama. Desde que o bastardo entrara em suas vidas, a decepção fora tão grande e tão funda que o que restava de sua vontade de existir, depois da morte do sobrinho e da mudança no comportamento do marido, se esvaíra. Há três meses a rainha não colocava roupas, mantinha-se envolta em camisolas e xales. Não participava das funções oficiais, ficando escondida no quarto.

Sua cama também estava sempre fria. O rei não dormia mais com ela. Ela ficara chocada quando Arthog viera com o bebê nos braços, dizendo que era seu filho com outra mulher. Ficara enojada quando ele se recusara a dizer quem era a amante e contara seus planos de legitimizar a criança.

Foram quase 30 anos de casamento que, se não era sempre feliz, era sempre respeitoso. Desde a morte do garoto, tudo mudara. Frieza, traição e desprezo. O rei preferia um quarto separado, com o berço do bastardo e suas amas de leite, aos aposentos reais.

E agora ele exigia que ela fingisse estar tudo bem no batizado e na cerimônia de legitimação.

— Você ordena, Arthog? — ela disse, com voz doída. — Em todos esses anos, você nunca me ordenou. Nem mesmo quando eu era uma garota boba que não sabia se portar na corte. Agora você ordenará que sua esposa sorria e acene enquanto você promete o reino ao filho bastardo com uma amante desconhecida?

— Ele tem nome — rosnou o rei. — É Philip Anselmus, o herdeiro de Mattora.

— Você tem uma herdeira. Sua filha. A filha que eu lhe dei. Lembra dela?

O rei riu com escárnio e aquilo machucou sua esposa ainda mais.

— A menina? O que farei com uma menina? Será que ela vai cavalgar e brandir uma espada contra nossos inimigos? O máximo que uma fêmea pode fazer é casar! Você acha por acaso que irei casá-la com algum príncipe de Utteria ou Vammira? Acha?

— Arthog, eu nunca falei isso...

— Mas é o que pensa, não, sua vaca?

O rei deu-lhe um tapa. Os servos ficaram olhando, impassíveis. A rainha estava humilhada, deixou-se cair na cama de novo.

A princesa Thelde já era quase adulta, já devia ter um marido ou ao menos um prometido. Mas o rei guardava aquele casamento com ciúme, via os nobres circundando a garota como abutres. O trono de Mattora era fraco e pobre, os senhores feudais detinham todo o poder e Arthog Anselmus sabia que, se deixasse um deles desposá-la, sua linhagem morreria e ele mesmo não duraria muito. A garota permanecia intocada, presa em seu quarto. Tanto ele quanto a rainha já se aproximavam da velhice; tinham tido sua única filha muito tarde. A casa Anselmus estava condenada até que ele tomou a providência necessária. Philip Anselmus era a salvação, o futuro de Mattora.

— Você é uma traidora — o rei disse, com fúria fria. — Por isso nunca me deu um filho homem. Por isso reclama do único varão que produzi. Quer ver meu reino tomado por meus inimigos, não? Deve ter se deitado com eles, rido de mim por minhas costas! Conhece as camas reais de Utteria e Vammira, não?

— Arthog, eu nunca saí de Mattora.

Ele se aproximou dela.

— Nem nunca sairá.

— Por favor, deixe-me fora disso. Saber de sua... — ela engasgou, mas se forçou a continuar — de sua *outra mulher*... Foi como se eu perdesse o chão onde piso. Mas me humilhar em público... Estar lá quando você apresentar seu filho... É demais, meu marido. Pelo amor que teve por mim, eu lhe imploro.

Ele ficou alguns instantes em silêncio.

— Use seu vestido de fio de ouro — decretou. — É uma ocasião de festa.

Atravessou o quarto em direção à porta. Antes de sair, disse a uma das aias:

— Fale com minha irmã, certifique-se de que ela não usará preto. Não aguento mais ouvir falar da morte daquele menino. Hoje quero todos alegres.

O bispo de Mattora era um sacerdote de Santo Otto. Ele e o rei estavam frente à pia batismal. Arthog Anselmus tinha seu filho Philip no colo. A rainha estava mais atrás, sorrindo com a boca, mas com os olhos inchados e vermelhos, trajada num lindo vestido dourado. A princesa estava ao lado da mãe, séria. Sua tia estava atrás das duas, com um vestido colorido que não lhe caía bem — ela emagrecera horrivelmente naquele último ano, todas as roupas que não eram de luto pendiam folgadas de seus ombros ossudos. Seu marido, o pai do menino morto, nunca mais voltara, mas mandava cartas de vez em quando.

Nos bancos da catedral de Mattora estavam vários nobres menores, que não representavam ameaça ao rei e ainda procuravam cair em suas boas graças. Eram poucos, então, para encher os lugares e evitar a impressão de uma cerimônia triste e vazia, os servos do castelo tinham chamado burgueses ricos. Mas também eram poucos, pois havia pouca riqueza em Mattora. Então completaram os lugares com simples aldeões e fazendeiros.

— Como será o nome desta criança que hoje é apresentada aos deuses e aos santos? — perguntou o bispo.

— Este é Philip Anselmus, da casa Anselmus! — o rei ergueu o bebê e mostrou-o a todos. — Herdeiro do trono de Mattora!

O sacerdote tomou Philip Anselmus nos braços.

— Esta criança é sangue real. Todos os santos e mortais reconhecem o que os deuses já sabem, que este filho natural do Rei Arthog Anselmus tem seu nome, sua linhagem e tudo que é da coroa é dele por direito. Eu te batizo, Philip Anselmus, que os deuses conheçam teu nome para que guiem teus passos.

O sacerdote então mergulhou a parte de trás da cabeça do bebê na pia batismal. E o bispo nunca vira um milagre, nunca testemunhara nada que confirmasse ou desmentisse sua fé no santo ou nas divindades. Mas, quando a pele de Philip Anselmus tocou a água, chiou como se encostasse em ácido, uma fumaça branca se desprendeu e o bebê começou a gritar horrivelmente.

O bispo arregalou os olhos, por um instante sem entender o que acontecia, e então Philip se contorceu e mordeu sua mão.

O sacerdote também gritou, sangue esguichou do ferimento, caindo na água da pia batismal e tornando-a rosa, então avermelhada. Por instinto, entregou-o ao pai e o rei olhou seu filho agora legítimo com amor, rindo da pequena boca suja de sangue.

— É um menino saudável e valente! — maravilhou-se o monarca. — Longa vida ao príncipe Philip Anselmus!

— Viva! Viva! — gritaram os convidados.

O bispo segurava sua mão, que não parava de sangrar. Ele nunca vira um bebê nascer com dentes e muito menos com incisivos afiados.

Nos dias seguintes, a carne ao redor do ferimento ficou negra.

Após duas semanas, sacerdotes curandeiros decretaram que era melhor amputar a mão do bispo para impedir que a gangrena se espalhasse para o resto do braço.

Mas, naquela noite, o banquete foi farto e nenhuma das amas de leite de Philip Anselmus teve coragem de reclamar para o rei.

O príncipe já tinha aprendido a andar quando a princesa Thelde finalmente foi vê-lo.

Seu pai parecia tê-la esquecido. O que machucara no início, mas na verdade tinha se provado algo bom. Desde que aquele bastardo que não era mais bastardo chegara, o rei só tinha olhos para ele. Então tinha deixado de vigiar a filha, não mais se importava em mantê-la trancada para preservá-la para algum casamento que nunca chegava. Com isso, Thelde ficara finalmente livre. Descobrira, entre os servos e pequenos nobres do castelo, algumas amigas, alguns amigos e até mesmo um amor rápido. Pudera levar o garoto para seu quarto sem nenhuma consequência, além das fofocas pelos corredores. Mas, como a cada dia ficava mais amiga da criadagem, mesmo isso tinha diminuído. Ela e o rapaz não estavam mais juntos, mas Thelde podia respirar, ler, andar a cavalo pelo pátio, fazer coisas quase normais de uma jovem quase normal.

Só não pudera ainda conhecer direito seu meio-irmão. O rei estava sempre às voltas com Philip e sempre havia servos, guardas e amas para proteger o menino. Só agora, mais de um ano depois do batismo, Arthog Anselmus se ausentara por alguns dias para resolver uma crise ou outra com um feudo rebelde e deixara o filho para trás, a contragosto.

Thelde sabia que era sua chance.

Uma criança era uma criança, Philip não seria diferente de tantos meninos que chegavam no castelo com servas e damas de companhia. Mas era seu irmão, seria seu rei um dia, e ela tinha curiosidade. Queria pegá-lo no colo, imaginar se um dia poderiam ser amigos. Queria especular se Philip seria um rei bom, que não iria forçá-la a fazer nada, ou se seria tirano e controlador, tratando-a como uma peça num jogo. Thelde não tinha ambições sobre uma coroa, só queria permanecer tão livre quanto era naquele tempo desde que sumira da mente de seu pai.

Ela sabia que, para sua mãe, a chegada de Philip tinha sido uma tragédia, mas, para ela, fora uma bênção.

A princesa entrou bem quieta no quarto do príncipe. Havia um berço todo adornado no centro de tudo. Era um quarto muito maior que o dela. Estava cheio de brinquedos de madeira e pano, coloridos e em formas variadas. Também havia uma cama grande num canto, onde o rei costumava dormir. Além de bacias, uma banheira, mesas e todo o aparato necessário para cuidar de um bebê, lá estavam duas amas.

As duas cochilando.

Thelde viu o príncipe em seu berço, colocou o dedo indicador sobre os lábios, como se pedisse silêncio, e piscou para a criança. Philip sorriu e ela imaginou se ele podia entender alguma coisa ou só respondia a uma presença humana.

Ela chegou no berço e Philip estendeu-lhe os bracinhos. Thelde não tinha experiência nenhuma com crianças, mas ver aquilo fez com que ela risse involuntariamente. Tomou o menino no colo, olhando-o com certa admiração.

— Nada de me morder como fez com o bispo, viu? — ela sussurrou. — Ele é mesmo um chato, mas eu sou sua irmã!

Philip riu de novo e Thelde respondeu, meio fascinada. Não era tão ruim ter um irmão. Talvez ela conseguisse convencer o rei a deixar que Philip participasse mais da vida no castelo e ela pudesse conviver com ele.

O garotinho se contorceu, tentando apontar para o chão ou apenas cair.

— Você quer ficar de pé? Muito bem, vamos lá, me mostre se consegue.

Ela o colocou sobre os pezinhos com cuidado. Philip demorou alguns instantes, mas se equilibrou.

— Muito bem! — sussurrou e fingiu que batia palmas, agachada para ficar mais perto dele.

O príncipe então caminhou, da maneira desajeitada das crianças que aprenderam há pouco, até uma prateleira. Thelde o acompanhou para garantir que não cairia. Na prateleira havia um copo de suco de frutas pela metade — um luxo que em Mattora estava reservado à família real e a meia dúzia de nobres ricos. Também havia leite, um prato com um pouco de comida e algumas outras coisas. Os restos de uma refeição qualquer.

Philip pegou o copo de suco. Thelde se alarmou, pensou que ele fosse deixar cair, mas o garotinho tinha boa destreza. Entregou-o com as duas mãos à irmã.

— Obrigada! — ela riu e bebeu o suco.

Philip riu também. Esticou-se, sob supervisão de Thelde, pegou o caneco de leite e deu-lhe também.

— Quer que eu prove mais este? — tomou um gole e a criança riu de satisfação. — Hmm, obrigada!

Então Philip pegou da prateleira um frasco com um líquido verde.

— E o que é isso? Algum suco exótico? Não me diga que as amas andam bebendo quando deveriam estar cuidando de você! Não se preocupe, é o nosso segredo.

Ela destampou o frasco e bebeu. Philip deu um novo riso de felicidade, mas Thelde fechou a cara.

— O que... O que é isso?

Ele riu de novo.

Thelde sentiu a garganta se fechando. Levou as mãos ao pescoço, começou a arranhar a pele.

— Por que isso estava aqui? Socorro!

Já não estava mais sussurrando; tentou gritar, mas a voz não saiu direito. Philip agitou os bracinhos, dando outro riso infantil de maravilhamento. Thelde caiu no chão, ficando roxa. O frasco se derramou, ela começou a espernear, lutando por ar.

Philip ria.

Ela se arrastou até as amas que cochilavam. Seu rosto estava quase negro, os olhos estavam saltados. Sua boca muito aberta não conseguia puxar ar. Ela fez esforço e olhou para trás, para o irmão, sem entender.

Agarrou a barra do vestido de uma ama, mas ela não acordou.

E morreu assim, com a mão fechada sobre o tecido.

Mais de uma hora depois, um grito de horror cortou os corredores do castelo. A ama tocou na mão de Thelde e já estava dura e gelada. Philip brincava, sentado no chão.

A rainha mandou enforcar todas as amas. Colocou luto e jurou que nunca mais tiraria.

E nunca mais tirou.

Se encontrava o rei por acaso nos corredores do castelo, apenas abaixava a cabeça em submissão. Não falava nada a ele, mas também quase não falava com ninguém. Enquanto Arthog Anselmus levava Philip para cavalgar, tentava lhe ensinar as bases da luta com espadas antes mesmo que o garoto fosse velho o suficiente para segurar uma arma de madeira direito, sua esposa era uma presença escura e soturna pelos cantos.

A tristeza que havia no início, depois da morte do sobrinho e do surgimento do bastardo, transformara-se em ódio frio, quando o rei nem vestira preto no funeral da própria filha. Ele não parecia lembrar que estavam enterrando Thelde, continuava entretido com seu filho mais novo, fascinado por qualquer coisa que a criança fazia.

Nunca se descobriu como ou por que havia um frasco de veneno no quarto de Philip, mas as únicas pessoas que a rainha podia punir por aquilo eram as amas e elas pagaram por todos, sofreram para que sua senhora pudesse sentir um pouco de gosto de vingança.

Mas isso fora anos atrás. Qualquer satisfação que a rainha pudesse ter tido na tortura e na morte daquelas infelizes se esvaíra há muito tempo. Agora tudo que restava era o luto e aguardar pela própria morte. Ela tomara para si um quarto pequeno num canto do castelo, pois não conseguia nem mesmo existir nos aposentos reais. Pouco depois, sua cunhada passara a dividir aquele quarto com ela. As duas mulheres num luto perene, as duas abandonadas por seus maridos no meio da dor. A diferença era que a rainha tinha que conviver com a presença do rei e do príncipe e saber que eles eram felizes ali mesmo naqueles pátios e corredores.

— Existe uma mulher por trás disso tudo — disse, um dia, a irmã do rei, no confinamento do quarto das duas. — O bastardo chegou dez meses depois que meu filho morreu. Ele foi morto pela amante de meu irmão. É a única explicação. Nosso sofrimento tem uma culpada e só precisamos encontrá-la. Precisamos encontrá-la e a vingança será nossa.

A rainha, no entanto, não acreditava em nada tão simples. Durante aqueles anos, ela não tivera nada a fazer senão lamentar a filha e a felicidade perdidas e especular a razão daquilo tudo. Todas as nobres que já tinham pisado no castelo foram alvo de sua suspeita. Todas as servas, até mesmo mulheres de quem ela sabia por boatos, mas que nunca vira nos corredores. Quem poderia ser a mãe de Philip Anselmus? O rei também não demonstrava nenhum interesse em encontrá-la de novo. Ele dormia com o filho, não se esgueirava pela noite para alguma cama. Será que ele tivera a amante apenas para que ela pudesse lhe dar um filho homem?

Mas mesmo isso parecia tênue. Se fosse assim, com a frieza do rei naqueles últimos anos, a rainha deveria ter temido por sua própria vida. Arthog Anselmus desejaria colocar a outra a seu lado no trono e na cama, desejaria trocar de esposa.

— Existe uma explicação muito mais sinistra para isso tudo — disse a rainha, em tom funesto. — São demônios.

Na vigília da noite, as duas sozinhas, nada parecia impossível. Ainda tinham algumas servas, mas cada vez mais a criadagem do castelo as abandonava, enquanto elas abandonavam o mundo. Falavam só uma com a outra e o assunto era só um. Falar em demônios naquela circunstância não era ridículo. Ressoava com um eco da verdade.

— Acha que meu irmão fez um pacto?

— Sei que o bastardo não é uma criança normal. Não posso provar ainda. Mas, quando puder, chamarei o bispo. Chamarei todos os clérigos que puder encontrar. Então vamos exorcizar aquela peste de nossas vidas.

A rainha não dormiu por duas noites, mas sua cunhada dormia quase o tempo todo. Dia ou noite não fazia diferença, pois o quarto das duas estava sempre fechado. Então, na madrugada do terceiro dia, a rainha saiu para os corredores.

Sua camisola e seu xale negros eram como uma mortalha. Seus cabelos ralos estavam também cobertos por um pano negro. Ela sentia o chão gelado nos pés descalços e carregava nas mãos uma moeda dourada com uma balança, o símbolo sagrado de Santo Otto.

— O santo me protege — recitou em voz baixa, o coração batendo forte. — O santo me protege.

Ela entrou no quarto do rei e do príncipe sem fazer barulho. Os servos dos aposentos adjacentes estavam dormindo. Beijou a moeda e guardou-a nas roupas. Não sabia o quanto a situação era similar àquela que sua filha Thelde encontrara quase cinco anos antes.

Havia duas camas no quarto: uma para o rei e outra para o príncipe. Arthog Anselmus roncou, deixando bem claro que dormia pesado. Ela não fez barulho ao andar. Se fosse descoberta pelo marido, seria capaz de qualquer coisa, até mesmo tentar matá-lo e acabar com tudo naquela noite. O resto do quarto estava ocupado por coisas tidas como masculinas: havia espadas de madeira e de verdade, facas e escudos. Brinquedos de madeira que incentivavam o combate e a nobreza, como soldadinhos e cavalos.

A rainha foi até a cama de Philip Anselmus. Ele dormia tranquilo.

Não escolheu uma espada ou uma faca. Pegou um travesseiro que estava caído ao lado. Ergueu-o e se preparou para pressioná-lo contra o rosto daquela criança maldita.

Philip abriu os olhos e sorriu para ela.

A rainha tomou um susto, deu um passo para trás e pisou em falso.

No chão, havia um cavalinho de madeira sobre rodas. A rainha firmou o pé em seu corpo, as rodas giraram, ela sentiu o chão lhe faltar.

Seu último pensamento foi a pergunta se aquilo era mesmo um acidente, enquanto seu corpo estava no ar. Então bateu a cabeça na quina de uma cômoda e caiu pesada, sangrando no chão.

Philip Anselmus se virou na cama e voltou a dormir.

O funeral da rainha foi pequeno. Lá estava o rei, vestindo negro, impaciente. Lá estavam os principais nobres. O bispo maneta fez os ritos e encomendou a alma de sua senhora.

O cadáver estava sobre um monte de pedras, bem vestido, maquiado. A rainha parecia estar dormindo. Quando tudo acabasse, servos em casacas negras cobririam o corpo com ainda mais pedras, fazendo um monturo que marcaria para sempre o túmulo da rainha de Mattora, ao ar livre, nas colinas frias sob o castelo.

Ante um gesto do bispo, o rei foi até o monte de pedras, para dizer seu último adeus desinteressado. Philip Anselmus ficou sozinho.

A irmã do rei foi até o garoto. Abaixou-se para ficar mais perto dele.

— Posso lhe dizer uma coisa, Philip?

O menino apenas olhou para ela.

— Você não tem nada a temer de mim. Eu sei, eu sei de tudo. Mas nunca vou fazer nada. Eu prometo, Philip, ficarei quieta em meu quarto, até o fim de meus dias. Você não precisa se preocupar, eu juro.

Ele sorriu.

— Do que está falando, tia? Não entendo.

Dois anos depois, a Companhia do Cão marchou por sobre uma colina. Cavalgando à frente de todos, o General Korin e seu segundo em comando, Urko, avistaram o castelo real. Conversaram alguma coisa e então ficaram em silêncio.

— Parece que finalmente conseguimos, general — disse Urko. — Acha que esse trabalho vai nos deixar ricos?

Korin respirou fundo.

— Vamos lutar pelo rei de Mattora, meu amigo. E, se eu sei alguma coisa sobre reis, teremos sorte se sair vivos.

7 | conversas sobre a morte

Ruff a princípio não notou o que havia de errado. Quando a comitiva cruzou os portões da capital, algo estava diferente. Ele sentia com agudez a falta de cada um dos veteranos que morrera na Catedral do Santo Vivo e ficava cada vez mais preocupado com o estado de Lurius Minimus, que nem mesmo os clérigos dos templos e mosteiros espalhados pelo reino haviam conseguido curar. Mas a estranheza aumentou na cidade e talvez ele apenas se recusasse a perceber. Foi necessário o raciocínio brutal de Johrgrund para abrir seus olhos:

— Por que eles não estão gritando seu nome, Ruff?

Então o rei se deu conta de que o que estava ouvindo era o silêncio.

As notícias ruins viajavam rápido. Por mais que ninguém na comitiva tivesse divulgado a plebeus e nobres o que acontecera em Sammelen, as pessoas em cada lugar onde eles haviam parado tinham visto o aspecto deplorável do rei e de seus companheiros. Voltavam com menos veteranos, com um comandante sendo carregado. Não faltaram mascates, menestréis ou meros fofoqueiros para espalhar que Ruff Ghanor sofrera uma derrota. E, sem uma resposta da coroa sobre o que acontecera no reino estrangeiro, as especulações se agigantaram como chamas num campo seco.

O povo sentia o cheiro da humilhação de seu monarca. Quando eles cruzaram as ruas em direção ao castelo, as pessoas se alinharam dos dois lados para vê-los passar, mas sem a festa costumeira. Todos estavam calados, olhando para o rei com temor pelo que aconteceria.

Um homem de cabelos brancos se postou na frente do cavalo de Ruff, interrompendo a passagem.

— Onde está Wrana, Majestade?

Ruff reconhecia o homem. Não sabia seu nome; era impossível manter na cabeça o nome de todos. Mas ele era casado com Wrana, uma guerreira que o acompanhava desde a batalha contra Zamir, tanto tempo atrás. A mulher lutara a seu lado contra hobgoblins e soldados possuídos, mas tombara em solo estrangeiro, numa missão que deveria ser pacífica. Sem glória, humilhada, em meio a uma derrota. Seu marido, seu viúvo, queria saber onde ela estava. Ele sabia, seus olhos mostravam que ele sabia. A pergunta era uma acusação.

Um dos veteranos tomou a frente, fazendo o papel que deveria caber a Lurius Minimus.

— Phineas, saia do caminho — disse o soldado.

Os dois homens se conheciam; todos aqueles guerreiros antigos tinham criado uma espécie de família, após ter lutado juntos em tantas batalhas. Seus maridos e suas esposas eram como irmãos, seus filhos e suas filhas eram sobrinhos, criados em conjunto por todos nos quartéis e nas casas da capital. Mas agora o veterano tinha a missão de tirar aquele viúvo do caminho do rei e impedir que ele fizesse perguntas incômodas.

— Não! — protestou Phineas. — Wrana derrotou o exército de Zamir, sitiou Rocha Celeste e enfrentou Baal! Quero que nosso rei me diga por que ela não voltou para casa! Isso era uma missão diplomática ou o início de uma guerra? Os boatos estão certos? Seremos atacados por um poder estrangeiro?

— Saia do caminho, Phineas — repetiu o veterano, então empurrou o viúvo com seu escudo.

O homem caiu na rua de terra enlameada e olhou Ruff nos olhos. Havia uma tristeza infinita em seu rosto, delimitada só pela raiva. Sentado no chão, um só homem frente a uma comitiva que incluía heróis armados, um gigante e o próprio Devorador de Mundos. Mas desafiador. Ruff pensou quem, naquela situação, era o herói.

Desmontou do cavalo. Foi até Phineas e lhe estendeu a mão, mas ele recusou. Ergueu-se sozinho.

— Onde está Wrana, Majestade? Por que ela não voltou para casa?

— Wrana está morta, Phineas.

E então abraçou o homem.

Phineas chorou no ombro de Ruff.

— Por quê? — ele perguntou, esquecendo que falava com um monarca. — Isso era um ataque? Ou então vocês foram atacados? O que aconteceu? Por que ela morreu desse jeito, sem guerra, longe de casa?

"Porque fui um tolo e bati à porta de quem já havia me insultado", Ruff pensou. Mas não podia dizer a verdade.

"Porque achei que não houvesse um homem capaz de me vencer."

"Porque sou uma criança no jogo da política; recebo embaixadores que me desafiam e vou resolver tudo pessoalmente, como um brigão de taverna."

"Porque o mundo fundamentalmente não é seguro."

"Porque sou o Devorador de Mundos e alguém quer que eu seja o Devorador dos Céus."

Não podia dizer nenhuma dessas verdades. Então mentiu:

— Porque era uma guerreira honrada e cumpriu seu dever para que todos nós continuemos em segurança. Wrana morreu com glória. Ela está com os deuses agora, com São Arnaldo. E os deuses continuam olhando por nós.

"Isso, é claro, se o Paraíso não for devorado."

Phineas parecia um pouco aliviado. Olhou para o rei e só fez mais uma pergunta:

— Quem são esses novos inimigos? Quem matou minha esposa?

Ruff engoliu em seco.

— Tirem esse homem daqui.

— Já sabe o que responder àquele pobre coitado? — perguntou Lurius Minimus.

Ruff estava sentado, olhando o velho espadachim em sua cama. Eles estavam em Ghanor há algumas semanas já, mas não havia dúvida sobre a qual pobre coitado Lurius se referia. As mesmas perguntas ficaram retumbando na cabeça de todos desde o desastre em Sammelen: o reino era inimigo? Eles estavam à beira de mais uma guerra?

— Consegue se mexer melhor? — Ruff desconversou.

Lurius Minimus quase sempre tinha um riso zombeteiro por baixo do bigode, mas o ar desaforado se foi ao ouvir aquilo. Ruff se arrependeu de imediato, mas sua preocupação era genuína.

— Quando você for tão velho quanto eu, vai começar a perceber algumas coisas que não notava antes — disse, com um suspiro. — Você passa a identificar o que é irreversível. Quando se é jovem, tudo parece ter conserto, mas, quanto mais velho fica, mais você passa por problemas sem solução. Minha perna e meu quadril são problemas sem solução, Majestade. Esta cama vai ser meu lar até que eu vire um fantasma para puxar o pé de todos vocês.

Ruff olhou-o nos olhos, Lurius manteve o olhar. Não eram lamentações, não era um pedido de ajuda. Era só uma verdade dura. A missão diplomática em Sammelen deixara Lurius Minimus entrevado numa cama. Seu florete estava pendurado na parede e já começava a pegar pó.

— Você vai precisar de um novo comandante da guarda — disse o velho.

— Eu sei… E existem vários bons candidatos. Mas ninguém que eu conheça.

— Bem-vindo à vida de rei — Lurius se esticou para dar um tapinha na coxa de Ruff, então fez uma careta pela dor que o movimento provocou. — Você não pode preencher os cargos importantes com seus amigos para sempre. Cada vez mais, serão seus servos.

Ruff fechou os olhos.

Nem mesmo Lurius Minimus era tão íntimo quanto ele gostaria. O velho era esperto e confiável, mas tivera toda uma vida longe dele e nunca estudara para administrar um reino ou aconselhar um rei. Longe de Korin e Niccolas, com Dunnius e o prior mortos, Ruff podia contar com o conselho apenas de nobres que ele mal conhecia. A alternativa seria a selvageria de Johrgrund — ou de Hild, que ele mal conhecia e que às vezes parecia até pior que o gigante. Edyriell administrava o reino quando ele estava ausente e a Memória da Floresta Alta aconselhava, mas entender a mente de um elfo era muita pretensão.

Estar para sempre com os amigos de infância era o desejo de um garoto. Ele era um rei.

Chamou Edyriell para o quarto de Lurius Minimus. O elfo tentou disfarçar, mas franziu o nariz para o cheiro de doença e lugar fechado que havia lá. Os três examinaram um mapa dos reinos.

— O que você faria, Edyriell? — perguntou Ruff.

O elfo passou um longo tempo pensando.

— Precisamos de uma forma de vencer o reino mais poderoso do mundo. Não resta dúvida de que Sammelen é um inimigo.

— Se fosse só isso, seria fácil! — Lurius teve um acesso de tosse. — São todos os reinos juntos. Eles têm aquele pacto.

— Não precisaríamos enfrentar todos os reinos juntos se tivéssemos uma justificativa para a guerra — disse Ruff. — Os outros não iriam se envolver contra uma guerra legal. Mas quem pode justificar uma guerra é Ellius Tyberax.

— Estamos andando em círculos! — Lurius esbravejou.

— Respondendo a sua pergunta, Majestade, — disse o elfo — eu esperaria.

— Esperaria?

— Ghanor só fica mais forte com o tempo. Precisamos de recursos para fazer frente a todos esses inimigos. Recolheremos impostos, recrutaremos mercenários, treinaremos soldados e seremos um poder que Sammelen não pode ignorar.

O pensamento de um elfo, acostumado a ter o tempo a seu favor.

— Além disso — Edyriell continuou — se eles querem Vossa Majestade como o Devorador dos Céus, não atacarão logo de início.

— A não ser que queiram deixá-lo desesperado e sem opções — cortou Lurius.

Ruff conhecia alguém que pensava assim. Mas não queria que ela ocupasse sua mente.

Infelizmente, Edyriell era muito otimista. Ele conhecia seu batalhão, composto de outros elfos, todos leais, com pensamento de longo prazo. O que Ruff vira naquelas últimas semanas era bem diferente.

Não ter uma resposta para dar ao povo estava sendo pior do que qualquer má notícia. Ele não desejava falar que Mubruk Filho de Urso era *algo* poderoso demais, um humano bárbaro que havia vencido o próprio Ruff e o gigante Johrgrund em combate corporal, um feito considerado impossível. Ninguém sabia o que se passara em Sammelen e os boatos estavam cada vez mais fortes. Alguns afirmavam que o demônio Baal voltara, outros diziam que Ruff Ghanor tinha ficado alheio enquanto seus soldados lutavam na capital inimiga. Os guardas de capa vermelha, responsáveis pela ordem na cidade, aguardavam a volta de seu comandante, Lurius Minimus, e sofriam sem resposta sobre sua saúde.

Naquele clima de incerteza, as deserções começaram.

O exército de Ghanor era leal porque acreditava no rei e no reino e porque recebia salário regular. Mas a perspectiva de uma guerra, sem um inimigo identificável, com a aura de dúvidas pairando, testava os limites daquela lealdade. Os soldados não sabiam se ou quando iriam marchar, contra quem e o que aconteceria. Não sabiam o que fizera seu rei recuar humilhado, o que matara os veteranos e ferira tão gravemente Lurius. Os próprios veteranos sobreviventes tinham contado histórias sobre a Catedral do Santo Vivo tremendo e Ruff fugindo, tentando reuni-los. A maioria daqueles guerreiros sabia guardar segredo para seu senhor, mas todos tinham famílias, queriam compartilhar com elas suas experiências. E famílias falavam. O que acontecera naquele salão, para enxotar o grande Ruff Ghanor, Johrgrund e toda a comitiva?

Não bastasse isso, os cofres estavam secando.

Na teoria, a paz era boa para a prosperidade do reino. Na paz, podia-se plantar e fabricar, podia-se construir casas e ver crianças crescerem. Mas a paz não era lucrativa. A riqueza da paz dependia de tempo, de boas colheitas, de cidadãos que pagassem impostos em dia. Ruff não queria aumentar os impostos, muito menos enviar patrulhas para intimidar seus súditos a pagá-los. Sempre que forçava o povo a fazer algo contra sua vontade, ele se sentia mais como Zamir. E, talvez, se fizesse isso demais, os deuses julgariam que sua tentativa de tornar o mundo verde e bom havia falhado. Seu dever não era ser um tirano.

Mas, que São Arnaldo o perdoasse, ele só sabia ganhar ouro tirando-o de inimigos.

Uma guerra seria boa. Uma guerra resolveria tudo.

Mas uma guerra contra Sammelen era impossível.

— Esperar não adianta — disse Ruff. — Sammelen não precisa nos atacar, só precisa esperar que Ghanor decaia. E mais. Se não fizermos nada, eles podem arranjar outro Devorador dos Céus.

— Como? — perguntou Edyriell.

— Como eles me transformariam nessa fera em primeiro lugar? Não sabemos nada! Não sabemos o que é Mubruk! Não sabemos como o Santo Vivo utiliza o poder dos deuses enquanto é aliado de quem quer matá-los!

Eles ouviram batidas na porta. Antes que pudessem responder, Hild entrou. A guerreira já tinha se recuperado quase totalmente de seus ferimentos. Lurius olhou para ela com admiração e também com um pouco de inveja da juventude. Hild não conhecia problemas insolúveis.

— Já acabei o que me mandou fazer — ela disse, a título de cumprimento.

Hild estava vermelha e suada. Ruff tinha permitido a ela pouco tempo de descanso antes de voltar aos treinos e isso apenas porque a cura milagrosa tinha demorado e suas costelas quebradas precisavam de atenção.

— Rachou toda a lenha para a semana que vem? — perguntou o rei. — Completou dois treinos de armas com os milicianos e os soldados?

— Tudo feito — ela disse, orgulhosa.

— Copiou o primeiro capítulo de *Memórias de Santa Imuen*?

Ela olhou para o chão.

Ruff se ergueu.

— Acha que preciso de uma guerreira burra, menina-javali? Acha que me faltam braços fortes e soldados leais? Se quer apenas lutar, volte a Artus! Minha discípula não será ignorante. Ou estudará, ou não será minha discípula!

Hild ficou calada, contrariada. Era difícil para ela entender como a ladainha dos santos podia ser útil. Hild chegara a Ghanor sabendo alguns rudimentos de escrita, mas não conseguia lembrar de todas as letras. Com estudo e a cobrança de Ruff, estava aprendendo a ler razoavelmente bem. A tarefa de copista se destinava a acostumá-la com o texto escrito, deixá-la confortável com ideias complexas. Mas às vezes era como tentar trancar um javali de verdade numa biblioteca.

— Você se acha muito esperto — Hild apontou-lhe o dedo. — Mas não consegue ver o óbvio! De que adiantam todos esses pergaminhos cheios de palavras se não ajudam a notar o que está na frente do seu nariz? Muito melhor usá-los para limpar a bunda!

— Do que está falando, garota?

— Você precisa de aliados, é claro! Está tentando arranjar um jeito de vencer um inimigo cheio de aliados sozinho! Mas existe alguém que não está aliado com Sammelen!

Hild colocou o dedo indicador no reino de Kottar, no mapa, como se o espetasse com uma adaga.

Kottar, o estranho reino que ignorava os deuses e cultuava a morte. Estava de fora do pacto de proteção da igreja, tinha conhecimentos alquímicos avançados, que talvez pudessem ser desenvolvidos em alguma arma ou vantagem.

Kottar era um aliado em potencial. E, se Kottar se juntasse a eles, talvez fosse possível convencer Jaffba e a Confederação dos Mercadores.

— Você é inteligente — admitiu Ruff.

Hild colocou as mãos na cintura e inflou o peito de orgulho.

— Por ter desobedecido antes, copiará dois capítulos das memórias da santa antes de dormir. E, por sua insolência, avise aos servos que não precisam limpar meus aposentos hoje, a tarefa é sua. Talvez você ainda consiga algumas horas de sono, mas não tolerarei atrasos para sua corrida amanhã de manhã.

— Acha que tenho medo disso? Vou copiar *três* capítulos de sua santa idiota e conseguirei tirar o fedor de seu maldito quarto!

Ela fez uma mesura, um gesto obsceno e então saiu batendo a porta.

Ruff não sabia se devia ficar com raiva da postura da discípula ou invejá-la por ser assim. Mas, de qualquer forma, mandou que um escriba viesse e começou a ditar uma carta a ser enviada a Kottar.

Era raro, mas às vezes Hild tinha momentos de descanso.

O que não valia de muita coisa, já que ela estava numa terra estrangeira e sem amigos, a não ser Johrgrund e o próprio Ruff. Johrgrund não era um bom parceiro de conversa e Ruff era seu mestre. Fora esses dois, ela não conhecia quase ninguém e aqueles que ela conhecia a olhavam com desconfiança.

Ela fazia parecer fácil. Andava de cabeça erguida, com seus cabelos ruivos desgrenhados, as tranças longas que tinham sido cortadas se acabando em tufos desiguais de fios espetados. Rosnava para quem cometia algum insulto real ou imaginário. Mas a verdade é que era difícil estar tão longe de casa. Ser aquela com quem ninguém queria falar era um tédio interminável e fazer pose de durona era muito cansativo. Hild achara que, fazendo um corte no próprio braço para que Ruff a curasse na Catedral do Santo Vivo, ela fosse conquistar a confiança dos outros. Não deu certo. Nem mesmo sua participação na luta contra Mubruk dera resultado. Ela não sabia mais o que fazer para deixar de ser vista como estranha por aqueles idiotas arrogantes.

Então, em um de seus raros momentos de descanso, Hild bebia sozinha numa taverna.

O lugar ficava perto do castelo, porque ela raramente tinha tempo para se muito longe. Mas, ao contrário do que se podia pensar, não era uma taverna de luxo. Era, sim, frequentada por soldados e milicianos, gente como ela, que conseguia beber uma caneca depois dos deveres exaustivos do dia.

Capas vermelhas e brasões do leão por todo lado. Todos sentados em mesas, rindo e bebendo juntos. Só ela sozinha.

Secou a caneca. Estava começando a sentir uma tontura boa. Normalmente, esse era o sinal de beber mais rápido, para que a tontura se transformasse no delírio delicioso da embriaguez. Mas ela sabia que teria deveres pesados de manhã e cumpri-los de ressaca era sempre pior. Era melhor parar por ali. Mais uma coisa que aquele reino idiota estava mudando em sua vida. Às vezes não sabia por que continuava com aquele rei de bosta e seus servos que...

— Você é a campeã da arena, não? — uma voz de mulher interrompeu seus pensamentos. — A guerreira que está sendo treinada pelo rei?

Hild olhou para trás e, de imediato, seu instinto lutador fez com que ficasse tensa. Quem vinha falar com ela era uma miliciana, uma capa vermelha. Talvez colega do homem que ela havia matado. Talvez quisesse ir à forra.

— Talvez eu não possa vencer vocês todos — Hild grunhiu com ameaça. — Mas posso fazer um estrago em você e nos primeiros, antes de cair.

A miliciana manteve seu meio sorriso.

— Não vim aqui para lutar. Só vi que você estava bebendo sozinha e fiquei curiosa.

— Você não conhecia...

— O homem que você matou na arena? Sabia quem era, mas nunca falei com ele. Alguns de meus amigos o conheciam. Mas o rei resolveu levá-la consigo, não jogá-la na masmorra. Acho que isso vale mais do que desejo de vingança.

Cautelosamente, Hild voltou a sentar. A guarda sentou a seu lado.

— Mas talvez não seja uma boa ideia voltar a uma taverna de milicianos — disse a capa vermelha. — Alguém menos amigável pode reconhecê-la.

— Meu nome é Hild — ela estendeu a mão.

— Sou Dianna. E acho que qualquer amiga de Ruff Ghanor merece pelo menos ser ouvida antes de ser atacada. Taverneiro, mais duas cervejas!

— Tenho treinamento de manhã... — protestou Hild.

— Milicianos treinam de ressaca o tempo todo. Você vai aprender.

O taverneiro serviu as duas novas canecas. Hild e Dianna brindaram e beberam.

— Talvez só mais uma última caneca — disse a guerreira de Artus.

No fim da noite, ela já tinha perdido a conta de quantas "últimas canecas" bebera. Hild e Dianna saíram cambaleando da taverna, rindo de alguma bobagem de que não se lembravam direito. Andaram um pouco nas ruas frias e vazias. Hild teve de se apoiar numa parede e acabou sentando encostada a um muro. A outra sentou de seu lado.

— Por que todos neste reino são assim? — perguntou Hild.

— O que você quer dizer?

— Assim... Empolados. Tensos. Prontos para julgar tudo e todos.

— Quem disse que todos no reino são assim?

— Eu digo. Eu matei o miliciano na arena. Mortes na arena acontecem! Se você não gostou, então me mate ou mate algum amigo meu! É o que faríamos em Artus. Mas guardar rancor é loucura.

— Você não acha que é melhor guardar algum rancor do que causar mais uma morte?

— E digo mais — Hild ignorou o comentário. — Vocês são metidos a misteriosos! Acompanhei nosso rei até Sammelen, ouvi coisas que não faziam sentido, e nem assim ele me conta o que está acontecendo. Já sei de metade da história e ele continua fazendo segredo. Acha que é muito melhor que todos!

— Não sei se o rei é assim — disse Dianna. — Meu pai gostava muito dele.

— Todos gostam dele. Isso me irrita.

— O que você ouviu sobre o rei?

— Chamaram-no de Devorador de Mundos.

Mesmo bêbada a ponto de enxergar dragões cor de rosa, Hild sabia que falar aquilo era errado. Mas ninguém mais conversava com ela. Dianna pelo menos se comportava como uma pessoa normal. Não falava por meias palavras ou espiava nas sombras. Ela quase podia ser uma mulher de Artus, não fosse tão certinha.

— Já ouvi alguma coisa sobre um Devorador de Mundos — disse Dianna. — Mas é uma história antiga, que meu pai gostava de contar. Não tem nada a ver com o rei.

— E Devorador dos Céus?

— Disso nunca ouvi falar.

Elas ficaram em silêncio por um tempo.

— Por que você é capa vermelha? — perguntou Hild.

A outra deu de ombros.

— Parecia natural. Sei brigar bem. Gosto de fazer parte de algo maior. Gosto da cidade.

— O que tem de tão especial nesta cidade?

— As pessoas se sentem em casa aqui. As pessoas chegam a morrer para defendê-la.

— Será que vou me sentir em casa aqui algum dia?

Dianna não tinha resposta.

— Estou cansada — confessou Hild. — Cansada de desconfiarem de mim. Passo o dia trancada no castelo, estudando, ou então em exercícios que não acabam. E todos pensam que sou um bicho que mal entende o que falam.

— Quem são "todos"?

— Os amigos do rei. O velho, o elfo, o padre, os veteranos. Todos. Só Johrgrund gosta de mim.

Dianna riu.

— Você está surpresa porque não conquistou a amizade das pessoas mais poderosas do reino?

— Não me importo se eles me odiarem! Mas por que me manter por perto, então?

Dianna abriu um sorriso. Era um sorriso meio mole, afetado pela bebida, mas era um sorriso franco.

— Talvez eles a queiram por perto, talvez não — ela disse. — O importante é se você quer ficar por perto. Porque, para fazer parte de qualquer coisa que valha a pena, você precisa suar e sangrar.

— Mas...

— Para fazer parte desta cidade, você precisa estar disposta a lutar por ela. Para usar um brasão, uma capa vermelha ou para ser aceita no castelo, você precisa passar por cima da rejeição deles. Eles vão empurrá-la para longe. O que decidirá se você tem o que é necessário para pertencer é se continua empurrando no sentido contrário.

Hild não falou.

— Quando comecei o treinamento de miliciana, ninguém me queria por lá. Me chamavam de filha de monge, protegida do rei. Diziam que eu seria aceita na guarda sem merecer. Os sargentos não me queriam, achavam que, por ser filha do famoso Irmão Dunnius, eu só poderia ser freira. Ou que esperaria tratamento especial. Mas eu insisti, empurrei no sentido contrário. Tive de me esforçar mais do que todos. Eles me aceitaram. E hoje são meus irmãos, tanto recrutas quanto sargentos.

A guerreira de Artus franziu o cenho.

— "Famoso Irmão Dunnius"? De que diabos você está falando?

Dianna soltou uma risada alta. Alguém dentro de uma casa já adormecida mandou que ela calasse a boca, então as duas começaram a rir. Hild soube que seriam amigas porque Dianna falava a verdade. Dianna soube que seriam amigas porque Hild não sabia a verdade.

Na manhã seguinte, as duas chegaram a seus deveres com dor de cabeça. E ambas acharam que valera a pena.

— Fui mais rápido que a morte, e isso é sempre uma boa viagem — disse o embaixador Fester de Salúria, quando Ruff lhe perguntou sobre sua jornada até ali.

Eles haviam preparado um banquete para o diplomata e sua comitiva. Se queriam obter o apoio militar daquele reino, o melhor caminho era provavelmente começar agradando seus enviados. Fester de Salúria se acomodou no lugar de honra a que tinha direito, à esquerda do rei, e observou com seu jeito conformado enquanto os outros convidados sentavam em volta da mesa. Havia nobres de todos os cantos de Ghanor; Ruff tivera tempo de chamá-los e explicar a eles que a aliança era fundamental.

— Gostaria de convidá-lo a uma celebração em nossa catedral, embaixador — disse o arcebispo de Ghanor.

— Oh, é melhor não — respondeu Fester. — A morte é ciumenta. Basta ver como ela quer todos para si e não nos divide com mais ninguém. Em Kottar sabemos que é bom não desagradar a morte. É bom ter sua atenção, mas não é bom estar perto demais. Por enquanto estou à distância certa, então prefiro não arriscar. Mas seus santos devem entender, todos eles já conhecem a morte. Além de ciumenta, ela é popular.

O clérigo ficou desconcertado e começou a tossir; Ruff disfarçou um riso.

— Nossos amigos de Kottar têm uma relação diferente com a religião — disse Ruff, com um sorriso feito para agradar, tocando o ombro do embaixador. — Para eles, a morte é tudo e isso lhes dá uma perspectiva única na vida.

Os nobres murmuraram coisas polidas entre si. Havia alguns menestréis tocando para o divertimento dos convidados. O salão estava iluminado por várias tochas e candelabros e as vestimentas dos convivas rebrilhavam seus bordados com fios de ouro e pedras preciosas. O estandarte do leão pendia orgulhoso de uma das paredes, enquanto a luz da lua entrava sutil pelas janelas altas. As outras paredes eram decoradas com escudos trazendo os brasões de diferentes nobres — alguns antigos, a maioria criada nos últimos anos pelos heráldicos de Ghanor, para simbolizar os senhores da guerra e donos de terras que Ruff recompensara com a nobreza em troca de seu apoio, desde que assumira o trono. Era um salão opulento, um pilar de riqueza a que Ruff nunca sonhara em chegar enquanto crescia no mosteiro. Mas ele só conseguia lembrar da extravagância da cidade de Innalya, a capital de Sammelen, e da ostentação da Catedral do Santo Vivo. O castelo de Ghanor era, afinal, só um castelo. Innalya era uma obra de arte em forma de cidade e o reino que a abrigava mostrava poder imensurável.

Mas, na verdade, não era isso que estava incomodando Ruff naquela noite. Havia algo na conversa que deixava um travo amargo em sua língua. Ele não conseguia identificar o que era.

— Se me permite perguntar — começou um duque grandão, um guerreiro curtido que se esforçava para ter boas maneiras, mas não perdia a mania de arrotar à mesa. — Como seu reino se tornou tão diferente dos demais? Como passaram a dar tanta importância à morte?

— E existe coisa mais importante? — respondeu Fester, empurrando a comida de um lado para o outro em seu prato; o embaixador era um homem frugal. — É a única coisa que une a todos, exceto a vida. E a vida é cruel demais. Mas nós notamos o quanto deveríamos ser gratos à morte séculos atrás, meu senhor.

Ruff se ajeitou para ouvir o relato. Ainda estava incomodado com algo.

— Nós éramos como vocês, não conhecíamos a importância de nossa mestra. Não quero implicar que são ignorantes, não, senhor, mas os outros povos sempre foram tão bem tratados pela morte que não dão o devido valor a sua dádiva. Pelo menos é o que acreditamos. Éramos como vocês, até que veio o Grande Esquecimento.

— Grande Esquecimento? — perguntou uma condessa. — O que foi isso? As pessoas morreram dormindo e foram esquecidas?

— Quem dera, minha senhora, quem dera! Se me fosse permitido escolher algo para levar deste mundo, eu escolheria a morte no sono, é o que as mães desejam a seus filhos todas as noites em Kottar. Minha esposa desejou isso a meus filhos em suas camas com todo o carinho, mas isso não impediu que um deles morresse envenenado. Agora um de seus ossos está de posse de Sua Majestade, o Rei Ruff Ghanor, e rogo para que esteja fazendo bom uso.

— É uma de minhas posses mais valorizadas — garantiu Ruff.

— Mas não, senhora, não, senhores, o Grande Esquecimento não foi nada tão piedoso quanto a morte vindo beijar nossas testas enquanto dormíamos. Durante o Grande Esquecimento, a morte esqueceu de nós e não sabíamos quando ela iria lembrar.

Alguns nobres tinham parado de comer, prestando atenção à história. O salão estava guarnecido por alguns elfos arqueiros de Edyriell, um esquadrão de elite pronto a plantar flechas em qualquer invasor ou convidado que tentasse algo violento. Ruff notou que os elfos franziam o cenho para a conversa sobre a morte. Eles não estavam acostumados com ver coisas morrerem e, ao longo da maior parte de sua história, a noção da morte como qualquer tipo de alívio foi simplesmente desconhecida.

— Os senhores sabem o que acontece quando as pessoas chegam à hora de sua morte e não morrem? Nós sabemos. Elas começam a apodrecer em vida! E não se tornam bons convidados para um banquete, isso eu posso garantir. Sua mente se esvai e elas saem vagando, tentando arrastar outros para a morte em vida. Ninguém morria em Kottar durante o Grande Esquecimento, todos que deveriam estar mortos se levantavam com fome de carne viva. E muitos dos que já estavam enterrados também se ergueram, o que me faz acreditar que a morte não só nos esqueceu como também estava desgostosa conosco há um bom tempo. Cadáveres apodrecidos e esqueletos lotaram as aldeias e estradas de Kottar. Os castelos foram tomados. E surgiram outras coisas também. Carniçais, espectros e almas penadas, tudo que não estava mais vivo, mas também não tinha ainda morrido, se reuniu em nosso reino durante o Grande Esquecimento.

— E o que aconteceu? — perguntou o arcebispo de Ghanor, de boca aberta, esquecido da comida.

— Durante anos, não conseguimos plantar. Primeiro porque estávamos ocupados fugindo e lutando contra nossos tios e tias, pais, mães e avós que tinham sido despertados pela morte distraída. Depois porque a terra ficou envenenada. Nada crescia em Kottar. O clima nunca foi bom em meu reino, oh não, mas depois do Grande Esquecimento parece que os céus começaram a chorar por nós e não se deram conta de que o Grande Esquecimento acabou, porque não pararam mais. De qualquer forma, a morte não queria acordar. Animais também pararam de morrer. No início, os desmortos tinham cavalos mortos-vivos e cães de caça saídos da tumba. Depois, até mesmo os pássaros e ratos começaram a ser substituídos por seus irmãos que a morte esquecera. Kottar foi tomado por corvos e abutres, e nem mesmo eram corvos e abutres vivos e saudáveis, embora não muita gente chegue tão perto de um corvo ou abutre a ponto de examinar se ele está bem de saúde. Eram pássaros mortos-vivos, senhores, porque a morte tinha nos esquecido e também se esquecera dos animais. Então começaram as plantas mortas-vivas. Vocês acham que um campo cheio de grama morta pela seca é triste? Um campo de grama morta-viva é muito pior. O que era verde se tornara cinza. Nossas árvores ficaram negras e cinzentas, nossas flores passaram a exalar fedor de tumba. Experimente plantar num solo tomado por flora morta-viva. Os senhores não vão conseguir, isso eu lhes garanto. Então começamos a morrer de fome. Digo, não morrer, porque a morte ainda não lembrava de nós, mas, por causa da fome, nos tornamos desmortos. Imagino se os desmortos que surgiram nessa fase eram mais famintos do que seus primos. Talvez; talvez não; e ninguém conseguiu perguntar a nenhum deles.

Ninguém mais comia. Todos só ouviam o discurso.

— Como o reino resolveu isso? — quis saber o duque.

— A fome? Isso nunca foi resolvido, meu senhor. Até hoje Kottar vive em escassez. Uma batata é para nós um tesouro. Estou acostumado a comer pouco, por isso não consigo me empanturrar com seu banquete. A terra em Kottar ficou envenenada para sempre. Por isso deixamos de tentar plantar e criar animais e nos dedicamos ao estudo e à alquimia. Não produzimos muita coisa, mas vendemos nossos venenos e nossas substâncias para reinos que produzem e assim sobrevivemos mais um pouco.

— Como a praga de mortos-vivos foi detida? — a condessa segurou o braço do embaixador.

— Nosso rei na época chegou à conclusão, com seus sábios, de que precisávamos atrair a atenção da morte. E estava bem claro que ela não se interessava por números, já que devíamos estar morrendo aos montes e a morte continuava ocupada demais para fazer seu trabalho. Era preciso seduzi-la com alguém especial.

Ruff achou que ouvira um engasgo coletivo na mesa. Nem os menestréis tocavam mais.

— Então o rei escolheu seu filho mais velho, colocou-o num caixão e desceu o caixão a uma tumba. Mandou construir uma lápide para o garoto e fez um rito funerário enquanto ainda se ouviam seus gritos. Mas não encomendou sua alma aos deuses, porque nenhum deus tinha ajudado Kottar. O rei e seus sábios notaram que era preciso apaziguar a morte. Por isso todo o funeral foi apenas uma chamada à morte, para que ela viesse recolher o príncipe.

— E deu certo? — perguntou o arcebispo, com voz pequena.

— Depois de alguns dias o menino foi exumado e estava bem morto. Gradualmente, os mortos-vivos pararam de se multiplicar. Aqueles que eram mortos por eles apenas morriam, não se erguiam de novo. Os carniçais voltaram a suas tumbas, os espectros voltaram a qualquer lugar onde eles passem a eternidade. E nós continuamos lutando, até que conseguimos rechaçar os desmortos. Quer dizer, quase todos. Ainda há alguns por aí, mas todo reino tem sua praga, não? Ouvi dizer que Zibrene sofre com excesso de mosquitos.

Silêncio. Alguém deixou cair um garfo e nem mesmo os servos se mexeram para pegá-lo.

— Desde então sabemos como a morte é importante — concluiu Fester de Salúria. — Em todos os séculos desde o Grande Esquecimento, os reis nunca esquecem de sacrificar um de seus filhos para que a morte nunca se distraia. E nunca mais se distraiu, pelo menos não dessa forma. Eu respeito seus deuses, senhores, e sei que aqui eles têm poder. Mas rogo que a morte nunca esqueça de Ghanor, porque, se isso acontecer, verão que nem mesmo os deuses têm tanto poder quanto nossa mestra. Sim, prefiro rezar a ela.

A sobremesa foi servida. Aos poucos, os convidados voltaram a conversar sobre assuntos mais agradáveis. Ruff viu, com satisfação, que o embaixador estava bem entrosado. A aliança parecia provável.

Mas algo o continuava incomodando.

O sorriso do rei era falso. Ele olhava aquilo tudo e havia alguma coisa no fundo de sua mente sussurrando que estava tudo errado. Era difícil apontar o quê.

— De modo algum estamos ofendidos — disse o arcebispo, fazendo uma deferência para o embaixador. — Uma pessoa não precisa viver dentro de templos para que tenha o amor dos deuses e santos em seu coração.

Então Ruff percebeu.

O salão tremeu de leve, de forma sutil demais para que alguém notasse.

Ele estava segurando com força a colher de sobremesa, as juntas de seus dedos já estavam brancas de pressão.

— Acha mesmo? — disse o rei, com a voz travada. — Um arcebispo pensa que a crença nos deuses é opcional?

O religioso olhou para Ruff incerto. O embaixador também prestou atenção, mas estava deleitado com o doce que fora servido.

— Eu diria que não há nada mais importante que confiar nos deuses, nossos Criadores — disse Ruff. — E que, mesmo se a morte nos esquecesse, nossa fé iria nos proteger.

— Bem, Majestade, os costumes de cada lugar são únicos — o arcebispo tentou apaziguar a situação. Não sabia bem como reagir, já que fora instruído pelo próprio rei, antes, a agradar Fester de Salúria tanto quanto possível. — Como pudemos notar durante o festival, nosso mundo é vasto e os reinos são únicos. Não poderíamos condenar os modos brutos de Artus, por exemplo.

— Existe uma diferença entre costumes — disse Ruff, devagar — e blasfêmia.

— Não temos nada contra os deuses — disse o embaixador, dando de ombros e um pouco desapontado pelo fim da sobremesa. — Minha avó era natural de Utteria, ela cultuava um santo. Não lembro seu nome, mas era um santo importante, e a pobre senhora mantinha um altar caseiro, acendia uma vela todas as noites. O que foi uma infelicidade, pois certa noite a vela incendiou a casa inteira e lá se foram minha avó e meu avô. O que me faz pensar que a vela era para o santo, mas a morte decidiu que queria aquela vela também e queria minha avó, mesmo sendo devota de outra religião, e meu avô, que nada tinha a ver com a história.

— Nós acreditamos — disse o arcebispo, ainda educado — que sua pobre avó foi levada à companhia de seu santo padroeiro...

Ruff observava os dois conversando, mas não conseguia mais ouvir. As palavras do clérigo viraram um zumbido indistinto em sua audição e ele só pensava nas consequências daquilo tudo.

Kottar não cultuava os deuses.

Kottar *precisava* cultuar os deuses.

Depois que não se cultuava os deuses, qual era o próximo passo? Maldizê-los?

Voltar-se contra eles?

Tentar devorar o Paraíso?

O mundo deveria ser verde e bom ou seria destruído. Verde e bom, segundo o julgamento de divindades que enxergavam tudo em pinceladas amplas, que não viam sutileza. Verde e bom, na visão de juízes que achavam melhor destruir toda uma Criação a tentar consertá-la.

Não cultuar os deuses era blasfêmia. E, se Kottar estivesse condenando apenas suas próprias almas, não haveria problema, mas o reino estava arriscando *tudo.*

Verde e bom.

Verde, bom e devoto.

— Um rei que sacrifica seus próprios filhos? — disse Ruff, atraindo a atenção de todos. — Isso me enoja.

8 | Enigmas no escuro

DEPOIS DO INSULTO de Ruff Ghanor, o banquete terminou rápido. Ninguém soube exatamente o que dizer e o embaixador Fester pareceu apenas resignado. Ele e sua comitiva se retiraram, sob especulações dos nobres, e foram dormir nos aposentos de honra.

A ideia do reino sem deuses ficou martelando na cabeça de Ruff. Ele se levantou em silêncio, foi embora sem falar com ninguém. Ignorou o arcebispo, os nobres, até mesmo Edyriell, e entrou absorto em seus aposentos.

Um reino sem deuses era um reino blasfemo.

Era um reino a um passo da blasfêmia suprema, que era a proposta de Mubruk Filho de Urso.

Mas também era um reino livre.

No escuro do quarto, quebrado apenas pela luz fraca de uma vela, Ruff olhou fixamente a caixa com o presente de Jaffba, o Horrendo. Lá dentro estava a cabeça de um sábio, que podia responder a qualquer pergunta. Talvez pudesse responder *o que* era Mubruk Filho de Urso e como ele sabia sobre o Devorador de Mundos. Como ele podia criar um Devorador dos Céus.

Talvez o sábio respondesse algo sobre o reino de Kottar.

Ruff queria que Kottar fosse um aliado. Mas não podia se aliar com quem renegava os deuses.

Deitou em sua cama fria com a cabeça latejando de preocupações. O sono não veio. Estava tenso, sentia músculos e tendões retesados. Notou um suave zumbido e entendeu que era o quarto tremendo de leve, resultado de sua indecisão e sua ira contida.

Quando começou a enfim despencar rumo ao sono, delirou que estava subindo aos céus, com sua fúria de Devorador. Acordou sobressaltado, num solavanco, para perceber que a cama também tinha saltado. O quarto tremeu forte.

Seu coração disparava.

Tateando pelo escuro, ele achou uma garrafa de vinho pela metade. Não queria ficar bêbado. Deixou-a de lado.

Deitou e o sono não veio.

A falta de conexão com São Arnaldo fazia com que ele se sentisse sozinho. Não tinha Bellitz, não tinha Korin, não tinha nem mesmo o santo.

Não tinha Áxia.

Estremeceu com o próprio pensamento. Notou que o quarto tremia de novo. Ergueu-se, foi até a garrafa. Não faria mal tomar um gole. Ele não estava pensando em beber ânforas sem fim. Era só meia garrafa. Mas algo não parecia estar certo, então ele a deixou onde estava.

Deitou.

Sem o santo por perto, o rei inimigo parecia muito próximo. Mubruk estava *logo ali,* naquele mesmo mundo, com um plano para devorar os céus. Ele só não sabia como. E o reino de Kottar, que podia ser seu único aliado, rejeitava os deuses. Ruff precisava tornar o mundo verde e bom para os juízes divinos, mas eles estavam muito distantes.

O sono não vinha.

Os deuses estavam longe. Niccolas, seu único real conselheiro em assuntos divinos, estava longe. Kottar estava perto. A chance de ser o Devorador dos Céus estava perto. Os deuses estavam perto de Ellius Tyberax, o Santo Vivo, embora ele se aliasse a quem queria matá-los. Talvez Kottar fosse mais livre, cultuando a morte.

Talvez Ruff fosse mais livre se os deuses estivessem mortos.

Talvez tudo se encaixasse.

Ele podia ser o Devorador dos Céus.

O sono não vinha.

Ruff ergueu-se. Foi até a garrafa e serviu-se de um cálice. Bebeu. O gosto estava estranho. Chamou um servo e pediu que lhe trouxesse outra garrafa. Aquele vinho devia estar azedo.

Não notou que, quando o servo chegou de volta, mais alguém entrou com ele. Alguém que já estivera lá antes.

Mandou o servo embora, tomou mais um cálice de vinho.

Deitou.

A sonolência enfim chegou, embalada pelo álcool. Chegou rápido demais, mas ele não teve tempo de estranhar. Ruff se sentiu flutuando. Flutuando para perto dos céus, com fome. Flutuando para perto de Kottar. Para perto de Mubruk.

Tudo fazia sentido. Ele seria livre se os deuses morressem. Ele tinha medo de si mesmo, medo daquele poder, medo da blasfêmia. Medo de querer blasfemar.

Esse foi seu último pensamento antes de afundar num sono pesado e sem sonhos, no qual nem conseguia se mexer.

Enquanto era observado por alguém.

Fazia semanas desde que Hild se encontrara com Dianna pela primeira vez. Naquele tempo, as duas tinham conseguido algumas noites para trocar histórias e apenas se divertir na companhia uma da outra, mas foram poucas. Dianna estava determinada a ser a melhor miliciana da capital e isso envolvia muito trabalho. Hild treinava sem parar sob as ordens de Ruff.

Nunca mais tinham ficado tão bêbadas quanto na primeira vez e, naquela noite, elas não tinham bebido um gole. Hild tivera permissão de se ausentar durante o banquete, já que o rei não queria a menina-javali criando algum vexame na frente do embaixador e de sua comitiva. Ruff Ghanor iria travar uma aliança com o reino de Kottar e ela estava longe por ser inconveniente. Ruff dizia que queria que ela aprendesse tudo que ele tinha para ensinar, mas era só conversa. Quando afastá-la era mais fácil, ele não hesitava, assim como todos os outros.

Tinha se encontrado com Dianna cheia daquelas reclamações se contorcendo na cabeça. A resposta da miliciana a havia surpreendido. Dianna disse que ela não devia simplesmente aceitar o que seu mestre lhe ordenara. Era preciso mostrar que ela estava disposta a ir além do mínimo indispensável. Se Hild quisesse mesmo conquistar a confiança de todos no castelo, devia se mostrar extraordinária.

Assim, em vez de rumar à taverna, as duas foram a uma pequena biblioteca de Santa Amélia e acharam livros sobre Kottar.

Ficaram conversando aos cochichos. Dianna sabia ler bem melhor que Hild — filha de monge, ela fora alfabetizada muito cedo. Passaram algumas horas divertidas estudando a história, geografia e costumes estranhos daquele lugar que talvez se tornasse aliado do reino, então se despediram.

Hild voltou para o castelo radiante de orgulho, pronta para surpreender o rei com seu novo conhecimento. Se ele achava que ela era um incômodo, Hild iria esfregar toda a sua educação e sutileza na cara de Sua Majestade até que ele vomitasse!

Decepcionou-se quando soube que o banquete tinha acabado.

Mas rumou aos aposentos reais. Sabia que Ruff costumava ficar acordado até tarde lendo, estudando e se preocupando com bobagens. Os servos e guardas fizeram um bom esforço para mantê-la do lado de fora, mas ela assustou os primeiros e convenceu os segundos. Ela era, afinal, a protegida do rei e já entrara em seu quarto inúmeras vezes. Com bastante insistência, Hild obteve permissão.

Abriu a porta e, para sua surpresa, os lampiões estavam apagados. Ruff tinha ido dormir mais cedo.

Ela piscou algumas vezes, seus olhos se acostumando com a escuridão.

Então levou a mão ao machado, quando viu a figura parada, segurando uma adaga sobre o corpo adormecido do rei.

Havia em Kottar uma discussão sobre se era ou não correto viver.

A grande maioria das pessoas, apoiada por filósofos e por quem tinha mais o que fazer do que ponderar sobre absurdos, dizia que a morte necessitava de seres vivos. Sem alguém vivo, a morte nunca teria com o que se saciar. E, de qualquer forma, a alternativa era que todos simplesmente morressem, o que não iria acontecer, então ninguém dava nenhuma atenção séria aos radicais.

O contra-argumento era que a morte *não era* faminta. Ela não *desejava* levar os mortais, consumir suas vidas. Para ela, levar os vivos seria uma grande inconveniência e todos os mortais cometiam uma espécie de blasfêmia ao nascer. Seria muito melhor para a morte se todos morressem de uma vez, o que acabaria com seu trabalho incessante.

Muitos desses fundamentalistas cometiam suicídio. Outros se tornavam Irmãos do Luto.

Era um segredo muito bem guardado que Kottar tinha um outro produto valioso, além da alquimia. Era o assassinato. Os assassinos de Kottar eram silenciosos, precisos e elegantes. Usavam de veneno e adagas delgadas. Não deixavam marcas e não hesitavam. Mas mesmo os assassinos julgavam os Irmãos do Luto perigosos demais.

Os Irmãos do Luto achavam que viver era uma blasfêmia contra a morte e seu dever era caçar aqueles que blasfemavam mais ainda. Quem desrespeitava a morte era observado, julgado e por fim eliminado. Eles se esgueiravam pelas sombras, entrando em residências e palácios, colocando fim à vida de quem falava a coisa errada ou vivia além do que eles julgavam adequado.

As vítimas dos Irmãos do Luto morriam devagar. Os assassinos atraíam a morte lentamente, então se deliciavam com sua chegada. Sua especialidade eram drogas que paralisavam a vítima, deixando-a incapaz de reagir, condenada a apenas assistir à própria execução. Os Irmãos do Luto juravam nunca matar rapidamente seus alvos, embora durante os atentados houvesse mortes ligeiras para tirar guardas e servos do caminho. Quando chegavam à vítima, seus golpes eram precisos, para que ela sangrasse aos poucos e o momento de contato com a morte se prolongasse. Depois da morte, os Irmãos do Luto se dedicavam à preparação do cadáver. Os corpos eram embalsamados e deixados prontos para o enterro pelo próprio assassino que tirara sua vida. Os Irmãos do Luto tinham enorme respeito pela morte e nunca profanariam um cadáver.

Desde que convocara o festival, o Rei Ruff Ghanor I atraíra a atenção dos Irmãos do Luto.

Reis dificilmente eram alvos dos assassinos devotos. Afinal, todos os reis do mundo conhecido prestavam respeito às tradições fúnebres de Kottar. Não havia governante de destaque que, em uma função oficial, não jogasse uma pá de terra cerimonial no túmulo de algum kottariano célebre ou não reconhecesse a necessidade de matar um filho da família real por geração. Reis não causavam problemas.

Ruff Ghanor não era um rei comum.

Philippa, uma assassina criada numa família de fundamentalistas que cometeram suicídio diante de seus olhos, estava na posição de investigar o Rei Ruff Ghanor. Verificar se ele, o mais novo monarca das terras conhecidas, prestava o devido respeito à morte. Ela, como vários Irmãos do Luto, tinha a profissão de mortuária, o que significava que também estava apta a participar de missões diplomáticas. Tinha galgado posições nas cortes de Kottar e agora fazia parte da comitiva do embaixador Fester de Salúria como uma escriba. Philippa já estava com Fester há anos, sem nunca usar de sua posição para eliminar um alvo. Mas, quando Fester foi mandado a Ghanor, ela foi contactada por lideranças ocultas da seita e recebeu a ordem de vigiar o novo rei.

Uma vez em Ghanor, Philippa aproveitou todos os momentos livres para vasculhar o castelo e aprender sobre entradas e saídas. Também se pôs a estudar sua vítima em potencial. Ruff Ghanor era um homem bom, apesar de parecer obcecado com impedir a morte de grandes números de pessoas. Aceitara o presente de osso do embaixador Fester durante o festival. De início, Philippa achou que ele poderia viver, afinal. Reportaria a seus superiores desconhecidos que a adaga silenciosa dos Irmãos do Luto não seria usada ali. Nada irritava tanto a morte quanto uma visita desnecessária.

Mas então, durante o banquete, ele insultou os costumes de Kottar. Disse que cultuar a morte era errado.

Ela não ficou furiosa. Irmãos do Luto não ficavam furiosos. Apenas começou a repassar mentalmente a quantidade de formol e algodão de que precisaria para embalsamar o cadáver do rei.

Philippa deixou o banquete sem ser notada. Foi até seus aposentos no castelo, tirou a roupa toda e bebeu a poção que todo Irmão do Luto tomava antes de um atentado. Em questão de minutos, sua pele se tornou completamente negra e opaca, sem brilho nenhum, capaz de absorver a luz.

Ela separou algumas agulhas. Mergulhou suas pontas em uma poção diferente e perfurou a mucosa sob seus globos oculares. Lentamente, eles também se tornaram negros como a noite. Perfurou as gengivas e seus dentes enegreceram, a boca, as bochechas e a língua ficaram negras.

Apanhou seus equipamentos.

Andou pelas sombras do castelo, passando a poucos centímetros de guardas, servos e nobres sem ser vista. Penetrou até os aposentos reais e ficou esperando do lado de fora da porta, sempre atrás dos serviçais, nos pontos cegos de sua linha de visão. Estava pronta para permanecer lá dias e noites até que uma chance de entrar no quarto surgisse.

Dois servos entraram no quarto para prepará-lo para o rei. Philippa entrou atrás. Deixou que a porta se fechasse, estendeu um fio de aço negro entre os dois punhos fechados. Deslizou por trás do primeiro servo e cortou sua garganta com o garrote. Depositou o cadáver no chão em silêncio. Antes que o segundo notasse qualquer coisa, abraçou-o por trás e enfiou um punhal em seu rim. Então tapou sua boca e deixou que agonizasse em silêncio.

Localizou uma garrafa de vinho pela metade e depositou algumas gotas da poção sagrada dos Irmãos do Luto. Então se livrou dos dois corpos em silêncio, aproveitando alguma distração dos guardas do outro lado da porta.

Ela não conseguira fazer uma limpeza perfeita da sujeira da morte daqueles dois, mas achou que a penumbra do quarto disfarçaria bem. Viu o rei entrar e ele não deu alarme nenhum. Não tinha visto nada. Philippa então esperou até ter uma chance de entrar de novo no quarto.

Teve sorte quando o rei pediu mais vinho e um servo abriu a porta.

Entrou sem ser vista e se escondeu num canto, ao lado de um armário. Viu o rei perambular pelo quarto e deitar. Esperou um tempo e notou que ele não se mexia. Não era sono, era o torpor da poção que ela colocara em seu vinho. Isso significava que não precisaria administrar a substância pessoalmente.

Em silêncio, saiu do esconderijo.

Ficou ao lado da cama de Ruff, olhando sua forma desacordada. Retirou um frasquinho de sais de cheiro forte da bandoleira que carregava atravessada no peito. Colocou-o sob o nariz do rei. Ruff acordou.

Ela ficou satisfeita quando viu que ele tentou se mexer e não pôde. O olhar do rei era de pânico total. Ela conhecia aquele olhar, o olhar de quem começava a enxergar a morte. Ruff abriu a boca, mas nenhum som saiu. Tentou mexer braços e pernas, mas os membros não se moviam um centímetro.

Philippa sacou a adaga e segurou-a com as duas mãos, apontada para baixo, na direção do peito da vítima. Uma morte demorada.

Recitou a prece em sussurros:

— *Uma vida a menos para a mestra. Menos um grito, menos uma luz. Menos uma estrela na noite, menos uma gota no mar. Assim será até que tudo fique escuro. Assim será até que tudo fique seco. Assim será até que ela descanse. Um a menos que blasfema.*

Aproximou a adaga do peito de Ruff.

Então a porta do quarto se abriu de repente e Philippa foi atacada por uma garota selvagem com um machado.

Hild não pensou quando viu a figura negra ao lado da cama de seu mestre. Também não gritou, o que não era de seu feitio. Em vez disso, seus instintos todos se ativaram ao mesmo tempo, ela sacou o machado e correu para a assassina.

Philippa se virou, rápida, trocando a posição de execução num instante para uma pose defensiva. Hild saltou o último metro até ela, puxando o machado para cima e descendo-o com força sobre a inimiga. Philippa não sorriu, porque Irmãos do Luto não sorriam. Só ficou tranquila ao ver o golpe desajeitado, previsível. Girou o braço que não levava a adaga. Segurou o pulso de Hild, continuou girando, sem fazer esforço, usando a própria força da adversária contra ela mesma. Assim desviou o golpe num movimento fluido e minimalista. Hild ainda estava no ar e começou a cair para o lado, tudo acontecendo num pedaço de um instante. Philippa enfiou a adaga em seu estômago, passando a lâmina finíssima por entre os elos da cota de malha. Um golpe preciso, que matava devagar, envenenando a vítima com o conteúdo de seu intestino. O rosto de Hild foi tomado pela surpresa da dor. Philippa puxou a adaga, liberando um esguicho de sangue, deu um passo silencioso para trás, voltou à posição de guarda. Hild caiu no chão, pesada.

A guerreira de Artus ficou de pé imediatamente, apesar do ferimento. Podia gritar, chamar reforços, mas viu seu mestre mexendo o braço alguns centímetros. Viu a expressão desesperada no rosto dele, a boca aberta para gritar, sem que conseguisse emitir som nenhum.

Soube que precisava fazer aquilo sozinha. Precisava provar que era capaz por si só, que não era um risco ou uma inconveniência. Viu a assassina recuar em direção a uma janela, sem lhe dar as costas, a adaga na mão, segura como um furador de gelo, apontada para ela. Hild nem notara quando a adaga tinha se movido antes. Fora como um bote de cascavel, súbito e invisível, preciso e tranquilo em sua explosão. A escuridão não deixava ver o rosto da inimiga e isso a enervava.

Hild percebeu que estava frente a uma adversária como Ruff descrevera. Alguém que não se deixaria intimidar por golpes fortes ou gritos altos.

Com cuidado, deixando o machado pronto frente ao corpo, ela retirou o escudo das costas. Avançou na direção de Philippa, numa base sólida, um passo depois do outro. A cada batida de seu coração, a dor latejava. Hild sabia que um ferimento daqueles podia ser mortal, poucas horas bastariam até que seu sangue estivesse sujo demais. Isso se ela não sangrasse até a morte bem antes. Mas agora não era hora de morrer ou se preocupar com a dor.

Agora era hora de salvar a vida de Ruff.

Hild conseguiu enfiar o braço nas tiras do escudo, enquanto avançou. A inimiga recuou na mesma medida, uma dança calculada por parte das duas. Atrás de Philippa estava uma janela. Hild não duvidava de que a mulher conseguisse alcançar a saída em dois ou três passos e fosse rápida o bastante para saltar, quebrá-la e então fugir.

Não adiantava simplesmente continuar avançando.

De repente, Hild ergueu o machado e correu para a inimiga. Philippa começou o mesmo movimento de antes, já preparando a mão para agarrar o pulso da outra, a adaga já pronta para outro bote. Mas, no último instante, Hild desviou a corrida, jogou-se no chão, rolou por trás de Philippa, saltou de pé e então estava atrás dela. Entre a assassina e a janela.

Philippa se virou, cautelosa. A situação tinha se complicado. Agora seria preciso passar pela guerreira para chegar até a saída ou atravessar o quarto e sair pela porta, possivelmente alertando guardas.

Pelos olhos negros, ela observou os olhos de Hild, envolta em sombras.

O rosto da guerreira não traía nada além de ira. Ela bufava devagar. Estava raivosa. Era o tipo de oponente que corria e desferia grandes golpes com uma arma desajeitada.

Philippa decidiu apostar na saída pela janela.

A assassina deu um passo gracioso para a frente, usou a mão vazia para fintar e distrair o olhar da inimiga. Então sua adaga deu outro bote repentino.

Hild não sabia o que ela faria, mas os ensinamentos de Ruff voltaram num turbilhão. No instante em que a assassina se moveu, ela soube que precisava ficar calma, não se precipitar, deixar que técnica e força sólida fizessem seu serviço.

A mão vazia teria distraído Hild alguns meses atrás. Mas uma das principais lições era sempre olhar os olhos do inimigo, pois a partir dali ela teria uma boa visão de seus movimentos como um todo, sem se deixar levar por um artifício como aquele. E a adaga súbita teria encontrado seu alvo se Hild não se abaixasse só um pouco, mantendo o escudo junto ao corpo, criando uma grande área de proteção. Ela ouviu a lâmina delgada bater no metal e então era sua vez de atacar.

Hild tinha força bruta como vantagem. Usou o escudo para empurrar, a assassina se desequilibrou. A guerreira deu um passo para a frente, sem deixar a inimiga se recompor, então, com um movimento rápido, golpeou com o machado para baixo. Alcançou a parte de trás do joelho de Philippa e puxou. Ela caiu para trás. Ainda graciosa, mas tendo perdido um momento, apoiou-se com uma mão no piso. Vasculhando os arredores ao mesmo tempo, viu que estava mais longe da janela. Então a bota de Hild pisou em seu peito, o escudo bateu em seu rosto e, num ritmo contínuo, rápido, calculado, a guerreira de Artus atacou e atacou, com calma, sem fúria, até que a assassina deixou cair a adaga e desabou para trás, nada graciosa.

Philippa ergueu os olhos escuros e a última coisa que viu foi a lâmina do machado de Hild vindo em sua direção.

O golpe atingiu o meio da testa da inimiga e Hild sentiu sangue quente espirrando em sua mão. Ficou um tempo ofegando, tremendo, e só então se permitiu sentir dor.

Garantiu que a outra estivesse morta. Cambaleou até a cama do rei e sacudiu-o.

Ruff Ghanor estava de olhos abertos, mas não conseguia fazer nada. Aos poucos, emitiu um som. Então outro. E por fim conseguiu falar algumas palavras. As palavras vinham devagar, sofridas, emergindo de uma muralha de paralisia.

— Acorde — grunhiu Hild. — Acorde, seu idiota. Você quase morreu.

Ruff piscou algumas vezes. Viu a discípula perto dele, machado ensanguentado na mão e mão ensanguentada segurando o abdome. Moveu-se para usar a magia de São Arnaldo e curá-la, então foi assaltado pela lembrança aguda de que fora excomungado. Viu o cadáver da assassina em meio às sombras e teve um susto tardio, notando o quanto estivera perto da morte. Tinha conseguido ouvir tudo, mas não enxergar, pois a cabeça estivera também paralisada, os olhos fixos para cima.

— O que... — ele começou.

— Havia uma assassina em seu quarto — disse Hild, num esgar de dor e raiva. — Havia uma assassina e você teria morrido se eu não tivesse entrado aqui sem permissão.

— Hild, você está ferida. Precisamos chamar um clérigo.

— Não, isso pode esperar.

Na verdade, não podia. Ela precisava de cura o mais rápido possível. Mas ignorou isso e segurou a túnica do rei com a mão sangrenta.

— Existe algo mais importante que me curar, Majestade. Eu preciso que me responda.

— O que... — Ruff ainda sentia o coração na garganta.

— Precisa me responder. Depois chame um maldito clérigo e, se eu achar que vale a pena, continuo neste castelo de merda.

— Hild...

— Responda, Majestade. Agora que salvei sua vida por estar aqui quando ninguém mais estava, sou boa o suficiente para andar com seu grupinho de lambe-botas?

Ruff ficou calado. Conseguiu se mexer e ficou sentado na cama.

— Você diz que sou sua discípula. E deve ser mesmo muito engraçado ter por perto a estrangeira que não conhece seus costumes, que fala bobagens, que arrota na mesa. Mas então seu amigo monge, o velhote e o elfo, todos viram o rosto como se eu estivesse fedendo. Os soldados me olham de cima como se eu não merecesse estar onde estou. Você me defende até o momento em que deixa de ser conveniente. Quando está com pessoas muito importantes, no castelo de um nobre ou num banquete para um maldito embaixador, você me esconde debaixo do tapete. Mas, surpresa! Alguém na comitiva do embaixador tentou matá-lo! Sorte que a menina-javali, de quem todos riem pelas costas, estava aqui para resolver o problema.

Ele olhou para ela com seriedade total.

— Chame clérigos, Hild.

— Não! Eu me recuso...

— Você precisa ser tratada. Chame clérigos. Agora.

Ela interrompeu o protesto. Apertou os lábios. Ergueu-se, segurando o abdome, e logo despencou.

— Clérigos! — gritou Ruff, tão alto quanto conseguia com as cordas vocais ainda anestesiadas. — Precisamos de clérigos!

Tudo aquilo era informação nova. Mas, mesmo ainda juntando as peças de tudo que acontecera em poucos minutos, Ruff conseguiu se focar e entender o que era mais importante ali. Descartou a notícia de que a assassina era alguém de Kottar, concentrou-se nos sentimentos da discípula.

— Eu não pedi por nada disso! — Hild continuou, caída, balbuciando. — Sou uma guerreira de Artus e, bem ou mal, iria viver e morrer por meus próprios acertos e erros. *Você* decidiu que eu seria treinada. Eu não pedi para sair da sarjeta, você me arrastou de lá! Então por que mantém segredos? Então por que não diz a seus amiguinhos arrogantes que sou tão boa quanto eles?

Os clérigos chegaram, acompanhados por um batalhão de servos e guardas, todos em polvorosa.

— Isso é pior que a sarjeta, rei! — disse Hild, enquanto rezavam ao redor dela e examinavam o ferimento. — Eu podia ser mercenária, ou miliciana, ou até mendiga! Mas sou uma discípula, sem posto, sem posição, vivendo de favores e migalhas, sem saber quais são meus deveres. E aparentemente vocês estão lidando com algo muito importante a minha volta e não me contam. O que é o Devorador de Mundos? Por que Mubruk o chamou assim?

— Cale a boca.

Ela obedeceu.

Depois do banquete, o embaixador Fester de Salúria fez suas preces à morte, rogando para que ela não se apressasse a conhecê-lo, mas também não se esquecesse de um dia cumprimentá-lo. Lembrou a mestra de que estava num reino distante, pediu para que ela não se confundisse e ainda sugeriu que, se um encontro fosse inevitável, ir embora durante o sono era uma boa ideia. Eles estavam, afinal, espalhando o bom nome da morte em terras distantes e isso devia valer de alguma coisa.

Fester dormiu rapidamente, sem sonhos ou preocupações.

Acordou com algo frio encostado em seu pescoço.

— Quieto — disse o soldado, segurando a lâmina da espada na garganta do embaixador. — Sua Majestade não quer derramar seu sangue.

O rosto do guerreiro era frio e controlado. Sua mão estava firme. Fester de Salúria mostrou as mãos, em gesto de rendição.

— Um de seus homens já foi enviado de volta a Kottar com a mensagem de que estamos em guerra — disse o soldado. — Sua Majestade ordena que o senhor e os outros membros de sua comitiva permaneçam aqui.

Fester estava sério. Concordou com um monossílabo. O homem permitiu que ele se levantasse e se vestisse. Então assobiou para que guardas entrassem no quarto e o agrilhoassem.

— Nunca ninguém quis invadir Kottar, pelo menos não desde o Grande Esquecimento — disse o embaixador. — Nunca quiseram o incômodo. A morte vai achar isso engraçado e vai prestar bastante atenção a nossos dois reinos. Uma guerra, veja só! Acho que a morte nunca fica entediada, sempre há coisas novas para ela fazer.

— Está feito, Majestade — anunciou o soldado, entrando na sala de guerra.

Ruff estava olhando o mapa aberto dos reinos, acompanhado por Edyriell. O elfo estava de cara fechada, mas mantinha sua desaprovação para si mesmo. Na sala também estava Hild, com o abdome enfaixado, sentada numa cadeira, respirando devagar.

— Isso nos unirá de novo — disse o rei. — Isso vai encher os cofres e dar esperança à população.

Kottar era um reino solitário. Fora do pacto da igreja, não seria defendido pelos demais, nem era preciso uma razão reconhecida pelo Santo Vivo para uma declaração de guerra. Kottar não podia se defender de uma força como Ghanor e ao mesmo tempo possuía conhecimento que seria útil. Ruff sabia que, enquanto houvesse um inimigo em comum, os viúvos saberiam por que suas esposas tinham morrido. Sabia que, enquanto houvesse vitórias, os plebeus gritariam seu nome e não questionariam sua liderança. Unidos, eles poderiam fazer frente a Mubruk Filho de Urso. E, caso Sammelen atacasse antes, Ruff usaria o poder do Devorador de Mundos sem culpa, sabendo que impedia a criação do que quer que fosse o Devorador dos Céus.

Era necessário manter a ordem.

Era necessário retaliar quando uma assassina estrangeira ameaçava o rei.

Era necessário subjugar o reino pagão para apaziguar os deuses.

— Deixe-nos — disse Ruff para o soldado. — Ficaremos a sós para discutir a guerra.

O homem fez uma mesura e foi embora. Hild se ergueu da cadeira, fazendo uma careta de dor, e também se dirigiu à porta.

— Fique, Hild — ele ordenou.

Ela estacou no lugar.

— Você merece saber de tudo, minha discípula.

— Tudo?

— Tudo. Sobre minha missão e sobre o Devorador de Mundos. Sobre a guerra santa que vamos travar.

9 | A terra das lápides

A VILA SE organizava ao redor de um cemitério. Quase todas as aldeias e cidades em Kottar cresciam em volta do cemitério. Antes de pensar onde viver, era preciso pensar onde morrer.

O cemitério contava a história de cada povoado no reino. Naquela vila, a história era de decadência e peste. Os primeiros túmulos, no centro de tudo, eram mausoléus imponentes de pedra cinza, decorados com estátuas de esqueletos com ampulhetas, o símbolo não oficial de Kottar. Os nomes gravados nas portas dos mausoléus e nas lápides vistosas eram elaborados, tinham títulos de nobreza e sobrenomes. Quanto mais para fora do centro do cemitério se ia, mais raros ficavam esses nomes; após algumas lápides só havia nomes de plebeus que nem mesmo sabiam ao certo sua data de nascimento. Estátuas e decorações eram escassas — embora só as famílias mais pobres deixassem de providenciar um túmulo com algum enfeite.

Após andar durante algum tempo a partir do centro do cemitério, um visitante iria se deparar com uma multidão de lápides com data de morte do mesmo ano e com casas abandonadas, cercadas por tumbas que tinham sido engolidas pelo cemitério. Aquela aldeia passara por uma peste algumas décadas atrás e, como era o costume em Kottar, os mortos tiveram precedência sobre os vivos — o cemitério se expandiu, englobando as construções da aldeia e deixando marcas indeléveis da peste. Em Kottar, era bom lembrar de grandes mortandades, isso deixava a morte satisfeita.

Os coveiros, alguns dos cidadãos mais valorizados no reino, foram os primeiros a ouvir o grito de alerta. Mulheres que estavam trabalhando nas lavouras escassas fora da vila vieram correndo, acompanhadas por cães magros, berrando sobre o exército que chegava. Os coveiros trancaram as portas dos mausoléus, esperando proteger os tesouros contidos lá dentro. Então se apressaram para seus lares, casas de pedra cinza na beira do cemitério, onde suas famílias já estavam esperando.

Na vila inteira, as pessoas fecharam janelas e portas, botaram crianças e animais para dentro. Os poucos aldeões que sabiam lutar pegaram suas armas e seus escudos pintados com o brasão da caveira branca. Alguns tinham espadas, a maioria carregava facas curvas. Arqueiros se postaram nas janelas das poucas construções que tinham dois andares — apenas o moinho que ficava ao lado do rio, a oficina de alquimia e o atelier do mortuário, o homem mais rico que vivia ali. Aquela aldeia não tinha mais um nobre, nem nunca tivera um castelo; a família aristocrata que fundara o assentamento estava toda debaixo da terra agora. Não havia muito o que roubar na vila, além de cadáveres perfeitamente preservados e substâncias alquímicas caras.

Na oficina, a alquimista-chefe tentava esconder os produtos mais raros e caros, auxiliada por seus discípulos. Ela era uma mulher magra e alta, de cabelos escuros e escorridos, o tipo físico normal dos kottarianos. Vestia uma camisa branca impecável, feita de seda fina, protegida por um avental de couro decorado. Seus assistentes eram muito jovens, mas ainda assim mais ricos que o restante da aldeia junto, com exceção do mortuário. Nem mesmo os celebrados coveiros tinham o ouro dos alquimistas. A mulher abriu um alçapão no chão, escondido por um tapete e um móvel, revelando um pequeno espaço lá embaixo. Colocou frascos de líquido instável, que podia explodir com o menor contato com uma chama ou fagulha. Escondeu pó de ouro e um vidro azul com bezoares, pedras raríssimas que se desenvolviam no estômago de alguns animais. Juntou ali bichos raros ou deformados conservados em formol e extratos de plantas que nasciam uma vez a cada dez anos. Por fim, escondeu livros, tratados antigos de segredos alquímicos, calhamaços cheios de fórmulas e receitas obscuras. Eram o maior tesouro de um alquimista, aquilo que o diferenciava dos plebeus comuns e até dos coveiros. Fechou o alçapão, cobriu-o com o tapete e o móvel e instruiu seus assistentes a proteger aquelas substâncias com a vida.

Os guerreiros fecharam a rua principal com seus escudos de caveira. Juntando todos eles, não ganhariam durante a vida toda o ouro que a alquimista ou o mortuário amealhavam em um ano. Mas iriam lutar e morrer para proteger aquelas pessoas importantes, aumentando ainda mais o cemitério administrado pelos coveiros. E os sobreviventes iriam erigir casas, moer grãos, fabricar roupas, cavar poços e forjar instrumentos, pois tinha sido assim desde que qualquer um lembrava. Aqueles que detinham conhecimento impulsionavam o reino, que não podia se sustentar com plantações e rebanhos. Os plebeus viviam dos impostos pagos pelos alquimistas e da caridade do trono de Kottar, que comprava comida no estrangeiro e distribuía à população. Suas roupas eram puídas, suas casas eram frias, suas botas eram furadas. Sorte deles que os sábios eram tão produtivos.

— Lembrem-se, a morte está olhando! — gritou o homem no centro da parede de escudos. Era um oleiro, mas fazia as vezes de sargento quando o reino exigia que pegasse em armas. — Se estiverem escondidos, vão fazê-la perder tempo!

Alguém ergueu o estandarte da caveira branca, na terceira fileira da parede. Eles firmaram os pés e ouviram duas trombetas de guerra.

Então o chão começou a tremer com as botas dos invasores.

Os kottarianos engoliram em seco e fizeram uma prece à morte. Era provável que naquele dia fossem encontrá-la.

Então surgiu a primeira bandeira de Ghanor por trás de um bosque de árvores nuas.

A vanguarda chegou com cavaleiros trajados em armaduras brilhantes, sobre montarias enormes de patas peludas. Oficiais carregavam o estandarte do leão dos dois lados da coluna, adornados por peles de leão sobre as cabeças, cobrindo as armaduras. O exército se estendia para trás, deixando bem claro que qualquer esperança de resistência por parte de Kottar era vã, era a resistência de um castelo de areia contra uma onda forte. Acima das cabeças dos cavaleiros, era possível enxergar o rosto barbudo e mal-encarado de Johrgrund.

— O que é aquilo? — sussurrou um dos defensores.

— Nossos antepassados lutaram contra coisa pior — o sargento rilhou os dentes. — Deixem que tragam gigantes e cavalos, que nos ataquem com monstros e demônios. Kottar já enfrentou os mortos.

Johrgrund rugiu, como se pudesse ouvi-los.

Quando já era possível discernir os rostos de cada um dos lados, a coluna de Ghanor estacou. Os cavaleiros abaixaram suas lanças compridas, apontando-as para a parede de escudos. Em teoria, era uma boa defesa contra combatentes montados, mas era uma parede fina, de homens cansados, contra cavaleiros blindados e cavalos impetuosos. Eles estavam prontos para a carga, a manobra mais devastadora que a guerra conhecia, mas então abriram espaço.

Do meio deles, montado em um cavalo negro, surgiu o rei.

Ruff Ghanor usava sua armadura completa de Arcanium, o elmo cobrindo a cabeça. Mesmo que nenhum daqueles aldeões desgraçados conhecesse sua figura imponente, ele chegava acompanhado de uma garota ruiva que carregava um estandarte com o leão coroado, a bandeira pessoal do rei. Ruff foi até a frente de seu exército.

Do segundo andar do moinho, alguém disparou uma flecha.

A coisa zuniu no ar, certeira na direção de Ruff, e por um instante todos pararam de respirar — invasores estupefatos com a coragem e a insolência, kottarianos imaginando num clarão se aquela era sua sentença de morte.

Num movimento de raio, Ruff golpeou a flecha com seu martelo, quebrando-a e enviando os pedaços para longe.

Apontou com a arma para o centro da parede de escudos.

— Não é preciso haver derramamento de sangue hoje — anunciou. — Mas, se Kottar recebe uma tentativa de negociação com uma flechada, sua terra cinza se tornará vermelha.

O sargento olhou para trás, por instinto. Não conseguia enxergar nada através do emaranhado de guerreiros plebeus atrás de si. Mas, mesmo que pudesse, sabia que ninguém na vila tomaria a iniciativa de negociar. Em assuntos oficiais, os coveiros assumiam a frente, administravam os impostos, alocando-os primeiro à construção de tumbas e renovação do cemitério, depois para a coroa. Também participavam das funções cerimoniais, presidiam os ritos e os festivais sazonais. A alquimista recebia nobres nas raras ocasiões em que eles passavam por ali e decidia questões financeiras quando os agentes do rei passavam para verificar se tudo estava certo. O mortuário era a autoridade máxima apenas em um certo momento. Mas naquela hora, em que a aldeia estava prestes a entrar em combate contra um inimigo muito mais poderoso, nenhum deles estava à vista. O cemitério, a oficina e o atelier eram muito mais confortáveis que a parede de escudos, onde todos vestiam trapos.

— O que querem aqui? — exigiu o sargento.

Ruff tirou seu elmo.

— Sou o Rei Ruff Ghanor I. Com quem falo?

— Sou Umuel, o oleiro.

Ruff mediu-o de alto a baixo.

— É um ofício nobre, Umuel. Assim como é nobre defender sua aldeia. Mas vocês não têm esperança de vencer esta luta. Ghanor está tomando Kottar e em breve sua vila terá uma igreja e será subordinada ao estandarte do leão, assim como todas as vilas e todas as cidades. É inútil resistir, mestre oleiro. Deponham seus escudos, abram suas casas e entreguem seu ouro.

Umuel roubou uma olhadela para os homens a sua direita e a sua esquerda. Seu coração batia forte na garganta, deixando-o enjoado. Ele nunca esperara falar com um rei. Também nunca esperara ter de tomar uma decisão sobre a vida de tanta gente.

A exigência era clara: abrir as portas e entregar o ouro. E a ameaça era mais clara ainda: dobrar o joelho, construir igrejas.

Umuel não era um sábio, mas não era estúpido. Ele sabia o que aquilo significava. Cultuar os deuses, dar as costas à morte.

— Nada do que vocês podem nos fazer é pior que o abraço de nossa mestra! — disse Umuel. — E para ela estamos sempre prontos. Não vamos renegar a morte, pois sofremos quando ela nos renegou!

Ruff não respondeu. Apenas colocou o elmo e ordenou aos cavaleiros:

— Carga.

Começou com uma missa.

Antes que o exército marchasse, na capital de Ghanor, o arcebispo, Dom Archillon, foi instruído a fazer uma preleção sobre os riscos do paganismo. A reunião em que ele recebeu esse comando foi a portas fechadas, somente o clérigo e o rei. Ruff entregou-lhe um pergaminho enrolado com o que deveria ser dito. A letra do rei era clara e elegante; suas palavras eram contidas e duras.

— Majestade, peço que me desculpe... — começou o arcebispo. O olhar de Ruff era inflexível, então ele gaguejou e pigarreou. Por fim encontrou coragem: — Mas não acredito no que me pede para dizer.

— Não acredita que os deuses devem ser louvados?

— Minha vida pertence aos deuses, Vossa Majestade sabe. Mas... Kottar não é ameaça.

— Kottar atentou contra a vida de seu rei.

— Vossa Majestade falou que aquela foi uma única assassina isolada, uma faca na noite...

— Por acaso um arcebispo entende mais sobre ameaças militares do que seu rei e os generais do reino?

— Claro que não, Majestade, peço perdão... Mas eles não são cultistas. Sua religião não é um problema para nós.

— Você prega numa catedral que foi destruída durante uma batalha contra diabolistas — Ruff não tirava os olhos do religioso. — Durante essa destruição, um de meus amigos mais queridos morreu. Acha mesmo que religiões diferentes não são problema?

— Os kottarianos não são diabolistas — o arcebispo ousou dizer.

— Não, é verdade. Eles cultuam a própria morte. Seu estandarte é um crânio. São envenenadores que dão os ossos de seus filhos como presentes. Não acha preocupante ter adoradores da morte num reino tão próximo?

O arcebispo suspirou.

— Mas... — começou o religioso.

— Uma tentativa de assassinato foi realizada por um poder estrangeiro. Não acredito que preciso explicar isso para o arcebispo de minha própria capital.

— Vossa Majestade, mais uma vez peço perdão. E entendo se Vossa Majestade me remover de minha posição após o que estou prestes a dizer. Entendo que precise haver algum tipo de retaliação contra o atentado. Mas atacar crenças diferentes não é o que Vossa Majestade pregava anos atrás. Eu estava em Abismo Sereno, fui um dos sobreviventes do ataque da Dama de Ferro. E lá vi que até mesmo hobgoblins seriam tolerados se estivessem dispostos a fazer a paz. Vossa Majestade não falava do perigo de quem era diferente ou de ataques punitivos. Falava de fraternidade, de união.

Ruff deu um passo à frente. Tomou o pergaminho do arcebispo, enrolou-o de novo e fechou as mãos dele em volta do rolo. Então segurou o homem pelos ombros, sem força, mas com firmeza.

— Não será punido por suas palavras, Eminência, porque tenho certeza de que fará o que é melhor para o povo de Ghanor. Já deixou bem clara sua posição. Agora prepare seu sermão. Os olhos do reino estarão sobre você.

O arcebispo fez uma mesura e saiu da sala sem dar as costas ao rei. Sozinho, Ruff se deixou desabar numa cadeira e escondeu o rosto nas mãos. Sentia a pele queimar. Era vergonha. Vergonha daquilo que ele estava se tornando, vergonha de que todos enxergavam. Um clérigo que vivera em grandes cidades, que não tivera a instrução do prior, sabia que aquilo era errado. O arcebispo não falou a palavra "traição", mas nem precisava. Com a vergonha, havia raiva e indignação. Uma assassina kottariana ousara atentar contra sua vida. Estivera em seu castelo e apontara-lhe uma adaga. O arcebispo tinha certa razão, mas ele agora era o rei. Não podia deixar aquele ato impune. Hild matara a assassina, mas Kottar precisava pagar. Às vezes, Ruff Ghanor não reconhecia a si mesmo.

Ruff olhou pela janela. Já era noitinha, mas não havia nenhuma chance de ver a estrela que ele desejava. A estrela dourada já não brilhava para ele há vários anos.

Olhou para o espaço escuro entre as estrelas. Tinha a impressão de que, em algum lugar por ali, estavam os deuses e os santos. Talvez São Arnaldo o estivesse julgando, mas nem mesmo São Arnaldo tivera de lidar com algo daquele tamanho. Ruff era responsável pelo mundo e o mundo *precisava* cultuar os deuses. Os habitantes de Kottar eram crianças rebeldes, brincando por séculos com seu mundo imaginado onde a morte tinha personalidade e precisava ser agradada.

Pensando naquilo, Ruff sentiu sua raiva aumentar.

Se ele tinha aprisionado o embaixador e sua comitiva e enviado uma declaração de guerra, a culpa era toda de Kottar. Se o reino cultuasse os deuses *certos,* nada disso iria acontecer. Eles eram culpados, eles cultuavam a morte e seriam punidos por isso. Se eles não tivessem assassinos obcecados com a morte, inocentes em seu reino não perderiam a vida. Ruff não ouviu o tremor leve que sacudiu o castelo, enquanto aquela indignação fabricada queimava entre seu estômago e seu peito. Eles tinham lhe dado um osso humano de presente, eles sacrificavam um inocente a cada geração, eles davam as costas a seus Criadores, eles apontavam adagas para o peito de reis paralisados.

Com os punhos fechados, Ruff estava conseguindo convecer a si mesmo. Os kottarianos iriam pagar.

Se aquilo iria encher os cofres de Ghanor e unir o povo do reino, era apenas uma feliz consequência.

Então, uma semana depois, chegou a missa que começou tudo.

O povo de Ghanor não sabia que o embaixador estava preso num quarto do castelo, com guardas a sua porta dia e noite. Não sabia que um membro de sua comitiva já estava a caminho de Kottar com a declaração de guerra fechada com o selo real do leão. Até onde o povo sabia, tudo começou com uma missa.

O arcebispo caminhou até o púlpito sob uma nuvem de incenso. Ruff Ghanor estava num banco na primeira fila da catedral, usando na cabeça sua coroa, ao lado de Phineas, o viúvo que perdera a esposa na missão em Sammelen. Hild sentava do outro lado. Alguns veteranos também sentavam perto do rei, tanto por honra quanto como guarda-costas. O elfo Edyriell estava logo atrás. Lurius Minimus tinha dores demais para sequer ser carregado até a igreja e provavelmente isso nunca mudaria. Havia duques, condes, viscondes, marqueses e barões nos demais bancos. Comerciantes ricos e oficiais do exército se misturavam com plebeus, lotando o restante dos lugares. E aqueles que não haviam conseguido garantir lugar dentro da catedral se amontoavam do lado de fora para ver a entrada e a saída da nobreza e tentar saber por que aquela missa seria tão importante.

— O amor de São Arnaldo está entre nós — começou o arcebispo, depois das bênçãos iniciais. — E, por graça dele, nunca passamos fome. Somos parte de um povo abençoado, livre e próspero. E por isso devemos agradecer.

Ruff acompanhava cada palavra com atenção. Eram suas palavras saídas dos lábios do arcebispo. Ele lera e relera aquele pergaminho tantas vezes que seria capaz de recitar o discurso sem nenhum erro. E, pelo que podia notar, o arcebispo também.

— Mas também devemos ficar vigilantes. Pois existem aqueles que odeiam nossa bênção.

O clérigo se empertigou.

— As feridas que sofremos do exército demoníaco de Baal já cicatrizaram, mas sentimos as dores! Quem pode esquecer de todos aqueles que perdemos durante o cerco e a noite da batalha? Quem, dentre nós, não está mais solitário, não sofre em silêncio, por causa das mortes que nos foram inflingidas por um poder que se opunha ao amor do santo e dos deuses?

Como um ator, o arcebispo fez um meneio com a cabeça, quase com um sorriso, embora seu rosto fosse sério e soturno.

— Sim, meus irmãos. A morte. A morte de nossos amigos e familiares, de nossos maridos e nossas esposas.

Ruff roubou uma olhadela para o viúvo Phineas, viu que ele endureceu ao ouvir aquilo.

— Sofremos com a morte... Mas existe quem a cultue.

Um silêncio de alguns instantes deixou aquela ideia se assentar sobre a multidão.

— Durante o festival que oferecemos ao mundo todo, para comemorar os dez anos de nossa libertação, conhecemos pessoas dos outros reinos. E todas, todas, cultuam nossos mesmos deuses, rezam para nossos mesmos santos. Todas... Exceto por um reino. Um reino que reza para a morte. Que cultua a perda, que louva o vazio horrendo que sofremos quando a espada ou a peste nos tira quem mais amamos.

O clérigo olhou para Ruff, rapidamente. Engoliu em seco e então falou:

— Kottar.

Silêncio.

— Os kottarianos posam como nossos aliados, vêm até aqui para aproveitar nosso festival. Mas podemos confiar neles? Se já sofremos tanto com um exército demoníaco, o quanto poderemos sofrer com um reino inteiro de cultistas da morte?

Um burburinho começou entre os bancos, cada plebeu, nobre, militar ou burguês tentando ser discreto, mas especulando sobre o que o arcebispo queria dizer.

— E tenho uma notícia, meus irmãos. Algo que me abalou, que nosso rei pensou que talvez fosse melhor esconder. Mas roguei a ele que me permitisse falar a verdade. E a verdade, meus irmãos, é que Kottar cometeu uma tentativa de assassinato contra o Rei Ruff Ghanor!

Toda a catedral engasgou ao mesmo tempo. Olhares arregalados miraram Ruff, como que para se certificar de que ele estivesse mesmo vivo. Um calafrio passou pelo corpo de cada homem e mulher. A ideia da perda de Sua Majestade era terrível demais.

— O mundo é misterioso para nós. Afinal, há poucos anos fomos libertados da tirania e pudemos conhecê-lo! Mas pelo menos temos uma coisa em comum com todos os estrangeiros, uma coisa que nos une como irmãos. São os deuses. Mas e Kottar...? Kottar trouxe a morte a nossas terras! Seus venenos poderiam tocar nossas línguas, suas adagas poderiam perfurar nossos corações, poderíamos todos acabar como cadáveres bem maquiados nas mãos dos coveiros e de sua sanha assassina! Somos verdadeiramente irmãos... De quem é filho da morte?

O arcebispo se inflamou. O discurso era tentador. Existia um certo prazer em achar razões para odiar alguém.

— Elfos, anões, até mesmo centauros e hobgoblins, todos são bem-vindos em Ghanor! Todos que abram seu coração serão recebidos de braços abertos! Mas e aqueles que têm propósitos sinistros, aqueles que se deleitam com nosso sofrimento? Devemos nos proteger da morte! Devemos abraçar a *vida,* a maior dádiva dos deuses!

Ele balançava o punho, começava a suar.

— Mas os kottarianos não têm culpa! Eles são apenas peões nas garras de uma realeza que não tem escrúpulos em sacrificar os próprios filhos para agradar a sua mestra funérea! Eles vivem sob a égide da morte, sem conhecer os deuses! Eles tentam matar nosso rei!

O arcebispo quase fez uma careta de constrangimento ao falar aquilo, mas se conteve. Era a maior mentira no discurso. Até onde eles sabiam, não havia nenhum envolvimento da nobreza no atentado.

Mas a história não podia ser diluída com a verdade.

— E eu lhes pergunto, meus irmãos... É correto para servos dos deuses ficarem parados enquanto um povo inteiro é escravizado por assassinos? Não devemos odiar, mas não podemos dizer que os kottarianos são nossos irmãos! Devemos *fazer* com que sejam nossos irmãos! Temos o dever de levar a palavra dos deuses até Kottar para libertá-los da morte!

O arcebispo fez um gesto amplo e Ruff o reconheceu como o grande fim. Ele apontou para o viúvo Phineas.

— Temos aqui, na primeira fila, um marido que perdeu sua esposa, uma brava guerreira que deu a vida por Ghanor. Kottar acha que a morte dela é algo *bom!* Acha que sua vida não foi um presente divino, mas sua morte foi uma dádiva negra de uma espécie de divindade niilista. Como podemos olhar para este homem e dizer que toleramos um reino inteiro que cultua a própria morte? Como podemos olhar para os pobres plebeus em Kottar e dizer que apertamos a mão ensanguentada de seu rei?

Baixou a voz, fazendo com que todos prestassem ainda mais atenção:

— Como podemos abrir os braços para quem tentou nos deixar órfãos, sem nosso amado Santo de Pés Descalços?

Ele bateu com os dois punhos no púlpito.

— Existe apenas uma resposta, meus irmãos. Os kottarianos precisam conhecer o amor divino... E é nosso dever levá-lo até eles!

Ruff moveu os lábios com as últimas palavras:

— Kottar será libertado.

O povo apoiou a guerra. Passou a ver os kottarianos com um misto de raiva e piedade desde que o arcebispo fez seu sermão inflamado na catedral. Arautos foram mandados para todos os cantos de Ghanor, espalhando a palavra do religioso e as histórias de que Kottar tinha pactos sinistros com a própria morte. A tentativa de assassinato foi contada como uma história de suspense e heroísmo, na qual apenas a intervenção da jovem guerreira Hild salvara a vida do rei. Hild foi aclamada no castelo e até mesmo os nobres mais turrões vieram apertar sua mão.

O rei de Kottar foi aos poucos transformado num monstro dentro da mente dos plebeus e soldados em Ghanor. A ideia de que a família real sacrificava um de seus filhos a cada geração tomou a forma de uma ameaça implícita. Quem sacrificava seu próprio filho sacrificaria com facilidade o filho de um simples aldeão. Começou a haver a impressão de que, em Kottar, cada família estava a um passo de ter seus filhos raptados no meio da noite. E, se aquela bizarra crença na morte não fosse detida, as crianças de reinos estrangeiros poderiam ser as próximas.

Ghanor não tinha pacto de proteção com as demais nações. Era vulnerável. O pensamento se instalou com facilidade alarmante: melhor atacar Kottar antes que Kottar ataque.

Ruff acompanhou o início daquela bola de neve com um certo medo. Ele queria apoio a sua guerra, é claro, queria justificar a invasão e tirar os olhos reprovadores dele mesmo. Mas a população em Ghanor parecia pronta a odiar alguém desconhecido. Ele plantara a ideia de que Kottar precisava ser "libertado" e, quando estava sozinho, sentia dentro de si a chama da certeza: eles *precisavam* acreditar nos deuses. Mas nunca sugerira que o rei de Kottar podia mandar assassinar filhos da plebe ou que houvesse risco de que isso acontecesse em Ghanor. Contudo, uma ideia de ódio, uma vez iniciada, não podia ser detida sem muito esforço. Ruff criara a noção de que Kottar era fundamentalmente diferente de Ghanor, Kottar era "o outro".

E o outro era, sempre seria, inimigo.

Não demorou muito para que pouca gente sequer lembrasse do fiasco em Sammelen. Os únicos que ainda questionavam o que havia acontecido com a comitiva real na capital estrangeira, a razão para as mortes dos veteranos e a falha do rei em ser reconhecido eram taxados de pedantes e rabugentos. De novo, Ruff não pretendia que isso acontecesse, mas perguntar o que houvera, o que ele mesmo tentara esconder a tanto custo, começou a virar uma forma de pequena traição. Concentradas na missão divina de levar os deuses até Kottar, as pessoas não tinham espaço em suas mentes para questionar o rei.

Ruff tinha uma centena de fantasmas dançando em sua mente. Mubruk Filho de Urso, a ameaça do Devorador dos Céus, a sombra dos outros reinos sobre Ghanor. Korin desaparecido, Áxia oculta, Bellitz distante.

Seria mais fácil lidar com tudo quando tivesse de novo um país unido.

E pouca coisa unia tanto um país quanto um inimigo.

Quando enfim cavalgou à frente do exército para atacar, Ruff ouviu seu nome gritado em milhares de gargantas.

— *Ghanor! Ghanor! Ghanor!*

A primeira aldeia foi derrotada por força de armas, mas não houve massacre. Sobraram alguns defensores, mas nenhuma casa foi queimada, ninguém foi escravizado ou executado. A oficina da alquimista foi devassada, seus venenos e poções foram confiscados. O exército encontrou seu esconderijo e tomou seus componentes. Hild pegou os livros, sob protestos da sábia, e entregou-os ao rei em pessoa.

— O que fazemos com isso? — perguntou a guerreira.

Ruff viu a população se encolhendo de medo enquanto seus soldados abriam casas, procuravam por mais livros e componentes de alquimia. A alquimista estava berrando, debatendo-se, e precisou ser contida por dois homens.

— Vocês não entendem! — gritou a mulher. — Sabem quantos anos de estudo foram necessários para criar tudo isso? Matem-me se quiserem, mas deixem minha pesquisa!

Ruff folheou os livros. Estavam cheios de fórmulas que ele não entendia, diagramas, anotações, receitas, desenhos de plantas e cristais.

Muito conhecimento, muita informação que não estava disponível em nenhum outro lugar do mundo.

— Isso é perigoso — disse o rei. — Muito perigoso.

— Existe uma solução fácil — Hild deu de ombros. — Vamos queimar.

A alquimista berrou de agonia. Chegou a se livrar dos dois soldados, correu por alguns passos na direção de Ruff, mas foi contida de novo. Seus aprendizes olhavam, acuados contra a parede de uma casa.

Ruff fechou o tomo.

— Nunca — disse, olhando firme para Hild. — Ao longo de nossa jornada, precisaremos matar inimigos. Precisaremos queimar cabanas, derrubar castelos. Talvez até mesmo devastar plantações, o que condenará mais de uma geração à fome. Mas nunca, *nunca* queimaremos livros. Queimar livros é a tática do inimigo. Não importa o quanto um livro seja perigoso, o quanto ele seja contrário ao que acreditamos. Protegeremos os livros. Entende?

— Sim, senhor — ela disse, com voz pequena e olhos arregalados.

A alquimista estava ofegando, mas tinha parado de se debater.

— Vasculhem todas as casas, tragam todos os livros! — Ruff ordenou aos soldados. — Não destruam nenhum deles, mas vamos levar todos conosco.

Hild olhou para ele com o canto dos olhos.

— Vamos levar todos os livros?

— Como eu disse, são perigosos.

— Então vamos proteger os livros, mas só para nosso uso?

Ruff deu um suspiro irritado.

— Cumpra suas ordens, menina, se não quiser exercícios extras esta noite e limpar as latrinas amanhã de manhã.

O exército de Ghanor não era composto de açougueiros ou torturadores, mas não estava livre de alguns ladrões. Houve soldados que roubaram o pouco ouro que encontraram nas casas dos plebeus e outros que tiraram a sorte grande e roubaram bastante ouro da alquimista, do mortuário, dos coveiros. Mesmo com o furto, sobrou bastante e todos os objetos de valor da aldeia foram reunidos numa pilha na praça central, sob a vista do rei. Os cidadãos ricos também foram levados para lá, arrastados pelos soldados.

Ruff examinou tudo aquilo. Designou um oficial de logística para dividir o saque — uma parte seria tomada pelo exército, para ajudar o esforço de guerra, e a aldeia ficaria com o bastante para sobreviver. Mas fez questão de observar pessoalmente os cidadãos ricos.

As roupas que a alquimista, o mortuário e os coveiros usavam eram extravagantes em comparação ao resto do povo. Da pilha de objetos de valor, mais de três quartos pertenciam àquele punhado de pessoas, enquanto o resto era dividido entre todos os plebeus. Suas casas também eram opulentas, em comparação aos casebres do populacho.

— Quem é você? — Ruff perguntou a um dos homens.

Ele deu um passo à frente.

— Sou o mortuário, meu lorde.

O homem não olhava para baixo. Não era humilde. Embora não estivesse desafiando um exército inteiro, tinha um pouco do ar de arrogância que Ruff vira em Lago de Pó, em Abismo Sereno, em Rocha Celeste, em Innalya. O olhar dos ricos.

— Por que tem tanto ouro quando os demais em sua aldeia vivem nesta miséria?

— Bem, é assim que sempre foi, senhor. Eu fui treinado por meu pai para preservar cadáveres, maquiá-los, vesti-los e prepará-los para ser enterrados. Não há nada mais importante em Kottar. Meu pai foi treinado por sua mãe, que foi treinada pela mãe dela e assim por diante. As pessoas pagam tudo que podem para que seus parentes sejam belos mortos.

Ruff olhou em volta. Os guerreiros daquela aldeia estavam quase todos no chão, mas os sobreviventes tinham equipamento deplorável e nem mesmo suas roupas eram adequadas para o frio que fazia. Os fazendeiros eram magros. Mas ali estava o mortuário, vestindo uma casaca decorada com bordados finos e um anel de safira.

— Quem são vocês? — perguntou para um grupo que se amontoava.

— Somos os coveiros — um deles teve coragem de responder.

Também eram ricos. Todos vestidos de preto, com chapéus de pelica, mantos bem decorados, botões de ouro. Eram gordos e saudáveis, tinham todos os dentes.

— Coveiros são ricos aqui?

— Nós somos oficiais da coroa, meu senhor — o mesmo homem respondeu. — Administramos o cemitério e respondemos ao Alto Coveiro, um nobre de confiança do rei. Somos, perdão, somos a autoridade aqui.

— Não mais.

Ruff se dirigiu ao povo.

— Quando foi a última vez em que um de vocês teve acesso à alquimia produzida naquela oficina? E quando foi que alguém foi tão bem cuidado em vida quanto é na morte? Hoje acaba o abismo entre os sábios e a plebe neste lugar! E será só o primeiro de muitos! Kottar será libertado, a riqueza será dividida entre todos. E não haverá um rei soturno que designa coveiros para prepará-los para a morte, mas um protetor que garante que tenham uma boa vida!

— *Ghanor! Ghanor! Ghanor!* — gritaram os soldados.

Uma garota que não podia ter mais de 13 anos ousou falar algo. Sem prefaciar com "Vossa Majestade", sem pedir desculpas:

— Mas gostamos deste jeito. É nosso modo.

Ruff deu um sorriso que lhe pareceu bondoso. Talvez, para quem estivesse olhando de fora, fosse só condescendente.

— Não é mais, menina. Vocês conhecerão a justiça.

O estandarte da caveira branca caiu, substituído pela bandeira do leão. Ruff em pessoa consagrou um terreno na aldeia e ordenou que ali começasse a construção de um templo de São Arnaldo, assim que fosse possível. A coluna militar era seguida por uma profusão de servos, escudeiros, esposas, maridos, mascates, animais de carga, prostitutas. E clérigos. O fervor religioso que motivara aquela guerra a transformava numa peregrinação e muitos sacerdotes jovens tinham se juntado ao esforço. Alguns deles ficaram para trás naquela aldeia, para começar o extenso trabalho de catequese de Kottar.

Kottar tinha cinco ducados, dos quais dois se renderam a Ghanor sem resistência. A guerra foi travada ao longo de dois anos em uma única frente. A coluna liderada pelo Rei Ruff Ghanor I avançou por Kottar, esmagando a oposição onde a encontrava, aceitando a rendição do inimigo sempre que era oferecida.

Ruff descobriu que a diferença entre sábios e plebe era motivo de ódio e revolta de muitos. Ao derrubar um pequeno castelo numa colina, ele foi saudado como libertador pelo povo, que queimou os estandartes da caveira branca como símbolo de apoio ao conquistador. Quando os sábios foram levados do castelo em grilhões, muitos plebeus estavam reunidos para assistir e jogaram vegetais podres nos estudiosos. Os livros foram confiscados e apreendidos pelo exército. Os produtos alquímicos foram destruídos ou também levados embora.

Na cidade de Colina Fria, a recepção foi oposta: o povo guarneceu as muralhas e lutou contra a coluna de Ghanor até a morte. Mas mesmo assim foi um cerco rápido e quase injusto. Contando com várias conquistas e o apoio de parte do reino, o exército de Ghanor possuía linhas de suprimentos e mapas do território; sabia se proteger e se manter alimentado. Durante a batalha final contra Colina Fria, quase nenhum cidadão ficou em casa, eles pegaram as armas que tinham à disposição e fizeram resistência ao invasor, cedendo quarteirão por quarteirão de sua cidade apenas ao custo de muito sangue. Por fim, recuaram até o cemitério que ficava no centro de tudo, fizeram as lápides de escudos e lutaram o quanto puderam. A última resistência foi no imenso mausoléu do fundador da cidade, sobre a colina que lhe emprestava o nome. Ruff lutou pessoalmente contra os guerreiros armados de longas foices e capuzes de cota de malha negra, vencendo-os e forçando a rendição final. Os coveiros de Colina Fria se recusaram a colaborar; preferiram cometer suicídio. A Guilda dos Alquimistas colocou fogo em suas oficinas, queimando substâncias caras e livros de valor inestimável. Os mortuários se renderam, mas presentearam os invasores com caixões personalizados, com os nomes "Ruff Ghanor", "Hild" e "Johrgrund", em desafio. Foram aprisionados por sua insolência, mas saíram de cabeça erguida.

Ruff consagrou o terreno do mausoléu e Johrgrund colocou abaixo uma de suas paredes, com um imenso golpe de mangual. Ali seria erigido o primeiro templo da cidade.

O nome da capital de Kottar, como não podia deixar de ser, era Necrópole. Ao longo da invasão, Ruff lera sobre a cidade, ouvira relatos de nobres rendidos e aliados. Necrópole era vasta, talvez maior que a capital de Ghanor. A cidade toda era um cemitério, no qual casas de vivos se misturavam com as tumbas dos mortos. Na parte de trás da cidade, encostado nos muros, ficava o Castelo da Mortalha, sede do trono real, de onde o Rei Anfard Lantret III reinava sobre o país dos mortos. O Alto Coveiro também morava no castelo, administrava as cidades da morte em todo o reino e, segundo alguns, tinha mais autoridade que o próprio monarca.

Todo Kottar era cinzento. Ruff tinha a impressão de que não via uma cor além de preto, branco e cinza desde que cruzara a fronteira do reino. Mas Necrópole, segundo o que ouvira, era ainda mais lúgubre. Em Necrópole começara a praga de mortos-vivos de séculos atrás; a terra e a vegetação não davam muitos sinais de ter se recuperado. Kottar estava cheio de florestas de árvores nuas e magriças, mas perto de Necrópole as árvores tinham folhas negras.

Ele viu a Floresta Morta alguns dias antes do ataque derradeiro, quando enfrentaria o principal contingente do exército de Kottar, às portas da capital. Era uma mata vasta, de árvores altas e bem espaçadas entre si. A casca de cada árvore era cinza, as folhas eram pretas. Ruff tocou em uma delas, passando com seu cavalo, à frente da coluna, e sentiu a folha se esfacelar sob seus dedos. Eram árvores vivas, mas era uma vida mortiça, desmaiada, como era tudo no reino. A rendição dos kottarianos era resignada, sua luta era desesperada. E, mesmo quando ele era saudado como libertador, havia um certo sarcasmo fatalista na voz do povo.

Mas o importante era que Ghanor estava unido de novo.

Já faziam quase dois anos da missa que começara tudo quando ele terminou de atravessar a Floresta Morta e viu Necrópole. A cidade era realmente imensa, em extensão muito maior que Ghanor. Seus muros eram altos, negros e não havia gente se amontoando fora deles.

Pelo menos não gente viva.

Assim que a coluna de Ghanor saiu da Floresta Morta, entrou na Floresta dos Mortos. Essa não era uma floresta real, mas um imenso cemitério que se estendia até onde a vista alcançava. Lápides de todas as formas e tamanhos, mausoléus, estátuas, torres, obeliscos, pirâmides, monturos, todos os tipos de construções funerárias se misturavam ali sem nenhuma ordem, muitas vezes bloqueando a visão, impedindo que a capital fosse enxergada com clareza, impossibilitando que o exército se aproximasse em linha reta.

O tempo, em concordância com o humor de Kottar, estava nublado. Mas nunca chovia, nenhuma vez naqueles quase dois anos de campanha Ruff sentira uma gota de chuva no rosto. Verão e inverno significavam neblina e nuvens com calor úmido ou neblina e nuvens com frio seco. Por dois anos, nenhum floco de neve, nenhum raio de sol digno do nome. Ele estava irritado, com vontade de voltar para casa, com saudade de Lurius Minimus, de Niccolas. E, é claro, de Dunnius, de Bellitz, de Korin. Ocupava seu tempo treinando Hild e planejando o resto da conquista.

A guerreira fez seu cavalo castanho parar bem ao lado do enorme cavalo negro do rei. Hild agora usava seu cabelo ruivo raspado nas laterais da cabeça, deixando apenas uma faixa no centro. Era uma aparência agressiva, que intimidava os oponentes. Ele ainda a chamava de menina, mas ela tinha adquirido jeito de mulher e corpo treinado para o combate. Hild era conhecida por ter salvado a vida do rei, era a Assassina da Assassina, o Machado na Noite. A eterna pele de javali ainda cobria seus ombros, mas a cota de malha por baixo era refinada, feita por um dos melhores artesãos de Kottar, tratada com preparados alquímicos para ser resistente e fazer os ataques resvalarem. Ruff pensou que deveria arranjar um pouco de Arcanium e forjar ele mesmo uma armadura para a garota.

Hild não era dada a devaneios. Apontou com um machado para o espaço entre duas lápides negras altas, de onde se podia ver ao longe Necrópole, e disse:

— Acha que eles vão se render?

— Você entregaria sua capital, menina-javali?

— Eles estão perdendo. Na verdade, estão tomando uma surra. A não ser que tenham conseguido fazer um pacto de última hora com algum dos reinos ricos, Necrópole vai cair.

— E o que vai acontecer então?

— O reino todo vai cair — ela deu de ombros.

— Aí está sua resposta.

Eles ficaram alguns instantes em silêncio, observando a capital inimiga. Àquela altura, já estavam acostumados a lutar sobre tumbas — era impossível não guerrear sobre um cemitério quando se guerreava em Kottar. Mas sempre era inquietante, ainda mais ouvindo durante dois anos as histórias dos mortos que se erguiam. Ficava sempre a sensação de que, ao pisar num túmulo, uma mão sairia do meio da terra e agarraria o tornozelo.

— Ninguém entrega seu reino tão facilmente, Hild. Eles estão perdendo mais do que ouro, mais do que terras. Estão perdendo seu modo de vida.

— Você fala como se estivesse lamentando.

— Acho que é preciso lamentar! É uma perda. Kottar está cheio de tumbas, mas aqui estamos cavando a tumba de Kottar. Eles tinham uma cultura única, uma religião única, e nós estamos roubando tudo isso deles. Estamos entrando aqui cheios de deuses e ideias diferentes, e nada nunca mais vai ser o mesmo para esse povo. Estamos apreendendo seus livros e trancafiando seus sábios. Aplainando sua sociedade e erigindo templos. A primeira vila que invadimos já tem seu templo. Recebi uma carta há poucas semanas. Eles já estão rezando a São Arnaldo, por nossa causa.

— Isso não é bom?

— Claro que é. Rezar ao santo é sempre bom. Mas, enquanto estamos celebrando nossa vitória, não faz mal lamentar a derrota do outro lado. Eles vão defender Necrópole com tudo que tiverem, pois se a cidade cair, e vai cair, cai também o último bastião de seu modo de vida. Não imediatamente, é claro. Os velhos, por mais que sejam os que mais reclamam, nunca irão testemunhar as reais mudanças. Enquanto forem vivos, vão ver as pessoas ainda rezando para a morte. Mas seus netos serão criados ao lado de um templo. E terão vizinhos e amigos vindos de Ghanor. E esses netos vão crescer com nossos deuses. E, aos poucos, vão achar que rezar para a morte é tolo. E a cultura de Kottar vai se esvair, até que as pessoas não queiram mais morar ao lado dos mortos, até que ergam novas cidades ou simplesmente soterrem os antigos túmulos com novas construções. É isso que está em jogo nesta última batalha. Não nossa conquista, isso já está decidido. Também não são as mortes dos soldados, soldados infelizmente sempre morrem. Os kottarianos vão lutar em Necrópole para que não sejam esquecidos, para que sua memória perdure. E nós vamos lutar para que nossa cultura prevaleça.

— Por quê?

— Porque o mundo não é justo, Hild. Porque, por mais que eu me irrite com este lugar maldito, vejo nele uma certa beleza, mas nem todos veem isso. Os deuses não veem isso. E nós estamos aqui para servir aos deuses ou morrer por eles.

— Os irmãos de Santa Amélia dizem que muitos reinos ao longo da história acreditaram que os deuses estavam de seu lado, acreditaram que tinham uma missão sagrada, e por isso fizeram guerras sangrentas.

— É verdade — disse Ruff. — A diferença entre eles e nós é que nós temos razão.

Colocou o elmo e liderou a coluna mais para a frente.

As tumbas não ficavam mais esparsas à medida que a cidade se aproximava; devia ser um inferno para viajantes e mercadores chegar até a capital. Mas, para conter um exército invasor, era útil. A coluna de Ghanor estava dispersa, a formação quebrada, enquanto progredia. Algumas horas depois, os portões de Necrópole se abriram.

Ruff viu uma procissão de homens em armaduras pesadas e mantos negros sair a pé dos portões escuros. Eles carregavam machados de haste e ladeavam um grupo de cavaleiros. Estes usavam a foice longa, a arma mais típica de Kottar, e também mantos negros, mas rasgados, remendados, como se fossem relíquias que precisavam ser mantidas apesar do mau estado. Por baixo dos mantos, armaduras feitas de ossos humanos. No centro do grupo, estava o rei.

Anfard Lantret III era um homem alto, magro, de ossos compridos. Montava um cavalo negro, assim como o próprio Ruff, e seu manto negro era o mais esfarrapado de todos. O rei carregava o estandarte da caveira branca, que voejava sob o vento forte. Em sua cabeça estava uma coroa feita de ossos.

Ele cavalgou com seu séquito até perto de Ruff, através das lápides, chegando a uma distância em que os dois pudessem se ouvir. Fez isso sem medo — apesar de tudo, o invasor não era traiçoeiro.

Ruff fez uma mesura.

— Majestade, sou Ruff Ghanor I, de Ghanor, o homem que escreveu a declaração de guerra que recebeu tanto tempo atrás. Uma assassina de seu país tentou me matar. Avancei por seu reino fincando meu estandarte e erigindo templos a meus deuses, e ninguém foi capaz de me deter. Possuo hoje quatro condados de Kottar e inúmeras cidades e aldeias respondem a mim. Após Necrópole, continuarei até o último condado e nada poderá me deter. Tenho em meu exército centenas de guerreiros de Kottar, que abraçaram nossa causa e hoje lutam em meu nome. Venho pedir a Vossa Majestade que poupe o derramamento de sangue e se renda. Nenhum de meus soldados, ou nenhum dos seus, precisa morrer num cerco ou numa batalha. Se Vossa Majestade ouviu os relatos de seus nobres, sabe que sou um vencedor honrado. Toda a família real será mantida prisioneira, com dignidade e sem maus tratos. Exijo apenas que tire sua coroa, curve-se a mim e abra os portões de Necrópole.

O rei de Kottar olhou para ele por alguns instantes. Então tirou a coroa da cabeça e a jogou no chão.

— Quer minha coroa? Aí está! Esta é só uma de várias, meus mortífices podem fazer mais a qualquer momento. Diferente de Vossa Majestade, não tenho uma coroa de ouro e joias para mostrar meu poder. Tenho muitas coroas comuns, feitas dos ossos de pessoas comuns, para mostrar como sou mortal.

— Evite mais mortes, eu imploro.

— É impossível evitar mortes, Rei Ruff Ghanor I. Elas acontecerão, com ou sem nossa ajuda. Se decidir dar meia-volta e seu exército não matar mais meu povo, eles irão morrer por outras causas, daqui a uma semana ou um mês, daqui a um ano ou 100. A morte está sempre à espera e chega sempre na hora. Necrópole não abrirá seus portões a Ghanor. Se quiserem nossa capital e o que resta de nosso reino, terão de enfrentar a realidade da morte. Eu sei que têm milhares de guerreiros, têm um gigante e têm um rei milagroso. Mas será que têm a clareza dos kottarianos? Será que estão prontos para o fim que todos encontram?

Ruff tentou responder, mas as palavras não vinham.

— Tudo sempre chega a um fim, Rei Ruff Ghanor I. E Kottar está sempre, sempre pronto para o fim.

O rei fez mais uma mesura e virou as costas a Ruff. Ele e seu séquito fúnebre entraram na cidade e então os portões se fecharam.

No dia seguinte, houve luta.

Ghanor soou as trombetas de guerra e marchou para o ataque às muralhas. Ruff alocou enormes contingentes de infantaria para os dois lados do portão principal, com escadas compridas e escudos sobre as cabeças. Cada grupo de soldados leves era acompanhado por um sargento em armadura pesada. Os sargentos eram mais lentos e mais vulneráveis enquanto estivessem subindo, mas sua presença nas ameias seria destruidora.

O exército se moveu como um só, mesmo desorganizado, desviando de lápides, mausoléus e monumentos na Floresta dos Mortos. Ruff observava tudo de trás, sobre seu cavalo negro, de armadura completa. Recebia relatos de mensageiros que cavalgavam cavalos magros e rápidos. Ele mesmo iria lutar, entraria em Necrópole como sempre fizera em todas as cidades, faria parte da carga de cavalaria e da parede de escudos com seus guerreiros. O rei não achava justo pedir que morressem por ele sem que ele mesmo estivesse disposto a arriscar a vida, mas por enquanto sua presença na primeira leva de atacantes só traria confusão.

Os batalhões que carregavam escadas e eram protegidos por escudos sobre suas cabeças foram banhados de flechas. Os defensores de Necrópole estavam sobre as muralhas, os arcos a postos e disparando à vontade. Ruff usou uma luneta, um artefato raro feito de um tubo de couro e lentes de cristal, para acompanhar de perto o avanço das tropas. A luneta fora tomada de uma oficina em Kottar, no início da campanha. Era um povo inteligente e engenhoso, mas aquela não era a hora de sentir compaixão pelo inimigo. Ele enxergou o exato instante em que um soldado carregando um escudo tropeçou no meio da corrida e caiu de joelhos, tirando a proteção de seus companheiros. As flechas choveram sobre aquela brecha, acertando os guerreiros de Ghanor na cabeça, no pescoço, o sangue esguichando sobre os demais. O sargento devia estar gritando algo, embora Ruff não pudesse ouvir. Mais dois soldados morreram daquela forma antes que a brecha fosse fechada, eles correram por cima dos cadáveres de seus companheiros e seguiram, inexoráveis, rumo às muralhas.

O céu cinzento de Kottar pairava baixo sobre todos quando os primeiros batalhões tocaram os muros. Os soldados plantaram as escadas longas no chão, fizeram força e empurraram-nas para que ficassem encostadas em Necrópole. Ruff viu o primeiro homem que começou a subir, uma adaga nos dentes e uma espada na cintura, trajado em armadura de couro batido sob a túnica com o brasão do leão. Logo vieram outros atrás dele, os primeiros a escalar, os que quase certamente seriam os primeiros a morrer. O sargento, lá embaixo, apontava o dedo coberto pela manopla, batia com vigor e afeição nas costas de seus homens, incentivava-os à bravura. Aquilo era tanto coragem quanto falta de opções; na hora da invasão, tudo que eles podiam fazer era seguir ordens e rumar para o banho de sangue sobre as ameias.

Os defensores de Necrópole empurraram uma das escadas, do lado esquerdo do portão. Eram homens trajados na perene túnica negra dos guerreiros de Kottar e muitos se juntaram, usando hastes de madeira com forquilhas nas pontas, encaixaram-nas na escada e gritaram de esforço. Um empurrão, depois outro, e Ruff viu seus soldados desabando para trás, indefesos, caindo para uma morte inglória e cheia de pavor, quebrando espinhas e pescoços sobre seus companheiros lá embaixo, as espadas nas cinturas perfurando barrigas. A matança já tinha começado.

O rei voltou sua atenção à primeira escada. O primeiro soldado já estava chegando ao topo, Ruff teve a impressão de que era só um garoto, mas eles eram quase todos só garotos. Quem morria na guerra eram os jovens e ele, em algum momento, tinha se tornado o velho que dava ordens para que eles fizessem isso. Os defensores estavam tentando empurrar a escada, fizeram-na dar um solavanco, mas não tiveram força e então o primeiro soldado chegou.

Ele se jogou do último degrau para as ameias, corajoso como um urso, sobre o enxame de defensores. Pegou a adaga que trazia entre os dentes e caiu pesado sobre o primeiro deles, perfurando seu pescoço. Puxou a lâmina e sacou a espada, no mesmo movimento girou o tronco e atingiu a têmpora de outro kottariano. O segundo soldado de Ghanor chegou, com uma ombrada sobre os defensores, então o terceiro, e logo eles estavam quase em pé de igualdade com o inimigo, mais e mais chegando a cada instante, as espadas se chocando com escudos, os dois lados matando e morrendo. O sargento daquele batalhão chegou, caindo pesado sobre os defensores. Ele usava uma maça e, com um golpe forte de cima para baixo, esmagou o crânio do primeiro que viu à frente. Dois kottarianos golpearam-no com espadas, pelos dois lados, o homem foi abalado pela força dos golpes, mas sua armadura deteve o fio das lâminas.

Ruff procurou freneticamente o primeiro garoto, seu coração estava batendo forte e ele quis saber se aquele único soldado, o primeiro a ter coragem e obrigação, o que tinha se jogado à morte certa, ainda estava vivo. E ele enxergou. Era mesmo um garoto, ele estava sujo de sangue, sua orelha direita tinha sido dilacerada e a túnica azul com o estandarte do leão estava rasgada, mas estava vivo. Com adaga e espada cobertas de sangue, ele estava lutando, pelo menos Ruff achava que era o mesmo. O soldado se virou para golpear um kottariano e Ruff viu seu rosto pela primeira vez, ele estava sorrindo. Estava sorrindo porque seu sargento acabara de chegar, porque não estava mais sozinho, porque tinha passado pela pior parte e continuava vivo. Aquele garoto mal acreditava na própria sorte e na bênção que tinha recebido. Ele agora viveria para chegar a ter 20 anos.

Então recebeu um golpe circular, por trás, com um machado, que se enterrou fundo em seu pescoço. Sangue brotou numa golfada, o garoto amoleceu de imediato, mas ainda não tinha parado de sorrir. Morreu sorrindo, morreu convencido de que iria sobreviver, e logo o kottariano que o matou morreu também.

A verdade era que, daqueles primeiros atacantes e defensores, quase ninguém sobreviveria. Eram os sacrifícios para a morte, para os deuses, para a própria guerra. Se a batalha fosse apenas entre aqueles primeiros grupos, não haveria vencedores, apenas um tapete de cadáveres. Contudo, os dois lados tinham mais garotos para mandar para a morte, até que alguns deles matassem ainda mais os outros e então sobrevivessem para se tornar veteranos.

Ruff tirou a luneta do olho e deu ordem para que as equipes de engenheiros de cerco avançassem. O exército de Ghanor tinha torres de cerco e catapultas, máquinas de guerra testadas em um punhado de outras batalhas, mas desta vez tinham ficado para trás. A Floresta dos Mortos impedia que os colossos de madeira e metal chegassem até os portões e as muralhas. A própria cavalaria também ficaria prejudicada, quando os portões caíssem não poderia haver uma carga, apenas avanço lento. Mas os engenheiros tinham aríetes móveis, enormes troncos de árvores pendurados em correntes e suspensos em estruturas que se apoiavam em plataformas sobre rodas. E os aríetes eram manobráveis o bastante para transitar entre as tumbas e os mausoléus.

E havia a maior arma de cerco de todas: Johrgrund.

Ruff deu um tapa no ombro do gigante — sobre o cavalo, ele só precisava erguer um pouco o braço para alcançar. O metal da manopla contra o metal da armadura dele fizeram um clangor.

— É sua vez, meu amigo. Vá com os engenheiros de cerco. Abra as portas para nós.

— Vou palitar os dentes com os pedaços daquela merda, Ruff! Pode olhar com esse seu tubo mágico!

Então o gigante correu, alcançando os engenheiros e logo os ultrapassando. Os defensores de Necrópole sobre as muralhas estavam lutando, mas viram a aproximação do mítico gigante de Ghanor e trombetas soaram dentro da cidade. Um grande contingente nas ameias recuou, contando com a proteção de uma parede de escudos torta e improvisada de seus companheiros, e então começaram a disparar flechas. Todas contra o mesmo alvo, todas numa tentativa desesperada de deter o monstro.

Johrgrund não sentiu quando uma flecha se cravou numa fresta de sua armadura, mas viu a haste brotando de seu peito. Arrancou-a e deu uma gargalhada.

— Joguem mais espetos, humanos saborosos! Quanto mais dessas merdas me acertarem, maior será o banquete! Vou devorá-los! Vou entrar em suas casas e devorar suas mães, seus filhos! Está na hora de se cagar de medo, o carniceiro chegou!

Ele estava coberto de setas, mas não sentia, e chegou aos portões correndo, atropelando lápides e mausoléus, deixando um rastro de destruição. Usou todo o impulso e jogou o corpo contra os portões, num impacto muito maior do que uma pedra de catapulta.

Toda a frente da muralha tremeu. O exército de Ghanor começou um cântico cadenciado, rítmico, agourento:

— *Johrgrund! Johrgrund! Johrgrund!*

O gigante arrastou o enorme mangual que substituía sua mão direita, erguendo terra negra, girou-o, as correntes ficando retesadas e então se dobrando, as pesadas cabeças de metal voando no ar, então a arma se chocou contra a madeira do portão, com um estrondo que atravessou o campo de batalha. Johrgrund viu a madeira começando a rachar, os reforços de metal já entortados, deu um grito e golpeou de novo.

Duas equipes de engenheiros estavam chegando com seus aríetes, um contingente grande de cavalaria logo atrás. Ruff começou a manobrar a infantaria, para que entrasse pela passagem depois que os cavaleiros abrissem caminho.

Johrgrund bateu no portão uma terceira vez com o mangual e então começou a berrar de dor.

Alarmado, Ruff levou a luneta ao olho e enxergou:

Algo havia se aberto por cima do portão, por dentro da muralha. Um líquido transparente como água foi derramado e Johrgrund estava soltando uma fumaça nauseante de sua cabeça e das frestas da armadura.

— É ácido! — disse o rei. — Os malditos estão derramando ácido sobre ele!

Ruff jogou a luneta para um escudeiro, que a agarrou desajeitado. Puxou as rédeas do cavalo negro, que empinou.

— Hild, comigo! Guarda de honra, comigo! Clérigos, comigo! Vamos salvar Johrgrund!

O gigante se debatia, os cabelos caindo de sua cabeça, um lado do rosto derretendo, o osso do crânio começando a surgir sob a pele. Ninguém conseguia ver o dano que ocorria por baixo da armadura, o ácido empoçado dentro do metal, corroendo a carne do gigante. Johrgrund recuou do portão, cambaleando, girou o braço do mangual em um frenesi de dor e varreu dois cavaleiros de Ghanor, jogando homens e cavalos para trás. Os engenheiros pararam de avançar, as tropas no chão recuaram, ele correu às cegas, enlouquecido de dor, e atropelou um batalhão a pé, matando alguns homens e dispersando o resto.

Ruff galopou, fazendo o cavalo pular por cima de lápides, contornando mausoléus, ficando distante até mesmo de Hild, dos veteranos e dos clérigos. Todos estavam a cavalo, mas o desespero que ele sentia era maior, a montaria sentiu seu pavor e correu o mais que pôde. Ele então lembrou que tinha sido excomungado, que não tinha mais seus poderes divinos, que não poderia curar seu amigo brutal. Com um enjoo gelado afundando no estômago, Ruff Ghanor lembrou de Lurius Minimus, que também recebera um ferimento sério servindo a ele, que ele também não conseguira salvar por ter perdido mais uma vez sua ligação com os deuses. Ruff pensou em Lurius entrevado na cama, sem poder lutar, e a imagem de Johrgrund aleijado, deformado, preso dentro do próprio corpo tomou sua mente de assalto.

O chão começou a tremer. Mas isso não era resposta. Se usasse o poder do terremoto, ele iria soterrar aliados e inimigos. A fome do Devorador de Mundos não era para aquilo, não devia se destinar a conquistar uma cidade que resolvesse resistir. Ruff tinha a maior arma, mas não queria usá-la, e agora era inútil, e agora seu amigo estava morrendo e levando outros consigo.

Johrgrund enfiou a mão por uma das bordas da placa peitoral da armadura e puxou. Berrou de dor e esforço, o metal rangeu, então se rasgou, com todas as tiras e fivelas que o prendiam, com as dezenas de quilos de cota de malha, couro e acolchoamento. Ele rasgou e rasgou, até revelar o peito nu, os músculos imensos que estavam sendo corroídos pelo ácido.

Ruff estava chegando perto dele, Hild diminuiu a distância, os clérigos vinham logo atrás.

— Rezem! — gritou o rei. — Rezem, desgraçados! Chamem o santo! Salvem Johrgrund!

Ruff saltou sobre uma lápide alta, a poucos metros de Johrgrund, já enxergando os olhos brancos de pavor e agonia do gigante.

Então, por um instante, pensou: por que os kottarianos não estão aproveitando a chance?

Se os atacantes estão desorganizados e não há ninguém batendo no portão, por que não estão atirando flechas, fazendo algo?

E, assim que ele pensou isso, as primeiras flechas incendiárias cruzaram o céu, deixando um rastro laranja.

Quando a primeira delas se cravou na terra, bem à vista de Ruff, uma explosão de fogo tomou sua visão e em seguida a Floresta dos Mortos foi engolfada num inferno.

Num instante, Ruff não conseguia enxergar mais nada. Tudo estava tomado pelas chamas, por uma fumaça imediata que subiu em nuvens grossas. Como um estúpido, ele só conseguia pensar que aquilo era impossível.

O fogo tocou seu cavalo, o animal gritou, empinou e jogou-o para trás. Ruff caiu no chão, batendo numa lápide que se quebrou, as chamas lambendo-o. A própria pedra da Floresta dos Mortos estava queimando, então ele percebeu, lento com a confusão do rugido do incêndio, da gritaria de homens e animais, que todo o terreno à frente de Necrópole devia estar tratado com substâncias inflamáveis. A alquimia de Kottar era poderosa e eles estavam prontos para uma invasão de mortos-vivos. As mesmas proteções defendiam contra uma invasão de estrangeiros.

Ruff viu Johrgrund, Hild, os veteranos e os clérigos, por trás das cortinas de chamas. Os cavalos estavam apavorados, ele enxergou um dos animais escoicear um guerreiro, quebrando seu esterno e jogando-o para trás contra um mausoléu. Ruff se arrastou no chão, mas a própria terra estava fervendo, e uma área a sua frente eclodiu em fogo. A fumaça queimava suas narinas, fazia seus olhos lacrimejarem, embaçando ainda mais a visão. E tudo estava tomado por um cheiro nauseabundo de carne calcinada, o fedor de uma morte agonizante.

Johrgrund estava pegando fogo. Hild estava no meio das chamas, ele não conseguia ver em quanto perigo ela estava. E, por todos os lados, os gritos de seu exército, de centenas e milhares que estavam dispostos a lutar por ele, mas eram só tragados pelo fogo.

— Não! — gritou o rei.

Um homem passou por ele, correndo, as roupas e os cabelos em chamas. Uma cortina de fumaça se ergueu, encheu sua garganta e seus pulmões. Ruff não conseguiu respirar, sentiu que começava a sufocar. Fez força e conseguiu uma golfada de ar, mas era fervente, queimou seu nariz e sua garganta por dentro. Ele ficou tonto, começou a enxergar pontos luminosos dançando no meio da visão.

— Vamos — ele ouviu alguém dizer e sentiu que estava sendo puxado.

Hild agarrou Ruff pela armadura de Arcanium, puxou-o pela terra fervente, através da fumaça. Colocou o braço por baixo da axila do rei e impulsionou-se com os joelhos, forçando-o a ficar de pé. Houve mais uma explosão de chamas ao lado deles. Hild empurrou Ruff para longe, jogou-se atrás de uma lápide alta e larga, fazendo um escudo contra o fogo.

Ruff estava de quatro no chão, tossindo, engasgando. Os olhos ardiam, todas as mucosas estavam formigando de dor.

Ele fechou os dedos na terra fofa, a terra quente, queimada. E, por baixo do clamor do incêndio, do horror que era o grito de morte de seu exército, ele ouviu algo. Não uma voz, mas uma sensação que era quase um sussurro.

Você sabe o que fazer.

Era uma voz conhecida, alguém em quem ele confiava.

Vai ser fácil. Você podia ter feito desde o início.

Vagamente, ele notou Hild em chamas, rolando no chão para tentar apagar a si mesma.

Você pode deixar todos morrerem e manter seu orgulho. Ou pode ser fiel a você mesmo e salvá-los.

De quem era a voz? De Áxia? De Korin? De Bellitz? De algum demônio?

Era a solução desde o começo. Você pode negar o que é, mas o mundo conhece.

Então ele notou.

Foi como Bellitz disse, tanto tempo atrás. Basta seguir seu caminho e você cumprirá a profecia.

A voz era dele mesmo.

Ruff sentiu o mundo pelos dedos fincados na terra. Sentiu as partes minúsculas que compunham cada grão de areia, a maneira como o chão se conectava às lápides, à muralha, à cidade lá dentro. Expandiu seus sentidos e sentiu-se envolver incontáveis cadáveres que estavam enterrados ali. Ele era o criador de cadáveres, aqueles eram apenas uma amostra da quantidade que haveria quando ele liberasse seu poder.

E, em meio às chamas, Ruff Ghanor sentiu uma onda de prazer, quando deixou que o terremoto engolfasse a planície.

De uma vez só, a terra se abriu sob os pés do exército de Ghanor. Lápides, monumentos e mausoléus afundaram, o solo fofo engoliu os guerreiros. Ruff sentiu-se descer pela terra quente num instante, como se entrasse em um casulo. Ficou no escuro e sem ar. Mas notou que não precisava respirar, assim como não precisaria de comida ou água, se ficasse ali. Sentiu o mundo desaparecendo a seu redor, as mais ínfimas partículas que formavam a Criação sendo devoradas, obliterando-se para dentro dele, e sempre a terra o envolvia mais, sempre o abraçava mais forte, enquanto era destruída. Sentiu a umidade, o calor que as chamas tinham provocado. Sentiu que, quando a terra se abrira e se fechara, o fogo tinha sido apagado.

O Devorador de Mundos era mais do que destruição. O mundo se dobrava a sua vontade. O terremoto abalou aquela região, mas era só um efeito para que o solo engolisse o exército de Ghanor, apagasse as chamas, tirasse a Floresta dos Mortos do caminho.

Para todos os soldados, com certeza aquilo era a noção da morte — as chamas e então o abraço negro da terra. Eles não tinham a clareza e o poder do Devorador, só sabiam que tinham estado no inferno e agora não enxergavam, não respiravam, só se sentiam enterrados. Muitos começaram a sufocar. E, com sua percepção estendida até os confins daquela planície, Ruff sentiu o pânico de cada um, notou o esforço que cada um deles fazia para respirar, suas tentativas de se mexer.

Como um pai tirânico e protetor, ele só queria lhes dizer:

— Não precisam fazer nada. Não precisam pensar. Vai ficar tudo bem. Tudo será verde e bom.

Por um instante, Ruff só ouviu o silêncio.

Tudo era paz, exceto o sufocamento de milhares de seus próprios homens.

Então ele flexionou os dedos e outro terremoto sacudiu a planície. Mais do que isso, a planície se desintegrou, esfacelou-se, foi sublimada para o Devorador de Mundos. As dores no corpo de Ruff desapareceram, ele se sentiu inchar dentro da armadura.

O solo deixou de existir, aos poucos, sendo absorvido em forma de energia pelo Devorador. A planície desceu como o oceano na maré baixa e aos poucos começou a cuspir os guerreiros.

Todo o exército de Ghanor brotou do chão, em um terreno limpo das lápides e dos outros empecilhos, sem fogo e com caminho livre. Os soldados respiraram de novo, em golfadas de ar doce. Estavam cercados por cadáveres, por corpos enegrecidos de seus irmãos e seus animais.

Mas estavam vivos. Eles desenterraram a si mesmos, libertos da morte sem caixão na terra da morte. Tiraram as pernas, livraram suas armas e seus escudos e olharam para a cidade de Necrópole. Agora cada um daqueles guerreiros tinha um bom motivo para atacar de novo.

A vingança.

E, mais do que aquilo, cada um daqueles guerreiros se sentia imortal. Na terra onde tudo tinha fim, eles tinham experimentado um fim e então sido libertos dele por seu rei, seu santo, seu messias.

Ruff Ghanor correu pela planície e cada um de seus guerreiros se empertigou, certo de que viveria para sempre sob a égide do leão.

— Johrgrund! — gritou o rei. — Johrgrund, você está vivo?

O gigante se ergueu, deixando quilos e quilos de terra negra caírem de cima de suas costas. Ele estava sem uma parte da armadura. Um lado de sua mandíbula mostrava o osso e os dentes num esgar eterno, a bochecha comida pelo ácido. Sua carne estava calcinada em vários pontos, as cabeças do enorme mangual semiderretidas. Johrgrund perdera um olho por causa do ácido ou do fogo, impossível saber. Ainda tinha metade da barba, mas seus cabelos tinham ido embora, o couro cabeludo, agora vermelho e ondulado, ainda fumegando.

Ele estava sorrindo.

— A morte tem medo de mim, Ruff! A morte não pode comigo!

— Recue, Johrgrund! Recue para os clérigos!

— Cale a boca! Você me disse para abrir os portões e é isso que vou fazer!

Sob o olhar assombrado de todos, Johrgrund agarrou um clérigo que terminava de se desenterrar e colocou-o nas costas.

— Reze, seu filho da puta! Reze e me cure ou vou esquartejar seu santo!

Então Johrgrund correu, segurou com sua manzorra um aríete, puxou-o, arrancando-o das correntes. Deu impulso com o braço e arremessou o aríete contra o portão.

Acertou em cheio e a passagem se abriu.

— O que estão esperando? — gritou Johrgrund. — Vamos!

Ruff apontou com o martelo para a cidade inimiga:

— Vocês o ouviram! *Carga!*

O exército de Ghanor correu como um só para tomar a cidade de Necrópole e, daquele momento em diante, seria conhecido como a Hoste Imortal.

Necrópole foi ocupada. A Hoste Imortal de Ghanor andou pelo meio das ruelas do cemitério que era a cidade, reunindo o povo, acossando aqueles que podiam ser ameaças, vasculhando casas, oficinas, laboratórios e todos os tipos de prédios em busca de substâncias alquímicas e livros. Isso demorou vários dias. O Castelo da Mortalha resistiu apenas poucas horas depois que a cidade foi tomada. A nobreza de Kottar foi aprisionada, o Rei Anfard Lantret III e sua família foram levados em grilhões. Como um inimigo que tinha recusado a rendição pacífica, ele seria trancafiado em uma casa designada como prisão. Manteria a vida e a dignidade, mas pouco mais do que isso.

Necrópole era uma cidade única. Suas ruas eram tortuosas, ladeadas por casas e mausoléus em igual proporção. Colinas eram cobertas de lápides e tinham escadas, levavam para pequenas praças cercadas por túmulos. Os monumentos fúnebres eram magníficos, decorados com altos-relevos antigos e estátuas, cheios de inscrições listando nomes, datas de nascimento e de morte. Havia vegetação integrada a boa parte da cidade, mas era a vegetação cinza e negra da região. Vinhas negras subiam pelos mausoléus, árvores cresciam entre as casas, deixando todo o lugar ainda mais sombreado. Embora Necrópole fosse uma cidade movimentada, havia lá também uma certa paz. O povo não era dado a gritos e arroubos, e quase todos os soldados de Ghanor se sentiram de alguma forma intimidados a respeitar a quietude.

Hild liderou a invasão do Castelo da Mortalha. Por dentro, a construção era toda forrada de ossos humanos. Centenas de milhares de pessoas estavam preservadas ali, como decorações, fêmures, costelas e caveiras recobrindo cada superfície do castelo. Obra dos mortífices de Kottar. A guerreira foi em busca do Alto Coveiro, a maior autoridade de Kottar depois da rendição do rei. Mas o homem tinha decidido tirar a própria vida — com veneno, é claro. Hild encontrou-o barricado dentro de seu escritório, seu cadáver já endurecido.

O estandarte da caveira branca foi retirado do Castelo da Mortalha. Hild ergueu a primeira bandeira do leão de Ghanor, enquanto Ruff cruzava os portões do castelo.

A guerra estava ganha.

Johrgrund sobreviveria, graças aos milagres de São Arnaldo administrados por um pequeno batalhão de clérigos. Nunca mais seria o mesmo, mas a beleza nunca fora uma de suas principais preocupações e ele não parecia ter perdido nada de suas capacidades físicas. Hild se ferira, mas estava bem. Ao todo, Ruff não perdera ninguém naquela guerra e considerava isso nada menos que um milagre.

No fim de uma semana, havia uma enorme pilha de livros no meio da praça principal da cidade. Como tudo o mais em Necrópole, era tomada por mausoléus e tumbas. A praça era o grande Mausoléu dos Reis, onde a família Lantret era enterrada há incontáveis gerações e onde o povo se reunia em seus festivais bizarros para celebrar a morte e implorar para que ela fosse piedosa. Todos os escribas e monges que acompanhavam o exército foram recrutados para fazer a triagem dos livros. E, quando ficou claro que eles não dariam conta da tarefa, todo oficial ou mesmo soldado que tivesse rudimentos de leitura também foi destacado. Todos os livros que continham conhecimento alquímico ou mortuário, tudo que dissesse respeito às tradições e à cultura de Kottar, todos foram confiscados, trancados nos porões do Castelo da Mortalha, com os demais tomos que tinham sido recolhidos ao longo da campanha. Os livros considerados inofensivos foram devolvidos.

Os alquimistas, coveiros, mortuários, bibliotecários e demais sábios foram submetidos a um registro e um juramento. Aqueles que prometeram solenemente colaborar com o novo rei de Kottar ficaram livres para fazê-lo, designados a funções administrativas sob supervisão próxima de clérigos e oficiais do exército. Os que se recusaram a jurar lealdade ao conquistador perderam todo o luxo que possuíam, inclusive suas roupas e casas, e foram postos para trabalhar em oficinas e fazendas, sob o comando de humildes plebeus.

Ruff sentia um aperto no peito por forçar aquelas pessoas a uma espécie de servidão, mas, após os primeiros dias, começou a ouvir seu nome gritado em vivas. Parte da plebe comemorava o aplainamento da sociedade. Não haveria mais sábios vivendo na opulência enquanto aqueles que produziam e trabalhavam pesado chafurdavam na pobreza. A distribuição de riqueza que ele fizera em Lago de Pó e depois em todo Ghanor foi posta em vigor também em Kottar e muitos o aclamaram como o libertador que ele afirmava ser antes do início da guerra.

Ele pensava naquilo, circulando pela cidade, cercado de sua guarda de honra, quando foi alcançado por Hild. Ergueu uma sobrancelha: a garota usava uma armadura de ossos humanos, assim como eles tinham visto antes da batalha.

— O que é isso, menina-javali?

— Finalmente descobri por que aqueles esquisitos usavam essas armaduras! Sinta, são mais duras que aço e bem mais leves. Não consegui lutar contra ninguém que usasse isso na batalha, mas descobri esta no tesouro do rei. Decidi que posso ser premiada com ela, o que acha?

Ruff deu um riso, balançando a cabeça, e concordou que sua discípula ficasse com o saque.

— É obra dos mortífices — disse Hild. — Eles recolhem ossos durante anos, apenas das pessoas mais fortes. Então passam mais vários anos tratando cada osso com banhos alquímicos. Uma dessas armaduras é o trabalho da vida de um mortífice. Usar isso é uma honra enorme.

— Você merece.

Ao tomar Necrópole, eles tinham descoberto sobre a existência dos mortífices. Eram uma casta específica de artesãos alquímicos que trabalhava com corpos e restos humanos. Superiores em status a qualquer nobre, os mortífices estavam abaixo apenas do Alto Coveiro e do próprio rei em termos de respeito e riqueza. Seus feitos eram mesmo impressionantes. Além das armaduras de ossos, os mortífices tinham preservado perfeitamente cadáveres sem pele, mostrando músculos, veias, até mesmo cérebro e nervos, expondo o corpo humano como uma máquina elaborada. Aqueles cadáveres preservados decoravam os corredores do Castelo da Mortalha e Ruff tinha decidido mantê-los, como tributos ao conhecimento. Os mortífices também dominavam a grotesca arte de extrair pedaços de cadáveres frescos e costurá-los em pessoas vivas. Ruff descobrira que o Rei Anfard Lantret III perdera uma perna num acidente de cavalo, mas o membro fora substituído pela perna de um morto e funcionava perfeitamente. Mortífices do passado distante tinham criado a decoração tétrica do Castelo da Mortalha e dizia-se que os ossos humanos sustentavam o peso das paredes e abóbadas.

Todos os livros e compêndios dos mortífices foram trancados nos porões com o resto do conhecimento perigoso. Nenhum dos mortífices aceitou trabalhar para a nova coroa, então eles se tornaram servos em fazendas, aprendizes de oleiros, empregados em tavernas. Ruff lamentava que estivessem relegados àquelas funções, mas agora eles eram forças rebeldes no reino e representavam o tipo de opressão que ele tinha jurado destruir. Kottar ficaria mais justo.

— De qualquer forma, vim apenas para dizer que todos os livros estão trancados — ela sorriu com satisfação. — Esta é a única chave.

Estendeu uma grande chave de ferro negro a Ruff. Ele a guardou numa algibeira. Ali estava a única chave para todo o conhecimento alquímico e necrótico de Kottar. Séculos de pesquisa num porão, atrás de uma porta.

— Posso perguntar algo?

— Claro, Hild — ele respondeu, meio distraído.

— Você pretende ler aqueles livros?

Ruff hesitou por um instante. Então disse que não.

— Também não pretende deixar que ninguém leia, certo? Acabamos de conquistar este lugar, não precisamos de coisas que iriam nos dar problemas.

— Sim.

— Eu sei que você considera queimar livros odioso e tento entender, juro. Mas, se aqueles livros ficarão trancados no escuro para sempre, qual é a diferença? Se houvesse um incêndio lá dentro e só eles queimassem, quem sequer saberia?

Ruff ficou calado.

Queimar livros, trancar livros, tudo lhe dava uma sensação esquisita. Mas todos os soldados que haviam morrido na batalha para tomar Necrópole eram vítimas da alquimia. Aquilo era perigoso e precisava ser contido. O que era pior? Queimar gente ou queimar livros?

— Talvez não haja diferença nenhuma — ele respondeu. — Deixe-os trancados.

Tocou a chave na algibeira.

Naquela noite, antes de deitar na cama de ossos que pertencera ao Rei Anfard Lantret III, Ruff rezou para Bellitz.

Como sempre, a estrela dourada não surgiu no céu.

Ele fechou os olhos, coberto pelos lençóis de um estranho, e foi assaltado por imagens da batalha, da guerra, da conquista. Sentiu-se afundar num sono de exaustão, profundo, mas intranquilo.

Acordou com uma voz conhecida:

— O que você acha que está fazendo, garoto-cabra?

Ruff saltou na cama, ficou sentado de imediato, e viu o prior esparramado numa cadeira. O homem enorme tinha a mesma barba cerrada, as mesmas sobrancelhas peludas, os mesmos braços poderosos de que Ruff se lembrava. Estava com seu indefectível cajado e sua cara de desaprovação.

— O que... O que é isso? Você voltou? É um espírito?

— Está fazendo as perguntas erradas, garoto-cabra. Como sempre, aliás. E eu lhe fiz uma pergunta primeiro. O que acha que está fazendo?

Ruff levantou da cama. Andou pelo quarto até perto de seu mestre. Seu coração estava batendo forte; o prior era a coisa mais próxima de um pai que ele tivera. E, desde o ataque de Zamir, não tinha mais ninguém.

— Vai responder ou não?

— Eu... — Ruff começou. — Muita coisa aconteceu. *Tudo* aconteceu. Eu dominei a arte da forja. Fabriquei uma armadura de Arcanium com a instrução de um anão rejeitado pelo inferno. Eu...

— Você derrotou o dragão, como era seu dever. E se tornou rei, como era seu destino. E descobriu ser o Devorador de Mundos, como é sua maldição. Eu sei de tudo isso, garoto-cabra. Você estava trilhando o caminho. O que está fazendo *agora?*

— Eu precisei conquistar Kottar. O povo duvidava de mim e estávamos sem ouro. Kottar mandou uma assassina contra mim! E eu preciso espalhar a palavra dos deuses, a justiça que fiz em Ghanor. É a única forma de preservar o mundo, só assim eles vão nos julgar como merecedores da vida. Você me treinou para derrotar Zamir, mas Zamir era a última linha de defesa contra o Devorador de Mundos! Agora não há mais nada! Se eu não deixar o mundo à altura das expectativas dos deuses, nada irá sobrar!

— Claro, são todas ótimas razões. E acha que alguma delas é boa o bastante para justificar trancar livros num porão?

Ruff ficou calado. Sentiu um frio no corpo todo, uma sensação de peso no estômago. Fechou os punhos.

— É conhecimento perigoso. É conhecimento que matou meus homens. É conhecimento que criou uma casta de sábios que pisava sobre a população.

— E por acaso a resposta para isso é destruir esse conhecimento?

— Eu *não* destruí! — gritou Ruff. — Não queimei nada! Todos os livros estão lá!

— Ah, palmas para o conquistador benevolente! Seu método não é o mesmo de Zamir, vamos saudá-lo como nosso libertador! Os hobgoblins de Zamir davam pessoas para o dragão comer. Imagino que, se você executá-las por decapitação, será completamente diferente!

— Você não entende...

— Não, *você* não entende, garoto idiota!

Então, para a surpresa de Ruff, o prior se levantou da cadeira, alcançou--o com dois passos rápidos e bateu em sua cabeça com o cajado. Ele sentiu a dor súbita da pancada, tentou se encolher, mas o velho bateu de novo.

— O que quer de mim?

— A pergunta é o que *você* quer, garoto-cabra. Quer Bellitz ou Áxia? Quer seus filhos, que parece ter esquecido? Quer ouro e poder?

— Eu quero salvar o mundo, e só.

— E acha que essa é a maneira de salvá-lo? Salvá-lo para que, se for assim? Eu lhe disse *uma* coisa antes de morrer, garoto-cabra! A erudição irá lhe ajudar! Eu menti? Não foi o conhecimento que resolveu a situação com a Pedra dos Pecados, na Floresta Alta? Não foi isso que permitiu que Niccolas o salvasse em Rocha Celeste? Qual parte de minhas últimas palavras você não entendeu?

— Eu entendi muito bem, mas preciso fazer justiça!

— E quem decide o que é justiça, garoto-cabra?

O prior golpeou com o cajado de novo.

Ruff aparou o golpe com a mão e segurou a arma.

— Eu. Eu sou o rei. Eu decido.

O velho mestre puxou o cajado, arrancando-o da mão de Ruff, e recuou.

— Foi a isso que dediquei minha vida — disse o prior, balançando a cabeça com desprezo. — Criei um segundo Zamir, ainda mais poderoso.

— Acha que sou como Zamir? — Ruff gritou. — Acha que sou um tirano? Você é um idealista burro!

— O rei chama de idealista o homem que quer defender os livros! Que surpresa!

— Claro que é idealista! Você só pensava na queda de Zamir! Viveu para isso! Derrubar Zamir foi a parte fácil! Você nunca pensou nas consequências!

— Ah, vem falar em *consequências* de derrubar um tirano! Acha que existiam lados *bons* no domínio do dragão?

— Não existiam lados bons, mas a queda trouxe instabilidade política e você nunca teve de pensar nisso! Nunca teve de lidar com essa responsabilidade! Você só administrava o mosteiro! Eu cuido de um reino inteiro! Agora dois! E em breve do mundo todo, a menos que ache melhor vê-lo destruído! É fácil julgar um rei quando você nunca usou uma coroa! É fácil falar em liberdade e conhecimento quando você nunca teve de ignorar o pedido de alguém passando fome! Sim, eu tranquei os livros num porão! E vou queimá-los se for necessário para proteger meu povo! O que é pior, queimar livros ou pessoas?

— Queimar livros é pior.

— Falar isso não passa de crueldade. Por isso deixou que Ulma, a velha mestra de Áxia, fosse queimada viva, sem que os culpados fossem punidos.

O prior ficou quieto.

— É o que pensa de mim, garoto-cabra?

— É o que pensa de mim?

— Responda ao que perguntei, garoto-cabra!

— Não sou um garoto! Sou Ruff Ghanor I, *seu* rei!

Silêncio.

O prior manteve os olhos nos dele.

— Você deu sua resposta, Majestade.

Ruff acordou sobressaltado, encharcado de suor.

Levantou da cama, não havia ninguém mais no quarto. Seu coração batia sem controle. Olhou pela janela. Na cidade não havia mais oficinas de alquimistas. Fora das muralhas não havia mais uma floresta de lápides, mausoléus e obeliscos. Em Kottar não havia mais uma casta de sábios ricos.

No céu não havia mais estrela dourada.

Mas, em dois reinos, havia o estandarte do leão, erguendo-se supremo sobre todos os outros.

10 | o pecado definitivo

ESTAVA CHOVENDO, é claro. Estava sempre chovendo. A Companhia do Cão estava encharcada até o último guerreiro, mas Korin não deixou o cansaço transparecer.

— Já sabem o que fazer, cães! — ele disse, de cima do cavalo, sob os pingos fortes. — Construam o forte!

— Ouviram o general! — gritou Urko e então foi acompanhado pelo toque de duas trombetas, que propagavam a ordem. — Vamos acampar aqui esta noite, depressa, depressa!

Os mercenários da Companhia do Cão deram um grito de guerra curto, como um só, vários erguendo as armas. Então, sob as ordens dos sargentos e a instrução dos engenheiros, puseram-se a construir o forte temporário. Havia um bosque de árvores altas e esparsas e as equipes responsáveis por conseguir madeira correram para lá, os machados já em punho. Outras equipes fincaram estacas no solo e amarraram cordas entre cada uma para demarcar o território do forte. Os soldados mais rasos, novatos recém-chegados, erigiram as grandes tendas para os cozinheiros — assim que estavam fora da chuva, eles começaram a preparar a janta do exército. Como sempre, a Companhia era uma máquina bem oleada. Korin passou por entre as tropas sobre seu cavalo, devagar, examinando o trabalho de alguns enquanto dava palavras de incentivo ou trocava piadas. Vários dos homens latiam enquanto trabalhavam ou cantavam velhas músicas de mercenários. Eram gente leal e Korin sentiu um súbito repuxão de orgulho de cada um deles.

Os lenhadores derrubaram a primeira árvore e anunciaram sua queda, latindo e uivando para a floresta. Eles se juntaram para erguer o grande tronco e trazê-lo de volta ao resto do exército, onde seria cortado e transformado em paliçada para o forte. O enorme e balofo Drullo Catapulta liderava aquela equipe de lenhadores — antes que os outros estivessem prontos, ele levantou uma das extremidades do tronco, colocou-o sobre o ombro e começou a xingar os demais por serem lentos, molengas e não ajudarem a tempo.

Trentor e Tarik, os dois gêmeos tatuados, estavam coordenando as equipes de sentinelas, enviando patrulhas em cavalos rápidos para vasculhar os arredores em busca de monstros, animais selvagens ou sinais do inimigo.

— Mais rápido! — gritou o general, sorrindo. — Vamos, vira-latas, mais rápido ou dormiremos todos ao relento hoje!

Os guerreiros latiram e uivaram em resposta, trabalhando com mais vigor. Aquela era uma ideia recente de Korin. Quase todos os dias a Companhia do Cão erigia um novo forte temporário. Eles faziam questão de acampar perto de um bosque ou uma floresta, então saqueavam a área em busca de matéria-prima, erguiam paredes num quadrado, torres de vigilância nos vértices e as tendas no meio daquilo tudo. Então, na manhã seguinte ou quando precisavam levantar acampamento, destruíam o forte. Não fora fácil implementar a ideia — primeiro Korin tivera de recrutar engenheiros em número suficiente, depois procurar conhecimento sobre como fazer isso e então treinar os homens para construir de forma rápida e eficiente. As primeiras tentativas foram um desastre, mas agora a Companhia do Cão era capaz de erguer sua própria fortificação em questão de poucas horas. Pelo menos três ataques já tinham sido debelados por causa da paliçada e das torres. Guerrear em território desconhecido era bem menos assustador quando qualquer ataque-surpresa do inimigo encontrava paredes sólidas.

Korin voltou até Urko. O grandalhão estava olhando para baixo, perdido em algum pensamento.

— É mesmo fantástico, não? — disse o general.

Urko tentou responder, mas não conseguiu. Seu limitado vocabulário de soldado de aluguel não o tinha preparado para falar sobre a magnitude do oceano.

O solo sobre o qual eles acampavam era cheio de pedras e, em seguida, se tornava puramente rochoso. Acabava num desfiladeiro e, lá embaixo, o mar bravio jogava ondas poderosas contra o paredão cinzento. Mesmo ali, bem alto e sob a chuva, Korin podia sentir o cheiro salgado e ouvir as gaivotas. Ele fingia que aquilo não o afetava mais, devia manter a disciplina e ser pragmático. Mas, quando vira o mar pela primeira vez, quase caíra do cavalo. E, mesmo agora, algumas semanas depois, ainda era de tirar o fôlego.

O mar nunca estava calmo na costa de Utteria. Era sempre cheio de ondas se chocando umas contra as outras, quebrando nos paredões e nos fiordes. Aquela era uma terra úmida, fria e miserável, onde eles tinham pegado no máximo quatro dias sem chuva — e apenas um com sol verdadeiro, que Korin recebera com gratidão desmedida e uma prece a São Arnaldo. Mesmo assim, havia uma beleza bruta no reino. O terreno até o lembrava de casa; com tantas rochas, era mesmo semelhante a Ghanor. A diferença estava no oceano. Quando menos se esperava, o oceano se abria para a vista em Utteria, majestoso e imenso além de qualquer descrição. Havia algo de trágico naquele país, um estoicismo dignificado por continuar existindo sob o castigo constante das ondas e da chuva. Nos primeiros dias, Korin descrevera aquela mentalidade como a mais requintada burrice e declarara que qualquer utteriano que ainda não tivesse cortado os pulsos devia ter perdido sua navalha. Mas aos poucos Utteria tinha conquistado sua admiração.

Admirado ou não, ele iria conquistar o reino para seu cliente, o Rei Arthog Anselmus de Mattora, então nada fazia diferença.

— Na verdade não estava pensando no mar, general — disse Urko.

— Em que, então, meu amigo?

— Na retaliação dos outros reinos.

Korin fechou a cara.

Aceitar aquele trabalho fora uma decisão difícil. Por um lado, era a primeira campanha de verdade da Companhia do Cão, uma real guerra de conquista, a mando de um rei. Há relativamente pouco tempo, Korin estivera bebendo e brigando com mercenários em tavernas de beira de estrada, mas agora tinha reuniões regulares com um monarca e suas estratégias estavam definindo o futuro daquela parte do mundo. Korin não se importava com reis, mas ter respeito, ouro e um propósito era bom.

Contudo, quando a proposta foi feita, ele pensou muito antes de aceitar. Uma guerra aberta contra Utteria significava que o reino podia solicitar o apoio dos outros reinos, segundo o pacto que quase todos seguiam, mediado e gerido pela igreja. Tanto Mattora quanto Utteria seguiam os ditames de Ellius Tyberax, o Santo Vivo, e isso significava que não podiam entrar em guerra sem sofrer as consequências.

O rei de Mattora então apresentara a Korin uma carta do próprio Santo Vivo, reconhecendo algo chamado "Caso de Guerra". Essencialmente, o rei havia apresentado ao líder da igreja argumentos que defendiam que uma guerra contra Utteria seria justificada e o religioso tinha concordado. Com Caso de Guerra, era possível atacar um vizinho sem que os demais reinos caíssem sobre o agressor.

Mesmo assim, Korin desconfiava. Contratar uma companhia mercenária para o serviço podia significar que o rei de Mattora queria se distanciar da guerra — se algo desse errado diplomaticamente, podia culpar os "mercenários inescrupulosos" e chamar a Companhia do Cão de bandidos, entregando-os à fúria combinada de todos os reinos. Se isso fosse acontecer, provavelmente aconteceria em caso de derrota. Assim, era melhor vencer.

— Os outros reinos não vão retaliar — garantiu Korin. — Temos Caso de Guerra, lembra?

— Mesmo assim — Urko balançou a cabeça. — Isso não me convence. Pelo que você falou, um reino só consegue Caso de Guerra se houver uma justificativa para o ataque, não? Terras que pertenciam ao reino atacante, ou revide por um insulto, ou ataque anterior. O que nós temos?

O rei de Mattora explicara a Korin, em termos vagos e por uma história desnecessariamente complicada, que os dois reinos tinham tentado se aliar no passado distante. Houvera um casamento entre as famílias reais que durara poucos dias, pois as duas famílias tinham acabado travando uma batalha antes que os noivos tivessem saído do quarto, na noite de núpcias. A igreja considerara o casamento nulo, mas havia quem dissesse que, por causa desse evento, a terra de Utteria pertencia a Mattora. Tudo dependia de interpretação de leis antigas, de documentos há muito perdidos e da consumação ou não de um casamento que ocorrera séculos atrás. Especulações diplomáticas baseadas em memórias baseadas em boatos. Parecia algo tênue demais, mas o rei garantira que era um caso sólido e aprovado.

— E se o tal Santo Vivo mudar de ideia, general? — insistiu Urko. — E se o rei de Utteria apresentar um caso melhor e os outros reinos decidirem que nossa guerra é, afinal de contas, ilegal? Estamos lutando com base em conversas e acordos feitos por nobres dentro de salas fechadas.

— Todo mundo sempre luta com base nas ladainhas e nos conchavos de nobres em seus salões — retrucou o general. — Essa é a vida dos guerreiros. Agradeça que pelo menos você está longe disso tudo. Pode marchar, acampar e lutar como uma pessoa honesta, em vez de ficar conspirando para se tornar o Conde do Matagal Onde Minha Vó Defecava.

O grandalhão deu uma risada.

— Além do mais, seu general pode parecer uma besta, mas é só na aparência — Korin piscou para ele. — Se o vento virar contra nós, vamos recuar até Kottar. Eles não podem entrar em Kottar com exércitos.

— Por que não?

— Seria guerra. Quem iria querer invadir um reino e entrar em guerra só para punir uma companhia mercenária? Já li sobre Kottar, é inóspito e não vale a pena conquistá-lo — Korin tocou a própria cabeça, como se sinalizasse o quão inteligente ele mesmo era. — Tenho uma carta redigida e copiada, que está com nossos cinco mensageiros mais rápidos. Se as coisas piorarem, antes que tudo desabe, mandamos os mensageiros para lá com um pedido de submissão ao rei. Então viveremos longas vidas chatas e gordas com nobres chatos e gordos num reino, pelo que sei, chato e magro. Mas estaremos vivos.

Parecia um bom plano. Urko se animou de novo, mas a conversa dos dois foi cortada por um novo soar de trombetas.

Korin ficou sério. Era o sinal da aproximação do rei.

— O rei de Mattora — disse Urko, também sério.

— E não está sozinho — Korin estreitou os olhos para enxergar mais longe, através da chuva. — O moleque sinistro está com ele.

Arthog Anselmus, o rei de Mattora, cavalgou até o General Korin. A seu lado, sobre um cavalo branco, estava seu filho. Logo atrás deles estavam vários guerreiros de elite, os soldados de confiança do rei.

Korin desmontou. Quando o rei chegou perto e puxou as rédeas de seu cavalo, o general se curvou e beijou a mão real.

— Vossa Majestade — disse Korin.

— Esta é a vida que os deuses planejaram para nós, general! — riu o monarca. — Enfiados fundo nas tripas de Utteria, com espadas e lanças prontas para chacinar os covardes deste reino! Então, seus cães estão famintos por carne inimiga?

— Sempre, meu senhor — Korin tinha dificuldade em expressar seu humor habitual perto daquele homem.

E, mais especificamente, daquele garoto.

O Príncipe Philip Anselmus estendeu a mão para ser beijada também. Era um menino de quase dez anos, magro e sério, com cabelos pretos curtos e escorridos. Seus olhos rasgados eram mortiços, não deixavam nenhuma emoção transparecer.

— Vossa Alteza — Korin beijou a mão do garoto.

Pai e filho apearam. Urko, sem saber muito bem como se portar perto da realeza, simplesmente ficou curvado o tempo todo, esperando que passassem por ele. Korin andou com os dois, enquanto passavam as tropas em revista.

— Bom, bom — repetia o rei, quase para si mesmo, enquanto observava os homens trabalharem. — Não, não parem o que estão fazendo! Não quero mesuras ou bajulações, quero a vitória! E vão me dar isso trabalhando, não se curvando como plebeus. Vamos, cães, o general está de olho!

Pontuou a cantilena com mais um riso.

— O que traz Vossa Majestade até aqui? — perguntou Korin.

— Houve uma mudança de planos, general! Temos uma nova estratégia. Um novo caminho para a vitória.

Korin forçou-se a perguntar qual era o novo plano, fingindo entusiasmo com um sorriso amarelo. Mas a notícia fez com que seu estômago revirasse. O Rei Arthog Anselmus não era um bom líder. Embora contasse com a lealdade da corte em seu castelo e dos guardas que moravam lá, nem mesmo seus próprios nobres obedeciam a ele. Por isso, na verdade, contratara a Companhia do Cão: em Mattora, ordens de levante de tropas eram recebidas pelos senhores feudais com indiferença ou desculpas furadas. Quase nenhum nobre se esforçava para mandar seus cavaleiros em defesa do reino ou para reunir seus plebeus e lhes dar armas. Pelo contrário, os senhores feudais pareciam observar com malícia, enquanto o rei esbravejava contra Utteria e Vammira, os reinos irmãos e rivais, só esperando que ele fracassasse de novo. Além disso, não era um gênio tático ou mesmo um estrategista de ideias sólidas. Nas primeiras conversas com Korin, o rei deixara bem claro que seu conceito de planejamento de batalha envolvia marchar sobre Utteria com estandartes em riste, xingar os malditos utterianos e vencer por simples superioridade moral. Fora preciso toda a lábia e paciência de Korin para convencer Sua Majestade de que esperteza e cautela venciam mais batalhas do que ímpeto patriótico.

— Uma nova estratégia! — repetiu o rei, esfregando as mãos. — Algo genial e corajoso, general! Você terá prazer em liderar as tropas neste movimento. Há alguma tenda seca?

— Uma tenda para o rei, cães! — Korin gritou a ordem.

Os homens se puseram a montar a tenda do general, no centro mais defensável do forte provisório. Korin determinara que sua própria tenda seria sempre a última a ser montada. Isso parecia altruísta, e em parte era, ele não gostava de pensar nos homens trabalhando no frio e na chuva, enquanto ele ficava tomando vinho quente com todo conforto. Contudo, não era só isso: sabendo que o general seria o último a se instalar, os guerreiros não ficavam tentados a relaxar em seu serviço, longe das vistas dele. Mesmo com o grande número de cães e a estrutura hierárquica complexa que se estabelecera na companhia, Korin era envolvido com o dia a dia dos soldados, supervisionava tudo de perto e principalmente garantia que todos estivessem fazendo os exercícios detalhados no livro

Filosofia de Combate. Sem uma tenda de comando já montada e um general já dormitando frente a um braseiro, todos se mantinham acesos.

Dentro em pouco, a tenda de comando estava pronta. Korin, o rei e o príncipe entraram, enquanto os guerreiros de elite de Mattora ficaram do lado de fora, montando guarda. O rei jogou sua capa encharcada num canto e torceu os cantos de sua camisa, derramando água por tudo. Então se esparramou num banquinho, pediu um mapa e uma jarra de hidromel.

Korin atendeu aos dois pedidos, enquanto Philip Anselmus se acomodava em outro banco. O general abriu o mapa e os três olharam a topografia e as divisões políticas de Utteria desenhadas no grande pergaminho.

— Mostre-me onde estão os batalhões, general — ordenou o rei.

Korin firmou o mapa aberto com algumas pedras polidas. Então abriu um pequeno baú e tirou dele peças entalhadas de madeira, representando pequenos cavalos e soldados. Como em um jogo, as peças azuis representavam Mattora e as vermelhas, Utteria. Korin dispôs as peças em três lados do reino, todas apontadas para a capital.

— O exército de Vossa Majestade avança pelo flanco oeste — Korin apontou uma das peças. — O exército combinado dos nobres está aqui, no centro. E nós, a força principal, avançamos pelo nordeste, ao longo da costa.

Korin falou aquilo devagar, com cuidado, tentando ser neutro, meio temendo que qualquer comentário pudesse destruir o equilíbrio que ele criara a muito custo.

A estratégia de divisão das tropas fora elaborada por ele mesmo, embora precisasse convencer o rei de que tinha sido um esforço conjunto. Fora uma simples questão de eliminação. O sul de Utteria era a zona mais vazia e desguarnecida do reino. Embora parte da fronteira com Mattora se localizasse naquela área, era principalmente a fronteira com Kottar que não representava ameaça. Assim, as fracas tropas reais tinham sido destacadas para avançar por lá, onde o combate era fácil. O centro de Utteria era forte e poderia parecer contraditório mandar para lá as tropas dos nobres. Eram poucas e tinham lealdade fraca. Contudo, se os utterianos resolvessem atacar pelo centro com um exército forte, Korin sabia que não teriam piedade de tropas de Mattora. Assim, mesmo sem ser fiéis ao rei, os guerreiros dos feudos que tinham se juntado à invasão não tinham escolha — iriam lutar ou morrer. Mesmo se tentassem mudar de lado, a inimizade entre os dois reinos era tão grande que isso seria impossível. E, se fossem rechaçados de volta até Mattora, as tropas utterianas entrariam no reino e encontrariam castelos fortificados.

Em contrapartida, os mercenários de Korin eram leais, pelo menos ao ouro e ao general, e estavam realmente investidos na vitória. Uma guerra como aquela podia construir reputações e destruir vidas. Os cães queriam construir suas reputações, os nobres queriam que a vida de seu rei fosse destruída. A Companhia do Cão avançava pelo nordeste porque todas as principais cidades de Utteria estavam na costa. Até agora eles haviam conquistado uma vitória após a outra. A estratégia dera certo: após ter tomado uma cidade, eles tinham uma posição defensável para resistir a um ataque utteriano. Então tomavam outra, então tinham duas fortificações, e assim por diante.

A guerra corria como planejado: as tropas do rei esmagavam as defesas fracas, as tropas dos nobres ficavam quase paradas e resistiam como podiam e a Companhia do Cão fazia o trabalho pesado.

— Essa foi uma ótima ideia para brincar com o inimigo, general — disse o rei. — Fomos mesmo inteligentes ao pensar nisso. Mas a guerra está se arrastando e consumindo recursos.

— Majestade, perdão, mas estamos tomando cidades portuárias que recebem mercadorias de Sammelen. Estamos ganhando muito mais que...

— Deixe-me falar, jovem, deixe-me falar — deu dois tapas carinhosos, mas fortes, no rosto de Korin. — Você é um general, mas eu sou velho e todos os velhos são generais, pois são sábios! Meu povo está impaciente. Eles querem a vitória logo e eu também! Está na hora de um grande ataque definitivo contra a capital nojenta desses canalhas!

— Por que, Majestade? — Korin tentou. — A vitória vai chegar. Estamos indo bem. Eles não conseguem quebrar nossas defesas. Vamos avançar, pouco a pouco, até que Utteria não tenha quase nenhum defensor. Então juntaremos as tropas na grande batalha que Vossa Majestade deseja.

— *Bah!* — o rei deu um safanão, espalhando as peças azuis e vermelhas. — Quanto tempo isso vai demorar? E que glória há numa batalha contra um inimigo já vencido? Você não ouve os cochichos da corte, Korin, você não está com o povo! Eles anseiam pelo sangue de Utteria! Não quero ser o rei covarde que esmagou o inimigo apenas quando ele não tinha mais chance! Quero ser o guerreiro que derrotou Utteria em pé de igualdade! Mattora triunfa!

Secou o caneco de hidromel, fez um gesto para que Korin servisse mais.

Korin pensou que a nobreza deixava todos loucos. Por isso ele tinha razão de não querer ser um nobre: um título ocupava tanto a cabeça que não deixava espaço para o cérebro ou todo aquele sangue azul estava contaminado e fazia com que os aristocratas tivessem transtornos graves e incuráveis. Mas, nas portas do inferno, o melhor a fazer era abraçar o demônio. Korin começou a pensar nas melhores formas de preservar as vidas de seus guerreiros e perguntou:

— Qual é a ideia de Vossa Majestade?

O rei recolheu as peças do chão e colocou-as todas no centro do mapa. Em seguida, empurrou-as em direção à capital.

— Juntamos todos nossos exércitos. Então fazemos um único ataque-surpresa ao castelo do Rei Gustav de Osbourne!

— Vossa Majestade quer sitiar o castelo agora? Mas as linhas de suprimento...

— Você tem cera no ouvido, garoto? Não falei em sitiar! Um ataque derradeiro, vamos quebrar os portões e invadir, as muralhas e as escadarias vão ficar vermelhas com o sangue dos utterianos!

Korin sentiu-se gelar por dentro. Começou a fazer cálculos sobre a construção de armas de cerco e quantas vidas seriam perdidas num ataque como aquele. Invadir diretamente um castelo, sem cerco, sem enfraquecê-lo, era o mesmo que jogar soldados nas mandíbulas de um dragão. Era um movimento arriscado e decisivo, para ser empreendido quando tudo estivesse no lugar. Era preciso garantir que o inimigo não teria auxílio, enfraquecer o moral dos defensores, de preferência conseguir mapas e planos do forte a ser atacado.

— Imagino que possa ser feito — disse Korin. — Podemos montar linhas de defesa a partir das cidades que conquistamos. Guarnecemos as estradas e garantimos que nenhum reforço vai chegar para eles sem ser visto por nós. Então podemos atacar pela retaguarda a partir de nossas posições. Enquanto isso, a força principal...

— Linhas de defesa? Cidades conquistadas? — o rei segurou o rosto de Korin, apertando suas bochechas com uma mão. — Você não me ouviu, general. *Todos* os guerreiros que estão aqui atacarão o castelo. Será uma batalha como nenhuma outra. Mattora contra Utteria, o embate final!

Korin ficou quieto. O rei enfim o soltou.

— Majestade... — ele ousou. — De quem veio essa ideia?

O rei abriu um sorriso enorme e abraçou seu filho. Desarrumou os cabelos do garoto, que continuou sério e impassível.

— Ele será um gênio da estratégia! Se, ainda criança, consegue pensar nisso, o que não pensará quando tiver minha idade e governar dois reinos inteiros?

Mais de dez anos antes, Utteria ardia. Em chamas, vinho e música.

— Celebrem, meus filhos, celebrem! — disse o Rei Gustav de Osbourne, mancando pelo salão do castelo. — A força de sua vida é a força de nosso reino!

Aquele não era um festival oficial do reino de Utteria. Não era celebrado nas aldeias ou mesmo nas cortes de outros nobres, embora tanto nobres quanto plebeus fossem convidados. Apenas no Castelo do Crisol, a sede do trono de Utteria, celebrava-se aquela festa sem nome, mas com um propósito muito bem definido. Menestréis de todo o reino estavam ali, tocando belas melodias que se confundiam umas com as outras. Vinho, cerveja, hidromel e licores preparados por monges segundo receitas secretas fluíam livremente. Havia comida também, mas de propósito era pouca. O rei desejava que todos estivessem embriagados e seus apetites estivessem voltados a algo além do alimento.

Várias lareiras acesas deixavam o salão quente e ele via, arrastando o pé deformado, que as roupas já começavam a se abrir. As saias dos vestidos já se erguiam e os seios fartos de uma nobre já estavam para fora, enquanto ela sentava e gemia no colo de um reles cavalariço. O rei conhecia o marido dela e ele não fora convidado. Era um velho feio, assim como o próprio rei — e, se ele quisesse velhice e feiura, poderia ficar dentro de sua própria família. Só mais belos compareciam à festa. Era um segredo quase aberto — os convidados lembravam do que acontecia ali, mas estavam tão intoxicados pela bebida, pelo ambiente, pelas ervas queimadas em braseiros e pelo ritual que acontecia na torre que não sabiam explicar muito bem por que faziam o que faziam, como perdiam pudores e se entregavam daquele jeito.

O rei deu um riso e bateu palmas ao ver que um de seus cavaleiros colocara uma aldeã sobre a mesa, na frente de todos. Estava penetrando-a com vigor, enquanto ela arranhava suas costas. A festa estava chegando a seu ápice, ele precisava subir à torre. Quase deixando o salão, o rei olhou para trás. Seus olhos cruzaram com os de uma rapariga que ele nunca vira antes. Uma garota esguia, de corpo sinuoso. Ela não estava com ninguém, apenas se encostava numa coluna. Sorriu para ele, deu um riso quase de deboche, bebeu vinho com sofreguidão, olhando em seus olhos.

O rei engoliu em seco.

Ele deixou o salão e passou por uma capela vazia. Na semana do festival, todos os clérigos eram tirados do castelo. A festa não tinha nada a ver com os deuses, não permitia a entrada de santos. Também não era, apesar dos boatos, um ritual demoníaco. Era só algo puro, cru, primal. Algo que acontecia longe da moralidade natural ou sobrenatural, algo que apenas *era*.

Assim como a própria feitiçaria.

Gustav de Osbourne parou para descansar no pé da escadaria. O caminho era longo, mas ele tinha de fazê-lo sozinho. Não podia ser carregado naquela noite, não podia admitir a fraqueza e a deformidade de seu próprio corpo durante o ritual. Precisava se mostrar forte, *ser* forte, para que a energia que fluía por ali o respeitasse. A feitiçaria era como um cavalo selvagem, não seria domada por quem se encolhesse e pedisse por favor. Seu pé aleijado estava latejando, como se já antecipasse a dor que seria galgar os degraus. Ele ofegava e suava.

E pensava na rapariga do salão.

Notou que, entre suas pernas, havia um vigor incomum. A imagem da rapariga fez com que ele estremecesse, tivesse tanta ânsia que quase era dor, como acontecia em sua juventude. O rei sorriu. Era sinal de que a energia estava ali; o ritual seria forte desta vez. Aquele podia ser o ano que resolveria tudo.

Ele começou a subir a escada, degrau após degrau, numa espiral contínua e estreita. Se parasse no meio do caminho, não continuaria mais. Era preciso subir tudo de uma vez só, mesmo com o pé deformado reclamando. A cada virada da espiral, havia uma tocha, a luz bruxuleando para deixá-lo ver os degraus. Em sua juventude, ele conhecera aqueles degraus como seu próprio corpo. Mesmo com a deformidade, tivera força para subir sem reclamar, pois sabia o que havia lá em cima. Na juventude, ele não fazia o ritual só durante a festa, uma vez por ano, na primavera, mas experimentava com todo tipo de feitiçaria primal.

Talvez por isso tivesse tantos filhos.

Suando, grunhindo por causa da dor, ele teve mais um relance de juventude. A cada degrau, via de novo o rosto da rapariga. O sorriso de deboche, o gole ávido de vinho. Seu corpo magro. Ele vibrava com desejo. Começou a subir mais rápido. Não podia participar da festa, devia se guardar para o ritual, mas estaria pensando na rapariga quando deitasse com a esposa.

E, quanto antes chegasse, antes estaria com ela e se libertaria daquela tortura. Era bom ser torturado daquela forma, mas em pouco tempo ele só conseguia pensar em alívio. Em alívio e na rapariga.

Chegou ao topo da torre ofegando, meio abaixado, segurando-se na parede. Pelo menos lá em cima havia uma janela e o vento quente com cheiro de pólen soprou do céu noturno. Um guarda abriu a porta da sala para ele, então o rei entrou para ver tudo já preparado.

Alguns de seus filhos estavam ali, já entoando cânticos e desenhando símbolos arcanos no ar com os dedos. Estavam todos trajados em mantos ritualísticos. Muitos não conseguiam fazer os movimentos direito, mas o rei sabia que a parte principal do ritual cabia a ele e à esposa. Os filhos eram tão cheios de deformidades que muitos sequer entendiam o que estavam fazendo ali. Mas eles pertenciam à linhagem pura, a linhagem da feitiçaria, e seu sangue tinha poder.

A rainha já estava deitada, nua, sobre uma cama de pedra. Símbolos arcanos cobriam sua pele enrugada e flácida.

O rei se postou à frente dela e despiu o manto.

— Venho até você, esposa-irmã, para gerar um herdeiro.

A rainha abriu os braços.

— Eu o recebo, esposo-irmão, assim como receberei seu herdeiro em meu útero.

A rainha tinha os olhos juntos demais, a mandíbula muito proeminente. E o rei sabia que ela possuía um toque de loucura. Além disso, era velha demais para gerar um filho.

Nada disso importava para o ritual. Os reis de Utteria eram feiticeiros. Tinham no sangue o poder arcano — e, por isso, deveriam manter a linhagem pura. Os pais do rei e da rainha eram irmãos, assim como seus avós, seus bisavós e assim por diante, desde o início da família. Era o modo correto, o que mantivera a magia ativa. Contudo, o Rei Gustav e sua esposa não tinham conseguido gerar herdeiros dignos. A maioria morria antes de nascer. Os que sobreviviam até a idade adulta eram tão problemáticos que nunca seriam capazes de governar. Desde a juventude, irmão e irmã deitavam juntos, dentro e fora dos rituais, para tentar mais uma vez. Agora que eram velhos, apenas pela energia primal gerada pela festa e dentro do ritual específico na primavera eles tinham chance. Em dois dos últimos três anos, a rainha nem mesmo engravidara. Eles precisavam de um herdeiro o mais rápido possível.

Com dificuldade, o rei subiu na cama de pedra e montou sobre sua rainha.

Olhou para o rosto dela, mas só viu o rosto da rapariga.

Descendo as escadas, o rei notou que seu vigor não se esvaía.

Tinha deixado sua esposa-irmã sozinha, para a parte do ritual que devia garantir que a fecundação acontecesse. Era algo exclusivo dela, que nunca deveria ser visto pelo marido. E, se tudo tivesse acontecido como devia, ele estaria exausto, quase incapaz de chegar até o quarto e desabar num sono profundo. Principalmente depois de envelhecer, o rei às vezes passava mais de um dia inteiro dormindo após o ritual da primavera.

Não daquela vez.

Daquela vez ele estava ainda frenético, ainda vendo o rosto da rapariga.

Na verdade, o sexo com a rainha não lhe dera alívio nenhum. Era como se ele estivesse inundado por uma energia que não pudesse ser liberada de outra forma. Tremendo, o rei caiu e rolou escada abaixo. Bateu a cabeça, sentiu que o lábio sangrava. Ele estava tonto. Mas, com dificuldade, ergueu-se e continuou, o pé deformado mal conseguindo sustentar seu peso.

Irrompeu de novo no salão.

Agora a cena já era uma orgia completa. As lareiras queimavam com fogo verde que soltava faíscas. A energia primal estava fluindo por ali, mas ele ignorava. Entre todos os corpos belos, os mais belos do reino, escolhidos por arautos durante o ano todo, ele só queria saber de uma pessoa. Passou por entre os casais e grupos, segurando-se nas colunas e nas mesas para não cair. Suando, sentindo dor no pé e no meio das pernas. Achou que iria enlouquecer se não a encontrasse, era a única forma de liberdade daquela obsessão.

— Você demorou — disse uma voz atrás dele.

O rei se virou rápido e lá estava ela. A única ainda vestida no salão, além dele mesmo.

A rapariga deu um riso torto, quase maldoso, e puxou o cordão que amarrava o peito de seu vestido. O rei foi até ela, tentou tomá-la nos braços, mas ela o empurrou. Forte e ágil. Ela então desfez os laços do vestido e deixou-o cair a seus pés. Estava nua. Andou de costas até se encostar numa coluna.

O rei estava parado, olhando para ela como um touro prestes a atacar. A rapariga fez sinal para que viesse, com o mesmo sorriso debochado.

O Rei Gustav de Osbourne não estranhou quando, dez meses depois, os guardas anunciaram que havia uma plebeia exigindo falar com ele. Não era estranho que estivessem dando atenção a uma mera aldeã ou que ela tivesse conseguido passar pelos portões, evitando arautos e soldados, achado a sala do trono e simplesmente demandado uma audiência com o monarca.

Nada disso era estranho, pois ele sabia que, naquela noite de primavera, a magia primal agira. O rei expulsou todos da sala, inclusive a rainha. Então mandou que o último guarda a sair deixasse a garota entrar.

A aldeã foi até ele com um bebê no colo.

— Quem é você? — perguntou Gustav de Osbourne.

— A mãe de seu filho. Isso não é suficiente?

Ela foi até o trono. Estendeu para o rei o embrulho que se mexia. Gustav de Osbourne pegou o menino nos braços e olhou seu rosto pequeno. Deixou que o tecido branco que o enrolava caísse no chão.

Nenhuma deformidade.

O bebê era perfeito.

— Eis seu herdeiro, Majestade — a rapariga se curvou numa mesura. — Eis Ozz de Osbourne, aquele que é destinado a usar a coroa de Utteria. Eu, como mero receptáculo para sua semente, entrego-lhe seu filho. Que cresça forte.

Gustav se ergueu com dificuldade, ainda segurando o bebê.

— Você fala como se conhecesse o ritual, como se soubesse o que é necessário para criar um herdeiro de Utteria. Como sabe de tudo isso?

— Eu só sei que fui usada por uma força maior naquela noite. Soube que deveria dar à luz o herdeiro do reino. Não senti mais nada depois daquilo... Mas, antes que soldados viessem bater a minha porta exigindo o menino, decidi trazê-lo até Vossa Majestade.

O rei mancou pela sala do trono, olhando seu filho.

— Você não é minha irmã... A linhagem desta criança não é pura.

— Perdão, Majestade, mas só sei o que me foi revelado. Eu soube que iria gerar um filho para o rei. O que Vossa Majestade fará com ele não me diz respeito.

Fez outra mesura.

O Rei Gustav de Osbourne afastou a criança, com os braços estendidos, e examinou-a de novo. Não, ele não era puro. Não tinha sido gerado no ventre de sua esposa-irmã. Mas o útero dela nunca havia criado um herdeiro digno. Aquele menino sim, poderia sentar no trono de Utteria. Mesmo sem a linhagem perfeita, se aquela fosse a vontade da magia primal, ele não poderia desobedecer.

O rei também se sentira usado naquela noite. Também estava tomado por algo maior do que ele mesmo.

— Talvez haja a feitiçaria em você... — disse o rei, para o menino. — Talvez você seja a resposta.

A criança se agitou.

— De qual aldeia veio, garota? — o rei perguntou, sem olhar para trás. — Diga-me seu nome; a mãe de meu filho receberá as honras devidas.

Não houve resposta. Ele se virou e a aldeã não estava mais lá.

Gustav de Osbourne estava sozinho com seu filho. Pensou no ritual da primavera e imaginou o que era aquela garota. Imaginou se a magia primal e as forças arcanas que operavam no reino de Utteria não tinham gerado alguém só para ser mãe do herdeiro.

Era mesmo uma criança predestinada. O rei batizou-a de Ozz de Osbourne, o nome dado pela rapariga, e reconheceu-a como sucessor legítimo.

Foi um banho de sangue, mas enfim eles estavam dentro.

— Corram! — gritou Korin, para os mercenários da Companhia do Cão. — Corram, cães, para o forte central!

Eles latiram em resposta e atravessaram o pátio do Castelo do Crisol, correndo e lutando contra os defensores que recuavam.

O Rei Arthog Anselmus adentrou o pátio sobre seu cavalo, ladeado por sua guarda de elite. Korin olhou para cima e viu que o monarca estava sujo de sangue, a espada tingida de vermelho. Ele era um tolo, mas não era covarde.

— Sabe quantos utterianos matei hoje, Korin? Já perdi a conta! — riu. — Meus ancestrais estão nos observando! Hoje fazemos a história! Hoje Utteria cairá!

Korin ouviu um grito atrás de si e se virou a tempo de ver um utteriano correndo para ele, uma imensa espada de duas mãos sobre a cabeça, o elmo amassado, sangue escorrendo de lá de dentro e o rosto inchado. O homem iria morrer assim que tirasse o elmo. Korin reconhecia aquele tipo de ferimento: o crânio estava esmagado, mantido no lugar pelo metal da proteção. Mas agora ele tinha força para correr, gritar e atacar o general pelas costas.

Korin girou para ficar de frente para o inimigo. Ele desceu a espada antes que o general estivesse pronto, mas a rapidez e a memória muscular de Korin tomaram conta de suas reações. Ergueu o escudo ao mesmo tempo em que jogava o corpo para o lado; a imensa lâmina desviou e, por um instante, o utteriano estava com os braços estendidos para baixo, puxados pelo peso da espada e pela força do golpe, o pescoço desprotegido. Korin estocou num movimento preciso, perfurando sua garganta. O sangue esguichou longe, ele girou a espada e a puxou, sem deixar que ficasse presa. O inimigo caiu para a frente e Korin voltou a falar com o rei, quase já esquecido do ataque.

— Vossa Majestade precisa ficar aqui — disse o general. — Conseguimos entrar no castelo, mas a parte mais sangrenta vem agora. Cada corredor, cada escadaria vai representar mortes. Muitas mortes.

— Hoje talvez seja dia de morrer, mas certamente é dia de viver! — exclamou o rei. — E, mais do que tudo, é dia de matar! A matança não acabou para mim, Korin, está só começando! Acha que vai ter sozinho a honra de ver o rei de Utteria capitular?

Korin engoliu sua resposta; não tinha tempo para discutir com Arthog. Pelo menos o garoto sinistro não estava lá — Korin não queria ser responsabilizado caso o príncipe de Mattora se ferisse.

O barulho inconfundível de aço e madeira se chocando atraiu sua atenção para longe dali. Na entrada do forte central, os atacantes e os defensores tinham formado paredes de escudos e elas estavam se chocando no que era a parte mais brutal e lenta do combate. Enquanto o rei apeava, Korin correu para seus homens.

O Castelo do Crisol tinha uma entrada principal, protegida por um fosso e uma ponte levadiça. Essa parte já tinha sido transposta: com um discurso sobre dar a honra do ataque inicial às tropas do rei, Korin conseguira preservar seus mercenários de encabeçar a primeira incursão. Eles tinham construído uma torre de cerco e a arrastado através da cidade, lutando a cada quarteirão, o que não fora tarefa fácil. Então, ao chegar em frente à ponte levadiça, tinham acionado um mecanismo especial na torre de cerco, fazendo com que ela ficasse horizontal e se transformasse numa ponte. Um milagre de engenharia dos homens de Korin, operado pelos capitães do rei. E, como fora operado por eles, tinha sido mal utilizado: a ponte ficara torta, encostada apenas em um canto no portão que era a ponte levadiça do castelo. Mesmo assim, as equipes de aríetes de Mattora cuzaram aquele caminho, recebendo flechas e óleo quente o tempo todo, para derrubar o portão e permitir a entrada dos demais. Tanta gente morreu naquele ataque que Korin pensou que o fosso seria todo preenchido pelos corpos dos atacantes, mas enfim o portão foi destruído. A cavalaria real entrou em seguida — mas, como a ponte estava torta, só conseguiam ir um de cada vez, o que foi outro desastre. Homens e cavalos caíam pelo caminho, ficando estendidos ou agonizando no fosso ou na ponte. Korin viu um cavaleiro de armadura completa desabar na água do fosso e se afogar lá, tentando pedir ajuda, uma morte inglória e inútil, mas o rei só pensava em matar utterianos. E o próprio Korin só pensava que, por sorte, não eram os cães a serem massacrados ali.

Por fim, cavaleiros e soldados suficientes conseguiram passar pela entrada principal para chegar ao pátio e então Korin ordenou que a Companhia do Cão entrasse. O Castelo do Crisol era cercado por muralhas grossas. Na verdade, o dia a dia do castelo acontecia dentro das muralhas: na parte mais externa ficavam as torres de vigia, as cozinhas, os estábulos, as casernas, as oficinas, até mesmo os quartos de nobres menores. Na parte de trás dessa área externa, ficava inclusive o salão da corte, onde o rei recebia burgueses, nobres e até plebeus para ouvir seus pedidos e deliberar sobre as pequenas e grandes decisões do reino. Todos em volta do pátio. Já o forte principal, mais bem guarnecido, com apenas duas torres, era o lar da família real, dos nobres mais próximos e dos guerreiros que a defendiam pessoalmente. Lá ficavam salões de baile, salas de reunião e todo o aparato de que um rei precisava. Embora fosse a menor parte do castelo, quase nunca acessível por plebeus, era o coração de Utteria, a parte mais bem defendida.

A entrada do forte central era uma porta larga e ali os defensores tinham formado sua parede de escudos. Era uma parede pequena, mas funda, com várias camadas de defensores com os escudos sobrepostos um ao lado do outro. Os guerreiros da primeira camada usavam espadas curtas, tentando estocar os atacantes, e os mais detrás usavam lanças, passando por cima das cabeças de seus companheiros e tentando perfurar gargantas e olhos inimigos.

Korin correu para lá, meteu-se no meio da parede dos atacantes. Abriu uma brecha na primeira camada. Os defensores viram naquela instabilidade uma chance e avançaram, as espadas e as lanças projetando-se como serpentes dando um bote. Korin sabia que aquilo ia acontecer — deu um passo para trás, com o escudo na frente do corpo, puxando seus companheiros para trás também. Um utteriano bem a sua frente estendeu o braço, meio desequilibrado, esperando encontrar a carne do atacante, mas acertando apenas o vazio à frente de Korin. O general deu um passo adiante e, com um corte lateral preciso de sua espada, acertou o pulso do inimigo. Ele largou a lâmina, a mão de repente frouxa e sem movimento. O homem arregalou os olhos por um instante, apavorado. Tentou erguer o escudo, mas seu outro braço estava ardendo de dor e fraco por causa do corte; Korin viu uma brecha e estocou com a espada em sua axila, perfurando fundo. O homem amoleceu e morreu no mesmo instante. Antes que os utterianos conseguissem fechar a brecha na parede, Korin avançou.

Saiu de sua própria parede de escudos, ficou entre dois utterianos, esmagado, compacto no meio da parede inimiga. O calor era insuportável. O bafo de tantos guerreiros, muitos bêbados para ter coragem para a batalha, fazia uma espécie de vapor concentrado. Todos suavam, o cheiro era parecido com o de um estábulo. Suor e sangue tornavam tudo meio escorregadio. Korin pisou sobre o cadáver do homem que matara, ficando mais alto que os outros. Os utterianos olharam para o lado, sem saber o que fazer por um instante: não tinham ângulo para atacar aquele intruso em sua parede, precisavam se defender dos mercenários que estavam à frente, empurrando com os escudos e tentando estocar com as espadas.

Korin bateu com o escudo num homem na segunda camada da parede inimiga. Ele e os guerreiros a sua direita e a sua esquerda estavam usando lanças, não espadas. Korin ficou muito perto, cara a cara com o utteriano, enxergou seus olhos castanhos e sua barba por fazer, viu uma cicatriz que ele tinha na bochecha esquerda e a sutileza do medo em seu rosto. Uma lança não era uma boa arma para atacar tão de perto, os soldados na segunda camada da parede tentaram manobrá-las para espetar

Korin, mas o general se manteve olhando fixo nos olhos do guerreiro a sua frente. Enfiou a espada por baixo do escudo, não precisou enxergar para conseguir encaixar o corte exatamente onde queria. O fio da lâmina encontrou as calças do soldado inimigo, subiu e fez um corte fundo e preciso em sua virilha. Korin sentiu o esguicho quente do sangue jorrando da artéria. O homem começou a fechar os olhos, como se estivesse adormecendo. Sem entender o que acontecia, arregalou-os, tentando ficar acordado, sentindo uma dor vaga em algum lugar. No meio do empurra-empurra da parede, ele nem notou o golpe, não entendeu como algo sutil poderia estar lhe matando e, enfim, fechou os olhos, uma expressão de calma dominando sua face, indo dormir para sempre.

Korin ouviu a voz de Urko:

— Estou atrás de você, general!

O grandalhão era ótimo na parede de escudos. Korin sabia que ele o manteria em segurança, enquanto estivesse no meio da parede inimiga. Os utterianos a sua direita e a sua esquerda não poderiam ter sossego para direcionar suas espadas aos flancos desprotegidos do próprio Korin e, para isso, Urko era vital.

Um guerreiro da terceira camada tinha largado sua lança, pegado uma espada e agora pisava por cima de seu companheiro morto para encarar Korin. Ele tentou o mesmo truque do general: enfiou a lâmina por baixo do escudo. Korin abaixou seu próprio escudo com força, batendo na espada inimiga, então o subiu rápido, atingindo o guerreiro no queixo. O utteriano ficou tonto, Korin aproveitou para bater com o escudo em seu nariz. O rosto dele explodiu em sangue, a dor de um nariz quebrado deixava qualquer um cego por alguns momentos. Korin deu uma estocada de baixo para cima sob o queixo do homem, atravessou sua cabeça por dentro com a ponta da espada, puxou-a e ele caiu morto. O próximo guerreiro bem à frente hesitou antes de ocupar o espaço deixado por seu colega, então a pressão da parede fez com que o homem da segunda camada à direita fosse empurrado para tomar seu lugar. Ele estava ainda com a lança, não conseguia lutar direito daquela maneira, e Korin viu o pânico em seus olhos.

O pânico é o melhor amigo de um atacante. Korin começou a latir e uivar, seus mercenários o imitaram. Ele bateu de novo e de novo com o escudo no escudo inimigo, até que o guerreiro cambaleasse para trás, então deu uma estocada rápida, destruindo seu rosto.

Os latidos e uivos ficaram mais altos. Os defensores estremeceram, vendo seus companheiros morrendo sem poder reagir direito. Mais um homem ocupou o lugar do último que Korin havia matado e morreu também. Eles largaram as lanças de qualquer jeito, deixando-as no chão e tropeçando nelas, para poder lutar com o intruso em sua parede. Assim não podiam espetar a parede de escudos dos cães e os mercenários redobraram a força.

Um defensor tropeçou para trás em sua lança e Urko tomou seu lugar, ao lado de Korin. Agora eram dois intrusos. O general e o grandão mataram mais dois.

Os latidos ficaram mais fortes.

Um guerreiro de dentes rilhados ficou à frente de Korin. Ergueu seu escudo para tentar proteger o pescoço, abaixou-o para tentar proteger a virilha. Estocou contra o general, mas estava tremendo, Korin bloqueou o golpe com facilidade.

Os mercenários latiam e latiam.

Korin olhou bem nos olhos do utteriano a sua frente e, súbito, berrou:

— *Fuja!*

O guerreiro largou a espada e empurrou os homens atrás de si para fugir. Tropeçou nos companheiros. Outros viram o que estava acontecendo e, num instante, a parede de escudos se desfez. A disciplina era tudo.

— Cacem-nos, vira-latas! — gritou o general, matando mais um. — Não deixem que se reorganizem!

Eles estavam dentro do forte. O rei e seus guerreiros de elite vieram correndo. Korin bateu com o escudo num defensor, o monarca se meteu a seu lado e enfiou a espada no pescoço do homem.

— Vamos, general! — gritou Arthog Anselmus. — A glória será nossa!

Drullo Catapulta, o balofo que tinha a força de um gigante, liderou os mercenários para colocar abaixo uma porta interna do forte. Eles entraram num salão com uma escadaria e encontraram mais defensores, três deles a cavalo. Drullo atacou um cavalo sozinho, batendo em suas patas com a maça, enquanto se defendia do cavaleiro com seu enorme escudo de corpo.

— Arcos! — gritou o general.

O rei quis investir contra os cavaleiros, intempestivamente, mas Korin o segurou. Em vez disso, os cães cercaram os cavaleiros e dispararam flechas. Os homens tentaram investir, mas os mercenários tinham táticas treinadas de recuo e escaramuça. Em pouco tempo, animais e ginetes tombaram, cheios de setas.

Latindo e uivando, a Companhia do Cão correu para as escadas, lutando a cada degrau.

Drullo derrubou a porta da última sala no topo da torre e Korin entrou, o escudo protegendo o corpo de um golpe de espada imediato.

Em um instante, o general viu que a sala estava cheia de livros e símbolos estranhos pintados nas paredes, mas não deu atenção. Só viu os defensores lá dentro, o trono, a cama de pedra que atravancava o caminho e o velho rei escondido atrás de dois homens de armadura completa.

Trentor e Tarik, os gêmeos tatuados, entraram berrando na sala. Drullo correu para ficar à frente deles, erguendo o imenso escudo de corpo, enquanto os defensores de armadura disparavam bestas. As setas se fincaram no escudo, sem conseguir atingir os gêmeos. Trentor e Tarik cercaram o primeiro defensor, enquanto Korrin corria para os outros.

O general se abaixou para evitar um golpe de alabarda, escorregou para dentro do alcance da arma, ficando perto demais para ser atingido. Subiu com o escudo firme, bateu no queixo protegido por elmo — um golpe que não fez dano, mas jogou a cabeça do utteriano para trás, expondo o pescoço. Então Korin perfurou a garganta com a espada e subiu na mesa de pedra, já partindo para o próximo.

Urko correu para o lado, evitando um tiro de besta. Um dos guerreiros de armadura puxou uma espada para enfrentar o grandalhão. Korin pulou da cama de pedra sobre um outro, bateu com o escudo em sua cabeça e o atingiu no joelho com a espada por uma brecha na armadura. O homem caiu sobre o outro joelho, e então a espada do Rei Arthog Anselmus desceu com força sobre ele, terminando o serviço.

O rei ensanguentado berrou e apontou a espada para o rei de Utteria, acuado no fundo da sala:

— Você morre agora, desgraçado! Não há resgate nem diplomacia! Não há perdão nem piedade! Morte a Utteria! Mattora triunfa!

Arthog correu, segurando a espada com as duas mãos, ignorando os defensores que lutavam com os cães. Korin, sem escolha, correu junto, para tentar manter o rei vivo.

— Armas não têm poder aqui, estúpido ignorante! — chiou o rei de Utteria.

Então ele fez um gesto arcano, seus olhos e o interior de sua boca brilharam com luz verde. Um dos símbolos pintados na parede ganhou vida: a tinta se transformou em algo tridimensional, que se movia. A runa em um instante foi uma serpente, que saltou sobre o rei de Mattora e fincou os dentes em seu pescoço.

Arthog Anselmus gritou de dor, cambaleando. Um defensor correu para ele, com um martelo de haste comprida em punho. Korin bloqueou o utteriano e cortou a haste de seu martelo com a espada. O inimigo teve um instante para se surpreender com o fio da lâmina — era, afinal, a espada forjada por Ruff segundo as técnicas do anão Thondin. Então o utteriano não sentiu mais nada, pois Korin bateu com o escudo em sua têmpora.

Arthog continuou na direção de seu inimigo. Gustav de Osbourne fez outro gesto e uma nova runa se transformou em cobra, pulando e mordendo o rei de Mattora no rosto.

— Você... Morre... Hoje... — grunhiu Arthog.

— O sangue de Utteria tem a força da magia! — guinchou Gustav, e fez um novo gesto.

De um símbolo no chão, saltou uma terceira serpente, que mordeu Arthog Anselmus no tornozelo.

Ele cambaleou para o rei inimigo, que tentou recuar. Mas o pé deformado de Gustav de Osbourne o traiu e ele caiu para trás. O rei de Mattora chegou até ele, a espada nas mãos, as três serpentes penduradas em seu pescoço, rosto e tornozelo, agitando-se.

Os dois reis ficaram frente a frente, o ódio de séculos nos olhos. Os dois sorriram, pela satisfação de colocar fim numa rixa ancestral. Naquele momento, não interessava derrota ou vitória, apenas que se resolvesse.

Arthog Anselmus deixou-se cair, sem forças por causa do veneno que circulava em suas veias. Caiu com a espada nas mãos e perfurou de fora a fora o peito de Gustav de Osbourne.

O rei feiticeiro ainda fez mais um gesto arcano. A quarta serpente pulou sobre Arthog, mordendo seu braço.

O sangue real de Utteria fez uma poça sob os dois. As serpentes moveram seus corpos. As mãos de Arthog Anselmus afrouxaram no cabo da espada. Gustav de Osbourne tentou fazer mais um gesto, mas seus braços penderam no meio.

Os dois reis inimigos morreram juntos.

Urko e Drullo Catapulta terminaram de matar o último defensor de Utteria. Korin, tendo acabado de matar outro, olhou a cena grotesca.

E, assim, só restavam vivos na última sala do Castelo do Crisol os cães mercenários. Eles não tiveram vontade de latir. Korin olhou em volta, como se naquele massacre pudesse encontrar uma resposta. Não sabia a quem se reportar, o que fazer. Absurdamente, pensou em quem cobrar pelo serviço.

Então ouviu algo atrás do trono.

Virou-se e notou que não, eles não eram os únicos vivos ali.

Havia uma criança.

Um garoto de cerca de dez anos. Com cabelos castanhos compridos e expressão séria.

Séria demais. Korin teve um calafrio.

E, antes que pudesse fazer qualquer coisa, ouviu o som de passos subindo a escadaria, entrando na sala.

— Acabou — disse o príncipe de Mattora.

Ou, agora que seu pai morrera, o rei.

Korin começou a falar alguma coisa. Aquele menino não devia estar ali. Não era o lugar de uma criança, por mais estranha que fosse, por mais que seu pai tivesse lhe dado ouvidos em questões estratégicas. Philip Anselmus deveria estar bem longe, na segurança de um acampamento, não na parte mais sangrenta do combate.

O garoto de cabelos castanhos foi até Philip. Ambos sérios, impassíveis. Ambos com a mesma idade. Fez uma mesura, que foi correspondida.

— Sou Ozz de Osbourne — disse o novo rei de Utteria, ignorando o que o general mercenário tentava dizer. — Não vejo sentido em continuar com essa matança.

— Sou Philip Anselmus — o outro respondeu.

Eles apertaram as mãos.

O novo rei de Mattora então se virou para Korin:

— General, você está responsável por minha segurança. Por causa de minha idade, terei um regente. Mas quero você comigo.

Korin engoliu em seco.

Então se curvou.

— Claro, Majestade.

Longa vida aos novos reis.

11 | Histórias do rei do cemitério

HILD OLHOU PARA trás e deu uma risada. Ruff apenas disse:

— Preste atenção, menina-javali.

Ela balançou a cabeça e continuou correndo, o mestre logo atrás. Ainda não havia amanhecido em Necrópole, a capital de Kottar. As corridas matinais cada vez mais eram corridas de madrugada. Ruff acordava a pupila cada vez mais cedo, esperando para ver o ponto em que ela quebraria. Até agora Hild se mostrava como ele mesmo, quando tinha a idade dela: inquebrável. A garota protestava, xingava, prometia ir embora para seu reino natal. Mas, mesmo quando fugia, sempre estava de volta na hora dos exercícios, das reuniões de Estado ou apenas leituras. Estranhamente, as fugas de Hild coincidiam com seu parco tempo livre. Ela era selvagem, mas também era talvez até mais disciplinada do que ele.

E estava correndo mais rápido.

O circuito levava-os duas voltas ao redor do castelo. Era tortuoso, cheio de subidas e descidas, envolvia subir escadas até as ameias e descê-las de novo, além de contornar incontáveis lápides e mausoléus. Ruff mantinha-se concentrado no exercício, como fizera desde jovem, mas ela puxava conversa, acabava o percurso com milhares de perguntas, tendo pensado em tudo, exceto no que estava fazendo. O corpo de Hild era leve, forte, sólido e incansável. Sua mente era afiada, embora ela odiasse estudar. Por sorte Hild não era monja, nunca teria paciência para as vidas dos santos ou as discussões teológicas sobre a natureza divina. Mas já era bem versada em estratégia, história e geografia. Ruff suspeitava que ela fosse ainda melhor do que ele nos aspectos matemáticos do estudo — os cálculos logísticos, as estimativas de distância e tempo de marcha, as nuances da economia do reino. Hild poderia ser engenheira de guerra ou tesoureira, se quisesse, embora, por sua história de vida, provavelmente fosse se tornar mais uma saqueadora de Artus, caso não tivesse sido descoberta pelo rei. Mas Ruff a tinha achado jogada na lama anos atrás e por isso ela era sua discípula.

Ele ainda não sabia o que ela seria quando tivesse terminado o treinamento. Não sabia o que seria o término do treinamento. O prior treinara-o para enfrentar Zamir. Seu treinamento fora interrompido quando o mestre morrera. Depois Ruff descobrira que ainda faltava muito para treinar — forja, diplomacia, política. O futuro de Hild era incerto. O que ela seria? Até onde poderia ascender?

Ruff não era casado. Será que estava treinando uma herdeira?

Ao pensar nisso, lembrou de seus filhos. Já fazia cerca de uma década do combate na montanha. Ele nunca mais achara rastro dos bebês, nunca soubera ao certo se eram seus. Nunca mais vira Áxia ou tivera qualquer notícia da Dama de Ferro.

Será que ele achava que, treinando Hild, estava se redimindo pela falha em encontrar seus filhos?

Os pensamentos ruins levaram, inevitavelmente, a Mubruk Filho de Urso. Ele sabia que, à vista do reino e do exército, ele parecia ter esquecido o rei bárbaro. Os mais otimistas achavam que tudo tinha ficado bem; os pessimistas pensavam que ele havia se mostrado um idiota e ignorava uma ameaça estrangeira. A verdade era que, com a conquista de Kottar terminada, Ruff tinha súditos mais uma vez unidos em torno dele, além de uma terra que fazia fronteira com Sammelen, caso precisasse mesmo guerrear. E ouro.

Tudo que faltava era descobrir como Mubruk pretendia criar o Devorador dos Céus e se o próprio Ruff ainda fazia parte desse plano de alguma forma. Então fazer algo a respeito. Administrar o mundo não era nada simples.

Ruff balançou a cabeça, tentando afastar os pensamentos. Para quem se concentrava no exercício, o rei estava cheio de demônios dançarinos na cabeça. E Hild continuava na frente.

Isso, é claro, até o último terço.

Mestre e discípula corriam de armadura completa. Era um treino exaustivo, mas tornava o cansaço do campo de batalha ameno em comparação. Ruff vira ao longo dos anos muitos guerreiros habilidosos morrendo porque perdiam o fôlego. Estavam acostumados a treinar parados, com equipamento leve, e na hora do combate tinham de lidar com o peso das armaduras, precisavam se movimentar constantemente, avançar e recuar, bater e bloquear sem descanso. O combate tirava o fôlego. Mas um soldado acostumado a uma corrida de resistência com peso extra tinha pulmões preparados para aquilo, mantinha-se respirando e aprendia a pensar enquanto cansado. Era isso que Ruff vinha tentando ensinar a Hild há anos, mas era uma das únicas partes do treinamento que ela não assimilava. Hild gostava de vencer, era orgulhosa e competitiva. Disparava na frente do mestre e mantinha a distância durante todo o trajeto, como se isso significasse alguma coisa. Contudo, no último terço, ela estava exausta pela dificuldade adicional de correr mais rápido. Invariavelmente, perdia velocidade e Ruff conseguia ultrapassá-la.

Ele contornou uma lápide e passou por Hild. Se fosse um garoto, daria uma olhada zombeteira para trás, assim como ela fizera. Mas ele era um rei, um homem de idade respeitável.

Deu uma olhada para trás. Hild lhe mostrou o dedo médio. Tentou acelerar, mas Ruff terminou a corrida primeiro.

Os dois pararam na frente do castelo, enquanto o sol começava a nascer. Respiraram, recuperando o fôlego. Alguns escudeiros sonolentos estavam esperando pelos dois, com cantis cheios d'água, e mestre e discípula beberam goles fartos.

— O que vai acontecer agora? — ela perguntou.

— Desjejum, como sempre, e então leitura, não reclame. Depois você tem seus treinos habituais, mas no meio da tarde haverá reunião com um duque, quero que participe.

— Não estou falando de hoje. O que vai acontecer daqui em diante? Com os reinos?

Ele começou a subir as escadarias do castelo, sendo seguido por ela e pelos escudeiros. Quase todos tinham um pouco de medo de Hild. Sua cabeça raspada dos lados sugeria agressividade e perigo. Ela era selvagem e bonita, o que costumava apavorar garotos jovens. Também usava a armadura de ossos humanos, o que metia medo em qualquer um.

— Já estamos aqui há 6 meses — insistiu Hild. — Você não pode pensar que algum nobre ainda vai se rebelar. Ghanor está em paz. Você esqueceu o que aconteceu em Sammelen? Ou só não se importa?

Eles estavam entrando no pátio frontal do Castelo da Mortalha, já vendo as decorações de ossos humanos. Ruff estacou no meio de um passo e se virou para encará-la. Aquele tipo de desafio, questionando sua inteligência, era uma espécie de código para Hild. Quando estava insegura, ela não abria seu coração e derramava suas dúvidas. Pelo contrário, começava a disparar aqueles pequenos insultos, tentando forçar alguma resposta.

— Não na frente de todos, menina-javali.

— Acha que alguém esqueceu aquele fiasco?

— Hild.

Ele não precisou erguer a voz ou fazer nenhum tipo de ameaça. Bastou ser sério e o respeito imenso que ela sentia fez com que calasse a boca. Os dois entraram no castelo sem falar nada, atravessaram mudos os corredores forrados de ossos, passaram por dezenas de guerreiros, nobres e servos que fizeram mesuras do jeito resignado de Kottar, com aquele assunto pendendo. Quando chegaram aos aposentos reais, já havia uma refeição lauta, mas de cores desmaiadas, servida para os dois. Ruff dispensou os servos com um gesto e sentou. Hild começou a comer ainda de pé e perguntou de novo de boca cheia:

— E agora?

Ruff fechou os olhos por um instante. "E agora?" era uma pergunta que ele não queria responder, que vinha evitando há mais de dois anos. "E agora?", para ele, englobava Sammelen, sua excomunhão, o Devorador dos Céus, o plano dos deuses, seus filhos, o futuro de Kottar, Bellitz e Korin, pelo menos. Ruff lembrou, com um embrulho no estômago, que não falava com Korin há mais de dez anos. Seu melhor amigo teria mudado. Teria uma outra vida, assim como ele tinha a sua. Numa percepção absurda em sua obviedade, ele pensou que Korin não conhecia Hild e ela era uma parte enorme de seu cotidiano agora. Também há mais de dez anos não via Bellitz. Tudo estava confuso.

— Não sei — disse Ruff, com simplicidade.

Hild ficou séria. Engoliu o que estava mastigando e terminou de sentar. De alguma forma, era um momento quase solene.

— Sabe o que mais me intriga? — disse a garota. — O tal Mubruk. Não sabemos o que ele é ou por que o Santo Vivo confia nele. Uma vez vi o Alto Chefe Gunnar Nariz de Lobo, quando ainda morava em Artus. Todos falam da brutalidade de Gunnar, mas ele não parecia tão selvagem quanto Mubruk. Ele usava uma pele de lobo sobre a cabeça, não a pele humana de um rei.

Ruff cortou uma fatia de queijo e pôs-se a mastigar, pensativo.

A questão sobre *o que* era Mubruk Filho de Urso o atormentava desde o desastre na Catedral do Santo Vivo. A guerra de conquista de Kottar e depois o dia a dia de administrar um reino estrangeiro tinham tomado boa parte de seu tempo e impedido grandes especulações, mas Ruff sabia que, em certo nível, estava sendo um idiota, como especulavam os pessimistas. Ignorar os problemas não fazia com que eles fossem embora; em geral, apenas lhes dava tempo de piorar. Sammelen, sob o comando de seu rei poderoso e inexplicável, era uma espada pendendo sobre suas cabeças. Bastava que Mubruk quisesse e poderia atacar. Agora, pelo menos, Ruff contava com a força combinada de Ghanor e Kottar, mas ambos estavam enfraquecidos pela guerra. E mesmo dois reinos fortes não significavam proteção contra aquele tipo de poder físico ou qualquer tipo de resposta. Ruff já pensara que Mubruk pudesse ser um meio-gigante, se é que algo assim existia, mas não fazia sentido — ele era mais forte que Johrgrund. Também especulara se o rei de Sammelen era produto de algum experimento mágico ou mesmo da bênção do Santo Vivo, mas não conhecia nenhuma magia tão poderosa e tão permanente. Com temor da resposta, Ruff já pensara se Mubruk não era um instrumento de destruição dos deuses, assim como ele próprio, mas o rei selvagem não demonstrara nenhum poder extraordinário, além de força e resistência.

Ruff não ficara parado, é claro. Naquele tempo, ordenara que monges e escribas pesquisassem sobre a vida de Mubruk Filho de Urso, tentassem descobrir algo sobre ele. Trocou cartas com Thenyssa, a Memória da Floresta Alta, tentando descobrir se alguma recordação da anciã élfica podia dar uma pista sobre o inimigo. Mas isso só gerou mais perguntas: Mubruk surgira um dia em Sammelen, com uma guarda de honra composta de homens tão fortes quanto ele mesmo, e depusera o antigo rei com as próprias mãos, enfrentando o exército em combate pessoal. Então, por alguma razão, seu poder fora reconhecido pelo Santo Vivo e esse era o fim da história.

Mubruk era um bruto de força absurda, aparentemente imortal. Um bruto que conhecia o segredo do Devorador de Mundos e queria destruir o Paraíso.

Será que os deuses estavam mesmo ameaçados?

Será que sabiam disso?

Será que se importavam?

Ruff também pensava em quem era a figura de mantos escuros que estava na catedral naquele dia, que apenas observou, sem falar nada. Perguntas sobre perguntas, e ele ainda não sabia o que fazer com aquela situação.

Notando que não haveria resposta do rei sobre aquilo, Hild tentou outra coisa:

— Vamos invadir Sammelen, como fizemos com Kottar?

Isso forçou Ruff a responder.

— Você sabe que é impossível. Seria uma guerra ilegal, sem justificativa. Segundo o pacto, todos os outros reinos se juntariam contra nós. Sammelen, Zibrene, Artus, Mattora, Utteria e Vammira.

— Mas não é isso que você quer? Conquistar o mundo?

Ruff não conseguiu sustentar o olhar da discípula. Ninguém nunca tivera coragem de colocar seu objetivo daquele jeito ou então ninguém nunca percebera o que era na verdade. Para os poucos que sabiam de sua missão, Ruff falava em salvar o mundo, corrigir o mundo, tornar o mundo verde e bom.

Mas a verdade era aquela.

Ele precisava conquistar o mundo e isso se fazia com guerra.

— Você sabe o que vai acontecer se o mundo não for bom o suficiente para os deuses — ele disse. — Ou pelo menos saberia se estivesse estudando teologia. Eles mandarão outro Devorador...

— Você não precisa se justificar para mim. Mesmo que não houvesse toda essa missão nobre, mesmo se você só quisesse conquistar pelo desejo de poder, eu estaria de seu lado. Conquistar é o que todos fazem sempre que podem e você é muito melhor que os outros. Mas como vamos conquistar os outros reinos se não podemos enfrentá-los todos juntos?

Era a única pergunta, na verdade. Até mesmo seus filhos, Áxia, Korin, Bellitz e o Devorador dos Céus eram preocupações secundárias. Ele precisava conquistar o mundo para fazer a vontade dos deuses. Se o mundo fosse destruído, nada daquilo importaria, pois todos morreriam com a Criação, com exceção de Bellitz. Nem Mubruk ou sua revolta contra o Paraíso fazia diferença, se ele fosse destruído com o mundo físico. A única pergunta que importava era como conquistar o mundo.

— Artus não se juntaria a nós? — perguntou Ruff. — Por toda a selvageria de seus conterrâneos, eles não estão prontos para uma guerra nessa escala?

— Artus odeia a traição e respeita a força — Hild suspirou. — Por isso me deixaram para trás. Acharam que fui fraca, que os envergonhei.

As histórias de Hild sobre Artus falavam do reino mais impressionante que existia ou eram devaneios e lendas de uma menina guerreira que fora abandonada antes de ser adulta. Os guerreiros de Artus eram tomados pela fúria na batalha, disso Ruff sabia. A própria Hild era prova de que a fúria daquele povo podia ser assustadora. Mas, segundo Hild, os maiores lutadores de Artus se deixavam tomar pela fúria a tal ponto que seus corpos se deformavam, alguns viravam animais ou híbridos. Seria bom ter tais soldados em suas fileiras, mas a discípula garantia que era impossível.

— O pacto é antigo — ela disse. — Artus tem uma tradição diferente dos outros reinos, mas é muito religioso. Em Artus, fazemos sacrifícios para os deuses e os santos. Os chefes acreditam que estão sendo sempre vigiados pelos céus. Muitos juram que já viram anjos da guerra levando guerreiros caídos no campo de batalha. Além disso, como já disse, eles odeiam a traição.

— Então, menina-javali, precisamos de Caso de Guerra. Ou precisamos de uma forma de fazer frente a todos eles juntos.

— Isso não é novidade. Essas são as perguntas do início.

— As respostas raramente vêm quando queremos.

Para derrotar Zamir, ele treinara e pesquisara, estudara durante anos.

Para assumir o trono de Ghanor, ele lutara e contara com a sabedoria de alguém que lembrava de toda a história dos elfos e da família real. Ruff pensou que, talvez, houvesse num livro ou na cabeça de um sábio a resposta para a conquista do mundo.

Mas, num reino onde os livros estavam trancados e os sábios estavam proibidos de produzir conhecimento, talvez essa resposta nunca chegasse.

Quando Hild achou Johrgrund, ele estava dormindo.

O gigante ficava estranhamente sem propósito quando não havia guerra. Aqueles dois anos de batalhas constantes tinham sido para ele um paraíso sangrento. Johrgrund pudera matar quase sem restrições, embora suas ameaças de devorar os inimigos tivessem permanecido como ameaças, pelo menos até onde os outros sabiam. Agora, com seis meses de paz, ele dormia bastante, comia um banquete sempre que havia comida suficiente disponível, ficava bêbado o tempo todo. Era um pouco triste vê-lo assim, sem rumo, mas o gigante não parecia se importar. Assim como um cão, ele se resignava ao que acontecia, dormia quando tinha sono, comia quando tinha fome e se divertia lutando.

Hild entrou no galpão que lhe servia de quarto e sacudiu o pé imenso. Johrgrund se levantou devagar, segurando a própria cabeça.

Se ele já era uma visão um pouco grotesca antes, o resultado da batalha de Necrópole o tinha deixado macabro. Não tinha mais cabelo, apenas o couro cabeludo vermelho e ondulado. Uma parte de sua bochecha tinha se derretido, mostrando permanentemente os dentes, mas a maior parte da barba permanecia intacta. Um dos olhos se fora e agora Johrgrund usava um enorme tapa-olho negro. Ruff forjara para ele um novo mangual triplo, preso a sua mão direita. A pele do peito e dos braços também agora era vermelha e ondulada. Havia uma espécie de buraco em um de seus ombros, mas ele continuava forte.

— O que quer, pequena? — resmungou o gigante.

— Treinar. Vamos.

Eles acharam um pátio do castelo que estava praticamente vazio. E ficou completamente vazio assim que Johrgrund chegou. Hild ficou numa base sólida, com escudo na frente do corpo e machado pronto, em guarda. Johrgrund olhou para ela de esguelha, cuspiu no chão e, sem aviso, urrou e golpeou com o mangual.

Hild pulou para o lado, sendo banhada por areia cinza, quando a arma enorme atingiu o lugar onde ela estivera um momento antes. Correu para

Johrgrund, levando a luta para uma distância curta, em que ela tinha vantagem, e notou com um calafrio súbito que ele tirara um pé do chão. A garota só teve tempo de colocar o escudo na frente do tronco antes que um chute monstruoso do gigante atingisse a proteção, quebrando-a, e fizesse com que ela voasse para trás. Hild conseguiu cair direito, rolando por cima do ombro e do pescoço, desfazendo-se do escudo e mantendo o machado na mão.

Johrgrund avançou, batendo no chão com o único punho que lhe restava. Hild aproveitou a chance, pulou, esquivando-se do soco, e agarrou-se no braço imenso.

Johrgrund agitou o braço, carregando Hild sem dificuldade, tentando se livrar dela. A garota se soltou, caiu no ar, então se agarrou na nuca de Johrgrund. Montou em seus ombros e ergueu o machado.

— O que você acha que vai acontecer, Johrgrund? — ela perguntou, meio gritando, meio sem fôlego, então bateu com o cabo do machado na cabeça do amigo.

— Vou arrancar seus braços, é isso que vai acontecer!

Ele tentou agarrá-la, mas Hild desceu agilmente por suas costas, agarrou-se em suas calças e golpeou atrás do joelho com a parte rombuda da cabeça metálica do machado. Johrgrund dobrou a perna, quase caindo.

— Estou falando do reino! De nós! Ruff só sabe ficar preocupado e os kottarianos são chorões! O que você acha que vai acontecer? Vamos guerrear?

Johrgrund sacudiu a perna com violência. Conseguiu o que queria: Hild não foi capaz de se segurar e voou através do pátio. O gigante não deixou que aterrissasse: berrou e deu-lhe um soco em pleno ar. Hild sentiu todo o fôlego se esvaindo, caiu pesada no chão. Viu tudo negro por um instante, a tontura do movimento e a dor súbita impedindo que reagisse.

Abriu os olhos e foi tomada pelo terror: Johrgrund golpeava com o mangual.

Treinar com ele era uma rotina autoimposta. A garota tinha se convencido de que todos os soldados de Ghanor e de Kottar eram muito moles. Se queria se preparar para os tipos de batalhas que viriam pela frente, precisava se acostumar com o guerreiro mais perigoso que havia por ali e ninguém era mais perigoso que Johrgrund. Mas ele era uma marionete da própria fúria, assim como ela também podia ser, e agora ela não conseguia se levantar e as cabeças metálicas do mangual estavam descendo em sua direção.

Hild tentou se erguer, mas caiu de novo. Decidiu não fechar os olhos — encararia a morte de olhos abertos e machado na mão, seria levada ao Paraíso ou ao inferno como uma guerreira. Ninguém podia dizer que não estava lutando.

Sentiu vento terrível passar por ela e então um estrondo ensurdecedor. Duas cabeças do mangual bateram no chão a sua esquerda e a sua direita.

Ela estava ilesa.

Exceto pelos machucados que sofrera dos socos e chutes de Johrgrund, mas isso era comum.

— Você perdeu — decretou o gigante.

Ela estendeu a mão para que ele a ajudasse a se erguer e Johrgrund simplesmente a pegou pela roupa e a colocou de pé.

— Você sabia que o mangual não iria me acertar?

— Não — ele respondeu, sorrindo. — Estava irritado. Queria matar você.

— Isso é uma piada?

— Claro que é.

Ela não insistiu.

Gritou para que alguém lhe trouxesse um escudo e um pajem logo estava lá com um novo. Ela se postou em base de luta de novo.

— Quer outra surra? — perguntou Johrgrund.

— Treinamento de força. Vamos lá!

O gigante deu um passo para ela e a empurrou. Hild caiu para trás.

Ergueu-se e preparou-se de novo. Ele a empurrou mais uma vez. Ela resistiu com toda a força, firmou as coxas e os joelhos, rilhou os dentes, ficou vermelha.

Mas caiu para trás.

Levantou-se de novo.

— Você não me respondeu antes — disse a garota. — Acha que vai haver guerra?

— Os homenzinhos estão sempre guerreando.

Empurrou-a. Ela inclinou o tronco para a frente, conseguiu resistir por alguns momentos. Ele mudou o ângulo da força e ela caiu.

— Acha que vamos morrer? — Hild ficou de pé, limpou a areia das roupas e se pôs em guarda de novo. — Ruff fala em política e estratégia, mas quem sabe lutar é você. Acha que vamos morrer?

— Já tentaram me explicar o que é política — ele espalmou a mão sobre o escudo dela e fez força. — Entendi que é quando um monte de homenzinhos fracos se juntam para criar razões para alguém não os matar e os devorar e, por alguma razão, o mais forte concorda com isso. Ou seja, política é uma forma complicada de implorar pela própria vida.

Colocou a força do ombro no empurrão e ela caiu.

Hild se ergueu de novo. Seus braços e suas coxas já estavam doendo. A base de suas costas não iria aguentar muito mais. Mas se preparou mais uma vez.

— Acha que vamos morrer? — ela insistiu.

Ele a empurrou e ela ficou firme.

— Vamos.

Hild engoliu em seco e disfarçou o frio na espinha.

— Por quê?

— Por isso, pequenina.

Então ele fez força de verdade, colocando o tronco todo e as pernas no empurrão. Hild caiu para trás, mal teve tempo de encolher a cabeça e evitar um ferimento sério.

— Por isso — o gigante cuspiu no chão. — Se eu quero testá-la, não derrubo. Se quiser derrubá-la, derrubo, porque sou muito mais forte.

— Você está dizendo que Mubruk Filho de Urso é um gigante e Ghanor e Kottar, juntos, são uma menina que ainda não completou o treinamento.

— Estou dizendo que, por mais complicada que seja a súplica dos fracotes, chega um dia em que o estômago do mais forte ronca e então nenhuma política vai impedir que ele os devore.

Ela ficou de pé e em guarda.

— Na verdade, Majestade — disse o duque —, o que desejamos perguntar é quem será sacrificado.

Ruff parou no meio de um gole de vinho:

— O quê?

— Quem será sacrificado, Majestade? Vossa Majestade não tem filhos. E, mesmo se os tivesse, nenhum nobre de Kottar pediria que sacrificasse seu próprio sangue. Afinal, Vossa Majestade conquistou o reino. Mas então quem será o sacrifício?

Ruff Ghanor e Hild estavam na reunião que havia sido prometida naquela manhã. A garota estava sentada, quieta, observando, enquanto o rei ouvia nobres de Kottar e tomava decisões sobre suas terras depois da conquista. Estavam na sala de guerra do Castelo da Mortalha. Era um aposento grande, com uma mesa ovalada com um mapa de todos os reinos feito de resina e tintas brilhantes. Onde deveria estar Ghanor, havia uma massa de terra meio indistinta intitulada "Terras do Dragão". A sala de guerra era decorada com um dos artefatos mais complexos que Ruff já vira: um relógio. Ocupava quase uma parede inteira, era feito de madeira, metal, pedra e vidro. Possuía um único ponteiro grande, que marcava as horas num ciclo de 24. O que podia ser chamado de mostrador era pintado em duas metades:

dia e noite, com sóis, luas e estrelas decorativas em volta. Outros ponteiros marcavam a estação do ano e a posição das estrelas no céu.

O relógio tocou. Como sempre acontecia numa hora cheia, o esqueleto com mantos e foice que decorava o relógio se moveu. Era uma representação da morte e carregava uma ampulheta. Sua mão animada por engrenagens e um mecanismo de corda virou a ampulheta. Uma segunda figura da morte bateu num pequeno gongo. O relógio marcava as horas, mas também tinha uma mensagem clara: em Kottar, cada hora passada era uma hora mais perto da tumba.

Os três condes, dois duques e um visconde que participavam da reunião olharam com solenidade a movimentação das figuras do relógio. Então o Duque Grimus, que falara antes, retomou a palavra:

— É claro, podemos sacrificar um filho do rei anterior. Ele ainda tem prole viva, embora estejam todos presos.

— Não sei se a morte aceitará isso, Vossa Graça — objetou um conde. — Um filho do antigo rei já foi sacrificado na geração passada. E ele ainda não tem netos. E, de qualquer forma, o que procuramos é um sacrifício para esta nova linhagem.

— Mas Sua Majestade não tem filhos — lamentou o duque.

— Os filósofos afirmam que a morte exige um sacrifício novo a cada geração para nos lembrar que a vida só existe para alimentar a morte — disse outro conde. — Assim não seria necessário um sacrifício apenas porque temos um novo rei.

— Mas um novo rei não significa nova vida, uma nova linhagem? — perguntou o Duque Grimus. — De qualquer forma, é melhor sacrificar alguém, só por garantia.

— Sua Majestade não tem filhos! — insistiu um conde, quase esquecendo de sua posição social inferior ao duque.

— Vossa Majestade, perdão — o Duque Grimus se virou para Ruff de novo. — Por acaso não possui alguém que ama como um filho? Alguém cuja morte lhe traria tristeza da qual nunca poderia se recuperar? Isso seria perfeito!

Um conde roubou um olhar para Hild, a garota respondeu com um rosnado.

Ruff estava esfregando as têmporas.

— Não vamos entregar ninguém à morte apenas para criar tristeza irremediável.

Todos os nobres ficaram um pouco surpresos por aquela afirmação.

Ruff disfarçou tomando mais vinho. Toda a conversa sobre sacrificar um filho seu, se ele tivesse, só fazia com que pensasse em Áxia e nos trigêmeos. Fazia mais de dez anos que ele tentara interromper o ritual de nascimento. Ruff não soubera na época o que desejava exatamente fazer e não sabia agora. Pensar em sacrificar uma criança lhe dava uma sensação de asco, como se ele já tivesse cometido o ato e fosse culpado de alguma forma, só pelo pensamento. Ao mesmo tempo, não sabia quais poderes poderiam ter três filhos do Devorador de Mundos com a Dama de Ferro abençoados pelos demônios. Isso se fossem mesmo filhos dele. Talvez fossem a prole de um dragão e uma bruxa. E se as crianças agora fossem monstros? Ele teria coragem de matá-las?

— Majestade...? — disse alguém. Ruff notou que estava calado há bastante tempo.

— Não, nunca — balançou a cabeça, afastando os pensamentos. — Esqueceram que agora são um reino temente aos deuses? Tolero sua obsessão com a morte, mas o culto *acabou!* Nunca mais sacrificaremos uma criança sequer!

— Meu primeiro neto acabou de nascer — disse o visconde. — Posso oferecê-lo à morte como um presente de despedida.

— A morte não é uma entidade consciente, isso é heresia! — Ruff bateu na mesa. — E qual sua dificuldade em não matar crianças?

O visconde se encolheu.

— Se eu souber que seu neto morreu, mesmo que seja de peste — o rei disse entre dentes —, você irá acompanhá-lo na morte.

O nobre ficou um pouco aliviado com a ameaça.

— É impossível intimidar gente de Kottar com a morte... Bem, fique avisado que, se algo acontecer com ele, coisa muito pior vai acontecer com você, então cuide de seu maldito neto!

Todos ali sabiam que o Rei Ruff Ghanor era capaz de cumprir suas ameaças. Entreolharam-se rapidamente, dando um adeus mudo à tradição de sacrifício que, segundo suas crenças, impedia que uma praga de mortos-vivos voltasse a se instalar no reino. Então partiram para o próximo tópico:

— Majestade, tudo isso poderia ser decidido com maior facilidade se houvesse um Alto Coveiro.

Ruff mandou que continuasse.

O Alto Coveiro era o administrador da morte em Kottar, assim como o rei era o administrador da vida. Tudo até a morte era decidido pelo rei: disputas entre nobres, leis, política, guerras, economia, até mesmo execuções. Mas, a partir do momento em que alguém estava morto, entrava na jurisdição do Alto Coveiro. Era quase como um segundo rei. Os cemitérios, que faziam parte do dia a dia de Kottar tanto quanto plantações ou tavernas, eram responsabilidade do Alto Coveiro. Todos os rituais, todos os documentos e decisões, tudo que era preciso fazer para que os mortos ficassem em paz e os vivos tivessem algum alento. O Alto Coveiro era um misto de burocrata, nobre, filósofo e clérigo. Sem aquele ajudante, o rei tinha muitas responsabilidades a mais. Pior: tinha responsabilidades para as quais não estava pronto. O Alto Coveiro tinha estudo que só estava disponível a sábios, mortuários e diplomatas. Seria loucura esperar que um monarca, que já precisava entender de tanta coisa diferente, ainda soubesse das sutilezas da morte.

— Muito bem — disse Ruff. — Como escolho um desses?

— Bem, Majestade, a maneira normal seria elevar um coveiro de menor posição ou um sábio de outra área. Mas, bem, Vossa Majestade transformou nossos sábios em faxineiros.

Era um exagero, embora Ruff soubesse que era o que nobres e ricaços falavam à boca pequena. Sábios tinham virado faxineiros. Na verdade, todos aqueles que podiam prestar serviços úteis tinham sido destinados para essas funções. Filósofos produziam conhecimento e copiavam textos, mortuários continuavam cuidando dos mortos. Até mesmo os coveiros administravam seus cemitérios. A diferença estava na riqueza e no status. E, é claro, no objetivo de todo esse conhecimento. Aqueles que apenas usavam sua sabedoria para criar luxos caros tinham mesmo ido trabalhar como servos. Além dos alquimistas, que eram perigosos e haviam sido quase todos realocados a novas funções. No geral, sim, alguns sábios tinham virado faxineiros, mas Ruff achava que não eram muitos. E o povo aplaudia.

O rei olhou para aqueles nobres e viu que os olhos de cada um deles brilhava. Eles tinham suas próprias sugestões sobre quem deveria ser o Alto Coveiro. Talvez um deles sugerisse a si próprio. A politicagem era igual em qualquer reino.

— Já tenho uma boa ideia — anunciou. — Senhores, acho que esta reunião está encerrada.

— Só mais uma coisa, Majestade — ousou o Duque Grimus.

— Fale, homem.

— Se houver alguém já muito próximo da morte e que não se importe muito com este mundo, será que não podemos...

— Fora.

Hild, como sempre, corria à frente. Naquela madrugada, ela não estava zombeteira ou olhando para trás. Ruff, respirando de forma rítmica e concentrado no caminho, pensou que talvez tivesse chegado o dia em que Hild iria acabar a corrida na frente. Isso lhe deu um misto de calor por dentro, um orgulho enorme e inesperado, e uma certa inveja azeda. Ser superado por uma discípula querida era uma sensação estranha. Talvez por isso o prior não corresse com ele, quando ele próprio estivera em treinamento. Era mais fácil ficar sentado e ser o velho sábio.

Eles contornaram um mausoléu e circundaram o castelo, chegando ao fim da primeira volta do percurso. Hild mantinha os olhos à frente, parecia estar focada e determinada. Se mantivesse o ritmo, sem tentar alguma gracinha e sem se exibir, ela podia continuar assim até o fim. Ruff sabia que a garota tinha preparo. Ele sentiu vontade de acelerar e ultrapassá-la. Riu de si mesmo, pensou que continuava sendo um garoto. Lembrou das horas passadas com Korin na infância. Lembrou da disputa entre os dois para decidir quem ficaria com as botas no meio da jornada até Lago de Pó, quando ele ganhara a alcunha de Santo de Pés Descalços. Dez anos sem Korin. Ruff balançou a cabeça e tentou afastar os pensamentos intrusos, era melhor ficar com a mente no exercício.

Então Hild deu um grito.

Ruff acelerou para chegar até ela, saltou por cima de uma lápide e a garota caiu. O rei aterrissou pesado de seu salto, já estendendo as mãos para ajudá-la, quando viu:

Uma mão esquelética se erguia da tumba, coberta de terra e vermes, e agarrava o tornozelo da guerreira.

— Existem infestações em Nova Cratera, Dois Poços, Gaxara e ao redor do Castelo Monbrian — o Duque Grimus listou, lendo as informações de um pergaminho. — E isso é apenas o que ficamos sabendo até agora. Existem relatos sobre a última praga que afirmam que aldeias inteiras foram varridas, sem que ninguém soubesse seu nome ou quem morava lá, e somente casas vazias sobraram. Não preciso dizer a Vossa Majestade o estado de Necrópole.

Ruff, sentado no trono, a cabeça apoiada no punho fechado, não respondeu.

— Se Vossa Majestade me permite, isso só significa uma coisa — o duque pigarreou. — A morte esqueceu de nós de novo.

A sala do trono foi tomada por um burburinho. Os nobres se amontoavam ali, cada um com uma história tétrica ou um pedido de ajuda. Alguns tinham vindo de longe e ainda não haviam se lavado ou dormido desde sua chegada, vieram diretamente ao rei com suas súplicas. Outros, que moravam em Necrópole ou nos arredores, tinham se mudado com suas famílias para o Castelo da Mortalha, na esperança de que ali estivessem mais seguros. Ruff sabia que o lado de fora da sala estava ainda mais lotado, com plebeus e burgueses buscando alguma solução, pedindo ajuda, queixando-se de ataques em suas casas e seus negócios ou apenas temendo que algum familiar moribundo falecesse e se erguesse.

Mais uma vez, Kottar estava sofrendo uma praga de mortos-vivos.

— A morte não esquece de nada — resmungou Ruff. — A morte não é uma pessoa!

O duque de repente ficou muito sério.

— Sei que o que vou falar agora será considerado um insulto por Vossa Majestade, mas estou disposto a arriscar minha posição ou mesmo minha vida para proteger meu povo. Faça comigo o que quiser, meu senhor, mas há séculos não tínhamos uma infestação como esta. E ela aconteceu pouco depois da decisão de não continuar com os sacrifícios. Vossa Majestade tem razão em algo. Errei ao dizer que a morte nos esqueceu. Nós não estamos prestando a ela o devido respeito. A morte nos deu as costas.

Os nobres ergueram suas vozes, concordando. Todos ali tinham um certo medo de Ruff, mas a tragédia que se abatera sobre o reino tanto tempo atrás tinha moldado a mente de Kottar durante gerações. Um conquistador não metia mais medo do que o horror compartilhado por linhagens inteiras, por toda uma população.

— Precisamos de sacrifícios! — disse alguém.

— Afinal, quem é o Alto Coveiro? — exigiu uma condessa. — Os mortos não podem ficar desamparados!

— Uma morte a ser evitada compensa tantas pelo reino todo, Majestade? — ousou um barão, que estava desesperado demais para pensar nas consequências de suas palavras. — O sangue de toda essa gente está em vossas mãos!

Hild ficou de pé e pôs a mão no cabo do machado. Ruff fez um gesto para que ela se detivesse. As palavras do prior, em seu sonho, retumbavam em sua mente. Ele não queria ser um tirano. Deixar que a discípula silenciasse aquele homem com uma lâmina iria torná-lo bem parecido com Zamir.

Mas, enquanto ele continuava arengando, Ruff deixou de ouvi-lo e foi tomado por um ódio frio. Eram superstições. Eram heresias. Eles estavam contrariando a vontade dos deuses.

— Fiquei sabendo que o Marquês Tullius resolveu o problema em suas terras! — disse alguém, encorajado pela mentalidade de turba, ignorando o olhar terrível de Ruff. — Ele sacrificou um filho, como dita a tradição, e dentro de seu feudo os mortos sossegaram. Eu digo que, se a coroa não faz os sacrifícios, nós devemos fazer!

A sala se calou toda de uma vez, pois o rei se ergueu do trono. O homem que espalhava o boato foi o último a perceber. Então fechou a boca e estremeceu, porque Ruff vinha em sua direção.

Chegou bem perto e disse, em voz controlada:

— O que me diz é verdade? Porque, se for, o Marquês Tullius será julgado e condenado como assassino de crianças. E você testemunhará.

O outro tentou desviar os olhos, mas Ruff não permitiu.

— Eu... Bem, eu não sei, Majestade — ele disse em voz pequena. — Vossa Majestade sabe como os guerreiros gostam de fofocar. Os homens em meu salão disseram ter ouvido dos guerreiros de um lorde vizinho, que jura ter ouvido do próprio marquês. Eu acho.

— Então espalha informações falsas, que podem resultar em ainda mais mortes, com base em soldados fofoqueiros? Se alguém nesta sala cometer infanticídio, você receberá a mesma punição.

Com um meneio de cabeça, fez com que o homem se afastasse, tão rápido quanto podia, sem dar as costas ao rei.

— Todos os seus filósofos e coveiros não conseguiram notar algo muito simples, agora ou durante a primeira praga. Kottar tem problemas com mortos-vivos porque não tem fé!

Todos os olhos estavam em Ruff. Ninguém ousava falar nada.

— Este reino tem uma chance de se redimir. Continuem com suas superstições sangrentas e serão punidos. Mas a punição que virá de mim não é *nada* comparada à punição que receberão dos deuses! Vocês devem rezar! Devem consagrar suas terras, entender os dogmas de nossos Criadores, implorar para que os anjos os ajudem! Devem encomendar as almas de seus mortos aos santos! Será que é tão difícil entender isso? Só pelos deuses podem salvar o reino!

Ruff, sem notar, estava quase gritando. Agitava seu punho fechado. Uma rachadura apareceu num canto da sala do trono.

— Talvez seus rituais heréticos mostrem resultados, sim. Mas quem sabe quais poderes demoníacos vocês estão servindo quando realizam sacrifícios humanos? Acham que estão agradando à morte, essa entidade quase bem-humorada que vocês pensam que existe, mas provavelmente estão se curvando a demônios! Estão entregando seus filhos para o inferno! E, quanto mais lamberem os cascos demoníacos, mais fortes os abissais vão se tornar! Vocês hoje em dia são reféns, reféns de poderes profanos que nem compreendem. E têm uma chance de se libertar.

Ofegante, ele abaixou a voz.

— A liberdade só vem dos deuses.

Uma horda dobrou a esquina, contornando um prédio de dois andares que abrigava uma tinturaria. As pessoas lá dentro estavam nas janelas, berrando por socorro. A porta tinha sido barricada, mas os mortos estavam arranhando a madeira e batendo com os punhos. A família trancada na casa também já devia estar sem comida e temendo que o primeiro dos seus morresse de inanição, erguendo-se como um dos desmortos.

Mas eles choraram de alívio quando viram o rei correndo em sua rua.

— Rezem! — gritou Ruff Ghanor. — Peçam ajuda aos santos! Um deles os ouvirá!

Então saltou com o martelo em punho e esmagou o crânio de um cadáver podre que andava.

— São Arnaldo! São Arnaldo!

Johrgrund veio logo atrás, com um golpe monstruoso de mangual, que destroçou os corpos dos mortos e os enviou, inteiros ou em pedaços, voando para todas as direções. Hild alcançou Ruff, o escudo na frente do corpo, bloqueando as garras dos mortos-vivos e acertando pescoços e crânios, num padrão preciso, técnico.

Ruff foi atacado pela lateral por um grupo enorme. Virou-se rápido, bloqueando as mordidas e os arranhões com o escudo, confiando que Hild protegeria seu outro flanco. Os mortos nunca atacavam individualmente, estavam sempre em bandos, prensados uns contra os outros, escalando os corpos de seus semelhantes para chegar aos vivos. O trabalho de dar cabo de cada um deles era exaustivo e meticuloso. Era preciso destruí-los de forma bem completa, para que não conseguissem mais se erguer. Mesmo assim, Ruff desconfiava de que eles ainda estivessem atormentados, apenas em pedaços muito pequenos para fazer qualquer coisa sobre isso.

Um morto-vivo escalou seu escudo e se debruçou para tentar achar uma brecha em seu elmo, arranhar seus olhos. Johrgrund arrancou a coisa de Ruff com a mão e jogou-a longe, por cima do ombro. O cadáver vivo se despedaçou contra um telhado.

— Glória ao Santo de Pés Descalços! — gritou alguém, da janela da tinturaria. — Glória a São Arnaldo!

Ruff ouviu com satisfação o cântico vindo logo atrás.

Os grupos de guerreiros podiam ser impressionantes, principalmente quando ele mesmo, Johrgrund e Hild encabeçavam a limpa, mas eram só guarda-costas de quem fazia o trabalho de verdade. Ruff mobilizara todos os clérigos presentes em Kottar para exorcizar os espíritos inquietos, dar paz aos corpos animados, encomendar os defuntos aos deuses, abençoar as tumbas e impedir que a praga continuasse.

O grupo de oito clérigos andou devagar, pelo caminho aberto por Ruff e os outros. Eles vestiam seus mantos cerimoniais, com estolas bordadas. Os sacerdotes mais à frente carregavam um aspersório e um turíbulo, deixando tudo com um cheiro de incenso e espalhando água benta. Eles entoavam um cântico monástico como se estivessem dentro de uma igreja.

Os mortos fizeram o gesto de tapar os ouvidos, embora muitos não os tivessem mais. Começaram a se contorcer e tentar fugir, mas estavam lentos, quase paralisados de dor.

— Eu vos liberto! — disse um sacerdote. — Em nome de Santo Otto, eu vos liberto! Vão em paz para a morte e deixem este mundo aos vivos!

Jogou água benta sobre a horda, enquanto Ruff e Hild batiam com os escudos, golpeavam com martelo e machado para manter os desmortos longe. Os cadáveres chiaram quando a água benta os tocou. Começaram a derreter.

— Vão embora deste mundo!

Um clarão azulado tomou a rua. Os mortos soltaram uma espécie de guincho, mal audível para ouvidos humanos. Então, quando a luz se desfez, só restava deles poeira e sangue negro.

— Em frente, irmãos! — incentivou o rei. — Os santos olham por nós!

Aos poucos, quarteirão por quarteirão, casa por casa, tumba por tumba, Necrópole foi tomada pela luz azul da magia divina e o povo de Kottar viu milagres pela primeira vez. Talvez a morte tivesse lhes dado as costas, mas os deuses estavam a seu lado.

— E então? — perguntou Ruff. — Aceita?

Naqueles dias, ele praticamente não dormia. A praga ainda não estava contida em Necrópole e ele ainda coordenava os esforços dos clérigos no reino todo, por ordens de batalha, como se estivessem mais uma vez em guerra. Passava muitas horas do dia liderando batalhões de guerreiros, enfrentando os mortos, protegendo os sacerdotes enquanto faziam seu trabalho. Quando a cidade estivesse limpa, ainda precisaria viajar pelo reino todo para devolver os mortos à paz. Era trabalho árduo, demorado, frustrante. Mas era sua responsabilidade.

Pelo menos enquanto não houvesse um Alto Coveiro.

O embaixador Fester de Salúria levou a mão ao queixo, pensando. Ruff não achara que a oferta do maior cargo no reino fosse provocar dúvida. Mas há anos sabia que Fester era um homem estranho.

— Certamente existem outros mais qualificados do que eu — disse Fester. — Consigo pensar em pelo menos dois coveiros aqui mesmo em Necrópole. Minto, apenas um, o outro está morto. A morte de um coveiro é algo muito complicado, é preciso atender aos padrões de qualidade que ele tinha em vida. Fico feliz que Vossa Majestade não tenha me oferecido o cargo antes da morte do último Alto Coveiro. Não gostaria que minha primeira tarefa fosse cuidar dos arranjos para quem entendia mais de morte do que qualquer outro em Kottar.

Talvez fosse a falta de sono, mas Ruff não sabia muito bem o que responder.

— Por isso já comecei a preparar meu próprio funeral. Não quero dar essa dor de cabeça a minha família. Se eu for o Alto Coveiro, então, será muito difícil para eles quando eu morrer. Melhor já deixar tudo pronto, acabar com a dificuldade. Conheci um mercador que, quando perdeu a mãe, morreu de pura preocupação com seu funeral. Então sua esposa teve de lidar com dois funerais e isso é uma complicação por si só, não preciso nem falar a Vossa Majestade. Mas, por outro lado, pode-se fazer um funeral coletivo, o que poupa preocupações. Talvez tenha sido um gesto de amor do mercador que conheci ter morrido daquela forma, ele era um homem dedicado a sua esposa. A melhor coisa que se pode fazer por um cônjuge é morrer de forma descomplicada.

— Você será perfeito para a posição, Fester.

Fester de Salúria, como todo embaixador, tinha os conhecimentos básicos necessários para ser um coveiro. Não lidara com o dia a dia da administração de um cemitério ao longo de sua vida, mas a maior parte do trabalho do Alto Coveiro envolvia pensar na morte para agradar aos vivos e isso um diplomata com sua mentalidade sabia fazer com perfeição.

— Existe apenas uma consideração a fazer — disse o rei. — Kottar não pode mais estar impregnado de tradições mórbidas e supersticiosas. Os mortos do reino serão encomendados aos deuses. Você terá de estudar teologia e coordenar sacerdotes em assuntos funerários. Está disposto a fazer isso?

Fester de Salúria deu de ombros.

— Falar com os deuses para que eles garantam uma boa morte me parece ineficiente. É como falar com o filho de alguém para dar um recado, a mensagem sempre acaba distorcida. Foi assim que meu irmão morreu, inclusive. Uma vizinha sua deu ao filho um frasco de veneno, para acabar com os ratos, e uma garrafa de licor, para entregar a meu irmão. O garoto deu uma das garrafas a meu irmão, mas Vossa Majestade sabe como são as crianças. Tivemos um funeral cheio de ratos bêbados.

— Você aceita?

— Com toda a honra, Majestade. Talvez, se eu falar bastante com os deuses, a morte me ache chato demais para me levar.

Apesar de tudo, apesar dos anos de preocupações, Ruff riu. Talvez não fosse tão ruim ter Fester de Salúria por perto. Ele era, afinal, um homem que não guardava rancor pelo rei que havia mandado prendê-lo na noite do atentado.

— Tenho apenas uma consideração, Majestade, já que a partir de agora terei de fazer muitas considerações. Vossa Majestade acredita mesmo que foi a falta de devoção aos deuses que criou essa nova praga?

— Você também virá com a ladainha de que a morte nos deu as costas? — Ruff devolveu a pergunta.

— Oh, não, Majestade, se há alguém em quem a morte presta atenção, é em Vossa Majestade. Poderiam ser marido e mulher, tanto andam juntos. Apenas tenho minhas dúvidas de que, subitamente, os mortos tenham sentido falta de ritos fúnebres religiosos.

— Então...

— Se posso vos dar uma sugestão, gostaria que a primeira ordem que Vossa Majestade me der como Alto Coveiro seja investigar a causa dessa praga.

Apenas depois que toda a praga de mortos-vivos estava resolvida, Ruff teve algum tempo para si mesmo. Ele não via Ghanor há anos. Mas, mesmo com as preocupações do novo reino, não deixava de pensar no passado.

Parecia fazer tão pouco tempo. Agora já quase 12 anos, mas era um piscar de olhos.

Ruff partiu sozinho numa jornada rumo aos ermos. Isso não era o papel de um rei. Mas ele deixou o Alto Coveiro Fester de Salúria cuidando dos mortos, os administradores e nobres cuidando dos vivos e apenas teve de se afastar.

Ruff chegou à Ermida de Santa Cora após uma semana de viagem.

Santa Cora, ele descobrira em seus estudos durante a praga, era a única santa conhecida natural de Kottar. Sua história era obscura e o povo não a cultuava, já que, até a chegada do conquistador, só cultuava a morte. Mas já fora uma santa tradicional do reino. Tinha sido linchada por aldeões enfurecidos ao defender os habitantes de uma aldeia rival, numa demonstração de piedade. Contudo, seu enforcamento não dera certo. A turba tentou de novo e de novo, até que já estavam cansados. Então Santa Cora se enforcou ela mesma, na frente de todos, como uma mostra de sua eterna disposição a ajudar. Esse gesto, segundo a história, tocou tanto os aldeões que eles desistiram de sua rivalidade com a outra aldeia, e Cora ascendeu para o lado dos deuses.

Santa Cora não tinha igrejas em seu nome, mas tinha um pequeno santuário na natureza cinza e negra de Kottar, um lugar de meditação. Um lugar nos ermos, para isolamento e contemplação — uma ermida.

Ruff chegou à Ermida de Santa Cora e imediatamente tirou a armadura. Vestiu seu manto de monge e meditou. Durante dias, comeu o mínimo para sobreviver, bebeu pouca água.

E rezou.

Com toda a sua força, rezou, levando o corpo aos limites da exaustão e da privação.

Já perdera a conta de quantos dias haviam se passado quando decidiu beber a poção.

O rei tinha mandado prender todos os alquimistas ou realocar a novos trabalhos aqueles que tinham se conformado com seu governo. Alquimistas eram perigosos. Mas, depois do sonho com o prior, começara a ser atormentado por dúvidas.

Mandara soltar um punhado de alquimistas talentosos. Fizera com eles uma barganha. E eles tinham preparado poções.

Ruff determinou que os próprios alquimistas deveriam provar as poções uns dos outros criadas para o rei. Um deles morreu envenenado no primeiro dia, mas os outros colaboraram.

E o que ele tinha em mãos agora era uma poderosa poção alucinógena. Um resquício dos dias mais antigos de Kottar, os dias de Santa Cora, quando o reino ainda cultuava os deuses.

Ruff bebeu a poção. E assim, com seu corpo avassalado pela fome e pela sede, sua mente nadou em ilusões criadas pela substância. Ruff rezou até a transcendência. Ele se forçou a ter uma visão.

Mas não era só visão. Com lágrimas nos olhos, ele teve certeza de que era real.

A estrela dourada brilhava no céu mais uma vez.

— Bellitz — ele disse, com voz fraca.

E Ruff rezou e rezou para seu anjo, para que ela viesse até ele. Não era aquela a forma certa, ela nunca precisara ser compelida, mas o rei não aguentava mais. Naquele momento, nem mesmo era um rei. Era um monge humilde tentando consertar um erro.

A estrela dourada desceu, a luz tomou a visão de Ruff. Ele protegeu os olhos sorrindo e então, ofuscado, discerniu a silhueta da mulher alada de armadura.

Bellitz estava séria. Ruff se ajoelhou a seus pés.

— Levante-se — foi a primeira palavra que ela lhe disse.

Ruff secou as lágrimas. Tentou ter certeza de que aquilo não era uma alucinação. Precisava ser real. Ergueu-se.

— Eu precisava ouvir sua voz, Bellitz. Pelos deuses, eu precisava vê-la.

— O que você deseja, Ruff Ghanor?

Seu semblante era severo. Continuava bela, a visão mais bela que Ruff já presenciara. Os cabelos castanhos claros, o rosto decidido, o olhar firme de guerreira. Sua armadura dourada lhe emprestava majestade, ela ficava de pé altiva. Ruff queria mais do que tudo tocá-la, sentir sua pele de novo. Mas não ousava.

— Bellitz, eu... Eu preciso lhe pedir perdão.

— Você já me pediu perdão, Ruff Ghanor. Logo depois do que fez. Você me pediu perdão e agora para você já faz muito tempo. Mas, para mim, não faz tempo nenhum.

— Eu errei. Não há defesa para o que fiz. Não há justificativa. E mesmo um pedido de perdão é egoísta. Mas eu não aguentava mais, Bellitz. Estou afundando num poço, mas todos gritam meu nome, tudo a minha volta é triunfo. Estou afundando num poço e ninguém sabe.

— Eu sei, Ruff Ghanor.

Ele hesitou.

— Você... Você continua me observando? Essa ainda é sua missão?

— Eu sou o anjo que vigia o Devorador de Mundos. Eu observo cada um de seus passos. Esta é e será minha missão. E eu vejo o abismo de desespero em que você se encontra, Ruff Ghanor. Mas tal é a condição mortal. Todos vocês estão desesperados. É uma das razões pelas quais os deuses decidiram que a Criação foi um erro.

Ela estava fria. Ruff não soube o que poderia esperar senão isso. Ela estava fria, é claro que estava fria. Ela falava a verdade, via-o como o Devorador e cumpria as ordens dos deuses.

É claro.

Sempre havia sido assim. Aquela era a normalidade. Tinha havido um breve momento de algo diferente, quando eles estiveram juntos. Mas, para ela, fora algo minúsculo, fugidio, menos que um instante. Para ele, ainda, era como o presente. Mesmo por sua traição, mesmo depois de tantos anos, ele nunca deixara de amá-la e, por isso, era um traidor ainda pior.

— Eu estou sozinho. Tenho Hild, é claro, mas ela não passou por tudo conosco. Ela é uma menina. Todos contam comigo e não posso pedir ajuda a ninguém.

Ela se empertigou.

— Todos estão dispostos a ajudá-lo, Ruff Ghanor. É por isso que gritam seu nome.

— Não é isso — ele balançou a cabeça. — Não tenho...

E então se deteve.

Ruff percebeu que não tinha um, mas dois reinos a seu redor. Tinha Hild e Johrgrund, tinha até mesmo Edyriell, embora o elfo tivesse permanecido em Ghanor e fosse sempre um pouco distante. E não podia reclamar de falta de lealdade quando Lurius Minimus ficara aleijado numa missão para ajudá-lo.

Ele tinha a tarefa mais importante e mais difícil do mundo. E isso impedia que visse as outras pessoas como iguais.

Ruff Ghanor estava determinado a salvar o mundo, mas ainda assim podia ser um egoísta.

— Eu... Eu a tratei mal, Bellitz. Fiz algo imperdoável. Mas não quero falar sobre isso. Todos ouvem sobre meus problemas. Por favor, se você quiser falar de você mesma, eu adoraria ouvir.

Ele disse aquilo e sentiu um alívio enorme no peito, algo que não sentia desde quando eles estiveram juntos nos Pântanos Cinzentos. Tinha ficado fascinado por Bellitz por ela estar sempre com ele, mas tinha se apaixonado quando ela tinha lhe contado sobre sua longa vida, suas missões nos confins da Criação, sobre como era ser um anjo.

Ele não conhecia mais Bellitz, mas queria conhecê-la de novo.

Ela pareceu surpresa, gaguejou um pouco.

Então deixou os ombros caírem só um centímetro, algo quase imperceptível. Mas já não estava tão altiva ou impassível.

Ela suspirou.

— Bem... Eu sinto falta do mundo dos mortais, Ruff Ghanor. E não estou falando de você. Já tive muitas missões no mundo físico. Nada é tão intenso. O resto da Criação é... Mais difusa. É menos concreta, de alguma forma. Eu sinto saudade de estar aqui.

Então Bellitz sentou numa pedra. Ruff sentou também, longe dela.

— As relações com outros anjos não suprem isso?

— Você não entende. O tipo de conexão que os mortais têm uns com os outros é único na Criação. Os deuses criaram os anjos a sua imagem. E os deuses são distantes. Mesmo nós não conhecemos seus nomes ou sabemos se eles têm nomes como nós temos. Então os anjos não têm verdadeiramente amizades. Ou amores. Nós vivemos no esplendor divino, realizando missões e contemplando a perfeição dos deuses. Quando dois anjos se encontram, não são como dois mortais. É como se você estivesse tentando fazer dois raios de luz se tocarem. Eles nunca se encostam verdadeiramente.

— Tudo é assim nos reinos fora do mundo físico?

— Existem entidades mais individuais, mas não conheço nenhuma que exista com tanta identidade quanto no reino dos mortais. Individualidade concreta é algo que pertence a vocês. Você nunca pode conhecer um celestial como conhece um mortal.

— Eu conheço você.

Ela ficou quieta. Ele pensou em pedir desculpas, mas achou que era má ideia.

— Eu só existo enquanto Bellitz, enquanto esta criatura, porque existe o mundo físico. Antes de o mundo físico existir, eu era o conceito de Bellitz, uma ideia de vigilância, batalha, anunciação e proteção. E, quando o mundo físico deixar de existir, também voltarei a ser o que era.

Isso provocou em Ruff uma sensação de vazio, um medo profundo. Muito maior do que a ideia de o mundo acabar, levando todos os mortais consigo.

Se ele falhasse, Bellitz não existiria mais.

A sensação de perda iminente era quase enjoativa. Mesmo que ele nunca mais a tivesse, o fato de Bellitz existir na Criação era uma espécie de conforto que ele nunca tinha percebido.

Mas ele tinha outra coisa a perguntar.

— Bellitz... Você conhece algo chamado Devorador dos Céus?

Ela arregalou os olhos.

— O quê? Como alguém... — não conseguiu completar a frase. A blasfêmia que estava implícita era nojenta demais.

— Existe um rei na terra, Bellitz. Mubruk Filho de Urso. Ele se considera digno de julgar os deuses, assim como os deuses nos julgam. Ele... Ele me fez uma proposta. Ele desejava que eu fosse o Devorador dos Céus e destruísse o Paraíso.

— E o que você respondeu?

Ruff começou a falar, mas então se deteve.

— Você não viu? — ele perguntou.

Bellitz costumava observar tudo que ele fazia. Por isso, inclusive, vira sua traição. Ela era o anjo designado a guiá-lo. Como não estivera ciente de um dos eventos mais importantes da vida recente de Ruff?

— Não enxerguei nada disso — ela falou. — Mesmo essa parte do mundo, de que você fala. Não sabia que existia. É estranho.

Seu estômago se embrulhou de novo. *O que* era Mubruk Filho de Urso? Como o que acontecia a seu redor não podia ser visto pelos anjos?

— Mas então alguém quer devorar o Paraíso... — disse Bellitz. — Parece que minhas chances de morrer aumentam cada vez mais.

— Eu vou lutar para que você continue existindo, Bellitz — ele disse, com voz embargada. — Por favor, acredite que não falo isso porque acho que vá convencê-la de meu caráter. Eu apenas… Gostaria que você continuasse sendo quem é.

Ela se permitiu um sorriso e olhou para o chão.

— Existem outras coisas sobre ser um anjo — ela falou. — Acho que sei bastante sobre ser mortal por observá-los. Mas você não sabe muito sobre nós. Irei lhe contar.

Eles conversaram durante a noite toda. Ruff não encostou um dedo nela, nem falou sobre si mesmo ou sobre o que ainda sentia.

Quando amanheceu, Bellitz desapareceu de novo com uma luz dourada.

Ruff ainda estava sozinho, mas já não se importava tanto com isso.

12 | Filosofia de combate

ELES VOLTARAM A Ghanor como heróis conquistadores.

Desde o início da guerra, o povo não via mais seu rei. Recebia apenas relatos da progressão das batalhas, então a notícia da vitória, então o anúncio da coroação de Ruff Ghanor em Kottar.

Com o rei veio o tesouro. Kottar não era rico, mas a vitória trouxe espólios e, mais do que isso, trouxe esperança. A população se uniu em torno do objetivo nacional comum de vencer Kottar, de vingar a tentativa de assassinato, de acabar com os sacrifícios humanos e levar a fé nos deuses até aquele povo pagão. Cerca de três anos após partir encabeçando a coluna, Ruff estava de volta, ouvindo seu nome gritado por um país inteiro.

Hild cavalgava a seu lado, trajada na armadura de ossos. Era uma figura sinistra, mas assim eram os guerreiros. Pelas ruas da capital, ela viu as pessoas nas janelas e portas jogando pétalas de flores, pedindo a bênção. A garota se empertigou na sela; o rei era adorado, ela se sentiu sua lutadora, sua executora. Hild matara a assassina, quando aquilo tudo começara, tinha lutado em inúmeras batalhas, tinha salvado a vida de Ruff na tomada de Necrópole e enfrentado a praga de mortos-vivos. Ghanor não era exatamente sua casa. Passara tanto tempo naquela cidade quanto em Kottar. Quando estava quase fixando raízes em Necrópole, chegou a hora de ir embora.

Seu reino natal, Artus, também não seria mais uma casa. Hild olhou em volta, para a coluna que chegava triunfante, e pensou que aquela era sua casa. Viver em campanha, na estrada, de castelo em castelo, de cidade em cidade. Johrgrund, o gigante agora horrendo, Ruff e todos os outros, veteranos de Ghanor e novatos recrutados em Kottar, todos eram sua casa. Na convivência de exército, ao redor da fogueira à noite ou num alojamento precário ela se sentia à vontade, desde que fosse com aquela gente.

Um garotinho olhava-a, fascinado e aterrorizado, meio escondido atrás de um barril. Hild rosnou para ele de dentro do elmo de caveira e ele fugiu, apavorado. Ela riu, deleitada por ser quem era, e agradeceu em silêncio ao rei.

— É bom estar em casa — disse Ruff, dentro do elmo, ouvido só pela discípula.

— Não existe coisa melhor — concordou Hild.

A dor de cabeça da administração do reino não deu trégua apenas porque tinha havido uma vitória num reino distante. Pelo contrário — assim que sentou de novo no trono de Ghanor, Ruff foi inundado por uma fila interminável de nobres bajulando, plebeus implorando alguma solução, mercadores propondo acordos comerciais, militares fazendo relatórios, clérigos falando sobre assuntos espirituais. Edyriell fizera um bom trabalho na regência, enquanto o rei estava longe. A trajetória do elfo, de guarda de um palácio a administrador de um reino inteiro, era surpreendente, mas tantas coisas fantásticas aconteciam que mal havia tempo para se admirar com um elfo que descobrira um talento oculto. Thenyssa, a Memória da Floresta Alta, era uma conselheira valiosa e, por serem ambos elfos, eles trabalhavam bem juntos.

Ruff não deixou que houvesse feriados ou festejos para recebê-lo. Haveria um banquete na noite seguinte, mas só após um dia puxado de trabalho, em que ele atenderia a todos que precisavam e que não tiveram seu rei por três anos. Se Ruff tinha sido general por toda aquela campanha, agora ele seria por algum tempo um juiz, mediando disputas, tomando decisões, estando presente para o povo.

A corte estava cheia quando ele chegou, logo depois de cruzar a cidade. Ainda tinha a poeira da estrada nas roupas, mas pelo menos não estava mais de armadura. Todo o seu corpo doía, exigia um banho quente e uma cama fofa, mas ele passou pela multidão que se curvou em sua presença, sob o toque pomposo das trombetas dos arautos, sentou-se em seu trono e começou a ouvir seus súditos.

O primeiro, é claro, era um duque que vinha lhe trazer um presente, uma manopla de aço decorada com ouro e joias, representando a força do rei, mas também sua gentileza. Cada joia era uma batalha vitoriosa na campanha em Kottar.

— É magnífica — disse Ruff, examinando a peça.

— Apenas um humilde gesto para demonstrar minha lealdade a Vossa Majestade.

— Foram mesmo muitas vitórias — ele ponderou, contando as joias.

Então pediu aos servos uma adaga, que foi entregue em sua mão. Começou a mexer em uma das pedras com a ponta da arma, até conseguir tirá-la da manopla.

— O que Vossa Majestade está fazendo?

— Foram muitas batalhas. Não podemos esquecer por que lutamos tanto.

Forçou a adaga em outra joia até ela desencaixar. Colocou ambas equilibradas no braço do trono, então passou a trabalhar na terceira.

— Vossa Majestade não gosta de meu presente?

— Pelo contrário, é soberbo. E deve ir para quem merece.

Desencaixou a terceira joia, então pegou a primeira e a estendeu de volta ao duque.

— Você doará esta a um orfanato da capital. Existem vários, são administrados pela igreja. Tentamos mantê-los em condições dignas, mas o exército sempre acaba consumindo a maior parte dos recursos.

— Sim, Majestade — o nobre gaguejou.

— Esta — Ruff mostrou a segunda joia — deve ir às famílias dos soldados que morreram na campanha de Kottar. Você irá vendê-la pelo maior preço que conseguir, então procurará por essa gente que perdeu suas mães e seus pais e distribuirá o dinheiro entre eles igualmente. Na verdade, faça isso com duas joias, eles merecem. E não negligencie as famílias fora da capital. Será um trabalho árduo.

O duque mais uma vez concordou, meio estupefato.

— Esta vai pagar por cópias de livros importantes, para serem doadas a mosteiros e templos de Santa Amélia. Bibliotecas cheias nunca são demais.

Assim, tirando joia após joia da manopla, Ruff devolveu-as ao duque, listando um destino para cada uma. Um escriba real copiou as palavras do rei para não deixar o nobre esquecer.

— Quanto ao ouro... — ele examinou as decorações na manopla. — Mande seus artesãos retirarem-no e use-o para pagar por roupas novas para seus vassalos no inverno. Plebeus estão sempre com frio e as roupas que têm nunca são suficientes. Você nunca deve ter passado frio de verdade, mas eu lembro como era ser plebeu e manter-se aquecido é bem mais importante do que decorações de ouro numa manopla. Traga-a de volta quando estiver pronta.

— Então Vossa Majestade ficará satisfeito?

— Quase. Traga logo duas, só uma manopla é inútil! É uma boa manopla, ela será usada por algum de meus oficiais, numa luta para defender nosso povo.

O duque fez uma mesura e saiu, andando para trás de modo a não dar as costas ao rei, com sua manopla, suas joias e uma cópia das instruções reais.

Logo depois, chegou à corte um capitão do exército, um conde que se reportava ao Duque Minimus I, o filho de Lurius Minimus, e era responsável por monitorar as fronteiras do reino. O oficial relatou tudo que acontecera naqueles três anos de que Ruff não soubera — problemas menores, ataques de bandidos, uma revolta facilmente debelada, um fanático que liderava uma seita armada que nunca chegou a representar ameaça real. Fechou sua preleção com notícias dos outros reinos. Nada se sabia de Sammelen, o reino continuava uma incógnita. Mas havia um desenvolvimento interessante:

— A guerra entre Mattora e Utteria acabou. Os dois reinos são, na prática, um só.

Ruff se empertigou. O conflito entre os dois reinos tinha chegado a seus ouvidos, mas não sabia do resultado. De início, fora surpreendente que houvesse guerra declarada sem intervenção da igreja, mas há muito ele ouvira as notícias de que o rei de Mattora obtivera Caso de Guerra contra o reino vizinho. Mas depois Ruff supôs que o conflito continuaria como eram todos os conflitos entre os Três Irmãos: inconclusivo. A existência de um vencedor real era interessante e surpreendente.

— Mattora levou a melhor — disse o conde. — Mas os dois reis morreram. Mattora e Utteria são governados pelo antigo príncipe.

Ruff remoeu a informação.

— Acha que esses poderes combinados podem ser um problema para nós? — um conde que comandava tropas na fronteira era um bom palpiteiro sobre o que seria ou não um risco no futuro.

— Segundo o que se diz nas estradas, o conflito é interno entre Mattora, Utteria e Vammira, como sempre foi.

— Então haverá guerra contra Vammira — disse Ruff.

— Eu apostaria que sim.

Ruff sopesou aquilo por um momento. Era importante, mas não parecia ter muita relevância imediata.

— Mais interessante é a maneira como Mattora ganhou a guerra — disse o conde. — Todas as batalhas mais importantes foram lideradas por uma companhia mercenária. A Companhia do Cão.

Ruff franziu o cenho. Nunca ouvira falar da Companhia do Cão.

— Bom saber que existe uma companhia mercenária com tanto poder — disse o rei. — Podem facilmente virar revoltosos, se forem mais fortes do que os exércitos nacionais.

O conde fez que sim com a cabeça, curvou-se em uma mesura e se retirou.

O terceiro grupo a pedir a atenção do rei era um conjunto de jovens nobres e filhos de burgueses ricos. Todos eles tinham sido educados em mosteiros — era uma das melhores educações que se podia ter. Contudo, não eram clérigos, apenas moças e rapazes com mentes afiadas.

— Viemos pedir a permissão de Vossa Majestade para conclamar sábios de todo o reino — disse uma garota recém-saída da adolescência. — E de Kottar também, se isso for de vosso agrado. Também precisamos de autorização para começar a construção de um grande prédio, do tamanho de um castelo, nos arredores da cidade.

— E para que querem tudo isso? — perguntou Ruff.

— Ghanor não conta com um centro de conhecimento fora das igrejas, Majestade. Eu e meus companheiros crescemos livres da tirania do dragão, graças a vosso heroísmo, mas ainda sob o véu de ignorância que Zamir forçou sobre nós. Queremos construir uma universidade.

Ruff se inclinou para a frente, interessado.

A garota expôs seus argumentos. Uma universidade era fundada de duas formas básicas. Ou espontaneamente, por sábios que se reuniam e ofereciam seus conhecimentos a pretensos estudantes, ou por estudantes em busca de educação. Aquele era claramente o segundo tipo, jovens ricos desejando ser ensinados e dispondo-se a construir a infraestrutura para aquilo. Existia um punhado de universidades em certos lugares do mundo. A mais proeminente delas, é claro, em Sammelen. Ruff pensou em como aquela garota ambiciosa poderia saber daquilo tudo e então se deu conta de que ela crescera livre e o festival que abrira as portas do reino aos países estrangeiros acontecera quando ela devia estar entrando na adolescência. A noção de interação com o resto do mundo era natural para alguém tão jovem, embora fosse algo novo para ele. Contaminado pelo entusiasmo daquele grupo, Ruff sentiu ao mesmo tempo uma espécie de inveja nostálgica. Devia ser bom ser jovem naquelas condições, podendo fundar uma universidade ou mesmo estudar em uma já construída.

A garota continuava expondo seu caso, explicando como sábios e estudiosos, no contexto de uma universidade, seriam basicamente burgueses numa guilda, prestando um serviço, alugando seu conhecimento em troca de ouro e respeito. Ruff estava fascinado, mas quase se perdeu na explicação, porque não precisava ouvir mais. O plano da garota já havia sido aprovado dentro de sua cabeça há bastante tempo.

— E o que pretendem que se ensine em sua universidade? — quis saber o rei.

— Filosofia, é claro — respondeu a garota, nem um pouco intimidada pela pergunta. — Literatura, Arte, Direito e Medicina. Os conhecimentos mais elevados.

— E Teologia — disse Ruff.

— Bem, Majestade, em meio à Filosofia...

— Teologia será um dos principais focos da universidade, estudada em separado. Nosso reino existe pela graça dos deuses e estudá-los é nosso dever. Teologia é o mais elevado dos conhecimentos.

— Sim, Majestade.

— E vocês terão uma missão. De nada vale o conhecimento pelo conhecimento. De nada serve educação para os propósitos egoístas de apenas uma pessoa. A universidade irá educar para a melhora da vida do povo em geral. Seja na Medicina, seja na Arte, sua missão é servir ao povo.

— Sim, Majestade. Temos então vossa autorização?

— Têm mais do que minha autorização. O reino de Ghanor estará investido em fazer seu sonho acontecer. Mas caberá a vocês administrá-lo, o conhecimento não deve ser monopolizado por um rei.

Ela não conseguia responder, seu sorriso tremendo em meio a uma mesura. Seus colegas estavam risonhos como crianças.

— E vocês gravarão palavras na entrada da universidade. Para lembrar a todos que lá entrarem, professores e alunos, de sua missão.

— Quais palavras, Majestade?

— *"Tornar o mundo verde e bom."*

Satisfeito pela ambição nobre daquele grupo de jovens, Ruff atendeu aos demais súditos de bom humor. O cansaço cobrou seu preço cada vez mais, desgastando o rei, mas ele se manteve firme. Trouxeram-lhe comida ali mesmo e ele mastigou qualquer coisa enquanto resolvia problemas, negava pedidos absurdos, pensava em punições para criminosos. Havia muito trabalho acumulado.

Por fim, já era noite escura e o rei mal conseguia manter os olhos abertos. Ainda havia uma fila do lado de fora da corte, como haveria no dia seguinte e em todos os dias até o fim dos tempos. Ruff mandou vir o próximo, mas um servo chegou perto e sussurrou a sugestão de que encerrassem por enquanto.

— Ainda há muita gente...

— Perdão, Majestade, mas será impossível atender a todos.

— A fila diminuiu, pelo menos?

— Na verdade, aumentou — o homem pigarreou em tom de desculpas. — Quanto mais as pessoas ouviam que Vossa Majestade estava atendendo a muitos, mais pessoas chegavam e...

— Entendi — ele suspirou. — Muito bem, encerramos por hoje. Mande chamar Hild, preciso falar com ela.

O homem obedeceu, retirou-se andando para trás. Ruff odiava aquele protocolo idiota, mas fazia parte da encenação de ser um rei. As pessoas não podiam dar as costas a ele. Ruff aprendera que se despir dos protocolos representava se despir da autoridade e ele precisava de autoridade para fazer a vontade dos deuses.

O servo abriu as portas que levavam para fora da corte e Ruff viu a pequena multidão do outro lado, o burburinho, o colorido de roupas nobres e plebeias iluminadas pelas tochas. Pôde notar que já começavam os protestos, cada um exibindo seu caso e dizendo por que deveria ser a exceção. As portas se fecharam, ele aproveitou e fechou os olhos. Quase dormiu instantaneamente, de pura exaustão. Parecia absurdo que ainda naquele dia tivesse viajado, estado sobre um cavalo, na estrada. Tudo era distante, Kottar parecia ter sido anos atrás. Ouviu a porta se abrindo de novo, o som da multidão, então os passos do servo.

— Perdão, Majestade, mas uma miliciana está insistindo muito.

— Hmm? — Ruff murmurou, sem abrir os olhos.

— Ela disse que conhece Vossa Majestade.

— Não, você tinha razão. Chega por hoje.

— Perdão, Majestade, mas ela pediu para dizer que é filha de alguém chamado Dunnius.

Ruff abriu os olhos e sentou direito no trono.

— A filha de Dunnius está aqui?

— Sim, Majestade, eu...

— O que está esperando? Mande-a entrar!

Ele voltou até lá, abriu as portas, fez o gesto para chamar alguém, todos os outros protestaram, o burburinho ficou mais alto, mas enfim a garota passou pela multidão e entrou na corte.

Dianna, a filha do Irmão Dunnius, começou a fazer uma mesura, mas Ruff a interrompeu. Em um instante, já tinha pulado do trono e a abraçado, com lágrimas nos olhos.

Dianna tinha um bebê no colo.

Se estivesse vivo, Dunnius seria avô.

— Perdão, Majestade, mas eu queria mostrá-lo...

— Quero que me chame de Ruff, como seu pai chamava.

E abraçou-a de novo. Ela não entendeu muito bem, mas sorriu e retribuiu o gesto, então o rei soluçou em seu ombro. O menino não gostou, reclamou do aperto e logo começou a chorar.

— Desculpe, Dianna, eu não quis...

— Não há problema, Majestade... Ruff — ela se forçou a dizer o nome. — Ele vai sentir coisa pior na parede de escudos. Ou estudando sobre os santos, se puxar ao avô.

Ruff limpou os olhos e riu. Pensou na felicidade suprema que Dunnius teria se pudesse ver aquela criança. O tempo passava inclemente, mas também trazia vida nova.

— Há algo que eu possa fazer por você, Dianna?

— Na verdade, só queria mostrar meu filho a Vossa Majestade... A você — ela deu um riso constrangido, olhou para baixo. — E agradecer por tudo que fez por nós. Eu sou sargento dos capas vermelhas. É um bom trabalho, tenho orgulho do que faço e posso ter uma família. As pessoas que conheço também estão felizes. Eu não vivi a época do dragão, não como meu pai e você viveram. Mas sei o quanto devemos ser gratos a vocês.

Ruff sentiu uma onda de afeição por ela. Por um instante, parecia absurdo que não convivesse com aquela mulher todos os dias. Por que a filha de Dunnius não era tão próxima dele quanto qualquer membro da corte?

— Deixe que eu lhe dê um cargo no castelo, Dianna — disse Ruff. — Você poderá ser guarda aqui ou instrutora de combate.

Ela ficou séria.

— Como quiser, Majestade.

E Ruff percebeu seu erro.

— Você é capa vermelha — ele disse, fechando os olhos, balançando a cabeça, sorrindo de vergonha de si mesmo. — Você tem orgulho do que faz.

— Sim — ela admitiu. — E perdão, Majestade...

— Ruff.

— Perdão, Ruff, mas nunca precisei dizer quem era meu pai ou ter seu favor para chegar onde cheguei. Tenho orgulho do sacrifício dele e sou sua súdita fiel, mas minhas conquistas são minhas. Sou sargento dos capas vermelhas e, se mostrar competência, chegarei a capitã. Ou, como é meu sonho, a comandante. Mas não será por favor de ninguém. Meu pai morreu na catedral para que uma plebeia pudesse se tornar guarda, então sargento, capitã e comandante. Sozinha.

Ruff fez para ela a saudação militar da milícia de Ghanor. Iniciando a saudação, ele se portava como se ela fosse sua superior. Dianna se empertigou e, mesmo com o bebê nos braços, devolveu o cumprimento, orgulhosa. Era uma capa vermelha de corpo e alma.

O bebê tinha se acalmado. Ruff relaxou.

— Mas sim, tenho algo a pedir para você — disse Dianna. — E sei que não faria se meu pai não fosse Dunnius, mas preciso pedir mesmo assim.

— Qualquer coisa.

— Ruff, gostaria que você fosse o clérigo a batizar meu filho.

Ele tocou em seu ombro.

— Nada me deixaria mais feliz.

Então, Ruff imaginou se Dianna não tinha dado o nome de Ruff ao bebê. O pensamento poderia lhe dar orgulho, mas encheu-o de uma espécie de medo. Ele não queria outro Ruff, não queria uma homenagem. Dianna era independente, não precisava atrelar seu filho ao nome do rei. Ela pedira para ele batizá-lo e isso seria uma honra imensa para qualquer plebeu. Mas que fosse só isso, que não fosse uma devoção tão grande.

— Como é o nome dele? — perguntou Ruff.

— Niccolas.

Ele sorriu.

— É um belo nome.

— Eu me ausento por três anos e você tem um *filho?* — disse Hild.

— Eu paro de vigiá-la por três anos e você faz isso em seu cabelo? — Dianna retrucou.

As duas riram e se abraçaram.

Não se podia dizer que eram irmãs, porque raramente haviam tido oportunidade de se ver, e a campanha em Kottar afastara-as por tempo demais. Mas os momentos de união, quando Hild não conhecia ninguém em Ghanor e era rejeitada por quase todos, criaram na guerreira de Artus uma lealdade para com a amiga que fazia com que tempo não importasse.

Dianna deixou o filho com seu marido, o que era extraordinariamente difícil para uma mãe tão recente. As duas rumaram para uma taverna de milicianos, como sempre. Quando entraram, a miliciana foi saudada, o respeito devido a um sargento dos capas vermelhas garantindo que ela receberia como presente pelo menos uma ou duas bebidas durante a noite. Mas Dianna não beberia álcool, pois tinha aprendido com seu pai que, por alguma razão, isso não fazia bem ao bebê naquela fase. Hild atraiu olhares de espanto e reverência. Na primeira vez que entrara numa taverna daquelas, temera por sua vida. Agora só temia que não a deixassem em paz, perguntando sobre o rei e a guerra em Kottar.

— Quem é o felizardo? — perguntou Hild.

— Meu marido? Você não o conhece. É um monge.

A guerreira riu.

— Um monge? Como seu...

— Sim, como meu pai — respondeu Dianna, meio divertida, meio contrariada. — Não tenho culpa se a pessoa mais extraordinária que conheci na vida também era monge, não iria deixar de me casar com ele só por isso.

— Monges não ficam trancados em mosteiros? Pensei que esse fosse todo o propósito de suas vidas.

— Você quer mesmo falar da rotina dos monges depois de três anos?

Elas bateram as canecas e beberam.

— O que aconteceu em Kottar? — perguntou Dianna. — Ninguém volta para casa vestida numa armadura de ossos sem que algo tenha acontecido.

Hild contou sobre a guerra. A capital tinha recebido relatos das batalhas enquanto aconteciam e o anúncio da vitória colocara a cidade em festa. Mas só agora havia histórias em primeira mão dos soldados que estiveram na linha de frente. Hild falou sobre a primeira batalha, na aldeia miserável. Sobre as rendições e os cercos. Sobre como todos tinham quase morrido queimados ao atacar Necrópole.

— Então você salvou a vida de Ruff Ghanor.

— Salvei — disse Hild. — De novo. Às vezes fica repetitivo, sabe?

As duas deram um risinho sarcástico. Antes de partir, Hild contara a Dianna sobre a noite da assassina e sobre como ela fora responsável pela sobrevivência do rei. A miliciana brilhava de orgulho pela amiga.

— Parece que você tem tudo — falou Dianna. — Um lugar onde se encaixa, força e até mesmo histórias a seu respeito. Só falta uma coisa.

— Mais cerveja?

— Bem, sim. Cerveja, sempre. Mas também fé.

Hild jogou os braços para cima, exagerando só um pouco a própria exasperação.

— Você virou santa depois de casar com um monge? Porque, deixe eu lhe contar, ser pecadora é bem mais divertido!

— Não quero que você vire freira! — Dianna riu. — Mas toda estrada deve levar a algum lugar. E, agora que você descobriu sua estrada, para onde ela leva?

— Ao comando de uma unidade, espero, se eu não estragar tudo. Então eu e você poderemos competir sobre quem tortura mais nossos soldados.

— Certo, digamos que você comande uma unidade. Digamos que comande um exército inteiro! E depois?

— E depois... — Hild apontou para uma caveira que decorava sua armadura.

— Só isso? Morte?

— Quer que eu me torne imortal? É um pouco de cobrança demais.

— O que acontece *após* a morte?

— Talvez Paraíso, talvez inferno. Talvez nada.

— Você será mais feliz se acreditar que é alguma coisa. Será mais feliz se, no fim de cada dia, puder abrir seu coração para os santos ou os deuses e contar tudo pelo que está passando.

— E quem precisa de um santo para isso, quando se tem uma taverna e uma miliciana tagarela?

Dianna secou o chá da caneca.

— Sabe qual seu problema, Hild?

— Eu tenho um problema?

— Seu problema é que você gosta de fazer tudo sozinha. Mas não precisa.

— Não faço tudo sozinha. Estou aqui, não estou?

— Infelizmente, às vezes teremos que passar três anos ou mais separadas e eu gostaria de saber que você sabe pedir ajuda a outras pessoas.

— Então devo pedir ajuda a um santo?

— Por que não? Talvez ele ajude.

Hild não quis estragar a conversa falando da sombra chamada Devorador dos Céus, que ninguém sabia se realmente viria. Mas contar com santos ou deuses não parecia garantia de nada.

— Vamos combinar algo — disse a guerreira, colocando a mão nas costas da amiga. — Da próxima vez em que eu estiver frente a frente com um desgraçado tentando me matar, vou dar um golpe de machado e fazer uma prece. Então vamos ver qual dos dois é mais eficiente.

— O machado é mais rápido, mas a prece é mais eficiente.

— Agora você só está falando asneiras.

E continuaram assim, trocando histórias, piadas, conselhos e leves insultos, até tarde. No dia seguinte, Hild teria uma missão. Dianna não sabia, mas pensar em deuses e filhos era algo que só deixava a guerreira mais apreensiva com seu próximo dever.

No dia seguinte, Hild partiu em uma expedição, liderando um destacamento de 20 guerreiros de elite, veteranos curtidos desde a batalha com Zamir, a nata das forças militares de Ghanor. Ruff não tinha dado à discípula nem 24 horas para descansar, a próxima missão viera assim que os dois tinham conseguido se falar. E não era uma missão fácil.

Ruff e Hild tinham se sentado sozinhos para que ele explicasse qual era o problema. Nem mesmo guardas ou servos foram admitidos na sala do trono e houve ordens de que ninguém os interrompesse até que a porta se abrisse de novo.

Naquela reunião, Ruff sentou e, em voz baixa e sem meias palavras, explicou a Hild que ele tinha três filhos. Que eram filhos da Dama de Ferro, uma bruxa cuja existência era assunto de boatos, mas que não era vista desde a formação do reino. Explicou sobre Áxia e o relacionamento dos dois. Sem hesitar, falou de sua traição e de como tinha tentado raptar ou salvar os bebês durante seu nascimento.

Então deu a Hild a tarefa de encontrá-los.

A guerreira não sabia quanto tempo demoraria na busca. Talvez anos. Talvez, depois de uma década, ela voltasse à capital de mãos vazias, derrotada, tendo passado sua juventude numa missão inútil. Mas seu rei, seu mestre, confiara a ela aquele que era seu maior segredo. Ruff dissera que apenas o Irmão Niccolas e o anjo chamado Bellitz conheciam a verdade. Nem mesmo o companheiro de quem ele falava de vez em quando, Korin, sabia de seus filhos.

Trajando a armadura de ossos, sobre um cavalo pálido e na frente dos 20 melhores guerreiros que Ghanor tinha a oferecer, Hild sentia uma lealdade feroz por Ruff, um amor que não sentira por seu pai ou pelo Alto Chefe Gunnar, uma figura distante em Artus. Era o amor de quem conquista a confiança de alguém que admira.

E ali, na estrada, ela decidiu que não iria falhar.

Na primeira noite em que acamparam, na orla de uma floresta esparsa, Hild olhou para o céu e viu uma estrela dourada. Teve uma sensação estranha. Ela sabia que era Bellitz, o anjo sobre o qual Ruff falara algumas vezes, embora só ao lhe dar a missão ele tivesse contado tudo sobre o que Bellitz representava para ele. A estrela dourada vigiando-a fez Hild ter a impressão de haver entrado numa nova fase da vida, de estar embrenhada em algo mítico e sobrenatural. Torceu o nariz, pensando que não queria dar a Dianna a satisfação de estar certa — com ou sem anjos, ela não iria se ajoelhar para santos que não faziam nada.

A campanha em Kottar fora apenas uma guerra na qual homens tinham morrido e o poder tinha mudado de mãos. Agora ela estava numa jornada que tinha ares heroicos. Acomodando-se no saco de dormir, ela pensou que eram fantasias de uma garota ainda com histórias demais na cabeça. A vida era como Johrgrund falava: não importava o quanto demorasse ou o quanto se implorasse, havia alguém mais forte para devorar alguém mais fraco e nenhuma busca inspirada ou anjo protetor mudariam isso.

Nos dias seguintes, andando por Ghanor numa direção que decidira quase arbitrariamente, ela pensou em como iria empreender a busca.

Ruff já tentara mandar arautos pelo reino e além, já tentara recolher informações com viajantes e espalhar boatos de que buscava por sinais da Dama de Ferro. Uma abordagem indireta não funcionava. Hild pensou que, se queria descobrir onde estavam três crianças demoníacas que deviam ter 13 anos, deveria procurar prodígios. Eles estariam em idade para começar treinamento como escudeiros ou aprendizes em guildas. Talvez estivessem sendo criados por monges ou cavaleiros. Tudo dependia de como a tal Áxia desejasse dar poder a seus filhos.

Talvez os quatro estivessem dentro de uma caverna ou torre durante todos esses anos, com Zamir, e ela precisasse procurar sinais de maldições, plantações mortas sem explicação, animais que nascessem com duas cabeças e outras evidências de bruxaria.

De qualquer forma, quando havia algo muito terrível ou muito maravilhoso, as pessoas se voltavam à religião. Então Hild decidiu que seu primeiro passo era visitar templos e mosteiros para procurar algo que parecesse interessante.

Não pensou que encontraria algo tão perto da capital, mas mesmo assim visitou um templo de São Arnaldo em uma aldeia a duas semanas de viagem. Os clérigos lá não sabiam de nada. Ampliou sua busca, visitando outras aldeias, outras cidades. No meio do caminho, seu grupo foi emboscado por um bando de 50 salteadores e Hild quase teve pena dos bandidos. Os poucos sobreviventes foram entregues à justiça do castelo mais próximo, enquanto os veteranos faziam piadas sobre a batalha.

Ela já estava na estrada há mais de um mês, chegando às fronteiras de Ghanor, quando encontrou um mosteiro de Santa Amélia. Decidiu que pousariam ali pela noite, desfrutando de camas de verdade pela primeira vez desde que tinham saído da capital.

Os monges de Santa Amélia eram amigos dos livros. E, como bons amigos dos livros, prezavam a quietude e a contemplação. Não eram ostentadores como os clérigos de Santo Otto, nem rígidos como os seguidores de São Theodric. Faziam um licor excelente com uma receita secreta passada através dos séculos por irmãos da ordem, copiavam textos e comiam bem.

Hild estranhou ver um grupo de monges treinando com armas num pátio interno do mosteiro. Chamou um irmão que a estava acompanhando pelo prédio.

— Não sabia que vocês lutavam — comentou a guerreira.

— Começamos há pouco tempo. Nosso prior recebeu um livro de presente de um mosteiro de Santa Amélia em outro reino.

Hild examinou os movimentos dos irmãos. Eles ainda não eram bons — pareciam gente que treinava há mais ou menos um ano e muitos sem aptidão natural para o combate. Mas eram disciplinados, dedicados e principalmente seguiam fórmulas corretas. Faziam movimentos estudados, que ela reconhecia de seu próprio treinamento. Lá estavam as posições do escudo e da espada, a base sólida das pernas, o avanço e o recuo estudados, como em uma dança. Era quase como se os monges fossem alunos iniciantes de Ruff Ghanor.

— Um livro, você falou?

— Venha, vou lhe mostrar.

O monge levou-a até a enorme biblioteca, o centro e a parte mais importante de qualquer mosteiro de Santa Amélia. Lá, um irmão copiava um tomo pequeno. O monge pediu licença e pegou o tomo original. Abriu-o e mostrou-o a Hild. O título era:

Filosofia de Combate

Um tratado completo das técnicas de guerra e luta corporal, assim como ensinado pelo General da Companhia do Cão a seus guerreiros e transcrito pelos monges de Santa Amélia

Hild folheou as páginas, leu as descrições dos golpes e das posições, olhou os desenhos. Não havia dúvidas, aquele era seu treinamento, codificado e registrado. Eram as técnicas ensinadas aos soldados de Ghanor, mas muito precisas — como as que Ruff ensinara a ela própria.

— O que sabe sobre essa Companhia do Cão? — perguntou Hild.

— Nada — o monge se desculpou. — Sabemos apenas que seu general deixou uma cópia com nossos irmãos no reino de Mattora e que eles fizeram outras cópias a partir daquela.

— Pois façam outras — Hild depositou um punhado de moedas de ouro na mão do monge. — Isso é importante. Façam quantas cópias puderem. É um livro útil. E não deixem de estudá-lo.

Hild deitou num dos quartos simples dos monges para dormir. Mas, apesar do cansaço e do relativo conforto da cama de palha, não conseguia pegar no sono. Virou-se e revirou-se por horas, vendo a lua mudar de posição no céu. Verificou que o machado estava por perto em caso de perigo, fez exercícios para tentar ficar exausta, simplesmente fechou os olhos e tentou se acalmar. Mas nada funcionava. Era como se sua cabeça estivesse trabalhando em algo que ela não percebia.

No meio da madrugada, ela começou a se deixar levar por um sono leve, uma espécie de delírio tranquilo que misturava sonho e realidade.

Então, de repente, abriu os olhos, sobressaltada:

— Sou uma idiota!

Seu coração batia como um tambor. Ela nem se preocupou em se vestir, ficou com a túnica que estava usando e saiu pelo mosteiro de pés descalços, carregando uma vela. Achou a biblioteca depois de algum esforço e, lá dentro, encontrou o livro *Filosofia de Combate*.

Eram técnicas típicas de Ghanor.

Ela não conseguia dormir por algo óbvio: tinha encontrado a primeira pista de sua missão e nem mesmo percebera.

Estava procurando algo que viera de Ghanor. Mais especificamente, algo que se originava na aldeia minúscula de onde Ruff e a tal Áxia tinham vindo. Enquanto isso, um general mercenário em Mattora escrevera um tomo com técnicas de luta aperfeiçoadas na mesma aldeia minúscula. Dois elementos surgidos de um lugarejo tão remoto e desimportante quanto aquele não podiam deixar de ter ligação entre si. Talvez não fosse uma conexão direta, mas com certeza era uma pista, uma pista importante. Hild acabara de achar o primeiro sinal da cultura criada na aldeia natal de Ruff Ghanor.

Com as mãos tremendo, ela levou o livro ao peito. E então percebeu uma segunda informação importante.

O general da Companhia do Cão era alguém que conhecia a fundo as técnicas de Ruff. Alguém que tinha sido treinado com Ruff.

— Pelo vômito de São Arnaldo — Hild disse para si mesma. — O general da Companhia do Cão é Korin.

Ruff sentou-se com a velha Thenyssa, a Memória da Floresta Alta, em seus aposentos particulares. Enquanto a anciã tomava uma xícara de chá com toda a calma dos elfos, o rei olhou-a nos olhos e pensou que deveria haver em todo o seu conhecimento algo que ele poderia usar contra Mubruk.

— Existe algo bom em estar na corte de um rei — disse Thenyssa. — É o chá! Finalmente tenho bom chá quase todos os dias. Edyriell mandava que fosse trazido para mim, enquanto você esteve ausente. Imagino que custe muito caro, mas você não deve punir Edyriell por isso. Ele tem a reverência e a generosidade dos guardas honrados. Vê alguém como eu e não consegue deixar de fazer minhas vontades. Pelo menos minha vontade é apenas tomar um chá, duvido que chá tenha colocado algum reino em risco algum dia.

— Eu estou muito confuso, Thenyssa — Ruff começou. Sabia que não precisava exatamente responder aos solilóquios da elfa venerável.

— É natural. Você é humano e humanos são criaturas confusas por natureza. E é um Ghanor, que são mais confusos que a média dos humanos. Ghanor atraem problemas, mas também os resolvem. Seria mais fácil não atraí-los em primeiro lugar, mas não sei se sua linhagem é capaz disso.

— Você não conhece nada sobre Mubruk Filho de Urso...

— De fato, não. A Memória da Floresta Alta sabe muito pouco que não tenha a ver com a Floresta Alta. Mubruk nunca chegou perto dos elfos. Duvido que qualquer elfo saiba muito sobre ele.

— Quando nos conhecemos — o rei também se serviu de chá — você disse que criaturas que vivem muito são como casais velhos; sempre se alfinetando. Por isso os elfos sabiam sobre os demônios.

— Você lembra de nossas primeiras conversas! — a anciã sorriu, muito satisfeita, como uma professora com um aluno esforçado.

— Mubruk é antigo. Ele nunca surgiu em histórias élficas?

— De fato, Mubruk Filho de Urso deveria aparecer em algum lugar. Algum relato, alguma história. Mas não lembro de nada! E, se não lembro, não existe. Isso pode ter várias razões. Talvez Mubruk não seja tão velho quanto você pensa.

Ruff não achava que aquele seria o caso.

— Sim, você está fazendo uma careta porque isso é mesmo improvável! Se o rei bárbaro governa há décadas, tem tanto poder e parece ser imortal, é absurdo que não seja antigo. Talvez ele seja mesmo novo, mas vamos descartar essa hipótese por enquanto.

— Então...

— Então isso nos leva à possibilidade de que Mubruk não tenha cruzado o caminho dos elfos porque sua atenção estava em outro lugar. Ele teria passado sua longa vida, se é que a vida desse rei foi mesmo tão longa, concentrado em algo diferente. Algo que o levou para longe das fronteiras de Ghanor, onde fica a Floresta Alta.

— Acha que ele sempre esteve em Sammelen?

— Imagino que não. Mas talvez não houvesse razão para ele se aproximar de Ghanor. Talvez Ghanor não tivesse nada que fosse do interesse dele.

Ruff caminhou pela sala. Thenyssa acompanhou-o, mas ele mal notou. Ghanor não era um reino pobre, mesmo sob o domínio de Zamir — a riqueza apenas estivera concentrada nas garras do tirano. Se Mubruk quisesse ouro, Ghanor seria um bom alvo. Ele deveria querer outra coisa. Estava claro que queria criar o Devorador dos Céus, queria se voltar contra os deuses. Ghanor não tinha nada a ver com isso? Talvez ele tivesse medo de Zamir? Não fazia sentido.

O rei decidiu mudar as perguntas.

— Os próprios anjos não conseguem ver a Catedral do Santo Vivo, em Sammelen — ele disse. — O que pode causar isso?

— Ah! — Thenyssa ergueu um dedo, feliz por ouvir uma pergunta interessante. — Para isso, Mubruk deve ter algum artefato divino. Até onde sei, nada pode bloquear a visão de agentes dos deuses sem um componente divino.

— A Dama de Ferro conseguiu bloquear meus poderes, anos atrás.

— E o ritual que ela usou era demoníaco. Poder demoníaco não passa de uma faceta do poder divino. Por isso santos e demônios são tão ligados entre si. Onde há um, deve haver outro.

— Mubruk pode ter usado magia demoníaca para bloquear a visão dos deuses?

Também não fazia sentido. Se o rei bárbaro fosse um diabolista, o que fazia na Catedral do Santo Vivo, aliado a Ellius Tyberax? Seria o Santo Vivo também um diabolista? Pelo menos isso explicaria o desejo de Mubruk de devorar os céus. Mas demônios não eram tão poderosos. Ruff já derrotara até mesmo Baal, o avatar do inferno.

— Existe algo divino em Mubruk Filho de Urso — disse Thenyssa. — Os agentes dos deuses só não conseguem enxergar quando há uma barreira tapando seus olhos. Uma barreira... Ou um fosso negro.

A Memória explicou o conceito teológico de maldades e blasfêmias tão grandes que funcionavam como abismos, parecendo distanciar a visão dos anjos. Mas, de novo, nem mesmo a maldade de Baal cegara a visão de Bellitz. Na verdade, ela sentira a maldade demoníaca de forma aguda, ficando doente perto da grande concentração de demônios.

— Nada se encaixa — disse Ruff, esfregando as têmporas.

— Tudo se encaixa! — a anciã respondeu. — Essa é a parte mais irritante do conhecimento. Tudo se encaixa, mas apenas quando você já tem todas as peças. Então normalmente é tarde demais.

Ruff permaneceu um tempo calado. Tinha parado de se movimentar. Remoeu o que queria saber por alguns minutos. Então tomou fôlego e falou.

— Thenyssa... — ele hesitou. — O que vou lhe perguntar não depende de memória. Preciso de sua inteligência. O que você acha que seria necessário para criar o Devorador dos Céus?

Ruff contara a ela sobre aquilo logo que acontecera. Ela não tinha informações a respeito. Mas, passados os anos, sem resposta ou desenvolvimento nenhum, ele precisava tentar descobrir algo. Precisava de um lugar por onde começar, se quisesse deter Mubruk. Deveres sobre deveres, missões sobre missões, tudo envolto em enigmas.

— Especulações... Não é algo que eu costume fazer, mas pode ser um passatempo divertido! Nas memórias élficas, há muito sobre o Devorador de Mundos, mas nada sobre um Devorador dos Céus. Nada tão blasfemo. Mas, se eu desejasse criar tal criatura, começaria pelo poder do próprio Devorador de Mundos.

Ruff sabia disso. Era a razão da proposta de Mubruk.

— E algo tão odioso precisa do dedo de demônios — disse a elfa. — É o que penso, quando você me fala em Devorador dos Céus. O poder do Devorador de Mundos e o dos demônios juntos. E algo que os torne ainda mais extraordinários.

— O que seria isso?

Deveres, missões, enigmas. Ruff se sentia no escuro. Tinha dois reinos prontos a entrar em guerra sob seu comando, cofres cheios, milhares de guerreiros leais e não sabia o que fazer.

— Quando estamos em dúvida, meu rapaz — ela deu tapinhas reconfortantes no braço do rei — muitas vezes o que ajuda é uma boa xícara de chá. Não há respostas no chá! Mas há tranquilidade.

Hild não dormiu. Passou as poucas horas que faltavam até amanhecer traçando a melhor rota até Mattora e fazendo planos para a viagem, entusiasmada. Tinha sua primeira pista, uma pista sólida. E, mesmo que não achasse os três pirralhos imediatamente, traria Korin e sua Companhia do Cão para o lado de Ghanor. Ela não deixou que os homens sequer terminassem de tomar o desjejum oferecido pelos monges. Antes que o sol terminasse de nascer, já estava mandando que se aprontassem, chamando-os de molengas e enxotando-os do refeitório. Ela saiu a galope, os veteranos se esforçando para manter o ritmo. O futuro estava à frente, estava em Mattora, e ela estava ansiosa para chegar.

Menos de uma semana depois, já havia mais boatos preciosos. Hild ouviu, de uma guarnição perto da fronteira, histórias sobre como a principal força responsável pela vitória de Mattora sobre o reino de Utteria fora a Companhia do Cão. Os feitos de Korin chegavam até ela, enquanto ela cavalgava para ele.

Mal acreditando em como o destino ligava os pontos, ela acelerou ainda mais o ritmo. Se Korin tinha tal influência no reino de Mattora, podia convencer o rei a se aliar a Ghanor. E, se tinha conquistado Utteria, talvez fossem dois reinos aliados. Três, se o curso natural das coisas seguisse e Mattora invadisse Vammira.

Ela poderia voltar a Ghanor com as três crianças e a promessa de três aliados.

Poucos dias depois, o batalhão se embrenhou numa floresta. As árvores eram bem distantes entre si, havia espaço de sobra para os cavalos andarem. Uma bruma espessa pairava rente ao chão. Tudo estava em silêncio, exceto pelo barulho dos cascos afundando na terra e nas folhas caídas e pelo clangor ocasional das armaduras dos guerreiros.

Hild, à frente, fez um sinal. Ouvira algo ou apenas sentira. Os veteranos, que já estavam quietos, ficaram de prontidão. Alguns levaram as mãos aos cabos das espadas.

A guerreira pegou o machado lentamente. Fez sinal para algum ponto atrás. Em um lado. Em outro.

E, antes que pudesse terminar de sinalizar, as árvores a sua direita começaram a cair.

— *Ataque!* — gritou Hild.

Uma figura monstruosa correu direto para ela, derrubando a floresta por onde passava com seus ombros imensos, cada passada fazendo tremer o chão. Um urro ensurdecedor tomou o ar, seguido de outros berros de todos os lados. O hálito da coisa era azedo e a cabeça de Hild dançou com o cheiro horrível. O rosto barbudo, distorcido, cheio de raiva, quase semelhante ao de um macaco, se aproximou num piscar de olhos. Ela notou a semelhança com Johrgrund, mas então o gigante a acertou em cheio com um golpe lateral do tacape feito de tronco de árvore.

Hild conseguiu proteger o peito com o escudo, mas voou para longe. Bateu com as costas numa raiz alta, perdeu a noção do espaço. Dos outros lados, vinham outros gigantes, gritando, esmagando, derrubando a floresta. Ela viu um dos veteranos ser estraçalhado por uma lança rudimentar que perfurou seu tronco e o corpo de seu cavalo, fincando os dois no chão. Olhou para a frente, tentando achar o monstro que a havia atacado e ele tinha agarrado seu cavalo, erguendo-o sobre a cabeça. Então atirou o animal contra Hild.

A guerreira conseguiu rolar para longe, um instante depois o cavalo se chocou violentamente com a árvore, morrendo em agonia. Ela correu, mas estava se afastando do batalhão, sabia que precisava ficar perto dos outros. O gigante gritou e atacou de novo com o tacape, ela deteve a corrida e pulou para trás, fazendo com que ele errasse.

— Essa humana tem os ossos fora do corpo! — gritou a criatura, vendo a armadura kottariana. — Sua carne deve ser especial!

Ela aproveitou um momento de distração do gigante e correu na direção dele, rolou pelo meio de suas pernas, para se juntar aos soldados. Dois deles atacaram um terceiro gigante com as espadas, conseguindo fazer cortes fundos em seu tronco.

— Em formação! — ordenou Hild. — Em formação, ataque coordenado!

Mais três cavalgaram por entre as árvores, no meio do caos, para se juntar aos dois que atacavam. Hild corria para eles.

Então uma rocha imensa rasgou a floresta, atingindo a formação em cheio. Pedaços de homens e cavalos se espalharam numa chuva de sangue. Hild notou, horrorizada, que dera a pior ordem possível.

Sozinhos, nenhum deles era páreo para um gigante. Juntos eram alvos fáceis.

Ela ouviu o berro de novo atrás de si, virou-se e o gigante estava já no meio de um golpe, pronto para pegá-la pelas costas. Hild controlou o instinto de fugir, viu o tacape chegando, sentiu o deslocamento do ar. Então seu treinamento com Johrgrund tomou conta: no último instante antes que fosse atingida, ela pulou, segurou-se no antebraço do monstro e começou a escalá-lo.

A guerreira chegou à cabeça do gigante, que tentou derrubá-la com um safanão. Lá de cima, Hild viu que os guerreiros estavam a galope pela floresta, cruzando-se, tentando acertar os gigantes e sair do alcance. Mas a bruma escondia as criaturas e o caos da gritaria, das árvores derrubadas e da terra levantada não deixava ver quantos eram ou onde estavam.

Hild ergueu o machado com as duas mãos e bateu na cabeça do gigante. De novo, de novo e enfim conseguiu tirar sangue. Mas o crânio da coisa era grosso, resistente, ela não era capaz de causar dano real.

O gigante deu um novo safanão e ela foi arremessada para longe. No último instante, agarrou-se a sua barba e se balançou para perto de seu rosto de novo. Hild deu um grito de guerra e girou o machado contra o supercílio do monstro.

O rosto do gigante se inundou de sangue. Ele berrou de dor, ela aproveitou e acertou seu olho.

— Acertem os pontos vulneráveis! — ela gritou, sem saber se era ouvida. — Nem um gigante pode lutar quando está cego!

Deu outra machadada, mas só acertou a pele do rosto. Tirou sangue, mas o gigante não se importava com ferimentos menores. Ela reconheceu aquilo de Johrgrund: seu amigo podia estar sofrendo, mas, se pudesse lutar, continuava como se nada tivesse acontecido.

Ela acertou o outro olho do gigante.

Ele largou o tacape e levou as duas mãos ao rosto enorme. Hild estava coberta de sangue e dos líquidos dos globos oculares da criatura. Com uma mão, segurava-se em sua barba e, com a outra, agarrava o machado.

O gigante pegou Hild com as duas mãos, mas ela firmou o agarrão na barba. Ele puxou, arrancando os fios, e ela mordeu a pele de seu rosto, firmou o pé contra sua boca.

— Não saio daqui até você morrer! Por Johrgrund!

Então Hild sentiu uma sombra atrás de si. O ar se deslocou e ela foi atingida por uma pancada monumental.

Perdeu o fôlego e o gigante no qual estava agarrada caiu para trás. Os outros monstros não tinham problemas em atingir um de seus irmãos se pudessem também machucar as vítimas.

Hild estava estirada sobre o gigante. A armadura de ossos tinha absorvido parte do impacto, mas a dor era terrível. Ela não conseguia se levantar — tudo estava escorregadio, os pelos da barba se misturavam com pele cortada e o próprio gigante se debatia. Ela tentou olhar por cima do ombro para ver como seus guerreiros estavam indo e enxergou um deles sendo partido em dois por um machado de pedra tosco.

O gigante que havia lhe acertado deu um passo em sua direção e ergueu uma tora de madeira.

Por instinto, ela protegeu o rosto.

Então o mundo ficou negro.

O Rei Ruff Ghanor estava na sala do trono, falando com o chefe da Guilda dos Oleiros, quando as portas da sala da corte se abriram com um estrondo. Os guardas tentaram deter o homem que entrava correndo. Mas, mesmo ensanguentado, ferido e exausto, ele conseguiu evitá-los com facilidade.

Ninguém conseguia segurar um dos veteranos, a elite de Ghanor.

— Majestade — o homem caiu de joelhos.

Ruff reconheceu-o de imediato. Era um de seus homens mais leais, alguém que estava com ele desde que enfrentavam os hobgoblins.

Alguém que tinha ido com Hild na busca pelos trigêmeos.

— O que... — Ruff começou.

— Fomos atacados — disse o guerreiro, ofegando. — A capitã Hild foi levada por uma tribo de gigantes.

13 | A última tentação

O REI DE Vammira fez um gesto largo para as ruínas altas a seu redor. O chão era instável, por causa de milênios de escombros e sedimentação. Mas as colunas ainda eram sólidas e as poucas paredes que restavam serviam de apoio. Tudo estava coberto pela misteriosa escrita pictográfica dos Antigos. O rei apertou o ombro de seu filho, indicou um trecho específico gravado na parede e disse:

— Esta é a profecia de seu nascimento.

O garoto se aproximou, firmando os pés com cuidado sobre as pedras soltas. Apoiou-se no pai, enquanto os soldados o vigiavam de perto. Já era à tardinha, o sol começava a se pôr entre as colunas. O menino crescera familiarizado com os artefatos dos Antigos, vira muitas vezes exemplos de sua escrita indecifrável, mas aquela era sua primeira incursão no centro do reino, onde estavam as ruínas mais importantes. Poucos, mesmo na família real, tinham a honra de vislumbrar os restos daqueles prédios deixados para trás pela orgulhosa civilização que precedera o reino. O rei incentivou-o a aproximar-se, tocou com a mão enrugada num pictograma já desgastado que mostrava uma mulher estilizada. Alguns símbolos, que deviam ser letras dos Antigos, se seguiam e então havia o inconfundível desenho de uma estrela.

— Esta é sua mãe — disse o rei. — E a estrela é você, o herdeiro do trono.

O garoto tocou no pictograma da estrela. Examinou-o com cuidado, sob o olhar orgulhoso do pai. Ele já estava com 13 anos, em pouco tempo estaria cavalgando com os guerreiros, tomando decisões com os generais. Mas, mais importante, com aquela idade, ele deveria ter noção de quanto era especial.

Aliss McCooper era a esperança do reino de Vammira.

— Há muito tempo os adivinhos do reino sabem que há um nascimento profetizado nesta parede — disse o rei. — A dúvida dizia respeito a quem era o príncipe profetizado. De qual rei a profecia falava.

Com a mão trêmula, o rei indicou outro trecho, no qual seis caveiras se alinhavam.

— Foi apenas durante meu reinado que tudo ficou claro. Seis caveiras, seis filhos mortos. Minha tragédia se revelou em triunfo quando percebi que os Antigos já haviam previsto o que aconteceria. Seis filhos mortos e então uma estrela que viria de uma mulher desconhecida.

Continuou abaixo, os dedos traçando os contornos de letras desconhecidas, até chegar em mais pictogramas.

— E aqui, meu filho... A guerra — ele apertou as pontas dos dedos sobre os desenhos de cavalos, de lanças, de homens armados em sucessão. — A guerra que se avizinha. Nós lutaremos juntos, mas o vitorioso será você. Você, o príncipe profetizado, que reinará sobre os três reinos.

De fato, havia pictogramas retratando um único homem com três coroas.

— A agressão covarde de Mattora derrotou Utteria. Mas nossos vizinhos são fracos, confiaram em suas tradições feiticeiras supersticiosas, acharam que isso iria salvá-los. Agora Mattora e Utteria se unem contra Vammira, mas nós sempre fomos superiores. Nosso passado é de grandeza e assim será nosso futuro. Somente nosso reino, em todo o mundo, foi erguido sobre as ruínas dos Antigos. Somente nós temos acesso aos artefatos de uma civilização ancestral. Como podem esses jovens pensar que farão frente ao poder que se manteve sólido por tanto tempo? Nem mesmo Sammelen tem nossas tradições, nossa história. Mattora e Utteria? Pirralhos impertinentes!

Vammira abrigava as únicas ruínas, em todo o mundo conhecido, da civilização ancestral que, por falta de termo melhor, havia sido apelidada de "os Antigos". Ninguém sabia quem haviam sido os Antigos, qual o propósito de suas grandes construções, o que havia provocado sua queda ou por que só havia artefatos e ruínas de sua civilização no território de Vammira. A racionalidade pura poderia apontar que, não tendo se espalhado pelo resto do mundo, não deixando grandes traços de sua passagem nem mesmo sendo mencionados pelos registros históricos de outros reinos, os Antigos não eram tão poderosos ou importantes. Mas Vammira se considerava especial por esse legado único, atribuía significados transcendentais aos escritos deixados pelos Antigos e via-se como o reino herdeiro de uma tradição milenar.

Os estudiosos de Vammira já tinham desistido de decifrar a escrita dos Antigos. O que restava eram os pictogramas que podiam ser interpretados com um pouco de imaginação. Então eles deixaram de ser estudiosos e passaram a ser adivinhos. Relacionavam eventos passados do reino a determinados conjuntos de pictogramas, criando a noção de que eram proféticos. E, naturalmente, "liam" os pictogramas para seus reis da forma que mais pudesse agradar aos monarcas, falando de profecias para o futuro.

A profecia do príncipe com três coroas era uma das favoritas dos reis de Vammira há séculos. Muitos reis já haviam afirmado que seus filhos eram os príncipes profetizados; muitos príncipes já haviam visto a si mesmos como a figura retratada nos desenhos. A eterna rivalidade entre Vammira, Mattora e Utteria fazia com que a imagem de um conquistador com três coroas fosse especialmente atraente.

Os adivinhos atuais garantiam que o príncipe Aliss McCooper havia sido profetizado. Aqueles que discordavam tinham sido expulsos da corte, o que levou a um consenso rápido. Os pictogramas das seis caveiras podiam apontar para a veracidade maior daquela interpretação, mas a verdade era que várias gerações de adivinhos já tinham dado outro significado para aquele conjunto de imagens — desde seis anos de pragas no reino até seis castelos que haviam caído numa série de escaramuças de fronteira. Profecias eram um negócio volátil e potencialmente lucrativo e os maiores adivinhos eram aqueles que sabiam dar boas notícias.

— A guerra está vindo e é hora de você conhecer a história de seu nascimento — disse o rei. — A história da rainha sem coroa, da filha das ruínas. Sua mãe.

Lemmir McCooper, o rei de Vammira, estava viúvo mais uma vez.

Normalmente a morte de uma rainha era razão para luto no reino todo, mas ao mesmo tempo causava um frenesi de excitação nas nobres. Um rei solteiro era uma grande oportunidade, chance para que famílias inteiras ascendessem, momento de novas alianças e de reformulação no poder. Contudo, a morte da quinta esposa do rei foi recebida com um arrepio de medo em todas as casas nobres de Vammira. Nem luto, nem oportunismo: o que os aristocratas viam era mais um risco e muitos mandaram suas filhas para conventos ou arranjaram casamentos apressados. Melhor um futuro desvantajoso do que futuro nenhum. E as esposas de Lemmir McCooper tinham notória dificuldade em manter as cabeças grudadas a seus corpos.

O rei tinha casado pela primeira vez ainda adolescente. Era um bom casamento, com a bela filha de uma família tradicional do reino. Não demorou para que nascesse o primeiro filho. Para a tristeza de todos, natimorto. O segundo sobreviveu menos de um ano. Lemmir McCooper ficou convencido de que a rainha era incapaz de gerar prole forte. Antes dos 20 anos, mandou matá-la, justificando-se com uma profecia dos Antigos.

O segundo casamento veio logo em seguida, com uma mulher mais velha — que, diziam as más línguas, já tivera um bastardo. O rei não se importava com isso, desde que ela também parisse filhos saudáveis para ele. Foram vários anos de tentativas sem sucesso, a nova rainha nunca engravidou. Enfurecido e chamando-a de traidora, Lemmir McCooper também a matou. E assim foi com a terceira esposa, cujo filho viveu só 6 meses, e com a quarta, cujos dois rebentos morreram de peste antes dos dez anos. A quinta esposa veio de uma família menor e foi à cama do rei chorando e apavorada. Mas engravidou. Sua Majestade ficou satisfeito com finalmente ter um filho saudável e este sobreviveu aos fatídicos dez primeiros anos. Apenas com 14 anos, morreu num acidente de cavalgada. Irado com a má sorte e revoltado porque a rainha relutante não lhe dera mais filho nenhum, ele mandou que ela fosse enterrada com o príncipe morto.

E agora não havia mais candidatas.

Algumas casas nobres já esticavam os olhos para o trono. Os McCooper eram reis de Vammira há gerações, mas, se Lemmir morresse sem deixar herdeiros, haveria uma crise de sucessão, o que poderia elevar quase qualquer um com um vago direito à coroa. Não valia a pena casar com o rei; diziam que ele era amaldiçoado e sempre culpava as esposas por seu próprio azar. Melhor deixar que morresse.

Esbravejando contra seus próprios nobres traidores e covardes, o rei, já velho, liderou uma expedição até o Círculo, a região com maior quantidade de ruínas dos Antigos em Vammira. O Círculo era um ajuntamento de colunas, prédios semidestruídos, paredes cobertas de inscrições e destroços milenares. Do Círculo vinham as maiores profecias. Embora houvesse pictogramas em toda sorte de objetos e construções por todo o reino de Vammira, ali era a maior concentração, os trechos mais completos. E, por ser remoto, o Círculo tinha um ar de mistério até mesmo para os reis. Naquela tarde nublada, Lemmir McCooper, seus adivinhos e seus guardas chegaram até o Círculo em busca de uma resposta. Qualquer resposta. O monarca não podia ser o último de sua linhagem sem que houvesse uma profecia detalhando isso. E devia haver uma rainha em potencial escondida em algum lugar. Os Antigos saberiam.

— Achem minha próxima esposa! — gritou o rei, gesticulando sob o céu cinzento. — Achem uma resposta! Pensam que, se eu morrer sem herdeiros, vocês permanecerão na corte? Não! Serão todos mortos ou banidos pelos novos reis! Encontrem meu caminho até um herdeiro ou suas cabeças também rolarão!

Tanto fazia se era uma ameaça ou um aviso contra os usurpadores futuros. Cabeças estavam sempre rolando em Vammira.

Os adivinhos estavam espalhados, examinando as maiores paredes, tentando encontrar algum conjunto de pictogramas que se relacionasse a Lemmir McCooper e apontasse alguma solução. Um deles chamou os outros discretamente para a famosa sequência das seis caveiras. Estava claro que aquilo poderia se relacionar aos seis filhos mortos, assim como já se relacionara a tanta coisa. Mas, para surrupiar aquela profecia para si e garantir mais um pouco de boa vida no castelo, eles precisavam oferecer uma interpretação sobre onde estaria a próxima rainha. E a parede não dava pista nenhuma.

— O que estão fazendo, moloides? — berrou o rei. — O que é isso?

Ele se apressou para onde estavam os adivinhos, por sobre as pedras instáveis e irregulares do Círculo, então resvalou num pedaço solto de alvenaria antiga.

O rei tropeçou e caiu, rolando por uma pequena colina feita de destroços. No mesmo instante os guardas correram para ele, descendo a colina com cuidado, todos rezando para que não tivesse quebrado o pescoço. Aquela não era a hora de perder o rei.

Lemmir McCooper tossiu e cuspiu sangue, ficou sobre as mãos e os joelhos, mas estava vivo. Seus mantos reais estavam rasgados e seu orgulho estava em pedaços, mas ele ainda respirava.

— Inúteis! — xingou. — Malditos imbecis! Deixam seu rei rolando na sujeira enquanto olham para o céu? Por que não...

Então se deteve.

O rei começou a tirar pedras do chão e jogá-las tão longe quanto sua força permitia, tentando desencavar algo. Cavucou com os dedos, começou a ofegar.

— Venham aqui! Rápido! Venham rápido, seu rei ordena!

Os guardas já estavam chegando, mas até os adivinhos correram para lá com aquele chamado. Quando eles viram o que o rei estava revelando, todos se juntaram à busca, até que ela se mostrou inteira. Apesar de haver estado enterrada, intacta.

Era uma mulher.

Seu corpo magro e sinuoso era branco. Ela tinha cabelos castanhos revoltos e uma expressão calma no rosto. Estava nua, sua pele coberta com os pictogramas dos Antigos.

O Rei Lemmir McCooper aproximou seus dedos do rosto dela.

Então a mulher abriu os olhos.

É claro que os adivinhos apontaram a profecia das seis caveiras e a relacionaram com a figura da mulher e do príncipe com as três coroas. Todo adivinho em todas as gerações tentava empurrar para seu rei a profecia das três coroas.

Mas o surgimento de uma mulher coberta de pictogramas e enterrada no Círculo dava credibilidade. Aqueles adivinhos já estavam planejando como gastar seu ouro.

Mas, por enquanto, eles estavam afastados do monarca. Lemmir McCooper exigiu que todos da comitiva ficassem longe naquela noite. Eles acamparam no próprio Círculo. Apenas o rei e a desconhecida estavam perto da fogueira, sentados, enquanto os servos reais se mantinham à distância. Aquele era um momento cheio de significado.

— De onde você veio? — ele perguntou. — Há quanto tempo está aqui?

— Eu não sei.

Ela mantinha os olhos nos dele. Seus lábios finos pronunciavam cada palavra com clareza. Ela estava coberta por um manto, mas Lemmir sabia que estava nua por baixo. E, embora já tivesse visto todo o seu corpo, a promessa do que havia sob o tecido era instigante.

— O que... Quem é você? Está aqui desde que o Círculo foi construído?

— Círculo?

— É como chamamos este lugar. Você... Seu povo tem outro nome para isto?

— Lembro de chamar isto de casa.

O rei engoliu em seco. Muito sério, tirou uma mecha de cabelo dos olhos dela, prendendo-a atrás de sua orelha.

— Você é parte do povo que viveu aqui. Eu não creio. Nós os chamamos de Antigos. Como devo chamá-los?

— Eu sempre nos chamei de "nós".

— Tantos mistérios... Tanto que preciso lhe perguntar.

— Eu não sei muito, Majestade. Não lembro de meu nome ou do que fazia antes de acordar aqui. Só sei de meu dever.

— Você recebeu um dever dos Antigos?

— Talvez de meu povo ou de algum outro poder. Mas sei o que preciso fazer.

— O que precisa fazer, enviada do passado?

— Preciso me tornar rainha.

Ela disse isso de forma calma e intensa. Séria, firme, sem deixar espaço para dúvida. O rei sentiu seu velho coração acelerar. Eles tinham viajado até o Círculo em busca de respostas. E o Círculo tinha dado mais do que respostas. Dera uma rainha.

— Você será rainha — ele disse. — Pela manhã, viajaremos até a corte. Então iremos nos casar e você governará Vammira a meu lado, com a sabedoria dos Antigos. Você me dará um filho e eu lhe darei um nome.

Ela deu um pequeno riso, balançou a cabeça.

— Suas tradições não me dizem respeito, Majestade.

— O que...?

— Acha mesmo que um casamento segundo os costumes jovens de seus contemporâneos é necessário para que eu seja sua rainha? Acha mesmo que, após ser encontrada sob as pedras disto que chamam de Círculo, eu irei rumar para uma vida mundana de governo e então envelhecer e morrer?

— Você será rainha.

— Serei rainha de um jeito muito mais puro, Majestade. Serei a rainha que importa, segundo as tradições verdadeiras, os modos de meu povo. Vossa Majestade não irá me levar para a corte, não irei me submeter aos rituais de seu povo.

— Você precisa!

— Não. Irei lhe mostrar o que é ser rainha para meu povo.

Ela tirou o manto, revelando os seios e a pele alva, coberta de pictogramas.

— Irei lhe dar um filho.

Nove meses depois, eles estavam de volta ao Círculo.

Desta vez, o rei não gritou com sua comitiva. Eles tentaram ampará-lo, mas ele deu um safanão e foi sozinho, em silêncio, até o mesmo lugar onde encontrara a mulher.

Ficou de joelhos e começou a cavar.

Então ouviu um choro.

— Venham, idiotas! — gritou. — O que estão esperando?

Os soldados correram, descendo a colina aos trancos. Os adivinhos tentaram, mas dois tropeçaram e rolaram pelos destroços. Ninguém tentou ajudá-los porque todos se juntaram ao rei, desenterrando a fonte daquele barulho.

Lemmir McCooper ergueu o bebê nas mãos. Já devia ter alguns dias, não tinha mais o cordão umbilical. A mãe não estava em parte nenhuma. Mas não havia dúvida sobre o que ele era. O rei olhou-o no rosto, enquanto a criança berrava e se debatia.

— O príncipe prometido — sussurrou. — Aquele que usará as três coroas.

Então o abraçou.

— Meu filho.

— Vammira é uma bela bosta — disse Korin. — Qual é a pressa em atacar o reino?

Philip Anselmus e Ozz de Osbourne olharam-no ao mesmo tempo. Sérios, sem expressão, os dois garotos não precisaram dizer nada. O general achou melhor ficar calado.

Mattora vencera a guerra e dominara Utteria, seu eterno rival. Contudo, aquilo parecia cada vez menos uma conquista e cada vez mais uma união. Ozz de Osbourne, o príncipe herdeiro de Utteria, era agora o rei, depois da morte de seu pai. Seria de se esperar que ele fosse aprisionado ou mesmo executado. Em vez disso, foi incluído na corte real de Mattora, tratado como um convidado. O jovem Rei Ozz andava o tempo todo com o Rei Philip Anselmus, como se fossem irmãos. E, embora não houvesse muita semelhança física, ambos tinham o mesmo jeito sério e impassível. O regente de Mattora deveria governar o reino até que Philip tivesse idade para assumir o trono, mas Korin logo notou que o homem era um fantoche, uma figura mole que apenas obedecia ao rei garoto e assinava as ordens que ele dava.

O resultado era que, como general da Companhia do Cão, Korin estava no Castelo do Crisol, em Utteria, desde a vitória na guerra, acompanhado pelos dois meninos e pelo regente de Mattora. Também havia um punhado de nobres ali. E, naquele momento, todos planejavam o próximo passo: a invasão de Vammira. Philip Anselmus tinha um pergaminho com o selo do Santo Vivo que lhe dava Caso de Guerra contra Vammira, da mesma forma que seu pai tivera contra Utteria. Eles agora reuniam os dois exércitos e faziam os preparativos, resolviam questões logísticas para obter comida e equipamentos para mais uma campanha. Além de ouro para os cães, é claro.

— Majestades, desculpem a insolência — falou Korin. — Mas a verdade é que, dos três reinos, Vammira sempre foi o mais pobre. Eles só têm aquelas ruínas que não servem para nada. Mesmo uma vitória rápida contra Vammira vai nos custar mais do que iremos ganhar em médio prazo. Haverá revoltas aqui em Utteria, e até o povo de Mattora pode se ressentir de tantos gastos com guerra.

Philip Anselmus olhou para seu regente. O homem se aproximou da mesa com o mapa, agitando as mãos espalmadas e dando um sorriso amarelo.

— General, general — disse o regente. — Você precisa entender que existe muito mais que ouro e recursos envolvido nisso. É uma questão de honra.

— Eu entendo de honra, Alteza. Mas um ataque a Vammira agora só traria derramamento inútil de sangue. O reino não fez nada que exija punição e não tem nada que seja importante para nós.

Um duque se ergueu de sua cadeira. O homem usava armadura completa, tinha cabelos ondulados na altura do pescoço e um vasto bigode encerado.

— Não fez nada que exija punição? — bateu com o punho na mesa. — Vammira há séculos desafia nosso poder por direito! Eles se escondem naquelas ruínas em vez de reconhecer a família Anselmus como seus reis!

— Vammira tem algo que desejamos — disse outro duque, este natural de Utteria. Era magro, com nariz fino e barbicha preta. — Suas terras. Enquanto Vammira se mantiver independente, não poderemos descansar.

Korin se conteve para não responder o que devia. Os nobres de Mattora, especialmente altos nobres como aquele duque, tinham evitado ao máximo qualquer combate com o mínimo risco durante a conquista de Utteria. Mesmo durante o ataque derradeiro ao Castelo do Crisol, contra a vontade de Korin, eles tinham encontrado uma maneira de ficar para trás, mandando seus homens, mas evitando a linha de frente a qualquer custo. Quando o castelo caiu, subitamente os nobres tinham os cavalos mais rápidos e se apressaram para fincar suas bandeiras sobre a vitória. Da mesma forma, os nobres de Utteria também não tinham se esforçado para defender seu rei. Após a morte do monarca, eles surgiram de seus buracos, prontos para fazer alianças com a nova família real. Assim, agora os antigos inimigos mortais estavam sentados em volta de uma mesa, tomando vinho, lambendo as botas dos dois reis garotos e planejando a guerra contra o adversário em comum.

— Eu lhe garanto, general — disse o regente de Mattora. — Seus cães serão pagos. Haverá ouro à vontade para os mercenários.

Korin não duvidava disso. Na verdade, por todos os defeitos que via naquela campanha desde o começo, sovinice nunca fora uma preocupação.

O finado Rei Arthog Anselmus pagara a Companhia do Cão em dia e deixara que os soldados de Korin tomassem espólios das cidades e castelos conquistados. Agora, enquanto todos se recuperavam e se preparavam para a próxima guerra, os cães continuavam recebendo seu salário em dia, apenas para descansar e treinar. Na verdade, na superfície isso parecia algo ideal para uma companhia mercenária. O general devia estar satisfeito. Mas seria um dreno tão grande para os cofres e o povo dos dois reinos que ele sentia que precisava dizer algo. Era apenas burrice, teimosia de nobres com suas pomposidades e seu orgulho.

Ou então havia um motivo mais sinistro para aquilo tudo. Korin não ignorava a coincidência de os dois reis garotos terem jeito tão parecido e a mesma idade.

— General Korin, não esqueça de que, quando um reino é conquistado, as terras são divididas entre os vitoriosos — o regente sorriu. — Um mercenário pode se tornar um nobre após uma conquista.

O estômago de Korin se revirou.

— Fique com seus títulos, Alteza, muito obrigado. Não quero ser nobre.

— O que quer então?

— O melhor para meus guerreiros.

— E o melhor para mercenários não é a guerra?

Ele suspirou. Lembrou da noite na taverna *Pombo e Galhada*, uma vida inteira atrás, quando os guerreiros diziam que, em Ghanor, um mercenário morreria de fome, porque havia paz. A verdade era que ele não podia fazer isso com seus cães. Não podia dar as costas a um trabalho lucrativo. Ele perderia a lealdade deles e não podia garantir quando teriam outro cliente tão poderoso e generoso. Seus escrúpulos quanto ao povo dos três reinos e o desperdício de vidas e ouro precisavam ser postos de lado.

O que importava eram as vidas da Companhia do Cão.

Fazia tempo que Korin não pensava em Ruff, mas naquele momento desejou que o amigo estivesse ali. Ruff teria um jeito de tomar o controle da situação, fazer com que nobres e plebeus se juntassem sob sua bandeira. Ruff evitaria a guerra ou então faria guerra de seu jeito.

Mas não adiantava lamentar por alguém que ele não via há mais de 13 anos. Ali o rei não era Ruff, eram dois moleques sinistros que davam calafrios.

— Muito bem — disse Korin. — A Companhia do Cão irá marchar contra Vammira.

Philip Anselmus estendeu a mão para o general. Korin apertou-a.

Era fria.

Korin não tinha nenhuma dúvida de que havia algo estranho demais nos dois reis garotos. O certo a fazer, é claro, era ir embora. Dar as costas ao trabalho e ao jogo de guerra dos três reinos, começar de novo em outro lugar. Se isso fosse possível, era exatamente o que ele teria feito.

Na realidade, contudo, Korin precisava cuidar de seus mercenários. Eles dormiam nos alojamentos e nos pátios do Castelo do Crisol. Eles precisavam se sustentar. Era impossível mobilizar todos os cães para que fugissem dali sem chamar atenção. Pior ainda: haveria discórdia dentro da própria companhia. Urko e os outros mais próximos iriam segui-lo sem questionar. Mas muitos dos novatos iriam se rebelar por deixar para trás o que parecia um cliente ideal. E, de qualquer forma, restava a questão de como pagá-los. Nos anos depois de deixar Ghanor e antes de formar a Companhia do Cão, Korin sempre fracassara por não ter ouro, por não conseguir motivar mercenários a segui-lo. Abandonar tudo agora seria voltar àquela época e, ao mesmo tempo, trair a confiança de seus homens. E sem poder garantir a segurança de quem ficasse para trás.

Abandonar Mattora e Utteria não era uma possibilidade. Restava então ao menos descobrir mais sobre onde estava metido.

O castelo dormia. Era quase madrugada; os servos ainda não tinham começado o primeiro turno na limpeza e na cozinha, os aristocratas demorariam bastante para acordar. Só quem trabalhava eram os guardas. Korin saiu pelos corredores. Seus passos ecoaram no vazio de pedra, ele abriu uma porta e ganhou as ameias. Sob o vento frio, encontrou alguns de seus cães, que estavam de sentinela.

— Como está a noite, vira-latas?

— Tudo tranquilo, general — respondeu uma guerreira com uma aljava às costas e uma trombeta pendurada no pescoço. — Nenhum inimigo à vista.

— E dentro do castelo?

A mulher franziu o cenho. Não entendera direito a pergunta.

— Alguém está acordado? — insistiu Korin.

— Fazendo a ronda, vi luz no alto da torre principal.

Ele assentiu com a cabeça.

— Esqueça que eu perguntei qualquer coisa. Até onde você sabe, saí para mijar, e só.

Ela bateu continência.

Korin seguiu pelas ameias, até chegar à torre principal. Abriu uma porta secundária. Adentrou a antessala que levaria às escadas. Ouviu o barulho de seus próprios passos. Então resolveu tirar as botas.

Deixou-as do lado de fora, escondidas num canto das ameias, e começou a subir de pés no chão, sentindo a pedra gelada nas solas. Sentia-se muito mais infiltrado num forte inimigo do que numa posição de honra em um castelo guarnecido por seus próprios soldados.

Deixou para trás também o lampião que carregava. A escadaria era longa, espiralada e agora escura como breu. Mas também era estreita e os degraus eram regulares. Se ele mantivesse o ritmo, sabia que conseguiria subir sem precisar enxergar. Na metade do caminho havia uma tocha acesa. Isso não ajudou nada, apenas permitiu que ele visse as manchas de sangue que restavam da batalha. Várias dessas tinham sido causadas por ele mesmo, matando os defensores de Utteria enquanto subia com Urko, Trentor, Tarik, Drullo e os outros. Há tão pouco tempo estivera ceifando os guerreiros de Utteria e logo estaria combatendo ao lado deles.

Continuou em silêncio. Havia uma grande chance de encontrar o topo da torre vigiado por guardas. Mas, se isso acontecesse, seria até mesmo um alívio, sinal de que nada acontecia lá dentro que não pudesse ser testemunhado por soldados.

Mas, quando chegou à sala que ficava no alto da torre, não havia ninguém de sentinela. Apenas a porta fechada.

Korin viu, através do buraco da fechadura, que havia fogo aceso do outro lado. Tochas, lampiões ou mesmo uma lareira. Ele olhou pelo espaço exíguo e viu duas figuras pequenas e uma de tamanho adulto. Não conseguiu discernir o que falavam.

Grudou o ouvido na porta e prestou atenção.

— Alguma outra ordem, meus senhores?

Era a voz do regente de Mattora. Distorcida pela barreira da porta, mas inconfundível. O tom cantarolante, subserviente, podia ser identificado de longe.

— Haverá uma só batalha — disse alguém. — Todas as forças dos dois reinos num único ataque.

Korin não conseguiu reconhecer a voz. Não era de nenhum dos garotos. Era uma voz adulta, mas grave, rasgada. E também distorcida pela porta. Ele sentiu uma bola de gelo no peito.

— Temos pouco tempo — disse a mesma voz. — Não interessa quantos morram, a guerra será decidida num só combate.

O general ficou confuso. Era a mesma voz, mas parecia haver um diálogo, como se duas pessoas dessem as ordens.

— Mas isso dependerá de como Vammira se portar, Majestades — disse o regente. — O reino certamente irá formar defesas para barrar nossa entrada. Não poderemos chegar até o castelo real sem luta.

— Vammira irá recuar — disse a voz estranha. — Seguiremos livres até o castelo. Tomá-lo será a grande dificuldade. As tropas pecisam estar prontas para marchar o mais rápido possível e dar a vida para conquistar o reino.

— Vossas Majestades desejam que os mercenários sejam os primeiros a morrer?

— Não. O General Korin é útil e inteligente. Preserve a Companhia do Cão. Deixe Korin manobrá-los como achar melhor.

Eles falavam sobre preservar as vidas de seus homens, sobre mantê-lo vivo. Mas Korin estava com o coração na boca. Não conseguia entender o propósito daquilo tudo, qual era o jogo ou quem eram os jogadores.

Ouvindo as vozes bizarras, pegando partes de um estratagema ao mesmo tempo confuso e banal, ele especulou quem eram os dois garotos. Pensou que tudo pudesse ser um grande sacrifício, que eles estivessem possuídos por demônios. Mas, se fosse isso, não faria sentido preservar a Companhia do Cão ou quaisquer outros. Mais mortes seriam sempre melhores. Pensou que o objetivo talvez fossem as tais ruínas de Vammira, mas então a prioridade não seria tomar o castelo real. De alguma forma, tudo parecia girar realmente em torno da conquista dos reinos. Era mais estranho que *não* houvesse uma conspiração, que tudo fosse como parecia ser. Ninguém estava tramando sua morte, ninguém escondia um propósito macabro.

— Eu lhes prometo Vammira — disse o regente.

Na manhã seguinte, Korin entrou na sala de guerra para encontrar os dois reis garotos, o regente e o punhado de nobres que sempre acompanhava as reuniões. Antes mesmo de cumprimentar todos, o general disse:

— A Companhia do Cão está pronta para marchar a Vammira em três dias.

Philip Anselmus e Ozz de Osbourne sorriram.

O Rei Lemmir McCooper, de Vammira, escutou com atenção o que seu filho tinha a dizer. Olhou para os olhos impassíveis do menino e assentiu.

— É claro que irei ouvi-lo, meu filho. Você será o rei das três coroas. Você é o príncipe profetizado. Faremos como diz e conquistaremos a vitória.

Agarrou o cabo de sua espada, como se os inimigos já estivessem chegando.

— Todas as forças de Vammira se reunirão para defender o castelo — disse, entre dentes. — Estaremos todos unidos contra os covardes de Mattora e Utteria. Travaremos uma única batalha e mataremos todos. Então a vitória será nossa.

Aliss McCooper não respondeu coisa nenhuma. Sentiu os beijos do pai nas duas bochechas. O rei já estava acostumado à pele gelada do príncipe.

14 | contra os gigantes

O REI RUFF Ghanor partiu da capital, seguido pelos veteranos do exército, para resgatar sua pupila.

Não estava na estrada há meia hora quando ouviu os passos retumbantes de Johrgrund.

— O que está fazendo? — perguntou o rei.

— Você vai atrás de Hild, Ruff! Eu vou com você.

A estrada que saía da capital era coberta de paralelepípedos e estava sempre cheia de gente. Havia fazendas, pequenas comunidades e uma floresta ao redor da cidade de Ghanor. Plebeus e comerciantes estavam à volta o tempo todo. Todos ficaram paralisados quando viram o rei passar a cavalo, sua armadura completa indefectível, a guarda de honra cavalgando a seu lado. E se apavoraram quando o gigante cruzou os portões correndo atrás do monarca.

— Eu dei a ordem para Hild sair da cidade! — disse Ruff. — Não foi uma missão para o reino, foi para mim. Eu resolverei o problema, Johrgrund. Não posso viajar sem guerreiros, mas posso ao menos poupar você.

— Claro que pode. Você me poupa e eu mato quem você precisar.

Johrgrund estava ofegante. Ruff olhou o amigo de cima a baixo, viu mais uma vez os sinais das queimaduras de fogo e ácido sofridas na tomada de Necrópole. Ele não parecia mais fraco por causa de todo aquele dano, mas o rei não lembrava de jamais vê-lo tão ofegante apenas por meia hora de corrida.

— Eu o proíbo de vir conosco. Fique e proteja a cidade.

— Certo.

Ruff tocou o cavalo. Johrgrund continuou acompanhando-o.

— Johrgrund, não estou brincando!

— Nem eu, homenzinho louco! Vou resgatar Hild com você!

— Vou resolver isso sozinho!

— Eu também!

— *Johrgrund, fique e proteja a maldita cidade de Ghanor!*

— *Vou ficar e proteger, logo depois que salvar Hild, sozinho com você!*

O gigante pontuou o comentário com um soco nos paralelepípedos da estrada, enviando para todos os lados um monte de pedras lisas pela passagem de incontáveis botas, cascos e rodas de carroça.

Ruff tirou o elmo. Olhou Johrgrund no único olho que lhe restava.

— Não espero que entenda isso, mas Hild é só mais uma vítima que deixo no caminho. Lurius Minimus está até hoje preso numa cama por minha causa. Não posso permitir que você também se arrisque só por ser leal a mim.

— Entendo sim, não me chame de burro. Porque você é uma besta. Vai se meter nas tribos dos gigantes sem saber onde ficam. Vai falar com gigantes sendo só um reizinho menor que uma criança.

Ruff hesitou. Realmente não sabia onde ficavam as tribos dos gigantes. Pretendia achar isso em livros e mapas.

— O estudo vai revelar...

— Estudo! — gritou Johrgrund. — Você vive com a cara metida em papéis e é por isso que tudo sempre dá errado! Venha comigo e levo você para as tribos. Então você vai ter uma chance.

Silêncio.

— Muito bem, meu amigo. Vamos.

Depois de mais ou menos uma hora de viagem, Ruff falou de novo:

— Acha que ela ainda está viva?

— Não. Mas alguém vai me dizer quem matou Hild. E então vou comer carne de gigante.

Hild ainda estava viva.

O desafio real foi se manter viva durante a viagem. Ela não foi a única a ser capturada pelos gigantes naquele dia. Vários de seus soldados foram levados pelas criaturas. Os gigantes amarraram Hild e os outros sobreviventes com cordas grandes, feitas de tiras de couro curtido. Eram nós malfeitos, mas não era isso que os prendia. Os prisioneiros iam arrastados pelas pernas ou andando atrás dos captores. No primeiro dia, um tentou fugir. Hild viu os gigantes gargalhando da fuga do homenzinho, então arremessando um pedregulho que o acertou nas costas, quebrando sua espinha. Os gigantes ficaram assistindo enquanto o guerreiro agonizou, depois o devoraram.

Nem ela nem os outros veteranos demonstraram o quanto ficaram abalados por ver o companheiro destroçado, então servindo de alimento. Nenhum deles podia dizer que já estivera em situação pior, mas se mantiveram calmos. Os gigantes arrancaram os braços do soldado, chuparam o tutano de seus ossos, quebraram seu crânio e degustaram o cérebro. Olharam para os homenzinhos capturados e riram, esperando que eles vomitassem ou desviassem os olhos.

Mas Hild instruiu:

— Continuem olhando. Isso não é nada. Ele já está morto. Continuem olhando.

Alguns veteranos não conseguiram, tiveram de olhar para baixo ou tapar os olhos. Dois vomitaram e um chorou.

No dia seguinte, aqueles que tinham fraquejado foram mortos e devorados. Hild mais uma vez se forçou a assistir, sentindo uma espécie de alívio mórbido.

Ela tivera um palpite. Não era nenhuma informação sólida, foi uma mera adivinhação com base no que conhecia de Johrgrund. Os gigantes podiam devorar primeiro quem achassem mais forte, na crença de que estariam consumindo sua força. Ela sabia que o próprio Johrgrund havia devorado sua mão, quando a perdeu, porque acreditava que era parte do que o tornava poderoso. Ou os gigantes podiam devorar primeiro quem não era útil ou divertido, se estivessem levando-os para algum propósito especial. Por sorte, a segunda opção se mostrou verdadeira e Hild e a maioria dos veteranos sobreviveram.

Todos eles assistiram quando seus companheiros foram massacrados.

E todos passaram fome.

No terceiro dia, os gigantes ordenaram que os prisioneiros comessem os restos de seus companheiros.

— Finjam que estão comendo — disse Hild, entre dentes, disfarçando para não ser ouvida. — Não relutem, não resistam. Apenas finjam. Eles não sabem o quanto comemos. Não vão investigar. Apenas se sujem de sangue e façam a mímica. É horrível, mas é melhor do que comer carne humana de verdade.

— Morrer é melhor que isso! — protestou um guerreiro. — Não vou me sujeitar a fingir que devoro meus amigos!

— Morra então — a guerreira estava fria e controlada. — Eu não vou morrer ainda. Vou servir a meu rei. Vou voltar à cidade de Ghanor. Quem quiser morrer como um covarde, faça como ele. Quem não fugir de seu dever, faça como eu.

Até mesmo o soldado que havia protestado obedeceu e fingiu comer.

No quinto dia, os gigantes encontraram uma alcateia de lobos e abateram-na quase toda. Devoraram os animais e deram os restos aos prisioneiros. Enfim Hild e os outros puderam comer e se refestelaram em carne crua. Era enjoativa, era degradante, mas a guerreira garantia que era melhor do que morrer.

— Não podemos morrer ainda — ela disse, de novo e de novo. — O Rei Ruff Ghanor está contando conosco. Precisamos ficar vivos.

Os gigantes andavam num bando desorganizado, mas Hild conseguiu contá-los. Eram sete ao todo. Ela não tinha nenhuma pista sobre por que um grupo tão grande estava vagando pelos ermos do reino ou qual era seu propósito além de atacar viajantes. As criaturas acharam por acaso uma fazenda, mataram a família que morava ali e abateram todos os animais. Incendiaram a casa por diversão — apenas o líder do bando parecia estar completamente confortável com fogo, mas todos eles riram da ruína.

Então, depois de dez dias, captores e prisioneiros chegaram a seu destino e Hild entendeu por que estavam sendo levados.

Eram dezenas, talvez centenas de gigantes. Gigantes de diferentes tipos: alguns bestiais e peludos, outros quase idênticos a humanos, mas de tamanho descomunal. Alguns tinham pele avermelhada, outros eram deformados e cheios de verrugas. Havia até mesmo gigantes de um olho só. Todos se reuniam num vale nevado, entre montanhas altas. E cada grupo levava seus próprios prisioneiros. Eram animais selvagens, monstros, humanoides, criaturas que ela nunca vira. Mas todos bem menores que os próprios gigantes. A maioria em coleiras ou amarrada de alguma forma.

Hild então entendeu que eles eram bichos de estimação.

Muitos gigantes estavam reunidos em volta de uma espécie de arena improvisada, um círculo de pedras no chão. Eles assistiam a um hobgoblin lutar contra um urso. Riam, gritavam, festejavam, pareciam fazer apostas.

— Podem ficar de quatro e me dar a vitória! — disse o líder do bando de gigantes, quando chegou ao vale. — Trouxe os homenzinhos mais fortes que vocês já viram!

Muitos gigantes cumprimentaram os recém-chegados com gargalhadas, xingamentos, algumas pedradas.

Hild respirou fundo e começou a se preparar para o que seria sua vida dali em diante.

Ela era agora um animal de rinha.

Circulando devagar na arena, olhando nos olhos insetoides do adversário, Hild ainda não entendia exatamente o que estava acontecendo.

A coisa emitiu um guincho e correu para ela. O barulho era irritante, como um prego raspando numa garrafa de vidro, e ela teve de se esforçar para não fechar os olhos e virar a cabeça. Fazia parte da tática do monstro. O som agudo também parecia não combinar com o tamanho da criatura. Tinha forma humanoide, embora fosse todo coberto de carapaça marrom, como um besouro. Na cabeça, sob os olhos multifacetados, dois conjuntos de quelíceras, um pequeno e outro maior, afiado, do tamanho de um par de espadas curtas. As quelíceras se fechavam e se abriam com força e velocidade, ameaçando perfurar a carne da inimiga. Os dois braços grossos e desproporcionais acabavam em pinças gigantescas e a coisa tinha pernas atarracadas, mas velozes.

O monstro investiu contra ela como um gorila, batendo com as pinças no chão enquanto corria. Os gigantes que assistiam ao espetáculo urraram de júbilo, gritaram incentivos e maldições contra ela. Jogaram ossos ainda com pedaços de carne grudados, restos de vegetais, na tentativa de tirar sua concentração. Hild curvou os joelhos, agachando-se um pouco, deixou o escudo pronto, mas não à frente do corpo. Na outra mão, o machado, também abaixado, a guarda aberta. Um pedaço de sujeira qualquer a atingiu atrás do elmo, mas ela não deu importância. Manteve os olhos na fera. A coisa guinchou de novo, então estava sobre ela e Hild saltou.

O golpe da criatura foi com uma das pinças, de cima para baixo, tentando agarrar seu ombro. Hild vira como ele lutava: pinçava alguma parte carnuda da vítima, que então ficava irremediavelmente presa. O monstro sacudia a presa, batendo seu corpo com facilidade contra o chão, até que os ossos quebrassem e o que quer que fosse estivesse morto. Era quase impossível se defender assim. O segredo estava em não ser pego e isso significava não deixar o monstro acertar nenhum golpe.

Hild ergueu o escudo com rapidez, batendo na parte externa da pinça e desviando o golpe enquanto pulava para o lado. Rolou sobre o outro braço e girou para ficar atrás do monstro, então acertou um golpe preciso com o machado bem atrás do que seria seu joelho. Gosma amarelada esguichou por entre as placas quitinosas, mas ela sabia que ele não sentia dor, pelo menos não como um humano. Hild se pôs de pé num salto e recuou, correndo para trás sem precisar olhar. A arena já era sua velha conhecida.

— Osso-Oco vai vencer de novo! — gritou um dos gigantes que a havia capturado. — Osso-Oco é a campeã das tribos!

Outros gigantes discordavam e um deles arremessou uma pedra enorme contra ela. Hild correu para desviar da rocha, em direção ao monstro. Era uma das manobras mais arriscadas que podia fazer, mas, com a plateia contra ela, não havia muita escolha. Tinha tirado a mobilidade da criatura justamente para dificultar suas investidas e agora ia de encontro aos braços dela.

A solução era não errar.

Sob os gritos de dezenas de gargantas monumentais, Hild correu, calculou quando o monstro atacaria, esperou por um instante quando ele abriu os braços para dar o golpe com as duas pinças, então pulou para bem perto dele — perto demais para que ele usasse suas maiores armas. O monstro abraçou-a com sua força de gorila, mas não conseguiu perfurá-la. As quelíceras se aproximaram de seu rosto, Hild levantou o escudo para bloquear. Sentiu as duas pontas quitinosas perfurando a madeira, empurrou o escudo para prender as quelíceras. A criatura teve um momento de confusão, então Hild deu um golpe curto, de baixo para cima, cortando abaixo da axila do monstro, acertando uma falha na carapaça. Sua manopla foi banhada pelo líquido amarelo e seu olfato se inundou do cheiro podre que vinha de dentro da coisa. O inimigo emitiu um guincho, Hild ficou tonta e surda, tomada pelo barulho infernal. O braço que ela havia acertado amoleceu, ela se desvencilhou do abraço e girou para o lado, seu escudo ainda preso no focinho do monstro e o braço de Hild ainda preso ao escudo.

Ele não tinha ângulo para golpeá-la com a outra pinça. Hild puxou o escudo, arrastando sua cabeça junto, e atacou com o machado de novo no que seria o joelho. Desta vez, a perna se estraçalhou e o monstro caiu.

— Osso-Oco! — gritaram os gigantes. — Osso-Oco! Osso-Oco!

Ela largou o escudo e rolou para trás, jogando-se sobre as costas do monstro. Montou nele, segurou o machado com as duas mãos e acertou-lhe atrás da cabeça.

A coisa golpeou para trás e conseguiu agarrá-la pelo ombro com a pinça, mas Hild deu outro golpe e o crânio de carapaça se rompeu. O cheiro nauseabundo tomou a arena e ela atacou de novo, fazendo líquido amarelo saltar para todos os lados.

O monstro deixou o braço cair.

Hild se ergueu, coberta de sangue fedorento, e levantou o machado acima da cabeça.

— Osso-Oco! Osso-Oco!

Aquele era o nome que os gigantes haviam lhe dado, por causa da armadura de ossos que ela usava. Não tinham tirado suas armas ou seus objetos. Pelo contrário, deixavam que tomasse as coisas dos oponentes civilizados que vencia. Aquele escudo de madeira tinha pertencido a um hobgoblin, o machado vinha de um anão arrogante. Hild não gostara de matar aquelas pessoas, prisioneiras como ela mesma. Preferia quando os adversários eram monstros, mas mesmo coisas selvagens não tinham culpa. Estavam todos lá como brinquedos nas mãos dos gigantes. Ela decidiu, logo no começo, que faria o que fosse necessário para sobreviver. Não esperara viver tanto e também não esperara que o interesse dos gigantes fosse durar todo aquele tempo. Por seus cálculos, já estava lutando na arena há mais de dois meses.

Cortou para si mesma uma das pinças do monstro, como troféu. Há muito ela aprendera que, se não escolhesse um troféu dos inimigos que matava, precisaria comer sua carne. Os gigantes tinham uma obsessão quase infantil com tomar partes de inimigos vencidos para si. Eles preferiam devorá-los, mas permitiam que seus bichos de estimação apenas colecionassem partes ou objetos.

— De volta para a gaiola, Osso-Oco! — gritou um de seus donos.

Ele jogou para ela uma corrente comprida com uma coleira na ponta. Não era criação de gigantes, eles não pareciam ser capazes de manufatura tão elaborada. Devia ter sido tomada de hobgoblins ou humanos. Obediente, Hild colocou a coleira em volta de seu próprio pescoço e se deixou ser levada até sua jaula.

A jaula de ferro era o lar de Hild desde que chegara ao vale. Havia centenas daquelas jaulas pelo lugar inteiro. Cada uma abrigava um humanoide ou monstro capturado pelos gigantes. A cada dia, vários morriam, mas sempre chegavam mais. Aquela era uma espécie de festa das criaturas. Quase uma ocasião sagrada, embora eles não demonstrassem nenhum tipo de religião ou adoração a deuses e espíritos.

Ela entrou na gaiola e o gigante fechou a porta. O chão estava coberto dos troféus que Hild havia ganho na arena e de restos de comida que eles lhe davam. A guerreira achava que já tinha esquecido o sabor de carne que não fosse crua.

Ela se encolheu num canto e se cobriu com a pele remendada de algum animal, um troféu que tomara de um bárbaro que matara logo nos primeiros dias. Com certeza aquele era o troféu mais importante. O vale era gelado, ficava no meio de montanhas cobertas de neve e de alguma forma prendia ar frio em seu interior. À noite, ela mais de uma vez pensou que morreria de frio. Alguns dos prisioneiros humanos nas jaulas próximas não tinham troféus capazes de esquentá-los e realmente tinham perecido por hipotermia no meio de alguma madrugada.

Chamar aquele vale de aldeia de gigantes seria exagero, mas parecia o mais próximo de um vilarejo que as criaturas conseguiam criar. Eles tinham construções toscas, pouco mais que montes de pedras, que serviam como defesas, barricadas e, em um caso, uma represa. Dormiam ao relento ou enrolados em peles sujas de animais, dependendo da tribo a que pertencessem. Hild ouvira muitos deles se referindo a tribos e em sua cabeça concluíra que cada tipo ou raça de gigantes que via naquela reunião era uma tribo, mas isso era só um palpite.

Os anfitriões pareciam ser os gigantes albinos de pele branca e cabelos loiros claros, alguns dos mais civilizados. Eles tinham armas simples, machados e escudos, e vestiam roupas feitas de peles. Estavam à vontade no frio. Aqueles que a tinham capturado era semelhantes a Johrgrund: cabelos e barba castanhos, usavam trapos e se comportavam de maneira mais selvagem. Os maiores de todos não tinham cabelo ou barba, sua pele era cinzenta e dura, sua fúria era fria e calada. Usavam até mesmo espadas e lanças. Mas mesmo assim não pareciam tão sofisticados quanto o mais primitivo dos bárbaros humanos.

Os ciclopes eram quase bichos, os gigantes deformados eram sádicos e estúpidos. Os gigantes de cabelos e barba vermelhos comiam brasas e exalavam calor de sua pele.

Membros de todas as tribos entravam em discussões intermináveis que Hild não conseguia entender. Eles falavam uma versão atabalhoada da língua comum, mas, quando começavam um daqueles debates primitivos, degeneravam a fala para uma espécie de dialeto entrecortado por urros e grunhidos. Muitas vezes essas discussões levavam a lutas, a que os outros gigantes assistiam, enquanto gritavam e xingavam, como se fossem lutas na arena. O vencedor sempre devorava o perdedor e então distribuía os pedaços do cadáver para seus amigos, criando um banquete. Tanto gigantes de tribos diferentes quanto dois da mesma raça podiam se enfrentar daquela forma. Não parecia haver um padrão, assim como não havia um fim aparente para o festival. Às vezes chegavam gigantes com barris e mais barris de vinho, hidromel ou cerveja, certamente roubados de alguma aldeia humana. Quando isso acontecia, eles secavam os barris em menos de uma hora, então sempre havia luta. Mas os próprios gigantes também não eram incapazes de fermentar sua própria bebida. A tribo do gelo deixava frutinhas apodrecerem e depois as mastigava, engolia e ficava bem embriagada.

Hild só pensava em fugir. Mas, de acordo com a decisão que tomara no começo, preferiu preservar a própria vida. Assim, esperou a primeira tentativa de fuga e viu o que acontecia.

Dois elfos foram os primeiros fugitivos. Eles conseguiram abrir suas gaiolas, enquanto os gigantes não prestavam atenção, à noite. Então escaparam em silêncio, furtivos, sem pressa. Hild achou que seria a única a perceber a fuga.

Mas não adiantou fazer silêncio. Um ciclope acordou com o cheiro dos elfos, logo os localizou pelo faro e gritou o alarme. Os gigantes não dormiram mais naquela noite, fizeram um jogo de tentar acertar os elfos com pedras. No fim, o ciclope que farejou a fuga e um gigante deformado disputaram os corpos dos elfos, puxando-os pelos braços e pelas pernas até que se rompessem.

Então, para punir a fuga, um punhado de prisioneiros aleatórios foi morto.

Quando uma guerreira anã tentou fugir, os próprios prisioneiros deram o alarme.

Assim, ficou claro para Hild que ela não precisava se esconder apenas dos gigantes. Tinha de se esconder de todo o acampamento, inclusive dos prisioneiros. Pior ainda, por causa de seu sucesso na arena, Osso-Oco era querida por seu dono. O gigante dormia perto dela e a vigiava com atenção.

E, mais do que isso, precisava empreender uma fuga discreta e perfeita com todos os veteranos. Embora vários tivessem morrido, alguns ainda restavam e ela não iria abandoná-los.

Até que uma condição de fuga se apresentasse, o melhor era sobreviver. Por quaisquer meios necessários.

— Acorde, Osso-Oco — seu dono a cutucou com um dedo enorme.

Hild abriu os olhos. Ainda estava escuro. Viu que os gigantes estavam devorando um dos seus. Deviam ter passado a noite acordados, discutindo e brigando. O hálito do gigante também denunciou que eles beberam muito. Hild não acordava mais com a barulheira. Tinha aprendido que não adiantava se alarmar quando os gigantes estavam gritando e que precisava de todo o descanso que pudesse conseguir. Eles podiam chamá-la para lutar a qualquer momento e ter algumas horas de sono era melhor do que nada.

Ela se levantou, fazendo a corrente tilintar. Agarrou um machado e um escudo, troféus que deixara de lado na gaiola. Era seu penúltimo escudo, precisava cuidar desse. Suas últimas lutas tinham sido todas contra monstros. O que fazia bem a sua consciência, mas significava menos armas e equipamentos. Ela sentiu dores pelo corpo todo. Não tirara a armadura naquela noite. Na verdade, tentava não tirar a armadura na maior parte do tempo. Era difícil recolocá-la sem ajuda e demorava muito. Por duas vezes Hild tinha sido obrigada a lutar seminua, porque os gigantes não esperavam para que estivesse pronta. Ela estava com medo de ver os hematomas e cortes que havia por baixo da proteção óssea e não queria pensar em como estava suja. Infecção era um risco real — apenas uma vez durante aquele cativeiro ela conseguira tempo suficiente para se lavar com neve. Conseguir neve limpa o bastante também era difícil.

O gigante puxou-a pela coleira. Osso-Oco seguiu.

— O que está acontecendo aqui? — ela perguntou. Não era a primeira vez que tentava.

— O que acha, homenzinha burra? Você vai lutar.

Se fosse Johrgrund errando a palavra daquele jeito, ela acharia engraçado. Da maneira como era, foi só mais um lembrete de que os gigantes não pensavam como ela, não a viam como um ser inteligente. Hild era como um cão — e, se desse problemas, como um cão raivoso, seria sacrificada.

— O que é esse festival? — ela insistiu. — Por que há tantos gigantes aqui?

— Para ver você vencer e me agradar. Agora cale a boca e mate.

Ela já tinha quase esquecido a pergunta. Balançou a cabeça, ignorou as dores no corpo, segurou firme o machado e concentrou-se do jeito que precisava para vencer. Sua expressão era de assassina, ela mal ouvia outros a sua volta. Mesmo as vozes de seus soldados viravam burburinho ininteligível. Quando era puxada para a arena, ela precisava se transformar no animal de rinha, e todo o resto eram incômodos a serem descartados.

Com minúsculos movimentos, ela ensaiava os golpes mais efetivos, que usava com mais frequência. Mas seu estilo de luta dependeria do adversário. Seria um quadrúpede, como um lobo gigante? Uma coisa parecida com uma serpente humanoide? Ela já lutara com um touro com corpo humano, mas os mais perigosos eram os mais inteligentes. Será que lutaria pela primeira vez com um elfo? Ou agora teria de matar um de seus próprios homens?

Hild olhou para a arena e perdeu a concentração. Sentiu o corpo todo gelado e amortecido.

— Vamos ver do que você é feita, Osso-Oco.

O adversário era um gigante.

Todos os gigantes reunidos no vale começaram a vaiá-los. Jogaram lixo e pedras, montes de terra e pedaços de gelo, com tanta ferocidade que Hild precisou se abaixar e se proteger com o escudo. Seu dono berrava contra os próprios irmãos, gesticulando com o punho, ameaçando devorá-los. Puxou a guerreira para a arena, mas foi barrado por um dos imensos gigantes de pele cinza, com uma manzorra em seu peito.

— Está com medo, Gorjon? Vai mandar sua humana para lutar por você?

Pelo menos agora ela sabia o nome da criatura que puxava sua coleira.

— Não tenho medo de nenhum de vocês! — gritou Gorjon, empurrando o braço do gigante maior. — E não quero ser chefe desta merda! Mas vou mostrar que até uma humana vence um maldito ciclope!

Hild controlou a respiração e ignorou os dois que discutiam para analisar o inimigo. Independente do que acontecesse entre seu dono e o monstro de pele cinzenta, ela teria de lutar. Era sempre assim. O inimigo era mesmo um ciclope. Não um dos maiores gigantes, mas uma pilha de músculos. Era atarracado, com ombros arrendondados e cabeça pequena, com um enorme olho no meio. Os pés eram imensos, desproporcionais. Ele usava as peles costuradas de vários animais e arrastava uma clava feita de pedra.

— Você deve resolver seu ódio como todos nós! — rugiu o gigante maior, sob gritos de aprovação de todos.

— Ciclopes não são gigantes, são bichos nojentos! Não merecem nem ser devorados! Não merecem ser vencidos por um gigante de verdade!

As vaias eram ensurdecedoras. Todos os prisioneiros nas gaiolas tinham acordado e chacoalhavam as jaulas, agarrados nas barras de ferro. Os mais selvagens gritavam e uivavam com os gigantes.

— Não vou sujar minhas mãos de sangue de ciclope! — Gorjon bravateou. — Osso-Oco vai vencer esse filho de uma cadela!

Deu outro puxão. Então se abaixou para abrir a coleira. Sob as vaias, disse em voz baixa e ameaçadora:

— Se você não vencer essa, Osso-Oco, é melhor morrer rápido. Porque, se sobreviver, não vai gostar do que os outros gigantes vão fazer com você. E se por milagre escapar deles, não vai gostar do que eu vou fazer.

— Se eu vencer, você precisa soltar meus companheiros.

O gigante deu uma risada de desdém.

— Ninguém vai sair daqui, Osso-Oco, sua imbecil! Você não entendeu que vai lutar até morrer ou até o banquete final?

Com isso, empurrou-a para a arena, onde o ciclope já estava bufando. Hild sentiu o estômago em um nó. É claro que ela não contava com a misericórdia de um gigante. Mas ouvir aquilo sedimentou sua certeza. Se não fugisse, a melhor opção que tinha era morrer em combate. A outra opção era ser devorada com os outros sobreviventes, no que quer que fosse o banquete final, quando aquele festival carniceiro finalmente acabasse.

Todos os gigantes do vale urraram, o ciclope urrou e Hild não perdeu tempo: numa manobra que podia ser tudo ou nada, arremessou o machado contra seu único olho.

— Osso-Oco! Osso-Oco! — gritaram os gigantes da mesma tribo de Gorjon.

O ciclope era feio e burro, mas tinha bons reflexos. Com um gesto do antebraço, bloqueou o machado arremessado e enviou-o girando para longe.

Ela estava desarmada.

Ele atacou.

A coisa bateu forte com a clava no chão, onde Hild estivera um momento atrás. Ela se jogou para o lado e correu, o coração disparando. Conseguiu ver onde estava o machado — logo fora do perímetro da arena, demarcado por pedras. Tentou correr para lá.

Um gigante de cabelos vermelhos pegou o machado com uma manzorra.

— Está procurando isso, homenzinha?

E atirou-o através da arena, para o outro lado, com uma gargalhada. Todos os gigantes riram, ela viu a sombra do ciclope atrás de si.

Não havia tempo para se xingar de burra: Hild deu um rolamento para trás, passando por baixo das pernas do gigante, enquanto ele pisoteava o chão e batia com a clava. Ela conseguiu se colocar de pé e avistou um pedaço de lança deixado para trás no chão da arena. Era só um cabo de madeira com uma ponta de metal, mas era pontiagudo e serviria como arma. Ela calculou a corrida e o que deveria fazer para chegar até lá sem ser pega pelo ciclope, mas então ele já tinha se virado. Com horror, Hild percebeu que não tinha mais tempo para pular ou correr para longe, só para erguer o escudo.

O monstro lhe deu uma pancada atordoante com a clava. O escudo absorveu parte do impacto, mas ela foi jogada para trás. E já começava a se levantar, quando o ciclope surgiu sobre ela com um pé gigantesco. Desceu com força contra ela; Hild de novo só conseguiu colocar o escudo na frente do corpo.

Ela gritou de esforço e precisou mesmo de toda a sua força para aguentar um instante. Não deu atenção às dores na caixa torácica, à dificuldade súbita para respirar, ao barulho nauseante de areia. Não era hora para costelas quebradas. Ela precisava sobreviver. O ciclope ficou frustrado por encontrar alguma resistência a seu pisão, ergueu a perna de novo e Hild usou esse tempo para pular de pé e correr.

Ele a segurou com uma mão livre e a arremessou para cima.

Hild se sentiu girando no ar, indefesa. Nada de seu treinamento ou sua aptidão natural poderia defendê-la contra o chão vindo a toda velocidade. As costelas doíam, ela não conseguia respirar. Os instantes sem contato com o solo foram agonia pela antecipação, talvez aquela fosse a hora de sua morte.

Ela então caiu com um impacto nauseante. Não conseguiu firmar a cabeça, que se agitou, descontrolada, bateu no chão e a deixou tonta. Por um instante, ela não sabia onde era em cima ou embaixo, tentou se firmar, mas as direções eram confusas, precisava de apenas um tempo para se orientar.

Recebeu mais um golpe de clava e rolou, indo bater nas pedras que cercavam a arena.

Ela abriu os olhos, tentando se agarrar à realidade, manter-se no agora e viu que o ciclope sorria.

Sua cara estúpida estava iluminada de prazer com o sofrimento dela e ele sorria.

Por todo o vale, os gigantes gargalhavam, em júbilo por sua humilhação. Eles a haviam emboscado, haviam matado seus homens, haviam interrompido sua missão, quando ela resolveria o problema do rei com seus filhos e seu melhor amigo. Eles estavam em seus debates inúteis, brutos e intermináveis, jogando inocentes uns contra os outros. Então, se ela fosse vitoriosa até o fim, seria transformada em *comida*. Seria devorada e então defecada e esquecida.

Hild não conseguia mais sentir dor. Não estava tentando ignorar, seu corpo apenas ficou amortecido. Ela sentiu uma acidez desconfortável borbulhar em sua garganta, uma tremedeira se espalhar por seus membros. Rilhou os dentes sem notar, parou de ouvir os risos e xingamentos que preenchiam o vale.

Só conseguia ver o ciclope sorrindo. Sua visão era como um túnel, algo concentrado, o inimigo com cores mais vivas do que era natural, o resto escuro e difuso.

Hild não estava apenas numa luta. Foi tomada por um desejo de morte, de dor, de selvageria. Naquele momento, tudo que conseguia sentir era ódio, ódio por aquele monstro que estava a sua frente, um ódio primordial que se estendia pelo passado e pelo futuro. Ela não tinha nome, não tinha objetivo. Só fazer aquela coisa sofrer, fazê-la pagar, fazê-la se arrepender.

Não estava mais amortecida: seu corpo todo formigava com uma espécie de prazer.

Hild rugiu como um animal e, tomada pela fúria, saltou de pé e correu para o inimigo.

Não notou a própria rapidez, o quanto os metros desapareceram sob seus pés, como se ela não tivesse peso. Rugiu de novo, o ciclope ergueu a clava, mas era muito lento, como se estivesse se movendo dentro de um líquido espesso. Ela arrancou o elmo de crânio e o jogou para trás.

Se os gigantes conseguissem discernir seu rosto, veriam os olhos vidrados, vermelhos, cheios de veias estouradas, as pipulas dilatadas até que as íris desaparecessem. A mandíbula retesada num esgar fixo, os tendões do pescoço repuxados. Tirando o elmo, era como se Hild tivesse colocado uma máscara de fúria, algo terrível e monstruoso.

Antes que o ciclope conseguisse golpear, Hild saltou contra ele e se agarrou às peles que vestia e a seu próprio couro grosso. Achou uma abertura nas vestes primitivas e fedorentas, mordeu a pele do gigante com força que não sabia existir em si mesma. Puxou a cabeça para trás e rasgou o couro, fazendo o sangue esguichar longe.

Dentro da armadura, seus braços estavam inchados, as veias bombeavam sangue num volume enorme. O coração batia descontrolado, os pulmões puxavam golfadas imensas de ar. O corpo todo trabalhava num ritmo e numa intensidade absurdos, tentando dar respaldo ao ódio e à sanguinolência da guerreira.

O ciclope começou a se debater, tomado pela dor. Ela o escalou num instante, agarrou suas narinas com as mãos e puxou o próprio corpo para cima. Então mordeu o olho único.

Hild começou a devorá-lo antes que ele caísse no chão e o matou quando enfiou os braços por dentro de seu olho, até chegar ao cérebro.

Coberta de sangue, a guerreira se ergueu sobre a cabeça arruinada de seu inimigo e rugiu sua vitória.

Os gigantes estavam em silêncio.

Gorjon chegou perto com a coleira.

— Muito bem, Osso-Oco! Vai ganhar ração extra hoje...

Hild mordeu a mão do gigante e arrancou um naco do dedo. Então se voltou a seu próprio banquete, o ciclope caído. Gorjon se jogou sobre ela para segurá-la e precisou da ajuda de outros três para conter a ira da humana.

Naquele dia, eles não puseram coleira em Osso-Oco. Apenas conseguiram jogá-la na jaula e fechar a porta rápido. Ela se agarrou nas barras de ferro e entortou duas. Eles jogaram pedras contra ela, de longe.

Hild passou horas urrando, até que caiu num sono profundo.

Quando acordou, sentiu o gosto nauseante e ferroso e soube que algo terrível acontecera. Algo terrível e algo que pertencia a seu primeiro lar, o reino de Artus. Hild finalmente conhecera a fúria.

O território das tribos gigantes era vasto. Eles viviam emmontanhas, crateras, florestas e ermos. Afastavam-se para caçar, quando eram banidos ou para emboscar viajantes. A busca demoraria muito tempo e Ruff já tinha perdido qualquer esperança de que Hild estivesse viva. A certeza de Johrgrund sobre a morte da garota transformara aquela numa expedição de vingança, desde o começo. Eles viajaram em silêncio na maior parte do tempo. Os veteranos também estavam com ar soturno.

Um dia, no acampamento:

— Por que gigantes raptariam humanos, Johrgrund?

Não houve resposta. Johrgrund apenas bufou.

— Quando você nos emboscou, não queria nos raptar. Queria nos roubar e devorar nossos corpos.

— Eu tinha saído da tribo.

— Por quê?

— Devorei quem não devia.

Ruff ficou quieto. Em essência, Johrgrund tinha sido banido por ser selvagem demais para um gigante. Isso não deveria surpreendê-lo.

— Por que acha que eles raptaram Hild e os outros?

— Pare de perguntar isso.

— Fale! Por quê?

— Não quero falar!

O rosto de Johrgrund era uma máscara de raiva, dor e algo que Ruff raramente vira nele: medo. O gigante era como uma criança naquele aspecto. Sabia da verdade, mas não queria falar. Se falasse, seria mais real.

— Ela foi devorada?

A resposta foi um grunhido.

— Pior que devorada?

— Você pode achar que gigantes são burros — ele murmurou, um murmúrio que parecia uma avalanche. — Mas eles sabem fazer alguém sofrer quando querem.

— Não acho que você seja burro.

— Obrigado, Ruff. Você também não é tão burro na maior parte das vezes.

O rei ficou quieto. Tentou não pensar em que tipo de brutalidade chocaria alguém como Johrgrund.

— Você lembra de Korin? — Ruff perguntou.

Johrgrund franziu o cenho. Ficou mais de um minuto concentrado, balbuciando para si mesmo.

— Korin! — insistiu Ruff. — Lembra? Foi general do exército quando estive preso. Ele estava comigo quando nós o encontramos pela primeira vez.

— Ah, Korin! — o rosto de Johrgrund se iluminou. — Tinha esquecido dele!

— Como pôde esquecer? Você ficou anos com ele.

— Esqueço que vocês dois não são a mesma pessoa.

— Mas você o seguiu enquanto eu estava preso.

— Tanta gente diz que você consegue estar em dois lugares ao mesmo tempo... Comecei a achar que era verdade.

Ruff deu uma olhada com certo carinho para o gigante.

— Por que perguntou de Korin? — disse Johrgrund.

— Queria saber o que ele diria. Sobre Hild e todos esses problemas. Korin teria uma ideia melhor do que só ir até os gigantes com intenção de vingança.

— Mas não vamos só fazer isso, é claro! Quando chegar lá, vamos matar todos.

Era um território vasto, por isso seria quase impossível encontrar a tribo certa logo de início. O soldado sobrevivente tinha descrito os gigantes como parecidos com Johrgrund. A emboscada também era parecida e o território condizia. Mas havia vários povoados daquela tribo para a qual Johrgrund não tinha nome. E eles mudavam de tempos em tempos, por causa da escassez ou da guerra. Ruff cada vez mais via idiotice naquilo tudo, mas não podia desistir.

Então um batedor voltou, dizendo que encontrara rastros.

Não era preciso ser um rastreador exímio para ver que eram sinais da passagem de muitos gigantes em um grupo compacto.

Johrgrund ficou sério. Ruff perguntou o que era e ele não quis responder.

Acharam vários outros rastros como aqueles. E restos de acampamentos toscos, carcaças semidevoradas de todo tipo de animais grandes. Com mais alguns dias de viagem, encontraram o corpo apodrecido de um gigante. Mas era bem diferente de Johrgrund. Tinha cabelos e barba vermelhos. Mesmo morto, exalava calor.

— Gigante do fogo — decretou Johrgrund.

— Existem gigantes tão diferentes de você?

— A coisa é pior do que eu achava, Ruff. Mas pelo menos vai ser fácil encontrar a tribo. Gigantes não andam com cuidado, como homenzinhos. E vamos encontrar muitos gigantes. Estamos entrando numa Alta Peleja.

Johrgrund explicou, da melhor forma que conseguia. Mas a sociedade dos gigantes também não era complexa, então palavras simples eram suficientes. De tempos em tempos, as tribos de gigantes se reuniam numa espécie de assembleia, para escolher um chefe. Não havia método ou regras bem definidas: eles discutiam e lutavam, acertavam rixas antigas e formavam novas inimizades. Era um tipo de festival selvagem, feito de comida, bebida e sangue. Parte da diversão era colocar feras e homenzinhos para lutar uns contra os outros, mas o principal objetivo era achar um gigante que pudesse unir todos os outros em uma nova era, na qual não seriam mortos por exércitos, na qual nunca faltaria caça e na qual todos ficariam bêbados quando quisessem.

— Já houve um chefe assim?

— Como vou saber? — Johrgrund balançou a cabeça como se fosse a pergunta mais idiota do mundo. — Já participei de duas Altas Pelejas. E em nenhuma das duas ninguém escolheu nenhum maldito chefe.

Em geral, as Altas Pelejas acabavam quando as discussões e as lutas individuais se degeneravam em batalha campal, com grandes massacres de gigantes e prisioneiros. Os gigantes não pareciam capazes de entender que aquele modo de escolher um chefe era ineficiente, para eles era a única opção. Depois de uma Alta Peleja, em geral começavam pequenas guerras entre tribos, o que diminuía o número de gigantes e os deixava ainda mais longe de uma era em que houvesse união e fartura.

— Mesmo se você for um gigante, uma Alta Peleja é uma situação de merda — lamentou Johrgrund.

— Não — Ruff tinha olhar intenso. — Você me deu uma ótima notícia, meu amigo.

— Uma tribo de gigantes já é difícil de matar, Ruff! Todas então...

— Você acabou de me dizer que Hild está viva.

Johrgrund se calou e arregalou os olhos.

— Se eles prendem homenzinhos e os colocam para lutar, ela está viva — disse o rei. — Porque Hild não vai ser derrotada numa arena. Ela já era uma campeã quando a conheci.

— Acha mesmo? — o gigante engoliu em seco.

— Não vamos só nos vingar, Johrgrund. Vamos salvá-la.

E havia mais uma coisa na mente de Ruff, mas ele não quis falar. Se Korin estivesse ali, diria que era loucura.

— Você vai me transformar em chefe, Osso-Oco — o gigante Gorjon abriu um sorriso de dentes quebrados e destrancou a jaula.

Hild fora obrigada a tirar a armadura depois da luta contra o ciclope. Seu corpo estava todo roxo, com cores até mais feias em alguns lugares. E respirar doía. Ela enfaixou o tórax com trapos sujos, tentou limpar feridas abertas com neve branca. A enorme quantidade de carne crua que ela tinha comido fez com que passasse mal, mas ela conseguiu vomitar quase tudo fora da jaula. Por sorte, notou a movimentação dos gigantes, que sinalizava mais uma luta na arena, e recolocou a armadura de ossos antes que fosse chamada.

Ela viu a mão de Gorjon, machucada pela mordida que ela mesma dera em seu frenesi. Não lembrava muito, não sabia como poderia ter ferido um gigante com os dentes. De qualquer forma, o ferimento de Gorjon estava horrendo. Sujo, começando a infeccionar. Gigantes não entendiam a relação de causa e efeito entre cuidados com uma ferida e sobrevivência. Ela vira muitas vezes Johrgrund relutar em ser tratado pelos clérigos, na crença de que, se fosse ferido e não morresse imediatamente, iria se tornar mais forte. Mas Hild sabia que, se Gorjon não cuidasse daquela mão, iria perdê-la ou morrer.

O gigante sacudiu a gaiola, forçando-a a sair. Então colocou a coleira em seu pescoço e a puxou.

Para a surpresa de Hild, Gorjon apresentou uma seleção de armas de ótima qualidade e escudos de metal, dispostos na neve. Outros gigantes olhavam com interesse. Sem ousar perder a chance, ela escolheu um grande machado de duas lâminas, feito de algum metal muito brilhante, e um escudo negro com um dragão pintado.

— Continue assim e você vai viver muito, Osso-Oco! Vamos, você vai fazer o que faz melhor.

Ele deu outro puxão e ela foi conduzida à arena, sob os olhares dos gigantes. Eles nunca ficavam em silêncio, mas agora não estavam gritando nem jogando coisas contra ela. De alguma forma, era mais enervante.

Quando conseguiu enxergar a arena através dos corpos das criaturas que a observavam, Hild não conseguiu evitar:

— *Não.*

O oponente era outro gigante.

Não um ciclope, mas uma das monstruosidades de cabelos e barba brancos, assim como sua pele. Era bem maior que o ciclope, tinha um machado feito de pedra e expressão muito mais inteligente. Hild estava com dificuldade até mesmo para caminhar e respirar.

— Você não entende — ela disse para Gorjon. — Estou muito ferida.

— Pare de choramingar, Osso-Oco, é só mais um inimigo! Fique louca de novo e mate ele, depois haverá outros para você matar. Pode devorá-lo à vontade, você vai ficar forte.

— Criatura imbecil, eu vou morrer! Isso não é o que vocês fazem. *Gigantes* lutam contra gigantes! Homenzinhos lutam entre si!

— Agora tudo mudou. Homenzinhos lutam entre si e você luta contra gigantes. E você vence e eu sou seu dono, então eu viro chefe.

— Vou morrer.

— Não me importo.

O raciocínio de Gorjon não fazia sentido, assim como não fazia sentido que ele jogasse fora a vida da lutadora que tinha lhe valido prestígio. Gigantes não pensavam de maneira que fizesse sentido. Eram como rios caudalosos, que seguiam seu curso, arrastando tudo consigo, até que algo forçasse uma mudança de caminho. Então seguiam nesse novo curso, sem questionar. Gorjon colocara Hild para lutar, ela ganhara sempre e ele nunca pensara em poupá-la. Então ela tinha vencido o ciclope e agora esta era a nova realidade: Osso-Oco vencia gigantes. Todos tinham ficado impressionados e Gorjon acreditava que o respeito de seus irmãos só iria aumentar. O próximo passo lógico era colocar a homenzinha para lutar contra um gigante maior, o que daria mais prestígio, e assim por diante. Na mente nublada por estupidez e álcool de Gorjon, aquele era o caminho para ser chefe.

Ele empurrou Hild para dentro da arena e soltou-a da coleira.

Por toda a volta, uma espécie de parede sólida de gigantes. Todos os olhos nela, todos os espaços preenchidos.

O gigante albino deu uma risada e ergueu o machado.

Osso-Oco levantou o escudo e preparou sua própria arma.

Então ela ouviu uma gritaria vinda de trás dos espectadores. Os gigantes agitaram-se, viraram-se para ver o que estava acontecendo. De repente, urraram, pegaram em armas. Até mesmo seu inimigo se distraiu dela, olhando por cima das cabeças dos demais.

Um urro se destacou por sobre os outros e ela sentiu um arrepio na espinha.

Meteu-se entre as pernas dos gigantes para olhar também e reconheceu a voz bestial.

Johrgrund berrou seu desafio, arrastando pelos cabelos um gigante morto, deixando um rastro de sangue, enquanto batia com o mangual no solo.

A seu lado estava Ruff, com uma tropa de veteranos.

— Ouçam-me, gigantes! — proferiu ele, de dentro de seu elmo. — Sou o Rei Ruff Ghanor I, de Ghanor. Entreguem a prisioneira que raptaram em minhas terras ou preparem-se para sentir o peso da justiça!

Ruff avistou a armadura de ossos no meio dos gigantes e seu coração bateu com força. O elmo escondeu o sorriso enorme, os olhos mareados. O rei conseguiu manter a voz firme, enquanto dezenas de gigantes de todas as raças tinham os olhos nele.

— Eu vejo que a mulher que vim buscar está aqui — Ruff apontou para Hild com o martelo. — Outros foram raptados com ela. Soldados de meu reino. Exijo que sejam libertados.

Os gigantes observavam aquele homenzinho com certo interesse. A coragem de Ruff, ao chegar e exigir ser obedecido daquela forma, colocava-os num novo curso. A direção na qual o rio corria era diferente. Eles não estavam inclinados a obedecer, mas a imposição de uma nova realidade fazia algo com suas mentes simplórias.

E Johrgrund mantinha o único olho em todos, rosnando e agitando o mangual. Ruff sabia que ele estava se controlando para não devorar o gigante que havia matado antes.

Um gigante parecido com Johrgrund, trajado em peles costuradas, abriu caminho entre os outros, empurrando. Segurou Hild pelo cangote, como se ela fosse um animal, e agitou um tacape de madeira na direção de Ruff. O rei pôde ver que a mão do gigante estava ferida.

— Osso-Oco é minha! — berrou Gorjon. — Eu a tomei na floresta, ela luta para mim e vai me transformar em chefe!

Johrgrund deu um passo à frente e bateu com o mangual no chão. Emitiu um rugido enorme na direção do outro gigante.

— Não, ela é minha! Minha amiga e você não pode chamá-la de Osso-Oco, seu comedor de carniça!

Gorjon pisoteou o chão, ergueu Hild como se fosse um troféu e agitou o tacape, ameaçando Johrgrund. Os outros gigantes por todo o vale começaram a gritar e fazer barulho, batendo com suas armas em pedras ou umas contra as outras.

— Eu sou Johrgrund e você vai me dar essa homenzinha!

— Eu sou Gorjon e hoje vou comer um banquete!

O vale foi tomado por urros. Gorjon empurrou Hild para longe, afastando-a de Ruff e Johrgrund. Os gigantes puxaram os dois para a arena e assim, em questão de instantes, Johrgrund e Gorjon estavam se encarando. Ruff tentou intervir, mas mesmo sua voz poderosa era fraca demais sob a algazarra das criaturas. Mais uma vez, eles mudaram de ideia com rapidez impressionante: bastou um desafio, tinham aceitado o recém-chegado Johrgrund em seus rituais de luta e a batalha estava prestes a começar.

— Johrgrund, não! — tentou Ruff.

Mas então, sob os gritos dos gigantes, Johrgrund e Gorjon se jogaram um sobre o outro.

Gorjon segurou o tacape com as duas mãos e girou-o contra o inimigo. Vendo aquilo, Ruff achou que seu amigo fosse responder ao golpe como geralmente fazia: confiando na própria resistência brutal. Mas

Johrgrund foi rápido e inteligente — usou a prótese de metal para bloquear o golpe. As cabeças pesadas do mangual se agitaram para todos os lados, batendo nos dois oponentes, mas o tacape de Gorjon se quebrou.

O gigante urrou de fúria e pavor ao se ver desarmado, então Johrgrund recuou um passo. Era um movimento simples, algo que qualquer soldado sabia fazer por instinto, mas não algo que um gigante selvagem fazia naturalmente. Johrgrund ganhou a distância necessária e desceu o mangual sobre a cabeça de Gorjon. O instinto do inimigo foi se proteger com os antebraços e a arena foi tomada por um som nauseante quando seus ossos quebraram.

Ruff arregalou os olhos dentro do elmo.

Ele estava acostumado a ver Johrgrund lutando. E seu amigo gigantesco parecia uma força da natureza, pura destruição ambulante.

Mas não era.

Ao longo dos anos, Johrgrund tinha deixado de ser o selvagem que fora no começo. Quando os emboscou na floresta, tantos anos atrás, ele nunca havia treinado, nunca havia combatido ao lado de soldados, nunca havia participado de cercos. Tanto tempo observando, até mesmo treinando com Hild, e ele tinha se tornado algo a mais.

Gorjon não tinha chance.

O inimigo se jogou contra Johrgrund, num bote abaixado, com os braços prontos para agarrá-lo e a boca pronta para morder sua barriga. Não importava que o braço estivesse quebrado, o gigante queria usar sua maior arma, que agora eram os dentes. Johrgrund executou uma defesa simples, algo que Ruff e Korin tinham praticado milhares de vezes nos treinos de combate desarmado. Algo que, no mosteiro de São Arnaldo, era lugar-comum, mas numa tribo de gigantes era quase bruxaria: ergueu o joelho e abaixou um cotovelo, formando uma parede num instante, e a cara de Gorjon se chocou contra seus ossos sólidos. Ele cambaleou para trás, o rosto banhado em sangue, e Johrgrund golpeou com o mangual de novo — um golpe lateral, que o acertou na têmpora. Pedaços de massa cinzenta saltaram para fora do crânio do inimigo e Johrgrund golpeou de novo.

— Ele já está morto! — gritou Hild.

— Não morto o bastante para mim! — retrucou Johrgrund, no meio de sua fúria. — Cale a boca, Osso-Oco, isso não tem a ver com você!

Como gigante que era, Johrgrund tinha começado a chamá-la de Osso-Oco assim que ouvira o apelido e Hild deu uma risada. Ele terminou de esmagar o crânio de Gorjon e então se abaixou para devorar algum pedaço saboroso. Johrgrund se ergueu com parte do coração de Gorjon nos dentes, agitando o mangual sobre a cabeça e urrando.

— Osso-Oco é nossa! — Ruff interveio, usando o nome que os gigantes reconheceriam. — Entreguem também meus soldados!

Nenhuma das criaturas fez menção de objetar quando Hild caminhou até ele.

Ruff queria abraçá-la, ver seu rosto, perguntar sobre aqueles meses. Mas manteve a postura monárquica. Permitiu-se apenas pegar a mão da discípula, manopla com manopla.

— *Devolvam as merdas dos soldados dele!* — berrou Johrgrund. — *Esses bostas são importantes para nós!*

— Ninguém vai devolver nada, gigante aos pedaços! — gritou o albino com quem Hild iria lutar antes. — *Eu* ia matar Osso-Oco e não vão roubar isso de mim! Você não é nada, não tem um olho e uma mão! E é feio demais para ser obedecido. Dê a homenzinha!

Johrgrund rugiu para ele também e Ruff soube que era tarde demais para evitar outra luta.

Em pouco tempo, o gigante albino estava recuando, enquanto Johrgrund avançava de forma controlada, estudada em meio à fúria.

Ruff e Hild assistiram, meio embasbacados, enquanto seu amigo usava as técnicas do exército de Ghanor, o treinamento ensinado pelo prior, para vencer mais um gigante. No fim, ele usou o machado do inimigo para cortar sua cabeça e a exibiu para o resto do vale. Os gigantes gritaram, os prisioneiros chacoalharam as jaulas e Johrgrund já estava desafiando mais alguém.

— Basta! — Ruff entrou na arena. — Não haverá mais combates nesta arena! Não haverá mais *uma* morte. Se alguém morrer... Serão todos vocês!

Os gigantes mantiveram os olhos nele. Johrgrund balançou a cabeça decepada para dar ênfase às palavras do amigo.

— Vocês estão buscando um chefe! Alguém que lhes dê fartura e combate para toda a vida! Mas foram vencidos pelo *meu* gigante! Johrgrund é mais poderoso que todos vocês!

Johrgrund foi tomado pela surpresa, deixou de urrar por um instante e arregalou o olho.

— Ruff, não quero ser chefe — sussurrou, com a sutileza de um estouro de manada.

— Esse merda não vai ser nosso chefe! — gritou alguém do fundo.

— Nenhum gigante será seu chefe! — proclamou Ruff. — Porque agora vocês terão um rei!

Ele tirou o elmo e segurou o martelo à frente de si.

— Johrgrund, que seu irmão chamou de Gigante aos Pedaços, aprendeu a lutar comigo. Osso-Oco aprendeu a lutar comigo. Se vierem comigo, vocês terão as maiores batalhas do mundo todo! Guerras contra milhares de homenzinhos e sairão triunfantes! Vocês todos aprenderão a lutar e nunca mais precisarão de um chefe!

Os gigantes estavam em silêncio. Eles tinham passado dois meses, o que era um tempo infinito para a memória limitada de sua raça, olhando Osso-Oco vencer oponente depois de oponente. E inclusive um gigante. E tinham acabado de ver Johrgrund matar dois em rápida sucessão. Não havia uma maneira certa de escolher um chefe, porque a Alta Peleja nunca dera certo. Era apenas o modo como os gigantes faziam as coisas. Mas, de alguma forma, aquilo era uma solução óbvia. Eles *tinham* realizado a Alta Peleja e um líder *tinha* se apresentado.

Muitos daqueles gigantes já estavam prontos a se aliar.

Mas:

— Nunca vou seguir homenzinho nenhum!

Alguém arremessou um rochedo. Johrgrund urrou, pulou na frente de Ruff e bateu com o mangual na pedra, estraçalhando-a. De novo, o curso do rio foi mudado e a fúria tomou conta dos gigantes.

— Não vou matar só alguns hoje! — gritou Ruff. — Ou todos se aliam a mim... Ou todos morrem!

Então ele bateu com o martelo no chão.

Uma montanha nevada tremeu, provocando uma avalanche que cobriu parte do vale. Os gigantes gritaram em caos, uma rachadura imensa dividiu a arena em duas, engolindo os cadáveres de Gorjon e do gigante albino.

— Este mundo é meu! — gritou Ruff Ghanor, com a força do terremoto. — Curvem-se a seu rei!

Um grupo de gigantes carecas de pele cinza correu para atacá-lo, imensas espadas nas mãos. O chão de pedra se ergueu numa explosão, bloqueando seu caminho.

Outra montanha estremeceu.

— Será este o fim dos gigantes? — urrou Ruff. — Ou vão lutar a meu lado?

O fundo do vale explodiu com um jorro de lava. Todos sentiram uma golfada enorme de ar fervente e cinzas escureceram o céu.

— Nosso rei! — gritaram os primeiros gigantes do fogo.

Então outros de cabelos e barba vermelhos arregalaram os olhos para a fonte de magma e ergueram as armas:

— Nosso rei!

Para as tribos de gigantes, aquele era o fim do mundo ou o início de um mundo novo. Sob a escuridão e o terremoto, sob as avalanches e um vulcão, eles não podiam pensar outra coisa. Depois de ver a homenzinha

Osso-Oco vitoriosa, depois de ver Gigante aos Pedaços obedecer àquele rei que se apresentava orgulhoso, era a única resposta. Eles viram o chefe que sempre haviam esperado. O rio mudou de direção, deixando de ser um curso caótico de emboscadas, escaramuças e matança sem sentido, para se tornar uma torrente de guerra e conquista.

Pela primeira vez, a Alta Peleja uniu gigantes das colinas, ciclopes, gigantes do subterrâneo, gigantes do fogo, gigantes do gelo e gigantes da pedra. Tinham chegado àquele vale como tribos, mas saíram como um exército.

O Rei Ruff Ghanor I liderou a coluna de gigantes de volta a Ghanor. A seu lado, Johrgrund Gigante aos Pedaços, urrando com os novos recrutas para mantê-los na linha. Logo atrás, os veteranos e todos os outros prisioneiros humanoides. Do outro lado, sua discípula. Aquela garota era impressionante e ele foi tomado por uma onda de orgulho e afeição.

Ruff olhou para ela com um sorriso.

— Bem-vinda de volta, Osso-Oco.

— Você está proibido de me chamar assim.

— Não reclame de seu novo nome, Osso-Oco.

— Odeio você — e beijou o rosto do rei, seu mestre.

Então Hild deu um suspiro longo.

— Ruff, eu...

— Calma, vamos voltar para casa. Então você vai me contar tudo.

— Ruff, eu sei onde está Korin.

15 | A glória dos irmãos

O GENERAL KORIN estava no inferno.

— Para baixo! — gritou, empurrando um barão muito corajoso que parecia determinado a morrer.

O nobre caiu dentro da trincheira no exato instante em que uma flecha passava rente, no ponto onde sua cabeça estivera. Começou mais uma saraivada, milhares e milhares de flechas sendo disparadas das ameias e janelas do castelo inimigo. Era noite e as setas obscureceram a lua, assim como tapariam o sol. Os atacantes se encolheram em suas trincheiras, com os escudos sobre as cabeças.

De repente, um clarão.

— Catapulta! — gritou Urko.

Korin puxou o barão tolo e correu, sob a chuva de flechas, para a trincheira do lado. O próprio Urko e os gêmeos tatuados estavam ali e se dispersaram. A pedra de catapulta flamejante caiu na trincheira do general com um estrondo, soltando faíscas e pequenas chamas para todos os lados. Alguns soldados foram atingidos, um começou a pegar fogo e esperneou em agonia.

E as flechas continuavam. Korin saltou para a próxima trincheira, empurrando o barão, mas notou que o homem tinha uma seta cravada no pescoço. Antes de cair no chão, estava morto.

— Não precisamos de mais cadáveres! — gritou um sargento na nova trincheira, por baixo dos escudos. — Já temos mortos demais espalhando fedor aqui!

Korin também ergueu seu escudo e se meteu na formação com os outros, agachado, sentindo as flechas se cravarem na proteção. Quando fez isso, seu rosto foi iluminado por uma tocha e o sargento viu quem ele era.

— General — gaguejou. — Desculpe, eu...

— Esqueça, homem! — gritou Korin, para se fazer ouvir sob a algazarra de morte ao redor do castelo. — Quantos você perdeu aqui?

— Ao todo 16, senhor! Não conseguimos nos livrar dos corpos ainda!

Cadáveres estavam espalhados pela trincheira, apodrecendo e atraindo moscas. O cheiro logo ficaria insuportável, mas os sentidos de Korin estavam tão castigados pelo nervosismo da batalha, pela escuridão e pelo barulho que ele mal conseguia notar. Sabia que logo a presença de mortos em meio aos vivos causaria doenças. Se o ataque se transformasse em um cerco, eles teriam que sair das trincheiras, recuar e montar acampamento sob ataque constante.

Outra pedra de catapulta em chamas descreveu um arco a partir do castelo, indo cair numa trincheira ao longe. Korin achou que conseguia ouvir os gritos dos soldados atingidos, mas podiam ser gritos de muitos outros que morriam naquele mesmo instante.

— Até quando vamos ficar assim, general? — perguntou o sargento. — Eles não podem continuar por muito tempo dessa maneira... Podem?

Korin apertou os lábios e não respondeu.

Em um instante, ele lembrou de todos os passos que tinham levado até aquela situação. A Companhia do Cão tinha invadido Vammira sem encontrar resistência. Os mercenários foram a vanguarda das forças de invasão, com os melhores soldados dos dois reis garotos. Logo atrás e nos flancos, vinham as forças armadas de Mattora e Utteria em peso, a cavalarias, tropas de arqueiros, equipes de engenheiros de guerra e milhares de guerreiros de infantaria, de soldados treinados até aldeões forçados a agarrar um machado de lenhador e marchar em defesa da superioridade de seus reinos. Todos tinham avançado pelo interior, encontrando aldeias e cidades pacificadas, sem defesas, onde puderam tomar suprimentos e passar sem desafio. Uma viagem sem aço e sem sangue até o Castelo Ancestral.

E agora estavam no inferno.

Korin precisava cumprir as ordens, então tinha executado o plano dos reis de avançar até o castelo e montar uma grande e única ofensiva que decidisse tudo. Impossível negar, tinha dado certo até o ponto de chegada. Korin esperara um cerco normal, se lhe permitissem fazer isso. Mas os dois reis garotos queriam uma única batalha sangrenta. Ele estava pronto para usar aríetes e torres de cerco, quebrar portões, colocar escadas sobre muralhas e invadir a fortaleza, custasse o que custasse.

Mas, mais uma vez, nenhum plano resistia ao contato com o inimigo.

O Castelo Ancestral ficava solitário no topo de uma colina, uma posição comum para um castelo. O terreno em volta tinha sido todo preparado pelas forças de Vammira: milhares de estacas fincadas em posições irregulares por toda a volta da colina, dificultando o avanço. A área em volta, ao nível do solo, estava revirada, cheia de destroços e lixo, coberta de animais mortos e esterco. Semanas seriam necessárias para limpar aquele terreno até o ponto em que máquinas de cerco pudessem atravessá-lo. Os reis não queriam esperar semanas. Então só restava subir a colina.

Quando começaram a subir, viram que o inimigo estava pronto.

As tropas dos dois reinos estavam espalhadas, com formação frouxa por causa das estacas, quando, de toda a volta do castelo, pequenos portões de metal se abriram e pedregulhos em chamas rolaram colina abaixo. Os homens foram esmagados e queimados, fugiram sem ordem, e então a chuva de flechas começou.

Vammira estava pronto para aquela investida, parecia que todos os recursos do reino estavam dentro do castelo. Eles tinham uma quantidade infinita de flechas, que disparavam contra os atacantes em saraivadas de longa duração, não lhes dando um descanso. Também tinham catapultas que usavam para lançar mais pedras flamejantes, além de vacas mortas. Korin mandou que recuassem e eles sofreram mais uma leva de rochas em chamas rolando colina abaixo.

Sem conseguir recuar nem avançar, Korin ordenou que cavassem trincheiras.

E assim os exércitos de Mattora e Utteria e a Companhia do Cão montaram proteções no meio da colina, um ataque se transformando em uma situação insolúvel que já se arrastava há dias, sob fogo cerrado do inimigo. A comunicação entre os comandantes tinha se quebrado quase que por completo. Eles conseguiam usar bandeiras coloridas para transmitir mensagens simples, mas não era suficiente para coordenar um exército inteiro. Korin não fazia ideia de quantos tinham morrido durante a escavação ou ao longo dos quase dois dias de combate. Na verdade, não sabia o que estava acontecendo ao redor do castelo. Suas informações mais complexas se limitavam ao que conseguia ver quando trocava de trincheira e falava com algum oficial.

Como naquele momento.

A chuva de flechas parou.

— Rápido! — gritou o general. — Livrem-se dos corpos!

Ele não sabia quanto tempo iria durar o alívio. Os defensores de Vammira já tinham parado por algumas horas e houvera pausas de poucos minutos. Era enervante, tornava impossível fazer planos. Os soldados na trincheira gemeram e reclamaram — ficavam exaustos por manter os escudos sobre as cabeças e queriam usar a pausa para descansar os braços, comer algo. Korin gritou com eles, não permitiu que descansassem, agarrou os pés de um cadáver e fez com que um dos homens o ajudasse, levantando os ombros. Logo, todos os guerreiros estavam jogando os corpos para fora da proteção.

— Flechas! — gritou alguém.

Korin soltou o cadáver que estava arrastando e ergueu o escudo. Eles entraram em formação de novo, os braços tremendo e queimando de esforço, e logo começaram a sentir os impactos intermitentes. Um jovem soldado perto de Korin começou a chorar, de pura frustração e estafa.

— De onde você é, rapaz? — perguntou o general.

— Por que estamos fazendo isso? — o garoto se lamentou, a título de resposta. — Não é justo! Por que eles não param?

— Perguntei de onde você é, soldado.

O garoto controlou o choro.

— Mina Baixa, senhor. Em Mattora.

— Eu sou de Ghanor. Uma aldeia enfiada no fundo de Ghanor, um lugar que nem existe mais. É uma loucura estarmos aqui, neste reino estrangeiro, rapaz. Gostaria de voltar para Mina Baixa?

— Não sei, senhor — ele fungou. — Quando vivia lá, só pensava em sair. Aprendi a usar uma espada e fui lutar por meu lorde. Mas, agora que estou aqui,...

— Não pense em voltar, é bobagem. Saudade de casa é só um demônio velho nos puxando para trás, sentado em sua cadeira de balanço infernal. Pense no futuro, garoto! Pense no castelo que vamos conquistar, no ouro que haverá lá dentro, nas mulheres que nos receberão. Você sabe que mulheres adoram estrangeiros, elas acham nosso sotaque irresistível.

O garoto deu um riso fraco.

— Por quanto tempo mais precisamos aguentar, senhor?

— Não interessa. Vamos aguentar o tempo necessário. Quando tudo isso passar, pode ter sido um dia ou um ano, já vai ter passado. E eu sei que você vai aumentar o tempo quando estiver contando a história para as meninas.

O jovem soldado se empertigou e segurou o escudo mais firme. Os outros que estavam à volta tiveram seu vigor renovado. Korin saiu da formação por alguns instantes para ficar perto do sargento. Não precisava contar para o rapaz que a probabilidade de ele sobreviver para contar a história a qualquer rapariga em Vammira, Mattora ou Utteria era mínima. Ele era jovem e estava na linha de frente. Jovens na linha de frente eram as vítimas preferidas de qualquer guerra.

— Os rapazes têm razão de perguntar isso, general — disse o sargento. — Quanto tempo acha que os defensores podem continuar assim?

O que eles estavam presenciando era um reino inteiro dedicando todos os seus recursos a uma só batalha. Korin não duvidava que, nos meses antes do ataque, todos os aldeões em um raio de muitos quilômetros tivessem sido postos para fabricar flechas. O castelo devia estar cheio de gente. Além disso, florestas tinham sido devastadas para fornecer matéria-prima. Cada moeda de ouro e cada par de mãos que Vammira tinha à disposição estava sendo empregado para massacrá-los.

Era tolice tentar enganar um sargento. Em todo o seu tempo em bandos e exércitos, Korin descobrira que, se alguém sabia o que estava acontecendo, eram os sargentos. Ele podia bancar o oficial pomposo, derramando sobre aquele homem empedernido um discurso vazio de esperança e honra ou podia falar a verdade e ter seu respeito.

— Não interessa — disse. — Mais cedo ou mais tarde, precisaremos atacar.

O sargento suspirou sob a barragem de flechas.

— Isso é loucura — disse o homem.

— Isso é a vontade dos reis.

Normalmente aquilo não aconteceria. Eles recuariam, mesmo sob saraivadas constantes. Recuariam, voltariam à terra plana, atravessariam o campo cheio de destroços e montariam acampamento longe do castelo. Então dedicariam semanas ou meses a limpar a área, construiriam armas de cerco. Fariam um sítio de verdade. Forçariam os defensores a abrir os portões e atacar ou a morrer de fome.

Mas aquilo nunca seria um cerco.

Aquilo era um único longo e agonizante ataque, como determinado pelos dois reis garotos.

— Nós continuaremos lutando, sargento — disse Korin. — Vamos cumprir a vontade dos reis, como sempre. E, se morrer aqui, vamos nos encontrar no inferno e beber juntos, xingando os reis.

O sargento bateu continência.

Korin voltou a ficar quieto sob o escudo, enquanto aquele homem se dirigia a seus soldados. O garoto que tinha chorado ainda estava cheio de orgulho, sentindo que aquela era só uma parte de sua história e não o fim.

— General, o que é aquilo? — um soldado puxou seu braço, chamando a atenção.

Korin estreitou os olhos e conseguiu enxergar por uma fresta entre os escudos. Naquela escuridão, era difícil discernir, mas o clarão de uma pedra de catapulta em chamas mostrou que um grupo de guerreiros estava subindo a colina, sob a cobertura de escudos, na tentativa de chegar a um dos portões.

— Ah, não, seus idiotas — o general murmurou para si mesmo.

Os defensores também conseguiram ver e trombetas soaram pelo castelo inteiro. A chuva de flechas teve uma pausa. Em outras trincheiras, oficiais e nobres tocaram suas próprias trombetas de guerra e lideraram seus homens em direção ao castelo.

Os portões se abriram e o Castelo Ancestral rolou pedras flamejantes contra os grupos de ataque. A maioria morreu ali mesmo, destroçada, em chamas. Então dezenas de guerreiros de Vammira correram colina abaixo, escudos e espadas prontos, e foi um massacre. O castelo conseguiu coordenar seus arqueiros, disparando apenas nos lados onde não havia guerreiros defensores, e mataram mais atacantes que tentavam subir.

O general viu aquilo desamparado, sem poder intervir. Mandou que as bandeiras coloridas e já esfarrapadas fossem agitadas para comunicar as ordens, mas nenhum nobre com pretensões heroicas estava olhando para os lados em busca de bandeiras no escuro. Cada um tomou suas próprias decisões e todos queriam ter sob seu comando os homens que abririam os portões do castelo. Korin xingou-os de idiotas, desejou que pelo menos eles também estivessem morrendo com os soldados. Mas raramente era o caso: nobres heroicos eram heroicos com as vidas dos outros, não as suas.

Os guerreiros de Vammira voltaram para dentro do castelo e a chuva de flechas recomeçou.

De repente, Korin ouviu uma voz logo abaixo de si:

— Venha conosco, general.

Teve um susto, por um instante não entendeu. Mas então:

— Majestade — cumprimentou.

O Rei Philip Anselmus, de Mattora, estava na trincheira com ele. De alguma forma, tinha conseguido se esgueirar. Seu físico pequeno ficava bem coberto pelos escudos e muitos dos homens nem tinham notado que o monarca estava lá.

— Você tem um trabalho a fazer, General Korin — insistiu o menino.

— Majestade, o que está fazendo aqui?

— Isso não importa. Ouça minhas ordens.

— Precisamos resistir...

— Você irá reunir a Companhia do Cão. Seus melhores guerreiros, tantos quantos conseguir. Faça o que for necessário, mas os coloque juntos sob seu comando.

Korin engoliu em seco.

— E então, Majestade?

— E então vamos tomar o castelo.

Korin perdeu a conta de quantos morreram, deixando a relativa segurança das trincheiras para se aventurar sob as flechas e pedras de catapulta e encontrar a Companhia do Cão. Os cães estavam espalhados pelas trincheiras — primeiro foi necessário achar os capitães, então espalhar a mensagem, agitar bandeiras e soar trombetas para que os mercenários se reunissem. Cada equipe de mensageiros era composta de três pessoas e Korin esperava que apenas uma delas chegasse ao destino. Muitas vezes, a mensagem não foi entregue, porque a equipe inteira morreu. Mas, enfim, eles conseguiram. Espalhando cadáveres pela colina, eles reuniram a Companhia do Cão em três trincheiras próximas. Não eram todos, pois nem todos tinham recebido a mensagem e vários deviam ter morrido. Mas eram cerca de 100 guerreiros e quase todos os oficiais.

Drullo Catapulta e Urko estavam perto de Korin, sob os escudos, aguardando as ordens. Com eles estavam os reis garotos.

— Qual é o plano? — perguntou Urko.

Korin dirigiu o olhar para os meninos. Um gesto imperceptível na escuridão sob os escudos. Mas os dois reis falaram.

— O General Korin vai decidir o que faremos — disse Philip Anselmus.

Korin abriu a boca.

— Não! Perdão, Majestade, mas não. Não existe plano que nos permita tomar o castelo agora. Precisamos aguentar até que os recursos deles acabem.

— Você sabia desde o começo que a tomada de Vammira era urgente, general. Nós não vamos recuar. Não vai haver cerco.

Era bizarro ouvir palavras tão sérias da boca de um garoto de 13 anos. Também era bizarro que os dois tivessem aparecido ali, saindo da segurança da retaguarda, sem explicação. Mas pelo menos aquela era sua voz. Korin lembrou da conversa que espiara na torre e achou que precisava agradecer por aquele pingo de normalidade. Mas não interessava, reis garotos eram reis, fossem ou não sinistros, e ele precisava obedecer.

Ou cortar suas gargantas ali mesmo. Naquela noite interminável, no caos da chuva de flechas e do ataque intermitente das catapultas, dois reis podiam morrer sem que ninguém ficasse sabendo. Bastava que Korin tivesse a frieza para matar crianças, acobertar o assassinato e exigir que seus mercenários fizessem o mesmo.

Os dois reis olharam para ele com seus rostos impassíveis, como se pudessem ler seus pensamentos. Por um instante, Korin achou que problemas morais seriam a menor das preocupações caso quisesse atacá-los.

— Mesmo que haja uma pausa nas flechas e pedras, não podemos contar com a escuridão — Korin argumentou. — A noite está iluminada pelo fogo, Majestade.

De tempos em tempos, clarões de pedras em chamas ou flechas incendiárias deixavam ver a colina. Era uma visão horrenda, um tapete de cadáveres e partes de corpos. Incêndios também tinham começado em algumas trincheiras. Korin vira o batalhão do nobre idiota tentando a mesma manobra que os reis queriam que ele executasse. Não havia razão para crer que seria um massacre menor.

— Não se preocupe com a luz, general — disse Ozz de Osbourne. — Nós estaremos encobertos.

— "Nós"...?

— Não ordenamos que faça o que não temos coragem de fazer — disse Philip Anselmus. — Nós dois iremos com a Companhia do Cão.

— Nossas vidas estão em suas mãos, general — completou o outro garoto.

Mais uma vez, Korin engoliu em seco.

Aquilo iria acontecer. Ele não sabia como aquela criança macabra pretendia acobertá-los, mas não havia discussão. Os cães iriam atacar o castelo.

Restava ao general uma escolha que decidiria tudo. Colocar as vidas de seus homens em risco maior ou condenar soldados que não pertenciam à Companhia?

Ele olhou os rostos de Urko e de Drullo.

Talvez estivesse condenando sua alma ao inferno. Mas, se a incursão era inevitável, ele precisava ser leal a seus homens. Precisara abandonar a bandeira da cabeça de cabra, abandonara por vontade própria a bandeira do leão. Mas não abandonaria a bandeira da cabeça de cão, não importava o que acontecesse.

— Ouçam bem, vira-latas — disse o general. — Precisamos mandar uma mensagem para algum nobre muito corajoso, que pense em coisas como morrer com honra.

Os cães estavam em formação — uma formação tão boa quanto era possível, espalhados nas trincheiras. Korin sentiu a chuva de flechas diminuir para alguns tiros espalhados. Então uma última seta se cravou com um impacto forte em seu escudo e ele soube que havia uma pausa.

Drullo Catapulta soprou uma trombeta, inchando suas bochechas gordas e emitindo um som altíssimo, impulsionado por seus pulmões fortes. A Companhia do Cão se ergueu, esperando a qualquer momento ser banhada com morte lançada por arcos e catapultas. Ozz de Osbourne sussurrou palavras arcanas, fez gestos que Korin já vira — gestos de magos, que Áxia realizava quando conjurava algum poder arcano.

Então tudo ao redor deles ficou ainda mais escuro.

Os focos de incêndio adquiriram um tom frio, distante. Korin viu uma pedra em chamas passar em um arco longo, saindo do castelo, e mal conseguia discernir o brilho do fogo. Era como se houvesse um cobertor de escuridão ao redor dos mercenários.

— Vamos, vira-latas — chamou o general e eles começaram a subir a colina.

Estavam com os escudos sobre as cabeças, pois todos esperavam que a qualquer momento começasse um ataque. Mas nenhum ataque veio. Assim como os cães não conseguiam enxergar o outro lado do véu de escuridão, parecia que os defensores do castelo também não conseguiam vê-los.

Korin logo notou que era impossível subir sem pisotear cadáveres de companheiros mortos. Ele pisou num rosto que conhecia, um oficial que lutara a seu lado na batalha de Utteria. Mas não podia ter piedade, não podia hesitar. Seus guerreiros dependiam de que ele os liderasse rapidamente colina acima, aproveitando o momento sem flechas. Mais do que apenas seus guerreiros: os inocentes soldados do nobre que ele recrutara para o plano também teriam uma chance de viver se ele executasse o estratagema com rapidez. Melhor pisar no rosto de cadáveres do que gerar mais cadáveres sem necessidade.

Quase todos os corpos que cobriam o chão estavam cravados com flechas. Tantas flechas. Eram como flores que brotavam em todos os lados numa primavera de morte, cada cadáver tinha dezenas delas, as que os haviam matado e outras que tinham se fincado quando eles já estavam estendidos sem vida no chão.

Chegaram a um ponto em que não havia quase terra. Só pisavam em corpos. E, como a colina ficava mais íngreme, os corpos tinham rolado até se amontoar numa barreira natural, formando paredes de cadáveres. Korin passou ao lado de uma delas, liderando a Companhia do Cão, e viu horrorizado que um batalhão se defendia atrás de uma daquelas pilhas de mortos. Eram tantos mortos que mudavam a topografia. Eram tantos mortos que a morte perdia o significado. Não era mais chocante pisar neles ou vê-los por entre a escuridão. Era só um absurdo a mais, algo quase cômico. Os soldados vivos que se defendiam atrás da muralha de cadáveres não viram Korin e os mercenários. O véu que os protegia funcionava mesmo de perto.

Korin fazia silêncio, os cães também. Controlavam os grunhidos de esforço para subir a colina, evitavam falar entre si.

Então Korin sentiu a primeira flecha num escudo sobre suas cabeças.

A chuva de morte recomeçou.

Logo eles estavam sendo banhados por flechas que não pareciam acabar e os primeiros cães nos flancos morreram. Um deles se controlou até mesmo na morte, seguindo ordens com seu último ato e não fazendo barulho. Outro não conseguiu e soltou um grito enquanto sua vida se esvaía. Aquela posição, bem no meio da colina, não era defensável. Se não estivessem abaixados numa trincheira, eles estariam vulneráveis, não importava a grossura dos escudos sobre suas cabeças.

Hora de colocar o segundo plano em ação.

— Drullo — ele sussurrou — toque a trombeta.

O guerreiro gordo levou o instrumento aos lábios e soprou com força. O som grave perfurou o campo de batalha e chegou até as trincheiras.

Um instante depois, Korin ouviu outra trombeta, um chamado de guerra. E então a voz poderosa de um nobre gritar:

— *Carga!*

O homem saiu correndo para fora da trincheira, cheio de bravura e empáfia, com um escudo sobre a cabeça e uma espada na mão. Seus soldados correram atrás dele colina acima, espadas e lanças prontas, escudos erguidos, gritando o nome de um feudo para o qual jamais voltariam.

Uma pedra de catapulta em chamas iluminou a cena.

Os defensores viram aquilo.

Então, como Korin planejara, a chuva de flechas cessou por mais um instante, enquanto os arqueiros de Vammira concentraram seu fogo sobre aqueles atacantes loucos.

— Rápido, vira-latas! — Korin ordenou, tão alto quanto ousava. — Não deixem que eles morram em vão!

A Companhia do Cão correu, sob menos flechas do que receberiam normalmente, enquanto o nobre e seus homens eram chacinados do outro lado. Korin não viu seu sacrifício nem precisava ver. Ouviu o rugido de chamas de uma pedra rolando colina abaixo e então os berros de agonia. E o silvo contínuo de flechas cortando o ar, flechas infinitas, sempre mais flechas. Nenhum dos soldados do nobre ficaria vivo.

Mas eles chegaram a um portão lateral do castelo.

Korin se encostou na parede, ofegando, e viu seus homens correrem, tentando ficar próximos daquela proteção. Os arqueiros não teriam mais ângulo para atirar se eles estivessem ali. Estavam enfim a salvo da chuva de aço e madeira.

À medida que os cães chegavam, Korin calculou que apenas uns 20 tinham morrido na subida. Então sentiu nojo de si mesmo. Era revoltante pensar em "apenas" 20 dos guerreiros que confiavam nele morrendo para subir uma maldita colina. Mas não havia lugar para moralismo na guerra. E ele estava prestes a sacrificar mais um.

Os dois reis garotos estavam grudados à parede, a seu lado. Korin olhou para eles e os dois assentiram.

— Drullo — ele chamou, e o balofo se apresentou sem demora.

O portão onde eles estavam não passava de uma porta de madeira grossa, reforçada com barras de ferro. Não era a entrada mais segura do castelo — a entrada principal era um portão duplo, muito bem defendido por sistemas de segurança e janelas para arqueiros. Aquela era só uma porta lateral na parede externa do castelo que dava para uma parte íngreme da colina. Sem dúvida haveria defensores do outro lado, mas não representava tanto risco porque era estreita, permitia a passagem de só um inimigo por vez e assim afunilava qualquer ataque.

O jeito certo de derrubar aquela porta seria com uma equipe de engenheiros e um aríete. Eles bateriam de novo e de novo com a arma de cerco até colocar o portão abaixo, então haveria uma parede de escudos pronta para segurar os defensores. E, quando fosse necessário um herói para ser o primeiro a cruzar a porta, o próprio Korin poderia fazer isso, confiando em sua habilidade e em seu treinamento para deixá-lo vivo até que os outros cães atravessassem e se juntassem a ele.

Esse seria o jeito certo.

Na realidade, ele não contava com um aríete e formar uma parede de escudos ali poderia atrair a atenção dos defensores.

Em vez disso, ele contava com Drullo.

— Pode deixar, general — disse o gordo.

Korin bateu continência para ele.

— General, tenho um pedido — ele falou ainda.

— Diga, Drullo.

— Posso latir?

Korin sorriu.

— Pode latir e uivar, meu amigo. Você é um cão.

Drullo Catapulta ergueu uma marreta de duas mãos e começou a latir com voz poderosa. Golpeou a porta — sua força prodigiosa causou uma rachadura na primeira batida. Golpeou de novo e abriu um furo. Quando bateu pela terceira vez, a porta se estraçalhou, as barras de metal pendendo livres, e se abriu para revelar um batalhão de soldados de Vammira lá dentro.

A entrada não passava de uma sala larga, iluminada por tochas, onde cabia o batalhão e pouco mais. Tinha dois bancos compridos e uma porta aberta no fundo. Se fosse fechada, aquela porta barraria qualquer atacante, porque era reforçada com barras de ferro e podia ser trancada pelo outro lado. Se algum defensor conseguisse atravessá-la e alertar os outros lá dentro, toda aquela parte do castelo iria se tornar um ordálio horrendo, em vez de um caminho relativamente desprotegido.

Tudo que Drullo precisava fazer era entrar, atacar antes que o batalhão tivesse chance de se organizar, impedir que qualquer mensageiro saísse pela porta no fundo e a trancasse. Drullo tinha de ser o primeiro a entrar. Se ele recuasse, os defensores teriam tempo de fazer tudo isso e então a Companhia do Cão estaria perdida. Ele precisava ser o primeiro a entrar e atravessou a porta latindo, uivando, esmagando o primeiro crânio com sua marreta.

— Cães, comigo! — gritou Korin.

No ataque-surpresa, Drullo ainda conseguiu matar um deles. Os defensores não estavam em formação do outro lado, começaram a formar uma parede de escudos quando ouviram a primeira batida e só agora estavam parecendo uma unidade militar organizada. Um defensor correu para atravessar a porta e soar o alarme. Korin viu aquilo e gritou para que alguém matasse o homem.

— Pode deixar que eu mato, general! — gritou Drullo.

Ele jogou seu corpanzil para cima dos defensores, derrubando vários. Um dos inimigos perfurou sua barriga com uma lança, mas Drullo não pareceu notar. Ele correu, empurrando-os, e outro enfiou uma espada em suas costas. Drullo era especialista no escudo de corpo — se pudesse usar aquela proteção, estaria bem defendido. Mas, para derrubar a porta, ele precisara da marreta de duas mãos, e agora pagava o preço.

Os cães entraram pela porta, o funil fazendo com que só um pudesse passar de cada vez. Mas o ataque de Drullo tinha desorganizado os defensores. Korin foi o primeiro, bateu com o escudo num homem que estava se virando, desequilibrou-o e então perfurou sua garganta com a espada.

Drullo estava cercado. Num instante, as lâminas inimigas estavam sobre ele, enquanto os guerreiros de Vammira viam a chegada de Korin e dos outros. Drullo arremessou a marreta. A arma girou e atingiu atrás da cabeça o soldado que corria. O homem amoleceu numa explosão de sangue.

Drullo olhou para baixo e viu o quanto o ferimento de lança era feio.

Estava sem arma e sem escudo. Ferido, no meio do batalhão de Vammira. Atacou os inimigos de mãos vazias. Não podia mais salvar a si mesmo, mas podia levar alguns consigo. Podia impedir que algum deles passasse pela porta. E, naquele último ataque, Drullo Catapulta não latiu. Ele gritou:

— *Korin! Korin! Korin!*

Até morrer.

A Companhia do Cão chegou ao salão principal do Castelo Ancestral e assustou os cavalos.

O salão era tão grande que lá dentro havia cavaleiros de armaduras completas, sobre seus corcéis, com espadas longas. O Rei Lemmir McCooper estava entre eles — podia ser velho, mas cavalgava um cavalo castanho, trajava armadura coberta de pictogramas dos Antigos e um elmo com penacho amarelo. Ele brandiu a espada, também gravada com pictogramas. Era uma espada antiga, que estava em sua família há séculos, e o rei atribuía a ela poderes misteriosos.

— Os covardes chegaram a nós! — o monarca empinou o cavalo. — Avante, defensores de Vammira!

— Vira-latas, parede de escudos! — gritou Korin.

Os cavaleiros tocaram seus cavalos, galopando através do salão vasto, espadas em punho, numa torrente de destruição. A Companhia do Cão fechou o salão com seus escudos, num movimento ensaiado, uma coreografia defensiva que eles já haviam feito centenas de vezes em batalhas e treinos. Num instante, escudo estava ao lado de escudo, as bordas se sobrepondo, os mercenários agindo com rapidez, mas sem comprometer a eficiência, enquanto latiam.

Os cavaleiros chegaram e foi então que as lanças brotaram na parede de escudos.

— Por Vammira!

— Matem-nos, vira-latas!

A carga de cavalaria se chocou contra a parede de escudos. O primeiro cavaleiro perfurou o crânio de um dos mercenários, mas seu cavalo e seu corpo foram trespassados por uma lança. A parede se abalou, mas aguentou firme. Os cães eram treinados para resistir àquele tipo de ataque — as pontas traseiras das lanças estavam apoiadas no chão e a própria força do galope dos cavalos foi a força com que as armas atravessaram os cavaleiros.

Um cavaleiro de Vammira decapitou o mercenário ao lado de Korin, uma lança logo atrás deles perfurou o pescoço do cavalo. O homem foi jogado para a frente pelo solavanco do impacto, Korin ergueu sua espada e enfiou a ponta no espaço sob o elmo. Foi banhado por sangue e ouviu o gorgolejar de morte.

O Rei Lemmir McCooper avançou com os outros. Gritou, brandindo sua espada. Urko apanhou a lança de um homem atrás dele e arremessou. A arma atingiu o cavalo no peito, o animal resvalou no chão liso, despencou, e o rei foi derrubado.

Lemmir McCooper se ergueu com dificuldade dentro da armadura de placas. Escorregou em sangue. A seu redor, o caos de corpos, a batalha ecoando nas paredes distantes, no vazio do salão. Os cavaleiros sobreviventes galoparam para atacar de novo. A parede de escudos avançou na direção do rei, sob o comando de Korin.

Então o rei de Vammira ficou paralisado no lugar.

Sangue brotou de sua virilha, escorrendo pelas frestas na armadura e empoçando na greva. Atrás dele estava Philip Anselmus, abaixado, com uma espada fincada na virilha do inimigo. Korin não vira de onde ele viera. Estava com os cães na subida da colina e ficara atrás deles na investida pela porta. Mas como chegara atrás do rei inimigo?

O garoto rei largou a arma e Lemmir caiu no chão, a lâmina ainda fincada, fazendo barulho no metal da armadura e no chão polido. Tentou atacar com a espada, mas surgiu a seu lado Ozz de Osbourne. O garoto fez um gesto arcano e o movimento de Lemmir se voltou contra ele mesmo. Ele fincou a própria espada em sua axila, sob a proteção da armadura. A poça de sangue aumentou sob o rei.

A Companhia do Cão avançou, lutando contra os cavaleiros.

Então, do fundo do salão, soaram passos leves.

Um garoto sério, soturno, de cerca de 13 anos, caminhou até o rei de Vammira. Korin viu aquilo, no meio da parede de escudos, mal prestando atenção ao vaivém da cavalaria. Começou a suar frio.

O Rei Lemmir McCooper, cercado pelos três meninos, ergueu a viseira do elmo.

— Meu filho — disse com dificuldade para o recém-chegado. — Meu filho, só lhe peço uma coisa.

O garoto ficou calado. Os outros dois apenas assistiam.

— Estou morrendo. Mas não me importo — tossiu. — Você é o príncipe profetizado. Você será o rei com três coroas. Faça o que fizer, meu filho, não se renda...

O garoto fincou uma espada no rosto do pai, através da viseira erguida. O velho nem mesmo estrebuchou.

— Eu me rendo — disse Aliss McCooper, sem emoção. — Cavaleiros, entreguem suas armas! A guerra acabou.

Os defensores ficaram sem saber o que fazer, ainda sobre os cavalos. Alguns largaram suas espadas no chão. Os cães fizeram com que desmontassem, reuniram-nos num canto.

Korin não conseguia tirar os olhos dos meninos.

— Está feito — disse Ozz de Osbourne.

Philip Anselmus colocou as mãos nos ombros dos outros dois.

— Mattora, Utteria e Vammira são um só.

16 | Reunião de família

A RAINHA DE Utteria balançou sua jaula, agarrada nas barras de ferro.

— Não posso ser tratada assim! Eu o criei como um filho!

Ozz de Osbourne nem mesmo olhou para trás. Montado no cavalo, ao lado de Philip Anselmus e Aliss McCooper, ele seguiu impassível pela estrada. A rainha berrou, soluçou, mas todas as lágrimas já estavam secas.

— Não adianta — disse a nobre de Mattora com quem ela dividia a cela móvel. — Eu era irmã do rei. Philip me chamava de tia. Você tem que aprender a ficar quieta. Todos que reclamam deles morrem.

Sem se virar, sobre os cavalos, os três garotos sorriram, quietos.

Apenas Korin viu isso.

A Companhia do Cão escoltava os três reis garotos na estrada. Eram uma coluna orgulhosa, triunfante de duas guerras, conquistadores poderosos. O estandarte da cabeça de cão voava alto, ao lado do novo estandarte que tinha sido criado com a submissão de Vammira. Korin estivera presente quando os heráldicos apresentaram o novo brasão, terciado de mantel — dividido em três partes, com um triângulo em cima e a parte de baixo dividida em dois, mostrando os antigos símbolos de cada um dos reinos. O lobo de Mattora, a coruja de Utteria e a torre de Vammira, juntos, no novo reino. O general também vira quando os cartógrafos apresentaram um novo mapa, mostrando apenas Mattora onde antes houvera três países diferentes. Em teoria, aquela era uma conquista, o reino de Mattora dominando os outros dois e apagando-os da política. Na prática, era uma união. Os três reis garotos cavalgavam juntos, perto de Korin e de alguns membros de sua elite, como iguais. Ozz de Osbourne e Aliss McCooper não tinham regentes, pois nominalmente não eram mais reis. O regente de Philip Anselmus ia numa carruagem, no meio da coluna, bebendo, comendo e não interferindo. O novo reino unificado tinha, na verdade, três reis e eram aqueles três garotos que faziam o que queriam, sem que ninguém ousasse desafiá-los.

Quem os havia desafiado ou quem pudesse representar algum perigo estava numa jaula ou numa tumba.

A primeira reação do General Korin ao ver Aliss McCooper executando o próprio pai fora pensar em ir embora. A aparição do terceiro garoto era a gota d'água, a prova de que tudo aquilo era alguma conspiração estranha e ele e a Companhia do Cão tinham sido usados como peões num jogo planejado desde o início. Depois da batalha, ele tivera a oportunidade de fugir.

Mas bastou um olhar para Urko, Trentor, Tarik e todos os outros, chorando a morte heroica de Drullo Catapulta, para que ele soubesse que não podia fazer aquilo. Se o garoto era capaz de matar o próprio pai agonizante e ignorar suas últimas palavras, ele não teria dificuldade de punir mercenários pela deserção de seu general. Korin também não tinha coragem de dizer para os cães que o sacrifício de Drullo e de tantos outros que morreram naquelas campanhas tinha sido em vão, que aquele era um teatro para justificar uma anexação que claramente já estava planejada. Os homens notavam a estranheza dos três reis garotos. Mas mercenários estavam acostumados a não questionar as esquisitices dos nobres. A existência dos três era mais uma idiossincrasia daquelas pessoas que falavam com pomposidade, vestiam-se com tecidos caros e se preocupavam com títulos. Mercenários estavam acostumados a não pensar, desde que o dinheiro continuasse chegando.

Korin não tinha esse luxo.

Por isso ele estava apavorado, sentia-se preso e sabia que devia ter recusado o primeiro contrato, logo no início, anos atrás. Devia ter deixado que a Companhia do Cão crescesse aos poucos, lutasse em escaramuças, expulsasse mais bandidos e protegesse mais aldeias, em vez de abraçar logo a proposta de um rei. Korin estava rico, mas tinha quase certeza de que vinha trabalhando para demônios.

Tudo se justificava, claro. Reis sempre tinham justificativa para suas ações. O ataque sangrento do Castelo Ancestral de Vammira tinha sido causado pela insistência do Rei Lemmir McCooper, que quisera rechaçar os invasores a todo custo. O velho monarca empregara todos os recursos da nação numa única batalha perdida e massacrara centenas de soldados dos dois lados num banho de sangue fútil. E, mesmo derrotado, implorara que seu filho continuasse lutando em vão. Essa fora a justificativa de seu assassinato. O jovem Aliss McCooper era visto como dotado de sabedoria além de seus anos, notando a hora de parar de desperdiçar vidas e simplesmente se render ao inevitável.

Mas Korin tinha visto de perto aquela morte. Os garotos eram impassíveis, mas houvera um tipo de prazer no rosto de Aliss McCooper. E ele ouvira as palavras dos três logo depois. Eles estavam em conluio desde o começo. De alguma forma, aquelas três crianças que nunca deviam ter se encontrado antes tinham um plano em conjunto.

Houve mais mortes depois do antigo rei de Vammira. Condes e duques que reclamaram da união foram caçados e executados sem demora, a maioria ainda dentro do castelo. As famílias reais foram trancafiadas e agora eram transportadas como animais exóticos num circo macabro. Pela estrada, a antiga rainha de Utteria, a quem Ozz de Osbourne chamara de madrasta, e a irmã do antigo rei de Mattora, tia de Philip Anselmus, eram exibidas com primos, tios e parentes distantes. Todos que tivessem qualquer remoto direito ao trono de qualquer um dos três reinos estavam em jaulas sobre rodas, puxadas por cavalos, sob as vistas de soldados do novo reino único.

E da Companhia do Cão.

Os vira-latas de Korin eram carcereiros a serviço de demônios, o general tinha certeza. Mas não havia caminho a não ser em frente.

E, em frente, estava Sammelen.

Depois de quase 14 anos separados, Ruff Ghanor tinha uma notícia de Korin.

Talvez, para uma mente fria e apenas racional, não houvesse razão para sair correndo atrás dele. O rei poderia mandar mensageiros, fazer contato por cartas, informar-se mais sobre o general.

Mas aqueles não eram um rei e um general. Eram Ruff e Korin, e Ruff subitamente não aguentava mais ficar longe do amigo. Ruff entrara numa guerra para unir a população do reino, algo que Korin seria capaz de fazer sem derramamento de sangue. Ruff estava desorientado com a ameaça de Sammelen e o Devorador dos Céus, sem notícias de seus três filhos, cego contra Mubruk e Ellius Tyberax.

Ruff Ghanor precisava de seu melhor amigo e por isso não mandaria uma missiva, não enviaria mensageiros. Ele precisava pedir o perdão de Korin, perdão por todas as decisões, justificadas e inúteis. Precisava abraçá-lo como o irmão que era.

Por isso cavalgou sozinho, incógnito, para encontrar o famoso general da Companhia do Cão.

Quando atingiu a fronteira do reino, trocou de cavalo mais uma vez numa estalagem. Ele não deixava tempo para os animais descansarem.

E, embora nenhum se comparasse ao corcel que deixara para trás, ele precisava cavalgar com a velocidade que nenhuma montaria suportaria sozinha. Sem armadura para não ser identificado, o rei atravessou a noite a galope, rumo a Mattora. Engolindo o orgulho, porque nada importava a não ser ter Korin de novo a seu lado.

Korin achou que nunca presenciaria isso, mas o empedernido mercenário Urko chorou ao ver as ruas de paralelepípedos de Innalya, a capital de Sammelen.

A coluna ficou silenciosa ao cruzar os portões da cidade magnífica e ser admitida lá dentro. Não importava o quanto aqueles guerreiros tivessem lutado. Não importava o luxo que aqueles nobres tivessem conhecido. O mármore e o ouro da cidade que era a joia de Sammelen, a joia do mundo todo, deixou cada um deles mudo.

A rainha de Utteria calou seus lamentos e deixou a boca pender, segurando as barras de sua jaula. Encostou o rosto no ferro, tentando obter ângulo para enxergar melhor. A tia de Philip Anselmus esqueceu o amargor de sua vida por um instante e, pela primeira vez em mais de uma década, sorriu de puro maravilhamento. Os prédios imponentes, com colunas largas e estátuas elaboradas, faziam com que todos se sentissem pequenos, mas também geravam uma espécie de orgulho do que os mortais eram capazes de fazer. O povo colorido, bem vestido, com penteados elaborados e maquiagem forte, era como a nobreza de um reino menor. As ruas eram largas e admitiam toda a coluna. E, mesmo que a Companhia do Cão chegasse cheia de armas e cavalos, estrangeiros broncos e mal-encarados, ninguém além das crianças ficava assustado. Os cidadãos de Sammelen, e em especial de Innalya, tinham a segurança de viver no centro do mundo. Sabiam que seu exército era capaz de esmagar qualquer coisa que forasteiros pudessem jogar contra eles e tinham um rei que não conhecia par no combate individual.

Os cães se sentiram vulneráveis em meio àquele esplendor. Sujos e feios, eles se envergonharam de estar ali sem que pertencessem ao quadro perfeito que era Innalya. Não falaram uma palavra, mas suas botas faziam barulho contra o calçamento e eles tentaram andar em silêncio.

Sua marcha abafou a música doce que vinha de um conjunto de menestréis refinados, tocando com virtuosismo num coreto de mármore, sob um teto decorado com a figura do urso. Eles passaram por cartazes coloridos adornando estabelecimentos que não entendiam bem. Não eram tavernas, mas salões onde se consumia bebida cara e se tomava chá. E os cartazes tinham letras que a maioria deles não entendia. Não eram placas de madeira com figuras, mas *palavras* verdadeiras que aparentemente o povo sabia decifrar.

Korin leu os cartazes e reconheceu que alguns anunciavam os próprios estabelecimentos, outros propagandeavam peças de teatro ou algo chamado "ópera". Ele conhecia teatro, mas apenas companhias itinerantes que se apresentavam em praças, castelos ou, nos lugares onde isso existia, anfiteatros abertos. Contudo, o general enxergou o teatro de Innalya e teve de se certificar que não era um palácio. Um prédio gigantesco, com escadarias largas, todo branco, com janelas altas, decorado com a figura do urso e adornado com altos-relevos. Servia apenas para apresentações de dramaturgia ou música.

Talvez alguém mais acostumado ao militarismo puro não entendesse o que aquilo significava, mas Korin notou de pronto. Sammelen confiava tanto em seu exército que podia dedicar grandes somas a sua cultura. O país que tinha um teatro que parecia um palácio não era fútil ou tolo — era poderoso. O país que construía extravagâncias sem medo de que seus inimigos pudessem destruí-las confiava em suas espadas. O país que deixava um exército estrangeiro entrar em sua capital como convidados ria do poderio de seus vizinhos.

A força de Sammelen estava estampada em seus menestréis, suas casas de chá e seus teatros.

Os cavaleiros do reino pareciam nobres se exibindo numa parada. Suas armaduras reluziam, seus cavalos estavam cobertos de caparazões decorativos, seus penachos eram coloridos. Mesmo os cavaleiros que defendiam o Castelo Ancestral de Vammira eram guerreiros plebeus perto daqueles homens.

— Queixo erguido, vira-latas! — anunciou Korin. — Vamos fazer bonito para nossos anfitriões! Vocês são vencedores de duas guerras, portem-se como tal!

Os cães inflaram o peito e começaram uma cantoria cadenciada, que falava de guerra e servia para marcar o passo. Mercenários tinham muito orgulho de suas vozes e, quando queriam impressionar ao chegar num povoado, um bom cântico como aquele sempre dava certo.

Mas, algumas quadras depois, a Companhia do Cão começou a ouvir a bela e triste voz de uma cantora numa praça, acompanhada por um instrumento de cordas. A mulher usava um vestido enorme, rendado, de um azul profundo. Sua voz chegava longe sem esforço aparente, ela mostrava as emoções da música no rosto e nos gestos. Os cães, um a um, foram se calando de novo. A beleza daquela música era assombrosa, melancólica e, de algum modo, intimidava. Eles não ousariam quebrar aquele encanto com sua melodia rude de guerreiros na estrada.

Korin percebeu que estava olhando fixamente para a mulher. Pigarreou e fingiu que nada acontecera.

— Majestades, o que vamos fazer depois disso? — perguntou, só para se distrair do que acontecera.

Os três reis garotos ficaram calados.

Depois de algum tempo, Korin insistiu:

— Majestades, perdão, mas a companhia precisa saber...

— Hoje vamos fazer história, general — interrompeu Philip Anselmus. — Saboreie o momento e depois se preocupe com ouro.

Eles dobraram uma esquina e chegaram a um largo, um espaço aberto ladeado por prédios da burocracia pública e quartéis que mais pareciam mansões de verão. No fundo, Korin viu a cidadela, o reino dentro do reino. A construção mais sagrada em todo o mundo, a Catedral do Santo Vivo.

Lá dentro, sob os olhos da maior autoridade eclesiástica, de reis e do líder de uma companhia mercenária, seriam assinados os tratados que reconheceriam a existência do novo reino unificado. A vitória de Mattora seria oficial e a Companhia do Cão entraria para todos os registros como a grande responsável por mudar o mapa do mundo para sempre.

A coluna adentrou o largo, aproximando-se da catedral. Como era zona de quartéis, havia muitos cavaleiros e soldados, todos com armaduras pesadas brilhantes, armas afiadas e reluzentes, tabardos bordados com o urso. Mas nenhum deles chamou de verdade a atenção de Korin.

Quando os cães e os demais soldados estavam todos no largo, emergiram dos quartéis cerca de 50 homens e mulheres que mal pareciam humanos.

Cada um deles era uma cabeça mais alto que Korin. Todos com músculos gigantescos, mandíbulas quadradas, manzorras enormes. Korin lembrou do gigante Johrgrund, mas eles eram bem diferentes. Altivos, com porte sereno. E todos belos, muito belos. Cabelos loiros, negros ou castanhos, longos e bem cuidados. Barbas sedosas, nenhuma cicatriz. Todos estavam trajados em armaduras leves, mas com roupas pomposas. E todos carregavam armas descomunais. Korin não conseguia tirar os olhos de um guerreiro loiro que usava um escudo e uma espada de duas mãos. Nenhum homem, por maior que fosse, tinha força para usar aquela arma com um escudo. Mas, para o guerreiro, parecia ser leve como uma pluma.

Philip Anselmus notou o quanto Korin estava estupefato e, pela primeira vez desde que tinham partido, tomou a iniciativa de falar com o general:

— A famosa Guarda do Urso de Sammelen. O que acha de tê-los de nosso lado?

Ruff encontrou informações na taverna *Pombo e Galhada*, que ele descobriu ser uma famosa estalagem de mercenários em Mattora.

— Eu estava aqui quando tudo começou! — disse o bêbado de estimação da taverna, que parecia muito pronto a contar a história a qualquer um que pagasse uma cerveja. — General Korin? Conheci quando não era nem um recruta! Companhia do Cão? Não passavam de um bando de mercenários desempregados! Aliás, o cão era aquele ali.

O bêbado apontou para um cachorro amarelo empalhado sobre o balcão. Na parede atrás, bem alto e numa posição privilegiada, havia uma tabuleta de madeira onde se lia:

Em comemorassão ao nacimento da Companía do Caum

Ruff calculou que qualquer coisa escrita numa taverna como aquela, mesmo com erros crassos, era um sinal de grande prosperidade. O taverneiro devia ter pago o melhor escriba que encontrou para transcrever aquelas palavras e um artesão devia ter entalhado aquilo na tabuleta da melhor forma que conseguiu — o que não era muita coisa, algumas das letras estavam indecifráveis. Também havia na tabuleta entalhes representando vários soldados com cabeças de cachorros.

— O General Korin queria ir para Ghanor! — continuou o bêbado. — Ele vivia falando de como Ghanor era um reino maravilhoso e o Rei Ruff Ghanor é o melhor rei do mundo! Você conhece Ruff Ghanor, estranho?

— Já ouvi falar.

— Pois então. Fui eu que fiz o general sentar e disse para ele largar essa bobagem de ir para Ghanor! O coitado não conhecia o reino, não sabia que não existe trabalho para mercenários lá. Eu disse, "General, se quer minha opinião, forme uma companhia mercenária aqui mesmo em Mattora e trabalhe para o Rei Arthog!", e o general disse "Você é muito sábio!" e me convidou para ser seu segundo em comando. Mas eu não quis. Prezo minha liberdade, sabe? E então veio aquele cachorro, sentou a nosso lado e eu disse que a companhia deveria se chamar Companhia do Cão! Porque aquilo claramente foi um augúrio dos deuses.

— Dos deuses?

— Dos próprios! E justamente por isso a taverna foi atacada logo em seguida! Por hereges sanguinários! Houve um grande combate, o General

Korin matou muitos e eu salvei a vida dele. Ele estava em cima de uma mesa, discursando como os generais fazem, e então veio alguém para derrubá-lo, mas eu o segurei!

Quando Ruff atravessara a fronteira de Kottar e chegara a Mattora, começara a ouvir sobre a Companhia do Cão. Hild tinha contado tudo que sabia, e o rei estava com um exemplar de *Filosofia de Combate*. Entre os guerreiros de Mattora, o nome do General Korin era quase tão conhecido quanto o do próprio rei. Mas ninguém sabia direito onde ele estava ou o que estava fazendo.

— E o que sabe do paradeiro do general agora? — perguntou Ruff.

— Ele foi guerrear em Utteria, é claro! Sei que ainda não voltou para o reino, porque, sempre que está aqui, ele vem me visitar. Agora que ele é amigo do rei, tentou me transformar em cavaleiro, mas eu não gosto de usar tanta armadura. Não preciso, sabe? Meu estilo de luta exige liberdade de movimentos.

— Korin ainda está em Utteria?

— Sim, embora a guerra já tenha acabado. Deve estar na corte, aproveitando a boa vida! O general me confidenciou que seu sonho era ser nobre. Ele gosta desses títulos e pompas. Eu não! Prefiro a vida simples.

Ruff não precisava acreditar na arenga daquele bêbado. Mas, acampado quase permanentemente numa taverna de mercenários, o homem com certeza ouvia os boatos mais recentes. Korin não estava de volta em Mattora. Isso era importante.

Ruff pagou mais um jarro de cerveja para o homem e saiu a galope, antes que perdesse Korin de novo.

Korin não viu sinal da destruição causada pela passagem de Ruff na Catedral do Santo Vivo. Nos anos desde que aquela visita acontecera, tudo tinha sido reformado, ainda mais belo do que antes. Assim, o general não teve nenhuma razão para desconfiar que o rei pudesse ter tido um confronto com Ellius Tyberax e Mubruk Filho de Urso.

Assim como Ruff fizera naquela ocasião, Korin esperava no vasto salão com estátuas de santos. Ele estava de pé, de frente para um trono elaborado, erguido sobre um palanque. Mas não estava sozinho. Philip Anselmus, Ozz de Osbourne e Aliss McCooper postavam-se a sua frente, quietos. Ao lado estava a jaula móvel com a rainha de Utteria e a irmã do rei de Mattora. A Companhia do Cão ficara do lado de fora — impossível trazer um bando mercenário inteiro para dentro da cidadela. Os guardas dos três reis garotos também estavam no largo que dava para a catedral. Aquele era um evento para a realeza. Korin sentiu a armadura apertar seu pescoço, as paredes pareciam estar se fechando sobre ele. Tudo efeito dos nervos, é claro. Não bastassem os garotos sinistros, ele estava mais uma vez numa alta corte, envolvido com politicagem. Não havia como fugir de ser registrado nos livros de história.

— Espero que pelo menos escrevam meu nome certo.

Ninguém deu atenção para a piada, que de qualquer forma não faria sentido a menos que se pudesse ouvir seus pensamentos.

Uma porta atrás do trono se abriu, tirando Korin de suas elucubrações.

Clérigos espalharam incenso e água benta em um caminho até o trono. Korin meio sorriu para si mesmo, tentando dissipar o nervosismo. Ele não dava importância para grandes homens e suas pompas. Por que então sentia o coração bater forte na garganta? Outros sacerdotes tocaram trombetas de anunciação. Um deles estufou o peito e disse:

— Fechem os olhos, pois Ellius Tyberax, o Santo Vivo, está prestes a surgir em sua presença. Aqueles que não quiserem ser cegados pelo poder dos deuses, só devem olhar quando o santo permitir!

Korin fechou os olhos. Teve a impressão de que algo ruim poderia acontecer a qualquer momento, como se alguém viesse esfaqueá-lo ou o chão fosse se abrir sob seus pés. Decidiu que abriria os olhos só uma fresta, para enxergar o que acontecia, mas um medo supersticioso das palavras do clérigo tomou conta dele, como se ele pudesse mesmo ficar cego por olhar um homem sem permissão.

Ele ouviu passos suaves, mas firmes. O som de um cajado batendo no chão, acompanhando o caminhar. Cada barulho ecoava no salão enorme. O som de alguém sentando, mantos chiando uns contra os outros. Então escutou passos pesados, brutos e uma respiração pesada, quase um resfolegar. Era como ouvir Johrgrund respirando.

Korin já não conseguia mais ficar de olhos fechados.

— Permito que me contemplem — disse uma voz límpida, mas envelhecida.

Então um dos clérigos arautos completou:

— Ajoelhem-se, pois estão na presença de Ellius Tyberax, o Santo Vivo, e Sua Majestade, Mubruk Filho de Urso!

Korin na verdade se ajoelhou antes de abrir os olhos.

E, quando enxergou de novo, viu o homem santo, um ancião de rosto muito enrugado, sobrancelhas brancas peludas, corpo magro, mantos vistosos. Tinha um cajado na mão e sentava no trono.

De pé, estava o rei.

Korin não precisou de informação nenhuma para saber que aquele era o rei. Mubruk Filho de Urso usava uma pele de homem sobre a cabeça, os ombros e as costas. Era ainda mais alto que sua guarda de elite, que ficara do lado de fora. Seu peito estava nu, ele usava trapos cobrindo as pernas e tinha pés descalços. Atrás dele, uma figura de mantos escuros, encapuzada, escondendo completamente o corpo.

Os três garotos também estavam de joelhos. As duas mulheres presas dentro de sua gaiola tinham se ajoelhado, estavam com as mãos postas e choravam em silêncio.

Philip Anselmus foi o primeiro a se erguer. Fez uma mesura para o rei de Sammelen e outra para o Santo Vivo.

— Sou Philip Anselmus, da casa Anselmus, o rei por direito de Mattora, Utteria e Vammira. Venho aqui para que Vossa Santidade reconheça minha conquista e a criação de um novo reino, unido sob um regime de paz.

Ellius Tyberax fez um gesto para o garoto. Sua voz surpreendentemente clara disse:

— E qual é o regime que Vossa Majestade propõe, jovem rei?

O garoto olhou para os outros dois, que se ergueram.

— Três reis para três coroas — disse Philip. — Um triunvirato para governar sem que uma só linhagem oprima o povo dos outros dois reinos. Não haverá um rei de Mattora, um de Utteria e um de Vammira. Cada rei usará as três coroas, de um reino só, chamado Mattora.

O Santo Vivo acariciou seu cajado, pensando.

Korin, ainda ajoelhado, continuava sem entender. Parecia haver um grande plano naquilo tudo e ele certamente se sentia um joguete. O resultado estava decidido desde o começo, as guerras pareciam se destinar a tirar do poder monarcas beligerantes e teimosos que nunca fariam um acordo de paz. Ele ouvira as histórias sobre a chegada de cada um dos três garotos e eram muito semelhantes. Bastardos que vinham substituir a família real. Mas eles estavam fazendo um tratado sábio. Se era mesmo uma conspiração demoníaca, eram os demônios mais incompetentes que ele já vira, pois pareciam estar trabalhando para o bem geral.

Na verdade, aquele tipo de plano era familiar. Havia um certo padrão, uma maneira de pensar conhecida: fazer um grande evento, unir o povo ao redor de uma causa para forçá-lo a aceitar algo que seria para seu bem.

Parecia algo pensado por...

— Ruff — ele sussurrou para si mesmo.

Sem lhe dar atenção, o Santo Vivo disse:

— A Igreja dos Criadores Invisíveis reconhece os novos limites do reino de Mattora, com seu novo regime de triunvirato. Que a paz dos deuses sempre reine em suas fronteiras.

Ele bateu com o cajado no chão e, no mesmo instante, os clérigos se espalharam, saindo por portas meio ocultas, trazendo pergaminhos, pena, tintas e uma mesa, para que documentos importantes fossem assinados. Alguém fez sinal para que Korin levantasse — sem aquilo, ele poderia ficar de joelhos o dia inteiro.

Seguiram-se assinaturas de tratados e reconhecimento de fronteiras e títulos nobres, o que demorou horas. Toda a aristocracia dos três reinos tinha seu futuro decidido ali, rotas comerciais eram redefinidas, disputas ancestrais eram resolvidas. Alguns pergaminhos trazidos até os reis tinham sido elaborados naquele mesmo dia, outros datavam de séculos atrás. Ao ouvir alguma pergunta, os três reis garotos ficavam em silêncio, concentrados durante alguns momentos, então tinham uma resposta pronta.

Num determinado momento, Ellius Tyberax se dirigiu para Korin:

— Conte-me sobre as campanhas de anexação, general.

Ele obedeceu e, para sua surpresa, disse a verdade. Era difícil mentir para aquele homem. O Santo Vivo levou sua palavra em consideração para ditar leis internas da união dos três reinos, com o objetivo aparente de evitar mais violência. Divisão de feudos, criação e dissolução de títulos, logística dos exércitos e tesouros... Os assuntos se seguiram durante aquele dia e Korin foi ouvido várias vezes.

Os documentos foram assinados e o Santo Vivo apertou o anel com seu sinete na cera quente, marcando aqueles papéis com o aval sagrado da igreja. Korin não sabia o que esperava, mas a reunião tinha transcorrido exatamente como deveria ser. Monótona e importante.

A figura de mantos escuros tinha ficado imóvel e calada durante o tempo todo. Aproximou-se de Mubruk Filho de Urso. O rei se abaixou e escutou algo que foi sussurrado em seu ouvido.

Deu um passo à frente e, pela primeira vez, Korin ouviu sua voz de trovão:

— O reino de Sammelen reconhece o novo reino de Mattora e o triunvirato como seus governantes.

Ellius Tyberax olhou para o rei gigantesco:

— A marca de Vossa Majestade — ordenou.

Mais um sussurro, então:

— Meu vizir assinará por mim.

Korin duvidava que aquele bárbaro soubesse ler ou escrever. A presença de um vizir explicaria como Mubruk podia ser rei de uma terra de riqueza e delicadezas como Sammelen. Mas seus olhos não transpareciam burrice. Havia uma sagacidade que ele nunca vira em selvagens sem nenhum pensamento profundo.

De repente, uma voz de mulher cortou o salão:

— Vossa Santidade, Majestades, eu peço clemência!

Era a antiga rainha de Utteria. Ela tentou falar, mas caiu num choro convulsivo.

— Quieta, você não pode reclamar deles! — chiou a tia de Philip Anselmus.

— Clemência para uma viúva que perdeu tudo, eu imploro! — gritou a rainha. — Meu desejo sempre foi apenas servir fielmente a Utteria e a meu marido! Não sei por que estou presa se o menino que criei como meu filho agora é rei! Você me chamava de madrasta, Ozz! Recebi-o com o amor de uma mãe!

Ozz de Osbourne dirigiu um olhar frio e impassível para ela. Então falou para o santo:

— Ela é a última representante do modo antigo. Alguém que viveu com o rei que se recusava a ceder à paz. Nós a trouxemos como prisioneira e a oferecemos a Sammelen como um gesto de boa vontade.

— Isso não diz respeito à igreja — falou Ellius Tyberax. — Os reis cuidam de seus prisioneiros e súditos, os sacerdotes cuidam de suas almas. Sua Majestade Mubruk Filho de Urso deve decidir o que fazer com as traidoras.

Nisso, a tia de Philip Anselmus perdeu sua passividade:

— Traidora?

Os três garotos olharam para ela, mas a mulher berrou:

— *Traidora?* Eu não fiz nada e tudo que tinha me foi roubado! Perdi meu filho, meu marido, meu irmão, minha casa! Perdi tudo, quando essa cria do demônio chegou! Condeno-o ao inferno, Philip, condeno vocês três! Se estou para morrer, com minha morte os amaldiçoo!

— Cale-se — disse Ellius Tyberax, sem alterar a voz.

E então ela não conseguiu mais falar. Caiu sobre as mãos e os joelhos, tremendo.

— O trabalho dos deuses está feito — disse o Santo Vivo. — E agora começa o trabalho dos reis.

Um sacerdote balançou um turíbulo e entoou:

— Ajoelhem-se, pois Ellius Tyberax, o Santo Vivo, está para deixar sua presença!

Espalharam água benta no chão, do trono até a porta, e perfumaram o caminho com incenso. Todos se ajoelharam, exceto Mubruk Filho de Urso. O Santo Vivo não pareceu se importar com isso. Havia uma dinâmica de relações ali que Korin não compreendia. Havia muitas perguntas sem respostas.

A porta se fechou quando o Santo Vivo saiu.

Havia apenas a nobreza naquele salão religioso.

— Ergam-se — disse Mubruk, assumindo autoridade sobre todos.

Então a figura de mantos escuros caminhou à frente. Os três garotos mantiveram os olhos no vizir e, pela primeira vez desde que Korin vira o primeiro deles, genuinamente sorriram.

O vizir puxou seu capuz para trás, desfazendo uma escuridão sobrenatural. Quando a sombra se dissipou, Korin pôde ver um capacete de ferro, com chifres grandes demais para caberem sob o tecido do manto. A boca que ele conhecia bem, mesmo com a pele pálida. O manto caiu ao chão e ele reconheceu o corpo sinuoso, mesmo meio coberto de metal.

— Áxia — disse Korin.

Philip Anselmus, Ozz de Osbourne e Aliss McCooper foram até ela e se ajoelharam. Tomaram suas mãos e beijaram-nas repetidas vezes.

— *Mãe* — falou um deles, com emoção genuína.

— Quando morre um rei feiticeiro — disse a velha — quem usa a magia pode sentir.

Ruff tivera mais dificuldade de encontrar informações em Utteria. A plebe sabia que a guerra acabara, porque os soldados tinham parado de marchar sobre suas fazendas. E muitos até sabiam que Utteria perdera, porque o estandarte nos castelos de seus senhores tinha mudado. Mas, embora houvesse muitos rastros da passagem da Companhia do Cão, eles levavam a pontos onde Ruff não podia chegar sem revelar sua identidade. Ele não estava disposto a transformar aquilo numa missão diplomática e envolver as cortes. Então, para descobrir o paradeiro de Korin, recorreu a uma eremita que se dizia bruxa.

— Nosso rei está morto, disso eu sei! — ela guinchou. — Na noite de sua morte, todas as corujas pousaram em minha cabana, mas ficaram quietas por uma hora. Por uma hora, os riachos pararam de correr e os bebês nasceram mortos. É a morte de um rei feiticeiro, estranho!

— Quem matou o rei? — perguntou Ruff. — Foi o general?

— Um rei matou um rei, é assim que deve ser. Muito sangue real foi derramado naquela noite. Sim, nosso rei morreu... E matou também!

— Quem ele matou?

— Eu já disse, muito sangue real! Os reis se mataram!

Ruff franziu o cenho. Se o que a bruxa dizia era verdade, os reis de Mattora e de Utteria tinham matado um ao outro. O que isso significava para a Companhia do Cão?

— O general — ele insistiu. — Para onde foi o general?

— A linhagem que acompanho, aquela que existe desde que nasci e bem antes, acabou naquela noite. Continua havendo feitiçaria em Utteria, mas o sangue mágico dos Osbourne foi todo derramado. Eu sinto a magia...

— O que isso significa? — perguntou Ruff.

— Existe poder no sangue dos reis, estranho. O sangue de um rei está ligado à terra. Naquela noite, o poder do sangue real ficou perdido, solto para ser apanhado por quem conheça os rituais certos. A terra está sem rei, como um cavalo sem cabresto.

Ruff não podia se distrair com aquilo agora, mas o que a velha falava fazia sentido. Ele mesmo era da linhagem Ghanor e sabia que havia uma ligação mística entre sua ascendência e o reino. Os fantasmas no castelo o haviam reconhecido, tantos anos atrás. Ele usara um demônio em forma de leão para defender a cidade. Então Mattora e Utteria estavam soltos, sem ligação com rei nenhum. Isso era uma informação importante para o Rei Ruff Ghanor I, mas não era a prioridade de Ruff, amigo de Korin.

— E guerra? — ele perguntou. — Sente a guerra?

— Existe magia poderosa rumando ao noroeste. Mais magia e mais sangue.

O noroeste significava Vammira. Fazia sentido que, com uma vitória, a campanha continuasse, para a anexação dos dois reinos. E, se a campanha continuava, a Companhia do Cão estaria lá.

Mas, se o rei de Mattora também estava morto, quem liderava? A quem Korin obedecia?

E será que tudo aquilo tinha ligação com a conexão mágica entre o sangue real e a terra?

Ruff Ghanor cavalgou para Vammira, seguindo os boatos da guerra e as visões de uma bruxa.

— *Vadia!* — gritou a rainha de Utteria. — Vadia promíscua! Os três são seus filhos?

A tia de Philip Anselmus se ergueu e chiou:

— A esposa do rei foi chamada de prostituta por sua causa, filho do demônio! O Rei Arthog acusou a própria esposa de deitar com os outros reis, mas foi sua mãe a puta que fez isso!

— O que fez com meu marido, vadia?

Áxia fez com que os trigêmeos se erguessem. Passou por eles em direção às prisioneiras.

— Eu sabia que seria bom vocês estarem aqui — ela deu uma risada curta, tranquila. — Eu precisava ouvir isso.

— Vagabunda do demônio! — gritou uma delas, não importava qual.

Áxia já ouvira aquelas palavras muitas vezes e não fazia diferença se viessem de uma nobre, uma rainha ou uma aldeã. Vadia, vagabunda, prostituta. Eram as palavras fracas de quem não tinha mais como xingar. Quem não tinha poder procurava atingi-la com aquelas acusações. Ela era uma vadia porque deitara com três reis, dera a cada um deles um filho.

Áxia sorriu.

— Ulma, veja o que farei agora.

Ela fez um gesto, e o ferro da gaiola se distorceu. O salão foi tomado por sombras e, das barras metálicas, brotaram correntes e anzóis que perfuraram os corpos das duas prisioneiras. Elas foram suspensas por aquele ferro animado, as lâminas emergiram de sua pele com sangue farto.

— Mãe, veja o que fiz. Eles ainda me chamam de vadia. Mas agora posso me defender.

Então ela se virou para os três garotos.

— Tenho muito orgulho de vocês, meus filhos. Vocês se saíram muito melhor do que eu esperava.

Korin deu um passo para trás. Fez menção de correr, procurando uma saída, mas Mubruk Filho de Urso chegou até ele como um relâmpago. O general não viu como ele tinha se movido — quando percebeu, a manzorra do rei já estava em seu ombro. Mubruk jogou-o no chão, aos pés de Áxia, como se ele fosse um trapo.

— E você também se saiu bem, Korin, meu general.

Ele ficou de pé. Roubou uma olhada para Mubruk, manteve os garotos à vista, mas estava fixado em Áxia. Botou a mão no cabo da espada.

— Áxia, depois de tanto tempo... Por quê?

— Vocês não param de me roubar, Korin. Aquela pobre coitada que trouxeram presa era parecida comigo, também perdeu tudo. Pena que também tinha o sangue real ou talvez pudesse viver.

— Áxia, eu não roubei nada de você.

— Você, os outros aldeões, que diferença faz? Havia seu toque nas dúvidas de Ruff a meu respeito, não tente negar. Você sempre esteve contra mim.

— Áxia, nós éramos garotos...

Ela riu, balançou a cabeça.

— Tem razão. Não vale a pena falar disso. E não, eu não fiz tudo isso para me vingar de insultos durante a adolescência. Você foi só um acaso, Korin. Um acaso feliz que me ajudou muito. Um grande general surgindo bem quando eu precisava! Seria um desperdício não usá-lo. Mas espero que saiba que você só travou essas guerras e tudo isso só aconteceu porque todos vocês sempre roubaram tudo que eu tinha.

Ele tentou mais um passo atrás. Mubruk não se mexeu.

— Eu tinha um reino, Korin. Ou pelo menos meu mestre tinha. Mas Ruff me roubou aquilo, não? Ruff se recusou a ficar conosco e tirou o reino de Zamir. Agora então eu criei um reino para mim. Para nós.

— Este homem... — ele apontou para Mubruk.

— Oh, não — Áxia riu. — Sua Majestade é bem anterior a tudo isso. Apenas consegui fazer com que ele enxergasse o valor de uma conselheira. Mubruk Filho de Urso é o rei aqui. Sou apenas sua aliada. Com meu próprio reino e meus próprios três reis.

Os garotos se movimentaram, quietos, ficando às costas dele. Áxia à frente, Mubruk do lado. Korin estava cercado.

— O que você quer, Áxia?

— De você? Nada. Mas, como você foi amigo de Ruff, tenho uma proposta. Você já é o grande general de Mattora, tem o controle de todas as tropas das três coroas. Continue conosco.

— Você está louca.

— Louca é a segunda palavra que mais gostam de usar quando uma mulher contraria suas ordens, não? A preferida, depois de vadia. Mesmo assim, você deveria ficar conosco, Korin. Afinal, vou me reunir a Ruff e seremos uma família.

Ele arregalou os olhos. Virou-se para os reis garotos.

— Eles são...?

— Filhos de Ruff, é claro. Eu posso me deitar com outros, mas nunca teria filhos de mais ninguém. Estamos completos. Dois reinos a nossa disposição, com o maior reino do mundo como aliado, reconhecendo a autoridade de Ruff apenas se ele estiver comigo. Existe lugar para você, Korin. Você protegeu meus filhos. Você é mais uma vez meu amigo.

— Por que tudo isso? Por que a guerra?

— Você nunca entenderá. Você era o capacho de Ruff. Saiu da sombra dele, mas nasceu para ser lacaio, então acaba aceitando ordens, mesmo quando se autointitula general. Você nunca entenderá, mas o sangue real precisava ser derramado. A terra agora é nossa, existe uma nova linhagem.

Korin girou no lugar, vagarosamente. Cercado, procurou alguma brecha. Controlando a respiração, tentou notar qual dos lados era menos perigoso, se algum era. Sabia que Áxia podia detê-lo com um gesto. Mubruk também era rápido como um demônio. Talvez até os três garotos conseguissem barrar seu caminho com algum poder.

— Você sempre tenta, Áxia, e sempre perde — ele decidiu mantê-la falando. — Não cansa de ser derrotada? Depois de ver seu mestre humilhado tantas vezes, ainda não se esconde de vergonha?

Ela deu uma risada condescendente.

— Está tentando me deixar com raiva? Talvez isso funcione com algum soldado ou nobre, mas você está falando com a Dama de Ferro, a rainha-mãe. Ruff e eu seremos uma família. Eu descobri o que vem nos mantendo separados, Korin, desde o começo. Eu descobri e vou me livrar deles.

O sorriso de Áxia estava maior. O medo no fundo do estômago de Korin aumentou. Ela parecia mesmo insana. Já a vira cometendo atrocidades, mas havia nela uma certeza, algo indecifrável que o enchia de uma espécie de terror abjeto.

— Ruff rejeitou a proposta de Mubruk, como eu sabia que ele faria. Mas achei que ele precisava receber uma chance. Ele poderia ser o Devorador dos Céus. Mas não importa. Ele fugiu, mas nós temos três criaturas com o sangue do Devorador de Mundos e o poder dos demônios. Eles podem se tornar nossos três Devoradores dos Céus.

Korin não entendeu aquilo ou se recusou a entender. Roubou um olhar para os rostos dos trigêmeos e viu algo que parecia orgulho.

— Eu descobri o verdadeiro inimigo, Korin! — disse a Dama de Ferro. — Quem me manteve separada de meu amor por todo esse tempo! São eles!

Ela fez um gesto largo, para as estátuas dos santos, para o trono de Ellius Tyberax, para toda a Catedral do Santo Vivo. Para os céus.

— *Os culpados são os deuses!* Então basta tirá-los do caminho. Basta acabar com o Paraíso, basta chacinar os santos e destruir os deuses. Então Ruff estará liberado de sua maldição. Não haverá mais ninguém para nos julgar. Seremos livres.

Uma onda gelada tomou conta do corpo de Korin. Ele não era um monge, mas o respeito pelos deuses existia fundo em seu espírito. Era horrendo demais sequer ouvir o que Áxia falava. Ele não entendia como a bruxa demoníaca podia estar ali, no centro do poder sagrado do mundo todo, falando em matar os deuses. Como o tal Santo Vivo podia ignorar aquilo? Onde ele estava?

— Mubruk Filho de Urso me deu a informação de que eu precisava, Korin — ela continuava sorrindo. — Eu sei como transformar meus filhos nos Devoradores dos Céus. Então vou lhe fazer a última proposta.

Curve-se e deixe que eu pise sobre você, como o capacho que é e sempre foi. Seja meu general e lidere a última invasão.

Ela falou.

E Korin não podia mais ouvir.

Precisava sair dali, mesmo que morresse tentando.

Correu pelo salão, entre Mubruk e os trigêmeos, chutou uma porta, chegou a um corredor com janelas. Então se atirou, quebrando o vidro, sem sequer saber a altura até lá embaixo.

Ouviu a gargalhada de Áxia por todo o caminho.

Ruff não precisou procurar informações em Vammira. A primeira grande cidade que alcançou estava coberta por estandartes que ele nunca vira. Era um brasão novo, terciado de mantel com os símbolos dos três reinos. O povo estava calado, muita gente de luto. Quase não havia guardas nas ruas. Ruff interpelou um dos poucos milicianos. O homem tinha olheiras fundas.

— Quer saber o que houve? — o miliciano cuspiu no chão. — Quase todos capazes de pegar em armas foram mandados para o Castelo Ancestral. E foram lá só para morrer! Por que desperdiçar tantas vidas se a derrota era certa?

— Vammira também caiu para Mattora?

— Não existe mais Vammira, estrangeiro. Só Mattora com esse novo brasão. Se o destino era mesmo a conquista, preferia que meus irmãos não tivessem nem lutado.

— E a Companhia do Cão?

— Ah, ninguém pode com a maldita Companhia do Cão! Passam latindo por todos e mijam nos postes para marcar seu território!

— A companhia está no castelo?

— A esta altura já devem estar em Sammelen. Nosso novo reino precisa ser reconhecido — ele falou com desprezo. — Um monte de reis e generais decidindo o destino do povo e a nós só cabe morrer ou trabalhar sem parar, enquanto nossos colegas viram soldados.

Em outro momento, Ruff poderia ter ficado para ouvir o homem, talvez até tentado resolver seu problema. Mas ali ele só sabia que precisava rumar para Sammelen.

Áxia fez um gesto para Mubruk e para os trigêmeos, impedindo-os de perseguir o general.

— É até melhor assim.

Korin caiu pesado no chão da Catedral. Correu pelas passagens sagradas, desviou-se de guardas e chutou os portões duplos, revelando o grande largo.

A primeira coisa que viu foram dez de seus homens atacando um dos imensos guerreiros da Guarda do Urso de Sammelen. Os cães avançaram com espadas e lanças, escudos erguidos. O inimigo correu para eles, com um golpe de machado cortou suas lanças. Uma espada se quebrou contra seu peito poderoso, ele agarrou a cabeça de um mercenário com a mão livre e a esmagou. O elmo metálico amassou como papel; sangue, cérebro e osso escorreram por seus dedos.

Korin estacou nas escadarias da Catedral do Santo Vivo, em frente à batalha campal. Toda a Companhia do Cão estava sendo massacrada por 50 guerreiros de elite.

Ele podia morrer junto. Talvez fosse o melhor a fazer.

Ou podia avisar seu amigo.

Korin correu pelo meio da batalha.

— Fujam, vira-latas! — gritou. — Salvem suas vidas!

Urko, a alguns metros de distância, estava tentando recuar dos golpes de um inimigo, o escudo à frente da cabeça.

— Nós vamos segurá-los, general! Salve-se!

Sua cabeça estava girando com as informações novas. Não queria abandonar seus soldados ali, seria bom morrer com eles. Mas, depois do que Áxia lhe dissera, ele tinha uma responsabilidade maior. Com os cães, com Ruff, com Ghanor, com São Arnaldo. Com os próprios deuses.

O conhecimento do plano da Dama de Ferro tinha trazido Korin de volta à aldeia, de volta a Lago de Pó e à conquista de Ghanor, como se todo aquele tempo não tivesse passado. Como se a vida de general mercenário fosse um sonho, um interlúdio entre duas fases da vida real. Não importava o quanto Ruff tivesse errado, não importava qual estandarte ele erguesse ou os caminhos que tomasse, era seu amigo. Era mais que seu amigo. Korin não podia deixar que os filhos de Ruff cometessem a maior das blasfêmias sem que ele soubesse. Não ajudar alguém querido naquela situação iria torná-lo pior que um traidor.

Áxia não soubera que estava avivando nele uma chama de lealdade que ao longo do tempo tinha se reduzido a uma brasa mortiça. Assim como arrefecia a amizade, arrefecia a mágoa, e no fim restava só a verdade.

Apesar da distância, ele e Ruff eram irmãos.

Ele tentou dar um passo para longe, mas seu corpo se recusou. Viu mais alguns de seus guerreiros morrerem ali e não pôde deixá-los para trás.

Korin sacou a espada e correu para atacar um dos guerreiros prodigiosos da Guarda do Urso. Súbito, foi atingido por algo. Urko dera-lhe um encontrão, jogando-o para trás e barrando seu caminho.

— Não morra conosco, general.

Ele não conseguiu responder.

— Se pelo menos você ficar vivo — disse Urko de Zibrene — haverá alguém para erguer o estandarte da cabeça de cão.

Então se virou para lutar até morrer.

— Iremos nos encontrar em Ghanor! — gritou Korin.

Korin sabia da última invasão. Sabia o que Áxia e Mubruk pretendiam.

Ergueu-se e fugiu para que o sacrifício da Companhia do Cão não fosse inútil.

Nas estradas de Sammelen, Ruff estava imundo e exausto. O cavalo que montava era roubado, pois seu dinheiro acabara há muito tempo e não havia outro pelo qual trocar, já que o animal anterior morrera de cansaço. Os deuses estavam assistindo, mas Ruff não podia se importar com aquilo, pois estava muito perto de seu amigo. Quando encontrasse Korin, tudo ficaria bem. Ele não estaria mais sozinho, poderia começar a reconstruir. Poderia dar a Korin o exército dos gigantes e juntos eles poderiam enfrentar Mubruk Filho de Urso. Juntos poderiam descobrir o que era o estratagema do Devorador dos Céus. Juntos manteriam Ghanor unido e uniriam o mundo todo. Hild dissera que havia pistas dos filhos de Ruff em Mattora e Korin estava em Mattora. Juntos eles resolveriam aquilo também.

Ruff estava pensando nisso sobre seu cavalo magro quando avistou um estandarte esfarrapado na estrada.

Um estandarte que ele ainda não vira, mas que já lhe fora descrito várias vezes.

A cabeça de cão.

Ele forçou o cavalo a galopar e encontrou um bando ferido e maltrapilho. Menos de 20 homens liderados por um grandalhão de pele negra e longos cabelos trançados.

— Falem de Korin! — exigiu Ruff, de cima do cavalo. — Onde está o General Korin?

— Você é mais esfarrapado que os outros guerreiros de Sammelen — rosnou o grandão. — Mas se acha que vou entregar o general assim...

— Korin é meu amigo! O que houve?

Os mercenários começaram a cercá-lo. Mesmo em seu estado deplorável, seriam uma ameaça. Ruff segurou o cabo do martelo, preso aos alforjes do cavalo.

— Não façam isso, por favor — pediu Ruff. — Vocês são soldados dele, não? Só quero saber onde está Korin.

— Não vão conseguir pegá-lo, escória de Sammelen. Não sem provocar uma guerra. O general foi para Ghanor.

17 Mensagem para o rei

KORIN TINHA ROUBADO um cavalo, mas ele morrera três aldeias atrás. Agora ele corria pela floresta a pé, mantendo o foco à frente, no objetivo, para esquecer a dor nos pulmões que queimavam. Vestia uma túnica, calças e botas, tinha descartado a armadura antes de sair de Sammelen. Era pesada demais para que ele sustentasse seu peso correndo por dias e semanas. Tentara trocar aquela proteção por algo de valor, comida ou uma montaria, mas ninguém nas aldeias perdidas no interior tinha muito uso para uma armadura refinada. Então algo tão valioso que podia ser o presente de um rei foi escondido entre as pedras na margem de um rio. Korin fez uma marca para tentar procurar depois, mas a armadura era a menor de suas preocupações.

Ele só precisava chegar até Ruff e avisá-lo. Ruff tinha três filhos, Áxia tinha dois reinos, haveria três Devoradores dos Céus e isso eram problemas sem conta para todos.

Isso, e o plano de Áxia e Mubruk. A última invasão.

Korin não sentiu os olhos se fecharem de exaustão enquanto corria. Imagens oníricas se misturaram com o pouco que ele enxergava da floresta à noite, seu monólogo interno se mesclou com vozes de sonho. Ele diminuiu o passo sem notar, cambaleando mole, então tropeçou numa raiz, caiu de cara no chão, sentindo uma dor aguda no tornozelo.

Acordou de imediato, agarrando o pé machucado, contorcendo-se de dor, rilhando os dentes para não fazer barulho. Pouca coisa era mais idiota do que correr pela floresta à noite e era isso que ele ganhava por fazer idiotices.

Apalpou o tornozelo por cima da bota e sugou o ar, em dor súbita. Precisava dar uma olhada naquilo, da maneira que conseguisse. E, já que estava desmaiando de sono, precisava arranjar um lugar para dormir.

Ficou de pé com certa dificuldade. Firmou a sola da bota no chão aos poucos, testando para ver o quanto aguentava. Então olhou para cima, em direção aos galhos mais altos da árvore onde tropeçara. Respirou fundo e começou a escalar.

Sua sorte era que todas as noites até então estavam sendo claras. Isso significava que ele não ficava em escuridão total. Era difícil achar os galhos e principalmente discernir quais eram fortes o bastante para aguentar seu peso, mas pelo menos eles eram faixas escuras contra o céu levemente iluminado. Era impossível escalar sem usar o pé torcido: ele tocou de leve com a sola num galho que precisaria subir e se preparou. Impulsionou-se com a perna e a dor atravessou o tornozelo, causando um choque que quase fez com que ele largasse os galhos que agarrava e se deixasse cair no chão. Viu pontos brilhantes, sua cabeça dançou de tontura súbita, mas fez força e chegou até onde queria.

Conseguiu ficar sentado sobre um galho alto e grosso que sustentava seu peso. Foi se deixando acomodar numa intersecção entre dois galhos até que relaxou por completo. Provavelmente ele não cairia enquanto estivesse dormindo. Provavelmente. Mas, se caísse, quebraria o pescoço e tudo estaria perdido, então não adiantava se preocupar.

Encontrar aquela árvore foi uma boa ideia — logo depois, ele notou que algum animal ou monstro quadrúpede passava pela base do tronco, farejando. Korin não estava em condições de lutar com uma fera.

Tirou a bota com cuidado, deixando-a segura para que não caísse. Não conseguia enxergar o tornozelo o suficiente para fazer um diagnóstico, então começou a apalpar. Estava bem inchado. Não estava quebrado, ou ele não teria conseguido usá-lo, mas alguma coisa lá dentro ficara bem ferida. As únicas posses de Korin eram as próprias botas, a túnica, as calças e a espada. E a bainha. A bainha era importante. Ele não tivera tempo de pegar equipamento quando fugira de Innalya e deixara o escudo ainda em Kottar, antes de cruzar a fronteira com Ghanor. Resignado, suspirou e rasgou uma parte da túnica em tiras compridas. Começou a enfaixar o pé. Logo viu que só aquilo não seria suficiente, então rasgou a túnica inteira e enfim conseguiu imobilizar o tornozelo de um jeito aceitável.

O frio não tardou e ele quase se arrependeu. Antes, o esforço estava deixando seu corpo aquecido, mas agora a floresta estava gelada. Ele abraçou a si mesmo e começou a tremer.

Dormiu.

Em seus sonhos, viu Ruff. Imaginou incontáveis vezes que tinha chegado ao castelo, encontrado o amigo, contado sobre os trigêmeos e tudo ficara bem. Sonhou que, num passe de mágica, os Devoradores dos Céus tinham sido derrotados, a última invasão tinha sido contida. A cada vez que acordava, percebia que ainda estava na floresta e no frio. Viu Urko, Tarik, Trentor e Drullo Catapulta. Viu seu estandarte e os guerreiros que tinham confiado nele. Mesmo com o sono superficial, os sonhos pareciam realistas. A sensação de alívio ao ver que os cães tinham sobrevivido era maravilhosa, eles o abraçavam e perdoavam sua fuga. Da última vez que acordou, Korin viu que já quase amanhecia e a realidade de que provavelmente seus vira-latas estavam mortos o atingiu como um soco no estômago.

Seria mais digno se ele chorasse, mas a verdade foi que Korin sentiu um enjoo incontrolável e vomitou.

Naquele momento, ele estava arrependido de tudo. De não ter lutado e morrido com os mercenários — seria melhor do que morrer sozinho numa floresta esquecida. De ter decidido fugir e avisar Ruff — teria sido melhor tentar matar Áxia, por mais fútil que isso fosse. De ter fundado a Companhia do Cão em primeiro lugar — Drullo ainda estaria vivo se fosse só mais um guerreiro desempregado se embebedando numa taverna e o próprio Korin não teria sido manipulado por Áxia.

Mas a realidade era o que era.

Ele tinha feito tudo aquilo e tinha abandonado seus amigos em nome de aguém que deixara para trás há muito tempo e de uma tentativa desesperada de deter um plano para matar os próprios deuses. Era algo muito complexo para um general mercenário.

Pensou que abandonar seus guerreiros não era tão diferente do que Ruff fizera quando traiu Bellitz, tantos anos atrás.

O estômago de Korin roncou e o dia amanheceu. Ele disse para si mesmo:

— Na verdade, é bem diferente sim. Ruff tinha acabado de estar com Bellitz pela primeira vez. E podia evitar essa bosta toda. Áxia teria atacado os cães de qualquer jeito. Se eu decidisse morrer só para não me sentir culpado, o mundo todo iria sofrer.

Então começou a descer a árvore.

— Posso ser um idiota e posso tê-los abandonado, mas não sou traidor. Urko é um líder quase tão bom quanto eu.

Tocou com os dois pés no chão e fez uma careta de dor. Teve dificuldade para colocar a bota, o pé estava bem inchado.

— Ruff disse que falava sozinho quando foi encontrar aquele musteiro maluco. É, eu estou ficando mesmo tão ruim quanto Ruff.

Então começou a andar, ignorando todas as dores.

— Você precisa me ajudar — disse Korin. — Eu era um general de Ghanor, provavelmente antes de você entrar para o exército.

O sargento olhou-o de alto a baixo.

— Onde conseguiu essa espada, senhor?

— Eu sou um guerreiro! Posso lhe mostrar — Korin levou a mão ao cabo da espada.

— Parado!

O sargento sacou sua lâmina e dois soldados fizeram o mesmo.

Korin olhou para os três e soube exatamente como vencê-los, mesmo com o pé torcido. Bastava aparar o golpe do sargento, jogar-se contra o soldado da esquerda, pegar seu escudo ainda preso no braço, usá-lo para bloquear o golpe do soldado da direita. Então concentrar o ataque no sargento, arrastando o primeiro soldado pelo escudo, impedindo que ele lutasse. Uma vez que o sargento estivesse vencido, os outros dois não durariam nada.

Mas não seria bom atacar soldados de Ghanor. Agora que finalmente chegara ao reino, tinha encontrado uma torre de vigília, isolada nos ermos, e não pretendia se tornar um inimigo. Devia haver menos de dez soldados na torre; Korin achava que podia enfrentar todos. Mas ele ainda sentia que eram um pouco seus homens. E vencer dez soldados descansados em seu estado atual não era nenhuma garantia.

Tirou a mão do cabo da espada e espalmou as duas dos lados do corpo, demonstrando que não queria problemas.

— Roubou isso de alguém? — o sargento apontou para a arma.

— Eu era general de Ghanor — ele repetiu. Então pensou melhor: — Certo, não era general, mas era soldado.

— Um desertor, então?

— Merda — Korin realmente não imaginara que aquilo poderia se voltar contra ele.

— Senhor, é melhor entregar essa espada. Ghanor não pune ladrões com morte ou mutilação, mas não pode ficar com o que roubou!

— Eu não roubei, essa espada foi forjada por Ruff Ghanor!

Eles começaram a rir.

— Senhor, sei que a vida não foi fácil. Mendigos sempre são maltratados. Mas não crie problemas, vamos. Entregue a espada do Rei Ruff Ghanor, eu devolvo para ele. É sagrada?

Korin fechou os olhos. É claro que parecia um mendigo. Sujo, barbudo, sem camisa, com calças esfarrapadas, botas gastas e mancando, não poderia parecer nada além daquilo. E ele não via o próprio reflexo há bastante tempo, mas imaginava que os fios brancos de seus cabelos e de sua barba já estivessem abundantes, agora que não eram cortados há muito. A única coisa de qualidade que ele carregava era mesmo a espada. Não havia outra explicação a não ser que fosse roubada.

— Se quer saber, não, a espada não é sagrada — ele disse. — É só forjada segundo as técnicas do anão Thondin, o maior armeiro que já existiu.

— Claro que é. Eu acredito. Agora me dê e eu a entrego a Sua Majestade, certo?

Mais guardas desceram. Começaram a cercá-lo.

Seria possível furar o semicírculo. Mas ele não conseguiria correr. Entraria numa luta de vida ou morte contra soldados de Ghanor.

Korin desafivelou o cinto onde a bainha estava presa.

— Por favor, me escute. Eu juro por São Arnaldo e por qualquer outro santo que você queira ouvir. Essa espada é importante. Se eu entregá-la, por favor envie-a à capital. Ao castelo de Ghanor.

— Será enviada. Não cause mais problemas.

— Estou falando sério.

— Entregue a espada — o sargento engrossou a voz.

Korin deu um suspiro.

Ainda tinha chance de chegar à capital. E, se a disciplina do exército de Ghanor continuava como ele conhecia, a espada não seria roubada, por mais refinada que fosse.

— Pelo menos cuide bem dela — disse o general. — Essa espada matou muitos inimigos de Ghanor.

— Não se preocupe.

Korin engoliu em seco, engolindo também seu orgulho.

— Pode me dar um pouco de comida, pelo menos?

— Claro. Soldados, tragam um grude para o mendigo! Vê como as coisas ficam mais fáceis quando falamos a verdade?

Ele também recebeu caridade num mosteiro de São Arnaldo. Deram-lhe comida e uma cama onde dormir. Dividiu um quarto comunal com andarilhos, viajantes perdidos, loucos que vagavam pelos ermos. No meio da noite, acordou com um homem barbudo e magro, de olhos alucinados, com as mãos em seu pescoço.

— Foi você que roubou meu unicórnio!

Os polegares do mendigo louco se afundaram na garganta de Korin. Num movimento treinado centenas de vezes, ele fincou seus próprios polegares na parte carnuda entre os dedos do atacante, então girou as duas mãos para fora, fazendo com que ele soltasse. Dominado pelo instinto de treinamento, levantou com um salto e desferiu uma cotovelada certeira no queixo do homem, jogando-o para trás.

Os outros enjeitados acordaram com a barulheira, começaram a gritar. Logo surgiram dois monges, um deles carregando um lampião. Um andarilho tentou correr, o primeiro monge o imobilizou com um golpe que Korin conhecia bem. Colocou-o no chão com o braço virado, sem machucá-lo.

— Ele me bateu! — gritou o mendigo louco, segurando o rosto e apontando para Korin. — Ele me bateu!

Os dois foram até o ex-general.

— Nós avisamos que violência não é tolerada na casa de São Arnaldo.

— Eu conheço esse golpe que você usou — disse Korin. — Vocês leram *Filosofia de Combate*, não? Eu escrevi.

— Claro. Obrigado por seus ensinamentos. Agora fora! Você perdeu seus privilégios.

Começou a chover quando ainda faltavam quatro dias para ele chegar à capital. Sem camisa, Korin andou por dias na chuva. Acordou na terceira manhã no meio de arbustos, ainda debaixo de chuva, para um dia que não amanheceu direito. Levantou-se com dificuldade, sentindo o pé que doía cada vez mais. Engoliu e teve um desconforto diferente.

A garganta ardia. Ele estava todo dolorido, como se a pele estivesse sensível a qualquer toque. Havia um calor desconfortável debaixo dos olhos, mas ele sentia frio no resto do corpo.

E continuou sob a chuva, tossindo e mancando. Uma família de comerciantes com uma carroça passou por ele na estrada. Korin pediu ajuda com voz fraca, mas o homem que conduzia só viu um andarilho mal-encarado se aproximando e fez os cavalos irem mais rápido, deixando Korin para trás.

Mas ele seguiu em frente.

Porque precisava avisar a Ruff.

Korin chegou aos portões da cidade de Ghanor com a certeza de que seria mandado embora. Ainda chovia, o sol não tinha se mostrado por todos aqueles dias. Ele estava magro e maltratado, doente, ferido e humilhado. Àquela altura, o General Korin era mesmo só um mendigo e ele entrou na fila de plebeus e comerciantes que tentavam entrar na capital sem esperança de conseguir.

Dois guardas de capa vermelha olharam-no com atenção.

— O que quer em Ghanor?

— Procuro abrigo — disse Korin.

O capa vermelha ficou em silêncio.

— Entre, homem, você vai morrer nessa chuva! Procure a catedral, eles vão lhe acolher.

Korin sentiu no corpo as diretrizes de misericórdia do Rei Ruff Ghanor e quase chorou de gratidão.

Cruzou os portões da capital pela primeira vez em quase catorze anos, vendo como a cidade crescera, como estava mais agitada e cheia de gente. Mas havia uma familiaridade antiga, confortável. Como se Ghanor fosse uma ex-amante que ele reencontrasse após muito tempo.

Korin mancou decidido pelas ruas que conhecia, fazendo um caminho que nem sabia ainda lembrar. Seus pés o levaram sozinhos para a colina e ele então subiu até o castelo.

A subida parecia interminável. Vários plebeus, soldados e nobres estavam indo para lá; o castelo era um lugar público, onde o rei recebia seus súditos e onde havia comércio. Ele avançou com dificuldade, cada passo mandando uma onda de dor, tirando ainda mais seu fôlego, fazendo com que tossisse.

Viu que, nos portões abertos do Castelo de Ghanor, havia dois capas vermelhas de guarda.

Ele se preparou para, mais uma vez, falar a verdade na qual ninguém acreditava. Precisava falar com o rei. Precisava falar com Ruff. Mas era um mendigo. Talvez alguma mentira fosse mais eficaz.

Chegou de cabeça baixa até os dois guardas. Parou por um instante, sob a chuva, curvado com as mãos apoiadas nas coxas, para respirar. Então se empertigou tão bem quanto podia, olhou a mulher que guardava um dos lados do portão.

— Eu sei que você não vai acreditar — disse Korin. — Mas, por favor, me ouça. Eu sou...

— *Korin?* — disse a miliciana, seu rosto se iluminando num sorriso imenso.

Ele deixou a boca pender.

— É mesmo Korin? O que houve com você?

— Eu...

— Sou Dianna, filha do Irmão Dunnius! Eu lembro de você, de quando era criança!

Ele estava seco e tinha roupas novas. Seu tornozelo não doía mais, ele não se sentia mais doente. Eram as maravilhas dos clérigos do castelo. Ele contou sua história e, antes mesmo que acabasse, um oficial estava pedindo desculpas pelo comportamento dos soldados no interior do reino. No castelo havia homens que tinham servido sob ele, muitos outros que tinham crescido ouvindo as histórias do general desaparecido. Para o povo em geral, Ruff Ghanor era tudo, mas nos quartéis o nome de Korin era reverenciado.

Ruff não estava ali, mas era esperado a qualquer dia. Korin queria falar com Lurius Minimus, mas estava exausto. Foi para o quarto de luxo que lhe designaram. Assim que Ruff chegasse, contaria tudo para ele.

Já era noite. Abriu a porta do quarto, iluminou o interior com um lampião. Decidiu só descansar os olhos por alguns minutos.

Ou então dormir um pouco.

Deitou na cama macia e quente. Estava mergulhado em sonhos menos de um minuto depois.

Ruff Ghanor se achava um idiota por ter feito o que fizera nos últimos catorze anos. Era idiota não ter ido procurar Korin logo de início, era idiota ter perdido tempo com as conquistas e os planos sem seu general, seu melhor amigo.

Ruff dissera para si mesmo, mais vezes do que podia contar em todo aquele tempo, que estava respeitando Korin. Que, se ele queria ficar longe, que assim fosse. Mas a verdade era que, sabendo do paradeiro dele, Ruff precisara ir atrás do amigo.

E, quando encontrou os mercenários de Korin na estrada e ouviu sobre o ataque inesperado em Sammelen, ficou desesperado para encontrá-lo.

Aquele último cavalo era forte e o rei galopava as últimas horas até a capital em velocidade máxima. A chuva caía em seu rosto, mas ele não notava. Os cascos poderosos do animal levantavam água a cada pisada, mas ele já estava encharcado e só queria chegar à cidade ainda naquela noite. Korin estava lá. Korin seria reconhecido, seria acolhido no castelo mesmo depois de todo aquele tempo. Ruff só precisava chegar lá o mais rápido possível.

Ele se aproximou do portão da cidade a galope, enquanto trovões sacudiram o céu. Os capas vermelhas que guardavam a entrada já estavam fechando as portas pela noite. Ao ver o viajante correndo naquela direção, eles prepararam as lanças.

Mas então viram a armadura.

Ruff Ghanor trajara a armadura de Arcanium mais uma vez ao se aproximar da cidade, pois não podia se dar ao luxo de ser barrado. Um relâmpago reluziu no metal das ombreiras e do elmo e os homens deixaram as armas caírem.

— Abram caminho para seu rei! — gritou Ruff.

E então cruzou os portões de Ghanor a galope.

Continuou com o cavalo no limite da exaustão pelas ruas da cidade, na noite trovejante. Os plebeus pularam para fora do caminho, mal notando que aquele era o rei, apenas que havia um cavaleiro ensandecido prestes a atropelá-los.

Os capas vermelhas se juntaram numa rua, ouvindo os gritos de medo, mas alguém avisou:

— É o rei! É o rei!

Eles saíram da frente e, se não tivessem saído, Ruff teria passado por cima de todos. Só importava chegar ao castelo, encontrar Korin, saber por que o amigo tinha voltado depois de tanto tempo e o que acontecera.

Quando encontrasse Korin, tudo ficaria bem.

O cavalo subiu a colina com valentia. Àquela hora, os portões do castelo já estavam fechados, mas o aviso de que Ruff estava na cidade já chegara até lá. Ele encontrou as portas abertas e galopou para dentro, passando pelos guardas que se curvavam em reverência.

O cavalo não tinha parado por completo quando Ruff desmontou com um salto e correu para dentro do salão principal.

Um relâmpago iluminou a noite.

Ruff correu pelas escadarias e todos os servos e guardas que ele via estavam curvados, numa reverência estática. Ele não podia se preocupar muito com isso, precisava chegar até a ala dos hóspedes. Boa parte do castelo estava vazia, não havia ninguém nos quartos. Ele procurou um servo, o castelão, Edyriell, qualquer um, mas não achou ninguém.

Correu até a sala do trono. Talvez Korin estivesse lá.

Korin estaria sentado no trono, rindo e comendo alguma coisa. Debochando da pompa ao redor do rei, fazendo alguma piada.

Ruff abriu as portas da sala do trono.

Tudo estava iluminado por tochas.

E Korin realmente estava sentado lá.

— *Ruff* — ele disse, com um sorriso.

Mas Ruff não conseguia sorrir.

O sangue de seu melhor amigo tingia cada metro daquele aposento.

Havia um enorme pentagrama desenhado com sangue na parede atrás do trono. Mas isso não era o pior.

Korin estava sentado, mas seus braços estavam abertos, presos por correntes de ferro negro com ganchos na ponta, que se fincavam em suas mãos. A carne dos braços tinha sido cortada, aberta, expondo os ossos, e dezenas de finas correntes com anzóis se fincavam nos músculos, distendendo-os e separando-os. Todas as correntes se esticavam até as sombras nos cantos do salão, onde desapareciam.

A barriga de Korin tinha sido cortada. Suas tripas se derramavam para fora do corpo e tinham sido arranjadas a seus pés num padrão de decoração macabra. Seus joelhos estavam destroçados e só havia um buraco onde cada um deveria estar. Correntes com ganchos também atravessavam suas pernas e seus pés tinham sido esfolados. Não tinham mais pele, apenas carne viva se mexendo.

Mas ele estava vivo.

— Ruff — disse Korin, a voz mal saindo. — Finalmente você chegou.

Ruff correu para o trono.

— *Não!*

— Ruff, ouça... — a voz de Korin estava fraca.

Muito fraca.

— Você veio...

Ele chegou até Korin, tonto, não querendo olhar para o amigo, mas também não conseguindo tirar os olhos.

— Quem... Quem fez isso com você?

Mas ele sabia a resposta.

— Não importa — engasgou. — Ouça.

Ruff abraçou Korin no meio do sangue.

— Eu vou curá-lo, Korin.

Mas, é claro, não podia. Tinha sido excomungado.

— *Ruff, a espada.*

— Você precisa me perdoar...

— Cale a boca e me ouça.

Uma voz feminina cortou a sala do trono:

— Ele não vai mais nos atrapalhar — disse Áxia.

Ruff olhou para as sombras no fundo do salão e de lá emergiu a Dama de Ferro, andando devagar. O corpo esguio coberto pela armadura de metal negro, mostrando pele pálida.

Ruff agarrou o martelo. A sala começou a tremer.

— Áxia...

— Ruff, ouça! — Korin engasgou.

Áxia deu um sorriso torto e fez um gesto arcano.

— Ruff! — gritou Korin, com toda a força que conseguiu reunir. — Ache minha espada!

As sombras atrás do trono cuspiram uma corrente grossa, com um espinho metálico. A arma atravessou o espaldar do trono e o peito de Korin por trás.

Ele soltou uma golfada de sangue.

— Eu venci, desgraçada — Korin sorriu.

Então uma lâmina em forma de meia-lua cruzou a sala. Atingiu Korin no pescoço.

Ruff Ghanor foi banhado por sangue. A seus pés, caiu a cabeça de seu melhor amigo.

— Eu devia ter feito isso há muito tempo — disse Áxia. — Ele sempre nos atrapalhou.

O rei caiu de joelhos, mudo. Segurou a cabeça de Korin nas mãos. Atrás dele, o corpo decapitado estava mole, seguro apenas pelas correntes.

— Agora somos apenas nós dois, meu amor — ela se aproximou. — Quer dizer, nós cinco. Eu, você e nossos filhos. Uma família. Tenho tantos planos para nós!

De dentro do elmo, os olhos de Ruff queimavam com ódio. A sala tremia.

— Eu não pretendia lhe contar até que tudo estivesse pronto. Foi a última vez que Korin impediu que ficássemos juntos do jeito certo. Mas foi melhor assim.

— Áxia... — ele grunhiu, a voz gutural como um terremoto, a cabeça de Korin ainda nas mãos.

— Você não tem mais opção, Ruff. Você relutou tanto quanto pôde. Rejeitou minha proposta quando Zamir ainda era um dragão. Trocou-me por aquele anjo. Tentou roubar meus filhos. Mas agora não lhe resta mais nada. Você está sozinho. E eu tenho três reinos que são um e o reino mais poderoso do mundo como aliado. Korin não está mais em nosso caminho. Em breve, os deuses não estarão mais em nosso caminho. Você será livre.

Ele ficou em silêncio.

— Eu achei que você entenderia antes. Mas você precisava perder tudo, como eu também perdi, para aceitar o meu amor. Para ver que faço tudo para o seu bem. Apesar de suas traições, eu lhe dei filhos. Estou lhe oferecendo poder político e militar. Estou lhe oferecendo liberdade e uma família.

Áxia sorriu.

— Eu sei o que você quer, Ruff. Você quer salvar o mundo. E não quer admitir, mas os inimigos são os deuses. Então eu resolvi tudo. Junte-se a mim, é a única opção. Juntos temos todo o poderio militar que existe, mais a feitiçaria de Zamir. Juntos podemos desafiar os verdadeiros tiranos.

Ele depositou a cabeça de Korin no chão com cuidado. Ergueu-se devagar, pegando o martelo.

— Áxia...

— Fiz tudo isso por amor.

Então o ódio do rei explodiu.

O castelo tremeu aos solavancos, o chão da sala do trono saltou e rachou. Uma das torres desmoronou.

E a cidade tremeu.

Houve um deslizamento na colina, uma rua foi engolida por uma cratera. A estátua de Ruff Ghanor se estraçalhou em mil pedaços. Uma parte da muralha desabou.

E Ghanor tremeu.

Uma montanha afundou na cordilheira próxima. A cratera em Lago de Pó se alargou, engolindo duas oficinas. Abismo Sereno chacoalhou, os habitantes em pânico. O penhasco no qual a cidade se equilibrava rachou, começou a se erodir. Quase mil pessoas correram para os portões, mas poucos conseguiram fugir antes que a cidade inteira desmoronasse para centenas de metros abaixo. As margens dos rios se abriram, alagando aldeias que tremeram e caíram. A torre onde haviam confiscado a espada de Korin implodiu.

E o mundo tremeu.

O Castelo Ancestral, em Vammira, rachou por completo e sua ala central se desfez em escombros. A torre dos rituais do Castelo do Crisol, em Utteria, se quebrou em duas e caiu no chão, desfazendo-se numa explosão de destroços. A taverna *Pombo e Galhada*, em Mattora, pulou com o solo, sua parede traseira desabou e o salão comunal foi engolido pela terra. Necrópole, a capital de Kottar, tremeu, as lápides se quebraram, árvores desabaram por cima de mausoléus e os cadáveres foram cuspidos para fora dos túmulos. Em Zibrene, mansões refinadas viraram pó. Em Artus, salões de guerreiros desmoronaram e navios rápidos afundaram ancorados ao porto. Na Confederação dos Mercadores, o deserto chacoalhou, as montanhas se desfizeram em novas dunas, caravanas foram engolidas pelas areias e os enormes monstros que viviam sob a terra convulsionaram em pânico.

Era o fim do mundo.

O Devorador de Mundos estava solto.

— Áxia! — gritou Ruff e seu grito foi ouvido na capital inteira, como o anúncio do juízo final.

A Dama de Ferro caiu para trás, tentando em vão proteger a cabeça com o antebraço.

O Devorador de Mundos ergueu seu martelo, alimentado por toda a energia que vinha da destruição. Ele tinha a força do apocalipse e toda ela estava em seus braços, para matá-la.

— Piedade, Ruff, por favor!

Era a súplica de milhares e milhões de mortais. Para o rei, para os deuses, para quaisquer entidades em que acreditassem. Adultos e crianças, mulheres e homens, todos imploravam por misericórdia, para que o mundo não acabasse. Todos eles pediram para ser poupados.

E Ruff Ghanor disse:

— Não.

O fim do mundo estava na cabeça do martelo de Ruff e ele golpeou.

O martelo de Arcanium chegou até alguns centímetros da cabeça de Áxia e então se deteve. Ruff fez força para continuar, canalizando o terremoto que consumia a Criação, mas a arma se recusou.

As juntas da armadura ficaram rijas. Ele flexionou os músculos para se mover, mas o Arcanium o impediu.

A vontade de Ruff Ghanor estava naquela armadura e naquele martelo. Ele os havia forjado, libertando os segredos do metal. O Arcanium sentiu o ódio de Ruff e o segurou.

A armadura e o martelo começaram a tremer.

Ruff deu um urro e o metal se agitou, como se estivesse em chamas. Mas não era fogo: era o próprio Arcanium fluindo, movimentando-se como água, absorvendo a fúria do Devorador de Mundos e a energia do terremoto.

O martelo foi o primeiro a se deformar. Um dos lados da cabeça eclodiu em espinhos, ficando negro antes de assentar na cor de metal.

A armadura sugou para si a energia de destruição, de dentro da terra e de dentro do rei. Quanto mais força o Devorador fazia para se mexer, mais ela se deformava. Lanças de metal brotaram como flores das ombreiras, das juntas, das costas. Chamejaram como fogo negro e então ficaram sólidas.

O elmo ficou envolto em sombra por dentro, uma escuridão que nunca mais seria desfeita, que nenhuma luz poderia iluminar.

Ruff sentiu os objetos sugando e contendo sua fúria. A destruição deixou de alimentá-lo para ser armazenada na armadura, no elmo e no martelo. E, com sua percepção de Devorador, ele os sentiu mais frágeis, levados até o limite por aquele esforço supremo.

Então, no mundo todo, o terremoto acabou.

O Devorador de Mundos, paralisado no meio do golpe, viu que só havia vazio a sua frente.

Áxia tinha fugido. Não havia mais correntes retesadas saindo das sombras.

O corpo de Korin deslizou pelo trono, escorregadio com o próprio sangue, e caiu.

Ruff Ghanor caiu também, estirado, ao lado do cadáver de seu melhor amigo.

18 | Korin

O QUE NINGUÉM falava sobre a morte era o quanto ela se torna banal.

Ruff ficou horas em desespero, jogado no chão, sujo de sangue, ao lado do cadáver. E, naquelas horas, tudo que ele podia fazer era não gritar. Não tinha força para mais nada.

Mas essa foi a parte fácil.

Porque, em um determinado momento, Ruff percebeu que a vida continuaria. Isso o encheu de um medo terrível. Enquanto ele ficasse ali, deitado, imerso na culpa e no horror, a morte não era real, não do jeito bruto e inclemente que seria mais tarde. Havia um certo conforto em simplesmente estar no abraço da tragédia, ficar isento de todas as responsabilidades e de qualquer pensamento racional. Havia um prazer mórbido em permanecer no momento escuro. De uma forma estranha, ele estava muito perto do amigo. O problema era que isso não duraria para sempre. Chegou o ponto em que Ruff viu a si mesmo naquela situação e pensou em como lavaria o sangue dos cabelos. Ele precisaria levantar. Precisaria sair da sala do trono e falar com alguém, ver se todos já tinham saído do transe em que estavam antes, saber se alguém tinha morrido por causa de sua fúria.

Ele precisaria ordenar que alguém recolhesse o cadáver e limpasse tudo.

A morte não era transcendente, não era um momento de tristeza nobre que o impulsionaria a uma vingança ou um ato heroico. A morte era a coisa mais banal e deprimente que existia. Não impulsionava, apenas forçava uma série de tarefas e decisões pesadas e tirava sua vontade de viver.

Ruff ficou de pé.

Andou até a porta. No meio do caminho, parou e olhou para trás. Achou que deveria dar uma última olhada no corpo, antes que servos entrassem e mexessem nele. Era o último momento de intimidade com a tragédia.

Ele notou que deixava pegadas vermelhas e grudentas no chão. Teve de limpar o sangue de seu amigo das botas, esfregando-as num tapete.

Abriu a porta.

Andou pelos corredores, em busca de alguém. A morte não era um instante único de quebra, era mais um momento no contínuo da vida. Antes, ele tinha visto seu companheiro desde a infância ser brutalizado por seu antigo amor. Agora ele precisava achar um servo, descobrir os danos que ele mesmo fizera ao castelo. E tudo se encaixava, tudo era um único fluxo. Ruff tinha testemunhado aquela morte, mas agora precisava urinar.

O mais terrível não era a tragédia. Era viver com a nova realidade.

Ouviu som de alguém correndo. Logo encontrou dois guardas vindo na direção oposta. Eles perguntaram o que tinha havido. Ruff disse que fora um ataque. O castelo inteiro tinha ficado sob transe e houvera uma luta na sala do trono. Ele avisou que havia um cadáver lá dentro e era o cadáver do maior general que Ghanor já tivera. Os guardas perguntaram se era mesmo o homem do qual eles só tinham ouvido falar pelos veteranos, Ruff confirmou. Foi a primeira vez que ele falou aquilo em voz alta, admitindo a realidade da morte. Para dois capas vermelhas que ele nunca vira antes. Ele sentiu um gosto amargo subir pela garganta. Explicar o que havia acontecido deixava mais real.

Ele era agora a pessoa com quem aquela tragédia ocorrera. Ele seria para sempre o homem que testemunhara a morte do melhor amigo depois de mais de uma década de separação. Nada mudaria isso e ele precisaria falar aquelas palavras de novo e de novo para quem perguntasse. Contar aquela história viraria parte de sua vida.

Ruff encontrou mais pessoas despertas do transe. Alguns servos que ele direcionou para que montassem uma equipe. Era preciso também avaliar o quanto era seguro ficar no castelo. Ruff mandou que chamassem engenheiros. Elfos, ágeis e esquivos foram mandados para as torres e masmorras que poderiam ter sofrido mais danos, para averiguar se precisavam ser evacuadas. Enfim surgiu o castelão. Ruff lhe deu instruções, especialmente em relação à cena na sala do trono. O homem foi o primeiro a lhe dar os pêsames.

Ruff ficou vários instantes olhando para o rosto do castelão, sem saber como responder àquelas palavras. Era uma pessoa absurda como a primeira que manifestava pesar pela morte de seu amigo. O castelão era um súdito fiel, mas era só um súdito. Ruff não tinha nenhum de seus amigos por ali, ninguém de sua família, e recebia os pêsames de um quase estranho.

Lembrou que Niccolas precisava ser avisado. Era preciso avisar às pessoas da morte. Ele pensou em quem merecia uma carta escrita por ele próprio e quem receberia apenas uma missiva feita pelos escribas. Era preciso elaborar uma lista de quem devia ser avisado daquela morte. Também era preciso achar as palavras. Ele não podia apenas dizer para Niccolas que o garoto que ele vira crescer voltara, apenas para ser torturado e assassinado. Precisava encontrar uma maneira sensível de falar aquilo.

Foi para uma biblioteca. Havia muitos livros no chão. Começou a recolhê-los, um a um, colocando-os nas prateleiras. Um servo interrompeu-o, pediu desculpas pela negligência e disse que assumiria a arrumação. Ruff obedeceu. Devagar, foi até uma mesa, pegou pergaminho, pena e tinta. Começou a escrever a carta para Niccolas, mas não achava as palavras. O problema não era pensar no jeito certo de falar aquilo: palavras simples apenas não lhe ocorriam.

Notou que tinha manchado o pergaminho de sangue. Não era boa ideia escrever assim. Ele precisava se limpar. Pegou a pena e a tinta e guardou-as no lugar certo. Ficou com o pergaminho começado na mão, sem saber o que fazer com ele. Não conseguia decidir se devia continuar mais tarde ali mesmo ou jogar fora. Também não sabia onde devia jogá-lo.

Decidiu ir ver Lurius Minimus. Lurius Minimus era uma pessoa próxima. Ele precisava ser avisado da morte. Bateu na porta do quarto do velho espadachim. Ouviu a resposta com uma voz de esforço, dizendo para que entrasse. Ruff entrou e viu que Lurius estava meio soterrado por baixo de uma prateleira e alguns escombros. Ele tinha estado na cama durante o terremoto. Desde a missão fracassada em Sammelen, Lurius estava sempre de cama. Ruff então foi até ele, começou a retirar os destroços. Colocou-os de lado, então empurrou a prateleira. O velho estava com ainda mais dores do que antes e devia ter quebrado uns ossos, mas iria viver.

Lurius começou a descrever o que acontecera e Ruff ouviu com atenção. Lurius Minimus tinha envelhecido muito desde que ficara entrevado. Sua voz e seu rosto não tinham mais o vigor desafiante que possuíam até o ferimento. Após falar durante vários minutos, Lurius perguntou o que acontecera. Ruff falou do terremoto, de que tinha sido culpa sua. Era estranho, mas não encontrava uma boa brecha para falar da morte. Era o único assunto importante, mas ele não sabia como começar. O velho pediu então que ele chamasse clérigos para ajudá-lo. Ruff fez que sim, mas pediu que Lurius ouvisse mais um pouco. Então disse que tinha algo a contar e falou que seu amigo tinha voltado e estava morto.

Lurius começou a chorar no mesmo instante. Ruff confortou-o, dizendo que tudo ficaria bem. Ele não se sentia assim, não achava que nada ficaria bem, mas precisava confortar alguém que estava chorando por causa de uma morte, mesmo que a relação do próprio Ruff com o morto fosse muito mais próxima e a maneira como ele vira tudo a tornasse muito mais dolorida. Era mais um aspecto da realidade da morte. As pessoas precisavam ser consoladas, independente de como ele se sentisse.

Houve um momento em que não havia mais nada a falar, o que também era absurdo. O assunto era tão enorme, mudava tanta coisa, que era incompreensível que acabasse. Ruff notou que já repetira os detalhes da história duas vezes e decidiu que devia chamar os clérigos que Lurius pedira.

Ele saiu de novo pelos corredores. Achou um servo que recebeu a tarefa de chamar clérigos. Mas então Ruff não tinha nada a fazer e ficou perambulando. Não sabia para onde ir. Imaginou quando a sala do trono estaria limpa, porque então ele teria um lugar onde sentar.

Podia ir para seu quarto. Decidiu que era a melhor ideia.

Sentou na cama e sujou os lençóis de sangue. Olhou em volta e viu que tinha manchado as paredes e uma mesa também. Aquele sangue todo era inconveniente. Mandou chamar servos, para que lhe preparassem um banho.

Quando trouxeram a tina d'água, ele pensou que, lavando-se, iria se livrar do resquício do amigo em seu corpo. Aquele sangue seria lavado e a água suja seria jogada fora. O sangue estivera dentro do corpo de seu companheiro ainda ontem, não fazia sentido que agora fosse parar na água quente de uma tina. Um servo pediu licença e entrou no quarto. Perguntou se Ruff precisava de ajuda para tirar a armadura. Ele aceitou.

A armadura agora estava deformada e repleta de espinhos. Tirá-la exigia mais esforço. Outro servo se juntou à tarefa. Eles enfim livraram o rei daquele metal. Perguntaram se ele queria que ela fosse limpa. Ruff disse que sim, mas que queria saber o que aconteceria com a água suja, onde ela seria jogada. Os servos não entenderam, mas obedeceram.

Ruff ficou olhando a tina, imaginando onde estava o cadáver. Talvez já o houvessem tirado da sala do trono. Talvez ainda estivesse lá. Talvez estivesse em um porão ou quarto. Ele não sabia como proceder naquela situação. Será que o castelão sabia? Imaginou também se o cadáver estava enrolado num tecido e como eles haviam arranjado a cabeça, como haviam lidado com as partes destruídas de sua carne. Alguém sabia qual era o protocolo naquele caso?

Tocou na água da tina e já estava fria. Não quis pedir outra para os servos. Lembrou que havia alguém que conheceria tudo sobre os protocolos da morte e esse alguém era seu Alto Coveiro, Fester de Salúria. O problema era que Fester estava em Kottar. Não sabia se era possível esperar o bastante para que o Alto Coveiro chegasse. Saiu do quarto, foi procurar o castelão. Encontrou-o na porta da sala do trono. O castelão pediu que Sua Majestade não entrasse, eles estavam "lidando com a situação".

Ruff não precisava ser poupado de ver o cadáver, ele já tinha visto. Vira o momento da morte também. Mas, agora que aquilo fazia parte de quem ele era, o rei tinha se tornado alguém frágil aos olhos dos outros. O castelão se recusava a usar as palavras certas, falar em cadáver, morte e sangue. Falava na "situação", no "ocorrido", como se os eufemismos fossem tornar aquilo menos real. O rei não entendia, mas disse para o castelão que o Alto Coveiro precisava ser chamado. Teve a ideia de pedir para que os clérigos na catedral rezassem por um milagre, para que a mensagem chegasse a Fester de Salúria pelos ventos soprados pelos deuses. Isso pelo menos economizaria o tempo de um mensageiro chegar a Kottar. Ruff ficou satisfeito com a ideia e deu um sorriso largo. O castelão olhou para ele consternado, mas ele não precisava se preocupar. A morte fora várias horas atrás, Ruff já estava sorrindo de novo.

Ele andou pelo castelo, alguém perguntou se estava com fome. Ruff notou que o sol já estava alto. Analisou o estômago e chegou à conclusão de que sim, estava com fome. Perguntaram o que ele queria comer. Ruff não sabia. Seria a primeira refeição desde que seu amigo fora morto em sua frente. Ele tentou pensar nas comidas que conhecia, mas não lembrou de nenhuma. Não conseguia pensar no que comera no dia anterior, por exemplo, ou em como era um dia normal no castelo. Conseguia pensar nos banquetes, mas não era hora de pedir um banquete. Admitiu que não sabia, o servo notou que o rei precisava de ajuda. Então colocou Sua Majestade sentado a uma das mesas de refeição, num dos salões íntimos. Ruff ficou lá, sentado como uma criança, esperando a comida ser trazida. Trouxeram e, mesmo enquanto estava comendo, ele não conseguia registrar bem o que era. Mastigou, engoliu e mais uma vez não sabia o que fazer.

Então o castelão veio lhe perguntar do funeral.

Outra realidade desconhecida da morte eram os detalhes absurdos. O homem queria saber quando e onde seria o funeral. Quem presidiria a cerimônia. Quem seria convidado. Se seria um assunto de Estado ou particular. Se o morto seria tratado como nobre ou plebeu. Se o nome do general seria anunciado. Se deveria haver um mausoléu ou uma tumba simples. Que tipo de lápide. Que tipo de letra escrita na lápide. Que tipo de caixão. Quais as decorações na tampa.

Há menos de doze horas, Ruff estava vendo seu melhor amigo ser assassinado pela mulher que um dia ele amara. Era a coisa mais extrema que já acontecera em sua vida. Agora tinha que decidir se, na tampa do caixão, haveria uma decoração em forma de espada ou em forma do brasão do reino. Era o detalhe mais insignificante que ele conseguia imaginar. Mas tudo isso precisava ser feito, a morte impunha uma série de tarefas. Se ninguém tomasse conta daquilo, o cadáver simplesmente ficaria parado, apodrecendo.

Ruff teve a ideia de mandar fazer uma decoração dupla, com o brasão da cabeça de cachorro e também da cabeça de cabra. Isso parecia apropriado. Não fazia sentido, pois o homenageado não estava mais ali para saber a honra que lhe prestavam. Mas isso não mudava o fato de que era preciso decidir por uma homenagem. A burocracia da morte era um teatro entre os vivos.

Ruff perguntou ao castelão se já haviam limpado a sala do trono. O homem disse que sim e o rei quis saber o que tinha acontecido com a água. O castelão não sabia. Ruff pediu que ele mandasse os servos prepararem outro banho.

O rei ficou esperando, sentado à mesa, e então veio um duque para expressar seu pesar pelo ocorrido. A situação era lamentável. Tudo um grande infortúnio. Ruff sabia que, quando havia uma ameaça externa ou um problema no tesouro, aquele homem usava expressões como "maldição dos deuses", "merda em que vamos nos afogar", esbravejava com fúria. Mas, frente à morte, tinha se tornado o maior adepto das meias palavras. Por alguma razão, era mais delicado, entre os vivos, usar termos como "que lastimável", como se a morte do melhor amigo de Ruff fosse uma inconveniência e não a pior coisa que já lhe acontecera. O duque lhe deu os pêsames e Ruff disse obrigado. Era a resposta certa, ele fez questão de lembrar disso.

Logo depois do duque, surgiu um barão visitante, que tinha ficado sabendo da infeliz situação e vinha expressar seus sentimentos. "Sentimentos" não queriam dizer nada, Ruff pensou. Sentimentos podiam ser alegria, raiva, desprezo. Dizer "meus sentimentos" era um eufemismo maior ainda, para os vivos que não conseguiam encarar a morte o suficiente para sequer falar em tristeza. Mas ele aceitou os sentimentos do barão a respeito do "evento desagradável". Os nobres eram muito bons na boataria e a notícia da morte se espalhou rápido. Uma fila de aristocratas se pôs na frente do rei e logo havia um guarda e um servo para manejar o fluxo de gente.

A morte era cansativa. Exigia que ele falasse com pessoas com quem normalmente não teria assunto nenhum até que ficasse exausto. Ele não dormira e sua resiliência frente ao tédio da morte era vista como algo louvável. A morte era repetitiva. Ruff perdeu a conta de quantas vezes ouviu "meus pêsames" e "meus sentimentos". Também ficou impressionado com a criatividade dos eufemismos — culminando num nobre que chamou a tortura e o assassinato do amigo com quem ele se criara de "o incidente".

Alguém perguntou se ele já estava com fome de novo e Ruff constatou que sim. Trouxeram-lhe um almoço e ele comeu enquanto recebia os nobres. Havia nobres demais no reino e eles não paravam de dizer "meus pêsames" e "meus sentimentos". Por fim, o arcebispo de Ghanor veio perguntar se o rei precisava de conforto espiritual. Ruff perguntou se a mensagem para o Alto Coveiro fora enviada e o arcebispo disse que sim. Ele então pensou que talvez fosse boa ideia enviar uma mensagem mágica também para Niccolas, mas não queria que o monge ouvisse da desgraça por ninguém que não fosse ele mesmo.

Notou que o pergaminho com a carta começada ainda estava a seu lado, embora muito amassado. Pediu pena e tinta para um servo e continuou. O arcebispo fez menção de sair discretamente, mas Ruff mandou que ficasse. Ele precisava de ajuda para lembrar das palavras.

Deteve-se no meio da carta para perguntar ao religioso quanto tempo podia se passar antes que um cadáver fosse enterrado. O arcebispo pareceu chocado com a pergunta, mas era uma preocupação real sobre a morte. Era preciso pensar no aspecto logístico, no cheiro do corpo, na possibilidade de os convidados verem o morto. Nas roupas que ele usaria dentro do caixão. Na maneira como seus cabelos e sua barba seriam cortados. A morte não se preocupava com a tristeza dos vivos, exigia sua atenção total.

Ruff notou que estava com frio. Alguém lhe trouxe uma vela acesa para iluminar seu trabalho na carta, pois já havia anoitecido. Já se passara quase um dia desde que vira seu antigo amor cortar a carne de seu melhor amigo e então matá-lo. E passariam mais e mais dias e todos eles trariam essa nova realidade. O homem que fora seu irmão não iria voltar, eles tinham passado quase catorze anos separados e agora não haveria reencontro. O reencontro já acontecera, acontecera daquele jeito e isso nunca mais mudaria. Em todos os minutos de sua vida, ele teria de conviver com a noção de que aquilo acontecera.

Conseguiu finalizar a carta, mas teve de perguntar ao arcebispo como se despedir do irmão Niccolas no fim. Tinha recusado todas as sugestões do religioso para usar eufemismos, era preciso falar tudo às claras. Então levantou da cadeira, notando o quanto estava dolorido, e foi a seu quarto.

Encontrou uma tina d'água. Fria. Chamou os servos e mandou que trouxessem uma nova.

Ficou olhando-a por um tempo longo. Então tirou as roupas e colocou um pé dentro da água. Ela ficou rosada. Colocou o outro e então sentou lá dentro. Começou a lavar o sangue de seu melhor amigo de sua pele, de seus cabelos, de sua barba. A água adquiriu um tom rosa-escuro.

Ele imaginou o que fazer com as roupas. Estavam arruinadas, mas tinham também o sangue dele.

Ruff se ergueu, se secou, e então servos levaram a tina e as roupas embora. Ele esqueceu de pedir para que lhe dissessem o que fariam com a água.

Deitou na cama.

Pensou que não sabia o que tinha acontecido com o sangue de seu amigo. Fora jogado por uma fossa, ou num rio, e ele não tivera controle disso.

Começou a chorar.

Hild chegou na manhã seguinte. Ela não esperou que Ruff saísse do quarto ou mesmo que os servos dessem permissão. Entrou intempestivamente, Ruff ainda na cama, e o abraçou.

Chorou. Ruff se pôs a confortá-la.

Hild olhou para ele e disse que não precisava de conforto. Ele precisava. Disse que ele não devia se preocupar com nada, ela tomaria conta e manteria os abutres longe. Mas Hild não entendia. A morte exigia muita atenção. Ele ainda não sabia onde estava o cadáver. Pensava em como seria absurdo ver o corpo depois de mais de um dia. Já estaria ficando podre. Seu melhor amigo já estaria ficando podre.

O castelão bateu na porta. Hild levantou e já ia expulsar o homem, mas Ruff mandou que entrasse. Ele ainda estava deitado na cama. De peito nu, com uma calça, as pernas meio cobertas pelos lençóis. Ruff não sabia se tinha dormido ou não. Ele ficara pensando no corpo. A cena do assassinato já era distante, como se tivesse acontecido há dez anos, mas a lembrança do cadáver era constante. Havia, em algum lugar dentro do castelo, o cadáver de seu melhor amigo e a cabeça estava separada do corpo. Ruff não entendia como a cabeça podia estar separada do corpo, uma cabeça nunca devia estar separada do corpo, isso não fazia sentido. Mas havia um cômodo naquele lugar em que sim, havia uma cabeça separada de um corpo e eles pertenciam à pessoa que encontrara Ruff, com o Irmão Dunnius e o Irmão Niccolas, quando ele era uma criança que mal sabia falar.

O castelão perguntou se Sua Majestade estava escutando. Ruff percebeu que estivera absorto e pediu que o homem repetisse. O castelão pigarreou e disse que havia um ex-mortuário de Kottar na capital, um homem que tinha se mudado do reino conquistado para Ghanor em busca de conhecer o reino conquistador. Ele tinha se apresentado no castelo naquela manhã, ao ouvir sobre o luto do rei. Ruff mandou que o fizessem entrar. O castelão começou a perguntar se ele tinha certeza, mas Ruff interrompeu e repetiu a ordem. Normalmente ele não receberia plebeus em sua cama, antes de lavar o rosto, mas aquela visita parecia a coisa mais importante do mundo.

O mortuário entrou no quarto depois de algum tempo. Não disse "meus pêsames", mas lamentou que a morte tivesse chegado perto do rei. Era um voto de pesar melhor, fazia mais sentido. O mortuário então explicou que, se Sua Majestade quisesse mesmo esperar pelo Alto Coveiro para fazer os ritos e administrar o funeral, havia alternativas. Ele poderia preparar o corpo com substâncias alquímicas para que fosse preservado até a chegada de Fester de Salúria. Isso, além de lhes comprar algum tempo, deixaria o cadáver mais apresentável para a cerimônia. O Alto Coveiro tinha todos os conhecimentos de um mortuário, é claro, todos os coveiros tinham. Mas, na falta de Fester de Salúria, aquele mortuário comum poderia servir.

Ruff quis saber como exatamente era o processo. Hild mais uma vez tentou impedir que ele falasse, mas o rei estava interessado. O mortuário então explicou que os órgãos internos do corpo seriam retirados e substituídos por serragem e tecidos tratados alquimicamente. Uma estrutura de espetos de metal seria inserida por dentro do corpo para garantir maior firmeza. A pele seria banhada em preparados alquímicos e então começaria o processo de maquiagem. Ruff pensou em seu melhor amigo sendo enchido de serragem e tecidos. Sua língua presa na boca com uma haste metálica. Ele falou ao mortuário sobre a decapitação, sobre os braços cortados, sobre os pés esfolados. O homem garantiu que faria um trabalho de costura muito bom, completaria com maquiagem e disfarçaria o que não pudesse ser escondido dessa forma com roupas estrategicamente posicionadas. Ruff pensou que era bom que seu amigo estivesse bem costurado. O mortuário garantiu que ele teria aparência tão boa quanto tivera em vida. Ruff pensou em como era absurdo que eles estivessem se preocupando com deixá-lo parecido com o que era em vida. Ele não estava mais vivo. Ele tinha morrido em agonia. Havia apenas um detalhe, segundo o mortuário: não era fácil obter as substâncias alquímicas necessárias em Ghanor. Ruff deu a ordem de que conseguissem o que o homem pedisse.

Então entrou no quarto um escriba, perguntando se deveria copiar a carta que Ruff escrevera para o Irmão Niccolas num pergaminho limpo e desamassado. Ruff olhou a carta que estava nas mãos do homem. Achou melhor não, pois precisava ser ele mesmo a falar para Niccolas. Ele tinha o dever de falar para todos. Mandou que enviassem a carta.

Lembrou de algo. Virou-se para Hild e perguntou se Johrgrund estava lá e se sabia da morte. Ela disse que sim, ele estava, mas não sabia de nada.

Ali estava outro dever. Ruff precisava contar para Johrgrund que o homem sob o qual ele servira, que o acompanhara por anos, tinha sido massacrado.

Começou a procurar suas roupas, logo vieram servos para ajudá-lo. Ele se trocou ali mesmo, parando distraído no meio do processo, os servos precisando chamar sua atenção. Hild se virou para não olhar seu mestre nu, ele não parecia se dar conta daquilo.

Ruff foi até o pátio onde estava Johrgrund. Sentou com ele e explicou a morte. O gigante não entendeu. Tinha esquecido de novo da existência do general. O rei precisou lembrá-lo, contar a história, falar de como os dois tinham encontrado Johrgrund numa floresta, falar do tempo em que ele mesmo ficara preso. Por fim, Johrgrund lembrou. Ficou revoltado, uivou de raiva, bateu com os punhos no chão. Disse que eles vingariam aquela covardia, que devorariam a carne da culpada. Ruff fez com que se acalmasse. Não era hora para vingança. A morte exigia muito trabalho.

Ele percebeu que precisava contar para Thenyssa, a Memória da Floresta Alta. A elfa anciã registrava em suas lembranças acontecimentos importantes do mundo. Aquilo era importante. Um general de Ghanor morrera e o mundo quase acabara. Ruff procurou Thenyssa, fez com que ela sentasse e narrou com detalhes os cortes que seu amigo havia sofrido, onde ele não tinha mais pele e como sua cabeça fora cortada. Ela apenas acenou com a cabeça. Perguntou se, no funeral, Ruff iria falar sobre o morto, contar sobre seus feitos e sobre o papel que ele tivera na formação do reino.

Foi com isso na mente que Ruff se sentou mais uma vez na biblioteca, agora para escrever o discurso fúnebre. Olhou por horas para o pergaminho em branco. Não conseguia lembrar nada da vida do amigo. Pelo menos não algo digno de ir para um discurso. Poderiam ser anedotas de infância, então todos iriam rir logo antes de seu companheiro ir, dentro de uma caixa de madeira, para baixo da terra, onde ficaria até apodrecer e virar pó. Poderia ser um relato de seus heroísmos, que culminavam com a derrota que Ruff não compreendia, na qual ele fora torturado e morto. De todas as coisas que ele dividira com o morto, Ruff só conseguia se fixar na morte em si. Então descreveu no pergaminho o modo exato do sofrimento dele, quanto sangue havia jorrado, como era possível ver seus ossos.

Ficou olhando fixamente para os parágrafos. Não fazia ideia se aquilo era ou não um bom discurso fúnebre. Era sobre a morte e a morte era exatamente aquilo. Era um fim abrupto e inútil para uma jornada que rumava a outro lugar. A morte era feita de pequenos deveres.

Vieram encontrá-lo na biblioteca. Já estava escuro. Puxaram-no para que comesse algo, ao que Ruff obedeceu. Ele deu o pergaminho para Hild ler e ela chorou de novo. Alguém disse que o Alto Coveiro tinha recebido a mensagem divina e já partira em viagem.

Era uma boa notícia.

Fester de Salúria cuidou do funeral, mas o rei se envolveu em todos os aspectos. Quando chegou o dia, estavam lá reunidos nobres e plebeus, mas principalmente soldados. Ruff decidiu que os guerreiros deveriam ter lugar de honra ao redor da tumba para ver o caixão contendo seu general descer ao solo, onde ficaria para sempre. Os veteranos que haviam servido desde a batalha com Zamir agora eram poucos e grisalhos, mas se postaram ao lado do rei, vendo a cerimônia com gravidade.

Antes do enterro, houvera uma vigília sobre o corpo, durante a qual pessoas vieram ver o rosto maquiado, costurado e alquimicamente tratado do cadáver. Ruff ficou acordado a madrugada inteira, sentado, sem fazer nada, apenas ouvindo comentários dos visitantes. Todos os veteranos foram ver o general. Muitos e muitos soldados também, mesmo os que nunca o haviam conhecido. Até mais ou menos meia-noite o salão da catedral, onde estava o corpo, ficou lotado com um entra e sai de visitantes. Depois, não havia mais quase ninguém. Era preciso passar a noite em claro antes do enterro. Era a tradição da morte. Lá fora o mundo continuava, mas o rei agora era um escravo da morte e ela tinha prioridade.

Quando amanheceu, o Alto Coveiro avisou que fecharia o caixão. Ruff se ergueu e foi olhar pela última vez o rosto do amigo. Ele não parecia vivo. Estava cinza e esverdeado. Magro demais e mole demais. Seus olhos não estavam fechados do jeito certo, as sobrancelhas estavam muito relaxadas. Mas ele percebeu que, embora aquele jeito não estivesse certo, mal lembrava de seu companheiro quando vivo. Aquela imagem de morte seria a que ficaria em sua memória. A morte era ciumenta, exigia dedicação exclusiva. Então o caixão foi fechado e Ruff nunca mais o viu.

Ruff teve de decidir quem carregaria o caixão. Lurius Minimus não podia, porque estava entrevado. Johrgrund era grande demais. Então foram ele mesmo, o elfo Edyriell, Hild e três veteranos, escolhidos pelos próprios guerreiros. O caixão era surpreendentemente pesado. Eles o levaram pelas alças até uma plataforma sobre a tumba. Eles se postaram em seus lugares ensaiados. Era tudo um grande circo ritualístico.

Não eram as pessoas certas para carregar o caixão. Mas não havia pessoas certas. Eles começaram a caminhada curta até a tumba, quando foram interrompidos.

Um grupo de homens e mulheres chegou, gritando, latindo, uivando. Estavam sujos e feridos, tinham acabado de chegar de uma longa viagem. Ruff os reconheceu, pois os tinha encontrado uma vez na estrada. Também pelo estandarte que carregavam. Eram Urko, Trentor, Tarik e o que restava da Companhia do Cão.

Ruff estremeceu, grato além de quaisquer palavras por um momento de significado em meio ao cinza da burocracia fúnebre. Mandou que todos soltassem o caixão e voltassem aos bancos onde assistiriam ao enterro. Apenas ele permaneceu ali. Então Urko pegou a alça do outro lado de Ruff e os gêmeos Trentor e Tarik apanharam as alças atrás. Os outros mercenários deram lugar a dois veteranos de Ghanor para que pudessem também homenagear seu comandante.

E assim o general da Companhia do Cão foi levado a sua tumba, por seu melhor amigo e pelos homens que liderara. O caixão foi depositado numa plataforma sobre a tumba. Os cães e veteranos sentaram.

Alguém deu ao rei o pergaminho com o discurso que ele leria. Hild ficara horrorizada ao ler o que Ruff escrevera, o castelão tinha desmaiado. A discípula sugeriu, da forma mais delicada possível, que Ruff deixasse outra pessoa escrever o discurso. Ele permitiu. Se suas palavras não eram boas, melhor que fossem as de outro. Ele não poderia desapontar os convidados da morte.

Ruff então leu um discurso que falava como o morto era bravo, como era sagaz e leal. Como fora um líder para as tropas e um amigo fiel do rei. Tudo calculado para não revelar seu real papel na formação do reino ou o motivo de sua partida. Ele pensou como aquilo era absolutamente falso. O que seu melhor amigo fora em vida tinha sido apagado pela brutalidade. Todos os atos que ele realizara seriam, para sempre, maculados pelo assassinato. Sempre que houvesse uma palavra ou um pensamento sobre aquele homem, seria sucedido de "e ele foi torturado e morto na sala do trono do Castelo de Ghanor".

Ele estava dentro de um caixão.

O arcebispo fez a cerimônia. Ruff também tivera de decidir aquilo — ele era o líder da igreja no reino, mas estava excomungado e não sabia se isso teria algum peso para encomendar a alma de seu melhor amigo. Então foi o arcebispo.

O caixão foi baixado para dentro da cova.

Ruff pegou uma pá e jogou o primeiro monte de terra, acertando os brasões de bronze do cão e da cabra.

Os mercenários da Companhia do Cão foram os próximos.

Os veteranos jogaram cada um uma pá de terra.

E o caixão foi coberto, até que nenhum pedaço era visível.

A cerimônia acabou e não havia mais seu amigo, não havia mais o momento da tragédia, não havia mais a burocracia da morte.

Só a vida.

A vida precisaria seguir. Ruff estava liberto da servidão à morte e isso era terrível. Porque agora ele precisaria viver, trabalhar, lutar, administrar o reino, fazer estratégias, falar com pessoas, tudo como se a vida seguisse normalmente. Mas nunca mais seguiria. Não fazia sentido. O funeral deveria durar para sempre, porque a alternativa era quase fingir que aquilo não acontecera. Mas o funeral precisava acabar. E ele precisava se preparar para o primeiro dia de sua vida de fingimento.

Todos voltaram para casa.

Ruff voltou ao castelo, entrou no quarto, foi atendido pelos servos. Então fecharam a porta e o deixaram sozinho.

Ele ficou de pé, parado, sem saber o que fazer.

Tudo estava acabado.

Ele rezou.

Sozinho no meio do castelo que levava seu nome, mais isolado do que nunca, ele rezou com um fervor que nunca sentira.

A estrela dourada surgiu no céu.

Ele manteve os olhos nela. Estava ajoelhado, as mãos postas, e rezou para o anjo.

A estrela se moveu.

Então o brilho invadiu sua janela e o ofuscou. Quando ele conseguiu abrir os olhos, estava ajoelhado na frente de Bellitz.

— Eu vi tudo o que houve, Ruff. Não pude intervir. Os deuses me impediram, não pude fazer nada. Mas eu vi, Ruff. Eu sinto muito.

Ele falou para ela que precisava se preocupar com o legado de seu melhor amigo. Talvez fosse apropriado erigir uma estátua. Desfazer o mito que eles tinham criado durante aqueles anos, de que o rei fundara o reino sozinho. Devolver ao general o papel importante que tivera ao liderar o exército.

— Ruff, isso não importa — ela interrompeu.

Puxou-o pelos ombros para cima, até que ele ficasse de pé. Então o abraçou forte.

Ele começou a falar do que importava. Da cena da morte, do estado em que encontrara o amigo ainda vivo. De como fora decapitado e de quanto sangue tinha saído do corpo.

— Ruff, isso não importa — ela o abraçou mais forte. — Isso não importa. O mundo não importa agora. O modo como ele morreu não importa. O que importa era o quanto vocês dois se amavam e a tristeza que você está sentindo.

Ele disse que estava ocupado, que...

— Fale comigo, Ruff, por favor. Diga o que você sente com a tragédia que sofreu.

Ele se afastou um pouco e olhou para ela meio embasbacado.

— Nada — disse Ruff Ghanor. — Não consigo sentir nada.

— Tudo bem. Está tudo bem em se sentir assim.

Então ele desabou num choro convulsivo, abraçado no anjo Bellitz, a cabeça enfiada em seu ombro.

— Eu nunca pedi desculpas a ele, Bellitz! Nunca! Procurei-o em vários reinos, mas era tarde demais. Só consegui encontrá-lo aqui e já não podia fazer mais nada. Por que eu fui tão idiota? Por que deixei que tantos anos se passassem?

— Você não precisava pedir desculpas, Ruff. Nem ele. Vocês eram irmãos. Nem tudo precisa ser dito o tempo todo. Ele voltou quando soube que você precisava, porque sabia quanto amor havia entre os dois.

— Isso nunca vai melhorar! Ele sempre vai ser o meu amigo que foi assassinado. E eu sempre serei quem não pôde ajudá-lo!

— Essa dor agora faz parte da amizade de vocês. Mas ele também sempre vai ser o garoto que o achou no Túnel Proibido. E você sempre será a pessoa que o inspirou a se tornar um líder.

— Eu não consigo pensar nisso agora. Só consigo pensar na tragédia.

— Não há problema, Ruff. Você pode pensar no que quiser. Mas você não está sozinho. Sofreu uma perda, mas não perdeu tudo.

— Sinto como se tivesse perdido.

— Não há problema em se sentir assim. A morte é a pior coisa de toda a Criação. Não há problema em se sentir traído, inútil ou anestesiado. Não há problema em ter qualquer reação. Você foi um bom amigo, Ruff. Ele foi um bom amigo. Vocês dois me ajudaram a entender o que é ser humano.

E ele chorou.

Sentiu como se, desde a morte, houvesse algo trancado em sua garganta, que finalmente tivesse conseguido soltar. No meio de eufemismos, condolências, decisões e pedidos para que ele fizesse coisas corretas, o que Ruff precisava era de liberdade. Somente com Bellitz sentiu isso. Sem julgamento, sem deveres. Com Bellitz, sentiu-se nu, sem a carapaça de ritos e palavras vazias. Foi banhado por um desespero infinito, sem fundo e sem objetivo, e estava tudo bem.

Com ela, estava tudo bem.

— Eu não perdi tudo — ele disse, de repente.

Ela o olhou nos olhos.

— Existe ainda uma pessoa com quem sou verdadeiro. Uma pessoa que me conhece.

— Eu o conheço, Ruff. Muito bem.

— Só existe uma coisa que sinto agora, que consegue perfurar o luto. É a coisa mais forte de todas, Bellitz. Eu disse que não sentia nada, mas não era verdade. Existe algo. Sempre existiu.

— Ruff...

— Eu te amo.

Ela ficou muda. Seus olhos azuis nos dele.

— Você não precisa falar nada. Mas eu acabei de perder meu irmão e talvez ele soubesse o quanto eu o amava, mas não quero arriscar mais uma vez. O mundo pode acabar e não quero deixar isso não dito. Eu te amo, Bellitz, e isso é a coisa mais importante em minha vida. O amor que sinto por você é tudo que faz sentido no meio do absurdo da morte. Eu te amo e por isso não vou deixar que o mundo seja destruído.

— Eu também te amo.

E ele a beijou no meio das lágrimas.

A vida era feita de ciclos. Um fim podia parecer o fim de tudo, mas nunca era. A morte de seu melhor amigo era *um* fim, mas não *o* fim. E não porque a morte exigia uma continuidade cinza e burocrática — porque outro ciclo começava. O fim do amor pela garota da aldeia não significava que ele nunca mais amaria ou que sempre trairia os amores novos. Só abria espaço para mais um ciclo. Afetado por tudo que já ocorrera, mas independente, vivo por si só.

Ruff sabia de seus erros, Bellitz talvez nunca fosse deixar de sentir a dor da traição.

Mas o amor dos dois era real. Porque existiam erros, mas não só erros. Existiam tragédias, mas não só tragédias. Existia a morte, mas existia também a vida.

E assim o amor de Ruff Ghanor e Bellitz iluminou as trevas da morte de Korin.

19 Marcha da morte

A NOBREZA DOS três antigos reinos assistia, calada. O silêncio era a melhor forma de se manter vivo, segundo os boatos. Os últimos que tinham falado qualquer coisa que pudesse ser interpretada como contrária a Philip Anselmus, Ozz de Osbourne e Aliss McCooper estavam mortos.

Não restava uma pessoa viva de nenhuma das três linhagens, exceto os próprios garotos. Não havia questionamento sobre seu direito ao trono do novo reino unificado e mesmo os senhores feudais mais ambiciosos controlavam sua sede de poder. Aquela não era hora para questionar a autoridade dos novos reis.

Eles estavam ali para assistir à coroação. Para se lembrar de que tudo mudara em Mattora, Utteria e Vammira.

Ou, como eram conhecidos atualmente, apenas Mattora.

A cerimônia estava acontecendo na Catedral de São Dargaud, na capital de Mattora. Entre a nobreza do reino unificado, as dezenas de clérigos, a comitiva de Sammelen e o séquito eclesiástico do Santo Vivo, não havia lugar para mais ninguém lá dentro. O palanque central estava ocupado pelos três novos reis e por Ellius Tyberax. Ao lado estava o grande convidado de honra, Sua Majestade Mubruk Filho de Urso, na primeira visita oficial ao reino único. Havia também o vizir de Mubruk, a figura envolta em mantos negros. Mas aquela pessoa ficava sempre escondida na sombra e, de alguma forma, ninguém acabava prestando muita atenção a ela. Mais atrás, longe do palanque, havia um convidado que ninguém conhecia, um velho metido em mantos pomposos e meio puídos.

Mas todos os olhos estavam no Santo Vivo e nos três garotos.

Os três se ajoelharam ao mesmo tempo. Um bispo estendeu uma bacia com água benta para Ellius Tyberax. O Santo Vivo molhou as pontas dos dedos e aspergiu os três com respingos santos. No meio da fumaça de incenso e da profusão de cores da luz filtrada por vitrais, quase ninguém notou que, quando a água benta tocou os três, houve um chiado e um fumegar sutil. Eles controlaram os esgares de dor.

— Aqui estão, sob os olhos de santos e deuses, Suas Majestades do Triunvirato, o Rei Philip Anselmus, o Rei Ozz de Osbourne e o Rei Aliss McCooper — disse Ellius Tyberax. — O reinado de paz que já foi iniciado com a lei dos homens é hoje reconhecido pela lei dos deuses.

Por baixo do capuz, oculta pela simplória magia de sombras, Áxia estava sorrindo de orgulho.

Aquilo fazia tudo valer a pena. Ela mal lembrava de sua infância e adolescência, dos maus tratos e de todas as perdas. As memórias ruins só faziam contraste com a felicidade de agora. A mãe de Áxia tinha sido uma aldeã miserável, abandonada pelo marido e forçada a se prostituir para sobreviver. Seus filhos eram reis.

Ela conseguira. Tirara a si mesma da desgraça e principalmente forjara um futuro melhor para os trigêmeos. Desde o início, eles nunca tinham conhecido a fome e a privação. Nunca foram xingados e escorraçados. Cresceram como príncipes e, antes de ter barba no rosto, eram coroados como reis. Ela preferia que não precisasse ser numa igreja. Mas era uma pantomima que fazia parte daquele mundo e garantiria a ligação dos três com a terra, que era mais importante que tudo.

Além disso, não faltava muito para que aquela igreja, como todas as outras, virasse só um prédio bem decorado. Os deuses iriam morrer e enfim todos estariam libertos.

— Vocês juram fazer valer a paz e a justiça no reino de Mattora, para todos os seus súditos, de acordo com a lei?

— Juramos — disseram os três, em uníssono.

— Juram proteger Mattora de seus inimigos sempre com bravura e sabedoria?

— Juramos.

— Juram espalhar a palavra dos deuses e dos santos, segurando a mão de seu povo rumo ao reino dos céus?

Era difícil para Áxia conciliar aquele ritual, levado ao extremo da seriedade, com o que ela sabia de Ellius Tyberax. Ela podia ver que, quando ele falava aquelas palavras, não estava fingindo. O Santo Vivo desejava fervorosamente que os novos reis levassem o povo até o reino dos céus.

O que não queria dizer que também não odiasse os deuses.

A presença de Mubruk Filho de Urso mudava tudo para quem era um devoto fervoroso, como Tyberax. Ela mesma não entendia a religiosidade, não entendera em Ruff e nos outros monges e não entendia no Santo

Vivo. Servir voluntariamente a alguém era bizarro. Mas o Santo tinha dobrado seus valores morais muito antes de Áxia conhecê-lo e de qualquer forma ela precisava dele. Que dissesse aquilo. Que fizesse seus filhos prometerem levar o povo ao reino dos céus.

Eles não estavam mentindo.

Mas aquelas palavras podiam ter mais de um significado.

— Juramos — disseram os garotos.

— A terra é o rei e o rei é a terra — recitou Ellius Tyberax. — A coroa firma um pacto maior do que qualquer autoridade mortal.

Por baixo do capuz, Áxia mordeu o lábio, ansiosa.

Três bispos tinham, cada um, uma almofada bordada de púrpura e fio de ouro. Em cada almofada, uma coroa cravejada de joias.

— Eu vos entrego a coroa de Mattora, Rei Philip Anselmus I.

O Santo Vivo tomou a primeira coroa nas mãos e depositou-a sobre a cabeça do primeiro rei.

— Eu vos entrego a coroa de Mattora, Rei Ozz I de Osbourne.

O segundo garoto foi coroado.

— Eu vos entrego a coroa de Mattora, Rei Aliss McCooper I.

As mãos enrugadas do Santo Vivo colocaram a terceira coroa sobre a terceira cabeça e Áxia sentiu as linhas de magia cruzando a catedral.

Aquilo era invisível para qualquer um ali, exceto ela mesma, Zamir e os trigêmeos. Mas os rituais antigos, ainda dos tempos tribais de que ninguém lembrava, tinham poder ancestral. A magia fluiu pelos três reinos que eram um só, para os corpos dos três jovens reis que formavam uma só linhagem.

A terra era o rei e o rei era a terra.

Ela viu seus três filhos serem coroados, um feito que nem Zamir havia conseguido. Ele fora um tirano poderoso, mas não um rei. A magia da terra nunca fluíra por ele, o dragão nunca tivera autoridade verdadeira. Ruff sim, ele era o rei por direito. Mas agora os trigêmeos também.

— Ergam-se, Majestades — disse Ellius Tyberax, e os três reis ficaram de pé.

A nobreza reunida aplaudiu-os, gritando vivas e bênçãos. Os três garotos se mantiveram impassíveis, o que podia ser interpretado como dignidade monárquica.

Áxia sentiu Zamir se aproximando.

— Está feito — ela disse, virando-se para o tirano caído e sutilmente manipulando as sombras, para que eles ficassem escondidos. — Seus filhos são reis. Você sente orgulho?

O feiticeiro recuou, levando-a para longe do palanque. Áxia seguiu-o sem ser vista.

— Tudo feito dentro de uma catedral — Zamir não disfarçou a voz de nojo. — Tudo sob os olhos dos deuses.

— Estamos usando os deuses. E você sabe que eles não conseguem nos ver aqui, com Mubruk presente. Em breve eles não serão mais um problema.

— Mubruk e o Santo Vivo! — arengou Zamir. — Tudo feito sob o comando deles, por seu modo e com sua magia! Houve um tempo em que Mubruk me respeitava como um inimigo a sua altura, não me deixava num canto de uma igreja para ver o teatro patético dos sacerdotes.

— Seus filhos acabaram de ser coroados reis — Áxia retrucou, séria. — Não consegue mesmo sentir orgulho?

O rosto de Zamir era uma máscara de desgosto. Mas era assim há anos, desde a queda. O tirano experimentava momentos de júbilo ou distração, mas em geral estava remoendo o passado e os inimigos. Áxia se perguntou como, um dia, pôde realmente vê-lo como mestre, como amante. Os dias em que ela obedecia a Zamir pareciam outra vida. Ele vendera a alma dela, deformara seu corpo, tirara seu nome, que dizia que era nome de escrava. Como aquele velho amargo podia ter sido tudo isso para ela?

Mas ainda não era hora de descartar Zamir. Ele conhecia segredos, ele sabia melhor do que ninguém como lidar com Mubruk. Ele podia ser útil.

— Um dragão não sente orgulho de humanos — disse o tirano.

— Os filhos de um dragão e uma bruxa não são humanos.

— Eles são mesmo meus?

Áxia segurou as mãos de Zamir. Eram frias. Era difícil lembrar que ele já fora um dragão, com fogo dentro de si.

— Minha lealdade pertence só a você, meu mestre — disse a Dama de Ferro. — Nós fizemos o ritual. Os três são seus.

— Ruff Ghanor achava que...

— Ruff Ghanor é um humano. Ele julgava que podia *salvar* nossos filhos. Tirá-los de nós.

— Porque achava que eram dele.

— Eu só deitei com Ruff para trazer Baal. Você sabe disso. Eu já estava grávida.

As mentiras se acumulavam, mas Áxia gostava de manter todas elas em ordem. Era um bom desafio. Várias pessoas sabiam, cada uma, uma parte.

— O sangue do Devorador de Mundos explicaria a importância dos trigêmeos para o plano de Mubruk — insistiu Zamir.

— Ele não precisa de um Devorador para criar outro Devorador. Precisa do poder que está em nossos filhos. Você sabe de onde ele tirará a última parte.

— Aquele é um local perigoso... Até para mim. Até para você. Ou para Mubruk.

— É perigoso, mas nós vamos fazer isso, porque é nosso destino, meu mestre. Então seremos livres.

Quando os deuses morressem e ela e Ruff estivessem juntos de novo, quando finalmente fossem uma família, seria preciso se livrar de Zamir. Mas não por enquanto. Zamir sabia lidar com Mubruk Filho de Urso e, por mais que ela odiasse admitir, aquele homem assustava até mesmo ela.

O olhar do tirano se perdeu por um instante nos trigêmeos, que aceitavam cumprimentos e ofertas de lealdade de dezenas de nobres.

— Meus filhos... — disse Zamir, em voz sumida.

— Reis — disse Áxia. — Agora temos um reino de novo. E teremos um exército para atacar os céus.

— Obrigado por estar aqui — disse o rei.

— Eu não deixaria de vir, Irmão Ruff — Niccolas deu um sorriso triste. — Nunca deixaria.

O sorriso de Ruff também era triste, assim como tinha sido sempre, desde a morte de Korin. O único momento de alívio verdadeiro eram poucos instantes depois de acordar, quando a realidade do que acontecera ainda não tinha chegado. Naqueles momentos, Ruff podia sorrir de verdade. Então a lembrança da morte o esmagava de uma vez só. Em qualquer outra hora, um sorriso era no máximo um pouco de luz em meio à tristeza.

Já fazia mais de um mês desde o ataque de Áxia. Niccolas viajara para a capital assim que recebera a mensagem e estava com Ruff desde então. Os dois eram os únicos que sobravam do mosteiro. Restavam alguns soldados veteranos e aldeões espalhados entre Ghanor e Lago de Pó, mas eles eram os últimos da família.

Durante o tempo em que Niccolas estava lá, eles tinham falado sobre Korin e consolado um ao outro, mas principalmente haviam pesquisado. Precisavam achar a espada de Korin. Fora o último pedido dele para Ruff, sua importância seria vital.

Não fora fácil, mas Ruff conseguiu reunir informações a respeito dos lugares por onde Korin passara em sua viagem até a capital. Em nenhum ponto ele fora reconhecido e vários locais não tinham nenhuma informação sobre sua passagem. Afinal, um viajante esfarrapado, um mendigo ou mesmo um ladrão de cavalos não chamava atenção suficiente para ser lembrado tantas semanas depois.

Mas, em alguns pontos de parada, Korin tinha mencionado uma ligação com o rei ou o exército. E fora excruciante, mas mensageiros e arautos tinham conseguido extrair histórias das testemunhas, lentamente montando uma narrativa pelas cartas com relatos meio lembrados.

Finalmente a sorte chegara quando soldados sobreviventes do desabamento de uma torre de vigília, agora refugiados numa fortaleza afastada, tinham falado sobre um homem que afirmava ser general.

E sim, ele tinha uma espada, que fora confiscada.

Assim, Ruff e Niccolas cavalgaram até os restos da torre, destruída durante o terremoto que quase pusera fim ao mundo. Sua escolta era composta só de veteranos que haviam servido com Korin e de membros da Companhia do Cão. O rei não conhecia aqueles mercenários, mas, se Korin confiava neles, isso era o bastante. Ele não iria negar que os guerreiros ajudassem a recuperar o último legado de seu general.

Estavam agora frente à pilha de escombros que tinha sido a torre. Achar uma espada no meio daquilo seria um trabalho árduo e meticuloso. Demoraria meses se dependessem de ferramentas comuns.

Mas Ruff se aproximou. Estendeu as mãos, tocou nas pedras.

Fechou os olhos e estendeu sua percepção de Devorador de Mundos.

As manoplas de Arcanium estremeceram, como se a própria armadura tivesse medo daquele poder. O metal estava mais frágil, não aguentaria conter outra vez a fúria do Devorador, e sua qualidade quase senciente significava uma espécie de memória. Como se as manoplas lembrassem e se encolhessem.

Mas Ruff não estava furioso, só triste. Com seus dedos, tocou nas pedras, em todas as pedras que estavam lá empilhadas numa ruína. Elas tremeram, então começaram a virar pó.

O que primeiro surgiu foi um cadáver. Esmagado, irreconhecível. Mas com o uniforme de Ghanor. Na túnica, a figura do leão. Era um súdito de Ruff, que o próprio Ruff matara em sua ira descontrolada. Mais uma vítima, mais um crime para o rei assassino.

As pedras se esfacelaram em camadas, o pó foi soprado pelo vento. Ruff sentiu-se cada vez mais forte e faminto, sorvendo aquela destruição. Mas soube se conter. Outros cadáveres emergiram. Todos os guerreiros se juntaram para retirar os corpos com a maior dignidade possível, reuni-los para que fossem enterrados com honras militares mais tarde.

Sentindo o interior das pedras, Ruff seguiu devorando. Os mercenários estavam boquiabertos. Tinham presenciado magia pela primeira vez durante a campanha de conquista de Utteria e Vammira, mas era magia mais sutil. Serpentes mordendo um rei, um batalhão oculto na noite.

Aquilo era magia às claras, magia inexplicável como truque, superstição ou sorte, e eles engoliram em seco. Já tinham ouvido as histórias de como o rei podia estar em dois lugares ao mesmo tempo, de como fizera uma cidade ser engolida, de como fora responsável por ressuscitar seu exército em Kottar. E agora acreditavam naquilo tudo.

Ao longo de dias, eles desencavaram corpos, prateleiras, utensílios, armaduras, armas variadas.

Tantas armas.

E, por fim, quando já haviam descoberto quase toda a história daquela torre destruída num terremoto abissal, acharam a espada de Korin.

Urko foi o primeiro a vê-la. Ele lutara ao lado de Korin inúmeras vezes, a bainha e o cabo eram seus velhos conhecidos. A bainha estava toda rasgada e o cabo tinha sido bem danificado, mas ali estava ela.

O mercenário entregou a espada a Ruff Ghanor com solenidade.

Ruff se ajoelhou no chão, Niccolas ao lado. Examinou a arma, ainda dentro da bainha. Não entendia por que Korin queria tanto que ele achasse aquilo. O general não era dado a sentimentalismos. Havia uma razão.

Ruff segurou o cabo e a bainha, então puxou a espada. Ela trancou por alguns instantes, não deslizou como deveria. Estava amassada e um pouco torta. Por fim, ele fez força e conseguiu desembainhá-la.

Não tinha nada de especial. Era a espada que ele havia forjado tantos anos antes, apenas deformada pelo desabamento. Ruff ficou alguns minutos olhando o objeto. Ofereceu-a a Niccolas e então a Urko. O grandalhão deu de ombros.

Ruff viu a bainha caída no chão. Estava bem danificada, mal reconhecível como o que havia sido. Uma parte do couro estava descosturada. Ruff notou algo branco emergindo de trás do pedaço de couro rasgado. Pegou a bainha nas mãos e puxou a aba de couro, rasgando as costuras que restavam. Revelou o objeto esbranquiçado.

Era um pergaminho.

Havia um pergaminho dobrado, escondido sob o couro da bainha. Ruff puxou-o, com mãos trêmulas, e abriu-o sem fôlego.

Largou a bainha de volta no chão, com lágrimas nos olhos, esquecendo-a de pronto. Nada mais importava. Ali estava um pergaminho, coberto pela letra inconfundível de Korin. Era uma carta. A última mensagem que ele deixara.

Ruff hesitou. Olhou para Niccolas.

— Eu... Não consigo.

— Vamos, Irmão Ruff — o monge colocou uma mão carinhosa nas costas do amigo. — Você já esperou o bastante.

Ele respirou fundo. No fim, a última memória de Korin não seria a tortura e o assassinato. Havia mais uma mensagem. Ele tentou fazer as mãos pararem de tremer, fixou o olhar na primeira linha, para não pular nada, absorver cada palavra.

Então leu.

"Para Sua Majestade-Santidade, o Insuportável Rei das Reclamações, Ruff Ghanor.

Ruff, se você está lendo isso, eu devo estar bem morto. O que é uma merda, mas pelo menos espero que tenha valido a pena. Ou então estamos lendo juntos enquanto tomamos uma cerveja, o que é uma opção muito melhor. De qualquer forma, você precisa saber de algumas coisas e, se eu não puder lhe dizer pessoalmente, vamos ter que fazer isso por carta mesmo.

Ah, e se você não tiver notado, comecei com uma zombaria para que você não ache que guardo rancor e não fique todo solene, como você sempre fica. Na verdade, se existe alguém que pode ficar solene mesmo sendo chamado de rei das reclamações é você. Mas não importa.

A primeira coisa que você precisa saber é sobre seus filhos. Sim, eu descobri sobre eles por Áxia. Ela ainda o quer por perto, Ruff. Acha que vão ficar juntos. Há anos eu avisei que essa garota é louca. Mas não importa agora. O que importa é que existem três garotos sinistros com poderes estranhos e eles estão no trono do que eram três reinos, que agora é o reino unificado de Mattora. Philip Anselmus, Ozz de Osbourne e Aliss McCooper são seus filhos. E isso é mais importante do que só descobrir o paradeiro dos pirralhos.

Significa que você é o pai dos monarcas de um reino. Você pode alegar que tem direito a essas terras. Você pode conseguir Caso de Guerra para lutar contra esse reino, sem que os outros países se unam contra você.

A segunda coisa que você precisa saber é que esses moleques são parte de um plano ainda maior e pior. Áxia e Mubruk Filho de Urso querem criar uma coisa chamada Devorador dos Céus. E matar os deuses. Eu falei que ela era louca. Eles vão usar os trigêmeos, Ruff. Os três têm o sangue do Devorador e o poder dos demônios. Mas ainda falta algo.

De alguma forma, Áxia sabe como os Devoradores de Mundos são criados. E o segredo está no Túnel Proibido. Lá onde eu, Dunnius e Niccolas o encontramos. Perto de onde ficava o mosteiro.

Mubruk vai invadir Ghanor para chegar até lá e usar o que existe no Túnel Proibido para criar os Devoradores dos Céus. Acho que eles precisam de um sacrifício, de algum objeto de poder ou algo assim, mas você não pode deixar que cheguem àquela montanha.

A terceira coisa que você precisa saber é sobre mim.

Nunca houve nada a perdoar entre nós. Você tinha seu caminho, eu tinha o meu. E eu realmente gostaria que eles tivessem permanecido sempre juntos. Mas quantas pessoas conseguem passar a vida inteira ao lado de seus amigos de infância? De seus irmãos?

Virei mercenário porque era o que eu precisava fazer. Você foi ser rei porque era o que você precisava fazer. Nenhum de nós vai pedir desculpas por isso. Se eu sobreviver a essa viagem de bosta, não vou ficar na corte com você, mas quero lhe dar um abraço. Um abraço e parabéns por tudo que você construiu. Estou orgulhoso e tenho certeza de que Niccolas também. E Dunnius, é claro. E o prior.

Meu pergaminho está acabando, o que é uma boa dica de que falei demais. Só peço uma coisa, Ruff. Se você encontrar a Companhia do Cão, trate-os bem. Os vira-latas são boa gente. Pode contratá-los, Urko vai ser um líder até melhor do que eu.

Mentira, vou pedir mais uma coisa. Não esqueça do estandarte da cabeça de cabra. O estandarte do cão é meu, o do leão é seu. Mas o da cabra era nosso. E, diabos, era um bom estandarte!

Foi ótimo lutar com você, Ruff. Nos vemos do outro lado.

Korin"

Ali estava mais uma parte da verdade. Informações sobre a guerra, sobre seus filhos, sobre os planos de Mubruk e Áxia.

E sobre ele mesmo.

Lendo a carta, Ruff entendeu por que estivera no Túnel Proibido, tantos anos atrás. Lá dentro, em algum lugar, eram criados os Devoradores de Mundos. Lá dentro ele tinha sido transformado de criança em arma. Bellitz tinha falado sobre a Câmara da Perdição quando se revelou para ele, tantos anos atrás. Era aquilo: Mubruk queria a Câmara da Perdição para usar seu poder e criar os Devoradores dos Céus.

Chorando sem parar, ele leu a carta de novo e de novo. Sabia exatamente o que fazer. Porque, mesmo depois da morte, podia contar com o General Korin.

— É verdade que você foi a primeira a reconhecer o general? — perguntou Hild.

Dianna fez que sim.

A taverna não importava, nem o tempo que elas tinham passado separadas. Dianna agora tinha uma posição de destaque na milícia, era uma guarda do castelo e comandava um batalhão que também tinha a confiança de Ruff Ghanor. Hild agora atraía olhares por onde passava na capital. Sua armadura de ossos era famosa e havia muitas histórias a seu respeito. Ghanor era uma cidade viva, um organismo por si só e Hild sentia que fazia parte dela também.

Mas havia um tipo de conforto que as duas amigas só sentiam uma com a outra.

— É verdade que você descobriu o paradeiro dele? — perguntou a capa vermelha.

— Quase — Hild bebeu um gole. — Descobri quem ele era e em que reino estava. Mas foi tarde demais. E, de qualquer forma, logo fui capturada pelos gigantes.

Dianna conhecia a história de Hild entre as tribos monstruosas pelos relatos que eram passados de soldado a soldado, de miliciano a miliciano, como um incêndio em grama seca. Eram relatos exagerados, falavam que a guerreira de Artus tinha derrotado um gigante sozinha, que entrara numa fúria cega e amedrontado as criaturas.

— Tudo verdade — Hild sorriu, não disfarçando o orgulho.

— Você derrotou um gigante?

— Teria derrotado mais um, se Ruff e Johrgrund não tivessem aparecido para me salvar. Eu não teria durado muito, mas teria derrotado mais um.

— Então é verdade o que dizem? Que há gigantes treinando perto da cidade? Que a Hoste Imortal terá um batalhão deles?

Hild suspirou e fechou os olhos. As coisas aconteciam muito rápido. Seu cativeiro parecia ter ocorrido 100 anos atrás, mas, pensando naquilo, ela se sentia presa de novo. Sentiu o medo instintivo, como se pudesse ser pega a qualquer momento e arrastada para a arena. Mal acreditava ter escapado viva.

— Sim, Ruff converteu os gigantes — ela disse. — Eles são nossos aliados.

— Não imagino que exista uma força no mundo capaz de enfrentar isso — Dianna falou meio entusiasmada, meio pasma. — O que o rei vai fazer com esse exército invencível?

— O que você faria?

Dianna apertou os lábios.

— Eu mandaria o exército contra quem matou o General Korin.

— Quase acertou.

— Então vai haver mais uma guerra?

— Só daqui a algum tempo. Mas sim. Vai haver infinitas guerras. Vai haver guerras até que fiquemos velhas e seu filho tenha que lutar na parede de escudos. Vai haver guerras até que os filhos dele sejam soldados.

— Quem é o inimigo desta vez?

Hild não soube o que responder. Ela não deveria contar segredos de Estado para uma miliciana, ainda que fosse sua amiga e filha do famoso Irmão Dunnius. Mas também não sabia qual era a resposta certa. Talvez o inimigo fosse um, talvez fossem todos. Talvez fosse um inimigo que poderia, sim, enfrentar e derrotar o contingente de gigantes do exército de Ghanor. Uma bola de gelo se formou no fundo de seu estômago, pensando na missão que teria dali a alguns meses.

— Não importa quem é o próximo inimigo, Dianna. O que importa é que vai haver mais inimigos, até que Ruff consiga pacificar o mundo todo. Muita gente gostaria que isso se fizesse sem guerra, mas eu nunca tive essa esperança. Então decidi aproveitar os combates.

— Pelo menos acredito que ninguém mais tenha coragem de atacar o reino.

Hild ficou calada.

Elas beberam em silêncio por um tempo. Dianna contou sobre seu filho, sobre sua vida doméstica e os novos afazeres na guarda do castelo. Sobre suas responsabilidades e seus novos comandados.

A outra a interrompeu de repente.

— O que você acha que aconteceria se não houvesse deuses?

Dianna foi pega de surpresa pela pergunta. Piscou algumas vezes. Não era fácil conceber aquilo.

— Se não houvesse deuses?

— Digamos que todos eles desaparecessem — disse Hild.

— Por quê?

— Não interessa. Você conhece deuses, santos e todas essas baboseiras. O que acha que aconteceria se, de um dia para o outro, eles sumissem?

— Acho que o mundo ficaria cinzento.

Hild deu uma risada curta, balançando a cabeça.

— Essa foi a resposta que lhe ensinaram na igreja?

— Você perguntou! — disse Dianna. — O mundo ficaria cinzento. Tenho certeza.

— O que isso quer dizer? É a resposta de uma criança!

— Não, não é. Ouça. Imagine que você fosse criada numa casa vazia, sem pais, sem irmãos. Só você, sozinha. Talvez alguém trouxesse comida todos os dias ou até limpasse a casa. Digamos que você sobrevivesse. Mas sem ninguém.

Hild pensou em sua própria infância. A família não tivera grande papel, mas o clã fora tudo. Ela se criara num salão de guerreiros, brincando e lutando com os outros meninos e meninas. Instruída e disciplinada por soldados, protegida pelo chefe da aldeia. Não lembrava de seus pais, que tinham morrido num saque a Zibrene quando ela era muito jovem. Mas, crescendo, ela tivera tudo, menos uma casa vazia.

— Acho que ficar sem deuses seria assim — disse a miliciana. — É claro que nós sobreviveríamos. Não acho que o mundo fosse acabar. Mas tudo estaria cinzento, silencioso, mortiço. Viveríamos e morreríamos sem um propósito real.

As palavras de Dianna pintaram um quadro quieto e gelado. Monótono e desolador. Hild pensou no que estava em jogo. Nos Devoradores dos Céus.

— Acha que seria tão ruim? — ela insistiu.

— Por que pergunta isso? — quis saber Dianna.

— Porque algumas pessoas estão tramando coisas enormes e terríveis demais para que eu ou você possa entender. E quero pensar no que acontecerá se nós perdermos.

Dianna ficou calada. Então respirou fundo e pareceu adquirir ânimo.

— Você sente os deuses, Hild. Só não sabe que são eles.

— Não acho que eles façam tanta falta.

— Você deveria tentar. Experimentar o que significa acreditar em algo maior que você mesma. Maior que as pessoas a seu redor, maior até que Ghanor.

— Não sei se consigo. Não sei se quero.

— Talvez não queira. Mas consegue! E, quando conseguir, vai conhecer uma felicidade como nunca sentiu.

Hild pensou em Ruff. Ele conhecia bem os deuses.

Não parecia nem um pouco feliz.

Mais uma vez, Ruff e Bellitz passaram a noite conversando. A aproximação dos dois era lenta. Definitivamente havia amor, algo forte e, depois do beijo, inegável. Mas a mágoa estava lá, igualmente forte. Era difícil e dolorido. E Ruff sentia que, na verdade, não merecia uma segunda chance. Mas já experimentara ficar longe de Bellitz e era sofrimento demais.

Então tentava.

O sol estava começando a entrar pela janela dos aposentos reais. Ruff estava sentado na cama e Bellitz, empoleirada numa cadeira próxima, como uma ave de rapina. Os dois estavam curvados um para o outro.

— O que você vai fazer agora? — ele perguntou.

Ela deu de ombros, movendo as asas.

— Preciso fazer o que os deuses ordenarem. Meu tempo no mundo físico é sempre curto.

— Mas acha que poderá lutar conosco?

Bellitz ficou calada.

— Acha que os deuses permitirão... — ele começou a insistir, mas ela o interrompeu.

— Não sei, Ruff. Às vezes tenho a impressão de que essa é uma luta de família. De sua família.

Ele se moveu meio centímetro para trás.

— Não tenho família a não ser Niccolas. Se tivesse, não seria com *ela*.

— A mãe de seus filhos matou seu irmão e agora você vai atacar o reino deles. Isso me parece uma disputa familiar.

— Isso é sobre Korin, o reino e os Devoradores dos Céus.

— Você não é o primeiro rei que observei, Ruff Ghanor, embora seja o que realmente me ensinou sobre os mortais. Eu sei o que reis fazem. Eles envolvem exércitos e reinos em suas lutas familiares. Irmãos lutam contra irmãos, mães lutam contra filhas. E aqueles que os seguem podem demonstrar toda a lealdade do mundo, mas sempre serão pessoas de fora que atacaram a família. Mais cedo ou mais tarde, pagam o preço, mesmo que apoiem o lado vencedor.

Ruff sentiu um enjoo profundo. Era culpa misturada com indignação. Ele queria se defender daquelas acusações. Mas não sabia o quanto era injusto e o quanto era só verdade.

— Eu nunca me voltaria contra você, Bellitz. Nunca iria culpá-la por lutar a meu lado, contra qualquer pessoa.

— Você diz isso agora, mas sabe quem é o inimigo. Quem estará no fundo de todas as fileiras de exércitos, atrás de todas as paredes de escudos. Seus filhos. E sua antiga amante.

— Eles são demônios que querem matar os deuses. Ela é uma bruxa.

— Você acredita mesmo nisso? Porque eu me sinto como uma simples mortal rancorosa ao pensar em tudo que os quatro significam. Será que tenho o direito de odiá-los? Será que, se eu encontrar qualquer um dos quatro no campo de batalha, você vai me perdoar?

Ele se ergueu. Foi até ela e tomou suas mãos nas dele.

— Eu nunca estarei numa posição de perdoá-la, Bellitz. Você é que deve decidir se me perdoa ou não.

— Eu já o perdoei.

— Um anjo já me perdoou. Mas você não é só um anjo.

Ela olhou para baixo. Ruff fez menção de soltar suas mãos, dar-lhe espaço, mas ela as segurou mais forte.

— Seria tudo mais fácil se eu não o amasse. Se eles fossem só inimigos. Mas todo o passado existe. Se você me quiser nesta guerra, precisa estar preparado para isso. Precisa estar pronto para me ver matando Áxia. Matando seus filhos.

Ele engoliu em seco.

— Eles são só inimigos.

Mas, por dentro, pensou que aquilo nunca aconteceria.

No fundo acreditava que ele mesmo estava destinado a resolver aquilo. Ele enfrentaria Áxia. Ele lutaria contra os trigêmeos.

Talvez não fosse preciso matá-los. Talvez fosse possível redimi-los.

Fester de Salúria tinha pedido para falar com o rei.

— Consegui completar minha pesquisa aqui mesmo em Ghanor, Majestade — disse o Alto Coveiro.

— Pesquisa?

Ruff não lembrava de ter ordenado pesquisa nenhuma. Tudo que acontecera em Kottar parecia impossivelmente distante. Só o que existia no mundo era a morte de Korin, os trigêmeos e a guerra que viria contra Mubruk.

— Quando Vossa Majestade me apontou como Alto Coveiro, pedi que meu primeiro dever fosse descobrir a causa da praga de mortos-vivos. Já que Vossa Majestade descarta a explicação de que a morte possa ser tão distraída a ponto de esquecer de nós de novo ou tão volúvel a ponto de exigir sacrifício de crianças, achei que era boa ideia investigar por que ela teve aquele ataque de mau humor.

— A morte não é mal-humorada, Fester — disse Ruff, cansado. — Só os deuses existem.

— É claro, Majestade. Mas apenas dizer que a morte estava carrancuda não é uma ofensa aos deuses. Não quis blasfemar, foram apenas palavras. Minha irmã diz até hoje que raízes de arbusto-carniceiro curam gripe em crianças. Já perdeu quatro filhos e o quinto fugiu de casa quando ela insistiu no remédio. Ela pode falar o quanto quiser que raiz de arbusto-carniceiro é uma cura abençoada para doenças simples, mas suas palavras não vão abrir as covas de seus quatro filhos nem fazer o quinto voltar.

— O que descobriu, Fester? — Ruff descartou o falatório com um meneio de cabeça.

— Tenho razoável certeza de que a terra estava se revoltando contra o governo de Vossa Majestade.

Ruff franziu o cenho.

— Mais superstições? O que...

— Perdão, Majestade, mas não me parece que sejam superstições. Pelo menos não como uma morte carrancuda, ciumenta e cheia de sentimentos conflitantes, como os kottarianos acreditavam até poucos anos atrás. Existe magia inerente na terra. A terra responde ao rei por direito. E um conquistador pode fincar seus estandartes o quanto quiser. O povo vai se submeter, mas isso não irá torná-lo um rei de verdade enquanto não for coroado segundo rituais específicos, da mesma maneira que a insistência de minha irmã em forçar raiz de arbusto-carniceiro goela abaixo em meus sobrinhos não vai torná-la uma curandeira.

— O que fazer, então?

— Vossa Majestade é o rei por direito de Ghanor. Pertence à linhagem real. Precisa de um ritual ou uma coroação que o ligue a Kottar da mesma forma.

— Acha que pode haver uma nova praga de mortos-vivos enquanto isso não for feito?

— Talvez. E, de qualquer forma, um rei ligado à terra será muito melhor. Talvez tenha poderes na terra, assim como Vossa Majestade já demonstrou em Ghanor, ordenando que um demônio-leão atacasse seus inimigos. Assim como uma mãe que realmente estuda o que cada raiz faz, depois de perder dois ou três filhos.

— É aqui — disse Áxia.

Estavam num descampado, bem no centro de Mattora. Era um dia cinzento, como eram quase todos os dias do reino. O vento soprava frio, sem ter árvores ou montanhas para quebrá-lo. Ao longe, as colinas se erguiam, mas aquilo era apenas uma planície vazia.

Os três reis apearam dos cavalos. Seus servos vinham atrás, carregando as coroas.

E os cavaleiros os seguiam, arrastando os prisioneiros em correntes.

Eram quase 50. Eles viajaram todo aquele percurso unidos, pescoço com pescoço, tornozelo com tornozelo. Estavam vestidos em farrapos, descalços, as solas dos pés em carne viva. Sujos, desgrenhados, barbudos. Alguns tinham sido nobres antes das guerras de unificação. Outros eram plebeus. Todos tinham cometido algum crime durante os conflitos. Eram aristocratas que tinham recusado o chamado de seus reis, fazendeiros que tinham aberto as portas para o exército inimigo, comerciantes que aumentaram seus preços quando um batalhão em necessidade passou por sua aldeia.

Philip Anselmus, Ozz de Osbourne e Aliss McCooper puseram as coroas sobre as cabeças. Áxia arrancou o manto negro que cobria seu corpo, deixou que voasse com o vento, sendo carregado para longe. Revelou a forma da Dama de Ferro. Os servos e cavaleiros ficaram impassíveis. A maioria deles já vira coisas horrendas no reino unificado ou em qualquer um dos três anteriores. Tinham aprendido a não se chocar e assim permanecer vivos.

Mas foi uma surpresa para os prisioneiros.

Um punhado começou a gritar ao ver a bruxa com pele pálida e corpo ungido de ferro negro. Outros se ajoelharam, pedindo clemência. Dois tentaram atacá-la, mas foram detidos pelas correntes e pelos cavaleiros.

— Este é o local, meus filhos — ela disse. — Aqui as linhas de energia do reino se cruzam. E, por trás daquelas nuvens, o sol já está quase a pino.

A campanha de unificação fora rápida para os padrões de uma guerra, mas longa para os planos de Áxia. Estendera-se mais do que ela previra e então eles precisaram esperar quase um ano para que chegasse de novo o dia certo do ritual. Era o dia em que, de acordo com os relatos históricos ancestrais, o primeiro rei tribal derrotara os outros chefes, ali mesmo naquela planície, e submetera um povo nômade para criar o que um dia seria Mattora. Talvez as linhas energéticas sempre tivessem existido ali e a magia inerente à terra tivesse atraído a batalha para aquele local. Talvez o triunfo do antigo rei tivesse mudado para sempre a topografia mística do local, criando aquele cruzamento. O que importava era que ali havia poder.

Aquele era um dia de poder para o reino. Um dia de morte e criação. Aquele era um local de poder. Um campo de batalha esquecido, com solo adubado por cadáveres e pó de osso misturado na terra.

Os cavaleiros desmontaram e puxaram os grilhões dos prisioneiros. Colocaram-nos num círculo, no meio da planície. Então gritaram, chutaram e bateram neles até que se ajoelhassem.

— Vocês não podem fazer isso conosco! — berrou um homem de bochechas caídas e grandes olheiras negras. — A guerra acabou e estamos todos sob os mesmos reis! Eu traí o exército de Utteria, mas ajudei o exército de Mattora!

Qualquer prisioneiro, mesmo o mais reles plebeu, sabia o que significava estar agrilhoado e ajoelhado. Era a hora das súplicas.

— Se somos todos o mesmo reino, não fiz nada de errado! — o homem insistiu.

Outros se juntaram a ele numa cacofonia de apelos à piedade.

— Eu poupei minhas tropas para servir ao reino unificado!

— O dinheiro que ganhei irá todo para os cofres dos novos reis!

— Deixei de lutar contra o exército que agora defende todos nós!

Philip Anselmus caminhou até o primeiro. Agarrou suas bochechas flácidas, cobertas por barba de uma semana, num aperto surpreendente para um garoto. Então, sem alterar a voz, foi ouvido por todos:

— Não precisamos de súditos desleais no novo reino de Mattora. Toda traição será punida.

O homem caiu num choro desesperado.

— Mas eu traí um lado e agora sou governado por outro...

Áxia ergueu as mãos ao céu, sentindo a posição solar.

— É a hora, meus filhos! É a hora, Majestades! Neste momento o poder flui por Mattora! Neste momento vocês são supremos!

Então os três jovens reis puxaram as espadas da cintura.

Philip Anselmus atravessou a garganta do prisioneiro que choramingava. O homem gorgolejou e amoleceu. Ozz de Osbourne perfurou o coração de uma mulher que berrava para ser poupada. Aliss McCooper decapitou um antigo nobre que inflava o peito em desafio.

Assim começou a matança.

Com suas espadas, os trigêmeos chacinaram aqueles prisioneiros, sob os olhos de soldados, servos e de sua mãe. O sangue esguichou sobre os reis, eles se sujaram de vermelho e permaneceram impassíveis, sem demonstrar emoção.

Quando o massacre estava completo, eles foram ao meio do círculo de cadáveres. Tiraram as roupas e cada um enfiou as mãos nos corpos. Cada um tingiu o próprio rosto e o peito com o sangue dos traidores.

Philip Anselmus falou:

— Mattora triunfa.

E uma névoa negra começou a emergir do chão da planície.

— É o sopro de vida do reino! — a Dama de Ferro gritou em júbilo. — Mattora obedece a vocês!

A névoa tomou conta da planície, escondendo guerreiros, cadáveres, reis, servos e a bruxa. Os trigêmeos não conseguiam mais enxergar coisa nenhuma.

Até que partes da névoa se condensaram em figuras humanas. Figuras que usavam coroas.

De início, não eram coroas como eles conheciam. Não passavam de cabeças de animais empalhados e decorações rústicas feitas de plantas. Mas eram símbolos de poder. Pertenciam aos primeiros reis. Depois surgiram os reis mais recentes, que usavam fitas de metal ao redor da cabeça, e assim sucessivamente, até que os monarcas dos últimos séculos se apresentaram. E o nome do reino unificado era Mattora, mas ali estavam também os reis de Utteria e Vammira. Utteria com seus reis feiticeiros primitivos, Vammira com os monarcas dos Antigos, que usavam adornos que ninguém jamais vira.

Áxia atravessou a névoa às cegas, apenas se guiando pela sensação de poder. Chegou perto do círculo de cadáveres e viu os reis. Centenas e centenas de reis, linhagens que se estendiam por milênios, desde o início. Todos invocados para servir a sua linhagem.

Ela se deixou tomar pela sensação de não mais ser inferior. Era um prazer diferente, que quase assustava. Ruff pertencia à linhagem dos Ghanor e ela sabia que ele tinha poder sobre o reino e sobre seus ancestrais. Mas os trigêmeos tinham poder sobre todas aquelas linhagens.

Philip Anselmus, Ozz de Osbourne e Aliss McCooper ficaram de pé, nus e marcados de sangue, frente aos espíritos de todos os reis daquelas terras. Os espíritos de seus pais adotivos tomaram a frente.

E foram os primeiros a se ajoelhar.

Foi Ozz que falou:

— Os deuses e os santos não têm mais poder aqui. Vocês, na morte, obedecerão apenas ao reino e ao poder das três coroas.

As centenas de reis se ajoelharam.

Então a planície toda foi tomada por figuras humanas feitas de névoa translúcida. Não mais reis, mas guerreiros.

Milhares, dezenas de milhares, centenas de milhares de guerreiros. Todos os que tinham lutado e morrido em Mattora, Utteria e Vammira, em todos os milênios. Desde o começo, quando a primeira tribo combateu com paus e pedras, até os mercenários mortos da Companhia do Cão, na guerra mais recente. Ninguém deu importância a isso, mas lá estava o fantasma de Drullo Catapulta, que morrera servindo ao reino e agora passaria a eternidade lutando por ele de novo.

— Está feito, meus filhos — disse Áxia. — Meus reis. Com este exército, atacaremos o Paraíso.

20 cães de guerra

HILD ENTROU na boca aberta do lobo.

Pela segunda vez na vida, ela estava na Catedral do Santo Vivo, a cidadela independente dentro de Innalya, a capital de Sammelen. Desta vez, sozinha.

Dentro da armadura de ossos, ela ficou curvada para Ellius Tyberax, que examinava a carta que ela recém havia lhe entregado. A missão era uma mostra de confiança maior do que qualquer coisa que o rei podia oferecer. Ou talvez ele apenas achasse que ela podia correr mais rápido e matar mais gente que qualquer outro, se tudo desse errado. Até aquele momento, por suas experiências e pelas histórias que ouviam, ninguém saía bem de dentro da catedral. Lá dentro Ruff Ghanor fora excomungado. Lá dentro tinham ouvido falar do Devorador dos Céus pela primeira vez. Lá dentro Mubruk Filho de Urso quase o havia matado. Lá dentro havia até mesmo o risco de Áxia atacar.

Mas uma carta precisava ser entregue, e Sua Majestade achou que Hild era a pessoa certa para fazê-lo.

O gigantesco rei de Sammelen estava de pé perto do trono, como estivera antes. Ele olhava para ela como se a garota fosse uma presa que ele estivesse prestes a devorar. Hild não fixou o olhar nele — ignorou-o de forma estudada. Respeitosa ao extremo, não importava o que acontecesse. Naquela missão, Ruff não contava com sua fúria. Contava com sua calma. Era bem mais difícil, mas ela não iria desapontá-lo.

— Você pode se erguer — disse o Santo Vivo, tirando os olhos da carta.

Hild ficou de pé.

O documento tinha o selo oficial de Ghanor, a marca do leão. Fora escrito de próprio punho por Ruff, com base em registros históricos que haviam demorado quase um ano para ser pesquisados. Hild nem mesmo entendia direito tudo que estava implicado lá, embora o rei a tivesse forçado a estudar a carta para responder quaisquer perguntas. Ela agora era embaixadora e tinha entregue o destino do reino nas mãos de Ellius Tyberax.

— Seu pedido é absurdo — disse o ancião. — Ghanor está fora do acordo de proteção mútua, fora dos auspícios da Igreja dos Criadores Invisíveis e assim estará enquanto seu rei herege usar a coroa.

— Suplico a Vossa Santidade para apresentar um precedente histórico.

O santo fez um gesto de permissão. Mubruk farejou o ar como se pudesse sentir o cheiro da carne dela. Hild abriu um baú que estava a seus pés e apresentou um rolo de pergaminho envelhecido. Abriu-o e entregou-o a Tyberax.

— Mais de 500 anos atrás, o último reino a participar do pacto recebeu proteção antes de ser aceito. Artus, meu reino natal, nem mesmo cultuava os verdadeiros deuses, curvando-se a espíritos e totens de animais. Sofreu um bloqueio naval de Zibrene durante o Ano dos Quatro Verões e o povo morreria de fome se o conflito continuasse. Artus submeteu-se à Catedral do Santo Vivo com um pedido para contra-atacar sem que fosse vítima da fúria dos demais reinos.

Ellius Tyberax leu o pergaminho. Era um documento centenário, algo raro e valioso. Existiam registros daquele período histórico, mas poucos originais da época.

— E anos depois, o Alto Chefe se converteu à verdadeira religião.

— Conheço a história e sei ler, embaixadora.

Hild ficou quieta, controlando um sorriso.

— Então o rei de Ghanor está se submetendo a minha autoridade?

Ela engoliu em seco. Aquela era a grande aposta. Poderia ser o trunfo que ganharia o jogo ou poderia colocar tudo a perder. Se desse errado, provavelmente ela morreria ali mesmo, nas mãos do rei bárbaro.

— Sua Majestade, o Rei Ruff Ghanor I — disse Hild — submete-se à autoridade e ao julgamento da Igreja dos Criadores Invisíveis, ao solicitar que Vossa Santidade reconheça seu Caso de Guerra contra o reino de Mattora, protegido da igreja, tendo em vista que os reis de Mattora são seus filhos e as terras do reino unificado são assim, por direito, suas.

Era impossível atacar Mattora ou qualquer outro reino sem Caso de Guerra — todos os outros se uniriam contra Ghanor e Kottar. Principalmente Sammelen, com seu rei inexplicável e os guerreiros da Guarda do Urso, que valiam por 20 soldados comuns. Mas, com Caso de Guerra, uma invasão a Mattora seria considerada justa. Sammelen não poderia atacá-los em retaliação.

Ela estava entregando enorme poder sobre Ghanor e Kottar ao Santo Vivo. Tudo que Ruff vinha evitando por anos. Quando eles estiveram ali pela primeira vez, Lurius Minimus tinha avisado que apenas aquele gesto dava poder demasiado a Ellius Tyberax. Agora ele se submetia à decisão do velho. Se o pedido fosse recusado, aquilo era uma declaração de guerra ilegal e Ghanor estava dando aos demais reinos tempo para se preparar e invadir com total respaldo da igreja.

Ruff desejara atacar Mattora de imediato. Vingar a morte de Korin, colocar fim à trama sinistra de Áxia com os trigêmeos. Mas, se fizesse isso, estaria matando o reino de Ghanor. Eles sabiam que Sammelen precisava invadir Ghanor para chegar ao Túnel Proibido e realizar o ritual dos Devoradores dos Céus. Também sabiam que Sammelen ficaria parado por algum tempo até que todas as partes do plano estivessem encaixadas. Se tudo já estivesse pronto antes, Mubruk não precisaria esperar que os trigêmeos unissem os três reinos.

Ruff não sabia quanto tempo tinha antes do ataque, mas apressou-se o quanto foi possível para conseguir os documentos.

Eles ainda não sabiam como o intolerante Santo Vivo suportava uma bruxa como Áxia em sua catedral ou o quanto ele sabia das forças sinistras que se moviam entre a Dama de Ferro e seus filhos. Mas Ellius Tyberax parecia viver segundo leis e normas, mesmo que outros a seu lado tramassem para derrubá-las. Dificilmente ele distorceria a lei ancestral para proteger os trigêmeos. Ele era um homem que se apegava às normas eclesiásticas, enquanto Mubruk falava em matar os deuses.

Aquele era um jogo de xadrez político, místico, militar e pessoal, e o movimento vitorioso era sempre se colocar em número maior contra um adversário inferiorizado. Se desse certo, Ruff teria Ghanor e Kottar contra Mattora — que era três reinos juntos, mas nenhum especialmente forte. Caso desse errado, seriam todos os reinos contra Ghanor e Kottar.

Ruff Ghanor fez a jogada, mas quem moveu a peça foi Hild.

— A Igreja dos Criadores Invisíveis reconhece que um pai tem direito às terras de seus filhos — disse o Santo Vivo. — O Caso de Guerra do Rei Ruff Ghanor I é reconhecido.

No mesmo instante, Mubruk Filho de Urso virou-se para Ellius Tyberax e gritou:

— *O quê?*

A voz do homem enorme fez o salão tremer. Hild se preparou para fugir, mas o Santo Vivo olhou para o rei com rosto impassível.

— O pedido do Rei Ruff Ghanor é legítimo — ele disse, sem alterar a voz límpida.

— Ruff Ghanor é um herege! — Mubruk urrou. — Ele é o Devorador de Mundos!

— Quem decidiu isso foram os deuses. Mas agora ele vem com humildade, seguindo o protocolo.

— Os deuses irão morrer!

— Sim, irão. Mas nossa missão neste mundo é proteger as leis e o povo. E o reino de Ghanor se submete à lei. Seu rei tem direito a tomar o que é dele.

O coração de Hild estava prestes a sair pela boca. Ela nunca iria entender Ellius Tyberax. Houvera duas possibilidades: ele podia ser um tirano corrupto, um capacho de Mubruk Filho de Urso e de Áxia... Ou podia ser alguém rígido, preso às leis da igreja. Ruff apostara que o segundo caso era verdadeiro. O clérigo possuía poder divino real, que há séculos não era visto fora do mosteiro de São Arnaldo e dos templos influenciados pelos ensinamentos do prior, ainda que isso não fizesse sentido. Se o Santo Vivo fosse só um canalha, só mais um inimigo a ser derrotado, então a missão estava perdida, Hild estava morta e a guerra seria longa e amarga. Em contrapartida, se ele fosse um fanático pelas regras e pelo sentido literal da palavra dos deuses, precisaria concordar com a jogada diplomática. Tudo fora feito conforme a tradição.

E, conforme a tradição, se Mubruk atacasse mesmo assim, contrariando a decisão do Santo Vivo, Ruff estava preparado para suplicar a proteção da igreja, mesmo que isso significasse renunciar ao trono e governar a partir de Mattora, quando o reino já estivesse conquistado. Era um plano de contingência e eles esperavam que não chegasse a esse ponto.

O Santo Vivo se colocava como um defensor de normas antigas. Talvez fosse mesmo. Talvez visse Ruff como o inimigo porque ele era o Devorador de Mundos, mas o respeitasse agora que ele abaixava a cabeça e suplicava a clemência da igreja.

O rei gritou de frustração.

A aposta dera certo.

Mubruk Filho de Urso agarrou um sacerdote que auxiliava o Santo Vivo, abriu a boca para morder sua cabeça, enquanto o homem berrava, contorcia-se e implorava misericórdia.

— Vossa Majestade não está em seu reino! — repreendeu Ellius Tyberax. — Solte meu clérigo.

O rei jogou-o no chão. O infeliz religioso ficou gemendo no piso, segurando o próprio braço e as costelas.

Então o selvagem se virou para Hild.

— Também não fará nada contra a embaixadora na Catedral — avisou Tyberax.

O punho fechado de Mubruk despontou o dedo indicador, apontando para a guerreira.

Hild estava apavorada.

Começou a suar frio e sentiu as palmas das mãos geladas. Não se sentia assim desde que era uma menina. Sua reação à ira mal contida de Mubruk Filho de Urso era mais extrema do que a mera precaução. Não estava com medo porque sabia do que ele era capaz ou por causa da pele do antigo rei sobre seu corpo. Estava com medo como se ele fosse uma serpente — como se o medo daquele homem estivesse entranhado nela desde seu nascimento.

Mas ela se forçou a ficar firme. Rilhou os dentes e, com dificuldade, olhou-o nos olhos.

O rei emitiu um rugido baixo, de boca fechada.

— *Você...* — ele resfolegou. — Você trouxe isso. Seu rei irá morrer. Mas você... Irá *sofrer*.

A estrela dourada brilhou sobre o acampamento e Ruff sentiu um milhão de borboletas no estômago, como um garoto. Não notou o quanto estava sorrindo. Amanhã era dia de batalha e Bellitz estaria com ele.

O exército de Ghanor era chamado de Hoste Imortal. Era liderado pelo Santo de Pés Descalços e acompanhado por clérigos capazes de milagres. Contava com batalhões de elfos e de gigantes. Mas nada preparava os soldados para a chegada de um anjo.

Era a segunda vez que Bellitz descia sobre as tropas acampadas, desde que eles tinham invadido Mattora. Depois de meses de preparação legal para apresentar o documento ao Santo Vivo, foi necessário mais meio ano entre aprontar o exército, marchar e efetivamente entrar no reino. Eles já estavam lutando há 6 meses também. Ao todo, haviam se passado dois anos desde a morte de Korin e o beijo de Ruff e Bellitz. Em todo aquele período, ela ficara com ele enquanto podia, fora embora quando os deuses a chamaram. Eles não estavam juntos, não como ele gostaria que estivessem. Mas a dor passava devagar, enquanto a admiração crescia novamente. Bellitz já tinha lutado ao lado do exército em uma batalha, mas Ruff nunca sabia quando sua estrela iria brilhar de novo. E os homens não estavam acostumados.

Quando a estrela desceu e aumentou, adquirindo seu brilho cegante e aos poucos traduzindo-se na forma alada da guerreira angelical, milhares de guerreiros se ajoelharam e ficaram em silêncio. Muitos deles eram veteranos da campanha de Kottar, dos dois lados. Muitos lembravam da batalha contra o exército demoníaco na cidade de Ghanor e ainda sobravam até mesmo alguns veteranos que lutavam desde o início, homens e mulheres empedernidos e grisalhos, liderados por Hild. Mas nenhum número de batalhas ou maravilhas deixava-os preparados para a sensação de assombro e proteção que era a chegada de um anjo. Eles choraram sem nenhuma vergonha. Todos estavam preparados para morrer no dia seguinte, sabendo que os deuses e os santos tinham enviado aquela presença.

Bellitz abriu as asas e tocou no chão lamacento com delicadeza, no meio dos soldados ajoelhados.

Ruff já tinha saído da tenda de comando e se controlou para não correr até ela. Afinal, precisava parecer um rei, não um moleque apaixonado.

Mas ele estava sorrindo, ela estava sorrindo, e um moleque apaixonado era exatamente o que ele era. Segurou suas mãos, ignorando todos que os observavam.

Ela chegou mais perto dele e o beijou.

Eles entraram na tenda de comando, de mãos dadas. Os generais saíram um instante depois. Ruff deixou-se cair sobre um monte de almofadas, Bellitz fez o mesmo, rindo. Era um dia leve, como eram os melhores dias e como eram geralmente os dias antes das batalhas.

Era estranho se sentir assim de novo. Ruff já estava ficando grisalho. Sua barba tinha muitos fios brancos e, com a idade que ele tinha agora, muitos homens já tinham filhos adultos. Ele mesmo tinha filhos adolescentes, mas a lembrança disso revirava seu estômago e era algo que ele queria deixar longe do pensamento até o dia seguinte. Mas estava encantado como um garoto. Ele se sentia mais jovem, os anos longe dela tinham sido comprimidos em sua mente.

Ruff não conseguia entender as próprias ações quando traíra Bellitz, tantos anos atrás. *Como* pudera colocar aquilo a perder? Ele poderia ter passado todo aquele tempo com seu anjo. Era inexplicável. Mas estava no passado, era algo que ele não podia mudar.

— Você está aqui — ele disse, embevecido.

Ela o beijou de novo.

— Rezei tanto para que você pudesse estar aqui e lutar a meu lado.

— Só lutar? — ela provocou.

Ele ficou surpreso, o próximo beijo foi mais intenso e logo Ruff começou a desfazer as fivelas da couraça que protegia o peito dela. Ruff tirou a camisa e teve um clarão de uma memória terrível.

Em sua ânsia, lembrou de novo da traição. O desejo por um momento foi avassalado pelo ódio que sentia de si mesmo.

— O que foi? — Bellitz perguntou.

— Nada — Ruff tentou beijá-la de novo.

Mas ninguém o conhecia tão bem quanto Bellitz. Ela o vigiara durante a vida toda e as expressões de Ruff eram claras para o anjo, mesmo que ele soubesse mentir para outros. Ela viu a sombra que passou por seu olhar e se desviou de seus lábios.

— O que houve, Ruff?

Ele desistiu de fingir e deu um suspiro fundo.

— Você sabe — respondeu.

Bellitz se afastou.

Eles já tinham conversado sobre aquilo muitas vezes. Bellitz o havia perdoado, mas é claro que não esquecera. Para ela, o tempo transcorrido era curto. Contudo, ela também sabia que o tempo de vida de Ruff seria curto e, se quisesse estar com ele, não poderia postergar aquilo para sempre ou seu amor morreria de velhice. Então eles existiam naquele limbo, em que não estavam juntos, mas também não separados. Nenhum dos dois conseguindo apagar a traição, nenhum querendo abrir mão do outro.

— Talvez você ache que odiar a si mesmo o torna mais digno, Ruff Ghanor — ela estava séria. — Mas isso só me faz perceber que você pensou nela.

Ele apertou os lábios.

— Você sabe que nunca mais pensei em Áxia assim. Nunca direi que o que fiz foi menos errado. Mas nunca mais farei. Ela é só uma inimiga.

Bellitz colocou uma mecha de cabelo castanho claro para trás da orelha.

— Pensou nela por causa da batalha de amanhã?

Bellitz conhecia-o melhor do que ele conhecia a si mesmo. Áxia estava em sua cabeça porque, quando o dia raiasse, eles marchariam para a maior batalha contra Mattora até agora. Tinham avançado esmagando forças secundárias e tomando cidades e castelos, mas no dia seguinte encontrariam o exército principal. Seus batedores tinham reportado que lá estavam os comandantes. E era bem possível que, entre eles, estivesse a Dama de Ferro.

— O que você vai fazer? — perguntou Bellitz. — Se encontrar Áxia no campo de batalha?

Ruff sentou. Olhou sério para o anjo.

— Vou matá-la.

— Tem certeza?

O rosto dele ficou duro.

— Áxia matou Korin.

— Ela matou o prior também ou pelo menos causou sua morte. E causou a morte de Dunnius. E você já hesitou antes, quando a encontrou como inimiga. Vai hesitar de novo?

— Eu demorei muito a notar algo, Bellitz, mas acho que finalmente compreendi — ele disse, com uma suavidade que surpreendeu até ele mesmo. — Tudo que deu certo em minha vida, tudo que tenho de bom... Tudo veio do amor de algumas pessoas. O prior. Korin. Hild. E principalmente você.

Ele não tinha a intenção de que aquilo fosse um galanteio, mas ela deu um meio sorriso involuntário.

— Eu não sou a melhor pessoa para salvar o mundo. Os deuses sabem que não sou. Eles me criaram para destruir, então é claro que destruo tudo que toco. Mas conheci pessoas que me ensinaram a construir. A espalhar vida em vez de morte.

Ela ficou séria.

— Minha missão, a missão autoimposta pela qual eu vivo, é impedir a destruição do mundo. Se Áxia se colocar contra mim, ela estará causando essa destruição. E, de qualquer forma, ela deseja destruir os deuses. Entre dois caminhos de morte, existe só um caminho de vida e ele é com você. O caminho do meio, no qual vamos salvar o mundo.

Ele falou com serenidade, mas certeza total:

— Áxia morre.

— E seus filhos? — ela perguntou, sem alterar a voz.

Era uma questão muito mais desconfortável.

Os trigêmeos estariam com mais de 15 anos agora. Ruff nunca os vira, exceto em seu nascimento. Já imaginara centenas de vezes sua aparência. Imaginara se eram parecidos com ele mesmo. Não sabia quais eram seus poderes, o quanto o ritual de Áxia durante o parto os tinha alterado. Mas sabia que eram os reis inimigos. Se Áxia podia estar no campo de batalha do dia seguinte, a presença dos três era uma certeza. E ele teria de decidir se iria matar os próprios filhos. Se iria matar três pessoas que ainda nem mesmo eram adultos. Que, em última análise, não tinham escolhido estar naquela posição — tinham nascido já sem chance, suas parteiras eram demônios.

Por outro lado, soldados tão jovens quanto eles, os recrutas mais novos da Hoste Imortal, morreriam na batalha, porque os trigêmeos tinham dominado um reino. Ruff se sentia um hipócrita, pensando em poupar seus filhos e sacrificando os filhos de outros.

— Eles devem morrer — disse Ruff. — Meus filhos devem morrer.

Ele se deteve, engasgado. Os olhos baixos.

— Você não quer matá-los — disse Bellitz. — É claro que não. Mas não desejar matar não é covardia, Ruff Ghanor. Covardia é querer apagar seus erros, destruí-los com o que deu certo, fingir que nada aconteceu. Como os deuses estão fazendo.

Ruff deixou o queixo pender. Era a primeira vez que Bellitz falava em aberto contra os deuses.

Os deuses tiranos. Que queriam destruir o mundo. Que Áxia queria matar. Era uma guerra longa, com muitos lados, com implicações ocultas.

— Você não é como os deuses, Ruff. Um homem corajoso conserta o que fez de errado.

Ele segurou suas mãos com força, tomado por um sentimento de admiração. Por ser tudo que ele queria, ela era ainda mais atraente. Sua bondade, inteligência e sabedoria a tornavam a melhor pessoa que ele conhecia. E ela estava lá, a seu lado.

Por algum tempo, eles esqueceram o dia seguinte. Seria um dia de matança.

O exército de Ghanor marchou para uma armadilha pronta e prestes a se fechar.

Eles estavam em território desconhecido. Havia mapas e batedores, mas Ruff e os generais estavam no reino há menos de um ano. O inimigo vivia lá há gerações, conhecia o terreno, planejara para que eles se encontrassem naquele ponto. Ghanor seguia por um vale. À direita, havia uma cordilheira que tornava a passagem impossível para um exército tão grande. À esquerda, uma floresta — para onde seria possível fugir, mas que escondia perigos que um invasor estrangeiro não conheceria. À frente, o terreno se elevava, numa subida leve, que se tornava mais íngreme à medida que continuava.

Isso era o mesmo que dizer que Ghanor estava preso num caldeirão, num campo de morticínio, e sua única alternativa era seguir em frente, colina acima.

O exército de Mattora surgiu no topo da colina. O único caminho estava bloqueado. Como quase todos os defensores que lutam contra um forasteiro, Mattora tinha escolhido o local da batalha e Ghanor precisaria dar seu sangue para seguir em frente, subindo, enfrentando um inimigo em território elevado, sendo coberto de flechas o tempo todo. Cargas de cavalaria seriam inviáveis, pois os cavalos não aguentariam a subida a galope e muitos com certeza tropeçariam ou mesmo quebrariam as patas. Seria preciso formar uma parede de escudos e avançar devagar, contra a parede inimiga, contra as cargas inimigas, sob as flechas inimigas, mantendo o moral dos homens o tempo todo. Quem se embrenhasse na floresta ou nas montanhas, em pânico, ficaria perdido para sempre, presa fácil para ser capturado ou morto depois.

O sol nascia atrás da floresta. Havia uma montanha alta logo ao lado dela, bloqueando a visão de cima da colina, fazendo sombras compridas e confundindo a visão.

Ruff olhou o exército inimigo com uma pequena luneta sobre seu cavalo. Viu os estandartes tripartidos do reino unificado e os soldados em formação. Mas nenhum rei ou general.

— Majestade? — perguntou o General Urko.

A Companhia do Cão tinha sido incorporada ao exército de Ghanor. A confiança de Korin fora suficiente para garantir que aqueles homens mereciam um lugar de honra. Ruff destacara a Companhia para sua guarda pessoal e Urko, como um general, coordenava as outras divisões em seu nome, quando ele estava ausente. Urko também repassava suas ordens e era os olhos de Ruff no resto do campo de batalha. Era um homem leal, forte e o rei podia ver nele reflexos de Korin.

Ruff ficou em silêncio, olhando por mais alguns instantes. Então abaixou a luneta e olhou para trás, vendo seu exército.

As fileiras de homens e mulheres com escudos que traziam seu brasão se estendiam ao longe. No meio de todos, destacavam-se os gigantes, inquietos e furiosos, mas já adaptados à convivência com humanos, depois de dois anos de treinamento e proximidade. A cavalaria se postava, orgulhosa, nos flancos. Ruff estava sobre um cavalo negro, como era sua preferência. Os haras de Ghanor tinham linhagens especiais de animais poderosos e inteligentes que se destinavam ao rei. Sua armadura de Arcanium nunca mais fora a mesma, desde a morte de Korin, nem seu martelo. Eles estavam deformados, cheios de espinhos, contendo dentro de si o ódio e o poder que quase destruíram o mundo. Quando ele colocava o elmo, criava-se agora uma sombra macabra em seu rosto. Ruff usava uma pele de leão sobre a armadura, postava-se sob um estandarte carregado por um guerreiro de confiança da Companhia do Cão, estava cercado de oficiais e ao lado de Bellitz. Ele não sabia quando houvera a transição. Fora algo gradual, suave. Mas, naquele momento, sentia-se mesmo um rei. A autoridade vinha fácil, as decisões eram seguras e tranquilas.

O Rei Ruff Ghanor I não precisava fazer um discurso para levar seus soldados à luta. Não precisava de palavras bonitas ou de uma motivação extrema. Aquela era uma conquista. Apenas ele mesmo sabia a razão oculta de conquistar mais aquele reino. Para os soldados, bastava o orgulho de Ghanor, levar a palavra dos deuses e o governo de seu monarca aos estrangeiros, além de vingar o general.

Ruff olhou para Urko e disse apenas:

— Avante.

Trombetas soaram, milhares de guerreiros bateram as espadas nos escudos e a Hoste Imortal avançou.

Ghanor marchou e as flechas choveram.

Os soldados subiram os escudos, deixando-os sobre as cabeças. Pelo vale eles seguiram, num movimento ordenado. Ruff avançou também, mas ficou para trás, olhando a manobra pela luneta. Os sargentos iam à frente de cada unidade, urrando encorajamento para seus homens. Os trombeteiros tocavam um ritmo cadenciado. Os porta-estandartes caminhavam orgulhosos, protegidos por seus companheiros, carregando o leão e marcando as posições de cada companhia.

Eles chegaram ao meio do vale. Estavam entre a floresta e as montanhas. Dentro da zona de morte de Mattora.

O inimigo fechou sua imensa parede de escudos sobre a colina. As lanças surgiram do meio das proteções.

O exército de Ghanor deixava um rastro de corpos, atingidos pelas flechas que choviam sem parar. Eram poucos, em comparação ao que seriam se o avanço não fosse tão ordenado e praticado. Mas eram homens e mulheres que caíam sem nem mesmo ver o combate, sem chegar até o inimigo. Recebiam flechas pelas frestas entre os escudos, as setas se alojavam em seus pescoços ou suas cabeças. Os companheiros contornavam os cadáveres, diziam preces para os caídos. Mas os sargentos não deixavam que o horror da morte repentina atrasasse o avanço; berravam para que os batalhões continuassem, sempre em frente, através do vale da morte.

Ruff calculou o tempo e a posição. O momento era agora.

Virou-se para Urko e falou:

— Gigantes.

— *Gigantes!* — repetiu o grandão.

Os trombeteiros que tinham ficado para trás, com o rei, soaram um toque específico. Por toda a hoste que seguia à frente, o toque foi repetido, os trombeteiros recebendo o sinal e repassando-o. Os sargentos gritaram ordens para seus guerreiros e, numa manobra treinada, os porta-estandartes se moveram, sinalizando para onde as companhias deveriam ir.

Um corredor se abriu no meio das fileiras de Ghanor. Os soldados pararam de avançar.

Então começaram a bater com as espadas nos escudos. E a cada batida gritavam:

— *Johrgrund! Johrgrund! Johrgrund!*

Um urro cortou o vale, ecoando nas montanhas. Era o urro de Johrgrund. E ele correu à frente das tropas de gigantes pelo espaço aberto entre batalhões. O chão tremeu, os cavalos se assustaram. Eram 150 gigantes, cada um tão enorme e terrível quanto Johrgrund. Gigantes da colina, do fogo, do gelo, do subterrâneo, da montanha e ciclopes, todos correram e rugiram seu desafio bestial. Empunhavam espadas do tamanho de árvores, clavas realmente feitas com troncos de árvores, machados cuja lâmina era um rochedo inteiro.

— *Johrgrund! Johrgrund! Johrgrund!*

Pela primeira vez, Ruff veria o que as tropas de gigantes fariam com um exército humano. Ele estava ansioso por aquele momento, mas, ao enxergar a onda de morte que tinha soltado sobre a parede de escudos inimiga, ele mesmo sentiu medo. Murmurou:

— Que os deuses me perdoem.

Mas ninguém ouviu isso, porque os sons da matança tomaram o vale.

Os gigantes cruzaram a distância sem perder o fôlego, sendo cravejados de flechas sem que isso os detivesse. Não havia proteção para eles, todo o fogo de Mattora estava concentrado naqueles 150 monstros, mas isso não importava. Eles correram como um maremoto, subiram a colina aos saltos, sem formação, desordenados, com a desenvoltura com que um humano subia um degrau de escada. Johrgrund começou a ficar para trás. Ruff não entendia aquilo. O gigante já fora curado mais de uma vez pelos clérigos, não parecia ter sofrido nada que não pudesse aguentar nos combates dos últimos anos. Mas estava ficando para trás. Foi apenas com um grito de fúria que ele correu mais rápido, com esforço óbvio, e tomou a dianteira novamente.

Johrgrund foi o primeiro a pular sobre a parede de escudos, com seu mangual triplo. Varreu meia dúzia de soldados de Mattora, criando uma chuva de sangue e abrindo um buraco na formação. Um gigante do fogo chegou um instante depois, partindo um soldado ao meio com seu machado. Então toda a multidão gigantesca chegou ao mesmo tempo e era impossível contar quantos morriam a cada momento.

Os soldados de Ghanor eram bem treinados. Mesmo enxergando e ouvindo aquela cena horrenda, ficaram firmes, escudos em punho, esperando a hora de agir. Ruff observou a entrada dos gigantes, o modo como eles penetraram fundo nas linhas inimigas, sem preocupação pela própria segurança, apenas destruindo e matando. Perdeu Johrgrund de vista. Sua respiração ficou superficial quando ele começou a temer pela vida do amigo. Mas sabia que precisava esperar. Agir cedo demais seria colocar tudo a perder. Forçou-se a contar até cinco.

1...

2...

3...

4...

— Recuar — disse Ruff.

— *Recuar!* — Urko gritou a ordem.

Os trombeteiros deram o sinal, que foi repetido pelos trombeteiros entre os soldados no vale.

Toda a hoste então começou um movimento para trás, cuidadoso, os escudos à frente do corpo e sobre as cabeças. Abriram espaço no vale, numa manobra que iria deixá-los vulneráveis contra qualquer inimigo bem organizado. Era apenas por causa do treinamento metódico e incansável que as tropas de Ghanor recebiam que eles conseguiam andar para trás com essa desenvoltura. Como se fosse um organismo só, o exército fechou o corredor pelo qual os gigantes tinham passado e recuou.

Então Mattora começou a avançar em fuga. Os gigantes promoviam um massacre lá em cima e só restava a Mattora fugir para dentro do vale, descendo a colina.

Ruff fechou o punho, num triunfo silencioso.

Ele não enxergava mais o que acontecia lá em cima, a batalha dos gigantes, mas confiava em Johrgrund para direcionar as monstruosidades da melhor forma possível. O papel dos gigantes naquele confronto não era vencer sozinhos, mas penetrar tão fundo quanto possível, causando pânico. E, com pânico, os soldados de Mattora fugiriam para a única direção possível — para a frente. Não podiam recuar, pois era onde os gigantes estavam, e havia toda uma estrutura lá atrás barrando sua passagem. Mas podiam descer a colina em desordem.

Centenas e centenas fizeram isso, apavorados com a matança lá em cima. Enquanto eles avançavam, Ghanor recuava — o que parecia estúpido, seria possível formar a parede de escudos no meio do vale e prensar o exército inimigo.

Mas aquela não era a armadilha.

Ruff continuou observando.

As tropas de Ghanor pararam de recuar e fecharam a parede. Os soldados desesperados de Mattora se voltaram para as montanhas.

Numa passagem estreita entre as montanhas, Hild gritou:

— Gladiadores! Ataquem!

E, de sua posição oculta onde nenhum grande exército conseguiria penetrar, a elite do exército de Ghanor atacou. Hild liderava a força que ela tinha batizado de Gladiadores — eram os veteranos, com os sobreviventes das jaulas dos gigantes, quando ela mesma estivera presa lá. Os lutadores que tinham se enfrentado para o divertimento dos monstros, unidos pela experiência em comum e treinados para obedecerem às ordens de Osso-Oco, sua capitã. Eram humanos, anões, hobgoblins. Eram um batalhão para operações especiais, com as quais ninguém mais podia lidar. Usavam armaduras de ossos, como Hild, mas sem as técnicas secretas dos mortífices de Kottar. Todos pularam de rochas escarpadas, vãos estreitos, de trás de sopés, e atacaram Mattora. Os soldados em fuga viram aquela passagem bloqueada.

E correram para a floresta.

Eles se embrenharam entre as árvores.

O primeiro tombou com uma flecha.

Então o segundo.

Logo, uma gritaria de pânico tomou conta dos fugitivos, quando eles perceberam que havia um batalhão de assassinos ocultos na floresta. Eles correram mais rápido, tentando atravessar para o outro lado, mesclar-se entre as árvores, penetrar fundo naquele terreno e simplesmente fugir.

Os primeiros deram de cara com uma cratera imensa, que não deveria estar lá, e caíram.

Logo, centenas de guerreiros fugitivos começaram a desabar na cratera. Aquela floresta era vasta, não deveria haver um buraco gigantesco pondo um fim abrupto a ela. Mas o Rei Ruff Ghanor preparara o terreno daquela luta. Nos dias anteriores, tinha se embrenhado na floresta e usado o poder do terremoto para criar a cratera. Mattora achava que conhecia aquele terreno, mas o terreno era de Ghanor.

Ruff não iria usar sua fome de Devorador de Mundos contra aquele inimigo. Seria tolo e temerário, numa batalha de vingança pela morte de Korin. A armadura não absorveria seu poder de novo, se ele perdesse o controle. Então Ruff criara só mais uma parte da armadilha.

Quando a cratera virou um buraco cheio de guerreiros indefesos, os elfos surgiram do meio das ávores.

E começaram a atirar.

Ruff não viu nada daquilo. Mas confiava em Hild, confiava nos elfos, tinha enxergado a fuga para a floresta e sabia que o plano dera certo.

Ele guardou a luneta e colocou o elmo. Não mais falou em voz baixa. Gritou:

— Avançar!

E o General Urko berrou a ordem:

— *Avante, vira-latas! Com o rei!*

Os cães latiram e uivaram. Os trombeteiros deram o sinal, foram respondidos pelos trombeteiros do exército mais à frente.

Ghanor cruzou o campo de batalha e subiu a colina, encontrando o que restava de Mattora em fuga.

Bellitz voou sobre a formação de soldados de Mattora. Sua espada angelical cortou três cabeças num golpe. Ruff amou-a como nunca.

Ele galopava ao lado do anjo, seguido pela Companhia do Cão, de martelo em punho.

— Matem, vira-latas! — gritou Urko, em encorajamento. — Pelo rei! Pelo general!

E os cães responderam:

— *Korin! Korin! Korin!*

Combatendo ao lado dos cães, Ruff se sentia próximo de Korin.

Cavalgou para cima de um soldado de armadura completa, que brandia uma alabarda. O homem deu um golpe longo e bem posicionado. Ruff fez o cavalo desviar para o lado e acertou a cara do inimigo com o martelo. Seu elmo foi esmagado pelo impacto, ele voou para trás.

Na visão periférica, Ruff enxergou os gigantes perseguindo seus oponentes, a Hoste Imortal avançando em blocos bem ordenados. Cavalgou mais rápido e viu as tendas de Mattora deixadas de lado na fuga, os oficiais indo embora.

E, no meio daquilo tudo, três cavaleiros.

Ao redor dele, o mundo pareceu ficar em silêncio. Ruff viu-os de costas, com capas negras, mas soube quem eram. Seus corpos ainda não eram de adultos, eles ainda tinham a leveza da juventude. No mesmo instante, foi remetido a quando ele tinha aquela idade, quando ainda era apaixonado por Áxia, quando o prior ainda estava vivo. Quando o hobgoblin perdido chegou na aldeia e o destino de todos mudou para sempre.

Cavaleiros de Ghanor que ele não conhecia alcançaram os três, passando por seus guardas. Um dos garotos se virou em seu cavalo e, no mesmo movimento, sacou uma espada. Decapitou um guerreiro de Ghanor. Ruff conseguiu enxergar um vislumbre de seu rosto.

Ele tinha cabelo raspado, mandíbula quadrada, era o mais forte dos três. Havia em seus olhos negros uma fúria que Ruff conhecia de si mesmo.

O segundo, de cabelos negros compridos e pintura de guerra negra ao redor dos olhos, jogou uma lança contra um cavaleiro de Ghanor. Acertou o peito do cavalo, que desabou na hora. Ruff viu o deleite que o garoto teve no ato.

Por fim, o terceiro fez seu cavalo parar e fez um gesto arcano. Ruff viu que ele tinha longos cabelos castanhos, era mais pesado. De suas mãos emanou uma luz verde cegante. Ruff cobriu os olhos, os cavaleiros de Ghanor foram obrigados a puxar as rédeas de suas montarias. Nem mesmo Bellitz era capaz de enxergar.

Mas a imagem ficaria fixada para sempre nos olhos de Ruff. Eram eles.

Philip Anselmus.

Aliss McCooper.

Ozz de Osbourne.

Sem notar, Ruff parou no meio do campo de batalha, protegendo-se daquela luz que tomou toda a colina, enquanto os três reis de Mattora fugiam. Ele não conseguia mais se mexer.

Pela primeira vez, viu seus filhos.

Havia traços dele e de Áxia nos três. E havia algo demoníaco, força e magia que não aconteciam naturalmente. Eles eram malignos, tinham dobrado três reinos a sua vontade.

Mas pareciam pouco mais que crianças.

Ruff pensou de novo em si mesmo naquela idade. Quando era adolescente, ele tinha *certeza* de que Áxia era o grande amor de sua vida, que eles estariam juntos para sempre. Tinha certeza de que o mundo seria ordenado e sempre faria sentido. Naquela idade, ainda faltavam muitos anos para que ele soubesse que era o Devorador de Mundos.

Como ele poderia exigir maturidade e bondade de três garotos que tinham sido criados por uma bruxa para ser armas?

Em silêncio, Ruff rezou agradecendo aos deuses pelo brilho verde conjurado por Ozz de Osbourne e pela fuga dos três. Porque nunca, nunca conseguiria matá-los.

Apenas à noite eles conseguiram calcular o tamanho da vitória.

Ghanor acampou sobre a colina, enquanto batedores foram mandados para procurar armadilhas e localizar fugitivos que pudessem ser capturados. Os prisioneiros enchiam boa parte do terreno e suas armas e armaduras confiscadas estavam numa pilha gigantesca. Oficiais e nobres estavam sob o poder de Ghanor. Na confusão da fuga, tendas com documentos importantes foram deixadas para trás e Ruff teve acesso a mapas e estratégias do inimigo para o futuro.

Ele recebeu a contagem preliminar das baixas e ficou satisfeito. Seus homens resistiram bem. Nenhum gigante havia morrido, embora dois tivessem se perdido e houvesse agora grupos de busca tentando recuperá-los. Hild estava bebendo ao redor da fogueira com seus Gladiadores e ficou feliz em reportar que também não havia perdido nenhum.

Bellitz desapareceu no fim da batalha, mas Ruff sabia que isso era normal. Qualquer tempo que os dois tinham juntos era por piedade dos deuses. Ela devia ter sido chamada de novo. Pelo menos pôde lutar.

Andando a cavalo devagar, acompanhado por Urko, Tarik, Trentor e outros cães, o rei pensava que não poderia ter imaginado um resultado melhor, exceto se Mattora se rendesse sem luta. As próximas batalhas seriam contra um inimigo enfraquecido. Faltava apenas terminar a campanha.

E, nas próximas batalhas, ele seria confrontado com seus filhos.

Precisaria aprisioná-los. Precisaria tentar falar com eles.

Tudo, menos matá-los.

Era estranho, mas esmagar seus filhos numa batalha, mesmo os filhos que ele nunca conhecera, foi uma vitória com sabor de fracasso.

Bellitz voltou uma semana depois. O exército estava de novo acampado à noite. Os soldados se ajoelharam para ela, mas quase já não houve lágrimas. As pessoas podiam se acostumar com tudo.

O anjo entrou intempestivamente na tenda de comando. Os generais começaram a sair no mesmo instante, puxados por Hild. Ruff ergueu-se e recebeu-a com um sorriso enorme. Bellitz também estava sorrindo.

— Poderei ficar mais tempo aqui, Ruff — ela anunciou. — Recebi minha missão divina.

O peito de Ruff se encheu de alegria. Talvez os deuses finalmente estivessem lhe depositando confiança. Ele estava, afinal, triunfando em sua missão. O mundo estava sendo salvo.

Mas o que ouviu a seguir o atingiu como um soco.

— O que falamos há anos vai se concretizar, Ruff. Foi uma ordem direta dos deuses. Eu vou matar os trigêmeos.

21 | A batalha dos reis

— VOCÊ NÃO PODE fazer isso — disse Ruff Ghanor.

Bellitz deu um meio riso incrédulo.

— Não posso? Ruff, nós conversamos sobre isso no início. Eles são só inimigos.

Eles estavam na tenda de comando, ainda de pé, um olhando para o outro. Ruff estava parado, estático, quase sem conseguir respirar. As asas de Bellitz estavam encolhidas, ela não brilhava. Mas nunca parecera mais um anjo, menos humana. O jeito como ela dissera aquilo, a simplicidade factual, não deixava dúvida. Era o mesmo jeito com que ela dissera que ele era o Devorador de Mundos, uma vida inteira atrás.

Quando os deuses davam uma ordem, não era na verdade uma ordem. Era um fato. Os deuses tinham ordenado que o sol nascesse todas as manhãs e assim acontecia a cada dia.

Eles tinham ordenado que o anjo Bellitz matasse os filhos do Devorador de Mundos e isso aconteceria com a mesma certeza.

— Bellitz, nós conversamos sobre isso há uma semana. Eu falei e você concordou. Eu não queria matar os trigêmeos porque sou seu pai.

— Você não precisará matá-los. Eu vou.

— Não! Eles não vão morrer nesta guerra! Ainda podem ser salvos!

— Você quer salvar seus filhos ou salvar o mundo, Ruff Ghanor?

— Vou salvar todos.

— Não vai! Eu sabia que estava entrando em uma rixa familiar. Eles são sua família. Mas agora isso não importa, os deuses decidiram o que vai acontecer e assim será.

Ele ficou calado. Bellitz estava séria, expressão funesta. Mas não havia dúvida em seu tom.

— Desculpe, Ruff. Eu sinto muito mesmo. Mas não sei usar as meias palavras dos humanos. É algo que nunca vou entender. Eu poderia matá-los e não falar nada, mas o respeito demais para esconder isso. Os três morrerão. É melhor aceitar.

Ruff deu alguns passos para trás. Sentia como se tivesse levado um soco. O exército estava em marcha acelerada naquela última semana, quase não descansara depois da batalha que tinha destruído boa parte das forças de Mattora. Mas ele não tinha estado exausto até aquele momento. Seu ânimo continuava, motivando os soldados a continuar também. Contudo, ouvindo aquelas palavras, toda a força se esvaiu de seu corpo. Ele desabou para trás numa cadeira.

— Quando...? — ele começou.

— É inútil falar em "quando" ao se referir aos deuses. De alguma forma, ainda estou ouvindo a ordem. Os deuses não mandam que algo seja feito, eles *decidem* que algo acontecerá. A decisão foi tomada, isso faz parte da Criação agora. Então é como se a ordem ainda estivesse sendo dada. Ao mesmo tempo, isso passou a fazer parte de minha vida. Eu sou Bellitz, aquela que matará os filhos do Devorador. Então é como se a ordem tivesse sido dada eras atrás, antes que houvesse o tempo, quando nasci.

Em qualquer outro momento, ouvir sobre as percepções de Bellitz seria fascinante. Ele ficaria acordado a noite inteira, apenas para escutá-la. Mas agora mal compreendia o que ela estava falando. Só conseguia pensar na morte de seus filhos. Uma realidade tão certa quanto o nascer do sol. Porque os deuses tinham decidido.

— Você vai mesmo fazer isso? — ele conseguiu perguntar.

— Ruff Ghanor, quando eu digo que não tenho escolha, não é da mesma forma que um mortal usa essa expressão. *Eu não tenho escolha.* Isso já foi decidido. Eu me transformei na assassina dos trigêmeos.

— O futuro não está decidido.

— É claro que está. Desculpe, mas quem criou o conceito de "futuro" foram os mortais, porque não conseguem enxergar o tempo em todas suas dimensões. Dizer que o futuro ainda não está decidido é o mesmo que dizer que uma estrada ainda não foi construída porque você a experimenta um passo de cada vez.

— Mas você mesma falou... Disse que era covardia tentar apagar os erros. E disse que os deuses queriam matar seus próprios filhos, apagar seus erros e por isso eram covardes.

— Sim, eu disse isso. E ainda tenho a mesma opinião. Você sabe muito bem como é ser uma arma na mão dos deuses, mesmo não concordando com isso.

— Mas eu me recusei a devorar o mundo — o rosto dele se iluminou. — Eles não determinaram meu destino.

— Mas, em todos os seus momentos de descontrole, você chega muito perto de cumprir a tarefa que os deuses lhe designaram. Quando Korin morreu...

— Eu sei o que *quase* houve quando Korin morreu! Mas não houve de verdade! O mundo não foi destruído!

— Porque você é mortal, Ruff Ghanor, e suas limitações são o que o tornam forte. E você sabe como foi extraordinário ao convencer os deuses a lhe darem uma chance. Você os forçou a escutar. Você ao mesmo tempo é o Devorador de Mundos e o rei que salvará o mundo. Talvez nada nem ninguém em toda a Criação seja ambíguo dessa forma.

Ele afundou a cabeça nas mãos. Seus filhos iriam morrer e ele estava discutindo determinismo, como se estivesse numa aula, falando com um monge professor. De um modo absurdo, ele quis ver os trigêmeos mais uma vez.

Percebeu que nunca tinha ouvido suas vozes.

— Por que agora? — ele perguntou, simplesmente.

— Sei que não deseja ouvir isso... Eles devem ter avançado em seu plano de devorar os céus. Talvez estejam muito perto.

— Você pode se recusar — ele disse, quase uma súplica. — Mesmo que não dê certo. Mesmo que, assim como eu quase destruí o mundo, você perca o controle e acabe matando-os. Resista, pelo menos.

— Minha vida não é minha própria — ela falou com voz pequena. — Tenho algo dentro de mim que faz os deuses escutarem tudo que digo, saberem de cada um de meus pensamentos, enxergarem tudo que meus olhos veem. É parte do que sou. E, no momento em que eu me recusar, eles podem me puxar de volta a seus domínios. E talvez nunca mais me deem permissão de retornar ao mundo.

Eles eram juízes que tinham todo o poder. Eles tinham decidido por três mortes. Uma recusa poderia significar que eles perderiam a confiança em Ruff e isso seria o fim do mundo.

Ruff pensou se valia a pena. Se as vidas dos filhos que ele não conhecia, fruto de uma traição, nascidos num ritual demoníaco e manipulados por Áxia, valiam arriscar o mundo inteiro.

— Posso lhe perguntar algo? — ela disse, sentando para poder olhá-lo nos olhos.

— É claro.

— Por que isso é tão difícil para você?

Quaisquer outros inimigos já teriam sido mortos — ou pelo menos Ruff teria certeza sobre sua morte. Ele tinha matado muita gente durante sua vida, que São Arnaldo o perdoasse. Tinha matado hobgoblins e guerreiros possuídos por demônios, mas também simples soldados cumprindo ordens. Tinha obliterado toda a cidade de Rocha Celeste. Tinha matado inocentes em Kottar. Tinha matado centenas, talvez milhares, durante sua fúria de Devorador. Ruff Ghanor estava sujo de sangue até os ossos. Até mesmo a perspectiva de matar Áxia parecia fácil.

Mas não seus filhos.

— Eles são parte de mim — disse. — Não, esqueça. Se você me pedisse para cortar meu braço, seria mais fácil. São *mais* do que parte de mim. Sinto que, por piores que eles sejam, de alguma forma, são inocentes, porque só existem por minha culpa. *Eu* não me importo em sofrer. Mas, de alguma forma, não tolero que *eles* sofram.

— Você tem o coração puro, Ruff Ghanor. Mas eles são malignos.

— Não, isso não é pureza. Você não pode entender. É algo primitivo. Sinto como se fosse um animal. Falar em matar meus filhos desperta um instinto dentro de mim. Parece que, não importa o que eles façam, seriam incapazes de matar esse pedaço de mim mesmo. Mesmo que *eles* me odeiem, não posso odiá-los. Mesmo que *eles* queiram me matar, não consigo desejar sua morte.

— Eles se voltaram contra os deuses.

— Não é o que estamos fazendo? Contrariando as ordens dos deuses? Chamando-os de covardes?

— O que está dizendo?

— Talvez eu tenha errado em recusar a proposta de Mubruk.

Ela ficou em silêncio. Quase em choque. Ruff estava ofegante, embora só estivessem conversando.

— Você não pensa realmente isso — disse o anjo.

— Eles são tiranos! São como Zamir. Sem eles, estaríamos livres.

— Sem eles, o mundo nem mesmo existiria.

— Nenhum de nós pediu para ser criado! Eles nos fizeram e exigem adoração e obediência! Isso não passa de tirania.

Ela estava séria. Mais séria do que ele jamais vira.

— Tome suas próprias decisões, Ruff Ghanor. Fique ao lado dos trigêmeos, de Mubruk Filho de Urso, se quiser. Eu sei o que devo fazer.

— Não... Eu não ficarei ao lado deles. São o inimigo.

Ele estava com dor de cabeça. Era demais para que pudesse aguentar. Seguir as ordens dos deuses significava genocídio, unir-se aos trigêmeos era a blasfêmia suprema. Ele precisava seguir o caminho do meio, contra tudo e contra todos. Era a única maneira de existir.

Olhou nos olhos de Bellitz e só viu convicção. Ela *iria* matá-los. Ou pelo menos tentar.

Ele poderia tentar defendê-los. Defender seus filhos do ataque de Bellitz.

Lutar contra ela.

Era, na verdade, a única dúvida.

— Pelo menos deixe que eu os veja mais uma vez — pediu.

O estandarte do leão tremulou sobre cada castelo em Mattora. Nem mesmo as antigas capitais ou fortalezas das famílias reais sobravam.

Mas ainda restava um exército em fuga.

A Hoste Imortal de Ghanor avançou sobre o reino, em perseguição às forças dos três reis. Philip Anselmus, Ozz de Osbourne e Aliss McCooper escolheram devastar suas próprias terras a entregá-las intactas ao pai. Por onde Ghanor passava, encontrava lavouras queimadas, famílias de fazendeiros deixadas na miséria, aldeias em que todos com capacidade de segurar uma arma tinham sido recrutados à força e arrastados com a coluna fugitiva. Passaram por um mosteiro que devia ter desagradado aos três de alguma forma, pois todos os monges tinham sido chacinados e só restavam ruínas calcinadas do prédio. Pelo menos duas cidades estavam passando fome, seus recursos saqueados pela própria coroa de Mattora.

Ruff não ignorava que aquilo, de certa forma, era vantajoso para ele. Todos os burgueses e plebeus que tinham sido traídos por seus reis acolheram o conquistador. Depois da batalha em que o exército de Mattora fugiu pela primeira vez, quase não houve resistência. Aquele povo tinha perdido suas identidades únicas, aglomerado num só reino artificial com pessoas que, segundo a doutrina que ouviram por séculos, eram suas inimigas. Para o povo de Utteria, Vammira e Mattora, que agora compunham o reino único de Mattora, seus novos reis garotos ou uma força conquistadora estrangeira qualquer não eram muito diferentes. Eles não gritaram seu nome, mas ficaram calados e resignados quando ele passou com suas tropas. E, em uma cidade, o burgomestre pediu que matasse os reis. Por vingança.

Um exército só era tão rápido quanto o mais lento soldado em marcha e por isso Ruff Ghanor forçou seus guerreiros ao máximo na perseguição. No início, eles estiveram bem pouco atrás das forças de Mattora. Mas, a cada dia, a distância tinha aumentado mais. A maior fraqueza de Mattora em combate era sua maior força na fuga: estavam em número menor. Além disso, um exército como aquele não tinha problemas em deixar para trás soldados feridos ou apenas exaustos além de qualquer salvação.

Numa estrada larga, a Hoste Imortal começou a encontrar corpos.

Eles usavam tabardos com o brasão tripartido de Mattora ou túnicas antigas ostentando os brasões de cada um dos três reinos. Estavam pretos com moscas e corvos. Alguns tinham marcas óbvias do último combate: curativos sobre ferimentos que tinham infeccionado, mãos amputadas recentemente. Outros não pareciam ter ferimento nenhum antes de morrer.

Um soldado anônimo no exército de Ghanor avisou seu sargento que tinha ouvido gemidos do meio de uma pilha de cadáveres. O sargento foi inspecionar, o rumor se espalhou pela coluna e logo Hild cavalgou até a comoção. Enxergou alguns soldados desenterrando um homem ainda vivo debaixo dos mortos. O fedor era insuportável.

O soldado de Mattora deixado para trás estava magro e emaciado. Imundo de todo tipo de sujeira que se podia conceber, ele soltava um gemido baixo e contínuo sem notar. Não tinha forças para se mexer, era como um boneco de pano nas mãos dos que o haviam resgatado.

— Deem espaço! — ordenou Hild, desmontando do cavalo. — Ele precisa respirar!

Mandou que chamassem clérigos. Mas, quando um sacerdote se ajoelhou sobre o homem, soube que havia pouco que qualquer um pudesse fazer.

— O que aconteceu com você? — perguntou o clérigo.

O soldado caído sorriu. Não compreendia o que estava acontecendo, enxergava alguma coisa além de um mero padre fazendo perguntas e tentando rezar para que ele não morresse. Alguém entregou um cantil a Hild, ela apoiou a cabeça do homem e o fez beber.

— O que aconteceu? — insistiu o clérigo.

O soldado franziu o cenho. Sua voz quase não saiu.

— Não conseguia mais andar. Estava muito cansado. Caí no meio do caminho.

— Está tudo bem. Você pode descansar agora.

— Eu não conseguia mais pensar. Não entendia mais o que estava acontecendo. Nem percebi quando caí. Eles me jogaram para o lado da estrada. Jogaram um monte de corpos em cima de mim. Eu só queria dormir. Mas estava tão cansado que não conseguia.

As mãos do sacerdote brilharam numa luz azul. O moribundo sorriu, mas continuou estirado, sem conseguir se mover.

— Ele não está ferido — disse Hild. — Está só exausto e faminto.

Os soldados e o sacerdote olhavam para Hild em busca de orientação. A coluna continuava marchando.

— Você é a oficial — disse o sacerdote. — O que fazemos?

Hild pensou por um momento.

Seu instinto de guerreira de Artus mandava dar um golpe de misericórdia no pobre diabo e seguir em frente. Afinal, ele era um inimigo. Também não podiam perder tempo e recursos com cada maltrapilho que encontrassem.

Mas aquele era o exército de Ruff Ghanor.

— Coloquem-no numa maca — ordenou Hild, para os soldados. — E ponham-no em cima de uma carroça. De preferência que não seja uma carroça de comida, não quero comer nada que tenha esse fedor.

Eles seguiram.

Naquela noite, Ruff, Bellitz, Hild e Urko abriram um mapa sobre uma mesa dobrável na tenda de comando. O rei marcou com um pedaço de carvão as cidades e aldeias pelas quais já tinham passado e a rota que estavam fazendo. Marcou também a posição mais provável do exército de Mattora. Estavam no que antigamente era o reino de Utteria, que sofrera com conquista não muito tempo atrás.

— Por que eles estão fazendo essa rota? — perguntou Urko. — Não faz sentido. Ignoraram o castelo real — ele apontou para o Castelo do Crisol — e uma cidade fortificada onde poderiam se entrincheirar.

Aquela perseguição não fazia mesmo sentido. Nenhum exército procurava simplesmente escapar de outro, como se fossem dois meninos correndo no meio da floresta. Fazia ainda menos sentido que os reis estivessem naquela carreira. O normal seria que as forças de um reino invadido se protegessem dentro de um castelo. Ou que pelo menos o rei fosse mantido em segurança.

Ruff olhou o mapa. Mas ele já sabia a resposta.

— Eles desistiram depois que perderam a última batalha — disse. — Seu destino é outro.

Então apontou para Sammelen.

A coluna de Mattora se aproximava cada vez mais da fronteira com o reino mais poderoso do mundo. Embora o pacto proibisse que Sammelen interferisse naquela guerra, nada impedia que aceitasse a presença de tropas refugiadas de Mattora em seu próprio país. Os trigêmeos estavam rumando para os braços de sua mãe e para a proteção de Mubruk Filho de Urso.

— Eles querem nos deixar um reino inútil — sentenciou Ruff. — Queimando plantações, recrutando todos os guerreiros em potencial, até mesmo deixando feridos de lado. Querem que fiquemos com todo o custo de dominar Mattora, sem nenhum dos benefícios. E vão reforçar o exército de Sammelen.

Uma vez que tivessem cruzado a fronteira, estariam fora do alcance de Ghanor. Se Ruff conseguisse provar crimes de guerra, talvez pudesse fazer uma jogada diplomática para extraditar os trigêmeos de dentro de Sammelen, mas isso era improvável.

— Novo plano — anunciou Ruff. — Vamos dividir as tropas.

Hild e Urko se empertigaram, aguardando as ordens. Bellitz ficou escutando o rei, imaginando se ele levava em conta a missão que ela recebera.

— Nós seguiremos em frente em marcha acelerada — disse o rei. — Hild, liderando os Gladiadores. Urko, com a Companhia do Cão. Johrgrund com os gigantes. E eu e Bellitz, é claro. O resto do exército fica.

— Ruff, isso significa deixar a maior parte de nossas forças para trás — argumentou Hild.

— É a única forma de alcançá-los. Estamos lentos e só vamos ficar mais lentos à medida que encontrar pilhas de cadáveres e mosteiros queimados. Vamos levar só nossa elite, para garantir que a força principal não seja emboscada. E vamos lutar como nunca lutamos para não deixar que eles fujam.

Bellitz soltou um suspiro leve. Aquilo ainda não respondia o que ele pensava sobre a morte dos três.

Galopando com a Companhia do Cão, Ruff avistou os estandartes de Mattora atrás de uma colina baixa.

— Lá estão eles! — gritou o rei. — Podemos alcançá-los!

— Rápido, vira-latas! — gritou Urko e as trombetas soaram.

— Gladiadores, avante! — gritou Hild.

Johrgrund apenas gritou e os gigantes correram.

— *Carga!* — ordenou o rei.

Seu cavalo negro avançou, arrancando tufos de grama com os cascos enormes. Uma camada de suor espumoso já cobria o pelo do animal e ele era rápido como o vento, deixando os outros cavalos para trás.

Mas nem o corcel de Ruff Ghanor podia correr como um gigante.

As monstruosidades ganharam a frente, correndo numa desordem assustadora, brandindo suas armas toscas. Berraram sem palavras e berraram maldições, xingamentos, promessas de que iriam devorar os inimigos. No meio da confusão, Ruff viu os soldados de Mattora tentando formar uma parede de escudos, a cavalaria começando a se organizar para uma carga, mas então os gigantes chegaram sobre eles e os corpos voaram para todos os lados.

— Seus três reis crianças serão meus petiscos, seus merdinhas! — gritou Johrgrund. — Não fujam!

E, no meio do galope, Ruff notou que Johrgrund era o último dos gigantes a chegar. Estava sem fôlego, corria atrás de todos e desta vez nenhum berro, nenhuma força de vontade conseguiu fazer com que ganhasse a distância perdida.

Então Johrgrund chegou aos adversários, varreu a primeira linha com um golpe enorme do mangual, e Ruff não viu mais nada de anormal em seu amigo.

Hild emparelhou com ele, eles passaram a galope pelo meio de um ciclope e um gigante do gelo. Encontraram uma formação de soldados de Mattora, escudos com escudos se protegendo contra a tempestade de aço, e tocaram os cavalos. As lanças inimigas brotaram por entre os escudos. Hild deu um grito de guerra de seu povo, ergueu o machado e saltou da montaria para cima da parede de escudos inimiga.

Como um animal raivoso, ela caiu com os dois pés sobre o escudo e o peito de um soldado, fez ele desabar para trás e fincou o machado em seu rosto. Virou-se e cortou o pescoço de outro, antes que eles conseguissem reagir. Ruff fez o cavalo escoicear mais um, bateu com o martelo de cima para baixo, esmagando o crânio de outro. Um inimigo golpeou com a lança em seu flanco. Ruff ergueu o escudo, bloqueando a estocada, então usou o escudo para bater, acertando o homem na têmpora.

Ele ouviu os cães de Korin latirem, os Gladiadores de Hild gritarem seu nome.

Um hobgoblin passou por ele, gritando:

— Ghanor! Ghanor! Ghanor!

Essa era sua realidade agora: mais de um hobgoblin gritava seu nome. Tendo sido prisioneiros dos gigantes e adquirido lealdade a Hild, eles agora faziam parte dos Gladiadores e matavam humanos por suas ordens. Mas ele não tinha tempo para pensar naquilo: ouviu algo cortando o ar acima de sua cabeça e viu Bellitz, voando em linha reta, as asas abertas, tapando o sol por um instante, a armadura dourada brilhando de forma sublime.

Ele sabia qual era o objetivo do anjo.

— Você aguenta sozinha aqui? — o rei gritou a pergunta para Hild.

A guerreira desviou de um golpe de espada, destruiu um joelho com o machado e respondeu:

— Talvez eu pegue no sono!

Ele fez o cavalo avançar por entre as tropas inimigas.

Os gigantes provocavam o pandemônio. Os Gladiadores estavam abrindo um corredor de morte e a Companhia do Cão enfrentava os batalhões ainda organizados.

Atrás de tudo, havia um rio. O rio era cruzado por uma ponte que estava bem à frente deles. Ela levava para o espaço entre dois castelos e Ruff podia ver que havia movimentação de tropas naquela área.

Era a fronteira com Sammelen.

De repente, um gigante soltou um grito de agonia. Ruff viu a coisa enorme tombando, sem uma perna, que tinha sido cortada de forma limpa, logo abaixo do joelho.

— Não temam esses monstros! — gritou Philip Anselmus, de cima de um cavalo, com uma enorme espada de duas mãos pingando sangue. — Pela Dama de Ferro!

Ruff sentiu o coração disparar. A luz dourada de Bellitz brilhava por cima dele. Enfiou as esporas no cavalo para que ele fosse ainda mais rápido e o animal reclamou, mas obedeceu. Súbito, ele estava com medo de Bellitz, com medo de seu anjo, da mulher que ele amava. Porque ela iria matar os trigêmeos.

O gigante caiu, sem uma perna, berrando de agonia e esguichando sangue. Ruff viu o rosto anguloso e mal-encarado de Philip Anselmus. Viu os outros dois filhos, os cavaleiros demoníacos, no meio do exército de Mattora.

Uma névoa negra começou a emergir do chão, às costas dos trigêmeos.

Um contingente de uma dúzia de homens da Companhia do Cão correu para os três jovens reis. A batalha tinha se transformado numa carnificina. Aliss McCooper galopou em direção aos cães, os longos cabelos negros ao vento, brandindo duas espadas.

Curvou-se sobre o cavalo, desviando dos golpes dos ex-mercenários, cruzou as lâminas e abriu o bucho de um, fazendo sangue e tripas brotarem em profusão. Bloqueou uma machadada, cortou o cabo do machado com uma espada e enfiou a outra na garganta do atacante. Enquanto fazia isso, ria, mostrava a língua. Seus olhos cercados de pintura de guerra negra estavam ensandecidos.

A névoa aumentou. Começou a engolfar os combatentes dos dois lados. Em instantes, Ruff estaria lá, mas já estava difícil discernir o que acontecia.

Um gigante do gelo atacou os três reis com uma maça imensa. Deu um golpe poderoso, com as duas mãos, sobre Ozz de Osbourne. Mas o rei feiticeiro puxou as rédeas e fez o cavalo saltar para longe no último instante. A maça do gigante se afundou no chão com um estrondo, causando uma chuva de terra e grama.

Sobre o cavalo, Ozz fez um gesto arcano e juntou as mãos. Uma enorme língua de fogo brotou das palmas, estendendo-se até o rosto do gigante. Os cabelos e a barba da criatura incendiaram de imediato. O gigante do gelo gritou, largou a maça e começou a espernear. Às cegas, chutou dois Gladiadores, que voaram para longe.

Ruff fez o cavalo galopar mais rápido. Segurou o martelo com força.

Ali estavam eles.

Seus filhos.

Apenas garotos.

Matando gigantes.

Philip Anselmus pulou sobre o gigante cuja perna tinha cortado. Com um urro de ódio, fincou a espada enorme na garganta do inimigo. Puxou a lâmina, fazendo um arco de sangue brotar, e abriu os braços em triunfo.

Ele tinha pouco mais de 15 anos.

A névoa já era espessa, opaca. O campo de batalha estava tomado de nevoeiro negro. Ruff notou que, do meio da bruma, pareciam emergir figuras bípedes. Pessoas translúcidas, como fantasmas.

Bellitz mergulhou do céu contra os três reis.

Deu um grito de guerra com sua voz musical e golpeou Philip Anselmus. O garoto ergueu a espada em velocidade sobrenatural, aparando a lâmina do anjo. E então seu aço se quebrou.

A ponta da espada girou pelo ar. Bellitz aproveitou a surpresa do inimigo e pressionou: chutou seu peito, derrubando-o de cima do gigante, saltou com asas abertas num golpe largo, segurando a espada com as duas mãos.

Os dois sumiram atrás do corpo do gigante. Ruff galopou para o lado, para conseguir vê-los. Notou que Aliss McCooper tinha sumido e Ozz de Osbourne estava parado sobre o cavalo.

Ruff ouviu a voz de seu filho feiticeiro. Era poderosa e, ao mesmo tempo, aguda e penetrante.

— *A ordem do céu e da terra irá ruir. A ordem da vida e da morte desaparecerá. A ordem de criadores e criaturas pertence ao passado.*

Ruff sentiu um golpe forte em suas costas: Aliss McCooper passou a galope e atingiu-o na armadura de Arcanium com as duas espadas. O golpe tirou faíscas em meio à névoa espessa.

Ozz continuou:

— *Aqui acaba a ordem de juízes e réus! Aqui acaba a ordem ditada pela lei divina! Tudo será permitido, pois este é o fim da ordem!*

Ruff virou-se para olhá-lo. O mundo parecia estar se movendo com lentidão terrível. Ozz de Osbourne completou:

— *Só restará o caos!*

E um urro possante deixou as gargantas dos trigêmeos. De Ozz, que recitava o que parecia um ritual. De Aliss, que contornava seu pai com as duas espadas. De Philip, que lutava com Bellitz atrás do corpo de um gigante, emergiu um rugido:

— *CAOS!*

Ruff viu Bellitz voar para trás, impulsionada pelo que parecia uma torrente de névoa sólida. Mas, em um instante, viu que não era névoa. Eram milhares de guerreiros fantasmagóricos, correndo e galopando em direção aos céus, atropelando e arremessando o anjo.

A névoa a todo redor se transformou em guerreiros, todos berrando o mesmo grito de guerra:

— *CAOS!*

Ruff viu Bellitz cair pesada no chão, sangrando, desorientada. Olhou para cima e viu a torrente interminável de guerreiros, centenas de milhares de guerreiros, todos subindo aos céus. Sua garganta secou de pânico. Não conseguia se mover direito, não conseguia raciocinar. Aquele era o começo. Eles não eram ainda os Devoradores dos Céus, mas aquele era o primeiro ataque ao Paraíso.

— Você traz o fim do mundo, Ruff Ghanor! — gargalhou Aliss Mc-Cooper, circulando em volta dele a todo galope. — Mas nós trazemos o fim dos céus!

A torrente de guerreiros mortos subiu e uma espécie de rasgo surgiu no céu.

O azul já estava quase todo tomado de névoa negra em forma de soldados.

Do rasgão, surgiu um grito. Um grito lancinante, de dor, que penetrou os ouvidos de todos ali. Ruff levou as mãos aos lados do elmo. Seu cavalo empinou, desesperado, os olhos brancos. Derrubou-o, espateando o vazio. Bellitz convulsionou no chão.

Ruff caiu pesado e conseguiu se proteger com o escudo no último momento — o pé de um gigante veio para cima dele, enquanto a criatura se debatia em pavor. Por todo o campo de batalha, a elite de seu exército corria ou apenas estava paralisada. Tudo pelo horror daquele grito.

O fluxo de guerreiros mortos continuou para dentro do rasgão no céu. Um segundo grito, mais terrível que o primeiro, cortou o ar. Ruff viu dois Gladiadores caírem mortos, apenas por ouvir aquele som. Começou a fazer força para levantar, mas seus membros estavam fracos.

Os trigêmeos estavam a sua frente.

— Sabe o que é isso, pai? — disse Philip Anselmus, o olhar lunático cheio de ódio. — Sabe o que está acontecendo?

Philip apanhou um cavalo assustado e montou-o. O animal relinchou e escoiceou, mas obedeceu. Ele abriu os braços para cima, em meio à torrente de guerreiros que continuava fluindo, então um pingo vermelho caiu sobre ele.

Aliss McCooper voltou a gargalhar.

Outro pingo caiu em Ruff, bem dentro de seu elmo. Ele sentiu gosto de ferro.

Mais um pingo e mais um. Então o vermelho desabou, como uma tempestade.

Estava chovendo sangue.

O terceiro grito foi apagado por um gorgolejar. Ruff sentiu seu coração deixar de bater por um instante. Algo estava acontecendo, algo ruim demais. Em meio à chuva de sangue, ele observou: onde o sangue caía, nascia trigo.

Trigo forte, cheio de vida. A grama começou a crescer alta e saudável. Uma linda árvore frutífera brotou do chão. Então outras plantas surgiram, fazendo brotar grãos. Alimento. Nos campos irrigados por sangue, começou a surgir um arrozal.

Era sangue sagrado.

Então, do rasgão no céu, despencou um corpo.

— *Não!* — gritou Ruff Ghanor, finalmente entendendo.

— Nós somos os Cavaleiros do Caos! — gritou Philip Anselmus. — E nós matamos um santo!

O corpo atingiu o chão com um estrondo horrendo, criando uma cratera, bem ao lado de Ruff. Ele foi jogado, rolou livre no ar. Caiu cratera abaixo. A planície inteira tremeu.

No fundo da cratera, com horror, Ruff pegou nos braços o cadáver de um monge.

São Arnaldo estava morto.

— *CAOS!*

O corpo do santo no braço esquerdo, Ruff ergueu o martelo com a outra mão. Desceu-o na cratera e uma explosão formou uma fenda enorme, que se estendeu na direção dos Cavaleiros do Caos. Dezenas de soldados foram tragados pelo solo. Ruff gritava sem parar. O cadáver estava ficando mais leve. Ele roubou uma olhada e viu que o santo era pequeno. Era um velho de ar doce, mas sua pele estava quase translúcida.

Philip Anselmus, Ozz de Osbourne e Aliss McCooper viraram os cavalos e galoparam para longe, fugindo da fenda.

Ruff ordenou que a terra o erguesse, a cratera vomitando pedras e remexendo o solo para que ele emergisse, com o cadáver de São Arnaldo ainda no braço esquerdo. Cada vez mais leve. Cada vez menos tangível.

Ele chegou à boca da cratera e nem sentia mais o peso do santo. Ao redor, os campos tinham todos brotado com grãos e árvores frutíferas, irrigados com o sangue milagroso. A névoa negra tinha se condensado numa torrente de guerreiros e seguia o exército de Mattora. Os trigêmeos lideravam seus homens, em direção ao rio que havia ao fundo, para que atravessassem a ponte.

Ruff viu que, do outro lado da ponte, havia tropas em formação. Homens altos, de armaduras brilhantes.

Ele notou Bellitz ficando de pé, cambaleante. O tamanho da blasfêmia que acabara de ocorrer a tinha deixado abalada. O anjo brilhou com luz dourada e gritou.

Os raios dourados se estenderam entre sua armadura e o céu. Ela foi puxada no ar, meio metro, mas caiu de novo. Fazia força, como se resistisse a uma energia inescapável.

Ruff ainda estava atônito. Olhou para o santo em seu braço esquerdo e já não havia mais nada. Nem um resquício. Apenas um manto de monge, vazio. Lágrimas brotaram dos olhos do rei sem controle. Ele sentiu como se perdesse o prior, o mosteiro, Dunnius e Korin, todos de novo, todos de uma só vez.

Bellitz estava sendo levada para longe.

Os trigêmeos estavam correndo em direção à ponte para Sammelen. Mas Bellitz estava sendo puxada de volta pelos deuses.

Ele correu para ela.

Chegou no instante em que Bellitz não pôde mais se segurar ao mundo físico. Ela flutuou nos raios dourados, voando sem mexer as asas. Esticou os braços para Ruff. Ele também esticou os seus e conseguiu tocar nos dedos dela.

— O que vai acontecer? — ele ainda disse.

— Eu falhei, Ruff Ghanor. Eu serei punida — ela disse, tentando sorrir pela expressão de dor e esforço. — Mas não tenho medo. Você estará comigo. Juntos podemos vencer qualquer coisa.

O brilho dourado se intensificou, cegando os guerreiros no campo de batalha. Bellitz foi engolfada numa coluna de luz, flutuou para longe, ainda fazendo força, e o toque com os dedos de Ruff se desfez. Ela então foi puxada num estirão.

A luz dourada explodiu e então só sobrou uma estrela dourada no céu diurno.

E, logo em seguida, nada.

Ele se virou para a ponte. Já não havia um cadáver em seus braços. Apenas o manto. Era tudo que restava de São Arnaldo, exceto a safra que seu sangue criara.

Ruff correu atrás dos cavalos, como um louco. Talvez fosse a destruição que ele tinha operado com o terremoto, talvez fosse a bênção do sangue santo, mas adquiriu velocidade inumana. Começou a diminuir a distância. Os Cavaleiros do Caos galopavam, rindo, berrando como demônios. Os cascos tocaram na madeira sólida que cruzava o rio, fazendo barulho. As grevas de Arcanium também tocaram a madeira.

Ruff enxergou quem estava do outro lado. Eram fileiras de soldados tão altos quanto o próprio Mubruk. A Guarda do Urso. Todos garbosos, belos, com espadas imensas, armaduras completas. Todos com longos cabelos loiros e mandíbulas quadradas.

Do meio das fileiras, surgiu o rei.

Ruff correu mais rápido, seus pulmões prestes a explodir, chegando mais perto. Viu Mubruk Filho de Urso, peito nu e cabeça coberta pela pele do rei anterior.

O selvagem sorriu.

Aliss McCooper atravessou a ponte e os guerreiros se abriram para que ele passasse. Ruff gritou de frustração. Então Ozz de Osbourne. Philip Anselmus deu uma olhada para trás, para o pai, e se mesclou à elite de Mubruk. Os três agora estavam em Sammelen. Longe do alcance de Ghanor.

Ruff parou no meio da corrida, ofegante. Mal conseguia respirar dentro da armadura completa.

Mubruk andou devagar em sua direção. Parou no início da ponte e começou a rir, traindo fúria em sua respiração pesada, em suas narinas dilatadas.

— Venha, rei de Ghanor. Cruze a ponte. Entre em Sammelen.

— Devolva-os! — gritou Ruff, apontando o martelo para Mubruk. — Os reis de Mattora pertencem a mim e devem responder à justiça em Ghanor!

— Você pode tê-los, pequeno rei. Basta cruzar a ponte. Basta me enfrentar.

Ruff sentiu a ponte tremer atrás dele. Mas não era o terremoto. Era Hild, liderando os Gladiadores, e Urko, com a Companhia do Cão. Atrás, Johrgrund ofegava, esperando com seus gigantes.

Eles estavam prontos. Se Ruff desse a ordem, todos eles estariam prontos para lutar contra a Guarda do Urso, para enfrentar o rei bárbaro do reino mais poderoso do mundo.

— Você teve sua chance de se aliar a mim — Mubruk Filho de Urso apontou para Ruff. — Seus deuses e santos morrerão de qualquer forma!

Bastava cruzar a ponte e quebrar o pacto. Então seria a elite de Ghanor contra a elite de Sammelen. E, logo, Ghanor, Kottar e Mattora contra

Sammelen, Zibrene e Artus. Seria Ghanor contra o pacto e guerra total até vitória ou morte.

— Venha, pequeno rei.

— Ghanor não o teme, maldito!

Mubruk gargalhou.

— Ghanor? — Mubruk abriu um sorriso de tubarão. — Você acha que sabe o que está acontecendo em Ghanor, pequeno rei?

Mais uma vez naquele dia sombrio, Ruff sentiu o estômago despencar, tomado por um tijolo gelado.

— A esta altura, as tropas de Sammelen estão marchando sobre seu reino de merda — grunhiu Mubruk. — Mas você tem a opção de lutar aqui. Atravesse a ponte. Use o poder do terremoto. Então estará atacando um reino que é parte do pacto e todos cairão sobre você. Ou volte com o rabo entre as pernas para Ghanor e tente resistir a Sammelen sozinho.

Ruff estava tremendo. Por instinto, procurou Hild com o olhar, como se a discípula pudesse lhe dar alguma resposta.

Ghanor estava sob ataque. Os trigêmeos tinham se tornado os Cavaleiros do Caos. Bellitz fora tirada do mundo pelos deuses.

São Arnaldo estava morto.

O rei de Ghanor deu as costas ao inimigo. E, sob as risadas de Mubruk Filho de Urso, deixou seus três filhos para trás. Com suas tropas, voltou para Mattora, agora seu novo reino.

— Esqueceu suas coroas, Majestade! — gritou Mubruk.

Então jogou na ponte as três coroas do triunvirato. O prêmio amargo da vitória naquela guerra.

22 últimos suspiros

A VIDA NÃO parava durante uma guerra. Ruff Ghanor teve muita sorte de chegar de volta à capital enquanto Lurius Minimus ainda estava vivo.

Sua jornada de volta a Ghanor teve ao menos uma notícia aliviadora: os exércitos de Sammelen ainda não tinham cruzado a fronteira com o reino, apesar do que Mubruk tinha falado. Estavam lutando em Kottar. Mas isso foi pouco conforto. Assim que ele cruzou os portões do castelo, o castelão veio avisá-lo, esbaforido. A saúde do velho espadachim tinha declinado meses antes, ele passava muito tempo dormindo, tinha acessos de febre que ninguém conseguia curar. Os clérigos eram incapazes de fazer qualquer coisa. Estranhamente, os devotos de São Arnaldo tinham perdido todos os poderes. E, nos últimos dias, tudo ficara pior. Lurius não conseguia respirar, quase não se mexia. Todos estavam se preparando para o fim.

Ruff não ouviu o fim da história, correu pelos salões, ignorando os guardas e servos que faziam mesuras, até chegar ao quarto do ancião.

Quando abriu a porta, foi atingido por uma golfada de cheiro de doença. Não havia como chamar de outra coisa — era o misto de fedor de quarto fechado, remédios, suor e outras secreções, que anunciava que lá vivia uma pessoa em sofrimento. O rei se aproximou, controlando a respiração. Dois monges estavam debruçados sobre Lurius e, ao lado deles, estava o arcebispo. Ruff fez um gesto para que os monges se afastassem e eles obedeceram, curvando-se.

Ele viu Lurius Minimus e a primeira coisa que pensou foi como ele estava pequeno.

O espadachim nunca fora alto, mas havia nele uma vivacidade que impedia que Ruff pensasse nele como pequeno. Mesmo nos anos entrevado, ele falava, esbravejava, parecia ocupar o quarto. Agora estava magro e encolhido. Não tinha mais barba ou bigode, apenas fios finos, brancos, desencontrados. Estava num canto da cama, encolhido, coberto como um bebê.

O arcebispo se ergueu.

— Majestade — ele disse. — Eu estava no meio dos últimos ritos para o Comandante Minimus.

Ruff olhou para a figura deitada.

— Eu farei os últimos ritos. Por favor, Eminência, deixe-nos a sós.

Os três religiosos foram saindo, mas Ruff interrompeu:

— Irmãos, por favor tragam meu hábito e uma estola.

Eles fecharam a porta.

Ruff se ajoelhou ao lado da cama do amigo. Tocou seu ombro com delicadeza.

— Lurius? Está me ouvindo?

O ancião abriu os olhos devagar.

— Filho?

Ruff engasgou, mas se controlou. O filho de Lurius Minimus era um duque no Castelo do Outono Eterno. Já tinha seus próprios filhos, pelo que eles sabiam, mas Lurius nunca conhecera os netos. Não havia nenhuma grande briga na família, mas o Duque Minimus I, ao contrário de seu pai, era obcecado por nobreza e por sua própria importância. Não era um incompetente — tinha debelado rebeliões na fronteira, durante os primeiros anos do reino, e por isso Ruff tinha lhe concedido o título de duque. Mas o rei suspeitava que não fosse nem sombra do homem que era seu velho pai. Lurius Minimus se aliara a Ruff ainda em Abismo Sereno. Defendera seu nome quando todos o chamavam de traidor. Unira-se a Korin e embarcara numa guerra que não era sua. Tornara-se chefe dos capas vermelhas e seguira fiel até que não pudera mais sair da cama para lutar.

— Sou eu, Lurius. Ruff.

— Ah — o velho sorriu, mas não parecia ter reconhecido. Então estreitou os olhos, pensou um pouco e seu rosto se iluminou. — Ah! Ruff! Onde está Korin?

De novo, Ruff engoliu um soluço.

— Korin não pôde vir, Lurius. Ele está liderando os homens.

— Como sempre... Já lhe contei sobre o que Korin fez quando você estava preso?

— Já, meu amigo.

— Foi uma boa história. Nós marchamos com a bandeira da cabra. Era uma boa bandeira.

— A melhor de todas.

— Pena que meu filho não está aqui. Moleque empolado, não sei onde errei com ele.

— Ele está fazendo seu trabalho também, Lurius.

— Não faz mais que a obrigação.

Ruff teve de rir.

— Lurius, você precisa de alguma coisa?

— Bebida — ele disse. — Bebida forte. Não sei quem tenho que matar para conseguir um gole por aqui.

Provavelmente uma bebida mataria o próprio Lurius. Mas Ruff viu seu amigo semiconsciente, com camadas de cobertores, muito mais do que seria necessário para qualquer pessoa saudável. Sabia que os clérigos e servos precisavam virar Lurius na cama, para que ele não fizesse feridas por ficar muito tempo na mesma posição. Suas pernas atrofiadas eram tão finas que mal faziam volume sob as cobertas.

Não iria negar uma bebida a um moribundo.

Abriu a porta, chamou um servo e mandou que trouxessem algo forte.

Apoiou as costas de Lurius com uma mão, para que ele pudesse ficar mais ou menos sentado. Ele não pesava nada. Ruff lembrou do cadáver de São Arnaldo. Então levou o copo a seus lábios gretados. O ancião pegou o copo com as mãos trêmulas, teria derramado tudo se Ruff não ajudasse. Ele bebeu um gole e começou a tossir. Ruff acalmou-o.

— Boa safra — disse Lurius. — Vamos, me dê mais um pouco.

Ele bebeu de novo e tossiu de novo, quase sem forças. Mas sorriu. Suas pálpebras pesaram, sinalizando um início de embriaguez boa.

— Quer mais algo?

— Minha espada. Diabos, há anos não seguro minha espada.

Ruff pôs-se a procurar a arma no quarto. Revirou estantes e baús, achou-a sob uma pilha de roupas empoeiradas. O florete delgado de Lurius Minimus estava sem cuidado há anos. Ruff puxou a lâmina da bainha e teve de fazer força, pois estava trancada por um misto de ferrugem e pó que tinha ficado grudento. Enfim a espada saiu, com um chiado satisfatório. Ele a embainhou de novo e a entregou ao amigo.

— Ah, minha espada — ele sorriu, sem olhar para Ruff. — Senti falta dela. Esses desgraçados nunca querem me dar minha espada. Já contei sobre a última vez que a usei? Foi quando fui a Sammelen com o Rei Ruff Ghanor. Tomei uma surra, mas ataquei aquele rei bárbaro. Você precisava conhecer o Rei Ruff Ghanor. Garoto promissor, tem futuro.

Ruff não fazia ideia de quem era o interlocutor de Lurius em sua cabeça. Talvez nem ele mesmo soubesse.

Os monges chegaram com o hábito de Ruff, uma estola e outros objetos litúrgicos.

O rei dispensou-os de novo. Então se despiu e vestiu o manto de monge.

Há anos Ruff não vestia o hábito. Já não era tão frouxo quanto ele lembrava. Ruff tinha ficado mais forte, mas também maior em todos os aspectos. Sua barriga não era mais a de um garoto, embora seu corpo todo fosse sólido com músculos.

Quando estava vestido e paramentado, ele se sentiu estranho. Mas era uma estranheza familiar. Com aquela roupa, ele era o Irmão Ruff, criado no mosteiro. Hoje em dia estava excomungado. Hoje em dia São Arnaldo estava morto.

Ajoelhou-se de novo perto do ancião.

— Lurius... — começou, mas teve de parar. Suspirou, tomou fôlego e retomou: — Lurius, existe algo de que você se arrepende? Algo pelo qual queira pedir perdão?

Lurius Minimus ficou sério. Fechou os olhos e Ruff não sabia se ele havia dormido. De repente, falou:

— Eu fui um canalha, para falar a verdade.

— Lurius...

— Cale a boca, garoto. Escute. Eu fui um canalha com sua mãe. Eu gostava dela, não me entenda mal. Mas não conseguia ficar quieto num lugar só. Quando ela me contou que estava grávida, eu fui para a taverna comemorar. Fiquei bêbado como um centauro e lá mesmo fiquei sabendo de um grupo de saqueadores de masmorras que iria partir numa incursão. Fui com eles antes que amanhecesse. Passei meses enfiado num labirinto subterrâneo, enfrentando monstros. Depois fui com meus novos amigos para ver um barão que nos deu outra missão e assim foi por várias vezes. Quando voltei para casa, você já tinha nascido. Instalei-me na casa de sua mãe sem pedir licença, como se fosse marido dela.

Ruff ficou quieto.

— E, quando viver na aldeia ficou chato e o ouro que eu trouxe estava acabando... Fui embora de novo. Sem avisar.

Lágrimas escorreram dos olhos de Lurius Minimus. Ruff nunca iria corrigi-lo, dizer que era um monge ouvindo uma confissão e não seu filho. Lurius não precisava expiar pecados para o devoto de um santo morto. Precisava falar com o filho que nunca via. O ancião abraçou a espada com toda a força que tinha.

— Essa foi minha vida. Um homem como eu não deveria ter filhos. Eu nunca fui feito para ser pai, mas também não conseguia dar adeus a vocês para sempre. Quando sua mãe morreu, meu plano nunca foi que você fosse criado como pajem de um cavaleiro... Era só por alguns meses. Eu iria buscá-lo. Mas sempre havia outra missão. Sempre outra taverna.

— Lurius...

— Perdoe-me.

O Irmão Ruff murmurou as preces certas. Fez os gestos de absolvição sobre Lurius.

— Você está livre de seus pecados, Lurius Minimus de Ghanor. Sua alma nada pesa. São Arnaldo o acolhe em sua fartura.

Era o perdão falso de um monge excomungado. Era a bênção de um santo morto.

Ruff engasgou. Teria de servir. Ele não conhecia o rito funerário de nenhum outro santo. Teria de servir. Ele não poderia estar condenando seu amigo na morte, assim como já o condenara na vida.

Lurius sorriu. Então adormeceu, abraçado à espada.

Ruff ficou ao lado de sua cama por horas, olhando o amigo e pensando. Lurius já era velho quando Ruff o conhecera, ainda um garoto idiota. Era impossível calcular quantos anos ele tinha. Mas fora uma vida bem vivida, apesar dos arrependimentos. Talvez Lurius Minimus tivesse sido um péssimo pai e seu filho fosse um duque que só pensava em títulos. Mas o ancião tinha ajudado a construir algo. Um reino. Nem todas as pessoas eram feitas para ser pais e mães, mas todos que tinham deixado sua marca como Lurius tinham algo de que se orgulhar.

Ele pensou em todos os dias em que estivera no castelo e não viera visitar Lurius. Sempre havia algo a fazer. A administração do reino, então de dois reinos, consumia todo o seu tempo. E havia momentos em que ele apenas não queria vê-lo, precisava ficar sozinho depois de horas incessantes de reuniões e crises. Muitos dias, muitas horas em que ele poderia ter estado aqui, ouvindo as histórias de um guerreiro velho, histórias que ele não conhecia e agora ninguém mais conhecia também. Enquanto a vida de Ruff só acelerara, a de Lurius Minimus ficara lenta, até que acabou.

No meio do sono, Lurius relaxou ainda mais. Pareceu afundar no colchão de palha. Sua boca pendeu e suas mãos afrouxaram em volta da espada.

Ruff aproximou os dedos de sua boca e suas narinas. Ele não estava mais respirando.

Então Ruff caiu num choro convulsivo, tendo perdido mais um amigo.

Ruff saiu do quarto de Lurius horas depois. Não estava arrasado. Existia uma espécie de satisfação estranha, mórbida, em ter presenciado o fim de uma vida longa. Lurius Minimus tinha sido um canalha e um herói, um péssimo pai e um ótimo amigo. Uma pessoa completa.

Hild tinha mais o que fazer, mas estava esperando-o num corredor próximo.

— Então? — ela perguntou.

Ruff deu de ombros, com um meneio de cabeça e uma expressão que quase podia ser um sorriso triste.

— Deixe que eu cuido de tudo.

— Chame Fester de Salúria.

O Alto Coveiro estava na capital para receber o rei e reportar sobre a guerra. Ruff sabia que podia relaxar pelo menos sobre o fim de Lurius. Poucos conheciam as burocracias e sutilezas da morte como Fester.

— A morte é uma visitante mal-educada — disse Fester, quando ficou sabendo da perda do rei. — Para alguns, ela chega sem avisar. Para outros, ela avisa, só para torturá-los. E há aqueles para quem ela manda cartas, aqueles que fazem amizade com ela. Então, quando ela finalmente vem visitar, eles já estão prontos para recebê-la. São os sortudos. Seu amigo era sortudo, ele e a morte já eram quase um casal velho.

De alguma forma, as palavras esquisitas do Alto Coveiro eram reconfortantes. Sim, para alguém da idade de Lurius Minimus, a morte era um visitante esperado.

— Meu avô e minha avó eram assim — continuou Fester. — Um velho casal unido há décadas. A cada noite ele rezava para que a morte a levasse e ela retribuía o favor. Cada um planejava uma festa mais e mais elaborada para quando o outro morresse. Realmente dedicados um ao outro. No fim, ambos morreram juntos, quando o teto sobre sua cama desabou.

— Que história romântica — observou o rei.

— Se um dia eu estiver tão próximo da morte quanto minha avó era de meu avô, minha vida será muito mais tranquila.

O filho de Lurius Minimus não compareceu ao funeral. Era quase impossível que fosse avisado a tempo, mas também não mandou nenhuma mensagem. O mensageiro que havia avisado voltou do Castelo do Outono Eterno dando de ombros, dizendo que o duque recebera a notícia, mas não respondera.

Eles tiveram um visitante ilustre no funeral: Niccolas.

Ruff viu o prior da Cidadela de São Arnaldo e, pela primeira vez, não conseguiu sentir alegria. Niccolas tinha enormes olheiras e estava mais magro. Não era só a idade. Ruff sabia o que era. Mas eles conversaram só depois do funeral do velho espadachim.

Trancaram-se nos aposentos reais, com ordens de não ser interrompidos em hipótese nenhuma, exceto em caso de ataque. Nem mesmo Hild teve permissão de atrapalhá-los.

— O que aconteceu, Ruff? — disse Niccolas. Não tinha sorrido nenhuma vez desde que chegara ao castelo. — O que... O que estou sentindo?

Ruff ficou calado.

Embora lidar com a morte de um velho amigo fosse doloroso e ocupasse tempo, a verdade era que a guerra era tudo que havia em sua cabeça desde a batalha em Mattora. As forças de Sammelen estavam em Kottar. Estavam encontrando resistência forte, pois, desde a conquista, os castelos e as cidades do reino tinham sido fortificados com guerreiros de Ghanor. Além disso, os próprios soldados de Kottar tinham sido treinados segundo as técnicas do livro *Filosofia de Combate* e eram lutadores muito mais temíveis. Kottar agora contava com clérigos milagrosos, devotos de outros santos, que não estavam mortos. Isso fazia diferença ao resistir a uma invasão.

Mas Sammelen estava, pouco a pouco, esmagando as defesas de Kottar. Chegaria a Ghanor mais cedo ou mais tarde. E, quando Mubruk e a Guarda do Urso se juntassem ao exército inimigo, o ritmo da matança aceleraria. Áxia e os Cavaleiros do Caos também iriam significar um banho de sangue. Ruff teria de pensar na alternativa de pedir clemência ao Santo Vivo, abandonando o reino em nome de um regente que Ellius Tyberax aprovasse. Mas isso seria um último recurso.

Em meio a tudo aquilo, mal havia espaço para o desespero do que acontecera com o santo.

— São Arnaldo... — começou Ruff. Sua voz falhou. Ele pensou no prior, em Dunnius, em Korin. Não havia mais ninguém para apoiá-lo. Seu último familiar estava ali, pedindo uma explicação.

— Fale, Ruff. Não pode ser. Não pode ser o que acho que é. Por favor, Ruff, diga que não é verdade.

— São Arnaldo está morto.

As palavras preencheram o quarto do rei, maiores do que tudo. Mesmo a guerra empalideceu.

— Como...?

Niccolas estava com os olhos vidrados. Não conseguia olhar Ruff nos olhos. Arranhava compulsivamente a madeira de uma mesa.

— Como...?

Ele perguntou aquilo mais um punhado de vezes. Só uma palavra, sem conseguir formular a frase. Ruff pegou sua mão. Estava gelada. Ruff sacudiu-o. Niccolas não pareceu notar.

— Fique comigo, Niccolas. Por favor. Preciso de você.

— Como, Irmão Ruff? Como isso aconteceu? Eu não entendo.

— Niccolas...

O monge se ergueu. Começou a revirar coisas do rei, abrir baús, olhando dentro de cada um sem enxergar.

— Precisamos descobrir o que os livros falam sobre isso, Dunnius. O que dizem as teologias? O que diz Santa Amélia?

— Niccolas, sou eu. Ruff. Dunnius...

— Um santo não pode morrer, Dunnius, isso está errado. Como, se ascendeu justamente com sua morte? Santa Amélia deve ter a resposta.

— Niccolas! — Ruff se levantou e segurou o amigo pelos ombros. — Acorde. São Arnaldo está morto. Precisamos fazer algo ou todos os santos seguirão o mesmo caminho. Então os anjos e deuses.

O Irmão Niccolas abriu um baú e ficou paralisado. Aproximou as mãos trêmulas de seu conteúdo. Com reverência, tirou de lá um hábito de monge. Puído, velho.

Seus olhos se focaram em Ruff. Seu rosto adquiriu um pouco de cor.

— Este é...? — ele começou.

— O hábito de São Arnaldo — confirmou Ruff. — É tudo que resta dele, Niccolas. São Arnaldo morreu em meus braços.

O monge se ajoelhou. Fechou os olhos com fervor, beijou a barra do manto.

— Eu não entendo muito bem o que aconteceu — confessou o rei. — O que significa a morte de um santo? O que é, na verdade, a santidade?

— Muitos teólogos já especularam sobre isso, Irmão Ruff — Niccolas recuperou um pouco do raciocínio, mas ainda gaguejava. Tinha o hábito nas mãos e olhava-o fixamente enquanto falava. — Ninguém sabe a resposta. Alguns dizem que é uma bênção dos deuses. Outros afirmam que deriva da crença dos devotos.

Ruff sabia daquilo. Mas sua cabeça estava nadando num mar revolto, com os últimos acontecimentos.

Falar de teologia após a morte de São Arnaldo era como discutir a cor das flores na tumba de seu melhor amigo. Era, de novo, a burocracia da morte.

— Como, Ruff? Como isso aconteceu?

— Era o que Mubruk estava esperando. Por isso ele não atacou durante anos. Eles agora têm um exército de mortos e com eles podem guerrear no céu. Se conseguirem invadir Ghanor e chegar até o Túnel Proibido, terão os Devoradores dos Céus. Nada poderá detê-los.

Niccolas, pela primeira vez desde que Ruff o conhecera, parecia derrotado. Nem mesmo durante a tirania de Zamir o monge estivera tão oprimido, tão sem ânimo e vida. Nem mesmo depois da morte de Dunnius ficara tão chocado.

— Eu preciso de sua ajuda, Niccolas.

— O que posso fazer, Irmão Ruff? Eu era só um monge. E agora, o que sou? O que se *faz* quando seu santo padroeiro morre?

— Você é Niccolas, o último discípulo do prior. Você vai me ajudar a impedir os Devoradores dos Céus.

— Você é o escolhido, Ruff. Você pode fazer algo. Não eu.

— Eu preciso liderar três reinos numa guerra. Preciso lutar no mundo físico. Você travará o combate onde importa. No mundo espiritual. Nos livros.

As palavras não surtiram efeito.

— Minha prece não tem mais poder, Ruff. Não posso mais curar ou proteger os guerreiros.

— Você precisa proteger o que resta do santo. Então me ajudar. Enterre o hábito, Niccolas. Enterre-o sob a Cidadela de São Arnaldo e vamos rezar para que ainda reste algo do poder sagrado.

— É isso que sou agora. Um coveiro. Enterro uma relíquia e rezo para ouvidos mortos. Como vou continuar liderando a Cidadela, Ruff?

— Você é muito mais que o prior da Cidadela. Muito mais que um monge. Você é um pesquisador.

— De que vale um pesquisador no mundo que está virando o inferno?

— Você precisa descobrir algo. *O que é Mubruk?*

Passou-se uma semana até que Ruff conseguisse lidar com todos os assuntos pendentes da corte, mandar ordens para Kottar e resolver o que fazer com Mattora. No fim, decidiu que o novo reino conquistado seria mais uma vez dividido em 3. Mattora, Utteria e Vammira teriam a permissão de manter seus brasões e receberiam governadores individuais, mas estariam sob a tutela de Ghanor. Fazer isso exigiu dias de discussão e avaliação de nobres para os cargos.

Por fim, o rei conseguiu reunir Hild, Edyriell e Urko na sala de guerra, com um mapa do mundo conhecido sobre uma mesa. Ele queria que Bellitz estivesse ali. Mas os deuses queriam o contrário.

— A guerra vai chegar a Ghanor — disse Ruff. — Isso é inevitável. Até agora, conseguimos evitar um confronto direto contra Sammelen. Mas Kottar vai cair logo. A era da guerra no estrangeiro vai virar uma lembrança boa e distante.

Urko e Edyriell se empertigaram, apertando os lábios, mas Hild deu um meio sorriso. Você podia tirar a guerreira de Artus, mas não podia tirar Artus da guerreira.

— Não podemos deslocar todo o contingente para Kottar e deixar o objetivo do inimigo desguarnecido — continuou o rei. — A batalha será travada aqui. Precisamos nos preparar para enfrentar Mubruk, a Guarda do Urso, os Cavaleiros do Caos e a Dama de Ferro.

Urko conhecia, em linhas gerais, a história do rei, sua missão e sua ligação com a Dama de Ferro. Como bom ex-mercenário que era, não questionou o absurdo das ambições de Sua Majestade. Se ele achava que precisava conquistar o mundo para salvá-lo, isso seria feito. Bastava que pagasse bem e honrasse a bandeira do cão.

Os outros continuavam quietos.

— Mas lutar só contra Sammelen é o melhor dos casos — disse Ruff. — O pior caso é se eles fabricarem algo que una todos os reinos do pacto contra nós.

— Por isso não podemos levar o combate até Sammelen, queimar a capital deles, certo? — disse Hild.

— Mesmo que Mubruk preferisse defender sua capital a conquistar seu objetivo, isso seria suicídio.

— Destruir aquela cidade empolada de merda seria delicioso.

A ideia de um ataque agressivo era típica de Hild e, em outras circunstâncias, poderia funcionar. Mas, embora segundo o pacto entre os reinos, Ghanor pudesse se defender, não podia atacar. Se invadisse Sammelen, seria um agressor estrangeiro — e então precisaria enfrentar todos juntos.

— Lembrem-se, nossa posição é precária e, para o Santo Vivo, eu ainda estou excomungado. Se Ghanor interessar a eles, teremos de enfrentar Sammelen, Zibrene e Artus.

Quando explicava cada possibilidade, Ruff colocava pequenas peças de madeira sobre o mapa, como se fosse um jogo. Quando terminou de falar aquilo, todos os reinos tinham peças, exceto a Confederação dos Mercadores.

— Da maneira como é agora, não estamos preparados. Sammelen sozinho seria um desafio enorme. Zibrene não é fraco e Artus tem guerreiros lendários. Ghanor não é páreo para Sammelen um contra um, Kottar não encararia sozinho nenhum dos outros inimigos. Mattora, entendendo o reino como a junção dos três, poderia enfrentar Zibrene *ou* Artus, mas não em seu estado atual.

Olhou para cada um deles.

— Ideias?

Edyriell sugeriu a criação de um segundo pacto, secreto até que fosse ativado, para que todos se unissem contra Sammelen. Não era uma ideia ruim, mas a verdade é que não havia motivo para Zibrene e Artus odiarem o reino mais poderoso do mundo. Eles arriscariam seus soldados sem ganho aparente. Urko propôs um casamento de interesse com alguma nobre de um dos dois reinos, algo que colocasse Ruff na linha de sucessão. Coisas desse tipo eram feitas o tempo todo no jogo da corte, mas era um plano de longo prazo. Além disso, Ruff não trairia Bellitz de novo.

— Estamos considerando que Sammelen é o reino mais poderoso — disse Hild. — Mas isso está errado. Não existe reino poderoso de verdade, todo o poder está nas mãos de Ellius Tyberax.

Ruff disse para ela continuar.

— Esse problema todo só existe por causa do pacto. E o pacto só existe porque todos os reinos respeitam a Catedral do Santo Vivo. Se não houvesse o Santo Vivo, cada reino estaria livre para fazer alianças como achasse melhor.

— Podemos ter todas as alianças prontas, se a igreja nos aceitar no pacto — Edyriell ousou dizer. — Os elfos prefeririam abrir mão da soberania a ter o reino destruído.

— Os dois casos seriam a mesma coisa, na prática — Hild descartou a ideia, sem nem ouvir o rei. — Qualquer monarca que agrade a Ellius Tyberax será um fantoche com as mãos do Santo Vivo e de Mubruk enfiadas no rabo, então Sammelen estaria com caminho aberto até o Túnel Proibido. Melhor acabar com esse santo o mais rápido possível.

— Nunca daria certo — disse Ruff. — Todos iriam se unir contra Ghanor se atacássemos a Catedral. Acho que até Mattora se revoltaria. Além disso, está no meio da capital de Sammelen. Seria o mesmo que invadir o reino.

— Você não precisa atacar a Catedral do Santo Vivo. Só precisa eliminar o próprio Santo Vivo.

Isso não resolvia o problema. Matar Ellius Tyberax era matar provavelmente a pessoa mais bem protegida do mundo. Não havia como chegar a ele sem passar por Innalya e Mubruk Filho de Urso estava constantemente na Catedral, quando o Santo Vivo recebia algum dignitário importante. Também havia outro problema: o Santo Vivo era a única pessoa capaz de realizar milagres, além dos clérigos treinados no mosteiro de São Arnaldo e daqueles ensinados por eles. De alguma forma, os deuses realmente abençoavam Tyberax. Mesmo enquanto ele tramava sua morte.

Súbito, Ruff arregalou os olhos.

— Nós podemos chegar até ele, sem invadir Innalya. Sem lutar.

— O quê? — Hild não entendeu.

— Servos! — o rei ergueu a voz. — Tragam um baú decorado que está nos aposentos reais! E chamem Fester de Salúria.

Ruff recusou-se a responder a qualquer pergunta, mas eles conseguiam ver que estava entusiasmado. Serviu vinho para todos, fechou-se em seus pensamentos, planejando algo.

— Hild — disse, após alguns minutos. — Você acha que Johrgrund tem o controle dos gigantes?

Ela deu de ombros.

— Tão bem quanto qualquer um tem, acho.

— O suficiente para liderá-los sozinho?

— Eles me respeitam. Posso acompanhá-los.

— Não. Preciso de você liderando tropas.

— Então ele é a melhor opção — ela disse, franzindo o cenho.

— Ótimo. Terá de servir.

O rei se concentrou de novo. Demorou algum tempo até que dois servos entrassem carregando um grande baú de madeira negra, decorado com ferro e pedras preciosas. Eles o depositaram no chão, Ruff serviu vinho para eles como agradecimento e então os mandou embora.

Fez sinal para que os generais se juntassem.

— Este é um presente que ganhei há muito tempo — anunciou. — Um presente de Jaffba, o Horrendo, da Confederação dos Mercadores.

Destrancou o baú. Então o abriu, revelando um interior forrado de veludo vermelho e decorado com joias.

Dentro do baú havia uma cabeça humana coberta de óleo negro.

— Este é Urbaun ab-Allahim — disse Ruff. — O maior sábio viajante que já existiu. Ninguém conheceu nosso mundo mais do que ele.

— Isso deveria ser um presente valioso? — Hild estava incrédula.

— Urbaun ab-Allahim pode estar morto, mas ainda não parou de contar histórias. Podemos fazer só uma pergunta a ele. Jaffba recomendou que fosse no momento de maior necessidade. Jaffba é esperto. Acho que, tantos anos atrás, ele já sabia exatamente o que eu precisaria saber.

Pegou a cabeça nas mãos, com um sorriso.

— Grande Urbaun ab-Allahim. Como posso entrar na Catedral do Santo Vivo sem passar por Sammelen?

A cabeça abriu os olhos.

E então falou.

Levar os gigantes ao lugar certo foi uma odisseia por si só. Johrgrund não queria admitir, mas, depois de tantos anos, o modo de pensar dos homenzinhos tinha se entranhado em sua cabeça, como uma infestação de piolhos. Para ele era simples: saíam de Ghanor, passavam por Kottar, Mattora e Utteria, seguiam até a fronteira com Sammelen e começavam a espalhar o terror. Nada podia ser mais fácil.

Exceto quando você liderava uma companhia de gigantes.

Ainda em Ghanor, um gigante do gelo resolveu insultar um ciclope, dizendo que sua raça era inferior. Isso não só provocou uma luta entre os dois como também dividiu os gigantes em duas facções, gerando o princípio de uma guerra em pequena escala, o que levou a uma terceira facção que achava que poderia tomar o controle das outras duas, aproveitando a confusão. A situação durou até que houve uma disputa sobre quem lideraria a terceira facção e então ninguém mais sabia quem estava lutando contra quem. Duas aldeias tiveram de ser evacuadas, mas Johrgrund acabou com a disputa, localizando os maiores causadores de problemas e batendo neles até que se acalmassem. Quando todos estavam quietos, ele explicou mais uma vez que, assim que chegassem ao lugar certo, estariam livres para saquear a destruir. Ele não falou nada sobre a regra que Ruff tinha lhe imposto: nada de devorar humanos. Isso seria muito frustrante para seus comandados, então seria melhor lhes dar a notícia só quando chegasse a hora.

Eles ainda não tinham saído de Ghanor quando um gigante do fogo disse que carne de urso era um bom substituto para carne humana em uma situação de escassez. Ninguém sabia de onde ele tirara essa informação, mas foram poucos minutos até que todos os gigantes estivessem convencidos de que sua primeira prioridade naquela jornada, e talvez na vida, era caçar ursos. Apesar dos protestos de Johrgrund, eles debandaram para uma floresta, onde dizimaram a população ursina ao longo de alguns dias. Foi mais uma semana até que o comandante conseguisse reunir todos de novo. Pelo lado bom, eles acharam um gigante que não estava no batalhão, mas que começou a segui-los sem razão nenhuma.

O caminho foi longo, tortuoso e cheio de distrações. Até a fronteira de Utteria com Sammelen, eles ofenderam uns aos outros, começaram e terminaram alianças eternas, decidiram minerar aço (até Johrgrund convencê-los de que minas de aço não existiam), resolveram organizar jogos entre si, decidiram que precisavam atacar uma cidade de homenzinhos (até Johrgrund demovê-los com um pouco de violência), desenvolveram gosto por carne de cavalo, procuraram cavalos selvagens, enjoaram do gosto de carne de cavalo, tentaram fazer amizade com os irmãos de um mosteiro que fabricavam um destilado forte, perseguiram-nos em busca de amizade quando todos os monges fugiram, divertiram-se massacrando bandidos que encontraram acampados nos ermos e até, de vez em quando, seguiram na direção certa.

Demoraram mais que o triplo do tempo necessário. Johrgrund tentava dizer a si mesmo que era só por causa das distrações, mas no fundo sabia que não era verdade. Seus joelhos e quadris doíam quando ele caminhava muito. Ele não conseguia manter o ritmo com os outros gigantes. Às vezes o grupo inteiro andava mais devagar para esperar por ele. E, mais de uma vez, tiveram de fazer pausas para que ele deixasse de sentir dor por tempo suficiente para caminhar.

Mas enfim chegaram a uma floresta que se dividia entre Utteria e Sammelen. Ruff tinha lhe dado instruções claras. Deveria seguir pela floresta até encontrar uma torre de vigia com o estandarte do urso. Então bastava deixar os gigantes fazer o que faziam melhor e esperar as consequências.

Levá-los pela floresta não foi fácil. Pelo menos não mataram ninguém, até onde Johrgrund pôde averiguar, mas um gigante do subterrâneo estava muito frustrado por ver tantas árvores em volta e destruiu uma cabana vazia, refúgio de caçadores durante a temporada.

Johrgrund avistou a torre. Forçou os olhos e achou que o estandarte lá em cima tinha um urso desenhado. Homenzinhos achavam que seus desenhos eram boas representações das coisas do mundo, mas isso era só mais uma entre as incontáveis idiotices dos homenzinhos. Aquilo não se parecia com um urso, era quase ininteligível. Um borrão colorido. Mas devia ser o lugar certo.

— Acabou a espera! — anunciou Johrgrund. — Vamos atacar aqueles comedores de furúnculos! Vocês estão livres. Podem até devorar alguns, mas não contem para Ruff!

Para sua surpresa, os gigantes estavam quietos. Olharam-no com jeito soturno, bocas fechadas.

— Estamos cansados de obedecer a você, Gigante aos Pedaços — grunhiu um gigante do gelo, agachado. — Você diz que estamos livres agora. Eu digo que sempre fomos livres, mas fomos idiotas por não ver isso.

Johrgrund ficou sério. Olhou cada um deles, espalhados entre as árvores altas, fitando-o. Não era preciso ter tanto medo quando gigantes estavam berrando, fazendo ameaças e batendo no peito. Era preciso ter muito medo quando gigantes estavam em silêncio. Até os ciclopes e gigantes subterrâneos estavam entendendo que algo sério acontecia.

O gigante do gelo se ergueu e apontou o dedo para Johrgrund.

— Que diferença faz devorar homenzinhos fantasiados com uma cor ou com outra? São todos a mesma coisa! Já poderíamos estar de estômago cheio e ricos, se não tivéssemos escutado suas bobagens!

— Nós estávamos em nosso próprio reino! — Johrgrund gesticulou com o mangual. — Vocês sabem que é idiota matar homenzinhos em nosso próprio reino. Eles nos ajudam.

— Explique isso então — um gigante do fogo se levantou. — Matamos muitos homenzinhos deste reino onde estamos e agora não podemos matar mais. Por acaso os homenzinhos mudaram? Você está tentando nos enganar!

— Nós conquistamos o reino! — disse Johrgrund, exasperado. — Ele é nosso agora, não faz sentido matar os homenzinhos aqui e destruir as casas deles.

— E se conquistarmos os outros? Não vamos poder devorar nenhum homenzinho então?

Johrgrund hesitou por um instante.

— Você enlouqueceu por estar perto deles, Gigante aos Pedaços! — acusou o gigante do gelo. — Você repete as bobagens deles e acredita nelas!

— Vocês servem ao Rei Ruff — foi a vez de Johrgrund falar de jeito quieto e ameaçador. — Não podem traí-lo.

— Nós não vamos trair o Rei com Pontas — disse o gigante do gelo. Eles tinham apelidado Ruff desta forma quando viram pela primeira vez sua armadura deformada pela morte de Korin. — Ele mata muita gente e faz terremotos! Só é um homenzinho porque não conseguiu crescer!

— Então...

— Vamos trair você.

Nisso, todos se ergueram.

Quietos.

— Os homenzinhos de nosso reino não são como os outros! — Johrgrund ainda tentou. — Lembrem de Osso-Oco!

— Osso-Oco é uma boa líder e sabe ficar furiosa. Mas Osso-Oco não está aqui, Gigante aos Pedaços. Só você.

E o gigante do fogo completou, com a acusação que Johrgrund temia desde o início da viagem:

— Um velho.

Dois gigantes das montanhas seguraram suas clavas em posição de ataque. Um ciclope deu uma risada idiota e arrancou uma árvore do chão.

— Como o Rei com Pontas espera que um velho nos lidere? — disse o gigante do gelo. — Você já devia ter morrido há muito tempo! Não é certo que um gigante ainda esteja vivo com tanta idade!

Outro gigante do gelo, ainda maior que o primeiro, carregando uma lança ainda maior do que ele, fez eco:

— Nós vamos explicar tudo ao Rei com Pontas e ele vai concordar conosco. Vamos devorá-lo, Gigante aos Pedaços. E depois vamos devorar homenzinhos que estejam criando problemas. Assim não teremos mais velhos nem problemas. Faz muito mais sentido.

Eles estavam num semicírculo à volta de Johrgrund. Deram um passo à frente, apertando o cerco. Johrgrund ergueu o mangual.

Ele não sabia quantos anos tinha. Nenhum gigante sabia. Na verdade, Korin ou Ruff tentaram lhe explicar o conceito de "anos", mas ele não entendera. Então tentaram lhe dizer para pensar em quantos invernos haviam se passado. O que também não fazia sentido, certa vez eles foram para o meio de montanhas nevadas e mesmo assim os homenzinhos disseram que não estavam no inverno. Não fazia sentido que não fosse inverno, também não fazia sentido que inverno fosse tanto tempo quanto lugar, então Johrgrund desistiu de entender, decidindo que era bobagem de homenzinhos. Mas, mesmo sem saber contar quantos anos ou invernos já tinha experimentado, ele sabia que lembrava de coisas que os outros gigantes não lembravam. E sabia que nenhum deles sentia dores ou falta de fôlego como ele. Sabia que enxergavam melhor.

Johrgrund estava velho.

Eles eram jovens e eram muitos.

O gigante do fogo atacou-o, correndo para ele, derrubando uma árvore. Johrgrund reagiu com um movimento treinado, golpeou com o mangual num ângulo baixo, acertando as pernas do inimigo. O gigante do fogo caiu no chão e um dos gigantes do gelo já estava no flanco de Johrgrund, pronto para atacar com a lança. Johrgrund não pensou, só reagiu. Mas não reagiu como um gigante — os homenzinhos tinham mesmo se instalado em sua cabeça como piolhos e ele reagiu como um homenzinho.

Agarrou o gigante do fogo pela roupa, ergueu-o como um escudo na frente do corpo e a lança atravessou o tronco do inimigo. O gigante do fogo gritou, a lança ficou presa, Johrgrund aproveitou para empurrar o gigante do gelo para trás, prensando-o contra uma árvore, que se quebrou no mesmo instante. O toco cheio de farpas e madeira quebrada pontuda penetrou na carne do gigante, que gritou de dor.

Tinha neutralizado dois inimigos, mas o outro gigante do gelo veio por trás, atacando com uma clava. Ele fez uma esquiva que vira Ruff, Korin e Osso-Oco fazerem milhares de vezes: girou o corpo para o lado, apoiado num só pé, deixando o outro se arrastar de leve no chão. O inimigo atingiu os outros dois com seu golpe. Johrgrund estava em seu flanco, viu uma abertura e bateu com o mangual do lado de sua cabeça. O gigante do gelo ficou tonto, Johrgrund agarrou-o e jogou-o sobre o ciclope com a árvore arrancada que atacava. Os dois caíram um por cima do outro e Johrgrund saltou para o ataque, batendo nos inimigos empilhados com o mangual.

Ergueu-se urrando, ensanguentado.

— Lutem como idiotas e vão morrer! — ele gritou. — Eu sou Johrgrund Gigante aos Pedaços e eu luto como um soldado! É por isso que os exércitos de homenzinhos sempre nos venceram! Lutem comigo e vão devorar todos ou lutem contra mim e vão morrer!

Ele ouviu trombetas. Homenzinhos adoravam trombetas.

Olhou para trás e viu que um monte de homenzinhos com armaduras completas saíam da torre, todos armados com alabardas. Outros saíam a cavalo, a galope, certamente para avisar mais gente.

— Eles estão vindo — Johrgrund falou, soturno. — Vão lutar comigo ou vou ter que devorar todos vocês e todos eles?

Um gigante da montanha ergueu seu tacape e gritou:

— Gigante aos Pedaços!

E os outros responderam:

— *Gigante aos Pedaços!*

Eles não haviam esquecido sua desconfiança de minutos atrás. Não exatamente. Só tinham sido colocados numa nova mentalidade e não a questionavam.

Johrgrund rugiu de triunfo. Então liderou os gigantes para massacrar todos os soldados da torre de vigia. Naquele dia, eles comeram até se fartar.

Mas deixaram um cavaleiro escapar para dar a notícia.

Um ataque de gigantes, tão organizados e em tamanha quantidade, não era um problema trivial. Tropas simples do exército nunca conseguiriam vencer aquele inimigo. Aquilo também cheirava a Ghanor — Ruff tinha usado tropas gigantes na guerra contra Mattora. Se Sammelen pudesse provar um ataque de soldados de Ghanor, gigantes ou não, em seu território, uniria Zibrene e Artus em sua guerra.

O Rei Mubruk liderou a Guarda do Urso até a fronteira.

A estrela dourada não estava no céu. Não estivera desde que Bellitz fora puxada de volta. Mesmo assim, Ruff rezou.

— Eu preciso de você, meu anjo — disse, ajoelhado, os olhos para cima, através da janela. — Eu sei que o que estou pedindo deve ser difícil, quase impossível. Mas confio em você. Com sua ajuda, podemos vencer.

Por um instante, a estrela dourada brilhou.

— Eu também te amo — disse Ruff Ghanor.

23 | crime e castigo

MILÊNIOS ATRÁS, HAVIA outros deuses.

Os deuses verdadeiros, que davam poderes aos santos, enviavam ao mundo seus anjos e tinham sido os responsáveis por toda a Criação, eram distantes, silenciosos e ininteligíveis. Ninguém conhecia seus nomes, poucos viam seus milagres. Alguns diziam que isso era proposital, para testar a fé dos mortais. Aqueles que fossem dignos serviriam aos deuses sem provas, sem conhecê-los, apenas acreditando cegamente que existia *algo* que os havia criado e que exigia obediência.

Mas os mortais precisavam de mais.

Houve então a Era dos Ídolos. Tribos e reinos inteiros deram as costas aos deuses, achando novas divindades para adorar. Não importava que nenhum desses novos deuses tivesse santos ou curasse os enfermos. Para a maioria do povo, essa era a realidade. Assim, comunidades costeiras começaram a cultuar um deus das profundezas, que eles imaginavam que seria o pai de todos os peixes e senhor de todas as águas. Tribos bárbaras cultuaram antigos guerreiros, cujas histórias sobreviviam na tradição oral, aumentando seus feitos e transformando-os em seres divinos. E um grande reino no centro do continente começou a adorar o sol.

O sol surgia todos os dias, morria e renascia. Trazia consigo a luz que avisava dos perigos e o calor que dava proteção. Graças ao sol, as plantas cresciam. Era lógico adorar o sol. Ele era visível. Muito mais presente e milagroso do que deuses que não tinham nome ou rosto. O sol tinha um rosto amarelo e fulgurante e fazia parte da vida de todos.

O reino dos adoradores do sol cresceu em poder. Sua cultura era atraente para países vizinhos menores. O sol prometia renascimento, esperança e conforto. O sol era poderoso e triunfante. Tudo que os velhos deuses prometiam era servidão e uma eventual recompensa num Paraíso que ninguém sabia descrever — e perguntar sobre ele era blasfêmia. O culto ao sol se espalhou e com isso o poderio militar do reino cresceu ainda mais. Logo era o Império do Sol, dominando toda a região ao redor, espalhando seus raios para todo o mundo conhecido.

Os servos dos velhos deuses ficaram mais e mais encurralados. Ainda tinham reinos e tribos, mas cada vez mais havia convertidos dentro de suas fronteiras. E seus próprios reis e chefes passaram a adorar o sol. Para os fiéis, aquela apostasia era pior que a morte.

Mas eles não precisaram decidir entre resistir ou morrer. Os deuses decidiram por eles. Um anjo surgiu na corte de uma das últimas rainhas ainda fiéis e ordenou que fosse construída uma cidadela para sediar a verdadeira fé. Disse que chegaria um profeta que traria a verdadeira palavra dos deuses. Embora houvesse vários santos ao lado dos deuses em seus domínios celestes, aquele seria um Santo Vivo, abençoado com o poder de trazer o povo para perto dos deuses ou afastá-lo.

Durante décadas, a rainha dedicou todos os recursos de sua terra para construir a cidadela. Era apenas uma catedral, mas fortificada com muros de pedra e um fosso. Suas fronteiras foram fustigadas pelo Império do Sol e sua população se converteu cada vez mais à nova religião. O próprio povo atacou a catedral em construção mais de uma vez. Os pedreiros e arquitetos se converteram, recusando-se a trabalhar no templo. Então a catedral foi terminada por voluntários, os últimos fiéis numa terra hostil. No fim, a rainha e seu pequeno povo se entrincheiraram na catedral, enquanto o reino foi tomado pelos adoradores do sol. Lá eles resistiram por um ano e um dia, com pouca comida e pouca água, como um verdadeiro reino independente, engolido pelo Império do Sol.

Até a chegada do Santo Vivo.

Seu nome se perdeu no tempo e nem os últimos fiéis o conheciam. O Santo Vivo atravessou o Império do Sol, queimando os inimigos dos deuses com seus milagres, fazendo com que as árvores e os animais atacassem os pagãos, convocando relâmpagos do céu para fulminá-los. Ele fez uma jornada dura, mas incólume, até a catedral que a última rainha devota tinha construído para ele.

Uma vez lá dentro, ele declarou guerra aos pagãos e concedeu poderes a todos os fiéis.

O pequeno povo dos deuses assim se tornou seu exército santo. E, liderados pelo Santo Vivo, eles lutaram.

Notícias da guerra santa cruzaram o Império do Sol. Os soldados pagãos tinham medo de enfrentar os guerreiros que curavam as próprias feridas, que eram capazes de matar com um toque ou uma palavra de comando. Em uma batalha, os próprios anjos desceram do céu para apoiar os fiéis. Então surgiram devotos em todos os cantos do Império do Sol. Pessoas que ainda mantinham a verdadeira fé, mesmo escondidas de seus vizinhos e familiares. E, motivadas pelas vitórias do Santo Vivo, elas empreenderam peregrinações até a catedral, onde poderiam se juntar ao exército sagrado.

O império fechou o cerco. O povo dos deuses crescia cada vez mais, mas os pagãos não permitiam que os devotos se juntassem. As estradas eram vigiadas, até mesmo desertos e florestas ao redor da catedral contavam com patrulhas para capturar e matar os peregrinos. Tudo para impedir que o exército sagrado aumentasse, tudo para barrar o acesso à Catedral do Santo Vivo.

Os devotos na catedral ouviram sobre o suplício de seus irmãos. Os poucos peregrinos que chegavam falavam sobre o cerco, as patrulhas, a verdadeira muralha humana que o Império do Sol tinha erguido para impedir que eles se unissem.

Então o Santo Vivo rezou aos deuses e recebeu como resposta um milagre.

Os Criadores e os santos existiam fora da realidade mundana. Num espaço etéreo, incompreensível, que os mortais chamavam de "céus" ou "Paraíso". Os deuses concederam ao Santo Vivo um espaço intermediário entre a terra e o céu. Uma pequena realidade particular, inexpugnável, separada por completo do mundo físico. O Santo ordenou que anões devotos construíssem uma câmara dentro da Catedral e, pela porta desse quartinho, a pequena dimensão divina podia ser acessada. Apenas o Santo Vivo e aqueles que ele escolhia podiam entrar ali. Para todos os outros, abrir a porta revelaria apenas uma sala exígua e vazia.

O Santo Vivo continuou rezando e ordenou que os fiéis dentro da Catedral fizessem o mesmo. Eles rezaram por anos, vivendo com pouca água e pouca comida, parando as orações apenas para lutar, consertar a Catedral e dormir poucas horas. Diz-se que o Santo Vivo não parou nem um minuto. Passou anos sem comer, dormir ou beber água, nutrido apenas pela fé.

Mas, por fim, ocorreu outro milagre.

Uma dezena de portais se criou pelo Império do Sol.

Os apóstatas e pagãos não sabiam o que eram aquelas meras portas, passagens entre duas árvores, buracos no chão, pinturas em muros. Os devotos, contudo, receberam as informações de que, naqueles lugares aparentemente prosaicos, havia pórticos milagrosos. Os primeiros peregrinos enxergaram do outro lado a pequena dimensão do Santo Vivo e choraram de alegria. Eles atravessaram esses portais e foram transportados para o espaço entre o céu e a terra. Lá, acharam a porta construída pelos anões, abriram-na e, milagre dos milagres, viram-se na Catedral do Santo Vivo sem cruzar a distância entre os dois pontos.

Ninguém jamais ouvira falar de maravilha maior, nem houve nenhuma bênção divina que se comparasse desde então. O movimento instantâneo permitiu que devotos do mundo todo entrassem e saíssem da Catedral. A notícia se espalhou pelos peregrinos, bravos devotos saíam pela porta na Catedral e emergiam nos portais para reunir fiéis e trazê-los para o centro da verdadeira religião.

Pelos portais, o exército sagrado se fortaleceu. O povo se uniu e, sob a palavra do Santo Vivo, recebeu poderes divinos. Pelos portais, eles podiam atacar de surpresa diferentes pontos do Império do Sol, acumulando vitórias.

O anjo surgiu mais uma vez na Catedral. Avisou sobre um dia fatídico, quando os devotos deveriam lutar até a vitória ou a morte.

O exército sagrado atravessou um portal e atacou o coração do Império do Sol. Invadiram o palácio do imperador, enfrentando tropas infindáveis de guardas e os mais poderosos guerreiros pagãos.

Naquele dia, como o anjo predisse, houve um eclipse.

Os pagãos entraram em pânico. O Santo Vivo em pessoa matou o Imperador do Sol. Surgiu na sacada de seu palácio e, aos olhos da população desesperada, iluminou a si mesmo, segurando a cabeça do imperador, com a luz dos verdadeiros deuses.

O Império do Sol ruiu. Os pagãos se converteram ou morreram, sendo caçados sem piedade pelos guerreiros santos.

E o Santo Vivo governou sobre a Igreja dos Criadores Invisíveis de dentro de sua Catedral. Antes de morrer, escolheu um substituto. E assim foi desde então. A catedral se expandiu ao longo das eras, mas sempre continuou como um reino independente, em honra à última rainha devota, que se recusou a dobrar os joelhos para um deus falso.

E sempre houve, no interior da cidadela, um espaço de onde o Santo Vivo podia surgir sem atravessar a distância. Um lugar onde ele estaria protegido dos inimigos da fé.

Os detalhes dessa história se perderam. Os nomes dos personagens principais foram esquecidos, trocados para favorecer o clima político de uma época específica. Passagens e a identidade das pessoas reais foram fundidas com histórias folclóricas, criando uma tapeçaria confusa de lendas e história, realidade e propaganda. Até mesmo a igreja esqueceu a maior parte desses fatos.

E, com a passagem dos milênios, quase todos os portais foram destruídos. Alguns foram corrompidos por demônios e passaram a levar ao inferno. Outros foram fechados pela magia de feiticeiros que não sabiam com o que estavam lidando. Houve um ou dois que foram soterrados por avalanches e desabamentos. Aos poucos, todos caíram.

Menos um.

Um portal desconhecido da própria igreja. Uma ligação do mundo exterior com o espaço entre o céu e a terra e com a Catedral do Santo Vivo.

Essa foi a história que Urbaun ab-Allahim, o maior sábio viajante de todo o mundo, contou para Ruff Ghanor, antes que sua cabeça se desfizesse em pó negro.

Mais de 100 órfãos estavam na pequena caravana que atravessava o reino de Sammelen. Sacerdotes de Santo Enzo faziam todos os serviços, liderados por um bispo cansado. Havia quatro guardas, todos ranzinzas, fazendo seu trabalho de má vontade. Os órfãos mais novos eram apenas bebês, os mais velhos tinham quase 10 anos.

Ellius não sabia quantos anos tinha, mas já conseguia andar bem.

Diziam que aquela era uma missão de piedade. A Caravana dos Rejeitados passava por inúmeras aldeias, cidades e fazendas em Sammelen, recolhendo as crianças que ninguém queria. A maioria porque eram bocas a mais para alimentar, que só poderiam trabalhar e ser úteis anos depois. Alguns porque eram feios demais ou deformados. Um bom número porque eram bastardos, fruto de traições ou filhos de prostitutas. Ellius não entendia nada daquilo, mas sentia muita falta de sua mãe. Chorou dia e noite, desesperado para vê-la de novo, e no segundo dia recebeu um chute na cara, de um dos guardas. Porque diziam que aquela era uma missão de piedade, mas a piedade da caravana era violenta. Eles estavam determinados a dar àquelas crianças uma vida melhor, uma vida que fosse útil para o reino. E não tolerariam desobediência.

No terceiro dia, Ellius viu que dois meninos que não conseguiam andar rápido o bastante ficaram para trás. Um era mais novo do que ele mesmo. Os dois tentaram correr atrás da caravana. Berraram e imploraram para que alguém voltasse e os ajudasse. Mas nenhum adulto sequer lhes dirigiu um olhar. Era como se não os ouvissem. Eles ficaram mais e mais longe, chorando na estrada, até que sumiram e seus gritos se apagaram no ar.

Foi então que Ellius entendeu algo muito importante, que lhe serviria para a vida toda. A misericórdia que estavam lhe estendendo era nos termos dos mais poderosos. Se ele quisesse sobreviver, precisaria continuar andando, manter o ritmo, não ficar para trás.

Diziam que era uma missão de piedade, mas estavam recolhendo crianças que ninguém mais queria para trabalhar onde ninguém mais queria.

Eles chegaram a Innalya, a capital de Sammelen, e não tiveram permissão de ficar fascinados. Os padres bateram em suas cabeças para que eles não olhassem para cima e mantivessem os olhos no chão, como competia a enjeitados. Ellius não viu o esplendor da cidade, mas roubou uma olhadela para as grandes portas de madeira escura do enorme prédio cinzento onde eles entraram. Era o Orfanato de Santo Enzo e seria sua casa dali em diante.

Mais ou menos 85 meninos e meninas sobreviveram à viagem. Os muito jovens foram levados para enfermarias e berçários. Sobraram cerca de 60, sentados no chão frio de um grande salão escuro. Os padres e guardas foram embora. Quem veio recebê-los foram meninos mais velhos. Deviam ter 13 ou 14 anos, mas para Ellius eram como adultos. Os mais velhos leram para eles suas ordens, como seria sua vida a partir daquele momento.

Acordariam e rezariam com os padres. Aprenderiam a ler e contar, porque a igreja precisava. Aos poucos, seriam selecionados para tarefas mais adequadas a suas personalidades e seus corpos. Podiam trabalhar nas fazendas, ou empurrar as gigantescas rodas dos moinhos secos, ou extrair rocha nas pedreiras, metais preciosos nas minas. Podiam se tornar açougueiros ou cozinheiros. Se fossem agradáveis, podiam ser selecionados como acólitos pessoais dos padres e bispos. Todos esses seriam irmãos laicos — servos da igreja que faziam votos de pobreza, obediência a qualquer clérigo e permanência em seus locais de trabalho. Eram os escravos da fé.

Ou, se fossem mesmo inteligentes, podiam avançar nos estudos e virar sacerdotes.

— Mas a regra mais importante — disse um dos garotos mais velhos — é nunca desrespeitar um órfão que esteja aqui há mais tempo. Nós somos os chefes.

Um menino pediu para usar a latrina, com voz chorosa. Para ilustrar o que acontecia com quem lhes faltava o respeito, dois garotos bateram na criança até que ela sangrasse e sujasse o chão. Então ordenaram que os órfãos recém-chegados limpassem a sujeira.

Ellius entendeu o que precisava fazer para sobreviver. Foi o primeiro com um pano e um balde que mal conseguia carregar.

Eles estudavam, trabalhavam e rezavam o dia inteiro. Nos primeiros meses, aprendiam todas as tarefas: limpavam os corredores, ajudavam na cozinha, matavam animais e cortavam sua carne. Carregavam pedras para os consertos no orfanato, cavavam poços. Ellius viu os órfãos mais velhos que tinham chegado com ele ser separados de acordo com suas aptidões. Viu aqueles que eram destacados para o matadouro, aqueles que eram considerados estúpidos demais e acabavam condenados a uma vida inteira limpando latrinas, chaminés, estábulos. Os desobedientes eram mandados para as minas ou os moinhos secos.

Ellius notou que, de todos os destinos, o que parecia menos ruim era ler, escrever, rezar e mandar nos demais. A vida dos sacerdotes. Muito novo, ele chegou à conclusão de que precisaria ser muito obediente e estudar como se sua vida dependesse disso, porque dependia. Se demonstrasse falta de aptidão para as letras, acabaria na cozinha ou nas pedreiras para sempre. Acabaria como um escravo.

Ele estudou mais do que qualquer outro, com exceção de um colega. Seu nome era Oier. Ele e Ellius sofriam com os maus tratos dos mais velhos, e dos mais fortes de mesma idade, mas continuavam estudando. Viram seus colegas serem designados para funções, um a um. Viram alguns serem promovidos a chefes dos órfãos mais novos. Viram turmas e mais turmas de órfãos chegarem, cada uma com dezenas de novos servos em potencial.

Eles nunca reclamaram. Quando eram lentos demais nos serviços físicos, recebiam o chicote, mas não reclamavam. Quando um dos bispos, um gordo especialmente maldoso, sentia alguma de suas dores crônicas no estômago, recebiam o ferro quente. Quando um dos garotos mais velhos tinha sido repreendido e queria descontar em alguém, recebiam punhos e pés.

Mas sem reclamar.

Num dia de punição, um padre fez com que Ellius sentasse a sua frente. O menino sentia a pele ardendo pelas chicotadas. O padre explicou que aquilo era culpa do próprio Ellius. Os adultos odiavam punir seus protegidos. Mas crianças cheias de vontade e indolência forçavam isso. Santo Enzo via e odiava Ellius mais um pouco a cada vez em que ele obrigava os adultos a uma punição.

Ellius ouviu, prestando atenção total. Foi assim que aprendeu que as dores que sofria eram por culpa sua.

Quando Oier e Ellius tinham cerca de 12 anos, ouviram pela primeira vez um padre admitir que podiam ter o que era necessário para o sacerdócio. Ou, ao menos, para o serviço de copistas como irmãos laicos.

Ellius já tinha os primeiros fios de barba no rosto quando foi ordenado acólito, o primeiro passo oficial para a vida de clérigo. Recebeu um manto um pouco mais bonito, rasparam seu cabelo numa tonsura ritualística. Permitiram que ele dormisse no alojamento dos acólitos, que era um pouco melhor, contava com cobertores menos puídos.

No dia da confirmação, Oier trouxe uma ânfora de vinho que tinha roubado da despensa. Chamou Ellius e os dois se esconderam num depósito esquecido do orfanato, para beber e comemorar. Uma vida inteira de trabalho duro estava dando o primeiro fruto.

Ellius disse que precisava urinar e pediu licença. Voltou minutos depois, com um padre e um guarda. Apontou o dedo para seu amigo, disse que ele roubara vinho.

Ellius viu Oier ser levado, ainda sangrando, ainda gritando, para o trabalho nas minas.

Ele fazia o que era preciso para sobreviver.

Quando Ellius se ordenou clérigo de Santo Enzo, deram-lhe seu hábito, uma sacola com alguns apetrechos eclesiásticos e lhe designaram a um sacerdote mais experiente. Abriram as portas do orfanato.

Pela primeira vez desde que tinha chegado, ele saiu do prédio, vendo com assombro as ruas de Innalya.

Seu novo mentor não falou nada. Nem mesmo seu nome. Mas Ellius a essa altura era experiente em sobreviver. Ajoelhou-se, beijou a mão do monsenhor e aguardou ordens. O padre era um tipo grandão, de ombros largos e queixo quadrado. Virou-se de costas para o novo assistente e fez um gesto para que ele o seguisse.

Ellius controlou o assombro com a capital do reino. Ouviu música nas ruas, viu cavaleiros garbosos, lindas damas. Seus olhos se encheram de lágrimas pela beleza. Mas seu novo mestre atravessou boa parte da cidade e deixou para trás as coisas belas. Embrenhou-se em ruas largas, de aspecto ordenado e militar. Então chegou a um outro prédio cinza, muito parecido com o orfanato. Apenas bem menor.

Era a Masmorra de Innalya.

Sammelen não tinha o hábito de manter prisioneiros por muito tempo. As punições para criminosos em quase todo o mundo eram multas, mutilações, pelourinho ou morte. Na masmorra estavam prisioneiros que eram perigosos demais para ficar soltos e valiosos demais para ser mortos. Ou apenas aqueles que podiam ter alguma informação importante.

O padre entrou na prisão e foi cumprimentado pelos guardas, que fizeram mesuras fundas. Ellius olhou tudo aquilo tentando parecer natural. Eles andaram pelos corredores escuros e, por onde passava, o sacerdote recebia grande respeito. As portas das celas eram de madeira sólida. Lá dentro, homens e mulheres gritavam, choramingavam ou apenas imploravam pela liberdade. Um prisioneiro queria muito saber se o verão já chegara. Pediu de novo e de novo, atrás da porta, mas o clérigo o ignorou e Ellius fez o mesmo.

Chegaram a uma cela maior que as outras. Um carcereiro abriu a porta e Ellius notou que não era uma cela. Era uma sala de torturas.

Uma mulher estava amarrada a uma estrutura de madeira em forma de X, de pé contra uma parede. Estava nua e suja. Era a primeira vez em que Ellius via uma mulher nua. A sala era iluminada por tochas que soltavam fumaça espessa. Havia bandejas com ferramentas de metal espalhadas em pedestais e máquinas grandes cujo propósito Ellius desconhecia. Um homem de avental de couro manchado de sangue e capuz negro cobrindo a cabeça curvou-se ante o sacerdote.

— A bênção, Dom Matteo. É uma honra receber a Inquisição.

O clérigo se aproximou da mulher amarrada.

— O que temos aqui? — perguntou.

— Uma bruxa — informou o homem do capuz. — O bispo pede que Vossa Eminência arranque dela a localização de suas cabalas. Estão escondidas nos ermos. Já tentamos, mas ela é teimosa.

— Muito bem, muito bem — disse o inquisidor, arregaçando as mangas do hábito. — Não se preocupe, ela vai falar. Vai cantar como uma soprano. Ela estará arrependida e louvando os deuses antes do fim do dia.

Ellius estava parado no meio da sala. Não sabia bem o que fazer.

O homem do capuz se aproximou dele e falou baixinho:

— Não tenha medo, rapaz. Chegue perto para assistir. Você tem sorte. Dom Matteo é um artista.

Ele andou alguns passos. Dom Matteo parecia estar esperando-o. Fez um gesto largo para os objetos dispostos pela sala.

— Bem-vindo a sua primeira aula, jovem Ellius. Estes são os instrumentos de nosso ofício. O berço. A pera. A cadeira. O arranca-seios. O burro. O corta-joelhos. A roda. O potro.

Antes do fim da tarde, a bruxa entregou a localização de suas irmãs. Arrependeu-se e louvou os deuses. E morreu.

Antes do fim da tarde, Ellius usou quase todos os instrumentos básicos do ofício. E descobriu seu grande talento, além do simples estudo.

Dom Ellius conhecia Innalya como a palma de sua mão. O reino de Sammelen também não guardava quase mistério nenhum para ele. Durante seus anos como assistente de Dom Matteo, o mais famoso inquisidor daquelas terras, ele tinha viajado por cidades e aldeias, tinha visitado castelos de nobres e conventos suspeitos de heresia. Os culpados tinham cantado e falado a verdade, arrependidos e pedindo perdão. Os inocentes tinham mantido suas histórias e ido encontrar os deuses mais cedo.

Eles viveram juntos, dia e noite, todos os dias. Dom Matteo instruiu-o sobre a lei divina, sobre como quebrar a vontade maléfica dos criminosos e apóstatas. O trabalho envolvia investigar barões, condes e duques que acusavam uns aos outros de ofensas contra os deuses, por causa de política, e assim o inquisidor também ensinou sobre as tramoias dos nobres. A moralidade que Ellius aprendera no orfanato foi moldada por aquele homem rígido, a quem o jovem sacerdote procurava emular em todos os aspectos. Mas nunca foram amigos. Nunca houve um amor de pai e filho, apenas respeito e frieza. Ellius nunca descobriu de onde Dom Matteo viera, se tinha sido nobre ou plebeu, de pais ricos ou miseráveis. O inquisidor não tinha passado ou futuro, apenas *era.* E Ellius aprendeu que devia ser assim. Sem desejos, sem divagações. Apenas a lei.

Dom Matteo recebeu a honra de ser chamado pelo reino de Zibrene para debelar um foco de heresia que combatia o louvor aos santos. Inquisidor e assistente passaram um ano no reino estrangeiro, até que todos os hereges estivessem no inferno ou arrependidos. Lá, também desbarataram uma intriga com nobres oriundos do reino de Artus e Dom Matteo decidiu que deveriam viajar até Artus para chegar à causa de tudo. Foi assim que Ellius conheceu o mundo fora de Sammelen e descobriu sobre os costumes e a rede diplomática que havia entre as nações.

Não houve nenhum aviso quando acabou seu longo período como assistente de Dom Matteo.

Um dia estavam em Innalya, numa catedral que fazia as vezes de sede da Inquisição. Dom Matteo chamou Ellius em seu catre. Disse que estaria partindo assim que encilhassem seu cavalo. Sozinho. Ellius seria agora Dom Ellius, um inquisidor por si só. Dom Matteo não parabenizou o ex-assistente nem deu qualquer voto. Apenas mandou que Ellius fosse embora, fechasse a porta e procurasse o bispo para os rituais necessários.

Ellius fez isso. Nunca mais viu Dom Matteo.

E assim o inquisidor Dom Ellius se tornou o mais temido de Innalya. Passeava pelas ruas da capital com empáfia. O povo abria caminho quando enxergava seu hábito vermelho. Dom Ellius conhecia a lei divina como nenhum outro e não tinha medo de nada. Em seu primeiro ano como inquisidor, entrou intempestivamente na mansão de um rico mercador, que abrigava um poderoso conde como hóspede. Acusou ambos de heresia e ordenou aos guardas da casa que levassem seus senhores presos. Foi obedecido, torturou e executou ambos e suas famílias, acabando com uma rede de aristocratas e burgueses que espalhavam mentiras sobre os deuses.

Ele viajava por Sammelen, como fizera quando jovem, mas a inquisição preferia mantê-lo em Innalya e ali ele também preferia ficar. Era como estar no centro do mundo, vendo todos os fios que se esticavam para os demais reinos como uma teia de aranha. Então queimar os fios que levavam a lugares impróprios e matar os insetos que eram pegos neles.

A última missão de Dom Ellius como inquisidor o levou ao Orfanato de Santo Enzo.

Um manuscrito copiado dentro do orfanato havia emergido, mostrando incongruências grotescas e uma interpretação distorcida e perigosa da lei divina. Dom Ellius entrou sozinho no prédio cinzento, acompanhado apenas pelos servos que carregavam os instrumentos portáteis e que depois foram embora. O inquisidor ordenou que ninguém mais entrasse ou saísse até que a verdade fosse descoberta.

Ele andou pelos corredores que conhecia bem. Viu rostos familiares, de quem entrara com ele no orfanato.

E usou de seus instrumentos. Usou-os em padres e irmãos laicos. Usou-os em adultos e crianças.

No fim, descobriu a origem de tudo. O padre que o marcava com ferro quente na infância. O homem fora gordo quando mais jovem, agora era horrivelmente obeso, seu rosto mal discernível entre mantas de gordura. Ellius cortou a pele e queimou a banha, chegou ao âmago daquele homem e descobriu o que o fazia cantar.

Marcou-o com ferro quente. Ele confessou tudo e se arrependeu antes de morrer.

Dom Ellius saiu do orfanato deixando mais de 20 cadáveres, além de uma fogueira enorme, feita de livros heréticos.

Naquele dia, recebeu congratulações da Inquisição. Soube que seria promovido a bispo. E que sairia de Sammelen, talvez para sempre.

Havia preocupação com certos excessos na Catedral do Santo Vivo. Alguns diziam que os bispos e cardeais que viviam lá gozavam de conforto demasiado. Era preciso um homem rígido para averiguar a verdade nas acusações.

Sua Eminência, Dom Ellius, entrou na Catedral. E nunca mais saiu.

Havia excessos dentro da Catedral do Santo Vivo antes de Ellius chegar.

Não depois.

Ele não temia os sacerdotes acostumados ao jogo de poder dos corredores de mármore. Ordenou que fosse criada uma sala só para seus instrumentos. E muitos visitaram aquela sala. Padres e bispos conheceram o berço e o potro, sentaram na cadeira e deitaram na roda. Quando Dom Ellius se pôs a investigar os cardeais, soube que ele mesmo seria promovido. Com velocidade impressionante, ele se tornaria também um cardeal, um príncipe da igreja.

Ele sabia que estavam tentando amaciá-lo.

Não houve sentimento de irmandade com os outros cardeais, não houve clemência pelos favores prestados ou pela promessa de favores futuros. Um cardeal morreu na sala de torturas e todos na Catedral do Santo Vivo estavam apavorados.

Se o próprio Santo Vivo não visse o inquisidor com admiração, Dom Ellius poderia ter sido assassinado. Mas ninguém ousava contrariar Sua Santidade. E, assim, ninguém ousava contrariar o inquisidor.

Foram anos de medo na Catedral até que o Santo Vivo morreu. Era um homem velho, alguém que já cumprira seu dever para com os deuses por décadas a fio. Disseram que ele morreu sorrindo.

Então era hora de os cardeais elegerem um novo Santo Vivo.

De acordo com a doutrina da fé, eles seriam iluminados por sabedoria divina e o novo escolhido seria abençoado com poderes além de qualquer mortal. O que aconteceu na verdade foi diferente. Todos os cardeais tinham medo de Ellius. Tinham medo de que, se qualquer outro fosse eleito, a fúria do inquisidor caísse sobre eles. Qualquer favorecimento, qualquer vislumbre de corrupção, seria motivo de tortura e morte.

Assim, intimidados e sem nenhuma inspiração divina, elegeram Ellius como o novo Santo Vivo.

Ele teria dificuldade de entender o que acontecia, se conhecesse aquele sentimento. Conhecia apenas a lei, apenas a realidade. Assim, Ellius entrou no salão central da Catedral do Santo Vivo. Um jovem sacerdote se curvou a ele e apontou a pequena porta por onde ele deveria passar.

Pois o ritual que transformava alguém em Santo Vivo ocorria naquela salinha milagrosa e ninguém a não ser o próprio santo podia adentrá-la.

Ellius abriu a porta e entrou.

Viu-se num outro mundo.

O espaço entre o céu e a terra era um salão com infinitos corredores, infinitas portas e infinitos espelhos. Paredes de pedra negra viravam escadas que subiam e desciam em ângulos que a mente humana não podia compreender. Os milhares de espelhos refletiam Ellius milhares de vezes. Ele se viu criança, jovem, muito velho. Viu-se nascendo e morrendo.

No centro de tudo, havia uma plataforma de pedra negra, como um monumento fúnebre. Sobre a plataforma, um cadáver.

Ellius se aproximou. O corpo usava mantos eclesiásticos muito antigos. Mas pareciam estar preservados. Alguns brasões e símbolos deixavam claro que eram os paramentos de um Santo Vivo. A pele do homem estava ressequida, como se ele tivesse sido mumificado. Não tinha globos oculares, apenas buracos fundos e escuros.

Os braços do cadáver se mexeram, revelando seu peito.

— Você é o novo portador da santidade — disse o corpo. — Eu o batizo... Ellius Tyberax.

Ellius não respondeu. Ele conhecia o nome Tyberax. Era o nome de um antigo Santo Vivo. E agora era seu. Ellius, o rejeitado, a criança sem mãe no orfanato, agora tinha um sobrenome, que era o nome de um santo da antiguidade.

— Coloque as mãos em meu peito — disse o corpo. — E retire de mim o tesouro da santidade, da bênção e do conhecimento.

Ellius Tyberax foi até o cadáver vivo. Com mãos trêmulas, tocou nos mantos. Puxou as lapelas, revelando o peito nu e ressequido atrás. Havia uma espécie de fenda negra no esterno do antigo Santo Vivo. Sem respirar, Ellius enfiou as mãos lá dentro.

Tocou algo.

Era quente. Muito quente. Mais calor do que ele jamais sentira, mas não havia dor.

Puxou a coisa. Era um aro dourado que parecia feito de pura luz e de alguma forma pulsava em suas mãos.

Era uma auréola.

— Na auréola está contido o poder do Santo Vivo, que me foi dado pelos próprios deuses muito antes desta era. Encoste a auréola em seu peito, Ellius Tyberax. Torne-se o novo Santo Vivo.

Ele aproximou o objeto de seu peito, com reverência extrema.

Então o encostou.

O calor se traduziu em agonia no mesmo instante. Ellius Tyberax sentiu cheiro de carne calcinada, ouviu o chiado quando suas roupas e sua pele foram queimadas pelo calor sagrado da auréola. Mas não gritou. Segurou a auréola contra o peito e não emitiu um som.

Naquele momento, foi banhado por poder e sabedoria.

Sentiu-se unido aos deuses pela marca que a coisa deixava em seu corpo. Adquiriu o conhecimento divino, sobre como curar e ferir, sobre como abençoar e amaldiçoar. Viu todos os reinos, viu pelos olhos de cada clérigo que ainda guardava poder divino. Ellius Tyberax só ouvira falar das capacidades milagrosas do Santo Vivo, agora tinha certeza sobre elas, porque eram dele. Viu os santos em sua morada divina. E viu os deuses. Ouviu suas vozes. Eram terríveis e ele achou que iria morrer. Era talvez o único mortal que tivesse aquele conhecimento, que soubesse qual era a face dos juízes eternos.

Ele soube quando retirar a auréola de seu peito.

Devolveu-a ao interior do Santo Vivo original.

Então virou as costas sem uma palavra. Soube qual das infinitas portas na pequena dimensão escolher e saiu de volta para o mundo.

Pronto para aplicar a lei divina a tudo e a todos.

Ellius Tyberax estava sozinho em seu catre.

Ele apreciava a solidão. Fosse no espaço exíguo entre o céu e a terra, fosse naquele quartinho com cama de palha e um pequeno armário onde guardar seus mantos, o paraíso para ele era ficar só.

Na verdade, só estava realmente sozinho no catre e só à noite. A dimensão do Santo Vivo era um local de contemplação, mas lá estava sob vigilância direta dos deuses. Não da forma abstrata como todos os mortais. Dentro da pequena dimensão havia uma auréola, a auréola do Santo Vivo. E agora ele sabia que por qualquer auréola, os deuses olhavam de perto.

Para estar consigo mesmo, nada melhor que o catre, logo depois das orações noturnas.

Ele se ajoelhou e despiu os ombros e as costas. Segurou forte o chicote.

Então se deu o primeiro golpe.

Ellius Tyberax não odiava a si mesmo. Não, ao menos, na mesma medida em que odiava hereges e pagãos. Mas ele era um pecador, assim como eram todos os mortais. Ele precisava sofrer. Ellius conhecia a lei divina, assim como lhe fora ensinada por Dom Matteo. Também conhecia o que os deuses esperavam dele, o que lhe fora mostrado no dia de sua iniciação.

Ele conhecia a fúria divina.

Deu mais um golpe. A sensação de dor era boa. Ele estava sendo purificado. Aquela vida era a vida certa, o caminho pelo qual os deuses o haviam guiado. Ele só sentia alguma inveja dos hereges. Se houvesse uma autoridade moral maior que ele mesmo na terra, talvez ele pudesse ser purificado totalmente, como eles. Sentir a dor sublime do berço, do potro, da roda. Então morrer de forma abençoada, sem mais culpa, sem mais dever.

O chicote estalou em suas costas.

Ele não amava os deuses. Amor pelos deuses era ilusão de clérigos de aldeias, que estavam a um passo da heresia. Ele era apenas obediente. Obedecer era a melhor forma de ficar vivo. Obedecer à lei. Não amava os deuses, assim como não amara os padres e os garotos mais velhos no orfanato. Assim como não amara Dom Matteo. Havia apenas a lei e a lei seria sempre respeitada.

A lei divina era tudo.

O chicote estalou e então Ellius Tyberax caiu para trás, o coração disparando com um susto tremendo. A porta de seu catre se abriu de repente, com um estrondo. O Santo Vivo fez um esgar de fúria, pronto para amaldiçoar quem quer que tivesse aquela ousadia.

Quem ele viu do outro lado da porta aberta era um selvagem.

Ellius Tyberax ainda não concedera sua primeira audiência ao rei de Sammelen. Ele crescera com as histórias de Mubruk Filho de Urso, conhecia-o como todos no reino o conheciam. Lá estava ele, bufando como um touro, os músculos inchados subindo e descendo, as narinas dilatando-se e retraindo-se. A pele do antigo rei sobre a cabeça e os ombros, como um adorno.

Ellius ficou de pé o mais rápido que pôde.

— O que significa isso? — trovejou, com sua voz límpida. — A Catedral do Santo Vivo fica fora de Sammelen!

— Eu não aguentava mais esperar para falar com Vossa Santidade — Mubruk abriu um sorriso largo.

Ellius Tyberax cobriu os ombros com seus mantos. Apontou um dedo para o homem gigantesco. Ele não estava tremendo. Não tinha medo nenhum. A autoridade dos deuses estava com ele.

— Retire-se, Majestade — ordenou o Santo Vivo. — Poderemos falar pela manhã.

— Não, Vossa Santidade. Vamos falar agora.

Mubruk entrou no quarto à força, quebrando o batente da porta.

— E não se preocupe. Ninguém vai nos atrapalhar. Minha Guarda do Urso já garantiu que seus clérigos fiquem bem calmos.

Ellius Tyberax gritou uma prece aos deuses e uma coluna de chamas desceu do teto sobre Mubruk.

O fogo cobriu o rei, que começou a gargalhar.

— Fogo divino não é nada para mim, Santidade! O último Santo Vivo aprendeu isso e Vossa Santidade aprenderá também!

— Aqui não é seu domínio! Aqui é o domínio dos deuses!

— Eu vou matar os deuses!

Aquilo fez Ellius Tyberax se deter por um instante. Em todos os seus anos como inquisidor, ele nunca ouvira tal blasfêmia. Bruxas ou hereges, pagãos ou apóstatas, nenhum jamais fora capaz de pronunciar aquelas palavras. Ele estava atônito com a capacidade do rei de ignorar seus milagres e com a audácia de um mortal em planejar o deicídio.

— Não por vários anos, eu acho — disse Mubruk. — Mas os deuses vão morrer. E por isso vim falar com Vossa Santidade. É bom que estejamos em acordo.

— Nunca.

— Assim que Vossa Santidade souber da verdade, sua convicção vai mudar. Vossa Santidade vai se arrepender e se submeter. Assim como o santo anterior fez.

Naquela noite, naquele catre, Ellius Tyberax soube da verdade sobre Mubruk Filho de Urso.

E soube que os deuses iriam morrer.

São Arnaldo estava morto.

Ellius Tyberax sentiu a morte do santo como uma dor aguda e profunda dentro do peito. Soube que algo irreversível tinha mudado nos céus. Soube que era obra do exército fantasma dos três reis. Os três reis que ele coroara. A dor da morte do santo era horrenda e por isso era maravilhosa. Sentir dor era bom. Era puro.

Sozinho em seu catre, à noite, Ellius lembrou de quando conhecera Mubruk pessoalmente. Do que sentira quando soube da verdade. A dor de decepção tinha sido quase tão forte quanto a dor física e espiritual que sentia agora.

Um santo estava morto. Era o início da guerra contra os céus. Em breve, haveria os Devoradores e então tudo estaria acabado.

Ellius pensou, como já pensara centenas de vezes nas décadas desde que conhecera Mubruk, se não podia ser diferente. Se não valia a pena lutar, resistir ao rei selvagem. Talvez até mesmo tentar unir os reinos contra ele. Talvez, assim, pudesse salvar os deuses.

Mas, assim como pensava aquilo, sabia que era inútil. Tudo era inútil contra Mubruk.

Talvez, se os deuses conseguissem enxergar o local físico onde Mubruk estava, eles mesmos fizessem algo. Mas a presença do rei criava uma sombra impenetrável. E os Criadores, distantes e desinteressados a não ser para julgar, nem mesmo conseguiam notar que havia um ponto cego em sua visão. A realidade era o que era.

Assim, Ellius Tyberax não se rebelou contra os deuses. Também não os defendeu. Apenas continuou fazendo o que sempre fizera: cumprir a lei divina. Obedecer. Ficar vivo. Mubruk trazia uma nova lei e, quando a lei do Filho de Urso estivesse em vigor, tudo seria diferente. Ellius cumpriria essa nova lei.

Embora a dor da morte do santo já fosse suficiente, Ellius levou o chicote à própria carne. Um estalo, então dois, então três. Quatro por um santo morto, cinco por se calar frente a um assassino de deuses, seis por coroar demônios.

Naquela noite, tantos anos atrás, Mubruk lhe dissera que as antigas histórias sobre o Devorador de Mundos seriam mais uma vez importantes. Que os deuses, um dia, mandariam um novo Devorador. O novo Devorador estava ali. Era o Rei Ruff Ghanor, o usurpador herege. Mubruk se colocava contra os deuses, queria criar seu próprio Devorador, e nessa guerra não havia nada que Ellius pudesse fazer.

O mundo seria devorado, ou o Paraíso. Todos os mortais encontrariam seu fim, ou os deuses. De qualquer forma, a perspectiva era terrível e não havia nada a fazer.

A não ser cumprir a lei.

Cumprir a lei era o que Ellius Tyberax fazia enquanto céus e terra guerreavam, cada um tentando causar o horror maior. Ele julgava a política dos reinos, as alianças, o direito monárquico e a diplomacia, quando em breve nada disso faria sentido.

Os deuses eram tiranos.

Os mortais eram malignos.

Não havia lado certo.

Só havia a lei.

Nove estalos do chicote, por não limpar latrinas, empurrar a roda do moinho seco ou minerar metais. Dez estalos do chicote, por sobreviver.

Havia um portal desconhecido da própria igreja. Uma ligação do mundo exterior com o espaço entre o céu e a terra e com a Catedral do Santo Vivo. Essa foi a história que Urbaun ab-Allahim, o maior sábio viajante de todo o mundo, contou para Ruff Ghanor, antes que sua cabeça se desfizesse em pó negro.

Vinte figuras furtivas saíram da porta estreita que levava ao espaço entre o céu e a terra. Não fizeram barulho nenhum. Estavam todos nus, os corpos tingidos de preto, uma tonalidade fosca, que engolia qualquer luz e os tornava mais escuros que sombras. Os globos oculares e dentes eram também negros, tingidos pelas substâncias que injetavam. As mucosas dos olhos e da boca eram negras, assim como as unhas. Levavam sacolas amarradas, com facas, seringas, frascos de veneno, algodão, formol, agulha e linha e mais uma dezena de apetrechos da morte.

Não eram ladrões, mas assassinos. Mesmo assim, um deles levava dentro da sacola uma auréola, envolta em camadas e camadas de panos negros, para não emitir brilho nenhum. Aquela missão era especial.

Os Irmãos do Luto fizeram toda a Catedral do Santo Vivo dormir, com suas poções de Kottar. Visitaram o quarto de cada um dos cardeais e observaram a morte de cada um com reverência.

Enquanto os demais embalsamavam os corpos dos cardeais, cinco Irmãos do Luto entraram no catre de Ellius Tyberax, o Santo Vivo.

Sem fazer um som, pingaram em seus lábios a substância que paralisava as cordas vocais.

Então aquela que impediria o movimento dos membros.

Mais uma gota, para que sua mente estivesse nublada e ele não pudesse rezar por milagres.

Só então o acordaram, com um punhal sobre o coração.

— *Uma vida a menos para a mestra. Menos um grito, menos uma luz. Menos uma estrela na noite, menos uma gota no mar. Assim será até que tudo fique escuro. Assim será até que tudo fique seco. Assim será até que ela descanse. Um a menos que blasfema.*

Ellius abriu os olhos. Num instante, soube que eram pagãos.

Ele não podia fazer nada.

24 | A estrela se apaga

— ELLIUS TYBERAX ESTÁ morto — disse Ruff Ghanor.

Para ilustrar aquela verdade acachapante, quatro servos vestidos de preto ergueram o caixão, deixando-o de pé. Eram alguns dos mortuários mais habilidosos de Kottar, leais ao rei desde a conquista. O Alto Coveiro Fester de Salúria fez um meneio com a cabeça e eles abriram o caixão, mostrando o antigo Santo Vivo embalsamado, os olhos fechados no que parecia um torpor tranquilo.

O rei de Zibrene pigarreou com elegância, tomou um gole de vinho para esconder o choque. O Alto Chefe de Artus ergueu-se e bateu com o punho na mesa.

— Isso é blasfêmia! — gritou o Alto Chefe.

Ruff permaneceu sentado, calmo.

— Não há mais blasfêmia quando falamos do Santo Vivo — disse, sem alterar a voz. — Não há mais Santo Vivo. Os cardeais da Catedral também encontraram seu fim. A Igreja dos Criadores Invisíveis está sem liderança. Acabou a era de obediência a sacerdotes trajados com pompa. Começa aqui a era da obediência aos deuses. E Vossas Majestades podem estar comigo desde o início.

O mar rugia lá fora, as ondas quebrando contra os rochedos bem abaixo da torre. Um vento de cheiro salgado entrava pelas janelas abertas, carregando consigo umidade. Os três reis estavam numa sala sem nenhum luxo. Era o topo de uma torre isolada, meio farol e meio posto de vigilância. Eles sentavam ao redor de uma mesa de madeira cheia de nós e já acinzentada pela ação do tempo. Sobre a mesa, uma ânfora de vinho com três cálices e um prato intocado com pão e carnes frias. Também havia um mapa. Não era o ambiente esperado para um encontro entre homens tão poderosos, mas prestava-se bem ao segredo.

O convite partira de Ruff. A guerra estava banhando Kottar de sangue e a maré vermelha logo chegaria a Ghanor. Mas o rei sabia que se ausentar para aquela manobra diplomática era mais importante do que estar presente o tempo todo. Urko e Hild precisariam liderar as tropas. Naquele momento ele estava fazendo mais uma aposta importante.

A ilha onde ocorria o encontro ficava perto de Zibrene, embora já bem longe da costa. Seria território incontestado do reino. Contudo, séculos atrás, Artus tinha invadido e conquistado o lugar. Gerações inteiras viveram e morreram naquela ilha, sem que Zibrene fizesse muito esforço para reconquistá-la. Era um pedaço de terra pouco útil e só entrou em disputa mais uma vez quando Artus passou a integrar o pacto e Zibrene reinvindicou seu direito na igreja. A decisão do Santo Vivo da época foi deixar a ilha abandonada, com apenas algumas visitas de guarnições esporádicas, compostas por guerreiros dos dois reinos em igual número, para garantir que o lugar não virasse covil de piratas. Desde então a ilha não era de ninguém e não valia a pena entrar em guerra por causa dela.

Os dois convidados tinham trazido poucos guardas, como era o combinado — Ruff não tinha guarda nenhum, apenas Fester de Salúria e os mortuários. Zibrene e Artus, apesar de teoricamente aliados sob o pacto, eram rivais históricos. Artus saqueava Zibrene dentro do limite do que era aceito sem que aquilo fosse uma declaração de guerra. Zibrene tinha feito um embargo comercial violento séculos atrás e hoje em dia revidava os saques com jogadas econômicas e esporádicos ataques de corsários. Nenhum dos dois reis iria se sentir seguro na presença de muitos soldados do reino rival. E qualquer movimentação de tropas poderia chamar a atenção de Sammelen, denunciando o encontro secreto. Assim aquela reunião se dava numa ilha esquecida, numa torre abandonada, ao redor de uma mesa velha, com vinho ordinário. Era preciso respeitar o pacto.

Mas, segundo o que Ruff Ghanor mostrava, o pacto estava em ruínas.

— Ghanor matou Ellius Tyberax? — perguntou o rei de Zibrene, escondendo metade do rosto atrás de um leque. — Isso pode ser considerado um ataque a todos os membros do pacto.

O governante de Zibrene era Sua Impetuosa Graça, o Rei Etxaberri Alderón II. Era um homem extravagante e astuto, discreto em sua exuberância. Usava roupas púrpuras bordadas com fios de ouro e costuradas com pedras preciosas. Seus pés estavam metidos em saltos altos finíssimos. Sua pele negra brilhava e seus cabelos crespos eram trançados e raspados em padrões complexos. Tinha por hábito esconder a boca sob leques, lenços, cálices. Chamava a atenção por onde passava, mas nunca se podia saber o que ele estava pensando.

— Não existe mais pacto — disse Ruff Ghanor, com voz calma e autoritária. — O pacto se baseava no respeito a uma igreja corrupta, liderada por um homem omisso e herético. Hoje Vossas Majestades têm a oportunidade de participar de um novo pacto. De estar no início do acordo que governará nosso mundo no futuro.

— Mesmo assim, matar o Santo Vivo é um ato vil — disse o Rei Etxaberri.

— Ghanor não matou Ellius Tyberax. Garanto que Vossa Impetuosa Graça não encontrará nada que ligue o reino a essa morte.

— O cadáver que Vossa Majestade trouxe até aqui poderia ser considerado uma boa evidência nesse sentido.

Ruff deteve-se nos olhos de Etxaberri.

— O atentado foi perpetrado por criminosos radicais do reino de Kottar. Membros de uma seita que, agora mesmo, estão sendo caçados e serão punidos. Isso não muda o fato de que Ellius Tyberax era uma doença em nossa política e que sua morte sem substituto permite que as antigas alianças sejam finalmente desfeitas.

Não fora fácil localizar os Irmãos do Luto. Fester de Salúria estivera coordenando aquela missão com Ruff desde o início. Eles encontraram membros da seita infiltrados na corte de Ghanor, na milícia da capital, em altas posições do exército. Reuniram-nos e propuseram o alvo, em troca de um perdão real. Ellius Tyberax era o líder da religião que se opunha ao culto da morte, era um inimigo religioso por natureza. Seria talvez o alvo mais perigoso e bem protegido dos Irmãos do Luto, mas também o mais valioso. Ruff ofereceu acesso à Catedral inexpugnável, o conhecimento sobre o portal e os assassinos concordaram.

Foi sorte e fanatismo que fez com que eles descobrissem o corpo do primeiro Santo Vivo, na pequena dimensão dentro da Catedral. Encontrando um artefato que desafiava a morte, eles o roubaram, pois julgaram que fazia parte de seu dever. Ruff agora estava de posse da auréola.

O acordo entre o rei e os assassinos ditava que, depois da missão, eles deveriam desaparecer. Não seriam punidos, desde que não fossem encontrados.

Ruff já não se sentia mal ao falar meias verdades ou mentiras completas. Era necessário no jogo da diplomacia.

— Você está propondo um jogo de alianças sobre o cadáver de um homem santo — grunhiu o Alto Chefe de Artus. — Não existe nada mais baixo do que isso.

— Sim, existe — retrucou Ruff. — Este homem fazia parte de uma conspiração. Por omissão e passividade, iria permitir que os próprios deuses fossem atacados por mortais. Isso ainda é um risco. Apenas nós podemos nos colocar no caminho dos exércitos blasfemos.

O Alto Chefe de Artus era Gunnar Nariz de Lobo, um homem grande, loiro e barbudo, como eram quase todos os homens de Artus. Ruff não podia evitar ver algo parecido com Hild nele. Não era nenhuma semelhança física, mas o porte, o jeito e a postura para com o mundo. Gunnar usava uma pele de lobo sobre a cabeça, uma cota de malha cobrindo o corpo e um saiote decorado com escalpos de inimigos. Era franco e decidido, além de bastante religioso. Ruff achara que seria mais difícil convencê-lo, mas com ele tinha menos a temer.

— Tem alguma prova disso? — exigiu Gunnar.

— A guerra é prova disso! Mubruk Filho de Urso invadiu minhas terras porque acha que nelas há algo que poderá criar um ser tão blasfemo que mal ouso dizer seu nome... O Devorador dos Céus.

Gunnar segurou algo sob sua cota de malha. Ruff ficou atento — poderia ser uma arma. Um ataque ali seria facilmente debelado, mas podia levar a um incidente que unisse Zibrene e Artus contra ele.

— O que Vossa Majestade propõe contra algo tão inominável? — perguntou Etxaberri Alderón II, melífluo.

Ruff ficou de pé.

— Proponho um novo pacto. Um pacto entre iguais, sem que haja um tirano decidindo suas ações ou um selvagem intimidando seus reinos. Ghanor, Kottar, Mattora, Utteria e Vammira já são um só. Proponho amizade com Zibrene e Artus.

— Amizade? — disse Gunnar. — Ou servidão? Será nosso amigo como é amigo de Kottar?

— Apenas caso se aliem a Sammelen — o rei de Ghanor manteve-se controlado. — Pois Sammelen *vai* cair. Sammelen *será* conquistado. Serei amigo de todos que se aliarem a mim. Mas quem se opuser estará condenando a si mesmo à conquista.

— Então Vossa Majestade se coloca como superior a nós — Etxaberri deu um risinho.

— Os únicos superiores a nós são os deuses. Meus aliados estarão lutando ao lado dos deuses. E precisarei impor a lei dos deuses a quaisquer rebeldes.

Seria mais fácil se pudesse falar a verdade. Se pudesse dizer que ele era o Devorador de Mundos e que tudo seria destruído se o mundo não fosse verde e bom. Mas aquele era um fardo só seu e das pessoas de sua maior confiança. Espalhar a verdade significaria todos, exército e povo, unindo-se contra ele.

— Continua falando do Devorador dos Céus! — Gunnar cuspiu no chão, ainda com a mão dentro da cota de malha. — Mas sua palavra vale tanto quanto a minha! Por que deveria acreditar em você?

Ruff quase sorriu.

Ele estivera esperando por aquele momento. Não podia usar sua maior cartada de início ou perderia o elemento de choque. Precisava esperar que fosse questionado e sabia que seria.

— Por que deveria acreditar em mim? — Ruff também ergueu a voz. — Porque os anjos estão a meu lado!

Ante o brado de Ruff, as janelas foram tomadas por luz dourada. Ruff sentiu o coração disparar. Não houvera certeza de que aquilo daria certo. Afinal, Bellitz fora chamada pelos deuses na última vez em que eles haviam se visto, no dia escuro da morte de São Arnaldo. Mas aquilo fora uma emergência. Nenhum mortal podia sequer imaginar o que acontecia nos céus e menos ainda depois que um santo morria. Assim, a vinda de Bellitz tinha sido uma incógnita no plano.

Mas a luz dourada brilhava.

Etxaberri Alderón ficou de pé, seus guardas o cercaram. Gunnar Nariz de Lobo rugiu, exigindo uma explicação. Todos tiveram de levar as mãos aos olhos para se proteger do brilho cegante.

Então um grito preencheu seus ouvidos. Era uma voz musical, mas desesperada. Um estrondo sacudiu o chão, quando algo pesado e metálico se chocou com o piso, como um meteoro.

A luz dourada se desfez. A mesa fora destruída. Em seu lugar, estava Bellitz. Encolhida, grunhindo de dor e esforço. A armadura suja de sangue. Ela ficou de pé com dificuldade e virou-se para Ruff.

O belo semblante de Bellitz estava todo ferido. Um de seus olhos estava fechado, roxo e inchado. Sangue fluía de seus lábios, ela estava meio curvada. Os dois reis deram passos para trás, sendo protegidos por seus guardas. No meio da gritaria súbita, Bellitz conseguiu ficar de pé, segurando-se em Ruff. Num instante, chegou perto de seu rosto e sussurrou:

— Eu estava tentando vir, Ruff. Não sei por quanto tempo consigo resistir. Eles vão me puxar de volta.

— O quê?

— Eles estão questionando minha lealdade. Acham que estou ouvindo sua palavra mais do que a deles.

— Bellitz...

— Isso não importa. Precisamos fazer o mais importante, antes que me levem mais uma vez.

— *O que significa isso?* — exigiu Gunnar Nariz de Lobo.

O anjo parou de se agarrar à armadura de Ruff. Estabilizou-se sozinha, tão bem quanto pôde. Empertigou-se, uma pose desconfortável em meio ao estrago em seu corpo.

— Eu sou Bellitz, a Estrela Dourada — ela disse, a voz límpida maculada pela dor e pelo inchaço na face. — Eu trago a palavra dos deuses. Eu levei as almas de santos ao reino divino, eu mudei o curso de rios para inundar cidades de hereges. Ruff Ghanor é o representante dos deuses. Procurem a verdade com sua fé e verão que não estou mentindo. Sintam a aura divina em mim. Eu sou Bellitz, sou um anjo, e Ruff Ghanor é meu rei.

Etxaberri desceu sobre um só joelho. Estendeu a mão para Bellitz, mas manteve o olhar astuto. Os guardas tinham dentes rilhados ou bocas abertas. Era um milagre como quase nenhum mortal presenciara fora do exército de Ghanor.

— Os boatos então eram verdadeiros — disse Etxaberri. — Os anjos estão com Ruff Ghanor. Pensei que era apenas superstição de soldados, como a história da queda de Rocha Celeste.

— Existe uma conspiração sinistra — disse o anjo, entre dentes. — E seu objetivo é nada menos que a destruição do Paraíso.

Gunnar Nariz de Lobo puxou a mão de dentro da cota de malha.

Ruff viu que ele segurava um pequeno morcego que quase sumia em sua manzorra.

O rei de Ghanor deu um passo na direção do Alto Chefe, sem entender o que ele fazia.

Mas Gunnar levou o animal aos dentes. Mordeu sua cabeça e puxou, fazendo esguichar sangue do corpinho. Bellitz olhou de Gunnar para Ruff.

Então o monarca de Artus gritou:

— *CAOS!*

O Irmão Niccolas já não sabia se os gritos lá fora eram parte da invasão ou apenas seus pesadelos se misturando com a realidade. As poções kottarianas tinham deixado um gosto amargo permanente em sua boca, mas ele conseguira ficar sem dormir há quatro dias.

Isso não fazia bem a sua mente.

Ele achava que estava acordado há quatro dias, mas talvez fossem mais. Depois do primeiro dia, tinha se trancado nos porões do Castelo da Mortalha e não mais saíra. Niccolas amava Ruff, mas de novo e de novo amaldiçoou a ideia imbecil de trancar todo o conhecimento de Kottar nos porões do castelo. Aquilo não era uma biblioteca, não havia nenhuma organização. Soldados tinham simplesmente jogado no porão milhares de livros, pergaminhos e cadernos de anotações dos maiores sábios do reino. Era bom que aquele conhecimento ainda existisse, mas procurá-lo era o inferno.

Os gritos aumentaram. Niccolas ouviu o cântico inconfundível de *"Ghanor! Ghanor! Ghanor!"*. Queria muito que aquilo fosse só um pesadelo, mas tinha certeza de que Necrópole estava caindo ante as forças de Sammelen e o castelo já tinha sido invadido.

Niccolas passara o primeiro mês de sua busca em bibliotecas de Santa Amélia espalhadas em Ghanor. Ele sabia que não havia nenhum livro útil no Castelo de Ghanor, muito menos na Cidadela de São Arnaldo. Nada que fizesse qualquer referência a Mubruk Filho de Urso ou ao que ele era. Então restava procurar em mosteiros isolados, achar tomos perdidos ou proibidos. Era um exercício de sorte mais do que de pesquisa e o tempo de viagem entre cada lugar era longo e inútil.

Enquanto isso, ele sabia, a guerra rugia em Kottar.

As histórias de prodígios e seres mágicos que havia em Ghanor não ajudavam em nada. Falavam apenas de anjos, monstros ou do próprio Devorador de Mundos. Mesmo em compêndios sobre demônios, não havia menção a nenhum ritual que pudesse tornar um mortal quase invulnerável e mais forte que um gigante.

Mas ele achou algo na casa de um velho colecionador de manuscritos, um homem que tinha escondido uma pequena biblioteca numa parede falsa, durante a tirania de Zamir. O ancião tinha um medo irracional de que alguém tocasse em seus "tesouros", como se os hobgoblins com tochas pudessem voltar a qualquer momento. Niccolas só ouvira falar dele porque um velho abade ainda lembrava de ter doado alguns tomos para que o colecionador escondesse.

Niccolas conseguiu convencê-lo a mostrar a coleção. E, em um pergaminho que quase se desfazia ao toque, havia menção ao nome Mubruk.

De início, Niccolas achou que devia ser coincidência. Era um pergaminho antigo demais, datava de pouco depois da queda do primeiro Devorador de Mundos. Devia ser outro Mubruk. Mas valia a pena investigar. O pergaminho era escrito por um sacerdote ancestral, um homem que vira a devastação do Devorador. Ele citava que os mortífices de Kottar tinham estado em Ghanor, à procura de ossos de dragões. Esses homens teriam encontrado o tal Mubruk em Ghanor e passado um longo tempo com ele.

O Irmão Niccolas estivera quase convencido de que sua busca era em vão, mas aquilo fez seu coração acelerar e lhe deu ânimo renovado. Ele precisou ir até Kottar, meter-se no meio do território em guerra, mas aquilo era uma esperança. Se os mortífices tinham estado com Mubruk Filho de Urso, talvez tivessem registrado o que descobriram. Neste caso, todo o conhecimento estaria no reino, em algum lugar.

Niccolas nunca pensara que Ruff Ghanor seria capaz de trancar livros num porão. Imaginou o que o prior diria se soubesse disso.

O monge estava há quase dois meses no Castelo da Mortalha, dentro dos porões, procurando na bagunça terrível de pilhas intermináveis cheias de pó e teias de aranha. Era um labirinto, de forma literal e metafórica, e talvez não houvesse saída. No início, ele tentou arrastar todos os livros de volta para alguma sala do castelo, mas não havia gente para fazer isso. Necrópole vivia só em função da guerra, todos que não estavam fabricando armas estavam sendo mandados para fora das muralhas, para combater o inimigo, ou então estavam cozinhando, consertando ferraduras ou costurando túnicas. Os coveiros também não ajudavam em nada, pois havia cada vez mais mortos para enterrar. Nem mesmo os poucos clérigos na cidade eram de qualquer valia, já que precisavam cuidar dos feridos. Assim, Niccolas ficou sozinho no porão.

Durante a maior parte de seu período de pesquisa, ele voltava ao convívio das outras pessoas no fim do dia. Então ouvia notícias de como os exércitos de Sammelen estavam cada vez mais perto, como as forças de Mattora tinham tentado interceptar uma coluna inimiga e sido rechaçadas com violência. A cada dia as histórias ficavam piores. Niccolas sabia que, quando o castelo caísse, sua única chance de sobreviver era passar por um simples monge sem importância. Se soubessem que ele era amigo de Ruff Ghanor, sua morte seria cruel. E ele precisava achar a informação antes que isso acontecesse. As horas de trabalho nos porões ficaram mais e mais longas. Ele passou a tomar poções feitas pelos alquimistas do castelo para ficar acordado mais tempo e ter energia para pesquisar. Após ter dormido a primeira noite no porão, decidiu que aquilo não era saudável. Ele precisava sair, falar com pessoas, comer.

Mas lhe disseram que o exército de Sammelen já era visível no horizonte.

Quando começou o cerco a Necrópole, Niccolas já deixava de dormir por dois dias seguidos, para compensar com algumas horas de sono no dia seguinte. Os servos lhe traziam comida, mas desistiram depois que o monge gritou em descontrole com um servo que derramou sopa numa pilha de manuscritos. Então passou a comer só quando tinha tempo para correr de volta à área principal do castelo em busca de mais poções. E quando lembrava.

Livros cheios de fórmulas alquímicas estavam misturados com tratados sobre a personalidade da morte. Pergaminhos detalhando processos de mumificação estavam lado a lado com relatos históricos de grandes mortuários do passado. Tudo uma desordem horrenda. Niccolas já não via o sol há mais de uma semana, quando alguém o interrompeu para dizer que a queda era iminente. Dentro de poucos dias, o inimigo estaria em Necrópole. Trazia consigo dois dos Cavaleiros do Caos e a lendária bruxa conhecida como Dama de Ferro.

Imploraram para que ele fosse embora, fugisse para Ghanor com outros refugiados. Niccolas respondeu arremessando um livro contra o servo que sugerira aquilo.

Foi então que parou de dormir.

Ele continuou, frenético, tomando uma poção depois da outra, vendo seus sonhos se mesclarem com a realidade de livros sem fim. Sabia que, lá fora, pessoas estavam morrendo. Ele precisava ficar insensível àquilo, ignorar o massacre. Precisava achar algo sobre Mubruk Filho de Urso.

Depois de três dias sem dormir, começou a ouvir gritos. Calculou que a cidade estivesse tomada e só o castelo restasse. Os defensores de Kottar teriam se trancado no castelo e agora a queda total da resistência seria bem rápida. Alguém lhe trouxe um relato desesperado, dizendo que os corpos estavam sendo empilhados numa praça da cidade, no que parecia ser um ritual. Niccolas imaginou que, se Áxia estivesse mesmo ali, um ritual era bem provável. Algo horrível estava prestes a acontecer.

Mas, naquele mesmo dia, ele encontrou uma pista.

Atrás de uma pilha de tratados de anatomia, achou uma coleção de rolos de pergaminho. Eram amarelados e carcomidos, como o que ele tinha visto com o colecionador. Niccolas aproximou as mãos trêmulas, temeroso de que seu toque pudesse destruir o material. Desenrolou o primeiro com cuidado.

Era intitulado *Apontamentos dos Mortífices*. O volume que ele escolhera ao acaso falava da destruição causada pelo Devorador de Mundos e de como os mortífices de Kottar estavam usando os grandes números de cadáveres para fabricar as armaduras de ossos que recentemente tinham aperfeiçoado.

Eram relatos históricos.

Era a mesma época.

Faltava pouco.

Lendo os pergaminhos com a maior velocidade que podia, Niccolas entendeu o papel dos mortífices naquela sociedade ancestral. Como grandes sábios de um ramo da alquimia que fora desenvolvido no próprio reino, eles consideravam que era seu dever preservar suas experiências para a posteridade. Os mortífices relatavam suas dificuldades em tratar as ossadas, seus estudos anatômicos, suas descobertas sobre o funcionamento do corpo dos mortais. Havia uma grande seção sobre a visita do então rei de Utteria e a transcrição das discussões entre o monarca feiticeiro e os sábios da morte. Eles registravam tudo.

E, com quatro ou cinco dias sem dormir, ouvindo o barulho de luta dentro do próprio castelo, Niccolas encontrou a parte dos *Apontamentos* que descrevia a jornada de alguns mortífices para obter ossos de dragão.

Lágrimas inundaram seus olhos quando ele leu o nome Mubruk.

Então a porta que levava ao porão se abriu com um estrondo. Niccolas protegeu os olhos da luz que entrou. Ela se refletia numa espada.

— Acho que não há nada valioso aqui — o soldado falou para alguém que devia estar bem atrás. — Só livros e lixo. Mas um lampião está aceso.

Niccolas tentou ficar bem quieto, mas estava tremendo. Agarrou o pergaminho com força. O que quer que acontecesse, ele não podia soltar aquilo. Era o produto de três meses de pesquisa. Se ele perdesse o pergaminho, tudo seria por nada.

— Espere! — disse o soldado. — Acho que tem um monge escondido lá atrás.

Ele entrou no porão, carregando a espada. Niccolas tentou ficar de pé, mas suas pernas tremiam. O homem se aproximou. Niccolas viu que ele estava sorrindo.

— Este reino está cheio de monges — falou o guerreiro. — Sempre malditos monges. Curando seus feridos, escondendo-se em suas fortalezas sem ouro nenhum. Estou farto de monges de merda. Perdi dois amigos para os milagres dos monges.

Niccolas deu dois passos para trás, mantendo o pergaminho escondido nas costas. Naquele momento, sentiu o peso da idade. Seus joelhos estavam doendo, seu pescoço estava rijo e sensível. Ele nunca fora um lutador, mas agora via como estava frágil.

O soldado se aproximou. Niccolas pôde ver o brasão do urso em sua túnica.

— O que tem escondido aí, monge? Algo valioso? Monges nunca têm nada valioso.

O soldado deu mais um passo, pisando em pergaminhos valiosíssimos. Niccolas viu que um punhado deles se esfacelou sob a bota do homem.

— Por que não me responde, seu filho de uma cadela? Tenho aqui o que você merece!

O soldado ergueu a espada.

E Niccolas não temeu por si. Temeu pelo pergaminho.

Então se jogou sobre o homem.

O golpe fez um corte no braço do Irmão Niccolas, mas a velocidade de seu desespero foi maior. Ele deu um encontrão no soldado, ficando entre seus braços. O homem cambaleou para trás e tropeçou numa pilha de livros.

Monge e guerreiro caíram, Niccolas por cima. O soldado bateu com o cabo da espada na têmpora de Niccolas. De imediato, um zunido tomou seus ouvidos e ele viu o porão ficar desfocado. Soltou o pergaminho e tateou com os dedos até a garganta do guerreiro.

Achou-a. Apertou.

— Monge de merda — o homem conseguiu dizer.

Bateu de novo em Niccolas com o metal da espada. O monge ficou fraco e largou o pescoço do inimigo. O soldado empurrou-o. Niccolas rolou sobre livros e papéis. O soldado ficou de joelhos por cima dele. Segurou a espada apontada para baixo, em direção a seu peito.

Niccolas agarrou um grande livro e bateu nas mãos do soldado. Desviou o golpe de espada, o homem se desequilibrou, adernando para o lado. Então Niccolas agarrou a espada com as duas mãos. O soldado era bem mais forte, Niccolas sentiu sua pegada escorregando. Eles estavam embolados no chão, o monge sentiu os braços fraquejarem. Então aproximou o rosto das mãos do inimigo e mordeu.

O soldado soltou um berro. Niccolas sentiu seus dentes doerem, morder com aquela força era muito mais difícil do que ele julgara. Mas sentiu gosto de sangue e o homem soltou a arma por instinto. Niccolas puxou com força e estava com a espada nas mãos.

O soldado olhou para ele com fúria, Niccolas gritou de pânico. Então empurrou a espada para a frente, num gesto desesperado.

A ponta da lâmina se enterrou no pescoço do soldado.

Ele gorgolejou e caiu.

Foi muito pesado para Niccolas, que teve de soltar a espada. O homem ficou sangrando em cima dos pergaminhos e dos livros.

As lágrimas chegaram fartas aos olhos do religioso. Sua boca estava cheia do gosto de sangue e poção kottariana. Ele estava sujo de vermelho. Começou a procurar o pergaminho que falava de Mubruk, engatinhando sobre os papéis, deixando marcas sangrentas por tudo.

Olhou para trás e viu o cadáver. Tinha matado aquele homem.

Com a mão chacoalhando de cansaço, dor, horror e choque, ele segurou o pergaminho ancestral. Deixou marcas de dedos.

Desenrolou o pergaminho. Começou a ler, passando rapidamente pelos trechos banais. O nome Mubruk se repetia. Os mortífices estavam falando dele. Contando o que tinha acontecido tanto tempo atrás.

— O que está acontecendo aí? — gritou outra voz.

Então mais vozes se juntaram. Eram soldados de Sammelen.

As vozes viraram gritos, houve clangor de metal, e então se calaram. Niccolas se arrastou para trás, sobre os papéis, até chegar a uma parede. Tentou se mesclar na sombra, ficar invisível, mas qualquer um poderia vê-lo sob a luz do lampião, ouvir sua respiração entrecortada.

Uma figura tomou o vão da porta.

— Irmão Niccolas? — chamou Hild. — Você está aí?

Ele se ergueu com dificuldade. Ela correu para ajudá-lo. O machado de Hild estava pingando sangue e sua armadura de ossos estava toda respingada de vermelho.

— O castelo foi invadido — disse a guerreira. — Estamos matando tantos dos desgraçados quanto podemos, mas isso é só para ganhar tempo. Precisamos recuar, Áxia e dois dos filhos de Ruff estão lá fora. Você já deveria ter fugido.

— Eu consegui, Hild — ele soluçou. Foi a primeira vez que a chamou pelo nome.

— O quê?

— Aqui está o conhecimento de que Ruff precisa. A verdade sobre Mubruk Filho de Urso.

A sala dentro da torre estava tomada de névoa negra, que se formava de maneira rápida em figuras de guerreiros. Ruff olhou ao redor e, pela janela, pôde ver que o mar lá fora também era negro. Guerreiros fantasmagóricos emergiam das ondas, convergindo em direção à torre.

— *CAOS!* — gritou Ozz de Osbourne, desfazendo o feitiço ilusório.

Ruff gritou e atacou-o com o martelo. O rei feiticeiro se jogou da janela, de costas, enquanto se transformava da aparência do Alto Chefe de Artus para sua forma verdadeira. Ruff acertou a parede e a pedra cinzenta explodiu em um milhão de pedaços. Fantasmas jorraram para dentro da torre, passando ao redor dele, por dentro de seu corpo. Ele se sentiu gelado por dentro, um frio maior que qualquer coisa. Sua boca secou de medo. Na primeira vez em que o exército dos mortos atacara, São Arnaldo tinha morrido. Não sabia o que podia acontecer agora. Em um instante, sua mente notou o perigo maior: se era uma emboscada, se Ozz de Osbourne estava ali, os outros dois também deveriam estar. Se o inimigo sabia de sua localização, Áxia e Zamir podiam estar escondidos em algum lugar, prontos para matá-lo. Ele não sabia se o plano de distrair Mubruk com Johrgrund tinha dado certo ou se o rei de Sammelen podia estar lá também. Ruff estava sem exército, sem nenhum aliado a não ser Bellitz.

Um cavalo translúcido galopou pelos ares na direção de Ozz de Osbourne, que caía gargalhando. O rei feiticeiro agarrou-se em sua crina e montou.

Ruff fez menção de saltar atrás dele, mas então viu que sangue chovia dos céus. Sangue e grandes penas.

Então viu que as paredes da torre sangravam.

Virou-se para Bellitz e viu que os mortos enxameavam sobre ela.

O anjo segurou a espada com as duas mãos, descreveu um corte largo, rasgando os corpos fantasmagóricos. A lâmina angelical podia destruí-los, então. Mas os fantasmas eram milhares e ela era só uma. Eles se agarraram a sua armadura, a seus cabelos. Arranharam-na com suas garras.

Ruff golpeou e o martelo passou através dos fantasmas, sem nenhum efeito. Ele olhou em volta, desesperado, tentando localizar outros inimigos. Talvez Áxia não quisesse matá-lo, se ainda vivesse sob a loucura de que eles ficariam juntos como uma família. Mas Mubruk não era tão previsível. E Zamir só queria sua morte.

Bellitz cortou mais um punhado deles, mas estava sangrando pelos olhos, ouvidos e nariz. Cortes apareceram em seu rosto, feitos por lâminas invisíveis. Uma torrente veio em sua direção, atingiu-a no peito e arremessou-a para trás.

— *São Arnaldo, devolva-os ao mundo dos mortos!* — gritou Ruff, estendendo a mão.

Mas, se a excomunhão o tinha separado do poder divino, a morte de São Arnaldo cimentara a certeza de que aquele poder nunca mais voltaria. Ruff urrou de frustração, golpeando a esmo, sem acertar nada.

Bellitz se ergueu e destruiu mais dois fantasmas. Mas outros arrancaram sua placa peitoral. Suas ombreiras douradas.

Etxaberri Alderón II estava colado a uma parede da torre, apavorado. Mas os fantasmas também passavam por ele sem causar nada além de medo. Os guardas estavam paralisados. Fester de Salúria e seus mortuários tentavam proteger o cadáver do Santo Vivo.

O teto e as paredes da torre sangravam. Ruff viu que pisoteava em penas, surgidas não sabia de onde. O mar era negro, transformado em fantasmas e também coberto de penas, até onde a vista alcançava.

Seus olhos encontraram os de Bellitz.

— Ruff... — ela grunhiu. — É assim que acontece. Essa é a morte de um anjo.

— *Não!*

Ele correu até ela e a abraçou. Mas isso não significava nada além de deter seus movimentos. Os fantasmas passavam por ele. Ruff viu a cota de malha e o acolchoamento da armadura serem rasgados. Então a pele branca de Bellitz se abrir em cortes profundos.

Ele recuou para deixá-la lutar, ela decapitou um fantasma.

— Você precisa fugir! — gritou Ruff. — Vá embora!

— Eles chegam até os céus, Ruff Ghanor! Fugir não é garantia de nada!

— Por favor! Por favor, você precisa tentar!

Ela cuspiu uma golfada de sangue. Ruff agora estava parado. Nunca tinha se sentido tão inútil.

— Se eu for embora, não sei se poderei voltar! — ela gritou, lutando. — Os deuses não toleram falhas, Ruff Ghanor! Não toleram rebeldia! Eles acham que minha lealdade está com você, não com eles. Se eu falhar aqui...

— Vá embora, Bellitz! Tente fugir! Você não pode morrer!

Raios de luz dourada surgiram do céu, engolfando Bellitz. Ela subiu alguns centímetros do chão. Eram os deuses.

— Não! Ruff, eles vão me puxar de volta! Você não entende! *Ruff, eu não quero voltar!*

Os mortos arrancaram os últimos pedaços da armadura dourada, deixando Bellitz com uma túnica rasgada. As espadas dos mortos vieram em sua direção, ela conseguiu apará-las com um golpe. Então uma companhia de lanceiros espectrais a atacou por trás, espetando as lanças em suas costas, entre as asas.

As penas surgiam do ar. O sangue chovia, escorria das paredes.

A morte de um anjo era mesmo um evento trágico e os céus choravam.

Ela cambaleou até ele, mal tocando o chão, envolta na luz dourada que a puxava. Segurou-se em seus ombros.

Bellitz tinha pavor genuíno nos olhos. Ruff não conseguia imaginar o que eram as punições dos deuses. Se os Criadores condenariam todas as raças à extinção porque não tinham correspondido a suas expectativas, o que dizer de um anjo que era leal a um mortal, o que quer que isso significasse? Bellitz voltara ferida, tivera tempo de fazer uma única tentativa de impressionar os reis e já estava sendo levada de volta.

— Não quero ir embora, Ruff Ghanor.

— Você não pode morrer. Eu te amo.

— Não vou embora, porque quero ficar com você.

— Não importa! Não importa, desde que você esteja viva...

— Existe algo a mais que eu posso tentar.

Ela disse isso com um sorriso de dentes sujos de sangue.

O anjo soltou a espada, que caiu no chão com um clangor. Fechou as duas mãos em punhos, ignorando os golpes dos mortos. De olhos fechados, foi jogada para um lado e para outro, por batidas de maça, empurrões de bárbaros. Um batalhão de arqueiros disparou contra ela e as flechas translúcidas ficaram cravadas em suas costas e asas. Bellitz respirou fundo, flutuando na luz dourada. Gritou e puxou a túnica, rasgando o tecido, fazendo as tiras se partirem. Revelou os seios brancos, fartos, arfantes pela dor e pelo esforço.

Ela estava no meio do sala, flutuando no ar, sendo arrastada, sendo linchada.

Olhou para Ruff.

Enfiou as duas mãos dentro do peito.

Não houve sangue, só a visão grotesca dos punhos do anjo afundando em sua pele, criando buracos que não existiam antes. Bellitz gritou de dor. Rilhou os dentes, fez força com os braços. Os mortos enterraram espadas e adagas, cravaram seus dentes e cortaram-na com machados.

— *O que você está fazendo?* — Ruff berrou.

— Existe algo dentro de mim que me torna mais do que mortal. Que permite aos deuses me observarem e me controlarem. Que determina que não pertenço à terra, mas ao céu.

Ela então deu um grito, as veias em sua testa e seu pescoço se expandiram, os músculos e os tendões ficaram todos tensionados. Com a maior dor que uma criatura mortal ou divina podia sentir, Bellitz puxou os dois braços e arrancou algo dourado de dentro de seu peito.

Ainda flutuando, ela olhou para a coisa, horrorizada, trêmula, incrédula do que acabara de fazer.

Era um círculo de pura luz dourada.

— Isso é... — Ruff começou.

— Minha auréola — disse Bellitz, com voz fraca. — O que me torna um anjo.

Um guerreiro morto segurou um machado de duas mãos e preparou um golpe imenso contra o pescoço de Bellitz. Uma ordem de cavaleiros fantasmas fez carga nos céus em direção à torre, as lanças apontadas para ela. Um bando de cães de guerra fantasmagóricos saltou em sua direção.

Bellitz abriu os dedos. A auréola caiu no chão. Pesada como uma montanha, mas sem fazer nenhum barulho ao tocar o piso. Ao mesmo tempo, ela também desabou.

— Os deuses não podem mais me controlar... — disse, com voz fraca.

A luz dourada se intensificou, como se o Paraíso estivesse fazendo mais força para puxá-la. Mas já não podia mais.

Os cavaleiros galoparam. O bárbaro deu seu golpe. Os cães abriram as bocarras.

E lanças, lâminas e dentes passaram imateriais pelo corpo do anjo sem auréola. Os fantasmas rugiram de fúria. Sem a centelha divina, concentrada naquele círculo de luz dourada que estava no chão, eles não podiam tocar nela.

— Pegue minha auréola, Ruff! — ela gritou, olhos arregalados, trêmula de dor. — Guarde-a! Ela é o que me torna...

De repente, uma enxurrada de fantasmas emergiu do chão. Eles passaram por Ruff, deixando só o frio terrível para trás. Dezenas de mãos espectrais se estenderam, agarraram o círculo de luz. Ruff viu que o brilho dourado os acompanhava.

— *Não!* — o rei gritou.

Os fantasmas carregavam a auréola de Bellitz para longe.

A torrente fantasmagórica atravessou a parede e ganhou os céus. Sem pensar nas consequências, Ruff saltou atrás deles para uma queda livre. Golpeou com o martelo a esmo, a arma passando incólume pelos corpos imateriais. Desesperado, viu Ozz de Osbourne cavalgando seu corcel fantasma, estendendo a mão para os espectros.

Ele gritou sem palavras, enquanto caía para o mar coberto de penas. Ozz fechou os dedos ao redor da auréola. O objeto fez sua pele chiar, ele deu um berro de agonia que se transformou em gargalhada.

Despencando, inútil e fracassado, Ruff Ghanor percebeu que aquela emboscada não era para ele. Mubruk, Áxia, Zamir e seus outros dois filhos não estavam ali, porque o objetivo nunca fora matá-lo. Era um plano que tinha cheiro de Áxia: ela sabia que ele já usara Bellitz para impressionar a nobreza antes e faria isso de novo.

Eles precisavam da auréola e agora Ozz de Osbourne cavalgava pelos céus com ela, cada vez mais longe, por entre as hordas de guerreiros espectrais.

Antes que ele tocasse as ondas, Bellitz o interceptou, voando com fraqueza, deixando um rastro de sangue. Segurou-o em seus braços, mas então os dois caíram. Em meio ao mar gelado e sangrento, ele viu seu filho desaparecer com a auréola.

A comitiva real de Ruff Ghanor parou num castelo na fronteira com Kottar, em busca de descanso e de notícias sobre a guerra. Estavam feridos, esfarrapados, exaustos, traídos. Ruff não morrera afogado apenas por causa da força incansável de Bellitz. Pelo menos ainda havia a possibilidade de uma aliança com Zibrene.

Mas, antes que sequer pudesse beber um gole do cantil d'água que tinham lhe trazido, viu o Irmão Niccolas irrompendo pelo salão do castelo, um pergaminho na mão.

— Ruff! — ele gritou, os olhos arregalados, sem se importar com quem ouvia. — Eu sei o que é Mubruk Filho de Urso!

25 | Filho de Urso

ANTES DA HISTÓRIA registrada, quando os humanos não passavam de brutos em cavernas e os elfos ainda estavam aprendendo a magia, houve uma era de monstros.

Os deuses ainda estavam brincando com suas criações. Os mares varriam a terra quando os Criadores queriam mexer com as águas, vulcões explodiam quando seu desejo era observar o fogo. Rochedos caíam do céu, em chamas, para o divertimento e a experimentação das divindades. E, principalmente, emergiam novas formas de vida. Novos animais e seres bípedes surgiam para o assombro dos mortais. Feras horrendas, criaturas únicas que desafiavam a compreensão, devastavam os campos, chacinavam tudo que era mais fraco, até morrer de fome, incapazes de sustentar a si mesmos. Então surgiam outros e os deuses testavam seus poderes no mundo. A Criação era sua e eles podiam fazer com ela o que quisessem.

Poucos desses monstros sobreviveram à Era Primordial. Eram coisas que nunca deveriam existir, que não envelheciam e se mantinham vivas mesmo sem alimento. Os mortais tornaram-se mais sofisticados, criaram tribos, então cidades e reinos. Os monstros se transformaram em material de lendas, sombras distantes que assustavam apenas crianças ou os mais velhos que ainda lembravam das histórias ancestrais.

Ao longo dos séculos, os monstros foram esquecidos.

Os mortais prosperaram.

Dotados de vontade e inteligência, esforço e união, eles dominaram o mundo. Criaram nações e impérios, cultuaram seus Criadores. Viveram em harmonia. Aquele era o mundo dos homens e os deuses sorriam, pois era um mundo verde e bom.

Mas toda luz causa sombra. Oculto atrás da bondade e da pureza da Criação dos deuses, havia o mal.

Os seres que habitavam este mundo usaram seu livre-arbítrio para matar e roubar, escravizar e oprimir. Descontentes com a Criação perfeita que as divindades lhes ofereciam, os homens corromperam-na com suas almas imperfeitas. Voltaram-se uns contra os outros. Ambição, guerra, fome, traição e loucura assolaram as terras como uma mazela indomável.

Agora a Criação não pertencia mais aos deuses. Uma vez posta em movimento, ela se afastava dos Criadores invisíveis. Pertencia aos mortais que, com sua sede de conhecimento e poder, tudo dominavam.

Olhando o que o mundo havia se tornado, os deuses sentiram repugnância. Desencantaram-se com sua Criação.

Aquilo fora um erro.

Decididos a corrigi-lo, os deuses enviaram à terra um anjo da anunciação, um arauto do fim do mundo. Um mensageiro com uma missão, pois não podiam mais eles mesmos destruir o que tinham criado.

Seu nome era Mubruk.

Mubruk, o mais brutal dos guerreiros celestes, chegou ao mundo físico como uma bola de fogo, incendiando uma floresta e criando uma cratera que afundou duas cidades. Com ele vieram seus soldados, anjos que a seu lado tinham combatido demônios, sobrevivido ao limbo nos limites do cosmos, destroçado almas pecadoras dentro do próprio inferno. Não havia anjos mais temidos nem mais selvagens.

Ao chegar ao mundo, Mubruk encontrou uma cidade humana. Os homens ousaram dirigir a ele a palavra, perguntando quem ele era. Por esse crime, ele chacinou a cidade inteira. Mubruk teria prazer em destruir o mundo ele mesmo, mas os deuses tinham pressa. Suas ordens eram outras.

Mubruk e seus anjos localizaram os monstros que ainda sobreviviam da Era Primordial. Com sua força, venceram a ferocidade pura daquelas criaturas. Prenderam-nas em correntes forjadas no Paraíso. Então, durante anos, as privaram de comida. Torturaram-nas para que sua ira aumentasse. Pelo fogo e pelo aço, ensinaram-nas a ser ainda mais furiosas. Durante esse tempo, Mubruk e seus anjos escravizaram um pequeno reino humano para que lhes servisse enquanto durasse a missão.

Por fim, os anjos julgaram que os monstros estavam prontos. Levaram-nos em correntes para uma montanha maldita, um lugar cheio de poder divino, onde os deuses tinham depositado seu ódio em forma material. Dentro de um túnel infestado de criaturas menores, animais ferozes e fungos venenosos, os anjos conduziram os monstros, até chegarem a um fosso sem fundo: a Câmara da Perdição.

Dizer que era o inferno seria ingenuidade. O inferno era algo simples, banal, infantil perto daquilo. O fosso não tinha fundo, não levava a lugar nenhum. Caía na eternidade, direto ao início e ao fim dos tempos. Ali estava o poder máximo de destruição, a capacidade que só os deuses possuíam.

Os monstros foram jogados no fosso sem fundo.

Não se pode imaginar quanto tempo se passou, pois no fosso o tempo não tinha significado. Mas o que emergiu de lá não eram mais as criaturas selvagens. Era um só ser, uma coisa gigantesca, feita de fome e ira cega, cujo sangue negro era o extrato da escuridão do fim dos tempos.

Era o Devorador de Mundos.

Mubruk segurou os chifres da fera e gargalhou. Ele era o anjo da anunciação e sua mensagem estava entregue. Sua missão estava cumprida.

O maior dos anjos guerreiros soltou o Devorador de Mundos sobre a terra e observou enquanto a coisa transformava o que era vivo e verde em uma aridez estéril.

Mubruk voltou ao reino que escravizara para assistir ao fim do mundo.

Ele e seus guerreiros sabiam que, quando não existissem mais mortais, eles mesmos perderiam sua individualidade. Deixariam de ser quem eram, abandonariam as formas físicas, cheias de sentidos que lhes davam prazer e delícia. Voltariam a existir como energia divina pura, conceitos tornados reais pela vontade dos deuses.

Então se instalaram como reis para aproveitar os últimos dias da terra.

O reino que eles escravizaram sofreu como nenhum outro. Enquanto o Devorador de Mundos destruía cidades e castelos, aldeias e impérios, o pequeno reino de Mubruk era torturado. Os anjos cometeram os atos mais depravados naquela população. Exploraram os limites de sua imaginação para fazê-los sofrer, só porque podiam. Qualquer coisa que pudesse ser divertida, que pudesse lhes dar o mínimo de prazer, foi imposta àquele povo.

Os anjos também voavam pelo mundo, vendo as tentativas patéticas dos mortais de resistir ao Devorador.

E eles viram quando os demônios começaram a agir.

Os demônios viviam nas profundezas escuras e se alimentavam do ódio, do medo, da ganância. Sobreviviam às custas dos pecados dos seres vivos. E, se o mundo fosse desfeito, pereceriam à míngua.

Para combater o Devorador de Mundos, os demônios criaram uma horda de dragões. Criaturas poderosas, répteis voadores com presas e garras capazes de dilacerar castelos. Magia rivalizando a de seus próprios mestres. Em seu ventre, fogo capaz de derreter montanhas.

Os dragões enfrentaram o Devorador de Mundos, numa série de batalhas que abalou a Criação. Incontáveis deles morreram. Contudo, mais e mais eram enviados, movidos pelo desespero de seus senhores demoníacos.

Os deuses ordenaram que Mubruk enfrentasse os dragões. Protegesse o Devorador, para que ele pudesse continuar em sua sanha assassina.

Mas, com um reino inteiro lhe servindo, morrendo e vivendo apenas para satisfazê-lo, Mubruk decidiu que não valia a pena.

Se obedecesse aos deuses, ele poderia morrer nas garras dracônicas. E, mesmo se vencesse, seria mais um servo, mais um guerreiro sem forma, quase sem mente, lutando as infinitas batalhas dos Criadores. Contudo, se os dragões vencessem, ainda restaria um mundo inteiro para ser sangrado, escravizado, humilhado. Mubruk não se comprometeria com nenhum dos lados. Não lutaria contra o Devorador, arriscando a ira divina. Mas também não iria defendê-lo.

Os anjos se esconderam em lugares demoníacos, expulsando os abissais, onde os deuses não podiam tocá-los. Emergiram apenas quando o Devorador de Mundos foi vencido. A última luta transformou uma floresta e um mar em um deserto e a fera lá tombou, seu corpanzil gigantesco imóvel como uma cordilheira.

A fúria dos deuses foi sentida em tempestades de relâmpagos e erupções vulcânicas. Em terremotos e inundações. Mas o mundo perseverou. Mesmo ante o desgosto divino, a terra continuava existindo. Cidades seriam reconstruídas, plantas voltariam a nascer.

Mubruk e os anjos emergiram das cavernas abissais.

Eles arrancaram suas auréolas de dentro do peito, pois pelas auréolas os deuses podiam enxergá-los e controlá-los. Um anjo sem auréola era uma blasfêmia tão grande que cegava os deuses para tudo a seu redor. Mas não desejavam abraçar a mortalidade: queriam ser eternos, para que o mundo sempre se curvasse a eles. Então esconderam suas auréolas nos confins do mundo físico, bem longe deles mesmos. O esconderijo ficaria sob o olhar dos deuses para sempre, um grande foco de julgamento e milagres.

Os anjos então voltaram às terras devastadas.

O maior dos dragões era Zamir, o Vermelho, líder da horda, que derrotara o Devorador com suas próprias garras e presas, na batalha que tomara a vida de dezenas das criaturas. Zamir tomou para si as terras onde o Devorador surgira. Ele não sabia onde a fera fora criada, mas sabia que era aquela a região que deveria observar. Pois, como um novo tirano, Zamir protegeria seu domínio com ferocidade. A terra pertencia a ele e nenhuma arma dos deuses iria destruí-la.

Mubruk veio ter com Zamir.

Anjo e dragão firmaram um pacto. As terras do Devorador de Mundos pertenceriam a Zamir, sem contestação. E ali ele poderia lutar contra qualquer novo Devorador que surgisse, pois também Mubruk queria que o mundo sobrevivesse. Em troca, Mubruk nunca seria incomodado pelos dragões, ficaria livre para se divertir sobre a terra, dominar os mortais ou usá-los como seus brinquedos.

Mubruk então se afastou das Terras de Zamir e não voltou até que elas mais uma vez se chamassem Ghanor.

Assim, Mubruk se estabeleceu como a mais poderosa criatura da terra, um selvagem imortal que não obedecia a nenhuma lei e não respondia a nenhuma autoridade. Ele sorriu e se preparou para brincar com seus bonecos de carne e osso.

Se quisesse, Mubruk poderia ser um rei.

E foi.

Foi rei e imperador de várias nações. Governou enquanto era divertido, levou seus povos a guerras inúteis apenas para ver o que acontecia. Cansou-se da vida de rei inúmeras vezes, explorou o mundo de outras formas. Passou mais de um século perdido em florestas e subterrâneos, vivendo como um animal. Capturou uma aldeia e a partir dela formou a maior rede comercial que o mundo jamais vira, comprando e vendendo escravos em toda a terra. Quando sua riqueza se tornou tediosa, ele a destruiu, causando o colapso de vários países e regiões que viviam do comércio que ele proporcionava.

Mubruk foi um gladiador, campeão invicto de muitas arenas por décadas, amado por milhões. Declarou-se um deus e deixou que uma religião se formasse a seu redor. Entrou em acessos lendários de fúria e chacinou populações inteiras apenas para ter algo a fazer. Houve períodos em que adquiriu conhecimento produzido pelos mortais e esses foram intervalos em que o mundo conheceu calmaria. Também houve décadas que passou inteiras bêbado, aterrorizando regiões com suas exigências cada vez mais degradantes.

Nada nem ninguém podia deter Mubruk.

Ele era chamado de Horror Errante, conhecido como o Homem que Tudo Odeia, o Deus de Dentes Afiados. Seus nomes foram Mubruk, o Sanguinário; Mubruk, o Canibal; Mubruk Sem Estandarte; e muitos outros, ao longo dos séculos.

Se ele deixasse mais sobreviventes e se houvesse algum padrão em sua existência errática, poderia haver amplos relatos sobre Mubruk. Mas, quando ele deixava uma região, seu legado era de caos. E, nas décadas e nos séculos em que ele passava longe, adormecido ou ocupado com outra coisa, a verdade era esquecida. Muitos reinos tinham histórias vagas sobre tiranos, bárbaros selvagens ou homens monstruosos. Mas esses relatos nunca foram compilados. Apenas os mortífices de Kottar, os primeiros que encontraram Mubruk e sobreviveram depois da Guerra do Devorador, conheciam suas origens. Nem mesmo eles sabiam por que Mubruk lhes contou algo sobre si. Talvez por orgulho, porque naquela época ele pensava em governar para sempre. Talvez por simples capricho. Mas foram eles que reuniram os pedaços de informações espalhados, montando uma linha histórica razoável sobre o anjo sem auréola.

Mubruk estivera durante mais de um século em torpor debaixo da terra. Os reinos puderam respirar, sem saber a ameaça que pontilhava seu passado. Quando despertou, o anjo guerreiro procurou uma nova diversão.

Achou a região que escravizara logo que chegou ao mundo físico. Aquele povo tinha sido extinto há muito tempo. Em seu lugar, havia um reino próspero, um gigante militar e econômico.

Mubruk chamou seus anjos em todas as partes do mundo. Adotou de novo o nome Filho de Urso, que havia tomado em tempos imemoriais. Então, sem exército ou estratégia, conquistaram o reino de Sammelen. Mubruk entrou no castelo e arrancou a pele do rei na frente da família real. Passou a usá-la como um adorno, para que ninguém esquecesse o que acontecia com seus inimigos.

Aquela era do mundo possuía política intrincada, entremeada com a religião. Sammelen abrigava a Cidadela do Santo Vivo, onde um homem chamado Ellius Tyberax decidia o que era e não era justo, determinava os rumos das vidas de reis. Tyberax condenou-o como um usurpador, mas não possuía exército para fazer frente aos anjos.

Então, certa noite Mubruk invadiu a Catedral e entrou no catre do Santo Vivo. Abriu seu peito na frente do homem, mostrando o vazio lá dentro, onde devia haver uma auréola. Disse que era um anjo, que a ameaça do Devorador de Mundos não tinha acabado. Que os deuses odiavam e desprezavam os mortais.

Ele não fez Ellius Tyberax perder a fé. Apenas fez com que o Santo Vivo entendesse a realidade sobre os Criadores.

O clérigo se ajoelhou. Um anjo, mesmo um anjo caído, devia ser respeitado. E um anjo que falava sobre o ódio dos deuses tinha de ser ouvido.

Tyberax podia ter morrido ali mesmo, caso desafiasse Mubruk. Mas o que morreu foi apenas seu espírito, sua convicção.

Desde aquele dia, o Rei Mubruk Filho de Urso foi o maior aliado do Santo Vivo. E, naquela era, sua diversão seria o governo, a diplomacia. Ele ergueu seu punho sangrento contra Mattora, Utteria, Vammira, Zibrene e Artus, os membros do pacto regido pela Igreja dos Criadores Invisíveis. Sua sombra se estendia sobre Kottar e sobre a Confederação dos Mercadores. Mas, de acordo com sua promessa ancestral, deixou as Terras de Zamir em paz.

Não deu atenção quando Zamir caiu, sendo substituído por um humano que devolveu àquele lugar o nome ancestral de Ghanor.

Mas prestou atenção quando o próprio Zamir veio ter com ele. Estava agora preso no corpo de um humano. E trazia consigo uma bruxa, que ele chamava de Dama de Ferro.

A Dama de Ferro dizia que o rei de Ghanor era um novo Devorador de Mundos. Os brinquedos de Mubruk estavam mais uma vez em risco.

Mubruk Filho de Urso confiava em bruxas.

Quando fora mercador de escravos, tinha adquirido uma feiticeira poderosa, que habitava uma floresta lúgubre no extremo oeste do continente. Era uma mulher que comungava com demônios e Mubruk decidiu ficar com ela para si. A bruxa sabia o que ele era, suas adivinhações primitivas tinham avisado sobre a chegada do anjo.

E, enquanto estava presa por uma corrente, a mulher gargalhava. Mubruk mataria qualquer um que mostrasse a mínima rebeldia, mas aquela mortal era interessante. Ele a ouviu. A bruxa disse que, mesmo que ele passasse mil milênios como o lorde daquele mundo, era tudo transitório. Os deuses venceriam no fim. Pois o que acontecia uma vez aconteceria de novo. Haveria um novo Devorador, e mais um, e mais um, até que os Criadores conseguissem destruir a Criação.

Só havia uma saída, disse a bruxa. Matar os deuses.

Nem mesmo Mubruk conseguiria sequer tocar em um deus. Ferir um deles era uma piada. Mas haveria sempre uma criatura que tinha o poder essencial da destruição, *algo* além dos próprios deuses que possuía dentro de si a capacidade de aniquilação que vinha do começo e do fim dos tempos.

O Devorador de Mundos.

Com o poder do Devorador, a maldade profana dos demônios, o lugar onde os Devoradores eram forjados e o sacrifício certo, um inimigo dos deuses podia criar algo novo. Um Devorador dos Céus. Para passar pelos santos e anjos, seria necessário um exército que existisse fora do mundo físico. Não demônios, que eram egoístas acima de tudo e podiam ser vencidos por meros mortais. Algo que pudesse chegar ao Paraíso.

Os mortífices não sabiam de nenhum detalhe sobre a corte de Sammelen. Também não conheciam a existência de Áxia ou a verdade sobre Ruff. Mas, a partir de seus relatos, recuperados por Niccolas nos porões do Castelo da Mortalha, o rei de Ghanor pôde montar a história do que acontecia no mundo.

Estava bem claro agora. Mubruk soubera que poderia criar o Devorador dos Céus quando Áxia lhe disse que havia um novo Devorador de Mundos. E, quando Ruff rejeitou a proposta blasfema, o plano do anjo selvagem recaiu sobre aqueles que tinham o sangue do Devorador e eram tocados pelo inferno: os trigêmeos.

Eles só precisavam de um exército capaz de atacar anjos e santos. E agora tinham isso. Precisavam de um sacrifício e talvez tivessem aquilo. Com horror, Ruff percebeu que o sacrifício podia ser a auréola.

A única coisa que estava entre eles e a morte dos deuses era a invasão de Ghanor e a chegada ao Túnel Proibido.

26 | Ano de morrer

— MUBRUK É O anjo da anunciação do primeiro Devorador de Mundos — disse Ruff. — Ele está aqui desde o começo de tudo.

Hild e Niccolas olharam para Bellitz. Ela ainda estava fraca pela punição dos deuses e pela falta da auréola, mas conseguia falar.

— Eu nunca fui tão poderosa quanto ele — disse a celestial. — A anunciação de Ruff envolveu guiá-lo, observá-lo, entender os mortais e como eles pensavam. A anunciação do primeiro Devorador envolveu capturar e arrastar monstros imensos. Somos ambos anjos da anunciação, mas muito diferentes.

— Você não conhecia Mubruk? — perguntou Niccolas.

— Não existem nomes no Paraíso. Não como aqui. Nem mesmo identidades tão distintas. Sim, eu sabia que houve anjos selvagens, brutais. Não faço nenhuma ideia de onde estão. Talvez alguns estejam há milênios dentro de um sol, combatendo demônios primordiais. Talvez estejam no próprio Paraíso. Ou, como Mubruk, no mundo físico. Entendam... Para um anjo, não se passou muito tempo desde que Mubruk chegou. Não passou tempo nenhum. Tudo ocorre simultaneamente. Não consigo explicar... Fica cada vez mais confuso.

Um dos efeitos de perder a auréola, Bellitz notava, era a dificuldade cada vez maior de compreender o infinito. Alguns conceitos eram simples. Outros, como o tempo, eram tão abstratos que ela mesma se perdia tentando capturá-los.

Enquanto a auréola existisse, ela continuaria imortal e poderosa. Mas o tempo agora passava um dia de cada vez, assim como para os mortais.

Hild e Niccolas tinham encontrado Ruff, Bellitz e Fester de Salúria durante o recuo de Kottar. O reino tinha sido dominado e as tropas faziam uma retirada controlada, sempre lutando, lideradas por Urko. As forças de

Sammelen iriam avançar, mas por enquanto estavam reforçando suas posições. Isso daria a Ghanor a chance de estabelecer defesas fortes na fronteira e ao longo do reino até a capital. Até o antigo Mosteiro de São Arnaldo.

Quando o rei chegou, Niccolas correu para ele com suas descobertas. Os dois leram os pergaminhos que ele tinha recuperado no Castelo da Mortalha e juntaram as informações com o que já conheciam para montar aquele quadro do inimigo. Niccolas estava magro, enrugado e envelhecido. Parecia que, para ele, o último ano tinha sido dez. Mas estava triunfante e Ruff o abraçou com carinho, agradeceu pelo sacrifício e parabenizou sua vitória.

Não tardou para que todos eles recuassem daquele castelo, com um grande contingente de soldados, rumo à capital.

A viagem foi lenta e lúgubre, mas as mudanças vinham em sucessão rápida e violenta para Ruff. Ele tentava manter na cabeça tudo que acontecera nos últimos meses. O fim do pacto com o assassinato de Ellius Tyberax era uma conquista que ele quase não esperava, um plano que ele quase imaginara dando errado. E agora talvez também tivesse Zibrene como aliado, num novo pacto. Perdera Kottar, mas sempre soubera que era questão de tempo até que Kottar caísse. Zibrene era mais forte e mais rico que Kottar, fora uma boa troca. Em compensação, tinha quase certeza de que Artus era um inimigo. No fim, não conhecera o Alto Chefe Gunnar Nariz de Lobo, apenas Ozz de Osbourne se fazendo passar por ele. Mas podia supor que o reino ainda era aliado de Sammelen e talvez até tivesse colaborado com aquela traição.

Os dois maiores poderes militares do mundo estavam contra ele, já em suas fronteiras. Liderados por um anjo tão feroz que era assunto de lendas.

Mas nada, nem a morte do Santo Vivo, nem a revelação da verdade sobre Mubruk, se comparava à mudança suprema de ter Bellitz consigo.

Ainda havia em Ruff um temor inconsciente de que ela fosse levada. Ele acordou algumas vezes no meio da noite, sonhando com um brilho dourado que iria arrancar o anjo de seu convívio. Também demorou a colocar na cabeça que suas interações com Bellitz não eram mais observadas.

Mesmo que estivesse num risco terrível, ela estava livre.

Por vários dias eles andaram à frente das tropas. Era uma marcha sofrida, cheia de arrependimentos, mas aos poucos eles ficaram mais próximos. Ruff tentou não estar feliz pela perda da auréola, não queria ser tão egoísta. Mas era difícil. Saber que ela estava lá trazia felicidade e não havia nada que ele pudesse fazer para impedir.

Eles chegaram à capital quase ao mesmo tempo que Johrgrund e os gigantes sobreviventes.

Ruff abraçou o amigo na colina à frente do castelo. Johrgrund mancava, exibia um corte aberto no braço, mas estava vivo. Ele nunca entendera muito bem as demonstrações de afeto dos homenzinhos, então ergueu Ruff de um jeito bruto e riu ao ver o entusiasmo do rei.

Cerca de um terço dos gigantes não voltou para casa.

Todos os clérigos disponíveis foram mobilizados para atender às criaturas feridas. Os pátios do castelo ficaram tomados de gigantes, as casernas e os galpões construídos nos últimos anos apenas para aquelas tropas monstruosas viraram hospitais. Alguns gigantes perderam mãos ou pés, pois seus ferimentos tinham sido feios e deixados sujos durante a longa e lenta viagem. Mas a maioria sobreviveu sem danos permanentes. Ruff teve medo de que eles desistissem depois do encontro com o inimigo, abandonassem o exército de Ghanor ou mesmo se unissem a Sammelen. Mas o sentimento predominante entre eles era de vingança.

Johrgrund estava sentado no pátio principal, três clérigos de Santo Otto enfaixando-o e rezando a sua volta. Ele estava com a mão sobre a lombar, como se estivesse com dores. Ruff notou que o gigante voltara andando um pouco curvado.

— Sei que todos os homenzinhos são meio burros — disse Johrgrund. — Mas nunca encontrei uns tão burros quanto esses! Não sabem nem morrer!

Ruff escutou-o com paciência.

— Eles são tão fortes quanto nós, Ruff. E conseguem resistir a umas bofetadas. Arranquei o braço de um deles com os dentes, usei como arma contra ele mesmo. Sabe o que o desgraçado fez? Roubou o braço de mim e usou para me bater! Minha ideia! Ele não teve vergonha nenhuma. Parece que não sentem dor e não sabem quando parar de lutar.

— Vocês conseguiram matar algum deles?

— Ruff, preste atenção. Você não entendeu. Eles *não morrem.* Chegamos a partir um deles no meio e o filho de uma porca continuou lutando. Mal, mas lutando. Esmaguei a cabeça de outro e ele revidou! Eles simplesmente não morrem.

Johrgrund explicou, a seu modo abrutalhado, o que acontecera.

A estratégia dera certo. Os gigantes atacaram a torre de vigia na fronteira, deixaram um cavaleiro escapar para dar o alerta. Seguiram causando o horror em pequenas fortalezas próximas. Em algum tempo, Mubruk e a Guarda do Urso chegaram. Ruff sabia que seria inútil pedir para os gigantes fazerem a melhor tática — simplesmente fugir. Johrgrund tivera a missão de convencê-los a pelo menos lutar só uma vez, de forma feroz e rápida, e então escapar. Eles precisavam apenas manter o inimigo longe de Innalya para que o atentado contra o Santo Vivo pudesse ocorrer com um mínimo de baixas próprias e para que o encontro com os reis de Zibrene e Artus não fosse interrompido.

Mas Ruff não contara com a imortalidade.

Alguns guerreiros de Mubruk Filho de Urso tinham sido tirados de combate. Mas não estavam mortos. Apenas foram esquartejados, seus pedaços jogados para longe. Um deles teve o peito triturado por quatro gigantes em conjunto, mas sua cabeça permaneceu viva. E qualquer ferimento menor, mesmo algo que daria cabo de um gigante, era ignorado. Eles continuavam avançando, lutando como se nada tivesse acontecido.

Ao todo, Johrgrund calculava que pouco mais de cinco inimigos tivessem sido desabilitados. Como era a capacidade matemática de um gigante, isso poderia significar um ou dois, ou 20, ou 30. E fora ao custo de mais de 50 gigantes mortos. Se eles pudessem morrer, as forças estariam igualadas. Mas, quando um guerreiro recebia um machado no meio do crânio e o arrancava para usar contra o agressor, isso era uma vantagem injusta.

— Peço perdão, meu amigo — disse Ruff. — Eu não sabia o que eles eram. Não sabia que seria assim.

— Nunca lutei com nada parecido. Se eles tivessem oferecido, Ruff, muitos gigantes teriam virado a casaca. Estariam do lado deles agora. Mas os malditos só queriam nos matar e isso nos ofendeu. Os gigantes querem vingança, você deve aproveitar isso.

— Será que você pode conseguir mais gigantes para nossas tropas, usando essa sede de vingança?

Johrgrund suspirou. Ver um gigante suspirar era esquisito. Um hábito que ele pegara dos homenzinhos, ao longo dos anos. Homenzinhos estavam sempre suspirando.

— Não sei se aguento mais tantas viagens. Meus ossos doem.

— Você se feriu mais do que demonstrou nas últimas batalhas? Eu vi que...

— Eu estou velho, Ruff. Não sei se já houve algum gigante que viveu tanto assim.

O rei ficou calado. Johrgrund tinha uma expressão de tristeza plácida que não combinava com sua feição brutal. E ele sempre fora uma força da natureza, algo a ser liberado sobre os inimigos, destruindo e devastando. Já houvera, ao longo dos anos, situações em que Ruff temera pela vida do gigante. Ele fora soterrado, banhado por ácido, incendiado. Mas parecia impossível que ficasse velho.

Sabendo daquilo, era óbvio. Ruff olhou o amigo sob uma nova luz e notou os sinais da idade. Não podia ver se ele estava perdendo cabelo, pois Johrgrund ficara com o couro cabeludo à mostra, vermelho e cheio de calombos, desde a batalha em Necrópole. Mas sua barba estava mais rala. Seu rosto era cheio de cicatrizes, mas sim, também havia muitas rugas. E os músculos continuavam imensos, mas a pele ao redor deles estava flácida.

Era algo gradual, imperceptível para quem convivia com ele todos os dias. Ninguém jamais pintara um retrato de um gigante, mas Ruff teve certeza de que, se pudesse enxergar de novo Johrgrund jovem, como o conhecera na floresta, emboscando ele mesmo e Korin, veria alguém totalmente diferente.

Sua mente também tinha mudado. Johrgrund estava quieto há anos, embora sua quietude fosse o equivalente de um adolescente humano bêbado, briguento e suicida. Hoje em dia, Johrgrund apenas esmagava a cabeça de anjos e fugia para contar a história. No passado, tinha provocado um desabamento sobre si mesmo e desafiado a natureza inteira a tentar matá-lo. Era a sabedoria da idade.

— Não precisa viajar em busca de gigantes. Você conquistou o direito de descansar, meu amigo.

— O quê? Desiste fácil assim? Homenzinhos são teimosos só quando isso atrapalha! É claro que vou viajar em busca de mais gigantes, seu bosta!

Ruff riu e deu um tapa amigável o braço dele.

— Mas pode me fazer outro mangual, Ruff? Este está muito pesado.

— Você avisou que teríamos guerra — disse Dianna.

Hild estava exausta. Não via a amiga há mais tempo do que conseguia calcular. Os últimos meses eram um borrão de lutas, retirada em Kottar, vida de exército e a ameaça de Mubruk Filho de Urso pairando sobre todos como uma sombra agourenta. Nunca havia tempo para sentar numa taverna e conversar.

— A situação em Kottar foi terrível — disse Hild. — Você conhece o olhar de uma pessoa que teve sua cidade tomada duas vezes em menos de uma geração? Eu conheço. Aquela gente não aguenta mais. Não quero pensar no que estão passando sob a bota de Mubruk.

Kottar fora mesmo um pesadelo. Eles tinham recuperado vários livros e manuscritos além de *Apontamentos dos Mortífices*, mas só porque Hild estava disposta a matar mais, com mais ferocidade, do que qualquer um. A maior parte do conhecimento de Kottar tinha ficado para trás, nas mãos do inimigo. Provavelmente tinha sido queimada.

— O que era o ritual que a Dama de Ferro estava fazendo? — quis saber Dianna.

Hild deu de ombros.

— Ruff acha que era algo para trazer o exército dos mortos. Droga, tudo está muito complicado. Ele e Niccolas pensam que o exército dos mortos só pode surgir quando há uma grande batalha na terra. Por isso houve o ataque a Necrópole.

Ruff tinha tentado abafar a existência do exército dos mortos, mas soldados sempre fofocavam. Por eles, milicianos e até mesmo plebeus tinham descoberto sobre mais aquela ameaça. Felizmente, nenhum deles tinha realmente compreendido o que acontecera com São Arnaldo, mas com o tempo até isso seria revelado por algum monge em desespero.

— Faz sentido — disse Dianna. — É um preceito teológico. "Assim na terra como no céu". Para haver guerra no céu, é preciso haver guerra na terra.

Hild esfregou as têmporas. Aquela guerra estava mesclada com conceitos abstratos demais. E parecia que seria a pior parte da conversa, até que Dianna perguntou algo ainda mais agourento:

— E o que vai acontecer com Ghanor?

Hild ficou calada. Ela confiava totalmente no rei e devia confiar na vitória. Fazia parte de ser guerreira. Mas já precisava mostrar força e fingir certeza perene com seus homens. Se existia algum momento e lugar para ser pessimista era agora, na taverna, com Dianna.

— Não sei o que podemos fazer para resistir — confessou Hild.

— Nós estamos nos preparando para um ataque. Todo miliciano está treinando a mais. Táticas de exército e luta nas ruas. Todos os oficiais já decoraram *Filosofia de Combate*.

— Dianna...

— O pior são os estudos. Nós, os oficiais, também estamos aprendendo sobre como racionar suprimentos e lidar com a população em caso de cerco. Estão falando que vai ser bem pior que o ataque das tropas de Baal, quando meu pai morreu.

— Dianna, nada disso vai adiantar. Não adianta treinar ou se preparar para um cerco. O inimigo é invencível. Mubruk é um anjo.

A taverna estava vazia, então Hild não tinha medo de ser ouvida. Os milicianos não tinham mais tempo para beber em tavernas. Além disso, todo capa vermelha estava economizando seu ouro, comprando suprimentos ou reforçando sua casa em preparação para um cerco ou um ataque.

— Não pode ser, você está enganada — Dianna deu um sorriso meio apavorado. — Anjos são nossos protetores. Bellitz é um anjo.

— Eu conheço Bellitz. Mubruk não é nada parecido com ela. Mas sim, é um anjo. Ele é imortal e muito poderoso, Dianna. Quando ele chegar à capital, não adiantará estocar comida ou trancar as ruas com paredes de escudos. Ele vai pisotear sobre todos.

Uma guerra era sempre lenta. O avanço de tropas, a conquista de território e o estabelecimento de novas bases era um processo excruciante. Por isso Ghanor podia se sentir seguro. Não adiantava pegar uma espada hoje para lutar contra um inimigo que só seria visto dali a um ano. As pessoas se acostumavam com uma rotina de guerra, sabendo que o front ficava longe. Mas, com Mubruk, toda segurança era uma ilusão. Não havia exército no mundo capaz de enfrentá-lo. Ele só não podia invadir um reino sozinho porque o simples número de soldados iria detê-lo com pilhas de corpos. Mas, uma vez que chegasse, carregava uma sentença de morte.

— O que está falando? — Dianna ficou irritada, como defesa contra o medo. — Que é melhor desistir e abandonar o reino?

— Não adianta — Hild deu uma risada cínica. — Não adianta. Sabe qual o objetivo de Mubruk? Sabe por que existe o exército dos mortos? Para matar os deuses. Para destruir o Paraíso. Ele vai criar os Devoradores dos Céus, Dianna. Não quis falar isso antes porque ninguém deve saber. Mas não posso mais mentir para você. Os deuses vão morrer.

— Pare de falar idiotices! Os deuses nunca vão morrer!

— São Arnaldo está morto, Dianna!

Hild falou mais alto do que pretendia. Por sorte, os únicos a ouvir eram dois capas vermelhas bêbados demais para entender. Dianna colocou a mão sobre a boca. Seus olhos se encheram de lágrimas.

— Desculpe — disse Hild. — Desculpe por falar assim. Mas é verdade. Os monges de São Arnaldo estão sem poderes. Estão desesperados. Eles conseguiram assassinar um santo, Dianna. Eles teriam matado Bellitz se ela não tivesse arrancado sua auréola. Eles roubaram a auréola de Bellitz.

— Meu filho foi batizado sob São Arnaldo — disse a miliciana. — Meu casamento foi abençoado por São Arnaldo. A alma de meu pai foi encomendada a São Arnaldo. O que significa isso? Nada tem mais valor? Não estamos mais protegidos?

— Eu não sei. Sinto muito, mas não sei. Eu resgatei o Irmão Niccolas em Kottar e ele estava péssimo. Tinha perdido a capacidade de fazer milagres. Nem Niccolas sabe o que isso significa.

— O que acha que devemos fazer então? Se não adianta treinar, não adianta se preparar para um cerco, o que resta? Devo cair sobre minha espada? Devemos entregar Ghanor a Mubruk?

— Não sei o que devemos fazer — disse Hild. — Eu sigo minhas ordens e Ruff parece estar disposto a viver como se tivéssemos futuro. Mas não sei. Não sei o que fazer além de lutar até a morte.

— Eu sei.

As duas ficaram se olhando.

— O melhor, Hild — Dianna falou muito séria, secando os olhos — é confiar nos deuses.

— Eu já disse que Mubruk vai...

— Mubruk não vai conseguir. Você precisa confiar nos deuses. Eles olham por nós.

— Dianna, São Arnaldo morreu.

— Reze para outro santo então. Reze para o Santo de Pés Descalços.

A sala do trono de Ghanor estava tomada de guerreiros. Alguns faziam parte dos Gladiadores, liderados por Hild. Outros eram cavaleiros, os melhores dentre suas ordens. Havia alguns clérigos militantes. Zentara, que tinha sido amante de Ruff anos atrás, estava lá, com seu grupo de aventureiros. Como ela, havia vários outros. Tarik e Trentor, os gêmeos tatuados da Companhia do Cão, também se postavam orgulhosos. Apenas a elite dos guerreiros daquelas terras, heróis que já haviam provado sua lealdade ao rei.

Ruff nunca convocara uma reunião como aquela desde o fracassado Pacto do Abismo, uma vida inteira atrás. O que quer que fosse ser dito ali, era importante.

— Venho a vocês não como seu rei — disse Ruff. — Mas como um monge. Nosso mundo enfrenta o mais perigoso inimigo que já vimos, Mubruk Filho de Urso. E, até agora, a verdade sobre este inimigo esteve escondida.

Todos os olhos estavam nele.

— Mubruk Filho de Urso é um anjo.

Houve um engasgo generalizado. Mesmo para heróis, ter um anjo como inimigo era impensável. Ruff viu que alguns clérigos deixaram cair seus símbolos sagrados. A noção de enfrentar um anjo era blasfema, principalmente para guerreiros que tinham se acostumado à ideia de ter um anjo como aliado.

— Mubruk é um anjo renegado, que só deseja morte e destruição. Não é melhor que um demônio, mas é muito mais poderoso. No entanto, ele tem uma fraqueza.

O Santo de Pés Descalços olhou os raios do sol que nascia através da janela da sala do trono. Tomou fôlego e falou as palavras que mudariam o destino do mundo:

— A auréola de Mubruk Filho de Urso está escondida. O Irmão Niccolas, prior da Cidadela de São Arnaldo, descobriu que, em algum lugar do mundo físico, ela existe e é sua única fraqueza. Então agora seu rei lhes impõe um dever. Os maiores sábios, estudiosos, historiadores e monges devem pesquisar traços da história de Mubruk para descobrir o esconderijo. Os maiores guerreiros, magos, clérigos, cavaleiros e heróis devem se colocar na busca à auréola. Sigam as informações e os sinais, sigam as lendas e os boatos. Sigam suas almas, pois elas lhes guiarão. Sigam os livros. Isso é mais importante que a guerra! Espalhem-se pelo mundo, meus guerreiros, e tragam-me a auréola de Mubruk Filho de Urso. Guardem segredo sobre sua demanda, pois nosso inimigo não pode saber de nossa intenção. Este é o dever santo da elite de nossos reinos. E, ao empreender esta busca, tendo ou não sucesso, todo guerreiro será sagrado.

Ele ergueu a mão. Já não tinha poder milagroso, mas todos se sentiram abençoados.

Os heróis se ajoelharam. Até mesmo dois hobgoblins que lá estavam perceberam que aquilo era algo solene.

Ruff Ghanor, o Santo de Pés Descalços, impôs uma missão sagrada aos maiores guerreiros do mundo.

A Cruzada pela Auréola começou no dia seguinte.

Ruff, Bellitz e Hild foram ao front várias vezes. Lutaram, coordenaram fugas e manobras, conheceram o inimigo de perto. Mas, enquanto Hild passava mais tempo na fronteira, Ruff precisava estar na capital. Mesmo em época de guerra, um rei não podia ficar longe o tempo todo. Bellitz o acompanhava, para garantir sua segurança e porque os dois não conseguiam ficar separados.

As estradas eram monitoradas para garantir que não houvesse uma incursão de Mubruk e os trigêmeos com um grupo pequeno até o Túnel Proibido. Guaritas e pequenas torres foram construídas num grande perímetro e isso espalhou o exército, diminuindo as tropas no front, mas era necessário para garantir que a montanha continuasse a salvo. Clérigos e sábios vigiavam os céus e ficavam atentos para perturbações místicas, em busca de sinais do exército fantasmagórico. Não era impossível que o inimigo tentasse se infiltrar no túnel, descartando a invasão, mas Ruff achava que era improvável. Eles só estariam em paz para fazer um ataque naquele local sagrado se o reino estivesse dominado. Além disso, devia haver a influência de Zamir, que queria suas terras de volta.

A Confederação dos Mercadores recebeu uma carta, explicando a situação da guerra sob o ponto de vista de Ghanor e pedindo que não fizesse comércio com Sammelen ou quaisquer aliados. Em troca, as tropas de todos os reinos estariam a sua disposição para proteger seus interesses comerciais. Ruff achava que Jaffba não perderia a chance de fazer uma nova aliança.

Ruff passava o tempo na capital nervoso, inquieto, mas sua mente não estava ocupada só por diplomacia, guerra ou estratégias. Ali ele lutava a guerra de longe, recebendo nobres de Ghanor, representantes dos governadores de Mattora, Utteria e Vammira, bispos vindos de longe e generais com notícias do front. A fronteira resistia, mas a luta era acirrada. Ele queria muito estar apenas lá, mas precisava liderar o país inteiro e jogar o jogo de defesa, sempre protegendo a área do antigo mosteiro. Queria partir na peregrinação em busca da auréola, como tantos guerreiros tinham feito, mas não era mais um herói que podia sair sozinho em uma missão sagrada. O trabalho duro e o lado meticuloso da guerra precisavam dele. Trocava cartas com o rei de Zibrene, que aceitara a aliança ao ver a chegada de Bellitz. Zibrene segurava os navios de Artus no mar e fazia sua própria resistência na fronteira com Sammelen e Kottar. Pelo menos era uma forma de dividir os exércitos inimigos.

O Irmão Niccolas precisava voltar à Cidadela de São Arnaldo. Os Pântanos Cinzentos eram uma proteção natural, mas era necessário traçar estratégias de defesa da população. De alguma forma, ele e Ruff não tinham certeza se iriam se ver de novo, então roubaram algumas horas para si, numa despedida longa.

Não puderam ficar bêbados e alegres como gostariam, mas conversaram, trocaram histórias, falaram de Korin e Dunnius. Houve uma pausa na conversa, eles deixaram o riso de uma piada morrer aos poucos. De repente, Niccolas falou:

— Ele teria muito orgulho de você, Irmão Ruff.

O rei não precisou perguntar para saber de quem Niccolas estava falando.

O prior.

— Acha mesmo? Porque às vezes tenho a impressão de estar fazendo tudo errado.

O outro o segurou firme no ombro.

— É claro que ele criticaria tudo. Sua maneira de governar, de guerrear, de fazer diplomacia. Chamaria-o de preguiçoso por treinar tão pouco e diria que, para o suposto líder da igreja em Ghanor, você reza apenas raramente.

— Essa era a forma de ele demonstrar orgulho — Ruff riu.

— Mas ele adoraria ver a família que você criou, meu amigo. Como você é um pai para Hild e para seus soldados. Como civilizou os gigantes. Como não tem medo de Mubruk.

Niccolas deixou de fora o assassinato, os livros trancados no porão. Era impossível ter só memórias boas de um amigo e familiar que conhecia há tanto tempo. Mas não era hora de falar do que era escuro.

— Eu sonhei com ele — disse Ruff. — Anos atrás, mas ainda lembro como se fosse hoje. Sonhei que ele dizia que eu estava fazendo tudo errado. Que estava suprimindo o conhecimento. Que eu era um novo Zamir.

— Não se pode corresponder às expectativas de um pai morto — disse o monge. — Quando pensamos nele, somos crianças.

Ruff abraçou-o de novo.

— O importante é que, para sua filha, você ainda está vivo.

Ele nunca tinha ousado pensar em si mesmo como pai de Hild. Nunca tivera tamanha pretensão, de alguma forma não se achava digno. Mas o que ele sentia por ela era mais do que uma relação de mestre e discípula. As palavras do Irmão Niccolas fizeram com que ele entendesse mais uma parte da personalidade do homem duro e maravilhoso que o criara. Aquilo era o que o prior sentia por ele. E mesmo a maior decepção que Hild pudesse lhe causar nunca abalaria a confiança que ele depositava nela.

— Preciso de sua bênção, Irmão Niccolas.

— Não sou mais milagroso, Ruff. São Arnaldo...

Ruff ficou sério.

— Por favor.

— São Arnaldo o abençoe, Irmão Ruff.

Havia se passado um ano, com a guerra caminhando devagar. Bellitz estava quase se acostumando à falta da auréola, mas era uma dor diária. Ela e Ruff estavam sempre juntos, mas quase nunca havia alegria genuína. Um amor unido pela derrota sempre teria gosto amargo. Sempre haveria a pergunta: se ela não tivesse perdido a auréola, estaria ali?

Certa madrugada, Ruff acordou sobressaltado. Bellitz, que não dormia e precisava descansar pouco, estava em algum outro lugar do castelo ou em uma patrulha alada pela região. O ar tinha cheiro de sangue. Havia um peso no castelo que não houvera na tarde anterior.

Com os primeiros raios do amanhecer, vieram servos batendo na porta dos aposentos reais. Ruff não estava. Quem o encontrou foi Hild. Ela chegou séria, já de armadura, e entregou um pergaminho amassado a Sua Majestade.

Os Cavaleiros do Caos tinham atacado, liderando um enorme contingente vindo de Artus. A fronteira caíra, e o inimigo marchava em direção à capital e ao Túnel Proibido.

Ruff amassou o pergaminho, a sala tremeu com sua fúria.

A última linha de defesa fora derrotada. O combate final com Mubruk estava chegando.

27 A guerra das crianças

AS TROPAS DE Sammelen avançaram por Ghanor, queimando e matando enquanto ganhavam terreno para a capital e o Túnel Proibido.

As aldeias e cidades afastadas do front passavam fome, mas os povoados próximos às grandes batalhas tinham destino muito pior. Todos os recursos do reino iam para a guerra. Havia cada vez menos plebeus para plantar e colher, enquanto todos os homens e mulheres capazes de brandir armas eram arrastados para as forças militares. Velhos e crianças trabalhavam a terra, forjavam instrumentos e mantinham a sociedade funcionando — adultos jovens estavam lutando, quase sem exceção.

Nas profundezas de Ghanor, um mascate que já não tinha mais quase nada para vender chegou à aldeia de Forja Fria, carregando seus poucos produtos nas costas. Ele tivera um cavalo e uma carroça, mas os dois tinham sido confiscados pelo exército do rei, em troca de um papel com o brasão real que prometia que, uma vez que a guerra estivesse acabada, ele seria compensado. Era pouco consolo para o pobre mascate, que viajara a última semana arrastando ele mesmo suas mercadorias e descartando tudo que era pesado demais e valioso de menos. Ele cambaleou para Forja Fria, passando por algumas fazendas vazias e vendo as ruazinhas de terra sem animais, as casas com janelas fechadas.

O mascate largou sua sacola no chão, na praça da aldeia, e se curvou, recuperando o fôlego. Ninguém veio recebê-lo. Parecia uma cidade fantasma, exceto pela fumaça que subia de três chaminés.

— Não é de mim que precisam se esconder! — gritou o mascate, as mãos dos lados da boca. — Seus tolos, eu trago notícias! O exército está chegando!

A aldeia permaneceu em silêncio por quase um minuto. Então uma janela se abriu, apenas uma fresta. O mascate viu metade do rosto de uma velha.

— O inimigo? — a mulher perguntou.

— Os homens do rei!

Ela fechou os olhos.

— Que os deuses nos ajudem.

Daquela casinha saíram gritos e logo as portas se abriram. Velhos se derramaram de cada casa, mancando e ofegando enquanto se reuniam para conversar assuntos importantes uns com os outros. Não eram muitos, mas eram mais da metade da população que restava em Forja Fria. O resto eram crianças e eram essas que os velhos queriam proteger.

A anciã que tinha respondido primeiro saiu da casa. Era gorda e sólida. Mandou todos calarem a boca e foi obedecida. Caminhou com passo firme até o mascate e olhou-o nos olhos.

— É o próprio rei?

— Não — respondeu o homem. — Mas ele está por perto. Quem vem vindo é só um batalhão. Eles carregam o estandarte do leão.

— Não a cabeça de cachorro?

— Não.

— Graças aos deuses por pequenas bênçãos — disse a velha. — O que acha que eles querem? Comida?

O mascate deu um suspiro, lamentando por aquelas pessoas que nem conhecia.

— Não — disse, com voz pequena. — Eles estão bem supridos.

— Então...

— Vocês têm jovens que chegaram à idade desde a última passagem dos soldados?

— Temos — a senhora esfregou os olhos, cabeça pendente. — Temos.

Então ela se empertigou e gritou:

— Raldi, Igor, Lycna! Fujam!

O mascate viu a aldeia entrar em polvorosa no mesmo instante. Crianças olhavam tudo impressionadas, velhos entraram e saíram das casas. Pouco depois, surgiram três adolescentes com cerca de 14 anos. Duas garotas e um rapaz. Eles receberam sacolas de pano com comida e roupas. Uma das meninas, alta e rechonchuda, foi falar com a senhora que parecia a líder.

— Amalthi, tem certeza...

— O que ainda está fazendo aqui? — interrompeu a velha. — Os soldados estão chegando e vão arrastá-los para a guerra! Fujam, conforme treinaram antes!

— Mas talvez nossos pais estejam lá, com a Hoste Imortal.

A velha, que se chamava Amalthi, não gostava daquele tipo de situação. Ela não tinha nenhum prazer em ser a megera que destruía as esperanças de jovens que mal tinham idade para entender o que estava acontecendo. Ninguém na aldeia sabia disso. Viam-na como uma líder forte, mas insensível. Amalthi precisava desempenhar esse papel. Por isso não hesitou ao falar:

— O exército de Ghanor não é imortal, não importa o quanto as histórias digam que é. Seus pais estiveram na primeira leva quando os soldados passaram recrutando plebeus. Eles não eram imortais, nem se tornaram quando pegaram em espadas pelo rei. Eles já estão mortos.

O lábio inferior da garota tremeu, mas ela controlou o choro.

— Mas o rei precisa de nós — ela retrucou.

— Sabe quem precisa de você, criança tola? Forja Fria! Seus futuros filhos precisam de você, as fazendas e oficinas precisam de você! Não adianta nada morrer pelos ideais de um rei e ver sua aldeia apagada do mapa. Quem se importa com o rei, quando todos os plebeus estão sendo dizimados?

— Os deuses se importam. Ele é um santo.

Amalthi sentiu o gosto amargo da bile no fundo da garganta. Quando Zamir caíra, eles tinham aclamado o salvador e, quando o novo rei ascendeu, as pessoas agradeceram aos deuses. Mas, para Amalthi, ter um santo como rei era pior que servir a um dragão tirano. Boa parte dos adultos de Forja Fria tinha se juntado às tropas do rei de vontade própria, quando o exército passou pela primeira vez, um ano atrás, com seu estandarte e seus escudos pintados. O rei precisava do povo para lutar, pois tinha um inimigo poderoso, cercado por guerreiros profanos. Famílias inteiras tinham marchado com os soldados, abandonando a aldeia. Sobraram velhos, crianças e aqueles três na idade incerta, na época jovens demais para lutar. Agora os três já tinham crescido o bastante para pegar espadas e morrer por uma causa que não era sua. Agora tinham crescido o bastante para acreditar num rei santo, na Hoste Imortal e na lendária Companhia do Cão. Estavam na idade certa para querer ser heróis e era nessa idade que eles eram engolidos pelo monstro que eram as tropas de Ghanor, em que todos podiam ascender a postos de comando, à cavalaria e mesmo à nobreza, desde que se destacassem.

Ter um rei santo era terrível. Ter um rei que cumpria promessas era mortal. Tiranos deixavam as pessoas cínicas. Líderes virtuosos tornavam-nas vulneráveis.

— Os deuses não estão aqui, menina — disse Amalthi. — *Eu* estou. E você vai para a floresta. Prefiro eu mesma usar um cutelo em um de seus pés do que deixar que você vá parar numa batalha, gritando o nome do rei!

A garota engoliu em seco. Podia ser alta e forte, mas ainda era muito jovem. Disse que sim, apanhou uma das sacolas e saiu correndo com os outros dois.

Eles passaram por um garoto um pouco mais velho, que mancava feio. Ele estaria em idade de servir também, mas seu pai tinha cumprido a ameaça que Amalthi tinha feito para a garota. Em vez de ver o filho na parede de escudos, causara nele um ferimento permanente, que o impediria de lutar. O próprio pai foi tragado pelo exército, mas deixou a aldeia sabendo que o cadáver de seu filho não iria alimentar a guerra. Também passaram por uma garota grávida, quase dando à luz. A gravidez tinha sido outra medida desesperada para evitar o recrutamento. Depois de ver seus irmãos serem levados, ela decidira engravidar a todo custo, para ser poupada caso os soldados passassem de novo.

Mas esses eram a minoria. Para desespero de Amalthi e de outros anciões que não acreditavam em reis santos, quase toda a aldeia tinha seguido para a guerra de boa vontade. Ruff Ghanor precisava deles e eles estavam dispostos a não desapontá-lo.

Raldi, Igor e Lycna, os três garotos que tinham crescido o suficiente desde o início da guerra, correram com suas sacolas para a floresta, subindo uma colina cheia de árvores. Embrenharam-se pelos caminhos conhecidos — todas as crianças que cresciam numa aldeia como Forja Fria conheciam os caminhos das florestas próximas. Então se sentaram em uma imensa raiz, conseguindo enxergar a aldeia sem ser vistos e aguardaram.

Já era quase noite quando o batalhão soprou a trombeta. Não havia nenhuma fumaça saindo de chaminés em Forja Fria nem mesmo o mascate estava à vista. Só casas fechadas e gente escondida. Os soldados então marcharam para dentro da aldeia. Lycna, a garota alta e robusta que era considerada a líder dos três, sentiu um arrepio na espinha. Ela só conseguia ver os guerreiros de longe. Mas sua postura orgulhosa, suas armas, a cadência de seus passos e o garbo de seu estandarte provocavam nela uma sensação difícil de descrever. Era, na verdade, uma sensação que quase todos os jovens tinham em algum momento: a fascinação por algo maior que eles mesmos, a vontade de se entregar a um grupo, adotar suas cores e seu símbolo, estar unidos com outros em um ideal ou causa.

Ela não falou nada, mas ficou de olhos arregalados quando o líder dos soldados bateu na porta da primeira casa. Falou com os ocupantes, decidiram alguma coisa, então os homens se dividiram em casas e galpões para passar a noite. Alguns montaram um pequeno acampamento na praça e cozinharam para o resto. As crianças mais velhas e os anciões mais jovens da aldeia foram reunidos e o líder passou-os em revista, mas nenhum foi selecionado. Eles tiveram a permissão de voltar para casa.

A noite caiu e a única luz à vista era a da fogueira na praça, ao longe. Os três garotos tiraram ração fria das sacolas e comeram em silêncio. Já tinham terminado há quase uma hora quando o rapaz falou:

— Não quero ficar aqui.

Lycna estava se ocupando de desfazer e refazer sua sacola de novo e de novo.

— Eu também não — ela disse.

A segunda garota, Raldi, era baixa e amedrontada. Sua mãe fora levada pelo exército, mas seu pai era velho demais. Ela tinha meio-irmãos que tinham sido tragados por alguma das outras guerras, a invasão de Kottar, quando ela era criança.

— O que vocês estão dizendo? — perguntou Raldi.

Lycna virou para ela. Mal conseguia discernir seus grandes olhos castanhos no escuro.

— Não vale a pena ficar na aldeia. Nossos pais foram embora. Todo mundo que vale a pena foi embora. Só sobraram velhos e pirralhos.

— Vocês não podem ir — disse Raldi.

— Nós todos temos de ir — Lycna falou com calma. — Você vem conosco. Senão os velhos vão perguntar o que aconteceu e você vai contar. Além disso, você quer ficar sozinha com eles?

Raldi engoliu choro.

— Não quero ser guerreira.

— O que você quer então? Casar com um homem que poderia ser seu avô? Ou esperar alguma dessas crianças ranhentas crescer? Ou envelhecer sozinha e ficar seca, fria e inútil?

— Lycna...

— Eu vou me juntar à Hoste Imortal. Todos vamos.

Nenhum dos três dormiu naquela noite. Quando amanheceu, eles viram os soldados cozinharem de novo, comerem e então partirem. A velha Amalthi e os outros aldeões estariam esperando que os três voltassem dali a algumas horas. Mas, liderados por Lycna, eles esperaram que o batalhão se afastasse da aldeia e correram para alcançá-los. Três jovens que conheciam os arredores eram bem mais rápidos do que algumas dezenas de homens cheios de equipamentos. Eles não tiveram dificuldade de ultrapassar os soldados. Lycna postou-se no meio da estrada, esperando que eles chegassem.

Os guerreiros mais à frente apontaram para ela e cochicaram alguma coisa entre si. O líder deu ordem para que todos parassem e caminhou até a garota.

—Você é da aldeia? — o homem perguntou. Ele tinha a barba por fazer, olheiras fundas e uma cicatriz no lábio. Seu hálito era horrível. Mas ele ostentava o leão em seu tabardo.

— Sou de Forja Fria — a garota confirmou. — Me mandaram ficar longe para que vocês não nos levassem para a guerra, mas nós queremos ir junto.

— "Nós"?

Ela deu um assobio. Igor e Raldi surgiram do meio das árvores. O garoto tentava parecer alto e forte, embora ainda fosse magriço e desengonçado. A menina tentava se esconder.

— Quantos anos vocês têm?

— 14.

— Aquela ali está morrendo de medo — o homem apontou para Raldi.

Lycna olhou para ela. Raldi forçou-se a sair de trás de Igor e ficar ereta.

— Não tenho medo nenhum — gaguejou. — Quero ser guerreira.

A inflexão fazia aquilo parecer mais uma pergunta do que uma afirmação.

— Não levamos crianças à força — disse o soldado. — Pelo menos não mais.

Nenhum dos três entendeu aquilo, mas o líder dos soldados foi até Raldi e falou com ela como se fosse adulta.

— Quer lutar mesmo? É uma vida de merda. E sim, nós tiramos das aldeias todos capazes de segurar uma lança. Mas quem está se cagando de medo não é capaz de segurar uma lança.

As duas garotas fixaram o olhar uma na outra. Raldi pensou nas palavras de Lycna.

— A vida aqui também é ruim — ela falou com um pouco mais de firmeza, sem ter coragem de usar vocabulário de baixo calão. — Prefiro lutar.

— Muito bem. Digam seus nomes para o escrivão. E bem-vindos ao exército de Ghanor.

Foi surpreendente quando o homem apertou a mão de cada um deles. Não houve mais formalidade e, no mesmo instante, eles foram tratados como soldados, assim como todos os outros. Os novos colegas lhes ensinaram como comer, como caminhar, como dormir. Disseram que aprenderiam como lutar assim que chegassem ao acampamento. E assim a Hoste Imortal ganhou mais três soldados para repor os que haviam morrido. Em todos os reinos, aquilo acontecia da mesma forma. Pessoas cada vez mais jovens e cada vez mais velhas escolhiam marchar ou eram forçadas. Os requisitos mínimos para ser soldado eram baixados de novo e de novo. E, enquanto a luta fazia os reinos murcharem, a vida no exército se tornava cada vez mais atraente para uma geração criada na guerra, que não conhecia mais coisa nenhuma.

Eram as pessoas que tinham crescido quando Ruff Ghanor já era rei. Pessoas cuja história era a história da ascensão do conquistador.

Eles marcharam por alguns dias e sentiram o cheiro do acampamento antes de vê-lo. Então, quando viram, o cheiro foi mais forte do que qualquer coisa que já tivessem sentido. Eram milhares de homens e mulheres, cavalos e animais de carga, todos falando, gritando, suando, trabalhando, treinando, dormindo, em centenas e centenas de tendas. Latrinas, lama, bosta de vaca, fumaça, caldeirões cheios de comida.

E, por toda parte, o estandarte do leão, da cabeça de cão e da cabra. Ghanor, a Companhia do Cão e o brasão especial dos veteranos. Todos os homens e mulheres usavam tabardos com algum brasão, havia armas por toda parte. O líder do batalhão, que eles descobriram ser um sargento, não era um homem ruim e os levou pessoalmente até o almoxarifado, uma enorme tenda cheia de baús e sacos de estopa. Lá, eles receberam tabardos com o brasão do leão, escudos e espadas de madeira. Foram levados a outro sargento, responsável por treinar os recrutas. Ele estava em um cercado, com 20 ou 30 garotos da mesma idade que eles ou pouco mais velhos. O sargento que eles tinham decidido seguir desapareceu sem explicações, e eles nunca mais o viram. O instrutor avaliou-os com um olhar, gritou para que os outros recrutas continuassem treinando. Todos eles faziam exercícios de avanço e recuo com escudos e espadas de madeira. Moviam-se em uníssono, como um só. Lycna achou aquilo muito impressionante e quis logo fazer parte.

— Algum de vocês sabe ler? — perguntou o instrutor.

— Eu sei escrever meu nome — disse Igor.

O homem grunhiu.

— Não serve. Bem, azar. Vocês vão treinar com algum dos que sabem ler. Este livro vai ser sua vida de agora em diante.

Ele mostrou aos três um volume grande, desgastado, sujo, encadernado de couro. Lycna tirou-o das mãos de Igor e abriu-o. Dentro havia muito texto, mas também várias ilustrações de pessoas se defendendo e atacando com espadas, lanças, machados, martelos.

— O que é isso? — perguntou a garota.

— *Filosofia de Combate* — o instrutor respondeu. — O manual clássico do General Korin. Ninguém aprende a lutar com um livro, mas vendo essas figuras vocês vão lembrar do que praticaram o dia inteiro. E, se um dia aprenderem a ler, vão lembrar do que aprenderam lendo as táticas que estão aqui. Querem minha opinião? Guardem todo o ouro que ganharem nos primeiros meses e peçam uma cópia do livro no primeiro mosteiro que encontrarmos. Os soldados que vivem mais tempo dormem com ele debaixo do travesseiro.

Os três ficaram mudos, observando.

— Agora esperem aqui — disse o instrutor. — Depois deste exercício, começo com vocês.

A imensa máquina que era o exército se movimentava ao redor. Todos pareciam saber o que fazer.

De repente, eles ouviram um berro de uma tenda próxima. Vários soldados olharam para trás. Alguns balançaram a cabeça. O berro se repetiu. Era alguém implorando. Pedindo para ser poupado de algum destino que iria sofrer. Todos estavam ignorando.

Lycna não falou nada — apenas começou a caminhar na direção dos gritos. Os outros dois foram atrás.

Eles demoraram um pouco para achar a tenda, mas enfim viram que se tratava de uma jaula coberta por um tecido. Havia um guarda na frente, tentando não ouvir a gritaria. Quem quer que estivesse lá dentro continuava berrando.

— O que é isso? — Lycna perguntou para uma guerreira que passava. A mulher não escutou ou fingiu não escutar.

Depois de mais ou menos um minuto, os soldados começaram a cochichar, então abriram passagem e ficaram em posição de sentido. Lycna ouviu trombetas. Ficou ao lado de um soldado fedorento, ansiosa para saber o que aconteceria. Os guerreiros fizeram silêncio total.

Então um homem enorme, maior do que a vida, passou pelo corredor formado pelos soldados. Trajava armadura completa, mas sem elmo. A garota estranhou que o metal era distorcido, cheio de pontas. Ele era barbudo e altivo. Carregava um martelo. Atrás dele vinha uma mulher sinistra, com cabelo todo raspado, exceto por uma faixa no centro da cabeça, vestida numa armadura de ossos.

O soldado fedorento começou a chorar. O coração de Lycna disparou e ela soube que estava na presença do rei.

Todos ficaram imóveis. Sua Majestade virou-se para o guarda e ele se ajoelhou.

— De pé, homem — disse o Rei Ruff Ghanor. — O que está acontecendo aqui?

O guarda mal conseguia falar. Na primeira tentativa, sua voz saiu esganiçada e quase inaudível. Ele pigarreou, respirou fundo e enfim respondeu.

— O prisioneiro, Majestade. Ele está desesperado.

Ruff Ghanor passou a mão pela barba.

— É o culpado pelo rapto das crianças?

— Ele mesmo, Majestade.

— Abra a cela, soldado. Quero conversar com ele.

Lá dentro, o prisioneiro continuava gritando. Mas, no instante em que o guarda ergueu o pano que cobria a jaula e ele enxergou quem estava ali, ficou mudo. Como se a voz simplesmente acabasse, o grito parou no meio. Ele ficou de olhos arregalados e boca pendente. Era um homem de menos de 30 anos. Barba rala e rosto magro.

— Vamos, abra a cela — disse o rei.

O guarda obedeceu. Ruff Ghanor foi até o prisioneiro, fez um gesto para que ele saísse. O homem saiu e ia se ajoelhar, mas o rei o surpreendeu com um abraço.

Lycna sabia que estava presenciando algo importante. Igor cochichou algo, mas ela ignorou. Queria prestar atenção ao máximo, ver e ouvir tanto quanto pudesse.

— Qual é seu nome? — perguntou Ruff Ghanor.

— Klaus, Majestade.

— Então, Klaus, o que aconteceu?

O prisioneiro começou a chorar. Apesar de estar na presença do rei, gritou e implorou. Pediu que não, que não fizessem aquilo com ele, que o deixassem ir. Jurou que não faria de novo o que quer que fosse, tentou beijar as mãos de Sua Majestade.

— Controle-se, Klaus! — Ruff Ghanor segurou-o pelos dois ombros e falou com voz firme, mas calma. — Controle-se! Vamos conversar como adultos.

Ele tremeu, mas conseguiu parar de gritar. As lágrimas ainda escorriam livres de seus olhos.

— O que aconteceu? — o rei repetiu a pergunta.

— Fui preso, Majestade.

— E qual foi seu crime?

Ele engoliu em seco e olhou para o chão.

Ruff fez com que erguesse a cabeça de novo.

— Na verdade, eu sei qual foi seu crime. Você raptou crianças para o exército, não é mesmo?

Klaus não respondeu.

— Foi isso que me disseram, pelo menos. Você passou de aldeia em aldeia com seu batalhão. E forçou crianças a se juntarem ao exército na ponta da espada. Bateu em seus avós, ameaçou queimar suas casas. Então as amarrou para que não fugissem. Trouxe-as para nosso acampamento e mandou que Bilghram as treinasse.

Klaus agora estava olhando para o rei, mas não o parecia estar enxergando. Seu olhar estava perdido. Talvez estivesse vendo o que tinha feito no passado.

— E você sabia que isso era errado, Klaus. Não é mesmo? Nós recrutamos o povo, sim, mas nunca arrastamos crianças contra sua vontade. Já recrutamos à força, mas só adultos. Você sabia de tudo isso ou não teria recebido o comando de um batalhão. Você passou de aldeia em aldeia arrancando crianças de suas casas. O que só aumenta o medo que o povo tem de nós. E agora elas são nossa responsabilidade.

Silêncio.

— Essas acusações são falsas, Klaus?

— Não, Majestade.

— Você sabe qual é a pena.

Ele começou a chorar de novo.

— Eu fiz tudo por Ghanor! — gritou, em meio à saliva e às lágrimas. — Tudo por Vossa Majestade! Nós precisamos de soldados! Eu não sou traidor!

— Não, não é. Claro que não é. Só cometeu um erro. Vamos, Klaus, calma, você só cometeu um erro.

Ele se controlou de novo.

— Todos precisamos fazer sacrifícios nesta guerra, Klaus. Na parede de escudos, sobre os cavalos, nas equipes de engenheiros. Todos nós precisamos enfrentar soldados inimigos, chuvas de flechas, monstros, banhos de óleo fervente. Ser soldado é fazer sacrifícios. Você vai fazer um sacrifício hoje, Klaus. Um sacrifício de que seu reino necessita. Você vai enfrentar a forca.

Klaus estremeceu.

— Não vamos maldizer seu nome nem rir de seu sofrimento. Cada um dos soldados aqui vai respeitar seu sacrifício. Assim como o guerreiro que morre na primeira linha da parede de escudos para que seu irmão possa furar a parede inimiga, você hoje vai morrer para que seus irmãos saibam que não podem raptar crianças. É um sacrifício nobre, assim como são todos. Você cometeu um erro enquanto servia ao exército e agora vai corrigi-lo enquanto serve ao exército.

Silêncio.

— Sim, Majestade — disse o prisioneiro Klaus.

— É isso que seu reino, seu rei e seus irmãos precisam de você hoje, Klaus. Precisamos que você caminhe para a forca de cabeça erguida, sabendo que sua morte não é em vão. Precisamos que entregue sua vida para que crianças não sejam mais raptadas por bons soldados que só querem servir ao reino. É uma missão importante e só você pode cumpri-la. Vai fazer isso por nós, Klaus?

Ele respirou fundo. Ergueu a cabeça e inflou o peito.

— Sim, Majestade.

— Bom soldado. Bom homem.

Klaus ajoelhou-se sobre um só joelho. Pediu uma toalha e uma bacia para lavar o rosto. Seu pedido foi entregue. Então ele se ergueu. E caminhou ao lado do rei, sob as vistas dos soldados, até o cadafalso. Lycna acompanhou o cortejo.

Ruff Ghanor colocou o laço ao redor de seu pescoço. O executor observou.

— Quer dizer algo antes de partir, Klaus? — perguntou o rei.

— Só uma coisa — ele tossiu. Então: — Sei que vamos vencer! Sei que vocês continuarão a luta sem mim! Ghanor!

Lycna sentiu toda a pele arrepiar quando o exército respondeu como um só, fazendo tremer o chão:

— *Ghanor! Ghanor! Ghanor!*

O rei tocou na testa do condenado.

— Que São Arnaldo o abençoe, meu filho.

Então Sua Majestade desceu do patíbulo. O executor puxou uma alavanca e Klaus dançou na ponta da corda até morrer.

Foi naquele momento que Lycna se tornou soldada, antes de treinar pela primeira vez, e desejou mais do que tudo poder dar a vida pelo rei santo.

Ruff assistiu à execução do prisioneiro com semblante sério. Todos à volta achavam que ele estava concentrado naquilo. Ele sabia que suas palavras para Klaus tinham surtido grande impacto no condenado e naqueles que ouviram. Havia até uma menina, provavelmente jovem demais para ser soldada, que o estava seguindo como um cão perdido, impressionada com aquele drama. Mas a verdade era que o rei fez tudo sem pensar, observando as situações como se estivesse fora do próprio corpo. Sua mente estava longe. Ele estava aguardando algo.

Depois que Klaus estava morto, os soldados se dispersaram e vários oficiais vieram a Ruff com problemas diversos. Ele mal respondeu. Primeiro ouviu o alvoroço dos soldados, então o barulho de asas. Seu coração disparou.

Ruff controlou-se para não sair correndo, mas mesmo assim apertou o passo, deixando os oficiais para trás. Hild foi com ele.

Bellitz chegou voando com suas asas poderosas no meio do exército. Os soldados gritaram seu nome, ajoelharam-se para ela. Mesmo numa época de milagres, ter um anjo como irmã em armas era uma honra imensa. Nenhum deles sabia que era um anjo sem auréola.

Bellitz pousou elegante na lama do acampamento. Ruff abriu um sorriso enorme ao vê-la. Ela estava suada, seus cabelos claros grudavam na testa e seu pescoço rebrilhava.

— Liberem a tenda de comando! — ordenou o rei.

Um punhado de homens e mulheres que aguardavam por ele dentro da tenda foram gentilmente expulsos por Hild. Ruff e Bellitz entraram, finalmente estavam sozinhos.

Ela se virou para ele com um sorriso pequeno. Ele a tomou nos braços e a beijou. Bellitz retribuiu com um beijo quase espontâneo. Quase totalmente entregue. Aqueles eram tempos difíceis.

— Então? — perguntou Ruff, tentando desviar a tristeza óbvia de Bellitz com um assunto prático.

— Não senti nada — ela respondeu. — Eles estão perto, Ruff. Uma nova batalha não vai tardar. Mas não sinto nada. Será que realmente um anjo pode sentir sua auréola fora do corpo?

Em meio à guerra, Bellitz procurava a própria auréola. Não era uma atividade à qual ela pudesse se dedicar todos os dias, pois sempre havia algo a fazer no exército. Mas eles sabiam que o objeto tinha alguma importância para os planos de Mubruk. E ela ficava muito vulnerável enquanto eles possuíssem a coisa. Nos momentos em que os comandantes do exército inimigo estavam bem perto, Bellitz voava pelos arredores e tentava pressentir sua localização.

Até agora, sem sucesso.

Ruff e Bellitz eram uma incógnita até para eles mesmos. No exército, os soldados juravam que o amor entre o rei santo e seu anjo era mais forte que um terremoto, mais sólido que o mundo. Pelos reinos, menestréis compunham baladas que narravam a história daquele relacionamento idílico e jovens suspiravam, inspirados pelo exemplo do rei. Todos especulavam quando haveria o casamento, quando Bellitz seria efetivamente rainha de Ghanor.

Mas a verdade é que havia pouca alegria entre os dois.

Eles estavam juntos porque Bellitz estava presa à terra. Ela se sentia livre dos deuses, mas não fora uma escolha sua. Era leal a Ruff, mas os dois tinham se reaproximado no momento de maior dor para ele, a morte de Korin. Era uma união baseada na dor, em correntes invisíveis. Tinham estado várias noites juntos desde então, mas isso não era tão doce quanto deveria ser. A sombra da traição de Ruff ainda pairava, tantos anos depois.

Havia pouca esperança para o rei amargo.

— Não esmoreça, Bellitz — ele disse. — Mubruk não está longe. Nós vamos recuperá-la.

Ela se deixou cair num banco baixo. Elevou os olhos a Ruff. Em seu semblante, só cansaço e desilusão.

— Você está gostando disso? — ela perguntou, de repente.

Ruff gaguejou por um instante, não soube como responder.

— O quê?

— Estou presa na terra. Está gostando disso? Gosta que eu não tenha alternativa a não ser estar com você?

Ele apertou os lábios. Respirou fundo. Em silêncio, disse para si mesmo que não importava o que Bellitz falasse. Ela estava passando por algo que ele não podia conceber. Ela tinha direito ao rancor.

— Eu só quero o que for melhor para você.

— Talvez o melhor para mim seja a destruição do mundo. Eu perderia minha identidade, não haveria mais sofrimento. Eu lutaria na nova Criação dos deuses, fosse ela qual fosse.

— Você não pensa isso de verdade. Você já me disse que não quer perder quem é.

— Talvez eu já tenha perdido. Se não sou Bellitz, a Estrela Dourada, o anjo da anunciação, o que sou?

— A rainha de Ghanor — ele falou, intempestivo.

Ficaram se olhando um tempo, em silêncio.

— É o que você quer? — ela perguntou. — Que eu seja sua rainha?

— É o que sempre quis.

— Mas não é o que *eu* sempre quis. Eu nunca *quis* algo. Eu sempre *fui*. Fui um anjo dos deuses. Fui sua protetora. Talvez seja sua rainha. Jogada de um lado a outro. Meu destino decidido pelos deuses, por meus inimigos, pelo rei.

Ele se ajoelhou.

— Bellitz, eu nunca iria forçá-la a nada. Eu apenas seria muito feliz se você ficasse comigo para sempre.

— Porque a pessoa que você realmente queria que ficasse com você para sempre se tornou uma bruxa assassina — ela disparou, fria. — Somos a segunda opção um do outro, Ruff Ghanor. Eu sou quem você aceitou porque perdeu seu amor, você é quem eu aceitei porque perdi minha missão.

Os olhos dele se encheram de lágrimas. Repetiu em sua mente que ela estava sofrendo muito.

— Preciso de você como rainha — ele conseguiu falar. — Se algo acontecer comigo...

— Eu servirei ao reino — Bellitz cortou. — Meu destino sempre foi imposto.

Ele ia dizer algo, mas foi interrompido. Hild entrou na tenda de repente.

— Os batedores voltaram — disse a guerreira. — Mubruk está a três dias daqui, com o exército.

— Carga! — ordenou Ruff Ghanor.

O General Urko soou a trombeta e a cavalaria galopou contra os soldados de Sammelen.

A batalha estava no auge. Os exércitos de Ghanor e de Sammelen se encontraram numa planície, longe o suficiente do acampamento para que os novos recrutas ficassem em segurança. A força principal de Mubruk Filho de Urso estava avançando por Ghanor, mas os batedores tinham conseguido avisar a tempo para que as tropas pudessem ser interceptadas.

A Hoste Imortal atacou os soldados sob a bandeira do urso e o banho de sangue começou.

Ruff vira que os dois flancos estavam controlados. A infantaria de Ghanor era mais numerosa, pelo menos naquele front. As paredes de escudos se chocaram e o trabalho agora era extenuante e tedioso, mesmo que brutal. O centro das forças inimigas estava prensado no movimento de pinça e agora os cavaleiros e os gigantes corriam para perfurá-lo como uma ponta de lança.

O rei cavalgava com seus homens, um soldado da Companhia do Cão logo atrás, empunhando o estandarte real. Bellitz voava por cima e Hild cavalgava ao lado, bradando seus gritos de guerra.

E o rei inimigo estava ali, em algum lugar. O estandarte de Mubruk fora avistado, Ruff poderia enfrentá-lo mais uma vez.

— Matem os infiéis! — gritou o rei santo. — Por Ghanor e São Arnaldo!

Os guerreiros berraram, repetindo o nome de seus dois padroeiros. Sammelen travou os escudos no chão, preparando-se para a carga. Ergueu as espadas e firmou as lanças.

— *São Arnaldo!* — gritou Ruff.

Os clérigos guerreiros gritaram suas preces. Eram poucos, desde que São Arnaldo tinha morrido. Apenas os devotos de outros santos que tinham conseguido desenvolver a fé verdadeira. A luz azul dos milagres divinos desceu do céu como um véu, banhando os soldados de Ghanor. Suas armaduras reluziram, seus braços ganharam força, suas lanças compridas rebrilharam com pontas afiadas.

Os cavalos poderosos destruíram o chão com cada passo do galope, os gigantes ergueram terra com suas botas rudes e seus pés descalços. Ruff fixou o olhar num guerreiro inimigo, seu alvo inicial, o primeiro que ele mataria naquela batalha. O primeiro de muitos. O homem tentou manter a coragem, pelo menos na aparência, mas o rei viu que ele estava suando e tremendo. Sabia que o inimigo enxergava o matador do dragão se aproximando, instante a instante mais perto e, dentro do elmo, só havia escuridão.

Ruff ergueu o martelo.

— Matem! Matem!

Esmagou o crânio do soldado antes que ele notasse o que estava acontecendo. O cavalo negro do rei empinou e pateou o escudo, empurrando o corpo já sem vida para trás. Uma lança veio espetar Ruff, ele a quebrou com um golpe de martelo e o inimigo voou, varrido pelo mangual de Johrgrund.

A seu redor, as lanças de cavalaria destruíram escudos, trespassaram armaduras, perfurando troncos e pescoços. Ruff viu um cavaleiro de armadura completa varar um inimigo de fora a fora e matar outro no mesmo golpe, fincando a lança em seu esterno. Então o cavaleiro largou a arma, sacou uma maça e continuou matando.

Bellitz deu um rasante, como uma ave de rapina, e decapitou um inimigo com a grande espada. O sangue espirrou e manchou sua armadura dourada. Hild jogou o cavalo sobre os inimigos e saltou como um animal raivoso, machado e escudo em punho. Bateu com a borda do escudo num elmo, derrubando um inimigo. Caiu sobre ele e o finalizou com um golpe de machado na nuca, agachada, então destruiu o joelho de outro, fazendo um giro rápido com a arma.

Ruff ouviu a trombeta exótica e musical de seus novos aliados. O campo de batalha foi tomado por um grito de guerra rítmico, um canto misturado com prece, numa língua que ele não entendia. Havia apenas uma palavra que se destacava das demais:

— Jaffba! Jaffba! Jaffba!

Os guerreiros da Confederação dos Mercadores vestiam trajes brancos, com tecidos esvoaçantes, usavam cimitarras e pequenos escudos circulares. Eles avançaram pelo flanco esquerdo, seus movimentos rápidos desestabilizando a parede inimiga. Lutavam como se estivessem dançando: batiam com os escudos em cima, fintavam, golpeavam com as cimitarras embaixo ou nos lados, giravam, trocavam de oponente com seus irmãos ao lado. Os guerreiros de Sammelen nunca tinham lutado com eles, não sabiam como reagir àquele estilo.

Ruff bloqueou com o escudo os golpes de quatro soldados que atacavam ao mesmo tempo. Tirou o pé do estribo, chutou o rosto do primeiro. O homem cambaleou para trás, Ruff bateu com o escudo no segundo, girou o corpo na cela e deu um golpe de martelo longo e aberto no terceiro, acertando e quebrando seu ombro. Puxou as rédeas, o cavalo empinou e atingiu o rosto do quarto com um casco enorme, fazendo-o explodir em sangue.

Súbito, o flanco esquerdo brilhou com fogo azul. Os guerreiros da Confederação dos Mercadores tinham entre si um esquadrão especial, lutadores com olhos negros. Eram homens e mulheres imbuídos com o poder de Rocha Negra, o mesmo óleo que recobrira a cabeça do sábio viajante que Ruff recebera de presente de Jaffba. Eles tinham o poder da feitiçaria concedido pelo óleo. Os soldados de Sammelen queimaram e gritaram.

— Ruff! — chamou Hild.

Ele se virou a tempo de vê-la bloqueando um golpe de espada com o escudo. A guerreira empurrou a lâmina para o lado, abrindo a guarda do oponente, e atingiu-o do lado do estômago com o machado. Aquele era um inimigo fácil, não era por isso que Hild o chamava.

— Ruff, ouça os uivos!

No meio do clangor de espadas e armaduras, dos gritos e relinchos, do fogo, uma sinfonia de uivos e rugidos subiu de dentro das forças inimigas. Hild estava de olhos arregalados por baixo do elmo de crânio. Os guerreiros de Sammelen abriram espaço às pressas e ela se jogou no chão, rolando para o lado.

Então os bárbaros furiosos de Artus irromperam sobre as forças de Ghanor.

Um homem imenso, trajado apenas num saiote, pulou em Ruff. O rei caiu para trás, voando do cavalo e batendo com força no lodo, perdendo o fôlego. O bárbaro montou nele e rugiu de novo, mostrando dentes que tinham sido limados para ficar pontiagudos. Ele carregava dois machados pequenos e começou a golpear a armadura de Arcanium.

Por toda a volta, guerreiros enfurecidos, fora de controle, correram contra os cavaleiros. Jogaram-se até mesmo contra os gigantes e sua fúria era tamanha que não eram detidos por armas ou força superior. Eram dezenas, a elite de Artus, lutando sem método, com pura raiva.

O bárbaro bateu de novo e de novo no elmo de Ruff com os machados. Urrando de frustração, segurou as bordas do elmo e tentou puxá-lo. Ele cheirava a bebida e pelo de animais. Ruff bateu com o martelo em suas costas. O selvagem rugiu e fez ainda mais força. Uma nova pancada e ele só pareceu se enfurecer mais. O inimigo meteu os dedos por baixo do elmo, procurando pele e carne macia como um bicho. Ruff encolheu o pescoço. Calculou um golpe com a borda do escudo e bateu com toda a força nos olhos do outro. O bárbaro se ergueu por um instante, o supercílio estourado, a visão cheia de sangue. Ruff aproveitou a distração e agarrou seu pulso. Ele era forte, mas o movimento que o rei fez era mais poderoso: fácil, preciso, metódico, aprendido nas aulas de combate no mosteiro. Ele torceu o braço do inimigo, expondo o cotovelo, e então bateu com o martelo. A articulação se estilhaçou com um barulho horrendo, o homem gritou de dor enquanto seu braço se virou para o lado errado, numa fratura exposta.

A mistura de agonia e raiva fez ele rugir de novo, atordoado, então Ruff segurou o martelo com as duas mãos e o atingiu em cheio no rosto. Dentes voaram, o nariz afundou na cabeça do bárbaro, ele rolou para trás. Ruff ficou de pé, escorregando na lama e no sangue. Jogou-se sobre o homem, batendo de novo e de novo, o martelo de Arcanium ensopado de sangue.

Ouviu um urro diferente a seu lado — era Hild.

A guerreira estava entregue ao ódio, por dentro do elmo seu rosto estava travado numa máscara de raiva pura. Correu e saltou sobre um bárbaro, caindo com os dois pés em sua cara, curvando-se para atingi-lo nas costas com o machado. Mordeu-o na nuca, rolou e derrubou o homem. Deixou-o ferido no chão e atacou outro.

Então um rugido ainda mais alto se ergueu no campo de batalha. Não era um homem gritando como uma fera; era mesmo um animal. Por um instante, Ruff pensou, como um idiota, que alguém tinha trazido um bicho para o meio da batalha, algum tipo de animal treinado.

Então ele enxergou o homem-lobo.

Hild ficou estática por um momento. Quase distraída, enterrou o machado no pescoço do guerreiro que a enfrentava e olhou o guerreiro bestial.

Era um dos furiosos lendários de Artus, cuja ira era tamanha que deformava seus corpos, transformando-os em híbridos de humanos e animais. O homem-lobo erguia-se sobre as cabeças de todos os guerreiros, tinha quase o tamanho de um gigante. Seu tronco era enorme, desproporcional, coberto de pelos cinzentos. Uma cota de malha cheia de buracos cobria o corpanzil e pintura de guerra azul decorava seus braços e seu focinho. A cabeça era um misto de homem e fera, suas garras eram imensas nos dedos recurvados.

Ele rugiu de novo e matou dois cavaleiros com uma patada.

Ruff ergueu o martelo para enfrentá-lo, Hild correu na frente. O lobo atacou-a com uma garra, Hild abaixou-se, desviando do golpe, e atingiu-o na perna com o machado. O medo em seu interior só aumentou sua fúria, ela ouvia a batida do coração latejando em sua cabeça, a visão estava limitada como um túnel, enxergando só o lobo.

O golpe na perna não teve efeito, o machado não passou dos pelos. O homem-lobo atingiu-a com outra garra e jogou-a longe. Hild caiu sobre dois cavalos e cavaleiros que agonizavam numa pilha de aço e carne. O lobo se jogou contra ela. A bocarra se abriu, de repente ela viu o mundo todo sumir, tomado pela garganta e pelas presas do inimigo. Seu hálito quente e horrível preencheu as narinas. O lobo mordeu o elmo de ossos e Hild ouviu-o rachar. Sentiu a proteção apertando seu crânio, a cabeça começou a doer instantaneamente. O lobo então deu um repelão, puxando Hild para cima, pela cabeça. Sacudiu-a para quebrar seu pescoço, mas ela se segurou em seu pelo.

De repente, o homem-lobo foi atingido por um golpe monumental. O mangual de Johrgrund varreu-o para o lado, o bárbaro rolou na lama, soltando Hild. Ruff pulou sobre ele, mas a guerreira berrou:

— Ele é meu! Essa morte é minha!

Arrancou o elmo quebrado e Ruff viu seus olhos vermelhos, injetados, os dentes arreganhados. Ela era um retrato da ira e do orgulho.

Deteve o martelo.

Hild saltou com machado e escudo em punho.

O lobo abriu a boca para outra mordida, Hild enfiou o escudo entre as arcadas dentárias. Ele mordeu e o escudo rachou. Ela fez força para a frente, enfiou o metal quebrado e as lascas de madeira em suas gengivas, seu palato, deixando os pedaços do escudo presos. O lobo rugiu de novo, mas o rugido estava abafado pelo escudo.

Ele segurou as costas de Hild com as duas garras. Ela sentiu o impacto duplo, perdeu o fôlego. Sentiu que algo tinha perfurado sua pele, pelas frestas da armadura. O homem-lobo cravou as garras e começou a puxar dos dois lados.

Hild largou o machado.

Com as duas mãos, agarrou as lascas afiadas do escudo. Gritou de raiva e dor, enquanto sentia sua própria carne rasgando por baixo da armadura, sob o puxão do lobo. Puxou as lascas do escudo, inundando a boca do inimigo de sangue. Sua mente foi tomada pela imagem de sua vitória na arena, uma vida inteira atrás. Ela odiou o adversário inocente que matou naquele dia, odiou seus conterrâneos por terem-na abandonado, odiou Ruff Ghanor por tê-la salvado. Num frenesi de fúria por tudo que levara sua vida até aquela guerra imbecil e cheia de derrotas, Hild usou as lascas de madeira como armas, esticou os braços e cravou-as nos olhos do inimigo.

O homem-lobo gritou de dor e largou-a. Cambaleou para trás.

Hild viu aquele monstro e enxergou os gigantes que a tinham aprisionado e a forçado a lutar.

Pulou sobre ele sem armas, com as mãos e os dentes como se fossem garras e presas.

Ruff, lutando contra os bárbaros, viu aquilo e quase teve medo da fúria dela. E achou, apenas por um momento, que o semblante de Hild estava deformado, um pouco mais animalesco.

No instante seguinte, a guerreira estava sobre o cadáver do inimigo, coberta de sangue, gritando seu desafio. Matou mais um sem perceber, pegou um escudo e um machado de cadáveres pelo chão.

Ruff Ghanor teve um vislumbre do estandarte inimigo. Sabia o que fazer.

— Johrgrund! Bellitz! Comigo!

O gigante agarrou um bárbaro pelo pescoço. Levou-o à boca e destruiu o rosto com uma mordida, mas Ruff pôde ver que quebrou alguns dentes. Jogou o inimigo ferido para longe, precisou se apoiar num toco de árvore para recuperar o fôlego. Então deu um grito de guerra dos gigantes. Johrgrund sabia que, quando Ruff o chamava, chamava também seus irmãos.

Bellitz voou para Ruff, cortando inimigos por onde passava. Viu o cavalo do rei perdido no campo de batalha, empinando e pateando, e segurou suas rédeas na passada. Puxou-o e o animal obedeceu por instinto. Os dois chegaram até Ruff e não pararam. O rei colocou um pé no estribo do animal em movimento, segurou a sela e puxou-se, saltando para montar.

Os gigantes correram à frente, abrindo caminho, impulsionados por Johrgrund, que vinha atrás.

Um buraco se abriu nas fileiras dos soldados de Sammelen e Ruff avistou o estandarte do urso.

Seu coração disparou: lá estavam os anjos guerreiros. E, no meio deles, Mubruk Filho de Urso.

— *Ruff Ghanor!* — urrou o rei selvagem.

Os gigantes encontraram os anjos na batalha, a revanche da luta na fronteira. Mas eles não eram mais os mesmos: estavam em número maior, recrutados ao longo daquele tempo, e tinham sido treinados sem descanso por Johrgrund. Eram gigantes que sabiam lutar, que seguiam o manual *Filosofia de Combate*. Um anjo saltou com uma espada de duas mãos, pronto para cortar a garganta de um gigante do gelo. A criatura se abaixou, um instinto praticado e automático. Então se ergueu com um soco de baixo para cima, acertando o anjo em pleno ar. O inimigo não morreria daquele jeito, todos sabiam, mas ele voou metros para longe e o gigante pôde atacar um segundo.

— *Ruff Ghanor!* — repetiu Mubruk, cheio de ódio.

Desvencilhou-se de seus anjos e atacou.

O rei selvagem estava seminu, seu corpo musculoso parecendo prestes a estourar a pele. Correu para Ruff. Ele ergueu o martelo, mas Mubruk foi mais rápido. Agarrou o braço de Ruff e puxou-o do cavalo, derrubando-o no chão. O animal se assustou e, antes que qualquer um pudesse reagir, Mubruk segurou-o pela sela e arremessou-o contra Ruff.

Ruff rolou para se esquivar, o animal caiu com força, com um grito de dar pena. Bellitz atacou Mubruk, zunindo para ele com a espada em punho. Girou, a lâmina indo certeira contra a cabeça do selvagem. Mubruk ergueu o antebraço e defendeu-se, como se o golpe de espada fosse um mero soco ou chute. Bellitz continuou voando, passando por ele, e Mubruk virou-se rápido, conseguindo agarrar a ponta de sua asa.

Puxou e Bellitz perdeu o controle, vendo o mundo girar a seu redor. Mubruk arremessou-a contra Johrgrund, atingindo o gigante em cheio. Os dois caíram embolados, num pandemônio de lama e sangue.

Ruff estava de pé, correu com o martelo em punho e o escudo na frente do corpo. Mubruk virou-se e deu um soco no escudo, que reverberou com o impacto. Ruff golpeou com o martelo, atingindo as costelas de Mubruk, mas elas não quebraram. Era como bater em aço. Mubruk esmurrou o lado do elmo, um soco circular e selvagem, Ruff cambaleou para o lado.

— Você perdeu a guerra, Ruff Ghanor! Vai perder tudo!

Ele atacou com a mão em garra, Ruff levantou o escudo para bloquear. Bateu com o martelo no joelho do inimigo, mas também era sólido como a viga de um castelo.

— Você está lutando contra os próprios deuses, Mubruk! Eu sou o Devorador de Mundos! Por que insiste em lutar?

Mubruk Filho de Urso deu uma gargalhada.

— Não existe verdadeiro inimigo além dos deuses, imbecil! Você veria isso se não fosse covarde! Você vai obedecer até destruir este mundo de merda! Até chacinar todos os mortais, anjos e demônios! Só restarão os malditos deuses e seus santos!

Mubruk deu uma cabeçada no elmo de Ruff. O supercílio do rei bárbaro se abriu, mas ele não se importou. Ruff sentiu-se tonto com a pancada, suas pernas fraquejaram, seu equilíbrio não conseguia achar o chão.

— Você sabe que eu salvarei o mundo, Mubruk — conseguiu dizer. — Se realmente quisesse impedir a destruição, lutaria a meu lado!

— Ninguém vai salvar o chiqueiro que é este mundo! — Mubruk segurou Ruff sobre a cabeça e arremessou-o. Então correu para ele, atacando e continuando a falar: — Os deuses fazem o que querem! Sempre fizeram, sempre farão! Continuarão fazendo isso até morrer!

Ele deu um soco de cima para baixo. Ruff conseguiu sair do caminho a tempo, o punho de Mubruk se enterrou no chão até o cotovelo.

— Chega de se ajoelhar! — rugiu Mubruk. — Eu reinarei, matando e copulando, neste puteiro que é seu mundo! Por cima dos cadáveres dos deuses e das ruínas do Paraíso!

— Nós tornaremos o mundo verde e bom.

— O mundo vai ficar vermelho com o sangue de sua gente!

Mubruk Filho de Urso agarrou a espada enorme de um gigante, que estava caída no caos do campo de batalha, e fez menção de atacar Ruff. Mas, atrás dele, surgiu Johrgrund. O gigante segurou um de seus braços. Bellitz saltou e segurou o outro. Mubruk urrou, a guarda aberta. Ruff empunhou o martelo com as duas mãos e bateu com toda a força em seu peito.

Um estrondo imenso ensurdeceu todos num raio de centenas de metros. A audição então foi tomada por um apito agudo.

O peito de Mubruk estava afundado.

Mas o rei bárbaro continuou lutando.

— Nada pode me matar! — gritou Mubruk. — Nada, até o fim do mundo!

Ruff foi golpear de novo, mas Mubruk se apoiou em Johrgrund e Bellitz, ergueu as pernas e deu um coice violento no adversário. O martelo voou das mãos de Ruff, o rei foi jogado para trás.

Mubruk puxou um braço de Johrgrund e mordeu com força, arrancando um pedaço. Cuspiu, o gigante se recusava a soltar. Então o anjo gritou de esforço e jogou Johrgrund por cima de suas costas. O gigante caiu pesado no chão e Mubruk pisou com toda a força em seu pescoço.

Girou na lama e voltou-se para Bellitz.

Ela o soltou e estocou com a espada. A ponta entrou pela boca de Mubruk, atravessando sua nuca. Ele mordeu e a lâmina se quebrou.

Ruff viu aquilo e desejou o terremoto.

Mas hesitou.

Ele não conseguia devorar o mundo. Era difícil demais. Era fácil perder o controle. Era fácil destruir uma cidade, um exército, um reino. Ele quase tinha destruído tudo que existia.

O terremoto não chegou.

Mubruk bateu com as duas mãos fechadas nos dois lados da cabeça de Bellitz. Ela ficou tonta, seu nariz escorreu sangue.

Ruff atacou-o com o martelo. Mubruk deu uma cabeçada na arma, gargalhando, os olhos insanos. Com uma mão em garra, acertou o lado do elmo e Ruff caiu. Mubruk saltou com o punho preparado, pronto para um soco terrível, talvez mortal.

De repente, surgiu alguém no caminho do golpe.

Ruff mal conseguiu registrar quem era. Mesmo que notasse, não saberia reconhecê-la. Era apenas uma menina.

Uma menina alta e robusta, que nem tinha armadura, só um tabardo. Que não tinha nem mesmo uma espada de verdade. Que não deveria estar na batalha e sim na segurança do acampamento.

O punho de Mubruk atravessou o tronco de Lycna, sem que o rei santo jamais soubesse o nome dela. Ruff foi banhado pelo sangue daquela garota que quis morrer por ele, sem entender bem o que estava acontecendo ou quem era o inimigo. Ela só desejava dar a vida por Ghanor e seu desejo foi cumprido antes que ela aprendesse a lutar. Não sabia lutar, mas sabia ser soldada.

Ser soldado era fazer sacrifícios — o próprio rei dissera isso para um condenado.

Ruff viu aquele sacrifício sem entendê-lo. Mubruk se desvencilhou do cadáver da menina, esquecendo-a no mesmo instante. Ruff podia não saber quem ela era, mas sabia que sua morte não podia ser em vão.

— Recuar! — gritou o rei santo. — Ghanor, retirada!

As trombetas soaram, em resposta ao comando do rei. As forças de Ghanor fugiram, derrotadas.

Eles conseguiram uma retirada ordenada, pelo menos. Em vários pontos, Ghanor estava vencendo a batalha — mas o rei viu, naquele instante, que Mubruk e seus anjos poderiam progredir pelas tropas humanas assim que vencessem os gigantes e então seria apenas um massacre. O bom estado do exército permitiu que recuassem lutando, fechando os espaços, mantendo os inimigos ao largo. Sammelen perseguiu-os até um certo ponto, então Mubruk desistiu, para fixar seu domínio naquela região. Ghanor alcançou o acampamento e o rei deu a ordem para que todos fossem embora. As tendas foram deixadas pela metade.

Então Mubruk fincou o estandarte do urso em Ghanor e tomou metade do reino para si.

Fazia semanas daquela batalha quando Ruff e Bellitz finalmente conseguiram descansar. Pararam em Lago de Pó, a primeira cidade que Ruff conquistara, logo depois da destruição do mosteiro. Isso significava que estavam muito perto do Túnel Proibido. Ocuparam o antigo forte do barão, que Ruff já ocupara no passado. Estavam cercados por gigantes, veteranos, clérigos e soldados.

Mas Ruff nunca se sentira tão vulnerável.

Eles tinham sido obrigados a recuar bem mais do que Ruff gostaria. A capital estava mais para o nordeste e isso significava que era muito fácil que aquele exército ficasse isolado, impedido de defender a capital, seu caminho cortado pelas forças de Mubruk. Rumando para o sudoeste, Ruff tomara a decisão de defender o Túnel Proibido, mas podia estar sacrificando o reino todo. A cidade de Ghanor resistiria por bastante tempo sob um cerco, mas não para sempre. E, se o inimigo capturasse a capital, era inútil tentar montar uma resistência em Lago de Pó.

A verdade era que ele não estava acostumado a derrotas. Não tinha problema com sofrer golpes, precisar fazer estratégias, ter de se esforçar. Mas a guerra ia de mal a pior e não parecia haver muita esperança. As forças de Ghanor e de Sammelen tinham se encontrado e Mubruk levara a melhor. Ele, Bellitz e Johrgrund tinham lutado juntos contra o anjo e sido incapazes de vencê-lo. Áxia e os Cavaleiros do Caos nem tinham participado da batalha. Se nada mudasse, a guerra continuaria assim. Sammelen avançaria de pouco em pouco, matando alguns a cada retirada, até que chegasse ao Túnel Proibido.

Ele estava sozinho, um dos raros momentos de solidão a que tinha direito. Estava numa sala de guerra, debruçado sobre um mapa, mas não conseguia pensar. Não conseguia traçar estratégias ou raciocinar sobre o futuro. Só pensava na batalha, em como seu reino pertencia cada vez mais a Mubruk.

Ouviu batidas na porta. Antes que respondesse, Hild entrou.

— Se não for algo urgente, preciso... — Ruff começou.

— Eu vou embora, Ruff — a guerreira interrompeu.

Ruff olhou para ela como se não tivesse entendido.

— O que está falando?

— Eu preciso ir. Não adianta ficar aqui, lutando metro a metro, aldeia a aldeia, contra um inimigo que não pode ser vencido. Eu vou partir em busca da auréola. Já devia ter feito isso antes.

Ruff examinou o rosto de sua discípula. Hild era uma mulher agora, uma soldada experiente, uma das melhores guerreiras que ele já conhecera. Mas seu semblante estava desgastado. A orgulhosa Hild, campeã da arena, que não abaixava a cabeça nem para o rei, ultimamente só conhecia derrotas. Seus grandes feitos tinham sido minimizar as baixas em Kottar, conseguir recuperar alguns livros e derrotar furiosos de Artus antes de precisar fugir. A guerra estava acabando com seu espírito.

Mas ele não queria que ela fosse embora.

— Muitas pessoas estão buscando a auréola — argumentou Ruff. — Ela vai surgir. Então Mubruk poderá ser morto. Só precisamos resistir até lá.

— Mas não estamos resistindo, Ruff! A guerra é inútil. Nem sabemos se ainda teremos contato com a capital. Nossas linhas de suprimento...

— Temos gigantes. Vou mandar Johrgrund até a capital para garantir que o caminho não seja cortado.

— Isso é só um paliativo! Gigantes morrem! Todos nós morremos. Quantas garotas adolescentes Mubruk precisa matar com as próprias mãos antes que você entenda que não pode soterrá-lo com cadáveres?

O comentário atingiu fundo. Ruff deixou-se desinflar na cadeira. Estava muito, muito cansado.

— Desculpe, Ruff, mas não sou como você. Não consigo ser otimista. Você pode se fechar em sua tenda com sua amante enquanto estamos em guerra, mas eu nem consigo dormir direito!

Ele pensou em como ela não o conhecia de verdade. Em como ninguém o conhecia de verdade.

— Eu cresci sob um tirano — disse Ruff. — Se você não vivesse normalmente sob ameaça de morte, nunca iria viver.

— Eu cresci num salão de guerreiros! Não aguento mais recuar! O modo de Artus é vencer ou morrer!

— O modo de Artus é imbecil!

— Que seja, mas não aguento mais o modo de Ghanor!

Os dois ficaram se encarando.

— Não quero que você vá embora porque já perdi gente demais. Não passa um dia sem que eu pense em Korin e Dunnius. Não sei o que vai acontecer com Bellitz.

— Lamento, Ruff, mas você não pode tomar essa decisão por mim. Morrer é uma escolha minha.

— Você está escolhendo morrer?

— Estou escolhendo tentar vencer. Vou em busca da auréola de Mubruk, e vou encontrá-la ou morrer tentando.

Ele se ergueu. Hild estava séria, quase irada. Mas Ruff foi até ela e a abraçou forte.

— Eu confio em você, Hild.

— Eu preciso confiar em algo maior do que eu mesma.

As palavras de Dianna ao longo dos anos giravam na cabeça de Hild. Ela soube que precisava da amiga.

No forte, Ruff e Bellitz finalmente tinham uma cama de verdade.

Mas Ruff não conseguia dormir.

— Se vai passar a noite em claro pensando em algo, garoto-cabra — disse o prior —, pelo menos que seja na garota que morreu para salvar sua pele.

Ele se ergueu na cama. Bellitz não estava lá, como sempre. Seu velho mestre estava sentado num canto do quarto. O semblante barbudo tão severo quanto ele lembrava.

— Muitos soldados morrem numa guerra — Ruff retrucou.

— Mas ela não era soldada, era? Não ainda. Era uma menina que usava um tabardo e uma espada de madeira.

— Ela não tinha nem permissão de estar ali. Foi à batalha escondida.

— E isso o isenta da culpa de alguma forma? Depois que você a fascinou com o jeito como convenceu um pobre diabo a se entregar para uma execução?

Só então Ruff lembrou. Aquela menina era a mesma que tinha observado o enforcamento do prisioneiro. Ele não sabia o nome dela, mas tivera a impressão de já tê-la visto. Ele também não sabia mais o nome do prisioneiro.

— Vai me acusar de ser um tirano de novo? — disse Ruff. — Vai dizer que sou como Zamir porque fiz a lei ser cumprida?

— Você não é como Zamir porque fez a lei ser cumprida. É como Zamir porque fez sua vontade ser cumprida.

Ruff ficou em silêncio.

— Qual lei existe nesta terra, exceto a vontade de Ruff Ghanor? — vociferou o prior. — O rei justo, o rei bom, o rei santo! Com poder secular e religioso! Será que existe algo que não vai se curvar à vontade do rei?

— Eu tento salvar o mundo. Já lhe disse isso, anos atrás. Você nunca precisou lidar com algo tão grande.

Ruff lembrava da última conversa que tivera com o prior, quando ele o acusara de ser um tirano. Daquela vez, tinha sido um sonho. Bem diferente desta vez. Agora Ruff tinha certeza de que tudo era real. Mesmo assim, o prior parecia lembrar do sonho de Ruff.

— Claro, talvez você consiga mesmo salvar o mundo, garoto-cabra. Está conseguindo! Os demônios estão morrendo de fome, porque nos reinos que você domina a justiça impera. Enquanto você puder controlar tudo pessoalmente, com mão de ferro, este será um mundo verde e bom.

— Do que está me acusando, então?

— Não o estou acusando. Estou acusando seu filho.

Ruff sentiu o estômago descer. A desaprovação de seu mestre, mentor e pai era insuportável. Ele não entendia.

— Meu filho...?

— Você vai ter um filho, não? Um dia. Reis precisam de herdeiros e você é um rei. Está tentando convencer um anjo a ser sua rainha! Seu filho vai crescer como o príncipe herdeiro de vários reinos. Talvez de todos os reinos! Você é um tirano benevolente, um Zamir que abraça seus súditos antes de mandá-los para morrer. Mas você foi criado num mosteiro. Será que seu filho será tão justo, sendo acostumado desde sempre a uma guarda de heróis e gigantes? Será que conhecerá a humildade, sendo paparicado por servos?

— Você só surge para roubar minhas conquistas.

— Não. Eu dou as caras quando você precisa notar que suas conquistas não são tão limpas quanto você acha. E não venho fazendo um bom trabalho! Você não melhorou em nada.

— Kottar ficou em paz desde que tomei o poder. Apenas Mubruk trouxe a guerra de novo.

— Claro que ficou. Eu nunca disse que não ficaria. Mas onde estavam os livros em toda essa paz, garoto-cabra? Nos mesmos porões onde você os trancou tantos anos atrás? Por que o Irmão Niccolas teve de arriscar a vida para fazer uma pesquisa?

Ele não respondeu. Mesmo depois de tanto tempo, era incapaz de entender o estilo de liderança do prior. Considerava-o o melhor dos mestres, mas aquilo era só cruel. O prior desfazia suas vitórias, espezinhava de suas derrotas e predizia tragédia em seu futuro.

— Talvez eu seja Zamir — disse Ruff. — Mas você também é. Não passa de um tirano, embora com pouco poder. Tinha o controle sobre um mosteiro e uma aldeia e lá era como Zamir. Decidia quem era ou não punido por assassinato. Mandava sobre o destino de todos, como se fosse um deus!

— Estranho que você tenha demorado tanto tempo para perceber isso, garoto-cabra. Viveu sob tirania, combateu um tirano e se tornou um tirano. A essa altura, já deveria ter se dado conta de que os tiranos não duram. O mosteiro foi queimado porque fui injusto com Áxia. Zamir foi transformado em humano quando resolveu atacar a aldeia errada. E você? Qual será sua queda? Qual erro levará a ela?

— Não posso ser perfeito! Mesmo que eu cometa um erro, pelo menos vou tentar!

— É impossível fazer tudo sozinho. Por isso, em vez de benevolência com mão de ferro, você precisa de leis. Por isso, em vez de um santo capaz de vencer sozinho um exército, você precisa do que está nos livros. Por isso, em vez de contar com o sacrifício de uma menina, você deve vencer seu inimigo com conhecimento.

Ruff não falou nada.

— Foi a última coisa que eu lhe disse antes de morrer, garoto-cabra, e você a esquece tanto!

— Eu não lembro mais...

— É claro que lembra. Está lembrando agora. "Erudição. Na erudição você achará algo. Não posso mais guiá-lo; já fracassei. Entregue-se à erudição e, com ela, derrube o tirano."

Ele passou um momento em silêncio.

Então:

— Eu... Entendi. Acho que finalmente entendi.

"Entregue-se à erudição e, com ela, derrube o tirano."

O tirano podia ser Zamir, podia ser Mubruk. Podia ser o prior.

Ou podia ser ele mesmo.

Ruff acordou sobressaltado. Bellitz estava ali, lendo à luz de velas.

— Eu sei o que fazer — ele disse.

Convocou servos para que escrevessem e repassassem suas ordens.

A primeira ordem foi reunir os maiores sábios e filósofos de todos os reinos, para que preparassem um documento. Algo que ditasse a lei, um guia que teria autoridade maior que qualquer monarca, até ele mesmo. Algo que garantisse que a vida dos plebeus não estaria sujeita aos caprichos da nobreza.

A segunda ordem foi vasculhar os livros que tinham sido recuperados em Kottar e trazer os alquimistas daquele reino que estavam em Ghanor de volta à pesquisa. Desta vez, para um único fim: achar uma arma capaz de vencer os anjos.

Ruff não falou para ninguém, nem mesmo para Bellitz, a conclusão a que tinha chegado. Era possível proteger o reino e o Túnel Proibido ao mesmo tempo, desde que ele fizesse a coisa certa. As palavras do prior retumbavam em sua mente:

"Derrube o tirano."

E o que ele mesmo tinha falado:

"Ser soldado é fazer sacrifícios."

Sacrifícios como abrir a mão de ferro e permitir que o reino se governasse sem ele, mas pela lei. Sacrifícios como ter uma rainha sábia e justa, mesmo que ela não o amasse. Com aquelas ordens, com uma rainha, Ruff Ghanor começou a preparar sua morte.

28 | A batalha oculta

— VOCÊ GOSTA DE estar de volta a suas terras? — perguntou Áxia.

Era estranho para ela e para Zamir viver daquele jeito. Eles tinham ocupado uma pequena aldeia, erigido tendas para os soldados e tomado casas para si mesmos. Era bem menos do que o tirano possuía quando dominava Ghanor, mas melhor que os acampamentos provisórios onde viviam durante a maior parte da guerra. E para Áxia era uma lembrança dolorida da infância na aldeia.

Todos ali, até mesmo os trigêmeos, estavam mais à vontade com a rotina militar. Ela e Zamir eram os estranhos, sentiam-se bem ocupando castelos, não no meio dos guerreiros. Era esquisito viver daquele jeito, mas aquilo não duraria muito tempo. A guerra estava quase vencida. Em breve, Zamir governaria de novo suas terras, os deuses não poderiam mais interferir.

Em breve, Ruff estaria livre para ficar com ela e seus filhos. Talvez governando Mattora, Utteria e Vammira. Talvez governando Ghanor, se Zamir se voltasse contra eles. Ela estava tranquila, pois em breve seriam uma família. Por isso podia amaciar seu mestre com palavras de encorajamento.

— Não estarei de volta de verdade enquanto houver um rei aqui — disse Zamir, com desprezo.

Áxia controlou um suspiro. O amargor do dragão caído era cansativo. Nada além da morte de Ruff iria satisfazê-lo. Nada além de voltar ao que era antes.

— É apenas questão de tempo, meu mestre — ela disse, com suavidade, chegando mais perto dele. — Um dragão não tem paciência? Quando tudo isso acabar, vamos dividir o mundo entre nós. A quem acha que a nobreza do mundo todo vai se voltar? A nossos filhos, meu mestre. O Devorador estará morto, os deuses estarão mortos e todos os reinos estarão sob nosso controle. Não sente orgulho? Por ver seus filhos sentando nos tronos que governam o mundo? Por ver seus filhos matarem os próprios deuses?

Manter a mentira de que os Cavaleiros do Caos eram filhos de Zamir era um trabalho de precisão e resistência. Mas ela era boa em esconder o que fazia, o que sentia. Por dentro, planejava ficar com Ruff, sem que houvesse Korin, deuses ou um anjo para interferir. Por fora, falava em matá-lo.

Zamir engoliu em seco.

— Eles são meus, não? — disse o tirano caído, com voz áspera. — Diga que eles são meus filhos.

— Eles são seus filhos, meu mestre.

— Você esteve com ele...

— Para fazê-lo trair o amor do anjo — Áxia interrompeu. — Isso foi há tanto tempo! Foi tudo para trazer Baal. Foi algo que deu errado. Mas agora temos algo que deu certo, que deu muito mais certo do que jamais imaginamos. Nossos três filhos. Nossa maior criação.

Um dragão não sentia amor ou orgulho por seus filhos. Em todos aqueles anos, ele mal trocara duas palavras com os trigêmeos, apenas os vira como ferramentas. Desde o início, desde que planejara a gravidez da Dama de Ferro, a ideia sempre fora criar armas para reaver seu poder político. Não era nenhuma ligação emocional que o fazia querer a confirmação. Era algo muito mais egoísta.

Zamir respirava pesado. O medo primordial que ele sentia o afetava como se fosse um mero mortal. Ele não sabia de tudo que a bruxa fizera. Não sabia que ela tinha surgido no quarto de Ruff, muitos anos atrás, ainda grávida, para dizer que os bebês eram dele. Não sabia que, ao matar Korin, ela propusera que Ruff se juntasse a ela e aos garotos, numa família. O medo não se baseava em nada concreto além da única vez em que Áxia se deitara com Ruff depois da adolescência dos dois. Era algo primitivo, instintivo, a necessidade de saber que os filhos eram dele.

Mas o dragão caído tinha outro motivo para querer aquela confirmação.

Se Áxia falasse a verdade, Philip Anselmus, Ozz de Osbourne e Aliss McCooper eram sua prole e seriam reis.

Se ela estivesse mentindo, os três seriam a chave para reaver sua forma de dragão.

— Você sabe o que eu pesquisei por 20 anos — ele segurou com força o antebraço envolvido por uma braçadeira metálica. — Sabe o que descobri. Se eles forem sangue do homem que me condenou a esta forma, terei de sacrificá-los. O sangue da progênie de Ruff Ghanor é a chave para que eu seja de novo um dragão.

— Se matá-los, estará apenas matando seu futuro, Zamir. Estará matando os Devoradores dos Céus. Eles são seus. São nossos. Acha que eu arriscaria meus filhos assim, caso fossem fruto de uma traição? Acha que eu iria deixá-los sob suas vistas?

O tirano soltou-a. Os dois ainda estavam bem próximos.

— Sua mente funciona de maneiras que ninguém compreende, Dama de Ferro.

— Você compreende, meu mestre. Falei o que sempre quis na primeira vez em que nos encontramos, quando eu ainda era uma criança. Eu lhe disse que os servos dos santos e dos deuses tinham matado minha mestra, humilhado minha mãe e sido inúteis para salvar meu irmão. Disse que eu queria poder sobre a morte, para nunca mais temer por aqueles que amo. E isso era tudo. Continua sendo tudo. Você me deu a imortalidade, me deu três filhos imortais. Eu já tenho o que quero. Só nos falta matar o Devorador para proteger nosso mundo. Matar os deuses para que eles não mais nos ameacem. E obter os tronos para que você volte a governar.

Ela falava de um jeito simples. E tudo se encaixava. Zamir reconhecia nos trigêmeos as características dracônicas. Os olhos fundos, os sorrisos grandes demais, que pareciam ter presas. A personalidade de réptil, calculista e paciente. Eram filhos dele. Claro que eram. Só fazia sentido que fossem.

— Tudo que Ruff fez é transitório — disse Áxia. — Você sabe que vamos vencer. Ele será derrotado de novo e de novo. E logo a capital do reino cairá.

Os olhos de Zamir brilharam. Era o que ele queria. O fim do legado de Ruff Ghanor.

Após a batalha perdida em que Mubruk conquistou metade de Ghanor, Ruff montou uma corte em Lago de Pó. Enviou parte do exército para a capital e deixou duas fortalezas entre os dois lugares guarnecidas para resistir às tropas de Sammelen. Era um jeito lento, paciente, enervante de fazer guerra. Mas era necessário para que sua jogada final funcionasse. A vida em Lago de Pó se tornou quase normal, enquanto eles tentavam resistir ao avanço de Sammelen ao longo do tempo.

Mubruk avançou em cerca de dois anos — também era paciente. Sammelen abriu caminho em direção à capital e, por fim, sitiou suas muralhas. Ruff ficou sabendo disso por cartas entregues por mensageiros. Sua cidade estava prestes a cair e ele não podia estar lá. Não era o foco da guerra. A conquista avançava de aldeia em aldeia, castelo em castelo.

Naqueles últimos anos, não havia civis, só combatentes. Cada plebeu sentiu os efeitos da guerra, lutou em grandes batalhas ou em escaramuças contra soldados desgarrados numa aldeia. Com tabardos que exibiam brasões ou em andrajos de aldeão, cada homem, mulher e criança travou sua própria guerra.

Ruff não estava indefeso. Carregava consigo todas as tropas de Ghanor, Kottar, Mattora, Utteria e Vammira, além de um bom contingente de Zibrene e da Confederação dos Mercadores. Clérigos e ordens de cavaleiros sagrados. Elfos e gigantes. Liderando aquele verdadeiro reino móvel, uma nação voltada para a guerra, marchando para o inimigo, estavam o rei e o anjo, protegidos pela Companhia do Cão e o General Urko. Os Gladiadores de Hild, muitos já velhos, não tinham mais sua comandante, que partira para procurar a auréola de Mubruk. Tinham escolhido um dos seus como líder. Seus corpos não eram mais tão rápidos ou fortes, mas eles tinham mais técnica e experiência que qualquer lutador vivo.

O restante do exército, a mistura de guerreiros de Ghanor e de toda parte, chamava a si mesmo de Hoste Imortal. A história que dera origem a esse nome, quando o rei afundara suas tropas na terra para que os soldados não morressem queimados, tinha ficado para trás há muito. Mesmo os veteranos que tinham lutado naquela batalha já haviam esquecido parte da verdade, misturado as lendas com suas memórias, e não sabiam bem dizer se tinham morrido e voltado à vida ou se foram apenas alguns instantes soterrados.

Nada era impossível quando o rei era um santo.

Boa parte da Hoste Imortal era composta de plebeus recrutados mais ou menos à força, alguns jovens demais ou velhos demais, de aldeias pelo caminho. Mas, desde que a guerra começara, centenas de garotos apavorados tinham se tornado soldados empedernidos, alguns chegando a sargentos e pelo menos um punhado de capitães.

A guerra transformava todos.

Também tinha transformado Ruff. No início ele realmente acreditara no plano de conquista, no ideal de espalhar justiça pelos reinos. Tinha conseguido fazer isso em Kottar. Mattora, Utteria e Vammira não tinham chegado a experimentar a justiça do novo rei antes de ser tragados para mais uma guerra. Mas agora Ruff não sabia se ainda possuía capacidade para a justiça. O documento legal que os sábios escreviam, para regular o reinado de todos os monarcas de Ghanor dali em diante, era uma boa garantia e ele rezava para que os deuses aceitassem aquilo. Porque ele não aguentava mais. A guerra, o recuo constante e o atrito com Mubruk tinham transformado seus ideais em pura inimizade. Ruff não conseguia pensar em acolher o povo de Sammelen depois da vitória, levá-los ao caminho verde e bom que os deuses exigiam. Apenas odiava Sammelen, só queria que todos os seus habitantes morressem.

A tarefa de salvar o mundo ficaria para Bellitz. Ele mesmo achava que precisaria morrer para garantir a vitória. Pelo menos seria uma vitória definitiva.

Ele sabia que o grande objetivo de Mubruk era o Túnel Proibido. Por isso recuara até Lago de Pó. Ele precisava arrastar a guerra até que alguém achasse a auréola do inimigo e então preparar o embate final. Mas a busca sagrada se estendia há anos e tudo que ele conseguira fora perder heróis. Perder Hild.

A guerra seguia lenta, com Sammelen ganhando território aos poucos e Ghanor tendo poucas vitórias.

Tudo isso mudou quando um batedor chegou a Lago de Pó depois de dias sem dormir. Exausto, quase desmaiando, ele entregou uma mensagem:

— Mubruk está vindo.

Ruff chamou clérigos para ajudá-lo e servos para lhe dar água. O homem não aceitou nada até que tivesse terminado de falar.

Mubruk estava chegando e trazia a maior parte de seu exército. Em duas ou três semanas ele estaria lá, com a Guarda do Urso, os furiosos de Artus e todo o contingente mais temido do inimigo. O rei estremeceu. Eles já tinham perdido aquela batalha. Contra menos inimigos tinham sido forçados a recuar até Lago de Pó. Era cedo demais, eles ainda não possuíam a auréola de Mubruk. Fosse pela razão que fosse, o rei bárbaro decidira mudar de estratégia. Deixar a conquista paulatina em nome de uma incursão maciça.

Na mesma hora, Ruff começou a dar ordens e chamou um conselho de guerra. Mandou que clérigos rezassem para que as palavras do rei fossem levadas pelo vento até os ouvidos dos generais distantes: eles deveriam sair de suas posições defensivas para atacar a coluna de Mubruk, dificultar sua passagem até Lago de Pó ou pelo menos atrasá-la. Ruff achou que poderia ter de usar o poder do terremoto e, se fizesse isso, seria com seus guerreiros por perto. Tudo que ele não queria.

O que restava de Ghanor sob a bandeira do leão se mobilizou para atacar as tropas de Sammelen.

Ruff deu então a ordem mais difícil de todas: evacuar Lago de Pó.

Em alguns dias, toda a população da cidade colocou em carroças, cavalos ou nas costas tudo que conseguia carregar e deixou seus lares para trás. Ruff sabia que estava condenando parte daquela gente à morte. Mas deixá-los em Lago de Pó era pior: a pequena cidade não conseguiria resistir a um cerco de Mubruk e eles morreriam inutilmente.

Não havia mais cidades para as quais recuar. Algumas aldeias, lugares onde se podia montar acampamento, mas nenhum lugar grande o bastante para acolhê-los. Mubruk estava forçando o embate final bem antes do que Ruff gostaria.

E a capital estava sob cerco.

Assim, Ghanor mais uma vez se ergueu e marchou para trás. Eram milhares e milhares de soldados, plebeus, mercadores, nobres. Guerreiros empedernidos, gigantes e elfos se misturavam com viúvas que mal conseguiam se mover e crianças que choravam sem parar.

Por cima de todos voava o estandarte do leão.

O rei fez seu cavalo parar. Urko deu uma ordem que foi repetida pelos toques de trombetas e se espalhou dezenas de vezes pelo exército. Mantendo o passo com Sua Majestade, a nação em armas parou também. Assim era a vida de um rei em fuga: cada gesto não afetava só seu corpo, mas era repetido milhares e milhares de vezes.

Bellitz pousou ao lado dele. Travou os olhos nos dele, com expressão determinada.

— No que está pensando? — perguntou o anjo.

— Em onde decidiremos o destino do mundo.

À frente deles se descortinava uma planície, entrecortada por bosques e algumas colinas escarpadas. À distância, a grande Floresta Sombria. Ruff já atravessara aquela floresta com um povo, infinitos anos atrás. Nunca imaginara que teria de repetir a viagem no sentido contrário.

— Mubruk sabe que estamos em desvantagem — disse Ruff. — Resta saber se vamos nos encontrar perto do Túnel Proibido ou antes.

— Você realmente não acha que ele não vai atacar a capital pessoalmente?

— Mubruk deve ter se cansado de esperar. Se ele ouvisse outros nobres, poderia mandar o exército principal para Ghanor e só então atacar Lago de Pó. Assim conquistaria o reino de verdade. O que seria ótimo para nós, porque mesmo com ele liderando o cerco, Ghanor demoraria a cair. Poderia nos dar tempo de encontrar a auréola dele. Mas Mubruk não precisa disso. Ele quer continuar vivendo. Ser rei para ele é só uma fase. Ele já foi cultuado como um deus, já foi escravista. Se a vida de rei ficar tediosa ou desconfortável, ele vai escapar para recomeçar em outra parte, onde possa intimidar e dominar pessoas de alguma outra forma. Mubruk pode colocar fogo em Sammelen se achar que isso vai trazer alguma vantagem.

— Existe algo que você não está me contando, Ruff. Não há razão para recuar dessa forma.

— Lago de Pó não resistiria...

— Lago de Pó também não vai resistir se lutarmos em campo aberto. Qual é o plano?

Aquela era uma repetição de uma conversa que eles já haviam tido várias vezes. Era mais urgente, pois enfim estavam numa situação de que não havia volta, quase frente a frente com a força inimiga principal, mas aquelas realidades rodavam na cabeça de todos no círculo interno de Ghanor há pelo menos um ano.

Ruff parecia estar bem certo de algo. Parecia ter um jeito de enfrentar o inimigo. Só precisava de tempo.

Bellitz calou-se, frustrada. Era necessário confiar em seu amor, seu rei, seu general, mesmo que houvesse entre eles uma mágoa crescente. Com certeza ele pensava no bem de todos. Mas, agora que ela vivia no mundo mortal, confiança cega fazia cada vez menos parte de sua personalidade.

— Vamos atravessar a Floresta Sombria — disse Ruff, como se isso fosse uma resposta. — Conhecemos o terreno, teremos uma boa vantagem tática.

— Prometa que você está mesmo pensando no bem de *todos* — disse Bellitz.

— Prometa que, se algo acontecer comigo, você continuará a missão.

— Ruff, eu...

— O povo depende de nós, Bellitz. Você deve ser a rainha, mesmo que não queira ser *minha* rainha. Você é imortal, deve continuar a missão.

Ela suspirou.

Colocou a mão sobre a dele.

— Eu serei sua rainha, Ruff Ghanor.

Havia duas ausências doloridas entre eles. Hild buscava a auréola e podia estar em qualquer lugar. O gigante Johrgrund lutara em mais algumas batalhas, mas finalmente a idade o tinha alcançado. Fora uma resistência gloriosa contra o avanço inexorável dos anos, mas enfim Johrgrund não podia mais liderar os gigantes. Havia alguns outros, principalmente gigantes do gelo, que eram civilizados o bastante para assumir a liderança. Dois deles até mesmo tinham desenvolvido rudimentos de leitura e podiam entender algumas coisas do livro *Filosofia de Combate*. De qualquer forma, Johrgrund voltara à capital. O gigante mais velho de que se tinha notícia agora descansava no castelo.

Ruff estava pensando em Johrgrund, quando Bellitz lhe dirigiu um olhar que o tirou de seu devaneio. Ele deu um sorriso um pouco triste. Estavam todos na tenda de comando, razoavelmente aquecidos pelo braseiro no centro. A comida era escassa, mas pelo menos havia almofadas onde sentar. Urko contava bravatas sobre batalhas antigas.

— E a Rainha Bellitz? — perguntou Urko. — Qual foi a primeira grande vitória de Vossa Majestade como guerreira?

Bellitz foi tomada por um sentimento de embaraço e nostalgia. Não era rainha ainda — não formalmente. Mas comandava como uma. Urko não via diferença.

— É difícil dizer... Difícil fazer vocês entenderem. Eu estava, bem, eu estava numa margem da existência. Outros dois anjos estavam comigo. Quer dizer, não éramos ainda indivíduos como um humano compreende, mas éramos conceitos separados. Estávamos vigiando a margem. Quando percebi, os outros dois tinham sido devorados por uma serpente do esquecimento. Nunca mais ninguém lembrou dos nomes deles ou de suas funções. Não sei se eu era sua comandante ou se algum deles era meu superior. Sei apenas que me vi sozinha contra a serpente e tive de enfrentá-la. No fim, triunfei. Sem ninguém para me ajudar, sabendo que não restaria traço de mim se fosse derrotada, venci. Depois disso eu finalmente me senti uma guerreira.

— Diabos — disse Urko. — Eu achava que minha história sobre matar um chefe bandoleiro era boa.

Todos eles riram. Urko pediu explicações sobre o que era uma serpente do esquecimento, mas sua mente de mercenário não era feita para assuntos tão metafísicos.

— E o rei? — perguntou Urko. — O General Korin não contava histórias de Vossa Majestade. Qual foi vossa primeira grande vitória como guerreiro?

Ruff franziu o cenho.

— Eu tinha esquecido disso. Mas havia um morto-vivo. Por São Arnaldo, havia um morto-vivo, como pude esquecer? Seu nome era esquisito. Kyrshian, Karliax, algo assim. Ele invadiu o mosteiro com as tropas de Zamir. Nós o enfrentamos num depósito. Não, numa biblioteca! Para proteger os livros! Nós o enfrentamos. Eu usei o poder do Devorador.

— O General Korin estava com Vossa Majestade? — perguntou Urko.

— Não, era... — Ruff deixou a voz se esvair.

Ficou calado.

— Áxia já tinha nos traído — ele falou, enfim. — Mas eu não sabia. O ataque era culpa dela, mas ela me ajudou contra o morto-vivo. Não sei como pude esquecer isso. Acho que não foi uma vitória tão grande, afinal.

— Vamos dar a muita gente sua primeira grande vitória, quando atravessarmos a floresta — Urko mudou de assunto.

Ruff pensou no que Áxia estaria fazendo naquele momento.

O exército já estava inteiro dentro da Floresta Sombria. Havia um pequeno rio que passava pela floresta — seria fácil atravessá-lo com um contingente pequeno, mas era um desafio com tantos milhares. Ruff, Bellitz e os outros comandantes supervisionavam a travessia. Os primeiros a atravessar carregaram cordas longas, que amarraram em árvores na margem oposta. Então começou o demorado processo da passagem de um exército e uma população, com água na altura do peito, segurando-se nas cordas para que não fossem levados pela correnteza. Os cavalos passaram mais ou menos sem problemas, os gigantes carregaram carroças cheias de equipamentos sobre as cabeças. Para acelerar o processo, pequenas balsas foram construídas, flutuando de margem a margem para levar os itens menos frágeis.

As equipes de engenheiros de guerra e alquimistas de Kottar vigiaram de perto o transporte das novas armas. Somente os gigantes podiam carregá-las, eram pesadas e incômodas. O que havia de mais precioso em todo o exército eram os grandes sacos que as acompanhavam. Ruff viu os alquimistas desesperados, tentando argumentar aos gritos para que os gigantes tivessem cuidado. Aqueles sacos não podiam se molhar.

Seriam dias de travessia. Tudo durava dias com um contingente daquele tamanho. Por estar na floresta, eles estavam mais espalhados do que Ruff gostaria. As árvores eram coníferas altas, distribuídas por colinas e depressões. Era fácil para um pequeno grupo seguir em frente, achando que acompanhava o grupo principal, e se perder em elevações e rochedos, desviando-se de alguma árvore maior ou buscando uma trilha mais aberta. Os sargentos trabalhavam duro para manter todos na linha, mal dormiam e faziam contagens periódicas. Qualquer tipo de discrição era impossível, então as trombetas eram frequentes, para chamar os pelotões ao centro, sinalizar posição e comunicar que tudo estava bem entre as diferentes companhias.

Tudo ficava pior por causa do frio.

Ruff tinha a impressão de que, em toda a sua vida, sentira calor genuíno meia dúzia de vezes. Era um truque da memória, é claro, mas todas as coisas importantes pareciam acontecer no frio. O rio estava gelado, não o suficiente para congelar, mas o bastante para intimidar os plebeus.

O vento era forte e afiado, zunindo por entre as árvores. Caía uma neve fina e intermitente. Ela não chegava a se acumular direito, eram flocos minúsculos que às vezes viravam gotículas e às vezes se solidificavam em granizo ou desapareciam completamente no ar. Mas a neve bloqueava a visão com a neblina branca e espessa. Neve vinha de todos os lados, carregada pelo vento, e logo todos estavam brancos e úmidos.

As trombetas soavam num ritmo constante, avisando que tudo estava bem. Era a única garantia disso, pois era impossível enxergar os flancos do exército através das árvores e da névoa.

Exceto por isso e pelo barulho infernal das tropas, a Floresta Sombria estava quieta. O vento fazia um efeito esquisito, deixando uma impressão de silêncio apesar da tagarelice, das ordens, dos rangidos e dos grunhidos de milhares de guerreiros e cidadãos em fuga.

Então Ruff escutou algo estranho.

Não sabia dizer o que era, apenas que era bizarro e familiar. Ele já ouvira um som parecido antes, mas não lembrava onde nem como.

— Alerta! — ele disse para Urko, sem esperar uma confirmação.

O general soou uma trombeta, que interrompeu todos os outros barulhos. Então outras trombetas repetiram o sinal. Os soldados pararam tudo que estavam fazendo. Capitães e sargentos começaram a latir ordens, colocando seus homens em posições de combate. Plebeus foram empurrados em grupos compactos, para que não se perdessem e não atrapalhassem. Aqueles que atravessavam o rio se apressaram, encorajados pelos sargentos do outro lado.

— O que houve, Ruff? — perguntou Bellitz.

— Eu não sei — ele disse. — Não sei o que é. Mas sei que estamos em perigo.

Ele colocou o elmo, agarrou o martelo.

As trombetas ressoaram de novo. Ao redor dele, sumindo na névoa, os soldados entravam em posição.

O barulho estranho continuava. Ruff não sabia o que era.

Até que um recruta anônimo falou:

— A água do rio está estranha.

Ruff então percebeu.

A correnteza tinha se invertido. O rio estava correndo ao contrário.

A água começou a transbordar das margens.

— É a Dama de Ferro! — gritou o rei. — Preparem-se para o ataque!

No mesmo instante, o grito de guerra de milhares de inimigos irrompeu pela floresta, por todos os lados, enquanto eles saíam do meio das árvores, da cobertura da neblina. A Hoste Imortal foi atacada por quatro cantos, de surpresa, hordas de inimigos a pé e a cavalo investindo antes que Ghanor pudesse fechar as paredes de escudos.

Ruff empinou o cavalo e gritou uma ordem. Mas sua mente não estava com os soldados. Ele estava procurando Áxia.

Ouviu a voz de seu antigo amor em sua mente:

— *Hoje é o dia da conquista, Ruff. Sua cidade está morrendo.*

Johrgrund andou em círculos pelo pátio do castelo, apoiado na bengala feita de tronco de árvore. Era um hábito maluco de homenzinhos idiotas. Andar de um lado para o outro sem ter de chegar a lugar nenhum só fazia sentido para eles. Mas os clérigos insistiam para que o gigante se movimentasse, então Johrgrund obedecia, só para calar sua boca.

Ele precisava admitir que se sentia melhor nos dias em que fazia algo — qualquer coisa, até mesmo andar em círculos — do que quando só ficava jogado, comendo e bebendo. Era muito mais confortável comer e beber, mas de alguma forma isso o deixava ainda mais cansado. Johrgrund às vezes tentava treinar, mas havia poucos que pudessem ser seus parceiros, então era algo solitário. Ele também não cabia mais na armadura que Ruff fizera para ele anos atrás. Sua barriga tinha aumentado muito e suas costas estavam curvadas de um jeito estranho. A cada dia ele se convencia de que era porque tinha dormido de mau jeito, mas o dia em que se endireitava não chegava nunca. Johrgrund não conseguia exatamente fazer o raciocínio de que as coisas nunca mais voltariam a ser como antes, mas aceitava cada dia de uma vez.

Além disso, todos estavam ocupados. Todos, exceto ele. A cidade estava sob cerco há mais tempo do que ele conseguia contar e o exército inteiro tinha sempre algo a fazer. Aos poucos, Johrgrund percebia que não fazia mais parte do exército.

Sua bengala imensa fazia barulho pelo pátio. Servos, comerciantes, sacerdotes e crianças passavam por ele e sorriam. Alguns o cumprimentavam. Agradeciam por seus feitos heroicos. Certo dia, alguém dissera que era bom ver ele se movimentando — típico comentário imbecil de homenzinhos. Desde então, muitos falavam que era bom vê-lo de pé, que ele precisava se manter ativo.

A memória de um gigante era algo traiçoeiro e fugaz. Na maior parte do tempo, Johrgrund apenas aceitava que aquela era a realidade. Ele era maior do que todos à volta e eles ficavam felizes por vê-lo andando em círculos. Mas, às vezes, ele lembrava de como antigamente todos o temiam. Lembrava de chegar à primeira cidade de homenzinhos e vê-los fugindo, trancando as portas. Lembrava de matar dezenas nos primeiros instantes da batalha. Lembrava de ouvir o exército gritando seu nome, mesmo antes de outros gigantes lutarem por Ruff. E, de alguma forma, apesar da memória fugidia, ele tinha a impressão forte de que aquele tempo antigo era o modo certo de viver. Era certo que ele fosse terrível. Era certo que as pessoas o temessem. Era errado que ficassem felizes por ele.

Quando lembrava disso, Johrgrund pensava que, um dia qualquer, exigiria que alguém recolocasse o mangual no coto de seu braço e então quebraria o cerco. A arma ficara pesada demais. Ruff fizera um mais leve para ele, mas aquele também se tornara muito pesado. E Johrgrund não lutava há muito tempo, apenas arrastava aquela coisa de um lado para o outro. Ele não pediu, mas um dia um grupo de ferreiros se ofereceu para libertá-lo do mangual e ele aceitou.

Agora tinha apenas um coto.

Ele tentara preencher seus dias comendo, é claro. Mas seu apetite não era mais o mesmo. Não conseguia devorar uma vaca sozinho. A ideia de devorar um ser humano, mesmo um inimigo, lhe embrulhava o estômago. Também não bebia mais tanto assim. Então se oferecera para passar os dias ajudando em reformas no castelo. Ele podia erguer coisas pesadas. Depois de algumas tentativas quase bem-sucedidas, deixou cair um bloco de pedra e destruiu uma estrutura de andaimes. Não tinha lhe faltado força, mas controle sobre os próprios dedos. Desde então, quando ele se oferecia, diziam que não precisavam de ajuda.

Restava-lhe andar em círculos.

Os clérigos conversavam com ele, mas eram as pessoas mais chatas que Johrgrund já conhecera. Falavam de deuses e santos. Não havia no castelo mais ninguém como Osso-Oco. Ela era divertida. Às vezes Johrgrund lembrava do nome original da guerreira, mas Osso-Oco era muito mais natural. Em sua memória, ele também misturava as pessoas que tinham morrido e ido embora. Era difícil diferenciar Ruff de Korin, por exemplo. Mas sabia que um deles tinha morrido. Por outro lado, era difícil separar essa morte da morte de Lurius Minimus. Ele também não sabia mais quando Lurius morrera e confundia a circunstância com a morte de Dunnius.

Foi no meio de um raciocínio como esse, num dia em que não queria andar em círculos, que Johrgrund pensou pela primeira vez que podia ser hora de morrer.

Talvez ele fosse o primeiro gigante a ter essa reflexão. Gigantes não viviam por tempo suficiente para ser contemplativos. Mas, naquele momento, ele não podia evitar pensar que a vida se resumia a muito pouco agora.

E que não restava ninguém com ele. E que talvez fosse melhor ter morrido em alguma das grandes batalhas do que se arrepender de viver demais.

Ele foi dormir ao relento, como sempre. Na verdade, nem sempre — na juventude, Johrgrund dormira a céu aberto mesmo sob chuva torrencial, zombando dos homenzinhos que tinham medo de se molhar. Agora, se chovia demais, o pessoal do castelo tirava todos os animais de um celeiro para acomodá-lo. Mas aquela noite estava seca, apesar de fria. Johrgrund roncava alto, a cabeça apoiada num monte de feno.

Os primeiros gritos não foram capazes de acordá-lo.

O gigante continuou dormindo enquanto os berros de servos e guardas cortaram o castelo. Continuou dormindo com o barulho da corrida de guerreiros de armadura completa, até mesmo do chamado de uma trombeta.

Janelas se quebraram numa torre, chovendo vidro no pátio. O estrondo de uma pedra de catapulta não foi capaz de tirar o gigante de seu sono.

Mas então ele ouviu, ao longe, nas muralhas, o barulho de madeira quebrando.

E acordou enquanto alguém gritava:

— As muralhas caíram! Fomos invadidos!

Johrgrund correu pelas ruelas da cidade em direção à muralha. Seu corpanzil trancava a passagem, impedia que a multidão em pânico fugisse. O povo se derramava para ruas laterais, escalava muros e subia em telhados. Pedras de catapulta choviam sobre a cidade. Johrgrund perdeu o fôlego e precisou parar de correr para conseguir respirar. Foi banhado pelo sangue de um grupo esmagado por um pedregulho bem a sua frente.

— Onde está Ruff? — ele gritou, confuso. — Onde está Korin?

Ele escorregou no sangue; a lama se misturava com a carne dilacerada dos plebeus mortos. Enfim tomou fôlego e continuou na direção contrária à multidão.

Encontrou um grupo de capas vermelhas fugindo.

— O que estão fazendo, homenzinhos de merda?

— Precisamos de reforços! — gritou um homem. — Não podemos...

— Voltem lá e lutem, desgraçados!

— Não podemos...

— Enfrentem o inimigo ou me enfrentem!

Para dar ênfase, Johrgrund chutou o covarde que tinha falado com ele. Rugiu para os outros guardas e eles preferiram enfrentar qualquer inimigo a encarar sua fúria.

Ele destruiu uma casa para conseguir passar. Escalou os escombros e enfim estava na muralha.

O combate rugia. Tropas de Sammelen corriam para dentro da capital, numa torrente que não parecia ter fim. O portão principal estava em frangalhos. Partes da muralha tinham sido destruídas. Os soldados de Ghanor tentavam fechar as ruas com paredes de escudos, mas a quantidade de inimigos era grande demais. Elfos disparavam flechas de cima dos telhados, mas não conseguiam matar o suficiente para afetar de qualquer forma o exército invasor.

Era a queda de Ghanor.

Ele ouviu trombetas. Os homenzinhos adoravam trombetas; usavam-nas para tudo. Ele nunca conseguiria lembrar dos significados de todos os toques, mesmo se vivesse mais 100 anos, mas soube identificar aquele. Era um toque entrecortado que parecia constrangido. Um toque triste e alarmado. O toque de retirada.

Os soldados recuavam em direção ao castelo, deixando as ruas para o inimigo.

Johrgrund então urrou, como se fosse jovem de novo. Sentiu a voz falhar, a garganta secar imediatamente e então arder, mas continuou urrando. Aquela era sua cidade, aqueles eram os homenzinhos que se importavam o bastante com ele para sugerir que ele andassem em círculos como um imbecil.

Johrgrund subiu numa casa alta e se jogou de lá de cima, sobre os invasores.

— Vou devorá-los, seus desgraçados!

E, naquele momento, sua fome foi maior que nunca.

Caiu com os pés sobre um grupo deles, ouvindo seus ossos quebrarem. Foi perfurado por espadas e lanças, mas não se importou. Bateu com o coto de seu braço na cabeça de um, afundou-a no tronco. Segurou o peito de outro inimigo, levou-o à boca e destroçou suas costelas com os dentes. As gengivas doeram e sangraram, mas ele não se importava.

Viu dois homenzinhos vestidos em mantos negros correrem, aproximando-se dele e falando coisas incoerentes. Eles guincharam palavras incompreensíveis e gesticularam para o gigante. Chamas verdes brotaram de seus dedos, banhando o corpo de Johrgrund. Ele sentiu a pele queimando, lembrou-se com clareza da batalha de Necrópole, quando tinha sido queimado e derretido por ácido.

A dor fez com que se sentisse jovem e ele gargalhou.

Johrgrund avançou para um dos magos. O jato de chamas verdes acertou-o bem no rosto. Sua barba e o que restava de seus cabelos se incendiaram. Ele agarrou o homenzinho com a única mão. O mago viu a bocarra aberta do gigante e suas palavras arcanas viraram um grito de pavor. Johrgrund fechou os poucos dentes em torno do pescoço do arcano. Puxou com um grunhido e arrancou sua cabeça com uma mordida. Cuspiu-a, urrando enquanto queimava, passando pelo outro mago, em direção a um grupo de guerreiros com armaduras vermelhas pesadas.

Três guerreiros vermelhos atacaram-no ao mesmo tempo. Eles usavam espadas compridas e onduladas, com fio de navalha. Perfuraram suas pernas, um deles o estocou na parte de baixo do abdome. Johrgrund rugiu de novo, avançou, mas isso fez a lâmina se enterrar mais fundo. Ele golpeou o homenzinho de vermelho com o punho, mas o guerreiro era ágil e dançou para o lado. Enquanto isso, os outros guerreiros o atacaram pelas costas. Cortaram suas coxas. Um deles mirou um golpe com as duas mãos nos tendões atrás de seu joelho. Girou o corpo para o corte — e foi arremessado para trás por um coice do gigante.

Johrgrund ouviu o tropel de cavalos e um grito de guerra saindo de muitas gargantas. Virou-se e enxergou uma carga de cavalaria vindo em sua direção. Enquanto isso, os guerreiros de vermelho o cortavam por todos os lados, o mago sobrevivente disparava um raio negro.

Agarrou um dos guerreiros de vermelho pela perna. O homem soltou um berro fino e apavorado. Como se ele não pesasse nada, o gigante usou seu corpo para bater no mago. A primeira batida quebrou a espinha do arcano, as outras o transformaram em uma pasta vermelha. Johrgrund arremessou o guerreiro vermelho contra os cavalos. Dois tropeçaram, caíram, fazendo outros caírem também. A carga se transformou numa confusão de ossos quebrados e metal retorcido.

Johrgrund não estava respirando direito, mas não conseguia parar de gritar. Sentiu uma dor estranha no peito. Decidiu que o remédio era matar mais. Correu para a frente, varrendo os inimigos por todos os lados.

O cavalo de Ruff chapinhou em meio ao pântano que tinha se formado nas margens alagadas do rio. As trombetas soavam desencontradas, o combate era um caos. Ele não conseguia enxergar seus homens, não sabia onde estavam os oficiais além do círculo interno que estava a seu redor. Não tinha ideia de quantos estavam morrendo, do que estavam fazendo.

E, assim como ele não via isso, cada soldado e cada sargento não via também.

Em meio às árvores e à bruma espessa, no rio transbordando, cada guerreiro estava sozinho, atacado de surpresa pelos inimigos ocultos.

— É o fim de Ghanor — ele ouviu de novo a voz debochada.

O rei não conseguia manter a cabeça na batalha, até porque não havia batalha, mas uma infinidade de escaramuças isoladas, pequenos massacres e duelos. Ele tentava entender como tinha sido emboscado dentro da floresta, que tipo de magia Áxia, Zamir e os trigêmeos tinham usado. Tentava raciocinar onde estariam os anjos de Mubruk, onde estavam seus gigantes, construir algum tipo de tática. E o reino estava caindo. A capital estava sendo invadida. Não haveria mais Ghanor, não havia esperança ou legado para Bellitz continuar. Tudo precisaria recomeçar do zero e eles não tinham tempo.

Áxia estava causando o fim do mundo. Estava reduzindo suas opções a apenas uma: permitir a morte dos deuses.

— Ruff, cuidado! — gritou Bellitz.

Dois bárbaros de Artus saltaram nas costas do rei. Eles estavam enfurecidos, os rostos travados em máscaras de ódio. Ruff virou o corpo e atingiu o primeiro na têmpora com o martelo. O homem voou para trás, batendo numa árvore e afundando no rio transbordado. O outro se agarrou a suas costas, meteu os dedos sob seu elmo e começou a apertar sua garganta.

Dois cavaleiros inimigos surgiram a galope, jogando água para todos os lados, lanças em riste contra ele. Ruff galopou contra os dois, ainda sendo estrangulado. Meteu-se no meio deles, evitando as lanças, bateu com o martelo em um, jogando-o contra o segundo. Já estava ficando sem ar. Os dois cavalos e os dois cavaleiros desabaram uns por cima dos outros. Um terceiro cavaleiro surgiu em carga, atacando-o com um machado. Ruff bloqueou com o escudo, então usou a mesma mão do escudo para segurar o polegar do bárbaro e puxá-lo, soltando uma mão. Ficou segurando-o assim, o escudo inutilizado, a guarda aberta, enquanto o inimigo pressionava sua garganta com a outra mão e o cavaleiro atacava.

O machado ia se encaixar numa fresta da armadura, mas Ruff jogou o corpo para o lado e a lâmina encontrou a placa peitoral sólida. O golpe fez impacto, mas não tirou sangue. Ele então subiu o martelo com força, atingindo o cavaleiro na parte de baixo do elmo e jogando-o para trás. Segurou o braço do bárbaro, deu um puxão violento com o tronco e também o arremessou no chão. Então galopou, atropelando os dois.

— Urko! — gritou, tentando ser ouvido no meio da algazarra do combate. — Urko!

Um grupo de lanceiros de Sammelen investiu contra ele. Ruff quebrou as lanças, esmagou os crânios dos homens com os cascos do cavalo.

À volta, as tropas estavam desordenadas. Ele viu um ciclope matando soldados inimigos, desgarrado dos outros gigantes, enquanto cavaleiros de Sammelen trespassavam guerreiros de Kottar com lanças compridas. Nem mesmo Bellitz estava mais à vista.

— Urko! — chamou de novo.

— *Será que estou avisando de algo que está acontecendo agora, Ruff? Ou será que isso já aconteceu? Há quanto tempo não recebe notícias da capital?*

Ele sacudiu a cabeça. Quis procurar Áxia, mas havia algo mais urgente. O mais urgente era tirar seu exército dali. Se Ghanor caísse, se não houvesse mais como tornar o mundo verde e bom, ele salvaria o povo. Salvaria os mortais.

Mataria os deuses.

Em meio àquilo, ele ouviu latidos.

Latidos de homens que, há anos, imitavam cachorros na luta, pois isso enchia de medo o coração de seus inimigos.

Ruff cavalgou, seguindo o barulho, até encontrar o primeiro soldado da Companhia do Cão.

— Onde está o General Urko? — berrou o rei, enquanto matava um soldado inimigo.

A névoa branca se desfez por um instante, revelando um estandarte. Urko galopou para ele, a bandeira da cabeça de cão sendo levada por um soldado a seu lado.

— Urko, preciso de você! Temos de sair daqui!

— Os homens estão perdidos! — gritou o ex-mercenário. — Não sabemos para onde ir!

O rio transbordado não só dificultava a luta como causava ainda mais caos. Os guerreiros não sabiam se tinham recuado ou avançado, não tinham mais as margens para guiá-los. Tudo era um pântano fundo e gelado, não era possível enxergar mais do que alguns metros à frente e, para onde se olhasse, havia água. O vento de todos os lados e a neve fina rodopiando davam uma impressão de pesadelo. Estavam todos presos ali, num matadouro.

— Precisamos fugir! — disse Ruff. — Todo o exército, todos os plebeus. É a única forma de sobreviver! Só me acompanhem!

Urko não entendeu, mas não precisava entender o rei. Às vezes, bastava obedecer.

Ruff puxou as rédeas do cavalo e galopou para uma direção que escolheu arbitrariamente. Achou que fosse perpendicular ao antigo curso do rio, mas podia estar errado. Não importava. Só importava que continuasse.

Ele galopou por entre aliados e inimigos. Mesmo que quisesse, não podia apenas devorar o mundo sem matar seu próprio exército. Então, cavalgando pela água, Ruff Ghanor impulsionou o poder do Devorador à frente e abriu uma vala, cavando um caminho largo. A vala funda continuou correndo à frente do rei, traçando um caminho reto que ele seguiu. A água do rio escoou por ali, num rugido alto, canalizando o caos e fazendo uma passagem. Ele não parou quando encontrou a primeira luta. As árvores caíram ante sua passagem e aliados e inimigos saíram da frente, em pânico.

Mas ele sabia que por enquanto aquilo era inútil. Era só uma estrada. O exército nunca a seguiria.

Então Ruff Ghanor sentiu o solo por baixo dos cascos do cavalo. Deixou seus sentidos se espalharem pela terra. Ergueu a mão, levando consigo o poder do Devorador de Mundos.

Uma imensa coluna de terra e pedra subiu do solo, derrubando árvores e marcando a margem do rio que rugia a sua frente. Criando um sinal que todos poderiam ver de qualquer lugar da floresta.

— São Arnaldo! — Ruff gritou.

E Urko, entendendo, respondeu:

— São Arnaldo!

O rei puxou o cântico de novo:

— São Arnaldo!

E, incentivados por Urko, os guerreiros da Companhia do Cão responderam:

— *São Arnaldo!*

Ruff cavalgou, fazendo um novo rio com sua passagem, absorvendo a energia do mundo pelo poder do Devorador. Outra coluna de pedra e terra fez mais uma marcação, chamando o exército.

— São Arnaldo!

E agora já eram pelo menos mil vozes gritando:

— *São Arnaldo! São Arnaldo!*

Ele não podia salvar a vida de cada um. Não podia matar cada inimigo, resolver cada luta. Tinha certeza que, em muitos lugares da floresta, seus soldados estavam sendo chacinados. Mas, por anos, ele os treinara, ele espalhara por eles os ensinamentos do prior e dos instrutores do mosteiro. Korin os treinara, Korin escrevera um livro que codificava as táticas e os movimentos do combate. Eles precisariam ter a disciplina e a técnica suficientes para salvar as próprias vidas, para salvar as vidas dos plebeus, deviam entender que aquilo era um sinal para fugir. Uma estrada a ser seguida, visível em sua destruição, mesmo através da bruma. Um sinal periódico em forma de torre, como um farol, avisando onde estava a vanguarda. E um cântico cadenciado, que convocava todos ao centro.

Bellitz deu um rasante e apanhou a trombeta de um sargento morto. Ganhou novamente os céus e soprou o instrumento. A armadura dourada foi visível por entre as árvores, ela seguiu o caminho que Ruff estava traçando, mais um farol para o povo.

O exército de Ghanor, picotado e espalhado pela Floresta Sombria, convergiu atrás de seu rei, às margens do novo rio que ele criava, seguindo a rota de terra revirada e árvores derrubadas. E eles entoaram, para que pudessem ser ouvidos por seus irmãos em toda a floresta:

— *São Arnaldo! São Arnaldo! São Arnaldo!*

Ruff fez surgir mais uma coluna de pedra. Foi recebido por um contingente de guerreiros que estava à frente, mas tinha recuado na fuga para se juntar ao grosso das tropas.

— *São Arnaldo! São Arnaldo! São Arnaldo!*

— *Acha que seu santo morto vai abençoar seu povo? Acha que fé vai ser suficiente para salvar seu reino? Será que o elfo saberá liderar a defesa da cidade? Os poucos gigantes que você deixou lá conseguirão enfrentar um exército?*

Ele gritou o nome do santo, em cadência com milhares de soldados, e fez surgir mais uma coluna de pedra.

— *Você vai perder o reino, como já perdeu todo o resto. Como perdeu o mosteiro. Como perdeu Korin. Como vai perder os deuses. Você vai perder tudo, assim como eu também perdi. Fomos feitos um para o outro, Ruff.*

Ele viu a luz do dia brilhando através da bruma. Deu um berro enquanto os soldados continuavam a cadência e a terra explodiu a sua frente, jogando árvores para todos os lados. A névoa se abriu.

— *Você ficou longe de Korin por anos e veja o que aconteceu. Agora ficou longe da cidade. Você é incapaz de aprender, Ruff.*

Ele galopou para fora da floresta, o vento gelado tocando seu rosto, carregando flocos de neve, mas livre da neblina. Concentrou a força do Devorador e fez a terra se afundar num fosso, escoando a água do rio.

Uma planície pedregosa se descortinava ante seus olhos. Era a região perto do antigo mosteiro. Eles estavam quase no Túnel Proibido.

— *Ghanor acabou. Você quer salvar o mundo? Basta se unir a mim.*

Os guerreiros correram e galoparam para fora da floresta, seguindo a trilha. Ruff voltou à realidade e invocou mais uma coluna de pedra para sinalizar o ponto de encontro. Logo, Bellitz emergiu da floresta, guiando um grande grupo. Voltou a se embrenhar para achar mais desgarrados.

Os gigantes se orientaram pela trilha, mas abriram seu próprio caminho, derrubando árvores a sua frente. Os Gladiadores emergiram de forma ordenada, matando inimigos sempre.

Era impossível fazer uma contagem. Mas a maior parte do exército estava ali. Estaria ali, pelo menos, quando terminasse de chegar. Eles continuaram o cântico, Ruff deu ordens para que batedores élficos voltassem à floresta para trazer quem não tivesse encontrado a trilha e acelerar o retorno dos outros.

Então a floresta ficou silenciosa. Ele não via mais o exército de Mubruk.

— *O que está acontecendo agora em Ghanor, Ruff?*

Bellitz voou até ele, liderando um grupo de plebeus. Ruff retirou o elmo. Seus olhos estavam cheios de lágrimas.

— Eles queriam que concentrássemos todas as tropas contra esta coluna, Bellitz — disse o rei. — Queriam que as tropas de defesa antes da capital se movessem para que a cidade pudesse ser atacada.

— Ruff...

— Se a capital caiu, é o fim do reino. É o fim da missão.

O gigante ouviu atrás de si:

— *Johrgrund! Johrgrund! Johrgrund!*

A dor no peito era insuportável, mas isso não era o pior. O pior era a dificuldade de caminhar. Os homenzinhos incomodavam o tempo todo. Tinham feito colinas e colinas de cadáveres. Seu sangue e suas tripas deixavam tudo escorregadio. E não ficavam parados para que Johrgrund pudesse continuar matando, fugiam como covardes.

Ele viu que as tropas de Ghanor corriam de novo em direção às muralhas. Gritavam seu nome. Isso fez com que os invasores recuassem com mais medo, o que lhe deu tempo para respirar. Respirar era difícil. E o sol era incômodo. Estranho — podia jurar que estavam lutando à noite. Não sabia se podia culpar os homenzinhos pelo sol, mas ele estava em seus olhos, atrapalhando, impedindo que ele matasse com a rapidez necessária.

— Quanto tempo deixarão um só herói defendendo a cidade sozinho? — gritou alguém. — Ajudem-no! *Carga!*

Milhares de vozes rugiram ao mesmo tempo e isso deu a Johrgrund mais vontade de matar. Ele escalou uma das colinas de cadáveres com dificuldade. A dor no peito aumentou para uma pontada forte. Sua visão ficou enegrecida. As pernas fraquejaram, ele resvalou no sangue.

Ficou furioso com isso, homenzinhos incomodavam mesmo depois de mortos. Gritou, jogou cadáveres para todos os lados, abriu caminho. Achou inimigos apavorados, tentando fugir, e esmagou-os com o punho. Há muito o punho de Johrgrund tinha parado de doer. Usara-o tanto para esmurrar que a pele tinha se esfolado toda e o gigante não conseguia mais registrar o latejar rítmico.

Viu uma tropa de cavaleiros investir pelo portão, expulsando os inimigos. Cambaleou, agarrou um soldado desesperado. Levou-o à boca e destruiu sua garganta com os dentes.

Caiu de joelhos, sem conseguir respirar. Não conseguia também enxergar direito. O brilho do sol ofuscava, sua visão parecia um túnel. Tinha que reclamar com Ruff, ele saberia consertar isso. Tinha que pedir outro mangual. Tinha que dizer para Osso-Oco lhe ensinar como ficar furiosa por tanto tempo. Tinha que mandar Korin ensinar seus homens direito, eles tinham recuado enquanto ele continuara lutando.

A dor no peito se espalhou para o braço esquerdo.

— *Vitória!* — gritou alguém.

Johrgrund ouviu a cidade comemorando a seu redor, mas parecia muito distante.

Ouviu todos gritarem:

— *Johrgrund! Johrgrund! Johrgrund!*

Não conseguia tomar fôlego. A pontada no peito ficou mais forte.

Ele fechou os olhos.

E assim tombou o gigante Johrgrund, o herói da defesa de Ghanor, cercado pelos cadáveres dos invasores, após segurar sozinho as muralhas da cidade por uma noite inteira. Pois, no fim, nenhum inimigo foi capaz de vencê-lo. O único à altura de matá-lo era ele mesmo.

29 | A heroína da auréola

HILD ACORDOU, COMEU os últimos restos de pão seco, tirou a navalha da mochila e raspou a cabeça de novo. Sentiu a lâmina se arrastar no couro cabeludo, puxar os fios curtos. Estava quase cega, precisava ser afiada com a pedra de amolar. Uma dor aguda avisou que ela se cortara. Hild tocou o pequeno ferimento e olhou os dedos molhados de sangue. Limpou-os com a boca, terminou o serviço. Ela não usava mais a faixa de cabelo no centro da cabeça, tinha o crânio todo raspado.

Desfez o acampamento e olhou o mar gelado. A algumas centenas de metros havia uma pequena ilha rochosa dominada por picos. No topo de um deles, um castelo. E lá talvez ela finalmente encontrasse a auréola.

— Vamos, você consegue — falou.

Dianna continuava deitada, tremendo. Não conseguia ajudar Hild nas tarefas diárias há quase uma semana, toda a sua energia era gasta caminhando. E, a cada manhã, tinha mais dificuldade em levantar.

— Não posso mais — disse a miliciana, com voz fraca. — Chega, Hild. Deixe-me aqui.

— Bobagem — a guerreira falou. Então ergueu a amiga gentilmente, com o braço sob suas costas.

Hild nunca conseguiria fazer a jornada sozinha ou pelo menos assim acreditara no início. Ela se sentira inútil na guerra de atrito, longa e desgastante. Mas uma busca sagrada era algo muito além de qualquer coisa que ela já experimentara. Hild queria resolver aquilo tudo. E, para resolver, precisava de ajuda.

Precisava de Dianna.

Hild atravessara Ghanor, conseguira chegar à capital antes que o cerco começasse. Chamara a amiga para uma conversa tarde da noite e pedira que ela viesse na cruzada. Dianna ainda estava em choque por ter sabido que São Arnaldo estava morto. Tanto tempo se passara e ela continuava cumprindo seus deveres de capa vermelha e mãe de forma automática, a dor da ausência do santo no fundo da mente. O pedido de ajuda de Hild foi quase um alívio. Era a chance de fazer algo, contribuir com a fé. Ajudar os deuses.

Ela acordara seu marido antes de amanhecer. Despedira-se dele. O homem pediu que ela ficasse, mas não insistiu quando notou a importância da missão. O mais dolorido foi se despedir do filho. Ela beijou seus cabelos, o menino não acordou.

Então Dianna saiu sob a escuridão, desertando de seu posto rumo a uma jornada da qual não tinha certeza de voltar.

Nos anos desde que partira na cruzada, Hild e Dianna tinham adquirido uma noção da seriedade de sua busca. Elas sabiam que dezenas de guerreiros tinham passado aquele tempo na missão sagrada. Era até mesmo possível que algum deles tivesse encontrado a auréola de Mubruk e tudo já estivesse resolvido. Se fosse uma missão comum, uma aventura como qualquer outra, poderia acabar assim, sem aviso. Mas o Santo de Pés Descalços declarara que aquele era um dever sagrado. Dianna garantia que, se a missão tivesse acabado, haveria algum sinal. Precisava haver. As duas, como todos os outros, eram guerreiras santas, abençoadas e amaldiçoadas com a tarefa de encontrar o artefato que venceria a guerra e salvaria o mundo.

Durante boa parte da jornada, Dianna fora a rocha que segurara as duas. Elas conversavam todos os dias sobre os deuses, sobre o papel que elas mesmas tinham na Criação, sobre seu dever para com as divindades.

Sobre acreditar em algo maior.

E, aos poucos, convivendo todos os dias com Dianna, Hild passou a acreditar no Santo de Pés Descalços.

Mas a força de Dianna tinha se esgotado. Todas as lutas, todas as viagens, as privações, tudo sugara sua energia. A miliciana estava cada vez mais fraca. Magra, pálida. Era como se estivesse *menos* lá. Como se aos poucos se esvaísse. Quando as duas montavam acampamento, Dianna dormia imediatamente. Muitas vezes Hild precisava acordá-la para que comesse. E, enquanto dormia, Dianna balbuciava os nomes do marido e do filho. Falava incoerências, dava ordens para milicianos. Acordava gritando e precisava ser acalentada.

Era como se Dianna tivesse deixado parte de si na capital e agora a cidade a chamasse.

— Vamos — Hild incentivou com voz calma. — Estamos muito perto. Posso sentir.

— É claro que você sente — Dianna sorriu. — Você é uma guerreira sagrada.

— Nós duas somos.

— Mas só uma de nós vai terminar a missão.

Ruff forçara Hild a aprender a ler. Dianna tinha aprendido muito cedo, por influência de seu pai. Isso fizera diferença. Durante quase todo o primeiro ano da busca, elas se muniram do conhecimento retirado dos manuscritos de Kottar para procurar pistas de onde Mubruk teria escondido a auréola. Depois se enveredaram por mosteiros e bibliotecas em todos os reinos. Em uma tenda de mascate em Zibrene, acharam um livro que fazia referência à época em que Mubruk fora um lutador de arena. Num cemitério em Sammelen, encontraram uma inscrição que levava a crer que ele passara muito tempo no norte, no passado distante. E assim investigaram, pouco a pouco, como se contassem grãos de areia na praia, até se colocarem no caminho certo.

Então Hild teve o primeiro sonho profético.

Dianna chorou de felicidade quando soube. Seu fervor se renovou, serviu de combustível contra o ceticismo da amiga. Dianna falava que Hild *queria* acreditar. Se ela entrara na busca, se a chamara para a demanda, era porque *precisava* crer.

E os deuses recompensavam-na com capacidades santas. Os deuses ou o Santo de Pés Descalços.

A partir do segundo ano da busca, Hild recebeu sonhos e visões. Diversas vezes viu a auréola ao longe, suspensa no céu, e a seguiu nos confins de todos os reinos. As duas se meteram em florestas, passaram meses no subterrâneo. Entraram num mosteiro de cultistas demoníacos, Hild duelou com o rei dos homens-lagartos num deserto rochoso, enquanto Dianna segurava seus guardas com escudo e lança. Encontraram vestígios da guerra muitas vezes, campos de batalha cheios de cadáveres, companhias mercenárias se digladiando em conflitos secundários, batalhões de soldados dos dois lados desgarrados ou desertando. Até mesmo se viram perto de uma batalha entre as forças principais, mas a evitaram.

O caminho da cruzada da auréola pertencia só a elas duas.

No meio do segundo ano, Hild teve um sonho em que três monges lhe apresentavam três votos sagrados. O primeiro voto era de pobreza e humildade. O segundo, de obediência. O terceiro, de solidão.

Ela relatou o sonho a Dianna pela manhã. A capa vermelha disse que Hild era a escolhida. Com fervor, garantiu que seu próprio papel naquela busca era o de guiar a amiga. Ajudou Hild a raspar todo o cabelo, representando o primeiro voto. Juntas elas iriam ajudar todos em seu caminho que precisassem de seu machado e sua espada, cumprindo o segundo voto. E Dianna olhou Hild nos olhos, apertou suas mãos e falou que chegaria um momento em que as duas deveriam se separar. Para cumprir o terceiro voto, para terminar a busca com sucesso, ela deveria caminhar sozinha.

Elas vagaram por Kottar, por Sammelen, pelo deserto e pelos pântanos.

E agora estavam em Artus. Hild em casa pela primeira vez desde que pisara em Ghanor para o festival, tantos anos atrás.

Ao mesmo tempo em que a capital de Ghanor chamava Dianna, Artus chamava Hild.

— Chegou a hora — a miliciana sorriu, segurando forte a mão da amiga, que a sustentava. — Você já cumpre o voto de pobreza e humildade. Sempre cumpriu o voto de obediência. E agora deve cumprir o voto de solidão.

— Não. Preciso de você.

— Eu não consigo mais. Vou morrer se resistir ao chamado. Ghanor precisa de mim, algo está acontecendo na capital. Talvez seja o espírito de meu pai, que se sacrificou defendendo a cidade, me puxando para lutar por ela.

— Pare de falar bobagens, Dianna! Você só está doente. Precisamos encontrar uma curandeira.

— Você embarcou numa missão sagrada. Você vem recebendo visões e sonhos proféticos. E ainda acha que sua vida segue as mesmas regras mundanas que você conhecia antes? Abra-se aos deuses, Hild. Abra-se a seu santo. Nós vivemos numa época em que os deuses pedem nossa ajuda, em que um anjo profano ameaça os céus. É uma época de milagres. Sua vida é uma vida de milagres.

— Sou só uma guerreira de Artus que foi abandonada.

— E acha que é coincidência que uma guerreira de Artus tenha se tornado a protegida do rei santo? A auréola está perto, você mesma pode senti-la. Tudo isso estava predestinado.

A devoção de Dianna chegava a ser assustadora. Mas o que ela falava soava verdadeiro.

Artus era um reino inimigo, um traidor. As duas passaram os últimos meses ali. Hild viu como tudo mudara e ao mesmo tempo tudo continuava igual.

Artus era uma terra fria e rochosa. Suas florestas esparsas eram escuras e escondiam perigos na forma de tribos hostis e espíritos traiçoeiros. O povo há séculos seguia os ditames da igreja e era muito religioso, mas nunca foi especialmente ortodoxo em sua devoção. Artus tinha seus próprios santos, guerreiros pretensamente ascendidos por seu valor em batalha, não reconhecidos por nenhum outro reino. Desde a morte do

Santo Vivo, aquela crença parecia ter se afastado ainda mais do corpo principal, agora sem líder.

Os habitantes de Artus viraram idólatras. Hild e Dianna entraram numa igreja no meio do nada, adornada com um enorme vitral retratando um homem poderoso com cabeça de urso, usando uma coroa. Não havia dúvidas de que era uma representação de Mubruk. Em poucos anos, a liderança do rei anjo bárbaro se mesclara com as lendas sobre guerreiros furiosos de Artus que se transformavam em animais para compor uma nova figura de adoração. Elas interromperam uma missa bizarra, em que um sacerdote ostentava pedaços da carcaça fresca de um urso como estola e oferecia uma eucaristia de sangue aos fiéis. Hild não pensou duas vezes antes de matar o herege. Todos os devotos, mesmo os mais velhos e frágeis, entraram num frenesi de fúria. No fim, Hild e Dianna ficaram sozinhas numa igreja banhada em sangue, em meio a cadáveres dilacerados.

Em Artus, os sinais da auréola se intensificaram. Hild sonhou com um bando de ursos correndo em fúria, ao mesmo tempo perseguindo uma roda de fogo e fugindo dela. Enxergou a auréola ao longe, sobre o oceano. Na costa pedregosa, as duas encontraram um navio naufragado, ardendo em chamas douradas, apesar de ser banhado de novo e de novo por ondas fortes.

Agora estavam no ponto mais extremo do continente, a ponta de Artus, onde nenhuma árvore crescia e apenas pedras negras e cinzentas compunham a paisagem. Não havia estradas ou aldeias, porque a terra era árida e inútil. Não havia nenhum trecho da costa que pudesse ser usado para ancorar navios — o mar era tão bravo e as pedras em seu fundo tão traiçoeiras que navegar por ali seria suicídio. Aquele extremo era só um pedaço de inferno gelado esquecido por todos, talvez a região mais inóspita do mundo conhecido. Desde que as duas tinham chegado, o céu nublado não se abrira nenhuma vez, o vento forte não cessara de soprar. O nascer do sol naquela época do ano acontecia quase ao meio-dia e, antes do meio da tarde, ele já se pusera. Mesmo o sol a pino fornecia apenas uma luz fraca sob a cobertura de nuvens. O ar era gelado e doía nas narinas. Gelo escorregadio se acumulava sobre as rochas.

Elas chegaram até ali seguindo os sonhos e as visões de Hild, os livros e os pergaminhos que tinham encontrado. A imagem da auréola no meio do oceano, que só Hild podia enxergar, guiou-as mais e mais longe, seguindo a costa para além da existência de vilas de pescadores, para onde não havia mais vegetação a não ser musgos e ervas daninhas, para onde nenhum animal ousava se aventurar. Não havia caça. As duas comeram suas últimas rações com parcimônia, guardando sempre um pouco para o dia seguinte. Agora, ao acordar, Hild mentira que já tinha comido e deixara os últimos pedaços de pão para Dianna. As duas lamberam o musgo congelado de algumas pedras e essa foi sua única refeição do dia. A última coisa que tinham para comer.

— Eu vou voltar, minha amiga — disse Dianna. — Vou para Ghanor.

— Você não vai aguentar a viagem.

— O que está me matando não é físico. Quando eu estiver no caminho certo, vou ficar mais forte.

— Então vou voltar com você. Foda-se essa busca, foda-se a auréola. Não vou deixá-la em risco.

— Você estará arriscando nós duas se fizer isso. E o que importa se uma miliciana morrer? Você precisa salvar os deuses.

— Outros podem...

— *Não* — Dianna interrompeu. — É *seu* dever, Hild. Você precisa acreditar!

— Não sei se consigo...

— Acredite, Hild. É seu dever. São seus votos.

Pela primeira vez em vários dias, Dianna ficou bem ereta, empertigada. Por trás de sua palidez e sua magreza, tinha o porte altivo e confiante que Hild conhecia. Abriu um sorriso franco.

— Salve os deuses, guerreira santa.

Hild abraçou-a forte.

— Vou sentir sua falta.

— Eu também — Dianna respondeu.

— Quando tudo isso acabar, vamos fechar uma taverna.

— Quando tudo isso acabar, vamos fechar todas as tavernas de Ghanor.

E elas se separaram. Olharam-se uma última vez e Dianna virou as costas, começando o longo caminho de volta.

— Até a taverna! — gritou Hild, quando a outra já estava longe. — Até Ghanor!

Se ainda houvesse Ghanor quando a guerra acabasse.

Um trovão ribombou pelas nuvens negras. Relâmpagos caíram no oceano, iluminando a noite quase perene. No meio dos raios, atrás do castelo, Hild enxergou um círculo de luz. Era um sinal da auréola.

Dianna já partira há dois dias. Hild estava cansada de esperar. Recolheu suas coisas, vestiu o elmo de crânio rachado sobre a cabeça ferida e se pôs a descer a encosta pedregosa.

Não havia ninguém louco o bastante, ou habilidoso o bastante, para navegar por aquele mar tempestuoso, desviando de fiordes e evitando os pedregulhos no fundo, até a ilha onde estava o castelo. De qualquer forma, não havia ninguém por lá, elas não tinham enxergado nenhum humano ou animal há pelo menos uma semana. Hild ficou observando a ida e a vinda da maré por aqueles dois dias, para tentar achar um meio de chegar à ilha. Se nada se apresentasse, ela tiraria a armadura e nadaria, mesmo que seu destino fosse a morte gelada e escura por afogamento. Mas, com a observação, um caminho se revelou.

No início do primeiro dia, havia algumas pedras visíveis da costa até a ilha, mas eram poucas e esparsas, periodicamente banhadas pelas grandes ondas. Ficaram submersas pouco antes do pôr do sol. No segundo dia, as pedras se revelaram ainda mais no início da manhã, formando um caminho, mas ainda precário. Naquela manhã Hild viu que já existia uma espécie de ponte. Era estreita e as ondas seriam um risco, mas ela duvidava que o caminho fosse ficar mais fácil.

Era a hora. O dia em que ela chegaria ao castelo e à próxima pista sobre a auréola.

As pedras da encosta eram escorregadias e mais de uma vez Hild resvalou e teve que se segurar com apenas uma mão. Vagarosamente ela progrediu para baixo, até chegar à ponte natural. Quase tudo era negro a sua frente. Uma tocha não resistiria ao vento, então ela precisava contar com os clarões dos relâmpagos. O mar rugia em volta, jogando ondas sucessivas contra as pedras, contra a ponte, contra ela. Em instantes, Hild estava encharcada e coberta de sal.

Deu o primeiro passo, escalando um pedregulho e pisando na ponte.

De repente, viu uma luz ao lado.

A poucos metros, havia um barquinho amarrado precariamente a uma rocha protuberante. Sobre ele havia um velho com um lampião e um par de remos.

— Guerreira! — disse o velho, contra o vento. — Não ande pela ponte, ela é uma armadilha do mar! As águas vão tragá-la no primeiro escorregão! Se precisa chegar até a ilha, eu posso levá-la.

Hild lhe deu as costas e não respondeu.

Começou a caminhar pela ponte. As pedras eram irregulares e escorregadias. Não havia onde se segurar. Para os dois lados do caminho estreito, só o oceano, tão negro que até a espuma era escura. Ela resvalou logo no início e caiu para o lado, abraçou-se numa pedra para não cair na água. Uma onda se jogou sobre ela, entrando em sua boca e suas narinas, fazendo-a tossir. Hild começou a se erguer e uma segunda onda, ainda mais violenta, a banhou de novo, empurrando-a para trás. Ela não conseguia respirar, fez menção de se levantar e uma terceira onda bateu nela como um aríete, enchendo sua garganta de água salgada. Hild ficou desorientada, tentou se segurar em algum lugar, esperneou e viu que seus pés já estavam afundados. Só uma mão se mantinha numa pedra. Ela se puxou, recebendo onda após onda no rosto, sem conseguir respirar, a garganta ardendo, mas se arrastou de volta para a ponte. As ondas continuaram, ela não estava submersa, mas estava se afogando. Numa pausa de um instante, fez menção de inspirar, uma onda bateu. Hild inspirou água, suas narinas e vias respiratórias queimaram.

— Venha comigo, guerreira! — ela ouviu a voz do velho. — Venha comigo, eu conheço um caminho melhor! Tenho luz e comida! Por onde vou, o mar é calmo.

Ela começou a se erguer e foi jogada para trás por mais uma onda.

— Segure meu remo! — gritou o velho. — Apenas segure meu remo e irei puxá-la para mim. Venha para meu barco.

Ela estendeu a mão. Sentiu a madeira do remo tocando em seus dedos. Era reconfortante. Era sólida. Mais uma onda a banhou, seus pulmões estavam ardendo, ela precisava de ar *agora*. Era só agarrar o remo, aceitar a ajuda do velho. Tudo ficaria bem.

Era só aceitar ajuda.

Só quebrar seu voto de solidão. Só trair a confiança de Dianna. Só fazer o contrário daquilo que sua amiga pedira, talvez seu último pedido.

— *Não!* — gritou Hild, e saltou sem enxergar, apenas para se erguer acima das ondas.

Encontrou ar, inspirou uma golfada deliciosa. Caiu ofegante sobre as mãos e os joelhos, machucando-se. Outra onda a banhou, mas seus pulmões estavam cheios. Com cuidado, ela ficou de pé e pôde respirar.

Virou-se para o velho.

Ele abriu uma bocarra com dentes enormes. Uma língua de meio metro desenrolou-se de sua boca.

— *Vá então e se afogue, vaca comedora de merda!*

Ele e o barco se desfizeram numa névoa esverdeada, mesclando-se à espuma das ondas.

Hild estava sozinha.

— Obrigada, Dianna — ofegou.

Ela continuou na ponte escorregadia, em direção à ilha e ao castelo. As ondas batiam dos dois lados e ela escorregou várias vezes. Mas aprendeu o truque. Quando conseguia ficar de pé, ela enchia os pulmões de ar. Então, nas partes mais difíceis, engatinhava para não cair, enquanto era castigada sem pausa pela água.

Hild estava gelada, a água do mar tinha entrado por sua armadura, empapado as roupas no interior. Ela podia sentir os dedos murchos, anestesiados de frio.

E sentia sede.

Cercada por água, o oceano negro rugindo até onde a vista alcançava, ela sentia sede. Tinha engolido muita água do mar, sua garganta estava seca e gretada. Sua saliva veio grossa, insatisfatória.

As ondas batiam num ritmo intenso.

Ela tirou o cantil da cintura. Abriu-o e tomou um gole. Fez uma careta e cuspiu: a água lá dentro estava salobra, tinha sido contaminada pela água do mar. Hild olhou para trás; já não conseguia mais divisar os rochedos da costa através da espuma de gotículas das ondas. Já tinha caminhado muito; se decidisse dar meia-volta, perderia a janela em que a ponte ficaria emersa e teria que voltar dias depois.

A solução era seguir em frente.

Ela seguiu, escalando as rochas quando precisava, engatinhando e caminhando. O castigo constante das ondas desgastava, exauria. Todos os seus músculos estavam doendo de tensão. Ela respirava pesado, tinha de fazer esforço para se erguer nas pedras maiores, para se manter firme e não ser levada. Com o cansaço, a sede era cada vez mais intensa. A ilha e suas montanhas não pareciam estar mais perto, embora a costa estivesse mais longe. A ponte era comprida e durava pouco, ela não podia diminuir o ritmo.

Depois de algum tempo, sua garganta estava queimando. Ela nunca sentira tanta sede. A cada onda, mais água entrava em sua boca. Ela precisava fazer força para não engolir de propósito. Era água. *Parecia* refrescante. E batia em sua cara o tempo todo.

Hild queria água mais do que qualquer coisa. Engatinhando, banhada pelas ondas, de olhos fechados e tateando, só queria poder tomar aquela água, matar a sede, ter algum alívio para a garganta que parecia se fechar.

— Tome um gole — disse uma voz de mulher.

Hild engatinhou até uma rocha maior, usou-a para se apoiar e conseguiu ficar de pé. Escalou e ficou um pouco acima da arrebentação, recuperando o fôlego.

A sua frente estava uma mulher. Linda, longos cabelos loiros se derramando pelos ombros. Ela usava um vestido diáfano e tinha uma ânfora nas mãos.

— Vá embora — disse Hild, a voz saindo áspera e baixa.

— Só aceite um gole — insistiu a mulher. — Você não precisa se aproximar de mim.

Hild ignorou-a e passou por cima do rochedo. A mulher estava agora a poucos metros.

— A água desta ânfora é doce e nunca acaba — a estranha disse, com voz suave. Tomou um gole e derramou por um longo tempo, para demonstrar. — Tome um gole, você vai se sentir melhor.

Hild ficou com os olhos fixos na água caindo, espalhando-se nas rochas. Sendo desperdiçada e não acabando nunca. Água doce, água limpa. Água que poderia matar sua sede.

A mulher se abaixou e deixou a ânfora apoiada numa pedra.

— Vou deixá-la aqui. Você não precisa falar comigo. Apenas pegue a ânfora. É sua. Apenas a pegue e tome um gole sempre que sentir sede.

Hild avançou. A ânfora estava a seus pés. A mulher subiu em outra rocha, ficando fora de seu caminho.

Ela olhou para a garrafa. Água que nunca acabaria. Um objeto mágico a seu alcance, bastava pegá-lo.

Bastava que renunciasse a seu voto de pobreza e humildade.

Hild sentiu um engasgo e uma fisgada nos olhos quando passou pela ânfora, deixando-a para trás. Seu corpo se revoltou contra a decisão, a sede ficou ainda mais forte. Mas ela não podia fraquejar. Não estava naquela busca para conseguir riquezas ou prodígios. Esse era o modo antigo, de guerreira sem rumo. Dianna falara que ela era uma guerreira santa. Precisava confiar em Dianna. Queria só a auréola, seria sua única recompensa.

A mulher continuou falando, sua voz suave sendo ouvida mesmo com o quebrar das ondas:

— Acha que receberá água ao chegar no castelo? Você está indo encontrar inimigos, na melhor das hipóteses. Mesmo se este for o local certo, pretende enfrentar qualquer guardião sem beber um gole d'água?

Hild seguiu.

— Você vai morrer de sede. Não é a morte de uma heroína. Não é um fim glorioso. Você vai estar fraca porque escolheu não beber, vai cometer um erro e vai falhar. Nunca vai recuperar a auréola. Seu mestre será derrotado e os deuses irão morrer. Tudo porque não quis tomar um gole. Só um gole que alguém lhe ofereceu.

Ela continuou.

— Sinta a dor. Sinta a ardência. Só vai piorar. Você é idiota. Está recusando ajuda por orgulho. Está seguindo os conselhos de uma fanática delirante que morreu horas depois de ter começado a viagem de volta. Seus votos são tão importantes? Mais importantes que o destino do mundo?

Hild parou desta vez. Olhou para trás. E sorriu.

— Dianna está viva.

— Ela morreu de fome.

— Está viva.

— Escorregou, quebrou o pescoço. Morreu gritando, perdida. Já não sabia mais onde estava.

— Posso não entender nada dos deuses. Mas já lutei por tempo suficiente para saber que não devo confiar em aparições sinistras no meio do nada. Obrigada, você acabou de confirmar que estou no caminho certo e que minha amiga está bem.

Ela avançou e a voz da mulher a seguiu por quase uma hora, até que se desfez em sussurros sob as ondas.

As montanhas agora dominavam sua visão, negras contra o céu negro. Relâmpagos cortavam o céu de tempos em tempos, delineando os picos e o castelo no topo. Ela sentia seu progresso, ignorava as juntas doendo, os músculos exaustos, o frio, o medo e a sede. Para trás, a costa agora tinha desaparecido, borrada com o escuro. Andar, escalar, tomar fôlego e engatinhar sob as ondas eram uma rotina tediosa e cansativa, uma tortura constante, mas ela seguiu em frente.

Até que outro barulho se destacou, abafando até mesmo o oceano. Uma espécie de guincho misturado com rugido e então o som de madeira se estilhaçando. Hild olhou para os lados, mas a escuridão era grande demais para divisar qualquer coisa. Um relâmpago iluminou o céu e ela enxergou tentáculos.

Tentáculos gigantescos envolvendo um navio. A madeira do casco se quebrando. Então a voz de um homem foi trazida pelo vento, distorcida quase até o ponto da incompreensão:

— *Socorro! Por favor, alguém!*

O monstro marinho ergueu uma enorme cabeça de polvo e destroçou parte do casco com seu bico. Mais um relâmpago e Hild viu uma tripulação tentando escalar o navio que adernava, gritando desesperada, sacudindo panos. Um tentáculo envolveu um deles e o puxou para as profundezas.

Ela arregalou os olhos e começou a tirar a armadura.

Seu voto de obediência ditava que ajudasse todos em necessidade. Não iria renegar o voto agora, era uma guerreira sagrada e aquilo tinha sido colocado em seu caminho pelos deuses ou pelo destino, mas devia ser cumprido. Hild não tinha tempo de tirar a armadura toda, descartou a placa de peito e as manoplas. Por sorte, a armadura de ossos era mais leve que uma couraça de metal, ela teria de conseguir nadar parcialmente protegida.

Tomou impulso para pular no mar. Então se deteve.

Eles também eram aparições. Ela não era tola, sabia que havia espíritos, demônios ou outras coisas que tentavam enganá-la e tirá-la de seu caminho. Aquela tripulação podia ser toda composta de entidades que queriam matá-la.

Ou podia haver também mortais.

E, mesmo que fossem demônios, não iriam fazer com que ela descumprisse seus votos.

— Espero que esteja fazendo a coisa certa, Dianna. Espero que tenha forças para não decepcioná-la.

Um relâmpago iluminou a cena do barco sendo arrastado para o fundo, ao mesmo tempo em que mostrou um círculo de luz atrás do castelo. Hild sabia que a auréola estava quase a seu alcance, mas mergulhou e se pôs a nadar até as vítimas e o monstro.

Horas depois, ferida e quase afogada, ela chegou à ilha, tendo salvado um homem inocente e enfrentado uma dezena de demônios.

Se não havia uma superfície plana onde caminhar na costa, a ilha era ainda mais irregular.

Hild teve de escalar assim que chegou, a ponte gradualmente se erguendo e se juntando a rochedos cada vez mais altos. As montanhas eram escarpadas, escuras e geladas como tudo lá. Pelo menos, depois de alguns metros, ela estava livre das ondas.

Mantendo o olhar fixo para cima, ela podia ver o castelo no topo. Não conseguiria escalar tudo aquilo em apenas um dia, principalmente no escuro, tateando a cada metro. Mas também não encontrou um lugar onde descansar — os picos eram íngremes e irregulares, não havia onde dormir ou mesmo sentar.

Então Hild escalou por dois dias inteiros, atravessando uma montanha para chegar a outra mais alta, até que caiu de exaustão no topo. O castelo finalmente a seu alcance.

Sua garganta ardia. Os braços e as pernas estavam trêmulos de cansaço. Ela não comia, dormia ou bebia água desde que começara a travessia da ponte. As nuvens, os trovões e os relâmpagos provocaram, prometeram chuva desde que ela chegara, mas nenhuma gota caiu. Ela se deixou ficar vários minutos jogada, apenas sentindo a dor deliciosa de não precisar fazer esforço.

Então respirou fundo e se colocou de pé.

Os pés mal conseguiam sustentá-la. Ela se forçou a dar um passo.

— Só mais um — sussurrou para si mesma. — Só mais um e chegamos. Estamos quase lá, Dianna.

Outro passo.

— Só mais um. Eu consigo se você estiver comigo. Só mais um.

Outro.

E assim caminhou até a entrada do castelo. Enormes portas duplas de ferro negro. Tinha o escudo e o machado nas mãos, mas largara a mochila para trás no começo da escalada. Ela sabia que, se precisasse contar com algum equipamento para sair dali, estaria morta de qualquer jeito, seu corpo não aguentaria a descida e a jornada até a margem. Só o que podia fazer era entrar no castelo e tentar enfrentar o que quer que houvesse lá dentro.

Um relâmpago iluminou as portas a sua frente. Gravado nas chapas de ferro havia um brasão com a cabeça de um urso.

Hild segurou a aldrava e bateu três vezes no portão.

— Eu sou Hild Osso-Oco, de Artus e de Ghanor, e exijo entrar neste castelo! Abram suas portas em nome do Santo de Pés Descalços!

Trovão e silêncio.

Então as portas se abriram.

Quem a recebeu foi um esqueleto em trajes de monge. Ele tinha a postura e a lentidão deliberada de movimentos que Hild conhecia por ver o Irmão Niccolas e outros monges que encontrara em suas viagens. Era calmo e reverente. Abriu a porta para ela e se moveu para lhe dar passagem. O capuz do monge-esqueleto se afastou um pouco e ela pôde ver que havia uma faixa metálica rebitada em seu crânio, cobrindo seus olhos.

Outros monges-esqueletos estavam num semicírculo no salão de entrada do castelo. Suas mãos dentro das mangas, capuzes cobrindo parte de suas cabeças. O salão estava na penumbra, parcialmente iluminado por velas — embora estivesse claro que os esqueletos, mesmo se antes conseguissem enxergar, tinham sido privados desse sentido pelas viseiras de ferro.

A luz era mais do que Hild vira nos últimos dias e ela ficou ofuscada. Mas conseguiu divisar um mosaico no teto.

A imagem de um grupo de anjos com círculos dourados nas mãos.

Através do brilho das velas, ela viu uma escadaria. Então ouviu passos descendo.

— Há muitos anos não recebemos um convidado — disse uma voz feminina. — Bem-vinda ao Castelo da Rainha Exsanguinada.

A voz pertencia a uma mulher idosa, trajada num vestido elaborado, mas puído e velho. Seus cabelos estavam presos num coque rijo. Suas roupas eram decoradas com imagens de ursos.

— Eu sou...

— Você é Hild. Nós ouvimos. Você veio em busca da auréola.

A guerreira sentiu o coração na garganta. Ficou enjoada de puro nervosismo.

— A auréola está aqui?

— Muitos já vieram atrás da auréola. O último de que me lembro, quando eu era uma menina. A auréola está aqui, mas apenas para seus guardiões. Você pode se juntar aos guardiões da auréola, Hild. Ou morrer.

Ela apertou o cabo do machado. Para isso estava ali. Podia dar cabo dos esqueletos e da mulher sem muito trabalho, mesmo em seu estado enfraquecido. Talvez ela fosse uma bruxa. Melhor atacar primeiro, sem lhe dar tempo de fazer nenhuma magia.

Hild deu um passo.

— Minha morte não vai lhe trazer nenhum benefício, guerreira. É o destino de minha família morrer nas mãos de pretensos heróis ou conquistadores, quando conseguem chegar até aqui. Pode me matar e serei um fantasma assombrando estes corredores ou os mares ao redor. Isso não vai ser em nada diferente de minha existência atual. E não vai colocá-la mais perto da auréola.

— Ela é minha por direito — disse Hild, sem acreditar muito em si mesma. Pensou no que Dianna falaria e continuou: — Eu fui guiada até aqui. Estou numa missão em nome do Santo de Pés Descalços. Li a história de Mubruk Filho de Urso, registrada há eras apenas pelos mortífices de Kottar. Os sinais me trouxeram. A auréola quer ser achada por mim.

— Aqui não existem santos ou deuses, apenas anjos e a Rainha Exsanguinada. Muitos já acharam pedaços da história. Muitos já foram guiados. Muitos ao longo dos séculos tiveram sonhos que os trouxeram. Os círculos de luz, a auréola sobre o oceano. Todos chegaram aqui achando ser os escolhidos para recuperar a auréola de um anjo. Nenhum a tirou do castelo.

— Você é a Rainha Exsanguinada?

A mulher riu.

— Não, criança. Sou apenas sua filha, neta, bisneta e tataraneta. Sou apenas sua sobrinha e prima. Sou apenas mais uma guardiã da auréola, como todos aqui. Como você também será, se não preferir a morte.

A mulher deu as costas e subiu a escada. Os esqueletos abriram passagem. Hild passou por eles, seguiu a guardiã.

O Castelo da Rainha Exsanguinada era todo iluminado por velas. A luz bruxuleante dançava em cada parede. Tapeçarias roídas por traças, afrescos desgastados e mosaicos com buracos retratavam cenas de anjos descendo dos céus, segurando suas próprias auréolas. Uma pintura mostrava uma humana ajoelhada frente a um anjo que lhe entregava uma auréola.

— O que é isto? — perguntou Hild. — Quem são vocês? Por que são guardiões?

A mulher não respondeu. Elas tinham chegado ao topo das escadas. O castelo se abria para um corredor e uma enorme sala do trono. Ao fundo, alguém se sentava na posição de honra. Um grupo de 10 ou 15 homens e mulheres estavam ajoelhados em reverência.

A mulher entrou no salão e todos se levantaram. Hild foi atrás. Ela ainda não conseguia divisar quem estava no trono. Um cheiro forte e metálico dominava todo o ambiente. Uma enorme bandeira rasgada com o estandarte do urso tomava a parede atrás do trono.

— Conheçam a nova guardiã da auréola — disse a mulher. — Esta é Hild.

Eles se viraram para ela. Quase todos tinham algum tipo de deformidade: olhos juntos demais, mandíbula muito proeminente, testa distorcida. Usavam roupas nobres, mas puídas e velhas. Alguns tinham armaduras e armas. Todos ostentavam o brasão do urso.

— A família precisa se renovar — disse um homem barbudo que usava uma pele de urso sobre a cabeça. — Os guardiões ficarão aqui até o fim do mundo.

Hild estava muda. Ela se sentia acolhida de uma forma estranha. Como se a estivessem esperando.

— Vocês sabiam que eu viria? — ela conseguiu perguntar. — Isto é uma armadilha.

— Nenhuma armadilha, criança — falou uma velha com um lado do rosto deformado. — Os guerreiros e sacerdotes sempre vêm até nós. Até mesmo alguns magos. Todos vêm em busca da auréola. Eles podem escolher entre a morte e a iniciação na família. Esperamos que escolha a iniciação. Os Ceanntorc têm a mais sagrada das missões.

— Mostre-me a auréola!

— Apenas os guardiões veem a auréola.

— Mas você a verá — disse outra pessoa. — Se escolher ser guardiã.

— Bem-vinda.

Ela estava cercada. Eles eram quase todos velhos, mas havia um ar ameaçador. Hild não decidira se eram bruxos ou tinham mais alguma coisa estranha a seu respeito. Talvez, assim como Ellius Tyberax, fossem sacerdotes com reais poderes. Talvez fossem imbuídos por Mubruk de alguma capacidade. Mas o que parecia mesmo ameaçador era o castelo. Ela também ainda não conseguira enxergar direito quem estava no trono.

Um homem colocou a mão em seu ombro. Isso despertou nela o ódio.

O cansaço, a dor, a sede e a fome se juntaram àquela frustração, ao sentimento de opressão naquele castelo gelado no fim do mundo, para eclodir numa explosão de fúria. A visão periférica de Hild ficou negra, formando um túnel no qual ela só enxergava o homem que havia tocado nela — sua próxima vítima. Ela ouviu o rosnado que vinha de sua garganta como se estivesse longe, sentiu os músculos incharem com o prazer de mais uma vez ser forte depois de todo o desgaste que seu corpo sofrera. Ergueu o machado para golpear. Então sentiu uma dor diferente. Seu rosto foi tomado por uma ardência terrível, depois uma agonia rombuda. O elmo parecia que ia sufocá-la.

Hild deteve o golpe, agarrou o elmo e jogou-o no chão. Então sentiu o rosto se alongando num focinho. As costas se arqueando. Duas presas longas saindo da boca, formando uma cabeça de javali.

Abriu a boca para mostrar as presas ao inimigo, segurou o machado e atacou-o em frenesi. Acertou o pescoço do velho, cortando carne, tendão, veias, osso, rasgando até arrancar a cabeça do corpo.

Um rugido ecoou no salão, vindo de mais de 10 gargantas.

Mesmo em meio à fúria, ela teve uma percepção animalesca. Sentiu um cheiro familiar — familiar demais.

A seu redor, todos os membros da família Ceanntorc tinham o mesmo semblante. Seus corpos estavam grandes, abrutalhados, metidos nas roupas nobres. Tinham cabeças de urso.

— Ela é uma de nós — rosnou um homem-urso. — Pertence a uma das linhagens da fúria.

A ira de Hild se misturou com medo e surpresa. Ninguém parecia se importar com a morte do velho, apenas a olhavam com admiração.

— Ela será uma ótima guardiã.

O semblante animalesco de Hild foi embora em instantes com sua fúria. Ela era de novo uma mulher magra de cabeça raspada, tremendo em meio aos velhos com cabeça e corpo de urso. Suas formas selvagens eram deformadas, assim como tinham sido as formas humanas. Eles estavam sorrindo, tanto quanto era possível sorrir com as bocas cheias de presas. Nenhum deles estava enfurecido. Hild estava tonta. Nos poucos momentos em que tinha sido tomada pela ira, o cheiro ferroso do salão invadiu suas narinas e ela ainda sentia um eco daquele odor. Era sangue, não havia como duvidar.

Os Ceanntorc levaram-na para perto do trono, tocando delicadamente em seus ombros e suas costas com as mãos-patas. A luz dançarina de dezenas de velas fazia truques com a escuridão, escondia e mostrava quem estava no trono, mas chegando perto Hild viu que era uma figura pequena, totalmente coberta por um véu que já fora branco. Agora estava manchado de sangue. Sangue fresco, vermelho e também sangue marrom, seco há anos, décadas ou séculos. Manchas sobre manchas, criando um sudário abstrato, uma pintura de sofrimento que falava sobre eras de sangria.

Os Ceanntorc se ajoelharam, um por um, e beijaram a bainha do sudário, em reverência. Então empurraram suavemente Hild para que se ajoelhasse também.

— Beije o Véu da Rainha Exsanguinada — disse a mulher que a havia recebido. — É um dos artefatos mais sagrados do mundo.

Sem saber o que fazer, Hild pegou a bainha do véu com as pontas dos dedos. Levou-a aos lábios com um pouco de nojo. Beijou-a.

Mandaram que continuasse ajoelhada. Então quatro Ceanntorc retiraram o véu com cuidado para revelar a rainha embaixo.

Era uma menina.

Não, não uma menina — uma mulher. Mas jovem, recém-adulta. E magra, baixa, esguia, delicada. Sua pele era mais branca do que neve fresca, seus cabelos tinham metros e metros de comprimento. Eram grisalhos, finos, quebradiços. A Rainha Exsanguinada vestia um traje cerimonial, um manto de alta sacerdotisa, bordado com fio de ouro, retratando imagens de anjos e reis. O manto, assim como o véu, estava imundo, maculado por séculos de sangue coagulado.

Os pulsos da Rainha Exsanguinada estavam cortados. Deles escorriam lentos rios de sangue, por canaletas nos braços do trono, levando para pequenos buracos no chão. A rainha gemeu e se mexeu de leve, deslocando o braço do lugar certo. Um Ceanntorc devolveu seu pulso à posição correta. Ela fez de novo e o homem corrigiu mais uma vez. A rainha fez um olhar triste, mas não resistiu.

A visão tirou Hild do transe. Ela saltou de pé.

— O que vocês estão fazendo com essa garota? Por que a torturam assim?

A primeira Ceanntorc, a mulher que a recebera, falou por sua boca de urso:

— Não fomos nós, Hild. A essa altura, você deve saber em seu íntimo. Você pertence a uma das linhagens da fúria, pode ser uma boa guardiã. Não será como os pretensos heróis que vêm morrer a cada punhado de décadas.

Ela olhou nos olhos da rainha e teve um vislumbre em sua mente. A cena de um anjo guerreiro, um homem enorme e brutal, com asas quebradas e ensanguentadas, entrando no quarto de uma garota. Carregava nas mãos a cabeça de um homem. Era a cabeça do pai da menina. O anjo era Mubruk e ele estava coberto de sangue. Sangue da família dela, dos servos, dos cavaleiros e dos guardas.

— O que...

— Poucas linhagens têm o poder da transformação — disse a velha. — Este é Artus e Artus sempre foi selvagem. Então as linhagens se misturaram e se perderam, antigas famílias se massacraram em rixas sem fim, até que não restasse sinal das genealogias mais antigas. Até que o povo acreditasse que este poder não está no sangue, mas é um acaso fortuito. Apenas os Ceanntorc mantêm o conhecimento de que cada família tem uma forma. Por isso mantemos nossa linhagem pura. Por isso nossos irmãos são também nossos pais. Por isso a Rainha Exsanguinada é a mãe de todos nós e também nossa avó, bisavó e tia.

Hild fez uma expressão de nojo. Foi até a rainha e a sacudiu pelos ombros delgados.

— Mova-se! Fale algo! Eu vou tirá-la daqui!

Os Ceanntorc riram.

— A rainha não fala, criança. A rainha apenas governa em seu trono de dor e garante que sempre haverá novos Ceanntorc para cumprir o dever sagrado que nos foi imposto por um anjo.

— Vocês fazem tudo isso para preservar o reinado de Mubruk?

— Reinado? Não sabemos nada sobre o mundo dos homens. Em breve, você não saberá também. Quando a rainha recebeu o dever, o anjo era um anjo e isso bastou. Ao longo dos séculos, os heróis que chegavam até nós falavam que Mubruk era cultuado como um deus. Que era um senhor da guerra. Que era o maior mercador do mundo, vendendo escravos em todos os reinos. Que era um campeão da arena, amado por milhões. Se hoje em dia é um rei, isso não nos interessa, o dever continua o mesmo. A única coroa que existe aqui é a coroa de dor da Rainha Exsanguinada. Mubruk é eterno, assim como eterna é nossa tarefa. Sempre haverá o anjo na terra e sempre haverá a família Ceanntorc para lhe servir.

Hild sacudiu-a de novo, mas a Rainha Exsanguinada não reagiu. Ela segurou suas mãos, olhou em seus olhos, em busca de algo. Deveria estar buscando a auréola, mas a tortura daquela garota era cruel demais.

Hild teve outro vislumbre, mais completo. Era como uma memória enterrada. Mas não era sua memória. Era a memória de outra pessoa.

Daquela garota que sangrava.

Hild viu o castelo. Não sabia dizer há quanto tempo aquilo se passava, mas a topografia da região estava diferente. Era uma terra gelada e sem árvores, mas não ficava no meio do mar. Era na costa e havia navios circulando em volta.

Dentro do castelo, um rei governava. O senhor soberano de terras pequenas, um reino esquecido na terra que mais tarde passou a se chamar Artus. O brasão do reino era o urso e o rei tinha uma filha que recebia pedidos de casamento de terras distantes e filhos que tinham sido treinados para governar e lutar. O rei era bravo e devoto. Ele sabia que, muito ao sul, havia um monstro que ameaçava destruir todas as terras e estava pronto para lutar. Mas não tinha medo. O rei adorava os velhos deuses desconhecidos e seus santos e achava que eles iriam protegê-lo. O nome do rei era Ceanntorc, sua família era capaz de entrar numa fúria animalesca quando era atacada e, nessa fúria, assumiam a forma de ursos.

Mas a fúria não ajudou os Ceanntorc quando eles receberam a única confirmação de que os deuses existiam.

Certa noite, as sentinelas enxergaram dezenas de homens nadando em direção ao castelo. Os guardas foram até as ameias para enxergar melhor aquele prodígio, o rei e os príncipes se armaram. A princesa também acordou, mas mandaram que ela ficasse em seu quarto.

Dois barcos pequenos, cheios de guerreiros, foram encontrar os nadadores. Os dois foram puxados para baixo e então apenas pedaços de corpos flutuaram nas ondas. Eram monstros, o rei decidiu. O castelo estava em perigo. Os cavaleiros se aprontaram, um príncipe já rugia, coberto de pelos.

Horas se passaram.

Então dezenas de figuras aladas emergiram da água, na costa rochosa perto do castelo.

Eram homens enormes, belos, musculosos. Suas asas estavam quebradas e depenadas. Eles eram liderados por um selvagem, o maior de todos. Barbudo e cabeludo, músculos tão inchados que pareciam não caber dentro da pele.

Foi na escuridão do início da manhã que o rei Ceanntorc viu anjos pela primeira vez.

Os anjos invadiram o castelo e mataram todos.

O líder dos anjos entrou no quarto da princesa carregando a cabeça do rei. Ela era uma Ceanntorc, tinha se transformado em urso e estava com um machado em punho. O anjo estava coberto de sangue, o sangue de cada guerreiro, servo e familiar no castelo.

Ele não a matou.

Apenas bateu nela até que a fúria da garota se esvaísse e virasse medo. Até que ela estivesse tão submissa e diminuída que tivesse perdido o urso dentro de si. O processo durou dias e, nesse tempo, os anjos festejaram no castelo ensanguentado, comendo toda a comida e bebendo todo o vinho que deveriam alimentar centenas por mais de um ano.

Quando a comida e a bebida acabaram e a princesa tinha perdido a vontade de lutar, o anjo começou a tortura verdadeira. Primeiro, fez com que ela os ajudasse a cortar as asas de cada um com um machado. Estarrecida e horrorizada, a princesa fez o trabalho de açougueiro em meio aos restos mortais de sua família e seus servos. Então veio a pior parte.

Os anjos enfiaram as mãos dentro do peito. Numa cena grotesca, cada um berrou em agonia enquanto arrancou de seu interior um círculo de luz dourada. Eram suas auréolas. O líder dos anjos disse para a princesa que agora era seu dever guardar as auréolas, para que nunca fossem descobertas por mortais. Elas atraíam o olhar e o julgamento dos deuses e ela teria de lidar com isso para sempre.

A princesa concordou, mas, naquela noite, cortou os pulsos para tentar morrer e se juntar a seu pai e seus irmãos.

O anjo entrou em seu quarto enquanto ela sangrava. Gargalhou de seu desespero. Colocou a auréola sobre a cabeça dela e, em seu último ato divino, condenou-a à vida eterna.

Ela viveria para sempre e para sempre sangraria. Era a rainha de um castelo morto e seu sacrifício agradava aos anjos.

Nos próximos meses, os anjos destruíram a terra ao redor do castelo. Ela achava que conhecia a fúria, por ter visto os homens e as mulheres de sua família lutando, mas a fúria de um anjo era muito pior. Eles tinham raiva e poder para mudar a geografia do mundo. O castelo deixou de estar na costa e passou a habitar uma ilha solitária, no meio do mar bravo. Ela ficou sozinha por algum tempo e então os anjos trouxeram monges para o dever sagrado de servir à nova rainha e homens para ser seus maridos. Eles ordenaram que ela tivesse filhos.

A linhagem Ceanntorc assim continuou.

Os monges morreram, mas continuaram trabalhando.

A família sobreviveu desde então, comendo a comida que surgia por milagre junto às auréolas.

O líder dos anjos adotou para si um epíteto baseado no brasão da família.

E, desde então, a rainha condenada mandou mensagens e sonhos para aqueles que buscavam as auréolas, para que a achassem e a tirassem de sua agonia.

— A mesma ladainha que todos os heróis veem — disse a velha Ceanntorc. — Ela continua tentando.

Hild soltou as mãos da rainha. Olhou os Ceanntorc em volta.

Na verdade, nada daquilo interessava. Ela precisava recuperar a auréola. A única coisa que importava eram os inimigos em seu caminho. Hild ainda estava com fome e com sede. Fraca e exausta. Seu coração não desacelerava, mas o horror tinha suplantado sua fúria.

Ela era Hild Osso-Oco, que derrotara um gigante na arena. Ela era Hild, veterana de guerras, comandante dos Gladiadores de Ghanor. Era Hild, em quem Dianna confiava. Ela podia dar cabo de uma família, mesmo uma família tomada pela fúria. Mesmo enfraquecida e faminta, mesmo machucada e sedenta, ela era Hild e aqueles fanáticos não ficariam em seu caminho.

Hild segurou o machado.

— Ela se recusa a servir — disse a Ceanntorc que a recebera. — Joguem-na aos anjos.

Talvez, em sua forma plena, Hild tivesse reflexo para reagir a tempo. Mas o que aconteceu foi que ela notou um movimento em sua visão periférica. Um Ceanntorc mexeu a mão até uma corda de veludo pendurada no teto, puída e desgastada como tudo ali. Hild arremessou o machado contra o homem, mas um instante tarde demais. A lâmina se enterrou em seu peito, mas ele já tinha puxado a corda.

Hild estava frente ao trono e sentiu o chão se abrir sob seus pés, uma vertigem enlouquecedora por um momento, quando seu estômago subiu à garganta e ela ficou desorientada. Só então entendeu o que acontecia.

Seu último reflexo, enquanto caía, foi estender o braço e agarrar o vestido da Rainha Exsanguinada.

A garota não reagiu, os Ceanntorc gritaram e as duas despencaram rumo a uma masmorra iluminada por luz dourada cegante.

Hild e a Rainha Exsanguinada caíram sobre um pequeno monte de círculos de luz dourada. Era o suficiente para iluminar toda a sala com um brilho insuportável que queimava os olhos. Hild caiu de mau jeito, sentiu uma dor lancinante nas costelas. Não teve dúvida de que algumas estavam quebradas.

A rainha estava só jogada. Tinha quebrado alguns ossos, com certeza, mas não esboçava reação.

Os Ceanntorc gritavam lá em cima, corriam para tentar se jogar ou recuperar a rainha de alguma forma. Mas o teto se fechou, selando seu pânico. Hild sabia que precisava se orientar rápido, eles poderiam simplesmente puxar a corda de novo e estariam ali.

Ela ficou de pé e notou que estava toda suja de sangue. Mas não o seu. As auréolas estavam banhadas pelo sangue da rainha. Os pequenos riachos que escorriam de seus pulsos pelo trono caíam ali, diretamente sobre a pilha de círculos de luz. Com a voracidade dos anjos, elas chafurdavam no sangue e o absorviam. Era parte do sacrifício.

Hild não conseguia enxergar direito, mas ouviu barulhos e soube que as duas não estavam sozinhas. Protegeu os olhos com o escudo e conseguiu divisar formas humanas. Os Ceanntorc tinham falado em jogá-la aos anjos. Em seu estado, ela não tinha condições de sobreviver mais do que um instante contra um anjo. Nem mesmo em sua forma plena conseguiria derrotar um deles e vários seriam um desafio tão grande que soava ridículo.

Hild conseguiu enxergar melhor e viu que a pilha de auréolas estava cercada por quatro homens altos.

Quatro anjos.

Notou também que a câmara estava cheia de ossos humanos. Ossos e equipamentos — armaduras, armas, escudos, símbolos sagrados, cajados. Eram os restos de todos os heróis que já tinham passado por ali e morrido. Havia uma razão pela qual Mubruk permanecera imortal por tantos séculos, talvez milênios.

E a última percepção de Hild sobre aquela masmorra santa foi o peso de um julgamento horrível.

Pelas auréolas, os deuses observavam. Por elas, rogavam suas maldições e exalavam sua decepção. Mubruk e os outros anjos estavam livres daquilo, assim como Bellitz. Mas ali estavam todos os portais pelos quais o julgamento dos deuses chegava ao mundo. Hild se sentiu pequena, imperfeita, indigna. Sentiu-se nojenta e fraca, achou que merecia mesmo morrer.

Os quatro anjos deram um passo para perto dela.

O peito de Hild estava vazio. Ela não conseguia reagir, não conseguia sentir nada além de dormência. Aquele era o desafio do Castelo da Rainha Exsanguinada. Descobrir sua localização, depois de onde o mundo acabava. Chegar até lá, passando pela ponte de pedra e pelos fantasmas. Passar pelos Ceanntorc. Finalmente enfrentar anjos, sendo sugada de toda a vontade de viver pelo olhar dos deuses.

Talvez um herói pudesse conseguir.

Mas Hild não se sentia mais uma heroína.

Sentia-se mero lixo.

O desprezo dos deuses pelo mundo era palpável naquela sala. Eles queriam que ela morresse. Seus pais queriam sua morte. Queriam a morte de *todos*. Ela pensou que Mubruk tinha razão em sua busca para destruí-los.

Os anjos chegaram mais perto. Hild pôde vê-los. Eles não eram belos e fortes, como os outros seguidores de Mubruk. Séculos expostos às auréolas, à maldição dos deuses, tinham cobrado seu preço. Eles eram altos, mas magros. Tinham deformidades físicas — um deles com um olho grande demais, parecendo prestes a estourar, outro com costelas que perfuravam a pele e saíam da caixa torácica. Todos eram repletos de tumores cinzentos, as marcas do ódio de seus criadores. Hild não sabia como aqueles quatro tinham sido escolhidos por Mubruk para guardar as auréolas com os Ceanntorc, mas achava que eles obedeciam por puro medo de seu líder. Muita gente preferia qualquer tortura a desafiar Mubruk Filho de Urso e talvez os anjos também preferissem.

Ela ergueu o escudo, sem força. Sem acreditar em si mesma. Nunca poderia derrotá-los.

Então algo aconteceu dentro dela.

Os deuses a odiavam, sim, como odiavam todos os mortais. Os anjos estavam avançando para matá-la. Ela era menos que um verme.

Hild desistiu de ficar de pé e se ajoelhou.

Porque, mesmo que tudo isso fosse verdade, ela não precisava contar consigo mesma. Não precisava ter valor sozinha.

As palavras de Dianna ecoaram em sua mente. Ela se entregou a um poder maior.

Hild estava numa missão sagrada, então começou a rezar.

— São Ruff Ghanor, proteja-me. São Ruff Ghanor, em toda a sua misericórdia, deixe-me servir-lhe por mais um dia. São Ruff Ghanor, em seu poder infinito, dê-me a força para enfrentar seus inimigos.

Então, em meio ao brilho dourado, surgiu um brilho azul.

Hild, a campeã sagrada de São Ruff Ghanor, emitiu a luz santa da magia divina. Continuou ajoelhada, rezando, enquanto seus inimigos se aproximavam.

Não tinha mais medo.

Ela olhou para cada um deles. Seus olhos serenos brilhavam com a luz azul.

— Criaturas blasfemas que desafiam o Santo de Pés Descalços — disse Hild, sem alterar a voz. — Eu as esconjuro.

São Arnaldo estava morto. Um anjo renegado se preparava para matar os deuses. O próprio Ruff não tinha mais poder divino. Mas não importava. Ela confiava em Dianna. Hild depositou sua fé no rei santo e isso foi suficiente.

Os quatro anjos gritaram ao mesmo tempo, enquanto eclodiram em chamas azuis. Eles caíram no chão, sendo imolados pelo fogo que não apagava.

Hild se ergueu e foi até a Rainha Exsanguinada. Já tinha descartado o escudo. Colocou a mão sobre a testa da garota.

— Eu a liberto, menina. Eu sou a nova guardiã da auréola. Você pode morrer.

A Rainha Exsanguinada sorriu.

Então seus pulsos verteram sangue como rios, seu corpo quebrado amoleceu. Ela se deixou cair para trás. Livre.

O teto se abriu acima de Hild. Ela olhou para os rostos apavorados dos Ceanntorc.

— O dia do julgamento chegou para vocês.

Ruff Ghanor ouviu a voz dos soldados de dentro da tenda de comando. Na planície pedregosa, todo o exército gritava como um só. Uma batida rítmica, um coro entusiasmado que falava só um nome:

— *Hild! Hild! Hild!*

Se aquilo alertaria o exército inimigo que, ao longo dos últimos dias, preparava um ataque maciço, não importava. O rei santo saiu da barraca para ver as tropas e os plebeus em espanto reverente. Cada um deles batia com a espada no escudo. Os que não tinham armas batiam as botas no chão. De milhares de gargantas ao mesmo tempo, vinha aquele chamado:

— *Hild! Hild! Hild!*

O coração do rei se encheu de alegria. Ele quase não ousava esperar ver de novo sua discípula. Sua amiga querida. Sua filha.

Os homens tinham adoração por Ruff, mas naquele momento ninguém olhou para ele. Todos os olhos estavam fixos na figura que chegava.

Hild trajava a armadura de ossos, mas o elmo estava pendurado por um cordão. Ruff pôde ver sua cabeça raspada, seu semblante magro. Ela estava mais calma do que ele jamais vira. Carregava uma sacola estufada de algo que vertia luz dourada. Ela tinha os pés descalços, sujos da lama do acampamento. Mais tarde, ele descobriria que aquilo era um gesto de devoção. Hild nunca mais usaria sapatos, em honra ao Santo de Pés Descalços.

Na mão esquerda, ela carregava um círculo de luz dourada.

Hild foi até ele e se ajoelhou. Ele teve vontade de lhe dizer que ficasse de pé, teve vontade de abraçá-la e beijar seu rosto. Mas aquela não era uma reunião de duas pessoas que se amavam. Aquele era o desfecho de uma busca sagrada.

Hild colocou a sacola no chão e depositou a outra auréola a seus pés.

— Estas são as auréolas, Majestade. Não consegui destruí-las, mas sei que esta é a que procurávamos. Toquei em cada uma e tive visões do anjo horrendo a quem ela pertencia. Esta é a auréola do inimigo. A auréola de Mubruk Filho de Urso.

Ela abaixou a cabeça. Ruff estremeceu de antecipação. Segurou o martelo e ergueu-o para desferir o golpe que iria lhes dar uma chance de vitória.

Ele se deteve. A guerreira estava ajoelhada a sua frente, humilde como uma monja, vitoriosa como uma rainha. Adorada por todos. Até mesmo os gigantes recitavam o nome dela. Os veteranos que o haviam acompanhado desde as primeiras batalhas, antes da vitória sobre Zamir, gritavam pela garota. Até mesmo a Companhia do Cão e os elfos.

— *Hild! Hild! Hild!*

Eles não gritavam mais seu nome. Gritavam o nome dela.

Ruff foi tomado por uma sensação maravilhosa quando percebeu que fora superado. O orgulho era mais forte que tudo. O exército inimigo estava perto, Ghanor estava quase totalmente conquistado, mas a felicidade transbordava. O amor que ele tinha por ela foi maior do que nunca. Ela estava pronta. Ele podia abrir mão, relaxar, passar o manto para aquela mulher extraordinária que ele vinha preparando para isso há mais de 15 anos.

Com Hild e Bellitz, o mundo ficaria bem.

Ruff estendeu o martelo para Hild, oferecendo-o com as duas mãos.

A guerreira ergueu-se e aceitou-o.

Quando ela ergueu a arma para um golpe devastador, Ruff foi tomado por uma paz imensa. Não mais pela vitória, não mais pela conquista do artefato. Mas porque tudo se encaixava e, se aquele fosse mesmo o fim, seria um bom fim.

Hild Osso-Oco desceu o martelo de Arcanium com força, causando uma explosão de luz dourada, e assim acabou a busca pela auréola de Mubruk.

30 | Boas-vindas ao mundo

MUBRUK FILHO DE Urso caiu de joelhos, engasgando na planície pedregosa em Ghanor, no meio do exército. Seus olhos esbugalhados, sua boca aberta, num grito mudo.

O peito do rei anjo parecia esmagado por uma pressão interna, que o oprimia por dentro. Há eras a auréola não estava mais lá, ele achou que se acostumara com sua ausência. Mas havia, não percebida e oculta, uma sombra do círculo de luz. Havia uma sensação fantasma do objeto que era parte dele, que guardava sua imortalidade. Mubruk de repente sentiu cada partícula de ar na pele como uma agulha. As pedras do chão eram ásperas, afiadas, podiam esfolar. Os raios de sol filtrados pelas nuvens queimavam sua pele, cegavam seus olhos. Tudo podia matá-lo, tudo era perigoso e letal.

Ele começou a arranhar o próprio peito, num gesto desesperado para encontrar o que não estava mais lá. Áxia chegou a se aproximar. Queria tocar nele, curiosa como uma sábia. Ela lembrava da sensação de ter sua alma arrancada, quando se tornara a Dama de Ferro. Ver o anjo num tormento parecido era reconfortante, de um jeito mórbido.

Mubruk enfim conseguiu gritar. A voz parecia rasgar sua garganta. Tudo era agonia. Olhou para as próprias mãos ensanguentadas e viu que tinha se ferido. Ele agora era vulnerável.

— Eu sou... — Mubruk não conseguia falar. — Não acredito. Eu sou...

— Como todos nós — cortou Áxia. — Como seus soldados. Agora sentirá fome e sede. Agora vai respirar e envelhecer. Agora a morte tem o domínio sobre você, Mubruk, assim como tem sobre todos.

O rei selvagem engasgou de novo. Tossiu, emitiu guinchos estranhos. Então conseguiu puxar ar pela boca e pelo nariz. Inspirou fundo, satisfazendo-se, e expirou de novo. Repetiu o processo algumas vezes. O ar era necessário, ele notava com horror. Ele precisava *respirar.* Mas o ar raspava por dentro, fazia doer suas narinas, sua traqueia, seus pulmões.

A voz de Áxia retumbava em seus ouvidos. Os sons agudos penetravam como punhais, os graves eram marteladas. Sua própria voz grossa de animal selvagem fez a cabeça doer. Mubruk se debateu no chão, esmurrou o próprio crânio. A dor aumentou e os punhos doeram também.

Por toda a planície, os anjos caíam naquela mesma agonia. Gritavam, mexiam-se sem controle. Um deles agarrou um soldado infeliz, arrancou seu braço num gesto de puro delírio horrorizado. Três anjos que ainda não haviam sentido nada saíram correndo a esmo, como se assim pudessem evitar seu destino. O primeiro caiu de joelhos poucos metros depois, tomado pela agonia. Os outros desapareceram na floresta, mas logo seus gritos foram ouvidos.

Longe dali, o martelo de Ruff Ghanor trabalhava nas mãos de Hild.

Cada auréola era destruída. Cada anjo se tornava mortal.

Caído sobre as mãos e os joelhos, a pele rasgada pelas próprias unhas, Mubruk era uma figura patética. Lágrimas e saliva escorriam por seu rosto, pingando no chão. A trilha líquida queimava. Em contato com o vento, tornava-se gelada e insuportável.

— Isso é obsceno... — ele conseguiu falar. — Ser mortal... É nojento.

Áxia deu um meio sorriso, sem que ninguém visse.

Aquilo era trabalho de Ruff, era uma vitória do inimigo. Mas também era uma vitória dos mortais.

Sem clérigos. Sem santos. Sem deuses. Sem anjos. Assim o mundo deveria ser.

Apenas pessoas. Apenas ela, seus filhos, seu amado. Uma família.

A Dama de Ferro ajudou Mubruk a se levantar. Mais um conquistador orgulhoso que se tornava fraco, assim como Zamir. Ela tinha poder sobre a vida e a morte, Mubruk agora estava sujeito à morte. Ela era superior.

Sem mestres. Sem dragões. Sem ninguém a quem se curvar.

Áxia já podia sentir o gosto da liberdade.

31 Rei dos reis

— COMO POSSO ME preparar para a morte? — perguntou Ruff Ghanor.

Fester de Salúria não se abalou. Franziu o cenho, pensando em como responder. O kottariano estava em Ghanor desde a queda de seu reino e há alguns anos acompanhava a corte principal de Ruff. Talvez fosse mais útil na capital, mas acabara pego nos deveres da administração diária e agora seguia o exército. Fester não era um homem acostumado àquele tipo de vida. Mas não reclamara uma só vez.

— Vossa Majestade acha que a morte está perto?

— Ela está sempre perto. Mas agora acho que minha cova já está aberta.

— Uma cova já aberta pode ser de grande praticidade — disse o Alto Coveiro. — Também pode facilitar a transição para algumas pessoas. Um de meus primos passou a dormir na própria cova, dentro de um caixão, e, quando ele morreu, já estava acostumado a ficar lá. Só foi preciso fechar a tampa e jogar terra em cima. É claro, ele morreu sufocado quando alguém fechou a tampa e o cobriu de terra por engano, mas pelo menos já estava familiarizado com o ambiente.

— Não quero morrer, Fester. Gostaria de não precisar. Mas, para que tudo dê certo, acho que vai ser necessário.

— A morte é sempre necessária. É bom que Vossa Majestade dê a ela o devido reconhecimento. A morte é como o servo que expulsa Vossa Majestade de seu próprio quarto para que ele possa ser limpo. Talvez um incômodo, mas tudo ficaria muito desordenado sem ela. Uma morte rápida costuma ser o melhor fim.

Ruff imaginou se sua jornada estava mesmo chegando ao fim.

— Como faço para estar tão resignado e pronto para a morte quanto você ou todos os familiares que mencionou ao longo dos anos?

O Alto Coveiro suspirou.

— É um tabu falar isso para qualquer pessoa fora de Kottar, mas pense em como o mundo será um lugar melhor sem Vossa Majestade. É claro que será pior também, em muitos aspectos, mas em Kottar aprendemos que nada é só bom ou só ruim. Se eu morrer, por exemplo, Vossa Majestade perderá um administrador valioso, mas também ficará livre de alguém capaz de discursar por horas sobre uma filosofia que vos parece insana. Também não precisará mais explicar como um embaixador que foi mantido prisioneiro antes da guerra agora tem uma posição tão alta. Minha morte trará benefícios para o mundo. E eu não tenho problemas com isso.

Ruff ficou em silêncio.

Em vários aspectos, o mundo seria um lugar melhor sem ele.

Os dias de calmaria antes da próxima batalha foram a maior bênção que Ruff poderia querer. Assim que todo o contingente de Ghanor emergira da Floresta Sombria, eles tinham marchado à máxima velocidade para tentar se manter à frente de Mubruk. Felizmente, a floresta tinha também dividido o exército inimigo. Enquanto Ghanor seguiu seu rei pela vala que ele criara, Sammelen precisou se reagrupar. Muitos soldados e plebeus de Ghanor morreram na fuga, isso era inevitável. Mas a maioria continuou viva. Eles marcharam por alguns dias, montaram acampamento, marcharam mais. Sempre em direção ao território do antigo mosteiro.

Ruff já conseguia divisar o bosque próximo do que costumava ser a aldeia, quando Hild chegou trazendo as auréolas. Estavam perto o bastante da montanha que continha o Túnel Proibido. Acamparam uma última vez para esperar o ataque de Mubruk Filho de Urso. Ele usou aquele tempo para colocar as estratégias de combate em ordem e estar com Bellitz. Fez questão de congratular pessoalmente Urko e os outros oficiais da Companhia do Cão. Escreveu uma longa carta para Edyriell, que ficara na capital, e um bilhete mais curto para Johrgrund, pois sabia que o gigante não teria paciência para discursos longos. Esperava que os dois estivessem vivos. Deixou as duas sob os cuidados de Fester de Salúria.

O rei tinha muitos cabelos brancos, seu rosto exibia várias rugas. Ainda era forte, mas já sentia dores no corpo se precisava fazer esforço demais por muito tempo. Estava mais parecido com o prior do que com a imagem que tinha de si mesmo. Tinha sido uma boa vida. Ele fizera seu melhor e, mesmo com todos os erros, conquistara algo positivo. Não era um legado ruim.

Segundo os batedores, no dia seguinte Mubruk deveria atacar. O exército estava pronto. Tudo estava encaixado.

Ruff estava sentado num banco de madeira, comendo um pedaço de pão seco, aproveitando alguns minutos antes de seu próximo dever. Hild dispensou os guardas e sentou a seu lado.

Ruff notou mais uma vez os pés da guerreira. Ela não calçava mais sapatos desde que, segundo seu relato, fora salva por sua fé nele mesmo. Os pés dela estavam azulados de frio, mas ela parecia estar acostumada. Também não deixava de raspar a cabeça por completo. Hild era magra e endurecida, bem diferente da jovem selvagem de tranças grossas que ele conhecera na arena. Mas agora ela tinha um semblante tranquilo, uma confiança relaxada em si mesma e em algo maior. Era mais séria, mas não tinha mais nada a provar para ninguém.

Hild parecia em paz e isso deixou Ruff radiante por um momento.

— Vi que falou a sós com Fester de Salúria — ela disse, à guisa de cumprimento.

Ruff assentiu.

— Você está planejando morrer, não é?

O rei fechou os olhos. Era estranho: conseguia esconder a verdade de todos, até mesmo de Bellitz, mas não de Hild.

— Como você percebeu? — ele perguntou.

— Não é preciso ser gênio. Você preparou tudo para que o reino funcione sem sua presença. Se é que vai haver reino depois do próximo combate.

— Não só o reino — ele disse. — O mundo. Se vencermos, invadir Sammelen será fácil. Reconquistaremos Kottar sem muita dificuldade. Artus não vai conseguir resistir por muito tempo. Zibrene e a Confederação dos Mercadores já são nossos aliados. O que está em jogo é bem claro. Se perdermos, Ghanor acaba e os deuses são mortos. Se vencermos, conquistamos o mundo e aplacamos a fúria dos deuses.

— E, de qualquer forma, você morre.

— E você vive. Em qualquer um dos resultados, você e Bellitz ficam vivas. Bellitz vai ser uma boa rainha. Você deve ser a general. Vocês precisam liderar o reino em caso de vitória ou reconstruir o que sobrar das ruínas em caso de derrota.

— Bellitz e eu — ela deu um sorriso triste. — Você criou uma nova versão de Ruff e Korin para o futuro.

Ele riu de si mesmo. Nunca tinha pensado daquela maneira.

— Vocês devem tornar o mundo verde e bom, Hild. Sei que conseguem. Dominando todos os reinos, sem Mubruk e sem o Santo Vivo, será uma simples questão de usar a sabedoria que já possuem.

A guerreira não objetou. Apenas acenou com a cabeça.

— Nenhuma notícia de Dianna? — perguntou o rei.

Hild fez que não.

Ele já conhecia a resposta. Há muito tempo não recebiam notícias da capital. Não sabiam se a cidade continuava resistindo ou se já caíra. Não sabiam quem estava vivo e quem estava morto.

— O exército gritou meu nome, mas a heroína foi ela — disse Hild. — Por causa da ajuda de Dianna, consegui chegar até o fim. Por causa de sua fé, consegui acreditar.

— Agora você sabe como me sinto — Ruff deu um riso triste. — Durante boa parte de minha vida, gritaram meu nome, ignorando quem fez quase todo o trabalho. É um alívio que agora seja você a heroína, Hild. Eu apenas lamento passar esse peso para seus ombros.

— Você me salvou. Você e Dianna. Não sei como isso aconteceu, mas você me deu poderes sagrados no Castelo da Rainha Exsanguinada. Acho que você é um santo, Ruff. Não sei o que isso significa.

— Sabe sim.

Significava que a época do rei naquele mundo estava acabando.

— Talvez, como os outros santos, meu lugar não seja mais aqui.

Ele estava deixando de *fazer*, passando a inspirar quem fazia. Estava deixando de ser o herói para ser o mentor. Mentores mortos inspiravam melhor.

Ele tocou o ombro da discípula. Então, tomado por um carinho paternal, a abraçou contra si.

— Como vai acontecer? — ela perguntou.

Ele explicou o plano. Como chegara àquela conclusão ainda em Lago de Pó. Como a posição em que eles estavam agora fazia tudo se encaixar ainda mais.

— É um bom plano — ela concordou, quieta. — Bellitz não desconfia de nada?

— Ela sabe que algo está errado. Bellitz é muito inteligente, é impossível esconder algo assim dela. Ela vai perceber assim que tudo começar. Mas não consigo olhá-la nos olhos e admitir.

Hild passou a mão pela cabeça raspada.

— Acha que é mais uma traição com ela? — perguntou Ruff.

— Você está fazendo o que é melhor para todos — disse Hild. — Você não a está traindo.

Ele se ergueu. Fez uma saudação militar.

— Foi uma honra lutar a seu lado, Hild.

Ela também ficou de pé e retribuiu o gesto.

— Obrigada por tudo, pai.

Eles estavam prontos quando o exército de Mubruk Filho de Urso surgiu de trás da floresta, marchando num compacto de ameaça. Milhares e milhares de guerreiros de Sammelen e Artus, lanças, espadas e machados de prontidão. A Guarda do Urso, o próprio rei bárbaro, os Cavaleiros do Caos, Zamir e a Dama de Ferro. Trombetas soaram do meio da coluna inimiga, seus tambores de guerra bateram em uníssono.

Era um dia frio e úmido no interior de Ghanor. Atrás do exército de Ruff estava a região pedregosa, o bosque e a aldeia. A montanha onde se encontrava o Túnel Proibido. A sua frente, uma planície, a Floresta Sombria e toda a vastidão do mundo. Gotículas de chuva pairavam no ar, sem nunca cair de verdade. O céu estava cinzento e baixo, pesado de nuvens.

Ali o destino do mundo e dos deuses iria se decidir.

Ruff estava à frente das tropas de Ghanor, destacado dos outros, sobre seu cavalo negro.

Não tinha mais medo de Mubruk.

Não tinha mais medo de Áxia.

Não tinha mais medo de nada.

— Hoste Imortal! — chamou o rei, erguendo o martelo. — Vamos conquistar o mundo!

E a resposta não poderia ser outra:

— *Ghanor! Ghanor! Ghanor!*

Hild gritou:

— Pelo Santo de Pés Descalços!

Bellitz ergueu a espada de duas mãos:

— Pelo futuro! Pelo rei! Pelos deuses!

Bellitz voou baixo para perto dele. Abraçou-o, fazendo as armaduras se chocarem. Beijou-o.

— Veja estes homens e estas mulheres, Bellitz — disse Ruff. — Conheça suas espadas e seu estandarte. Essas espadas pertencem a você, este estandarte é seu. Você vai liderá-los. Você será a rainha de Ghanor.

— Eu farei o que for preciso — ela respondeu. — Faça o que deve.

Ela o beijou de novo, ele se sentiu tomado por um amor imensurável.

— A Companhia do Cão está formada! — anunciou Urko.

— Os Gladiadores estão prontos! — disse Hild.

— Os gigantes estão ansiosos para matar! — grunhiu o gigante do gelo que comandava aquela tropa monstruosa.

Ruff virou-se, chamou Urko. O general cavalgou para perto dele.

— Repasse a ordem de avanço. Vocês vão encontrar os desgraçados no meio da planície. Coloque os sargentos mais experientes na retaguarda. Protejam os plebeus, não deixem que o inimigo passe por vocês.

— Sim, Majestade.

— Quero os engenheiros e alquimistas prontos na vanguarda. Marchem em ordem, sem pressa, e matem todos.

Ele assentiu.

— Hild tem o exército — ele disse. — Bellitz é o ponto onde todos devem se reunir. O estandarte é dela.

Urko bateu continência.

— Companhia do Cão! — gritou Urko, e os porta-estandartes ergueram as bandeiras do cachorro e do leão. — Marquem o passo do exército!

Os cães latiram e uivaram, em resposta. As trombetas soaram e, em minutos, o exército de Ghanor estava em movimento, em blocos fechados e ordenados, cruzando a distância até Mubruk Filho de Urso. Os engenheiros e alquimistas acompanhavam gigantes que arrastavam as novas armas sobre rodas, puxando cordas e fazendo-as atravessar a planície no mesmo ritmo dos outros soldados. Poucas linhas de guerreiros protegiam as armas e os especialistas, mas eram guerreiros de elite. Um punhado de Gladiadores estava em cada um daqueles contingentes — garantindo a rapidez na preparação e no funcionamento das armas, mas guardando os sábios contra ataques inimigos.

A Hoste Imortal fez o chão tremer com seu passo cadenciado. Milhares de pés pisavam ao mesmo tempo, criando um estrondo que chegava até o inimigo. Ruff ouviu os urros do exército de Sammelen, mas não precisava olhar para saber que seus guerreiros não tinham medo, estavam firmes no avanço, coordenados pelos sargentos e impulsionados pelo sonho que era Ghanor.

O sonho de um mundo verde e bom.

O grito rítmico começou espontaneamente com os passos:

— Ghanor! Ghanor! Ghanor!

Ruff teve a impressão de que nunca seu nome havia sido gritado ao mesmo tempo por tantas vozes. Guerreiros de todos aqueles reinos unidos sob a palavra que era a representação da esperança. Os plebeus também, muito atrás, gritando e incentivando os soldados.

— Ghanor! Ghanor! Ghanor!

Ruff cavalgou para longe do exército. Desgarrou-se da força principal, ficando ao lado. Seu cavalo empinou, ele ergueu o martelo. Olhou em direção ao estandarte principal do exército inimigo. Lá devia estar Mubruk. Viu o estandarte do reino unificado de Mattora, o estandarte falso de um país que não existia mais. Lá estavam Áxia, Zamir e os Cavaleiros do Caos.

— Áxia! — Ruff gritou. Não seria ouvido por baixo de todas as gargantas berrando, todos os pés marchando, todas as trombetas tocando, todas as espadas batendo em escudos.

Então o rei fez a terra tremer. E a vibração das rochas fez ressoar um som que era quase uma palavra:

ÁXIA!

Ruff deu meia-volta com o cavalo e galopou em direção ao antigo mosteiro, à montanha onde ele fora achado quando criança, ao Túnel Proibido onde os Devoradores de Mundos eram criados. À aldeia onde a Dama de Ferro tinha crescido e desenvolvido seu ódio.

O cavalo pateou o chão a toda velocidade. Dentro do elmo, os ouvidos de Ruff só conseguiam escutar o zunido do vento e o retumbar de botas e tambores de guerra. Ele roubou um olhar para trás.

Uma coluna secundária do inimigo estava se separando da força principal. Eram talvez 5 mil guerreiros. No centro daquele exército menor, Ruff enxergou o estandarte de Mattora unificada. O símbolo dos Cavaleiros do Caos. Enxergou os trigêmeos sobre seus cavalos. Com certeza lá também estava Áxia.

Bellitz voou por sobre ele, sobre a coluna inimiga.

— Minha auréola! — gritou o anjo. — Minha auréola está com eles!

É claro que estava. Ruff sabia que estaria. Não havia onde pesquisar sobre a criação dos Devoradores dos Céus, mas era uma aposta segura. A auréola seria o sacrifício usado no ritual.

— Fique, Bellitz! — sua voz emergiu do fundo do elmo. — Ghanor precisa de você!

— Eu posso senti-la, Ruff! Eu posso...

— Enfrente Mubruk! Deixe-os comigo!

Bellitz relutou, mas voou de volta ao exército principal.

E Ruff galopou. O plano estava dando certo. Áxia, Zamir e os trigêmeos estavam indo atrás dele, rumo ao Túnel Proibido. Por ódio, por temor do que ele pudesse fazer uma vez lá dentro. Para completar o ritual de criação dos Devoradores dos Céus.

Ruff confiou que Hild, Bellitz e Urko iriam manter a disciplina, não deixariam que o exército de Ghanor se dividisse para interceptar meros 5 mil. Aquela luta era só dele.

Hild ergueu a voz:

— Firmes! Devagar!

A Companhia do Cão repassou as ordens por meio de sons de trombeta. O exército era um organismo vivo e tinha uma alma. Eles obedeceram como se a general tivesse falado pessoalmente com cada um.

Chegaram até o meio da planície. Hild deu a ordem de cessar marcha. O exército obedeceu, devagar e deliberadamente como um titã. Mais uma ordem e os engenheiros e alquimistas prepararam as armas. Um terceiro comando, o trombeteiro dos Gladiadores tocou um som específico. Os veteranos espalhados nas linhas de frente, protegendo os sábios, ficaram de prontidão.

Bellitz observava o exército de Sammelen. Estava entre as primeiras fileiras de Ghanor. Naquela batalha, não bastava dar ordens. Ela precisaria lutar. Ela era a rainha, sua posição marcaria o estandarte principal do reino. Não trocaria isso por nada.

Por um tempo que se arrastou, a planície ficou em silêncio.

As forças de Sammelen estavam a poucas centenas de metros. Era possível discernir o estandarte do urso que marcava a posição de Mubruk. A força secundária se afastou cada vez mais, indo atrás do rei.

Uma trombeta soou nas forças inimigas.

O céu foi tomado pelo grito de guerra de milhares de guerreiros. O tropel de cavalos preencheu o ar como um trovão e Sammelen atacou.

Ruff sentiu o coração bater mais forte quando passou ao largo do bosque, dos casebres despedaçados do que fora a aldeia, das ruínas do mosteiro. Em algum lugar ali perto, estava a tumba do prior, de quase todas as pessoas com quem ele dividira a infância e a juventude. As nuvens cinza-chumbo estavam baixas e pesadas, parecia ser possível tocá-las. Ele viu os escombros do mosteiro. Eram agora um amontoado de pedra cinza. Estavam meio cobertos por musgo e outros tipos de vegetação. Uma pequena árvore torta nascia por entre as pedras. Ele pôde discernir as feições de São Arnaldo no que restava da torre do sino. Hoje em dia, a torre era uma ruína e o santo estava morto.

Continuou em frente. Fez o caminho que a cabra desgarrada fizera, quase 50 anos atrás, levando Dunnius e Niccolas a encontrá-lo no interior da montanha. Era um dia frio, como aquele em que ele fora achado. Ruff parou no sopé da montanha.

Virou o cavalo, que relinchou, inquieto. Viu o exército vindo em sua direção.

Ergueu o martelo.

— Se quiserem chegar ao Túnel Proibido, terão de passar por mim! Eu sou Ruff Ghanor e esta terra é minha! Voltem a seu reino amaldiçoado, invasores!

Mas ele não queria que eles fossem embora. Na verdade, estavam fazendo exatamente aquilo que ele planejava. Era arriscado demais para Áxia deixá-lo no Túnel Proibido. Não sabiam o que poderia acontecer. Então ela e os trigêmeos vieram atrás dele.

Ruff viu o estandarte de Mattora parar no meio das forças inimigas. Os soldados seguiram em frente, passando ao largo. Daquela distância, ele não conseguia discernir os trigêmeos, mas sabia que a bandeira marcava sua posição.

O exército chegou mais perto. Ruff ficou estático. Logo começou a ver os detalhes dos escudos e os rostos daqueles homens. Apeou do cavalo e deu-lhe um tapa no flanco, para que ele fosse embora. O animal correu para longe.

Agora era só ele contra todos.

— *Arqueiros!* — gritou alguém nas forças de Sammelen.

Um instante depois, o céu cinza ficou negro de flechas. Centenas, talvez milhares vieram na direção de Ruff, fazendo longas trajetórias elípticas no céu. Ele gesticulou com os dois braços, num semicírculo para cima, então a terra estourou. Chapas imensas de pedra emergiram, numa chuva de terra preta e úmida. Elas se ergueram por mais de cinco metros, cuspidas violentamente, então se curvaram para trás, formando uma espécie de escudo. Ruff correu para ficar encostado nas chapas e ouviu as flechas se quebrarem contra a rocha.

Ele fez outro gesto e as pedras tombaram para a frente, duas se despedaçando. Aquilo era só a primeira tentativa, um golpe experimental para testá-lo. Agora começaria o combate verdadeiro. Por baixo do elmo, Ruff estava sorrindo de antecipação. Há muitos anos não podia lutar solto, sem amarras, sem preocupações com o dia de amanhã.

Uma trombeta soou no exército de Sammelen. Então um comandante gritou:

— *Carga!*

E milhares de soldados correram, gritando ao mesmo tempo, contra o rei.

A cavalaria galopou em massa contra as forças de Ghanor. Bellitz nunca vira tantos cavaleiros juntos. Pelo menos mil daqueles guerreiros de elite, as lanças em riste, as armaduras refletindo o céu frio e cinzento. Os cavalos adornados com caparazões. Seria um ataque devastador, capaz de desestabilizar qualquer força militar do mundo.

Hild deu uma ordem e os Gladiadores repetiram-na, abrindo as linhas na frente dos engenheiros e alquimistas.

E revelando os canhões.

Após o segundo sonho com o prior, o Rei Ruff Ghanor tinha ordenado que os alquimistas de Kottar criassem uma arma capaz de matar anjos e ali estava ela.

Cada canhão era uma monstruosidade de ferro fundido sobre rodas. Tinham dois metros de comprimento, num cano que começava grosso e se afunilava de leve. Estavam cheios da substância que os alquimistas de Kottar tinham levado anos para desenvolver. Pólvora. Dentro de cada um havia uma bola de ferro, ou correntes ligadas entre si, ou montes de estilhaços afiados presos por uma cola projetada para se desfazer com o impacto. Cada canhão era moldado na forma de uma criatura temível: os mais comuns eram bocas de dragão, mas havia leões, lobos, serpentes. E cada um tinha um apelido carinhoso, um nome dado pela equipe de sábios que o operava. Eram o Assassino de Ferro, a Madrasta, o Beijo de Kottar, o Mau Perdedor. Havia um canhão decorado como se seu cano fosse coberto de ossos de costela e sua boca tinha forma de caveira. Era uma homenagem a Hild, batizado, é claro, de Osso-Oco. Apenas cada equipe saberia as histórias íntimas que levaram a cada um daqueles nomes, mas o que importava era que cada uma amava sua arma.

Os canhões estavam apontados para os cavaleiros em carga. Os engenheiros colocaram fogo nos pavios.

Então se afastaram e as armas dispararam em estouros de fogo, espalhando fumaça pela planície inteira, com um estrondo ensurdecedor.

Cavaleiros e cavalos se desfizeram numa explosão horrenda de metal e sangue. Bellitz conseguiu ver uma bola de canhão atingindo um homem no peito, jogando-o para trás ao mesmo tempo em que sua cabeça e um de seus braços se desprendia. Um canhão que disparava correntes deu cabo de três ao mesmo tempo, as correntes girando e cortando, derrubando e quebrando ossos. Talvez a munição mais terrível fosse a de estilhaços: a bola já saía do canhão se dispersando, retalhando e perfurando numa área enorme. E cada tiro penetrou fundo nas linhas de cavalaria, matando vários ao mesmo tempo. Os gritos dos feridos e moribundos suplantaram o brado de guerra quando o estrondo se desfez. O ar foi tomado por fumaça de cheiro característico. O cheiro da guerra dali em diante. O cheiro de pólvora queimada.

Os sobreviventes dentre os cavaleiros continuaram em carga, mas muitos animais tropeçaram nos corpos, caíram, levando seus ginetes consigo. Vários passaram incólumes e conseguiram saltar por cima dos cadáveres ou contorná-los, mas agora aquilo era uma carga lenta, desencontrada, sem unidade.

— Gladiadores! — chamou Hild. — Ataquem!

A elite do exército de Ghanor se desprendeu das primeiras fileiras para encontrar os cavaleiros antes que chegassem ao exército principal. Atrás deles, os soldados fecharam a parede de escudos na frente dos sábios com seus canhões. Os especialistas começaram a tarefa árdua de limpar as armas por dentro, colocar pólvora, socá-la, colocar mais munição, trocar o pavio.

Hild correu de pés descalços para encontrar o inimigo. Um cavaleiro vinha em sua direção, apontou a lança para ela. A guerreira foi direto para a ponta afiada da arma e, no último instante, pulou por cima dela. Hild segurou-se na haste da lança para obter impulso, voou para o cavaleiro com o machado em punho e, no mesmo movimento, a lâmina encontrou a garganta macia do homem, por entre o elmo e o gorjal. Ela o empurrou, continuando o salto, o corpo mole largou a lança, o cavalo continuou galopando. Hild caiu no chão, deixando o cavalo para trás, e encontrou outro cavaleiro. Este estava a pé, armado com um mangual, seu cavalo agonizando. Ela avançou para matar mais aquele inimigo.

— Traga os Gladiadores de volta! — ordenou Bellitz. — Preparem-se para o choque das paredes!

Urko repetiu a ordem, as trombetas soaram. Hild e a elite voltaram, matando durante todo o caminho. Entraram no meio das fileiras, sumindo entre os soldados comuns. Enquanto isso, as tropas regulares avançaram, engolindo os sábios e seus canhões, no trabalho demorado de preparar as armas para uma segunda saraivada.

Ghanor fechou a parede de escudos poucos instantes antes que Sammelen viesse com sua parede e se chocasse.

Depois da carga de cavalaria, as tropas normais do inimigo tinham marchado em meio ao sangue e à fumaça. Aquele combate não iria se resolver por um único ataque decisivo, mas pelo atrito brutal dos guerreiros em contato próximo. Escudo bateu com escudo, centenas de vezes, e os soldados começaram a se empurrar, sentindo o hálito uns dos outros, perto do rosto do inimigo como se fossem amantes. Os guerreiros de Ghanor eram treinados no uso de espadas curtas, muito melhores para aquele tipo de luta, e na disciplina necessária para manter a parede firme, confiando nos irmãos em armas para proteção.

Hild tinha montado num cavalo. Bellitz, algumas dezenas de metros afastada, mandou que sinalizassem para ela com uma bandeira: era o sinal de que o comando do exército voltava a ser da guerreira de Artus.

— Cavalaria! — gritou Hild.

Sob o som das trombetas, os cavaleiros de Ghanor emergiram dos flancos do exército. Não eram tantos quanto os de Sammelen, mas seu objetivo também não era atacar de frente a força principal. Eles galoparam contra as laterais do exército inimigo, na vanguarda, desestabilizando sua parede de escudos. Fizeram uma carga oblíqua, mataram alguns, mas o mais importante não era aquilo: as linhas mais profundas da parede de Sammelen teriam de se mover.

Sem o apoio de seus irmãos mais atrás, a primeira linha do inimigo se desestabilizou. Ghanor avançou um passo, matando e pisoteando.

— Elfos!

Os arqueiros emergiram de todos os lados. Eram uma tropa móvel, ágil, imprevisível. Eles surgiram pelos flancos, apoiando os cavaleiros e atirando com precisão para matar os sargentos inimigos que mantinham a ordem, para causar pânico no meio das tropas. Também vieram por entre a massa de soldados de Ghanor, atirando por cima das cabeças, sabendo o que acertariam apenas por seu treinamento longo e sua precisão inumana.

Ghanor deu mais um passo. A parede inimiga estava ruindo.

— Como estão os canhões? — Hild perguntou em um grito para Urko.

— Só dois tiveram problemas com o primeiro tiro, General! As outras equipes estão quase prontas.

— E a vanguarda?

— Parece estar aguentando! Mas precisaremos rotacionar os homens logo!

Nenhum guerreiro aguentaria para sempre numa parede de escudos. Hild mandou que começassem o longo e complexo processo de recuo, para que novos soldados descansados pudessem substituir os que já estavam exaustos. Era algo que só os melhores sargentos conseguiam coordenar.

Ela levou a luneta ao olho, mas não conseguiu divisar onde estava Mubruk e a Guarda do Urso. Sabia que a elite de Sammelen não tinha se desgarrado com a coluna secundária. Se os anjos conseguissem um ataque decisivo, nem mesmo toda a inovação e a disciplina de Ghanor seriam capazes de garantir a vitória. E o rei inimigo era a principal ameaça.

— Os canhões estão prontos, General! — avisou Urko.

O tempo estava passando. Hild recebeu o relatório de que os soldados na vanguarda tinham sido rotacionados, mas as baixas eram significativas. A Guarda do Urso ainda não atacava.

Os cavaleiros de Ghanor causaram o caos nos flancos, mas foram obrigados a recuar quando Sammelen deslocou arqueiros para os dois lados e começou uma chuva de flechas. Vários morreram antes que pudessem voltar para a segurança relativa.

As paredes de escudos continuavam se empurrando, morte a morte, passo a passo. Enquanto isso, os gigantes estavam parados, os canhões estavam mudos. Hild poderia dar as ordens que começariam o lento processo de deslocar as armas, para que fossem úteis em outro lugar. Poderia mandar que os gigantes fizessem uma manobra diferente do previsto, corressem para esmagar arqueiros ou alcançar a retaguarda inimiga.

Mas tudo dependia de conseguir vencer Mubruk e os anjos. Se a Guarda do Urso pegasse-os de mau jeito, tudo estaria perdido.

Hild cavalgou até Bellitz.

— Você precisa assumir o comando das tropas de novo! — gritou a guerreira, por sobre o alarido do combate.

— O que tem em mente, Hild?

Hild estava suja de sangue e descansada. Claramente ansiosa para voltar à frente da batalha. Falou com um sorriso:

— Precisamos de uma isca.

O chão pedregoso e gelado estava coberto de flechas, como uma plantação de setas negras. Milhares de guerreiros corriam ao mesmo tempo na direção de Ruff Ghanor.

Na direção do Devorador de Mundos.

Ruff sentiu a terra estremecer sob suas botas, como se fosse uma amante plena de antecipação. Seu corpo todo formigou, ansioso pelo que viria a seguir. Durante anos ele se controlara. Durante anos evitara a morte desenfreada. A fúria após a morte de Korin fora involuntária, algo que ele mal percebera. Aquilo era diferente. Depois do morticínio que causara em Rocha Celeste, décadas atrás, ele nunca mais se permitira um banquete.

Ruff bateu com o martelo no chão.

O chão sob o meio das tropas inimigas se ergueu num solavanco imenso. O rei viu centenas de soldados serem jogados para cima, girando no ar, berrando de pavor. Quando eles caíram, o solo se abriu, devorando-os. A terra cuspiu colunas afiadas de pedra negra. O solo logo à frente do rei vomitou um turbilhão de terra remexida, milhares de toneladas ao mesmo tempo, como uma erupção vulcânica. Soterrou mais algumas centenas. Então toda a área ao redor dele tremeu com violência. A montanha deixou cair uma avalanche. O bosque engoliu suas árvores, os poucos casebres que restavam de pé desabaram. As ruínas do mosteiro de São Arnaldo explodiram numa chuva de destroços.

Os soldados de Sammelen foram esmagados, enterrados vivos, arremessados. Caíram e foram pisoteados por seus próprios companheiros.

Ruff sentia o solo se mexendo, respondendo a sua vontade.

Sentia cada morte, como se estivesse tirando aquelas vidas com as mãos.

E gostava disso.

— Venham morrer! — gritou o rei de Ghanor. — Venham morrer, malditos de Sammelen! Vocês não merecem a vida!

Os soldados tentaram fugir, apavorados. Ruff não sabia quantos milhares já tinha matado. Ele pôde saborear o pânico daquela gente, tentando se arrastar pelo terremoto, correr por entre o pandemônio de seus companheiros, preservar a vida a qualquer custo.

Gargalhou.

Uma onda de terra e pedra se ergueu à frente do Devorador de Mundos. Tinha mais de 20 metros de altura, carregava consigo árvores, rochedos, cadáveres. A onda cobriu os soldados em fuga, enchendo sua visão de sombra, antes de cair e estourar por sobre eles. Pela terra, Ruff ouviu seus gritos de agonia, sentiu seus ossos quebrarem.

Um fosso se abriu e tragou outras centenas. E a terra tremia, derrubando, soterrando, engolindo.

Ruff deu as costas ao inimigo. Correu pelo terremoto, na direção da montanha. A cada passo, sentia a energia do mundo fortalecendo-o, tornando-o mais forte enquanto era destruído.

Olhou para trás.

Uma esfera de energia verde avançava por entre a destruição. Áxia e Zamir tinham os braços para cima, dentro da redoma. A terra e as pedras batiam naquela força, resvalando, escorregando inofensivas. Ao lado deles, os Cavaleiros do Caos galopavam em desespero, berrando, tocando os cavalos por entre as ondas de terra e pedra.

Ruff chegou ao sopé da montanha e começou a escalar.

Ergueu-se 15 metros, indo rápido, a montanha se dobrando ante sua vontade, a força que tinha roubado da destruição impulsionando seu corpo. A rocha acima dele foi atingida por um relâmpago. Ruff foi banhado por uma pequena avalanche de rochas, gelo e pó, que fizeram barulho em seu elmo. Uma grande rachadura se estendeu montanha acima. Ele se segurou na fenda, ordenou que ela parasse de se alargar. Então a usou para se impulsionar adiante.

Áxia e Zamir estavam lá embaixo. Ruff podia ver a face da ira dos dois. Estavam pisando sobre cadáveres, sobre moribundos, num tapete macabro de membros retorcidos e metal quebrado. A Dama de Ferro tinha o braço estendido, acabara de conjurar o relâmpago.

— Venham atrás de mim! — gritou Ruff. — Tudo isso vai acabar no Túnel Proibido!

Escalou mais cinco metros com grande velocidade.

O vento soprava gelado e forte àquela altura e só ficaria pior. Mas ele era incapaz de sentir desconforto. Só tinha em mente seu objetivo, o sabor delicioso da destruição e a fome por mais. Continuou escalando. Foi banhado por chamas verdes, viu o gelo grudado nas rochas da montanha chiar em contato com o calor. Mas sua pele não se deixava ferir pelo fogo, curava-se instantaneamente, enquanto ele absorvia o poder das rochas.

Já sentia o interior da montanha, podia quase enxergar os túneis e as passagens lá dentro. O ar parado nas cavernas era como sua respiração, a face escarpada era como seu peito. Era sua montanha e lá ele escolhera morrer.

Ouviu uma cacofonia abaixo.

O ar foi tomado por um gemido horrendo, o barulho contínuo de ossos se estraçalhando, carne rasgando, metal sendo retorcido. E também pessoas berrando de dor. Áxia gesticulou e os cadáveres se juntaram numa espécie de coluna feita de morte. Membros e armas, mortos e moribundos, todos misturados numa só massa revoltante. Ela e Zamir estavam de pé na onda macabra, sendo levados para cima. Ela fez mais um gesto e um pseudópodo feito de partes de corpos se projetou até a montanha, puxando a onda toda adiante, como uma espécie de animal bizarro.

Ruff continuou subindo, agora já estava perto.

Então disse uma praga por baixo da respiração. Porque o céu cinzento se iluminou. Ruff sentiu o cheiro de incenso e luz solar. Ouviu um trovão e não precisou olhar para cima. Já sabia o que era.

O primeiro anjo voou por sobre a montanha, suas asas magníficas abertas, muito brancas contra o cinza, sua armadura emitindo luz própria. Outros anjos se seguiram, por uma concentração de raios dourados que pareciam um rasgão no céu.

— Não! — gritou Ruff. — Não, idiotas, vão embora!

Aquela batalha era letal, ele sabia. Por isso tinha afastado Hild e Bellitz. Por isso estava ali sozinho. Ele não queria mais mortes. Mas, embora não pudessem sentir Mubruk e Bellitz na luta principal, os anjos sabiam que a Dama de Ferro e seus filhos estavam perto da montanha.

Foi então que uma névoa negra começou a se erguer na planície. Ruff ouviu três vozes gritando ao mesmo tempo:

— *CAOS!*

Hild se abaixou, esquivando-se de um golpe de espada. Ergueu-se num salto, dilacerando a virilha do soldado, deixando-o para sangrar até a morte. Seguiu correndo. Recebeu um jato de sangue no elmo — outro dos Gladiadores tinha acabado de decapitar um guerreiro inimigo. A elite de Ghanor abria um caminho de chacina pela lateral do exército de Sammelen. Os soldados comuns não estavam preparados para lidar com a violência e a rapidez dos lutadores liderados por Hild. Os sargentos berravam para colocar os homens em formação, formar paredes de escudos no meio das fileiras, atacar em conjunto. Milhares de soldados massacrariam sem dificuldade poucas dezenas de veteranos, por mais habilidosos que fossem. Mas isso só se pudessem tocá-los.

— Formação tartaruga! — chamou um sargento. — Avancem...

Antes que o homem pudesse terminar a ordem, Hild pulou com os dois pés sobre seu peito. Derrubou-o e cortou sua garganta com o machado. Atingiu o joelho do soldado mais próximo, bateu com o escudo no rosto de um terceiro, enterrando a lâmina em seu estômago. A formação deles se desmanchou, qualquer tipo de organização que o sargento tentava impor se esfacelava ante o medo dos Gladiadores.

O som de uma trombeta avisou que uma nova tropa estava sendo chamada. O pandemônio no meio das fileiras não duraria para sempre. Eles precisavam cumprir o objetivo e fugir rápido.

Hild olhou para o lado. Um veterano lutava com dois jovens soldados inimigos. Ele bloqueou um golpe de espada com o escudo, então usou sua própria lâmina para perfurar o peito do adversário. Não puxou a espada de volta, empurrou o cadáver contra o outro. Ele lutava de modo preciso e treinado, o modo de Ghanor. Mas ela podia ver que o homem se esforçava para manter o ritmo acelerado. Ele tinha cabelos quase tão grisalhos quanto o próprio Ruff por baixo do elmo. Por toda a sua experiência e bravura, boa parte dos Gladiadores era composta de velhos. Alguns já podiam ser avós. Ela não podia exigir que eles corressem sem parar ou estaria jogando suas vidas fora.

Os soldados recuaram, abrindo uma clareira em torno dos Gladiadores. Um conjunto de urros foi chegando mais perto.

— Os furiosos de Artus! — avisou Hild.

Eles não precisavam de outra ordem. Não estavam ali para enfrentar onda atrás de onda de inimigos cada vez mais poderosos e os bárbaros frenéticos de Artus eram alguns dos piores. Os Gladiadores correram, abrindo caminho mais fundo por entre as fileiras inimigas. Hild matou dois com um golpe, duas gargantas cortadas, bateu num terceiro com o escudo, deu um pisão forte em seu joelho e deixou-o com a perna quebrada, gemendo no chão. Os soldados abriram caminho para eles, fazendo uma espécie de parede de escudos improvisada, só se protegendo, ninguém querendo entregar a vida em troca de nada.

Ela olhou para trás e viu os furiosos. Não tinham nenhum tipo de ordem, corriam uns empurrando os outros, salivando para chegar a suas presas.

— Mais rápido! — ela gritou.

Os Gladiadores correram, atropelando quem estivesse em seu caminho. Hild avistou algo que podia servir de distração. Não precisou dar a ordem, só desviou e os outros a seguiram. Em um instante, ela estava numa catapulta. Os engenheiros de guerra de Sammelen foram surpreendidos pela chegada súbita daqueles guerreiros. Hild matou o primeiro deles com uma machadada no crânio, antes que o homem entendesse o que estava acontecendo. Ela seguiu, correndo por entre os inimigos atônitos, cortou uma corda da catapulta e foi embora. De novo, os Gladiadores não precisaram de ordem: cada um correu, cortou uma corda, quebrou algo na máquina de guerra, matou um engenheiro. Quando o último passou, a catapulta desabou no caminho dos furiosos, disparando uma pedra a esmo, sem força. Uma viga de madeira caiu sobre um bárbaro, deixando-o preso. Mas o selvagem que vinha na frente saltou sobre um dos Gladiadores, que não foi rápido o bastante. Os dois rolaram na relva pisoteada, o sangue do veterano já jorrando. Outro bárbaro se juntou, mordendo sua garganta.

Hild sabia que não podia lamentar. Só seguir em frente.

Então os soldados inimigos abriram espaço, porque outro contingente chegava.

Um medo primordial tomou conta dela, mas Hild se forçou a sorrir. Estava frente a frente com a Guarda do Urso, os anjos de Mubruk.

— Venham me enfrentar, covardes! — ela gritou. — Sou Hild Osso-Oco e não temo nenhum de vocês! Sou a general de Ghanor, matarei qualquer um que me desafiar!

Um anjo de longos cabelos negros atacou o contingente dos Gladiadores com uma maça imensa. Bateu bem no peito de um veterano, quebrando mais ossos do que qualquer um poderia contar, então seguindo o golpe para esmagar o crânio de outro. Um segundo anjo agarrou um Gladiador pelo braço antes que o homem conseguisse correr e, segurando seu peito, arrancou o membro. Usou-o para bater em outro Gladiador. Em instantes, três homens tinham morrido e um quarto estava sendo espancado. Hild sentiu um tijolo de gelo no estômago, a certeza de que era impossível para simples humanos lutar contra aquelas coisas.

— Gladiadores! — gritou, rezando para que ninguém escutasse o tremor em sua voz. — Hoje vamos matar algo diferente! Hoje mataremos um anjo!

Ela correu para o primeiro que viu. Hild estava acostumada a ser mais rápida que todos os inimigos, mas o anjo tinha uma alabarda e se moveu antes que ela conseguisse notar. A arma era longa, seu alcance era enorme, e a lâmina encontrou o ombro de Hild, a dor chegando antes da imagem. Ela rolou para o lado, o ombro latejando. A força do golpe fora tão grande que somente a armadura de ossos dos mortífices de Kottar tinha impedido que o aço encontrasse carne.

Quatro Gladiadores dançaram para cima do anjo, atacando de diferentes lados. Ele se virou e deu um golpe enorme, que decapitou dois. Os outros dois se abaixaram e cortaram os tendões atrás dos tornozelos da criatura. O anjo gritou e caiu. Mais cinco veteranos saltaram para cima dele com as lâminas em punho. O anjo agarrou um deles em pleno ar, jogando-o para longe. Outro fincou uma espada em seu peito; o anjo mordeu sua garganta e arrancou um naco enorme, gerando uma fonte de sangue. Uma adaga encontrou a garganta do anjo e outra espada o perfurou sob a axila, no coração. Um veterano aproveitou que ele estava caído e cortou uma artéria na virilha.

Hild conseguiu ver que ele arregalou os olhos, incrédulo.

Os Gladiadores tinham matado um anjo.

— Venham, desgraçados! — ela berrou, conseguindo se esquivar do martelo de uma das criaturas. — Têm tanto medo assim de uma humana? Venham me enfrentar!

Os anjos não eram idiotas, não estavam caindo na armadilha. Alguns tinham atacado, mas de forma ordenada. Não havia o ataque furioso que ela desejava. Mais dois Gladiadores morreram enquanto Hild teve esse pensamento. Ela pensou em dar a ordem de retirada, não desperdiçar as vidas de sua elite. Então viu o grupo principal da Guarda do Urso.

Viu Mubruk.

Uma onda de gelo cruzou seu corpo. O rei bárbaro urrava, coberto de sangue, olhos vermelhos, bocarra aberta como um bicho. A pele do antigo rei de Sammelen decorando sua cabeça e seus ombros. Seu peito estava afundado, mal costurado por uma linha grossa. Hild podia ver o vazio negro lá dentro. Mubruk tinha deixado o porta-estandarte para trás, metera-se no meio da batalha com seus anjos. Ele enxergou Hild e num momento ela reconheceu o ódio que ele demonstrara anos antes, quando ela fora a emissária que conseguira o aval do Santo Vivo para guerrear contra Mattora. Naquele dia, Mubruk tinha prometido que Hild sofreria. Ele a reconhecia. Ele nem mesmo sabia o que ela fizera, não tinha noção de que Hild o havia transformado em mortal. Ela estremeceu ao pensar no tamanho da raiva dele quando soubesse.

Só havia algo a fazer.

Hild rolou para a frente e ficou de pé. Tremendo, forçou-se a sorrir.

Olhou nos olhos de Mubruk.

— Eu conheci os Ceanntorc! — gritou a guerreira. — Eu matei a Rainha Exsanguinada!

Mubruk empurrou um anjo para o lado, indo em direção a ela como um touro raivoso.

— Eu derrotei os anjos protetores! Eu capturei sua auréola!

Ele correu para ela. Todos os instintos de Hild ordenavam que fugisse, mas ela obrigou suas pernas a ficarem no lugar.

— Eu destruí sua auréola, Mubruk! Por minha causa, você é mortal!

Mubruk Filho de Urso se jogou para a inimiga numa fúria insana, um ódio que transcendia as palavras e o deixava incoerente. A pele do antigo rei caiu de seus ombros. Os olhos injetados estavam fixados em Hild, as mãos em garra visavam seu pescoço. Ela sentiu a ira e o rancor de uma criatura milenar, sentiu-se alvo de um desejo de destruição que ia além do tempo e do espaço.

A tática dera certo.

Anjos não estavam acostumados à mortalidade, à vulnerabilidade, a precisar se preocupar com meros humanos. Nunca tinham aprendido a lutar como alguém que podia morrer.

Hild virou-se e correu por entre os soldados inimigos. Ouviu o resfolegar de Mubruk, as respirações de dezenas de anjos. Os Gladiadores fugiram, morrendo aos poucos, perseguidos pelas criaturas celestes.

Com o canto do olho, Hild viu Mubruk alcançar um dos veteranos e destroçá-lo com uma mão.

O exército de Sammelen abriu um corredor, apavorado com seu próprio rei. Hild se enfiou no meio das fileiras inimigas. Mubruk começou a matar sem distinção entre aliado e inimigo apenas para chegar até ela.

No meio das fileiras de Ghanor, Bellitz olhou com a luneta e viu que o estratagema dera certo. Os anjos estavam bem mais perto da frente de combate, havia uma abertura no meio do exército de Sammelen e ali corria a Guarda do Urso. Ali corria Mubruk.

— Gigantes! — ela gritou. — Gigantes, avancem!

A ordem não precisou ser repetida. Uma trombeta soou, mas foi tarde demais. Os gigantes estavam ansiosos por entrar em combate e correram para a matança assim que Bellitz falou as palavras.

As tropas de Ghanor já estavam prontas para a manobra. Os soldados abriram espaço para as monstruosidades. As primeiras fileiras da parede de escudos recuaram, coordenadas pelos sargentos, então deram passos para o lado. Sammelen avançou, matando vários soldados, mas as baixas na guerra eram uma realidade fria, uma contagem mórbida em que uma vida tinha valor pelo que conquistaria ao ser perdida. E, naquele momento, a manobra de recuo conquistava a passagem dos gigantes, que abriram um rombo nas tropas inimigas.

Um corredor se formou assim entre Ghanor e Sammelen. Os anjos enxergaram os gigantes, com um espaço quase livre entre os dois. Mubruk viu aqueles inimigos, mas ignorou-os. Seu alvo era apenas Hild.

— *Recuar!* — gritou Bellitz, o mais alto que conseguiu.

Cinco trombetas soaram ao mesmo tempo, na tentativa de fazer os gigantes escutarem. Muitos pararam no meio da carga e obedeceram. Outros continuaram em sua fúria cega, sempre em frente, para encontrar os anjos. Os gigantes do gelo puxaram alguns, mas outros ficaram no caminho, e Bellitz sabia que seriam mais baixas infelizes.

Os gigantes voltaram, abriram caminho para os lados e agora havia uma linha de tiro clara até os anjos de Sammelen.

Uma linha de tiro para as armas que Ruff Ghanor tinha encomendado aos alquimistas de Kottar. Armas capazes de matar anjos.

Os canhões foram empurrados para a frente. No centro da linha, estava o maior deles. Não tinha sido usado na primeira saraivada, porque os engenheiros não queriam arriscá-lo. Seu cano tinha quatro metros de comprimento, sua bocarra era larga. Sua munição eram bolas cheias de espinhos e lâminas, ligadas umas às outras por correntes. Seu nome era Mata-Anjo e o canhão era decorado com motivos demoníacos, dois chifres enormes sobre a cabeça diabólica que compunha a extremidade do cano.

— Fogo!

Hild pulou para o lado, metendo-se no meio de soldados de Sammelen.

Os canhões dispararam em mais uma saraivada de trovão. O Mata--Anjo foi o mais alto de todos, a enorme quantidade de pólvora em seu interior fazendo-o ir para trás, num coice violento. Um dos canhões, o Bastardo Ruivo, explodiu num mau funcionamento, matando os alquimistas e engenheiros de sua equipe.

Os tiros perfuraram os poucos gigantes que tinham se recusado a cumprir a ordem de recuo. As bolas, as correntes e os estilhaços encontraram os anjos e espalharam seu sangue.

A munição terrível do Mata-Anjo rodopiou pelo campo de batalha. Encontrou um grupo de cinco anjos, cortou seus corpos, arrancou braços e cabeças e continuou, em sua trajetória mortífera, para dar cabo de mais um, atrás.

A Hoste Imortal gritou de triunfo, todos como um só, ante a vitória da engenhosidade humana sobre a tirania divina.

Bellitz sentiu algo fervilhando dentro de si. O amor que ela tinha pelos mortais era intenso. Naquele momento, ela sentiu que podia mesmo ser uma rainha, como Ruff queria. Cruzou o olhar com Hild, do outro lado, e as duas sorriram.

— *Gigantes!* — gritou Bellitz. — *Carga!*

As trombetas repetiram a ordem e as criaturas saíram do meio das fileiras, correndo de volta para o combate. Encontraram os anjos apavorados, tendo visto pela primeira vez uma criação mortal que podia fazer frente a eles.

As duas tropas se chocaram num confronto de força incalculável.

No meio da carnificina, Mubruk emergiu. Estava berrando, coberto por carne destroçada de anjo. Sua pele estava cravejada de estilhaços, seu rosto era um retalho sangrento. Mas estava de pé, pronto para lutar.

Encontrou Hild num instante e saltou para ela.

— Urko, o comando é seu! — gritou Bellitz.

— Por Korin! — respondeu o general e então latiu.

— Por Ghanor! — a rainha desembainhou a espada e abriu as asas.

O ar se encheu de penas imaculadas e a montanha verteu sangue.

O exército dos mortos rugia numa torrente interminável ao redor. Ruff, um humano, estava imune à fúria espectral, mas os anjos estavam sendo dilacerados. Ele viu um celestial trajado numa armadura prateada e armado com uma lança comprida ser avassalado por milhares de guerreiros mortos.

Os dentes fantasmas se cravaram em sua carne angelical, arrancando pedaços. O servo dos deuses foi devorado vivo.

Os três Cavaleiros do Caos cavalgavam corcéis espectrais pelo ar na direção de Ruff.

A montanha estava escorregadia de sangue. A própria realidade sofria com a morte dos anjos, como fora quando Bellitz tinha sido atacada. A terra chorava sangue, penas caíam em profusão, numa chuva lenta e melancólica. Ruff viu o cadáver de um anjo despencar com um estrondo, criando uma cratera no chão.

Os trigêmeos gargalhavam.

Olhou para baixo; Áxia e Zamir também chegavam perto, em seu veículo tétrico.

Ruff viu a abertura que procurava. Era uma caverna no paredão, uma fenda larga por onde poderia passar sem dificuldade. Áxia disparou um relâmpago contra ele, Ruff fez desabar um rochedo contra a Dama de Ferro. A magia elétrica atingiu o rei, ele foi tomado pela dor e ficou alguns instantes rijo, mas a montanha se esfacelou mais um pouco, gerando outra avalanche para curar seus ferimentos. A rocha que Ruff jogara esmagou toda uma área da onda de cadáveres.

Ruff deu um impulso com os braços e saltou até uma escarpa próxima. Agarrou-se nela, fez força, colocou o pé para cima, então ficou no nível da abertura.

Correu para dentro da montanha.

Entrou no túnel e no mesmo instante tudo se tornou mais silencioso. Seus passos metálicos ecoaram nas paredes, mas o rugido do terremoto e a gritaria de mortos e vivos ficou para trás. Ele sentiu algo gotejar em seu elmo. Era sangue. A montanha chorava sangue, pois os anjos estavam morrendo. Aquele era o início do ataque ao Paraíso e os guerreiros divinos já estavam pagando o preço.

Ruff continuou pelos caminhos da montanha. Não lembrava de nada daquilo, mas as passagens se mostravam para ele como se tivesse um mapa. Também não havia nenhuma iluminação e logo a luz que vinha do mundo exterior foi tragada pelas curvas do túnel e deixou de existir. Mas ele não precisava de luz. Sentia cada parede, cada centímetro de rocha como se fosse seu próprio corpo.

Sentiu quando os inimigos entraram na montanha.

A planície roncava de leve com um terremoto contínuo.

Hild saltou para a frente, meio desequilibrada, quando Mubruk esmurrou o chão onde ela estivera um instante atrás. A guerreira rolou, foi parar aos pés de um grupo de soldados inimigos. Os homens armados com lanças imediatamente a atacaram. Ela deu uma cambalhota para ficar de pé e evitar as armas, quebrou uma lança com o machado e inverteu o golpe, acertando o inimigo na mandíbula, fazendo dentes voarem. Enfiou-se no meio dos soldados. O anjo jogou-os para todos os lados enquanto eles tentavam fugir.

Ela catou uma lança do chão e arremessou contra o peito de Mubruk. A arma se fincou lá. O selvagem quebrou a haste.

— Entregue-se, Mubruk! — gritou Hild. — Entregue-se e sua morte será rápida!

Bellitz desceu num rasante em direção ao rei bárbaro, a enorme espada em punho. Vinha certeira para trespassá-lo nas costas. Com velocidade inumana, Mubruk se virou e agarrou o braço da celestial.

Puxou com força, fazendo Bellitz passar por cima de sua cabeça. Jogou-a na lama e chutou seu rosto. A rainha rolou para trás. Hild pulou por cima dela, o machado em punho.

— O mundo pertence a Ruff Ghanor! — gritou a guerreira. — Ajoelhe-se, desgraçado! Ajoelhe-se para seu rei!

— Ruff Ghanor é um verme! — gritou Mubruk. — Ruff Ghanor é a escória dos deuses, trazendo a guerra para meus reinos! É um açougueiro pior do que jamais fui! — Então grunhiu o pior insulto que conhecia: — Ruff Ghanor é humano!

Hild gritou e correu para atacar. No último instante, dançou para o lado, rolando e ficando nas costas de Mubruk. No entanto, o rei era veloz e virou-se a tempo de evitar a finta. Foi então que Bellitz atacou.

A celestial saltou com as asas abertas, segurando nas duas mãos uma lança que apanhara do chão. A ponta da arma se cravou nas costas de Mubruk. Hild viu a ponta da lança brotando no peito do rei bárbaro.

Mubruk deu um coice para trás, sem olhar, acertando Bellitz em cheio no peito. Ela voou, chocando-se com um batalhão de inimigos. Hild tentou atacar com o machado, mas Mubruk foi mais rápido. Agarrou seu escudo e ergueu-a. Hild viu o mundo girar, Mubruk usou o corpo dela como uma arma e bateu em Bellitz. As armaduras fizeram um clangor e a rainha sentiu uma dor aguda na asa esquerda. Os inimigos humanos com quem ela se chocara também eram atingidos, mas a atacaram com espadas e machados. Mubruk bateu uma segunda vez, Bellitz não conseguia se mexer, sentia as costelas doendo horrivelmente. Hild sentiu o impacto forte na cabeça, no corpo todo, seus dentes bateram uns contra os outros com violência. Desorientada, não sabia onde era o solo, tentou se erguer, mas percebeu que ainda estava sendo chacoalhada como uma boneca. No terceiro golpe, Mubruk largou a guerreira de Artus, deixando-a estirada e ensanguentada. Subiu sobre os corpos das duas, impedindo que elas se levantassem. Bellitz agarrou seu pé e fez força, enquanto tentava se proteger dos mortais.

Hild abriu os olhos, a visão desfocada, e só conseguiu enxergar o rosto enfurecido do inimigo.

— Vocês lutam em nome de quem quer matá-las! — rugiu Mubruk. — Seu reino me chama de blasfemo e assassino, mas vocês servem ao maior assassino da Criação! Por que acham que odeio os deuses? Por que acham que odeio os santos? Porque são carniceiros que posam como salvadores!

Mubruk ergueu o pé para pisar nas duas, mas Bellitz saltou e se jogou contra ele. O impacto da força da celestial seria suficiente para derrubar um cavalo, mas só fez Mubruk dar um passo para trás. Bellitz então agarrou o cabo de lança fincada no peito do rei e puxou. A ponta rasgou Mubruk, arrancando um grito. Bellitz usou a arma quebrada para atacar sua garganta. Mubruk desviou o golpe com um safanão.

— Não interessa — Hild deu uma risada fraca, erguendo-se com dificuldade. — Pode se lamentar, seus Devoradores dos Céus estão condenados. Ruff vai dar cabo de todos.

Em meio ao combate, Bellitz olhou para ela, cenho franzido.

Estava séria. Não traía medo, mas seus olhos estavam vidrados. Seu rosto e sua armadura tinham respingos de sangue, mas ela parecia mais digna e cheia de compostura do que selvagem e assassina. Sua asa estava quebrada, ela estava ferida. Mas, mais do que o desespero da luta contra Mubruk, ela sentia tremores de terra. Reflexos do que quer que Ruff estivesse fazendo perto do Túnel Proibido. Ele estava usando o poder do terremoto e não parava. Ela quase podia sentir a dor da terra sendo devorada.

— Ele vai morrer, não? — a rainha gritou, como se o inimigo não fosse ameaça.

— Você sabe! — disse Hild. — Você viu nos olhos dele!

— Fale! Ele foi lá para morrer?

— Ruff foi lá para matar. Matar Áxia, Zamir e os trigêmeos.

— Isso é impossível! Nem mesmo Ruff conseguiria contra tantos...

A não ser que a montanha desabasse com todos dentro.

Mubruk atacou-as e então não havia mais tempo para lamentar a morte.

Ele atravessou os túneis recobertos de óleo negro pegajoso. Aquilo trouxe memórias antigas. Quando estivera ali pela última vez, Ruff mal era um ser humano. Não falava direito, era brutal e selvagem. Pisando no óleo, as lembranças voltaram numa enxurrada. Aquele era o óleo negro que recobria a cabeça do sábio Urbaun ab-Allahim, o presente bizarro que Jaffba lhe mandara durante o festival, tantos anos atrás. Aquele óleo tinha magia poderosa e, de alguma forma, estava conectado aos Devoradores de Mundos. Bellitz nunca pudera vislumbrar o que havia no fim do caminho. Ninguém entre eles jamais soubera o que era o óleo negro, como ou por que ele estava lá.

Ruff se aprofundou nas cavernas. Passou por uma câmara larga, o chão empoçado de óleo negro. Esqueletos de monstros estavam espalhados por toda parte. Ele lembrava de ter derrotado aquelas criaturas, quando era um garoto.

A câmara era fechada. Não havia saída.

Os inimigos estavam se aproximando. Ele podia sentir sua presença pela rocha.

Ruff tocou na parede. O sangue se misturava com o óleo negro, escorrendo pela pedra. A montanha chorava pela morte de anjos, o mundo todo chorava. Ao longe, ele ouviu um estrondo, como se algo imenso tivesse caído do céu. A montanha tremeu. Ele calculou que devia ser outro anjo morrendo, seu cadáver despencando. O sangue verteu com mais profusão. Talvez aquilo já fizesse parte do ritual para criar os Devoradores dos Céus. Ele se forçou a continuar encostando na rocha, sujando a manopla de sangue e óleo, e sentiu o que as paredes tinham a lhe dizer.

Havia um caminho do outro lado. Apenas estava obstruído. Talvez ele mesmo tivesse criado aquela barreira antes de ser encontrado por Dunnius, Niccolas e Korin. Ruff empurrou de leve e a barreira se desfez em pó.

Um largo corredor cheio de estalactites se abriu a sua frente. Não era, contudo, feito de pedra.

Tudo ali era negro e brilhoso, como uma espécie de vidro. Tudo estava escorregadio de óleo.

Mais uma memória voltou. Ele lembrou de estar lá, sem entender o que acontecia, de caminhar de pés descalços no túnel de ônix e se cortar nas partes afiadas. Lembrou de estar sangrando, mas se recuperar quando fez desabar uma das passagens.

Aquilo tudo era o óleo negro cristalizado.

Não adiantava fechar a passagem atrás de si. Áxia ou qualquer um dos outros teria facilidade em abrir. Também não podia adiantar o confronto, precisava ser na beira do poço. No que Bellitz tinha chamado de Câmara da Perdição quando se revelou pela primeira vez, logo após a queda de Zamir. Para que ninguém pudesse passar por ele.

Ruff seguiu pelo corredor. Era cada vez mais largo, no fim podia acomodar um dragão. O ar tinha um cheiro diferente. Cheirava a algo primordial, como um jardim logo após a chuva, mesmo que não houvesse nada vivo lá dentro. E também cheirava a podridão, a um caixão recém-aberto.

Cheirava a vida e a morte.

Ele progrediu e começou a escutar ecos. Seus ouvidos doeram na mesma hora. Eram sussurros, mas muito altos, mais lancinantes do que gritos. Eram palavras que ele *quase* conseguia compreender, numa língua esquecida, que ele sentia que podia ter aprendido num sonho ou numa outra vida. Mais um sussurro, desta vez acompanhado por uma ventania. Ele foi jogado para trás, bateu de costas nos cantos afiados de ônix.

Eram as vozes dos deuses.

Ali, assim como no mosteiro de Santa Crysnia, onde ele fizera a proposta às divindades, os deuses podiam ser ouvidos. Ele estava perto dos deuses. Estava perto da Câmara da Perdição, o que quer que fosse.

Avançou, apesar do vento, curvando-se para a frente, fazendo força com as pernas. Lembrou de ter estado ali quando menino, lembrou de chorar, apavorado com a fome dentro de si. Lembrou de ser uma criança recém-condenada, recém-transformada em Devorador de Mundos.

Então a escuridão foi tomada por um brilho prateado. Depois luz roxa e logo multicolorida. Era cegante, ele não conseguia enxergar nada. Os sussurros ficaram mais altos. Ele sentiu seus ouvidos sangrando.

Deu mais um passo e o corredor se abriu numa câmara imensa.

Uma cidade poderia caber lá. E, olhando para seu interior, parecia maior ainda.

A Câmara da Perdição estava repleta de estrelas, cometas, nebulosas. Era como se todo o céu noturno estivesse contido em seu interior. Olhando para baixo e para cima, podia-se ver que havia um fosso no chão, algo onde a luz das estrelas entrava e sumia em uma espiral de cores e negrume. Para cima, o fosso continuava e as cores eram tragadas por uma brancura horrenda, brilhante demais, que não tinha temperatura, mas parecia possuir calor capaz de vaporizar qualquer coisa.

Aquele não era só um lugar, era também um momento.

Ali estava o início e o fim da Criação. O ponto zero.

Num clarão, Ruff lembrou de ter estado lá. Teve vislumbres do que enxergara, quando criança, dentro daquela câmara, dentro daquele poço. Lembrou de ter caído pelo que parecia uma vida inteira, de ouvir as vozes terríveis, de experimentar algo que estava fora do próprio mundo. Lembrou de como sua mente tinha se tornado uma ruína após passar por aquilo.

Ele estremeceu e se virou de costas para o poço. Rilhou os dentes, enquanto os sussurros dos deuses o atormentavam e tentavam arrastá-lo como furacões.

Segurou o martelo e o escudo, uma sentinela guardando o fim do mundo.

Então Áxia entrou na Câmara da Perdição.

A terra tremia.

A fúria do Devorador de Mundos sacudia a planície, enquanto ele se preparava para o último combate dentro da montanha. Anjos caíam do céu no horizonte, sob a torrente negra do exército dos mortos. O céu chovia sangue.

Mubruk rosnou, Bellitz correu para ele, sua espada de novo em punho, equilibrando-se como podia no meio do terremoto. Ele esmurrou, mas ela se abaixou, esquivando-se do golpe. Aproveitou a posição agachada e cravou a espada no abdome de Mubruk. Ele revidou com uma joelhada, fazendo com que ela largasse a arma e jogando-a para trás. Então emendou um chute em seu queixo. Bellitz cambaleou.

O tremor aumentou. Mubruk hesitou um instante para conseguir ficar de pé. Arrancou a espada do ventre, jogou-a no chão. Hild atacou, dançando para a esquerda e a direita. Ele esmurrou no lado errado, ela riu uma zombaria e acertou-lhe o joelho.

Mubruk se desequilibrou e caiu.

Cada músculo inchado do anjo selvagem estava coberto de estilhaços, cortes, perfurações. Sua barba e seus cabelos estavam imundos de lama e sangue. Seus olhos estavam injetados, mas o ódio era mais forte que tudo.

— Eu também sou um carniceiro, servas do Devorador de Mundos! Também sou um assassino! Eu chacinei cidades, escravizei milhares, torturei, cometi todos os crimes que os mortais conhecem e ensinei a eles novas formas de devassidão! Mas, enquanto fui rei, apenas *eu* era o carniceiro! Quando Ruff Ghanor subiu ao trono, *todos* se tornaram assassinos!

Hild saltou com o machado em punho, berrando, pronta para lhe acertar o crânio. Mubruk se ergueu de repente, bloqueando o golpe com o antebraço. A lâmina se cravou em sua carne, o rei bárbaro deu uma cabeçada em Hild.

Ela caiu, fraca. Mal conseguia ficar de pé, tantos eram seus ferimentos.

— Humanos são crias do pecado! — urrou Mubruk. — Livres, matam uns aos outros, banham a terra em sangue! Vocês me odeiam porque tenho poder para fazer o que não conseguem! Se pudessem, todos seriam como eu!

— O mundo será verde e bom! — gritou Bellitz, atacando com a espada.

Mubruk se jogou em cima dela. Os dois rolaram na lama. O rei bárbaro montou sobre a celestial. Berrou, cerrou os punhos.

E então deu um soco.

O rosto de Bellitz virou para o lado, com violência. Mais um soco e o rosto foi jogado para o outro lado.

Tonta, tomada por dores, Bellitz ouviu um rugido atrás do rei.

Viu uma cabeça de javali saindo da armadura de ossos de Hild e a guerreira em sua forma animalesca investindo contra Mubruk com suas presas imensas.

— Seu caminho termina aqui — disse Ruff Ghanor.

Áxia abriu um sorriso triste. Atrás dela, surgiram Philip Anselmus, Ozz de Osbourne e Aliss McCooper. Os três a pé, armados. Philip impassível, com rosto tomado de desgosto e ira. Ozz sorrindo largo, o queixo sujo de sangue. Aliss com os olhos esbugalhados, expressão louca e sedenta de batalha. Eles tinham cerca de 20 anos, eram jovens com corpos poderosos. Postaram-se ao largo de Ruff, num semicírculo.

Zamir adentrou a câmara. Ficou ao lado da Dama de Ferro.

— Você sabe que não vai vencer, Ruff — disse a bruxa, com tranquilidade. — Cometeu erros demais. Fez inimigos demais. Há tanta gente que deseja vingança contra você! Acha que é só coincidência? Acha que todos os outros estão errados?

— Minha tolerância para suas blasfêmias acabou — ele apontou para Zamir. — Eu deveria tê-lo matado, tirano. Quanto a você, Áxia...

— Esse não é meu nome.

— Você está em meu caminho há muito tempo — disse o Devorador de Mundos. — Mas isso acaba agora. Você vai morrer, seus estratagemas vão finalmente acabar. Sammelen vai cair, Ghanor dominará o mundo. Os deuses estarão ilesos e tudo será verde e bom.

— Seus deuses *nunca* fizeram nada verde e bom! — gritou Áxia, finalmente perdendo a calma. — Este mundo sempre foi governado por tiranos!

Ela gesticulou e da terra e do ônix brotaram correntes cheias de anzóis e navalhas. Ruff correu para a frente, bateu nas correntes com o martelo, as lâminas rasparam a armadura de Arcanium. Alguns anzóis e agulhas entraram pelas frestas na armadura, encontraram carne. Ele se forçou a continuar em frente, arrancou as lâminas da pele, sentiu o sangue quente escorrendo.

Saltou com o martelo em punho na direção de Áxia. A Dama de Ferro gritou palavras mágicas, uma enorme corrente emergiu da escuridão e puxou Ruff para trás. Ele caiu pesado, rolando no chão, então ficou de pé.

No meio de todos os inimigos.

Philip Anselmus deu um urro gutural, atacou-o com a espada de duas mãos, num golpe largo, de cima para baixo. Ruff, ainda no chão, ergueu o escudo, bloqueou o corte. A câmara foi tomada pelo clangor de metal contra metal. Ozz guinchou palavras arcanas e um relâmpago deixou as pontas de seus dedos. Ruff foi atingido, rilhou os dentes contra a dor e a tremedeira da eletricidade. Aliss correu pelo outro lado e enfiou uma das espadas delgadas na viseira de seu elmo.

Ruff mordeu a ponta da espada, prendendo-a. Então retesou os músculos e as paredes da caverna explodiram nas costas dos trigêmeos, jogando-os para todos os lados.

O Devorador de Mundos se ergueu do chão, sangrando e sentindo a energia da destruição torná-lo mais forte. Um terremoto começou. As próprias luzes e estrelas da Câmara da Perdição tremeram, uma estalactite de ônix caiu como uma estaca entre Zamir e Áxia. Ruff pôde sentir que a montanha soltava mais uma avalanche lá fora. Rachaduras se espalharam pela superfície vítrea e escura. O reflexo das estrelas no ônix tremeu, como se todo o universo estivesse entrando em colapso.

Ele sorveu a destruição. Era bom não se controlar. Por isso ele precisara estar dentro da montanha, para que sua fome só fosse limitada por sua vida. Ele não poderia destruir o mundo, porque a montanha iria ruir e matá-lo antes disso. Iria devorar até morrer.

Então Áxia riu.

A gargalhada aumentou até abafar o rugido do terremoto. A Dama de Ferro ergueu os braços, em pose triunfante. Ruff não entendeu, preparou-se para atacá-la.

— É tarde demais! O ritual já está acontecendo, Ruff! O que acha que é a batalha lá fora? Apenas um chamariz para o exército dos mortos! Apenas uma chacina para abrir as portas do Paraíso e deixar que meus guerreiros entrem!

Ele correu para ela. Áxia não se mexeu. Ficou parada. Ruff ergueu o martelo para golpeá-la e foi seguro por uma centena de correntes. Bem perto da inimiga, ele viu seus olhos arregalados de loucura. Ouviu seu sussurro:

— O que sente nesta luta? Sente a intimidade? Isso é amor, Ruff. Isso é como quando deitávamos juntos. Ninguém nunca lhe deu isso. Apenas eu.

Ele urrou e, com a força da destruição, quebrou as correntes.

— Você morre hoje, bruxa!

— Você quer morrer comigo! — ela sussurrou de novo. — É a maior prova de amor que pode me dar, mas ainda não é a hora.

Ruff viu um brilho dourado atrás de si.

Zamir tirara algo do meio dos mantos. Era um círculo de luz pura.

A auréola de Bellitz.

— *Não!* — ele gritou.

— Agora é a hora de matar quem se interpõe entre nós.

Mubruk foi jogado para a frente pelo impacto da investida de Hild. As presas da mulher-javali cravaram-se em seus músculos imensos. Bellitz estava livre.

Mas então ela soltou um grito de agonia.

De repente, uma pressão dentro de seu peito pareceu que iria estourá-lo. A dor da asa quebrada se multiplicou. Os pingos de sangue caindo em seu rosto queimavam como ácido, o frio do ar era capaz de congelá-la.

Sem sentir, ela começou a sufocar, pois ainda não sabia usar os pulmões.

Bellitz se debateu na lama. Procurou Hild com os olhos, incapaz de se erguer. Mas a guerreira estava entregue à fúria, numa luta feroz contra Mubruk, e nem parecia lembrar que ela existia.

Um grupo de soldados de Sammelen cambaleou até ela, em meio ao terremoto. Eram só mortais. Só mortais com espadas.

Um deles abriu um sorriso. Faltava-lhe um dente.

— Eu sempre quis matar um anjo.

A caverna foi tomada por um brilho cegante quando a lâmina escura que Áxia fez brotar da sombra atingiu a auréola.

Ruff sentiu a destruição da imortalidade de Bellitz. De alguma forma, pela terra e pela pedra, ele foi tomado pelo desespero que ela sentia lá fora, na planície, invadido pela sensação de fragilidade.

— Lembra-se de quando transformou Zamir em humano? — gritou Áxia. — *Essa* é a dor! Acha que pode nos julgar? Eu julgo e condeno os anjos! Condeno os deuses!

O brilho dourado se concentrou em rajadas que voaram livres pela caverna, como pássaros em desespero. Então atingiram o peito de Philip Anselmus, de Ozz de Osbourne, de Aliss McCooper.

Eles ergueram as armas em triunfo, sendo invadidos pela energia celestial.

As estrelas no fosso se agitaram. Era o sacrifício da divindade: o começo do ritual de criação dos Devoradores dos Céus.

Ruff avançou com o escudo, batendo no peito de Áxia com força monumental. A bruxa não estava preparada para aquilo e foi jogada para trás. Enquanto ela estava no ar, Ruff golpeou com o martelo em seu peito. Correntes brotaram das sombras e ergueram-na no meio da caverna, fazendo o martelo passar incólume.

— *Por quê?* — Ruff urrou, numa fúria primitiva. — Por que faz isso? Por que todas as traições, toda a crueldade? Eu a amava! Eu fui o único que lhe deu uma segunda chance! Por que faz isso comigo?

— Você não sabe o que é melhor para você mesmo, Ruff. Precisa que eu decida.

Ruff sentiu-se envolto em um frio crepitante, foi banhado pelas chamas negras de Zamir. Áxia, pendurada no alto, gesticulou e fez uma dezena de lanças de ferro negro brotarem do ônix, atingindo-o por todos os lados. Uma delas achou uma fresta na armadura de Arcanium e Ruff sentiu o abdome ser perfurado de fora a fora. Sua barba e seus cabelos queimavam com o fogo frio do tirano caído.

O chão da caverna saltou, derrubando Zamir. As bordas do fosso se alargaram, o ônix caindo e subindo, sendo sugado para o fim e o início do mundo. Ruff andou com a lança enfiada no corpo, sentindo o sangue empapar suas roupas por dentro da armadura. A dor era terrível e latejava com cada passo, mas a energia que ele devorava o mantinha vivo.

Os Cavaleiros do Caos andaram em direção ao fosso. Tranquilos, os olhos e as bocas exalando energia dourada. Os três sorrindo.

Sangue escorreu com mais profusão das paredes da caverna, formando pequenas cachoeiras. Ruff ouviu o que parecia um grito distante. Distante e terrível.

Era o grito de um deus amedrontado.

Os trigêmeos gargalharam.

— Treme a terra, tremem os céus — disse Philip Anselmus.

— Morrem os homens, morrem os anjos — disse Ozz de Osbourne.

— Os deuses odeiam o mundo. O mundo odeia os deuses — disse Aliss McCooper.

Aquilo que começara décadas atrás, com a traição do amor de um anjo, culminava naquele momento. Os Cavaleiros do Caos estavam prontos e o ritual de criação dos Devoradores dos Céus estava em andamento.

Ruff fechou os olhos.

Era hora de todos ali morrerem.

Bellitz segurou a lâmina da espada do soldado. Suas mãos verteram sangue. A dor era ainda pior pela nova fragilidade mortal.

O homem ainda sorria.

Os outros a cercaram.

Ela olhou em volta, em desespero, em busca de qualquer um que pudesse ajudá-la. Mas todos estavam envolvidos na batalha, todos estavam lutando.

Então Bellitz entendeu o que era ser mortal: ela só podia depender de si mesma.

Num esforço terrível, puxou a espada para o lado, enquanto rolava para o outro. O inimigo se desequilibrou. Ela se ergueu desajeitada, a asa quebrada pendendo das costas. Saltou por cima do homem, as mãos em seu pescoço.

Fez com que ele caísse para trás. Afundou os polegares em sua garganta.

Berrou, apertando, sufocando-o. Sentiu os golpes de espada batendo em sua armadura, pelas costas. Retalhando suas asas.

Os olhos do soldado viraram para cima. Ela soltou seu cadáver e pegou a espada que ele havia deixado no chão. Ergueu-a num urro de raiva, pronta para enfrentar os outros.

Eles fugiram.

Então Bellitz correu para Hild e Mubruk. Para, como uma mortal, acabar aquilo de uma vez por todas.

Ruff fez a montanha chacoalhar. Era muito mais forte do que rocha normal. A estrutura mística de ônix fazia com que ela resistisse a seu toque de ruína. Zamir projetou uma rajada de energia, acertando-o em cheio no peito. Ele voou para trás, a lança dilacerando-o por dentro, deixando um rastro de sangue. Ruff se levantou, amparado por rocha que se ergueu do chão. Puxou a lança, soltando um grito, jogou-a no fosso, onde ela foi sugada para cima. As vozes dos deuses deixaram-no tonto. Ele ergueu o martelo para atacar Zamir, mas Áxia foi mais rápida. Suas correntes envolveram uma estalactite e arremessaram-na em Ruff. A estalactite se esfacelou contra a placa peitoral de Arcanium, o Santo de Pés Descalços caiu sob o golpe. Zamir banhou-o em fogo gelado, confundindo seus sentidos, envolvendo-o em dor. O ferimento da lança estava se fechando, mas a pele chiava em contato com as chamas.

— Lute contra o verdadeiro inimigo, Ruff! — disse Áxia. — Lute contra os deuses e os santos!

Os trigêmeos estavam na beira do fosso. O sangue que escorria pelas paredes verteu em direção a eles, como se fosse sugado por uma força irresistível. Os três foram cobertos de líquido vermelho. Ruff achou que ouvia uma das poderosas e distantes vozes implorar.

Ele se concentrou no terremoto.

O teto da caverna de repente ficou mais baixo, sob uma pressão imensa. Um estrondo ensurdeceu todos lá dentro, mais alto que as vozes divinas. A montanha estava entrando em colapso sobre si mesma e agora todos os milhares de toneladas de pedra estavam fazendo força para desabar sobre aquela câmara. Pó de ônix tomou o ar, cintilante, refletindo e refratando a luz das estrelas.

Toda uma seção da parede e do teto se desprendeu. O rugido da rocha deixou todos atordoados, um lado da caverna desabou, então a avalanche começou a ser consumida pelo fosso.

Aliss McCooper se desequilibrou, perdeu a concentração. O sangue parou de correr por um instante. O ritual estava em risco.

— Este é o momento! — gritou Ruff Ghanor, sob chamas, de escudo e martelo em punho. Sentia que a montanha estava cedendo, em breve aquela câmara deixaria de existir. — Aqui todos nós morreremos! Eu sou o Devorador de Mundos e a mim pertence o terremoto!

Sua percepção se estendeu para além da montanha. Ruff sentiu as ruínas do mosteiro, o que restava do bosque e da aldeia. Sentiu a planície onde os exércitos lutavam. Sentiu Lago de Pó e a capital. Kottar e a Confederação dos Mercadores. Mattora, Utteria e Vammira. Sammelen, Zibrene e Artus.

E, enquanto sentia o mundo sob seu toque, não tinha mais nenhum amor, nenhum apego por nenhuma das criaturas que lá viviam. Ele era só fome.

— Ele vai destruir a montanha! — gritou Áxia. — Meus filhos, ataquem!

A planície saltou com o terremoto. Uma enorme fenda se abriu, bem ao lado de Hild e Mubruk Filho de Urso.

A guerreira rugiu para ele. Suas presas estavam ensanguentadas, seu focinho era vermelho e empapado. Ela se curvou, espateou o chão, pronta para mais uma carga. Um de seus braços pendia, mole.

Mubruk fez força para se erguer. As duas lanças que tinham perfurado seu tronco cobravam um preço alto. Os cortes dos estilhaços do canhão, o golpe de machado no antebraço, a espada que atravessara o abdome, os ferimentos das presas de Hild.

Ele estava fraco.

Hild investiu, desarmada, e saltou para ele, encontrando seu estômago com as presas. Mubruk rugiu e esmurrou para baixo, acertando as costas da guerreira. Hild caiu.

Mas então Bellitz correu por trás dele. Com a espada comum do soldado que tentara matá-la, atingiu as costas do rei. A pele de Mubruk se abriu num corte imenso. Ele se virou e tentou agarrá-la, mas Bellitz foi mais rápida, saltando para trás.

Aquela era a luta de três mortais.

O chão pulou de novo. A fenda se alargou.

Bellitz segurou-se nos destroços de uma catapulta. Mubruk perdeu o equilíbrio.

— Você foi derrotado, Mubruk! — disse Bellitz.

— Você sabe que tenho razão — rosnou o selvagem. — Você também era um anjo. No fundo, você sabe que estou certo. Eles são tiranos. Eles querem o fim de tudo. No fundo, você só tem medo de contrariá-los.

— Mubruk Filho de Urso — disse Bellitz, com voz autoritária. — Pela blasfêmia de conspirar para matar os deuses, eu o condeno à morte.

— Eu morro livre. Você vive como escrava.

Hild se jogou contra ele, usando toda a força da fúria. Chocou-se contra seu corpanzil, fazendo com que ele caísse para trás, em direção ao abismo formado pelo terremoto.

Com olhos arregalados de pavor, Mubruk Filho de Urso despencou para o vazio.

Hild também.

Áxia fez um gesto arcano com os braços e correntes afiadas se enrolaram em Ruff, entrando por baixo de seu elmo, nas juntas da armadura. Zamir lançou seu fogo gelado e, com a outra mão, fez surgir um raio negro que atingiu Ruff e espalhou dor por todo o seu corpo.

Ozz de Osbourne criou uma lança de pura energia negra, empunhou-a e atravessou o peito de Ruff com a arma imaterial. Aliss McCooper correu até o rei, saltou com as espadas e golpeou. Ruff ergueu o escudo, bloqueando os cortes. Sentiu as correntes se apertarem, tirando sangue, tentando cortar seu pescoço, seus braços, suas pernas. O ferimento de lança ainda não estava totalmente fechado e causava uma dor forte e difusa, que latejava. Era difícil respirar. Só a força do Devorador lhe emprestava vigor para resistir.

Ele procurou Philip Anselmus na caverna.

E viu que o último dos Cavaleiros do Caos não estava atacando.

Estava andando em direção ao fosso.

Ruff estava resignado. Sabia que iria morrer, mas isso não importava, desde que matasse todos. Qualquer ferimento que sofresse, qualquer dor, nada importava, porque ele não pretendia sair vivo.

Mas Philip não atacou.

Philip notou que a Câmara da Perdição não existiria por muito tempo. Ele tinha os olhos vidrados no fosso, na escuridão e na luz que atravessavam a montanha e a Criação. Ruff viu com desespero seu filho andar em direção ao abismo.

E então saltar.

Para o infinito, para se tornar o Devorador dos Céus.

Ruff gritou, mas a voz não foi só sua. O terremoto rugiu palavras, a pedra reverberou e fez o ar formar um som:

NÃO!

O corpo de Philip Anselmus estava em pleno ar, quando uma imensa estaca de ônix, afiada e pontiaguda, se ergueu da terra e atravessou seu peito. O Cavaleiro do Caos foi detido no meio do voo, a estaca continuou a crescer, cada vez mais larga, abrindo o buraco, destruindo seu torso. Ele vomitou sangue, então amoleceu.

Áxia gritou:

— *Philip!*

As correntes se desfizeram no ar. O corpo de Philip Anselmus pendeu, empalado na estaca de ônix. Fumaça negra diáfana emergiu de sua carne. A Dama de Ferro correu para ele, ignorando Ruff, ignorando todo o resto.

Ruff Ghanor havia matado seu próprio filho. Até aquele momento, era algo abstrato. Era o terremoto. Ele iria matá-los e não precisaria viver com a culpa, porque morreria também.

Mas tinha acabado de matar um deles.

Ele se sentiu afundando num abismo. Não havia volta, não havia redenção. Ele era o pai assassino e continuaria até o fim.

Ruff se virou para Aliss.

— Eu queria salvá-los! — trovejou. — Eu queria amá-los! Quis amar sua mãe!

Golpeou-o com o martelo, impulsionado pela destruição da montanha.

— Por que não foram melhores? Por que não tentaram? Por que, Áxia, por que não lhes deu uma chance?

— Pai, não!

Zamir gritou algo no fundo, mas Ruff não ouviu.

O Cavaleiro do Caos bloqueou com as duas espadas, mas o martelo de Arcanium trazia a força do terremoto. As lâminas se partiram e o golpe continuou em direção ao rosto do inimigo. Ruff acertou-o, o nariz de Aliss explodiu em sangue e ele caiu para trás.

Áxia estava abraçando o cadáver de Philip Anselmus. Ruff roubou um olhar para ela e, por trás da máscara de ferro negro, nunca a vira tão arrasada. Lágrimas negras vertiam por baixo do elmo, pelas bochechas pálidas. O lábio inferior tremia.

Ruff lembrou de Áxia logo depois da morte de Ulma, sua mestra. Logo depois da morte de seu irmão.

Por um instante, aquela não foi a bruxa, foi a garota da aldeia, por quem ele fora apaixonado.

Zamir engolfou Ruff em chamas negras.

Ruff ergueu o martelo para bater de novo em Aliss McCooper.

— *Não, por favor!* — gritou Áxia. — Ruff, você vai matar seus próprios filhos?

O terremoto parou por um momento. Ruff se deteve no meio do golpe. Viu o rosto ensanguentado e apavorado de Aliss McCooper, implorando para ele, chamando-o de pai. Viu Ozz de Osbourne recuando. Viu o cadáver de Philip Anselmus.

As chamas de Zamir cessaram.

— Eles não têm culpa! — disse Áxia. — Eu imploro, Ruff! A culpa foi toda minha. Você pode me matar, mas poupe...

Então ela foi interrompida por uma rajada de fogo negro.

— *Eles são mesmo filhos de meu inimigo?* — rugiu Zamir.

A mão de Bellitz se fechou no pulso de Hild, no último instante. Ela viu a face bestial entender o que acontecia. Entender que estava salva.

Mubruk tinha desaparecido na fenda.

Em meio ao tremor, Bellitz fez força e puxou a guerreira. Hild agarrou-se à pedra e à terra quando pôde, arrastou-se para o chão sólido. Quando se virou, seu rosto já era o de uma pessoa.

As duas, exaustas, feridas, triunfantes, olharam ao redor.

Os estandartes do leão, do cachorro e da cabra se erguiam pelo campo de batalha. Uma carga de cavalaria atingiu um batalhão de Sammelen. Os gigantes pisotearam sobre soldados que se encolhiam em pavor. Os canhões dispararam de novo, acabando com qualquer semelhança de ordem no exército inimigo. Sem Mubruk e os Cavaleiros do Caos, eles não tinham a disciplina necessária. Sem Áxia e Zamir, não tinham magia e sortilégio. Sem os anjos, massacrados por canhões e por gigantes, não tinham sua maior arma.

Eram só um exército.

As trombetas de Sammelen soaram desafinadas, umas por sobre as outras. O chão estava coberto de espadas e escudos, descartados pelos guerreiros em fuga.

As trombetas da Companhia do Cão soaram o toque da vitória. As tropas de Sammelen estavam fugindo em meio ao terremoto.

— A guerra acabou — disse Hild.

Ela se ergueu primeiro, então ofereceu a mão a Bellitz, erguendo-a também.

— Todos que se renderem receberão a justiça! — gritou o General Urko, de cima de um cavalo. — Aqueles que resistirem receberão o aço!

A guerra tinha acabado.

Sammelen caíra. Ruff Ghanor conquistara o mundo.

A Dama de Ferro se perdeu em meio ao fogo negro. Fez gestos de agonia e correntes com lâminas e anzóis brotaram das paredes, cravando-se no corpo de Zamir.

— Vadia! — gritou o tirano. — Prostituta traidora! Os filhos eram de Ruff Ghanor!

Ela berrou de ódio. Ruff viu que era o mesmo ódio que Áxia tinha dos monges, do prior, dos deuses. Um ódio que ela nunca conseguira ter por ele mesmo. Zamir era só mais alguém que pisava nela. Só alguém que a acusava das mesmas coisas que sua mãe fora acusada.

Zamir era como todos os outros.

Aliss McCooper aproveitou a distração de Ruff e se ergueu, correndo em direção a Zamir, defendendo sua mãe. O tirano se voltou para ele, num acesso de fúria mágica. Banhou-o nas chamas negras. Aliss caiu para trás, pegando fogo, esperneando.

A montanha tremia. Mais uma parte do teto desabou, as rochas sendo sugadas pelo fosso. As paredes cederam mais um pouco sob a pressão da montanha em colapso sobre si mesma.

Ruff se voltou a seus filhos, movendo-se como um boneco, os olhos vidrados. Lembrou de quando tentara salvá-los, durante seu parto. Lembrou de quando achava que tudo podia se resolver com poucas mortes.

Aliss McCooper estava caído, debatendo-se, a pele toda enegrecida, a carne calcinada.

Ruff ergueu o martelo. Lágrimas escorreram de seus olhos.

— Pai, por favor...

Foi a última coisa que Aliss disse.

A fumaça negra que saía do corpo de Aliss serpenteou pela caverna. Ozz de Osbourne tentou correr. Zamir gritou palavras arcanas contra ele. Áxia disparou uma lança de ferro negro contra seu antigo mestre, trespassando-o.

Ozz foi engolfado por uma nuvem cinzenta. Começou a sufocar. Áxia correu até o filho. Entrou na nuvem, tentou puxá-lo. Mas a névoa penetrou por sua boca, por suas narinas.

Ozz de Osbourne caiu no chão, as duas mãos no pescoço, sem conseguir respirar.

Ficou pálido. Depois azul.

— *Não, por favor! Meu último filho, não!*

Zamir gargalhou.

— *Ruff, me ajude!* — ela implorou. — Ruff, por favor! Faça o que quiser, mas salve nossos filhos!

Ruff caminhou até Ozz de Osbourne. Segurou-o pela roupa, ergueu-o do chão.

— Eu quis amá-lo — ele disse, frio, ouvindo a própria voz como se viesse de outra pessoa. — Eu quis que tudo fosse diferente.

— Mãe, me ajude! Pai!

— *Por que me decepcionou tanto?*

Ruff soltou Ozz, ao mesmo tempo em que um enorme rochedo se desprendeu do teto. Ele ouviu seu filho berrar, o estrondo da pedra silenciá-lo. A fumaça de Ozz espiralou para se juntar à dos outros dois.

Os três assassinatos estavam completos. Ruff Ghanor não tinha mais filhos.

Áxia olhou para Ruff, o rosto tomado de lágrimas. Em choque, a boca aberta, o corpo paralisado numa tremedeira incontrolável. Falou seu nome com um fio de voz, em busca de alguma empatia.

Ruff não esboçou reação de dentro da escuridão do elmo. Apenas ergueu o martelo e deu um passo na direção de Áxia e Zamir.

— Ruff, eu fiz tudo isso por você — ela disse.

O terremoto aumentou. Uma parede rachou, abrindo uma fenda no ônix. A montanha começou a cair sobre a caverna. Em um instante, a câmara ficou com metade do tamanho. Eles podiam sentir o chão afundando.

— Acabou — disse Ruff. — Tudo acabou.

— Ruff, você foi o único que nunca me chamou de...

— Você conseguiu, Áxia. Você me tornou igual a você. Eu não sinto mais nada.

Mais um passo na direção dos dois. Zamir foi atingido por um pedregulho que se desprendeu. Áxia não conseguia ficar de pé.

Ruff tirou o elmo e ergueu os olhos ao teto da caverna. Aos céus. Sentia-se já morto. Desligado do mundo. Era o assassino dos próprios filhos. Estava tomado por um torpor que nunca iria embora. Não pertencia mais ao mundo mortal, não era mais capaz de sentir amor ou alegria. Só podia ter alguma relação com os deuses.

— Os Cavaleiros do Caos estão mortos! — trovejou o rei de Ghanor. — A ameaça dos Devoradores dos Céus acabou! Eu invoco os deuses para testemunharem meu último feito. A morte do Devorador de Mundos será também a morte do tirano e da Dama de Ferro! Então a coroa de Ghanor governará sobre o mundo todo e o mundo será verde e bom.

O chão da caverna cedeu. O fosso se alargou. Áxia tentava se segurar na pedra, horrorizada. Mal havia lugar onde eles pudessem ficar de pé.

Então a visão de Ruff foi tomada por um brilho dourado. Ele levou a mão aos olhos, para se proteger da ofuscação.

Um anjo de armadura completa surgiu no meio da caverna em colapso. Com asas abertas e um sorriso no rosto, ele falou:

— Os deuses têm uma mensagem para você, Devorador de Mundos.

32 | Julgamento

RUFF GHANOR VIU o anjo e estremeceu. Em meio à fome, à fúria do Devorador, ao horror de ter matado os próprios filhos, ao vazio que isso provocara, ele teve um único pensamento. Uma esperança enlouquecedora que ele achava que nunca mais sentiria. Algo que já estava além de seus maiores sonhos.

Ele já vencera.

Vencera a guerra e os maiores inimigos.

Ele espalhara a justiça e a palavra dos deuses.

Talvez o mundo já fosse, na concepção dos juízes, verde e bom. Talvez ele não precisasse morrer. Talvez pudesse ficar com Bellitz, com Hild, com Niccolas.

— Os deuses viram seus feitos, Devorador de Mundos — disse o anjo. — Eles viram tudo que você fez.

O coração de Ruff bateu mais forte. Áxia estava encolhida contra uma rocha que ameaçava desabar. Zamir segurava-se a uma estalagmite instável.

Talvez houvesse alguma chance de que o maior monstro sobre a terra, que provocava a morte por onde passava, pudesse viver em paz.

Sem palavras, em um instante ele implorou para que permitissem que ele fosse humano.

— Os deuses veem dentro de seu coração. Os deuses conhecem Ghanor e todos os outros reinos.

Ruff quase engasgou ao perguntar:

— Qual é a mensagem?

O anjo abriu os braços, em um gesto amistoso. O brilho dourado se intensificou a seu redor.

— Sua missão acabou, Devorador.

Ruff sentiu lágrimas verterem, livres e involuntárias. A missão tinha acabado. Ele estava vivo e a missão tinha acabado.

Os próprios anjos estavam ali. Áxia e Zamir estavam enfraquecidos por lutar um contra o outro.

A caverna, aos poucos, parou de tremer.

— Está dizendo que estou livre? — perguntou Ruff. — O veredito foi dado?

— Os deuses tomaram sua decisão, Ruff Ghanor — sorriu o anjo. — Você fracassou.

AGRADECIMENTOS

CADA LIVRO TEM duas histórias. A primeira está escrita nas páginas; a segunda é a história de como as páginas foram escritas.

A segunda história deste livro é a história do período que vivi na Alemanha, dos amigos que fiz lá, de como me senti em casa de um jeito que não conhecia até então. É a história de como é possível ter uma conexão com um lugar mesmo sem entender o que se fala na rua. A história de como às vezes é preciso escolher entre essa sensação de pertencimento e o convívio diário com pessoas que estão em outro continente. Não vale a pena contar muito mais, pois uma história de felicidade é tediosa — talvez por isso nosso amigo Ruff sofra tanto.

Também é a história da volta ao Brasil. A história de como, duas semanas depois de chegar ao País, fui baleado no peito, na altura do coração. A história de como passei por uma situação de morte quase certa, mas saí caminhando. Não há mérito em sofrer um ferimento e sobreviver, isso é só sorte. Mas existe certo orgulho em não permitir que a violência roube nosso entusiasmo. Menos de duas semanas depois do tiro, eu estava trabalhando na reescrita dos últimos trechos deste livro. Menos um mês depois do tiro, estava numa roda punk. Foi minha forma de mostrar o dedo do meio para a bala que ainda está alojada em meu peito.

Nenhuma história de nenhum livro é escrita sem ajuda, então é melhor agradecer agora, para que ninguém com quem fui ingrato venha me perseguir com armas para terminar o serviço.

Obrigado a Alexandre Ottoni e Deive Pazos pelo trabalho apaixonado de edição, pelas longas reuniões e por acreditarem neste projeto que cresceu mais e mais ao longo dos anos. Nada disso aconteceria se eles não tivessem aberto a porta para o sadismo e a escatologia no reino de Ghanor.

Obrigado a J.M. Trevisan, Marcelo Cassaro e Rogerio Saladino, meus companheiros de Tormenta, pela confiança desde antes da primeira história, desde antes do primeiro livro. Obrigado a Rafael e Guilherme Dei Svaldi por construírem a fundação sobre a qual tantas carreiras se ergueram. Obrigado aos amigos do RPG por estarem perto, mesmo à distância, sempre que precisei.

Obrigado a Eduardo Spohr, por ser uma inspiração em todos os atributos da ficha. Obrigado ao pessoal do Nerdcast por embarcar numa jornada de perda de sanidade e pontos de vida com um mestre desconhecido.

Obrigado a nossa família por tornar nossa estadia na Alemanha possível. E, mesmo que ela já esteja incluída quando falo em família, obrigado em especial a Mônica Bagnara por cuidar dos pedaços de nós que deixamos no Brasil.

Danke an Josefine Schulz dafür, mir nicht nur geile Musik gezeigt zu haben, sondern auch die Bedeutung einer echten deutschen Freundschaft.

E, claro, obrigado a vocês. Aos leitores, ouvintes, espectadores de streams, blogueiros, resenhistas, podcasters e todos os outros que escrevem comigo a segunda história de cada livro. É um prazer saber que estou tão bem acompanhado nessas narrativas.

É isso. Este livro deveria ser o último da série, mas talvez não seja tão fácil dizer adeus a um mundo que passou a fazer parte de mim. O próximo vai fazer um desvio de Ghanor, mas logo em seguida voltamos para finalmente concluir a história de Ruff. Até lá!

JOVEMNERD.COM.BR

JAMBOEDITORA.COM.BR